Knaur

Von Judy Mercer sind außerdem erschienen:

Die Fremde im Spiegel
Erinnerung kann tödlich sein
Frau ohne Vergangenheit

Über die Autorin:

Judy Mercer war in Funk und Fernsehen Nachrichtenredakteurin und war in der Werbebranche tätig. Heute lebt sie als freie Schriftstellerin mit ihrem Mann in Marion County, Kalifornien. Ihre Romane *Die Fremde im Spiegel* und *Erinnerung kann tödlich sein* waren Bestseller.

Judy Mercer

IM DUNKELN LAUERT DER TOD

Aus dem Amerikanischen von
Hans-Joachim Maass

Knaur

Die amerikanische Originalausgabe erschien 2000 unter dem Titel
Blind Spot bei Pocket Books, New York.

Bitte besuchen Sie uns im Internet:
www.knaur.de

Vollständige Taschenbuchausgabe 2003
Knaur Taschenbuch
Ein Unternehmen der Droemerschen Verlagsanstalt
Th. Knaur Nachf. GmbH & Co. KG, München

Umschlaggestaltung: ZERO Werbeagentur, München
Umschlagabbildung: FinePic, München
Satz: Ventura Publisher im Verlag
Druck und Bindung: Nørhaven Paperback A/S
Printed in Denmark
ISBN 3-426-62547-4

2 4 5 3 1

Für Brad und Matthew Alper
Mit Liebe und Respekt

Danksagung

Dem Rechtsanwalt Dean A. Alper danke ich dafür, dass er an mich denkt, wenn er an Mord denkt. Für ihre Fragen und Antworten, ihren Beistand und ihre Ideen schulde ich folgenden Personen Dank: Beth Ashley vom *Marin Independent Journal;* Bhvani; David H. Bryman; Cynthia Currier; Damian Friary; Jeff Herschelle und Ed Gutowski; Kenneth Holmes, dem Coroner des Marin County; Debra Lehane von der San Francisco Art Commission; Stacy Lynn von FitFirst, Mill Valley; Kenneth Miller; John Perkey; Patricia Porter; Dr. med. John C. Shin; Dr. med. Frank Tavel; Mary Ellen Taylor von der Federal Food & Drug Administration sowie anderen, die anonym bleiben, deren Hilfe ich aber sehr zu schätzen weiß. Wenn ich von Informationen der Menschen, die mir ihre Zeit und ihr Wissen großzügig zur Verfügung gestellt haben, nicht den richtigen Gebrauch gemacht habe, ist das unabsichtlich geschehen, und ich hoffe, man wird mir vergeben. Oder es handelt sich um schamlose dichterische Freiheit, und auch da erhoffe ich mir Nachsicht.

Wenn ich schon davon spreche, welche Freiheiten ich mir genommen habe, hier noch eine Bemerkung über die Marin Guide Dog Academy: Sie ist eine reine Erfindung von mir. Alles Positive, was man in diesem Buch darüber liest, beruht meines Wissens auf Tatsachen. Ich habe mich durch eine reale und bemerkenswerte Einrichtung anregen lassen, die für Blinde und Sehbehinderte Führhunde ausbildet. Fälle schwerer Körperverletzung sowie die Namen bestimmter Orte und sämtliche handelnden Personen (und Hunde) sind rein fiktiv.

Wir sind dem Feind begegnet,
und sie gehören uns.

Captain Oliver Hazard Perry
in einer Depesche von der U. S.-Brigg *Niagara*
an General William Henry Harrison

Wir sind dem Feind begegnet,
und der Feind sind wir.

Walt Kelly,
Pogo

1

Um vier Uhr morgens sind keine guten Neuigkeiten zu erwarten.
Für die Unglücklichen, die um diese Zeit wach liegen, ist diese stille Schwärze vor Anbruch der Morgendämmerung ein einsamer Ort. Sorgen machen einem zu schaffen. Längst verloren geglaubte Dinge, die man bereut, melden sich wieder und setzen einem zu. Während der Schlaf sich immer aufs Neue entzieht, schleppen sich die Minuten dahin. Die Uhr tickt. Ängste, die am Tag töricht erscheinen würden, bemächtigen sich der Fantasie und steigern sich.
Vier Uhr morgens ist nicht die Geisterstunde, aber diese Zeit kann trotzdem tödlich sein. Fragen Sie eine Krankenschwester, die Nachtschicht macht. Fragen Sie jeden Priester. Sie werden erfahren, dass dies die Stunde ist, in der das Leben eines Menschen am stärksten bedroht ist, in der diejenigen, die durch Alter oder Krankheit entkräftet sind, oft schließlich erliegen.
Es ist eine Stunde, in der sogar die Erde unzuverlässig ist. Die Stunden vor der Morgendämmerung werden von Erdbeben bevorzugt – das ist zwar sonderbar und unerklärlich, aber historisch belegt.
Und wenn das Telefon in diesen letzten dunklen Stunden der Nacht läutet, muss man damit rechnen, dass der Anruf unangenehme Neuigkeiten bringt.
Es war nicht das Telefon, das Ariel Gold um vier Uhr sechs

weckte und auch nicht das Grollen eines Erdbebens. In der ersten desorientierten Sekunde war es aber genauso schockierend. Sie hatte tief geschlafen. Am Abend war sie allein ins Bett gegangen. Jetzt war sie nicht mehr allein. Etwas Kaltes stieß gegen ihre Wange. Sie wurde mit einem Ruck wach, noch halb in einem Traum versunken, der keinen Sinn ergab. Das Geräusch, das sie dann vernahm, war ein leises, ängstliches Murmeln, so nahe, dass es wie ein feuchter Atemhauch auf ihrem Gesicht war, so nahe, dass ihr fast das Herz stehen blieb. Das war der Moment, in dem das Telefon läutete.

Später bezweifelte sie, die Abfolge der Ereignisse richtig mitbekommen zu haben – dass ihr Hund sie geweckt hatte, *bevor* das Telefon tatsächlich läutete. Wie war das möglich? Geben Telefone in dem Bruchteil der Sekunde vor dem Klingeln irgendeinen Laut von sich, der vom Ohr des Menschen nicht wahrgenommen wird? War es Zufall? Oder besitzen Tiere ein Frühwarnsystem für heraufziehende Tragödien? Es kam die Zeit, in der Ariel nicht mehr zweifelte. Es gab eigenartigere Dinge, die voll und ganz und nachweisbar möglich waren. Was immer der große Deutsche Schäferhund gespürt oder nicht gespürt hatte, die Tragödie hatte sich schon ereignet.

»Hallo?«, meldete sich Ariel. Jessies Hecheln machte ihre Stimme kaum vernehmbar. Sie strich dem Hund über den Hals, der im Dunkeln zwar nicht zu sehen, mit seinem weichen Fell aber warm und vertraut war. »Hallo?«, fragte sie lauter. »Wer ist da?«

Ein Hörer fiel hinunter und stieß mit einem Knall gegen etwas. Ariel knipste die Nachttischlampe an und blinzelte in die Helligkeit der Hundert-Watt-Birne. Da hatte sich niemand verwählt, dessen war sie irgendwie sicher. Es war auch keiner von diesen Widerlingen, die schwer in die

Sprechmuschel atmeten, obwohl Ariel gerade noch hören konnte, wie jemand Luft holte. Der Hörer wurde offensichtlich aufgehoben, denn das Atmen wurde lauter. Es war das verzweifelte Keuchen einer Frau in den Wehen, die mühsam durch den Mund einatmete.

»Hilf mir! O Gott! Hilf mir!«, ertönte die Stimme einer Frau. Eine schrille Stimme, die kurz davor war, loszuschreien. Ariel brauchte eine Sekunde, um sie unterzubringen. Gerade diese Frau hatte sie nie anders gehört als heiter und gelassen. »Laya?«, fragte sie. »Bist du's? Was ist passiert?«

Ariels Freundin hatte entsetzlich zu stöhnen begonnen. Sie ist überfallen worden!, dachte Ariel. Vergewaltigt. »Was ist passiert?«, rief sie, aber das Stöhnen übertönte ihre Worte. »Tut weh!«, hörte Ariel heraus, dann die Worte »Oh!« und »Bitte!«

»Hör auf zu stöhnen«, sagte sie, »und erzähl mir, was passiert ist.«

Laya stieß einen würgenden Laut aus und schluckte dann ein paar Mal. Es hörte sich an, als zwänge sie sich, Steine hinunterzuschlucken. »Ich kann nicht«, erwiderte sie. »Ich kann nicht ...«

»Du kannst was nicht?«

»Sehen!«

»Was?«

»Verstehst du kein Englisch? Ich kann nicht sehen!«, schrie sie hysterisch. »Ich kann nichts mehr sehen! Ich bin blind!«

2

Das Freundlichste, was sich über das Wartezimmer des Krankenhauses sagen ließ, war, dass es unpersönlich war. Die gedämpfte Muzak-Musik, die durch irgendeinen unsichtbaren Lautsprecher hereinströmte, war bloß Geräuschkulisse wie in einem Fahrstuhl. Außer Ariel befand sich nur ein verbraucht aussehender Mann mittleren Alters im Raum. Er schnarchte leise mit offenem Mund vor sich hin und ließ von Zeit zu Zeit ein kaum wahrnehmbares Schnaufen hören, als wollte er eine Pusteblume von den Samen befreien. Sein Kopf neigte sich in einem Winkel nach hinten, der ihm beim Aufwachen ein steifes Genick garantierte. Ariel hatte ihn vorher in der Notaufnahme gesehen, als er eine Frau auf einer Trage tröstete. Ein steifes Genick, dachte sie, wird wohl die geringste seiner Sorgen sein. Er hatte ihr Mitgefühl. Sie wusste zwar nicht mehr viel über ihre ersten zweiunddreißig Jahre, aber in dem letzten Jahr hatten sich mehr Sorgen und Ärger zusammengedrängt, als die meisten Menschen in einem ganzen Leben bewältigen müssen.

Es war sechs Uhr fünf. Die Sonne war wahrscheinlich schon aufgegangen, aber da der Raum keine Fenster hatte, konnte man unmöglich sagen, wie der neue Tag aussah. Ariel zögerte, draußen auch nur einen kleinen Spaziergang zu machen, da sie fürchtete, ein Arzt könnte kommen und nach ihr suchen. Rettungssanitäter hatten Laya vor mehr als einer Stunde dem Personal der Notaufnahme übergeben. Vor einer Stunde und zwanzig Minuten. Ariel wusste nichts über Layas Zustand, und ebenso wenig hatte sie eine Ahnung, was vor diesem beängstigenden Anruf geschehen war.

Sie war mit fast selbstmörderischer Geschwindigkeit zu Layas Wohnung gerast und hatte sogar die Rettungssanitäter, die sie unterwegs angerufen hatte, geschlagen. Die Haustür war verschlossen gewesen. Wie von Sinnen hatte Ariel über dem Türrahmen, unter der Fußmatte, an den üblichen Stellen, an denen ein Ersatzschlüssel meist aufbewahrt wird, getastet. Sie hatte ihn unter einer Topfpflanze gefunden, einer Zuckerpalme, die sich über einer kleinen Oase aus Palmen und Fettpflanzen in einer Nische neben der Tür erhob. Pflanzen gehörten zu Layas wenigen Leidenschaften.

Laya, eine Yogi und Ariels Lehrerin und Freundin, war eine Frau, die sich stets in der Gewalt hatte und, wovon Ariel manchmal überzeugt war, auch die Geheimnisse des Universums beherrschte. Sie schien sich ihres stillen Charismas nicht bewusst zu sein und machte sich auch um ihr Aussehen, das eindrucksvoll war, keine Gedanken. (Ariel hatte einmal eine Bemerkung über ihre Ähnlichkeit mit Poitier fallen lassen. »Poiret?«, hatte Laya gescherzt. »Falsche Aussprache«, hatte Ariel gesagt, ohne eine Miene zu verziehen.) Im Tonfall der hoch gewachsenen dunkelhäutigen Frau hatte sich ein Anflug der Westindischen Inseln erhalten, der so flüchtig war wie seine Herkunft. Layas ergrauendes Haar wurde seinen natürlichen Neigungen überlassen und auf eine Länge von zweieinhalb Zentimetern gestutzt. Ihre Garderobe war zweckmäßig. Die bequemen Leggings und das Sweatshirt waren Kleidungsstücke einer Yoga-Lehrerin. Aber gelegentlich zog sie auch etwas Verspieltes an, zum Beispiel etwas weich Fließendes, Wallendes, wie man es auf den Ständern eines Secondhandshops findet.

Ihre Wohnung war so spartanisch wie die einer Durchreisenden. An jenem Morgen, in dem dichten Grau vor der ersten Morgendämmerung, hatte sie verlassen gewirkt. Ariel hatte nach Laya gerufen, jedoch keine Antwort erhalten. Nachdem sie sich damit beruhigt hatte, dass jeder Eindringling – ein Einbrecher?, ein Vergewaltiger? (Ein Liebhaber, der gewalttätig geworden war? Wer konnte das schon sagen? Es gab Dinge in Layas Leben, über die Ariel nichts wusste) – schon längst über alle Berge war, falls überhaupt jemand da gewesen war, hatte sie sich überwunden, hineinzugehen. Es war dunkel. Sie tastete nach einem Lichtschalter, als sie Musik hörte, Jazz, der sehr leise gestellt worden war. Die Musik kam, wie sie glaubte, aus dem Schlafzimmer, und ebenso ein schwacher Lichtstrahl.

Zunächst sah sie niemanden außer Arthur, Layas dicken orangefarbenen Kater. Er lag mitten auf einem ungemachten Bett, ein eng zusammengerollter, unglücklich aussehender orangefarbener Hügel. Das normalerweise lethargischste aller Tiere hatte jetzt die Ohren angelegt und beobachtete alles mit wachsamen Augen.

Dann entdeckte Ariel Laya.

Sie war auf der anderen Seite des Betts auf dem Fußboden, an der Wand kauernd, neben sich das Telefon. Sie trug ein übergroßes T-Shirt, hatte die Augen geschlossen und bewegte sich nicht. Einen Moment lang war Ariel überzeugt, dass Laya tot war. Dann zuckte ein ausgestrecktes Bein. Es war eine kaum wahrnehmbare Muskelbewegung.

Ariel rief Layas Namen, lief zum Bett und kniete neben der Freundin nieder. Laya rührte sich nicht. Die Augen waren nicht einfach geschlossen, wie Ariel jetzt sah, sie schienen zugeschwollen zu sein. Beide dunkle Wangen wiesen lange Kratzspuren auf. In dem schwachen Lichtschein der Nachttischlampe konnte Ariel die Striemen unter beiden Augen erkennen. Nicht tief, dachte sie – das Blut begann schon zu gerinnen –, aber zornig beigebracht. Auf der Vorderseite des T-Shirts befanden sich Blutspuren.

Ariel streckte den Arm aus, da sie unsicher war, was sie tun sollte. »Laya!«, sagte sie scharf. Es erfolgte keine Reaktion. Sie berührte Layas Hals mit den Fingern. Er fühlte sich kühl an, doch der Puls war, wie Ariel schien, stark. Mit den Zähnen knirschend, hob sie ein Augenlid. Das Auge war scheußlich entzündet, als gäbe es innere Blutungen. Mit großer Behutsamkeit ließ Ariel das Augenlid herunter. Andere sichtbare Zeichen einer Verletzung waren nicht zu erkennen. Sie stand auf und sah sich um. Außer einem umgekippten Schreibtischstuhl wies nichts auf einen Kampf hin.

Ariel zog die Daunendecke vom Bett und vertrieb damit Arthur, der anmutig heruntersprang und verschwand. Sie hüllte Laya in die Decke, als sie sich des Geräuschs von laufendem Wasser bewusst wurde. Sorgfältig darauf achtend, nichts anzurühren, ging sie ins Badezimmer. Als sie den Wasserhahn abstellte, benutzte sie ein Papiertaschentuch.

Laya nahm die laute Ankunft der Sanitäter ebenso wenig wahr wie zuvor Ariel. »Sie steht unter Schock«, vermutete einer der Männer nach einem schnellen Blick.

Erst als sie ihre bewusstlose Freundin auf die Trage gehoben hatten, hatte sie die kleine Plastikflasche in Layas Hand bemerkt. Sie enthielt Augentropfen, eine bekannte rezeptfreie Marke. Ariel hatte sie eingesteckt.

In dem Chaos der Notaufnahme war Ariel die Flasche erst in der letzten Minute eingefallen. Der Arzt der Notaufnahme warf nur einen kurzen Blick darauf und sagte, er hoffe, die Patientin habe, wenn ihre Probleme von einer chemischen Verbrennung herrührten, mehr als nur Tropfen genommen. »Hätte mit Wasser spülen sollen«, erklärte er knapp, »und zwar mit viel Wasser!« Als sie an die Fragen zurückdachte, die er ihr gestellt hatte, vermutete Ariel, dass er sich in dem Moment mehr darum gesorgt hatte, dass seine Patientin auf nichts reagierte.

Ariel ging in dem Wartezimmer auf und ab. Es war sechs Uhr fünfzehn. Was machten sie nur? Was dauerte so lange? Was hatte man Laya angetan, um sie in diesen Zustand zu versetzen? Jede Vermutung war weniger wahrscheinlich als die vorige. Hatte sie sich die Hornhaut zerkratzt? An *beiden* Augen? Idiotisch! Kontaktlinsen? Trug sie überhaupt welche? Vielleicht die alten, luftundurchlässigen Dinger, die wie Klebstoff an den Augäpfeln festsaßen, wenn man mit ihnen einschlief? Und wenn man versuchte sie abzulösen ... Ariel setzte sich, wurde unruhig und stand wieder auf. Etwas musste Laya in die Augen gekommen sein. Hatte sie allergisch auf Seife oder ein Kosmetikum reagiert? Aber ihre Augen sahen aus, als hätte man sie gehäutet! Also ein Unfall ... Irgendein Haushaltsreiniger. Stand bei Bleichmitteln, Waschpulver und Polituren nicht auf jeder Packung eine Warnung vor Kontakt mit den Augen? Warum, fragte sich Ariel, sollte Laya um vier Uhr morgens Hausputz machen? Und selbst wenn das dabei passiert war, hätte sie immer noch hysterisch sein müssen, wie sie es am Telefon gewesen war, nicht komatös. Völlig weggetreten. Oder was immer sie war. Einfach ... nicht da. In diesem Moment fiel Ariel etwas ein, was sie in einem Buch über Yoga gelesen hatte.

Es hatte mit einer Sache namens *kundalini* zu tun. Soweit sie es verstanden hatte, war das eine Kraft oder Macht, die in einem tiefen Trancezustand aktiviert wurde. Eingeweihte dieser Kunst, hatte sie gelesen, vermochten sogar den eigenen Herzschlag zum Stillstand zu bringen. Sie

konnten sich in eine Art Scheintod versetzen, sich auf einem Nagelbett zusammenrollen oder ohne Schmerz auf glühenden Kohlen laufen. *Sie konnten dem Schmerz entfliehen!* War Laya fähig, sich mit reiner Willenskraft und mit Hilfe von Meditation in einen solchen Trancezustand zu versetzen?
Wenn sie selbst, sich in einer Notlage befindend, starke Schmerzen hätte und sich in einen Zustand des Vergessens oder der Seligkeit oder zumindest der Schmerzfreiheit versetzen könnte, würde sie dazu, dessen war sich Ariel sicher, mit Inbrunst alle Beschwörungsformeln Asiens herunterbeten.
Sie klammerte sich an Strohhalme, um nicht an diese Kratzer im Gesicht denken zu müssen. Was hatte es damit auf sich? Hatte jemand Laya *tatsächlich* angegriffen? Was für ein Typ von Angreifer würde eher kratzen als zuschlagen? Oder war sie geschlagen worden? Hatte sie einen Schlag auf den Kopf erhalten, der sie bewusstlos machte, der irgendeinen Teil des Gehirns getroffen hatte, welcher das Sehen steuerte? Laya hatte das Wasser laufen lassen … Hatte jemand Blut abgewischt? Den Beweis für die Attacke?
Der alte Mann, der mit Ariel im Wartezimmer saß, atmete heftig aus und ließ ein lautes Schnauben hören, womit er sich aufweckte. Er blickte sich verlegen um, sah erst zu Ariel, anschließend in Richtung Schwesternzimmer und lächelte Ariel dann kaum wahrnehmbar an. Sie erwiderte das Lächeln, eine Äußerung des Mitgefühls einer Mitreisenden, die sich im selben Boot befand und ebenfalls voller Sorgen warten musste. Er wurde rot und fand plötzlich seine Finger überaus interessant. Er faltete die Hände und sah sich dabei zu, wie er einen Daumenballen an dem anderen rieb. Nach gut dreißig Sekunden dieser faszinieren-

den Übung stieß er hervor: »Entschuldigen Sie, aber Sie sind jemand, nicht wahr?«

»Bitte?«

»Ich hab's gleich. Jemand ...«

Ariel hätte sich fast umgedreht, um hinter sich zu blicken. Da sie nur an Laya gedacht hatte, hatte sie gar nicht bemerkt, dass sie noch die zerknitterten Sachen vom gestrigen Abend trug, das Haar ihr wirr vom Kopf abstand und ihr Gesicht ohne Make-up war. So begriff sie eine Sekunde lang gar nichts.

»Open File!«, rief der Mann. »Sie sind die Lady von dieser Fernsehshow! Eine Berühmtheit!«

Ariel zuckte zusammen und gab zu, dass zumindest das Erste den Tatsachen entsprach. Sie war noch immer nicht daran gewöhnt, erkannt zu werden, und dass es in diesem Moment geschah, fand sie unglaublich, sah sie doch eher wie eine Stadtstreicherin mit dicken Tränensäcken unter den Augen aus als wie eine »Berühmtheit«.

In Los Angeles entdeckt man sie – die Berühmtheiten, sogar Legenden – immer wieder auf der Straße, in der Reinigung, in der Autowaschanlage. Ein Schauspieler, der die Leute in Massen an die Kinokassen lockt, blockiert mit seinem Einkaufswagen den Gang in der Gemüseabteilung, als er die Zutaten einer Müslipackung in Augenschein nimmt. Ein bekannter Sit-Com-Schauspieler bemerkt, dass man ihn erkannt hat, und zwinkert einem zu, wenn er auf dem Bürgersteig an einem vorübergeht. Die Frau, die am nächsten Flohmarktstand in alter Tischwäsche wühlt, ist eine ehemalige Sängerin, jetzt Schauspielerin, die jüngst den Oscar erhalten hat. In dieser Liga spielte Ariel nicht mit. Es war jedoch eine Tatsache, dass man ihr verstohlene Blicke zuwarf und gelegentlich sogar um ein Autogramm bat, seit sie keine

Producerin, sondern Korrespondentin einer Nachrichtensendung war.
»Meine Frau sieht sich jede Ihrer Sendungen an«, berichtete der Mann und kramte in seinen Jackentaschen. Aus einer zog er einen Kugelschreiber, aus einer anderen ein Blatt Papier hervor, das sich als Telefonrechnung erwies. »Sie nimmt sie sogar auf Band auf, wenn wir ausgehen. Wir machen in einer Squaredance-Gruppe mit.« Seine Stimme versagte, und er schien in sich zusammenzusinken. »Sie hat Diabetes. Es ist schlimm. Vielleicht müssen sie sogar amputieren ...«
Ariel nahm das Blatt und kritzelte unbeholfen Genesungswünsche darauf. »Wissen Sie was?«, sagte sie. »Wenn es Ihrer Frau besser geht, rufen Sie im Studio an, Mr ...«
»Morris. Bobby Morris. Meine Frau heißt Merle.«
»Fragen Sie nach mir. Ich werde eine Besichtigung des Studios arrangieren, wenn Sie mögen.« Ariel kritzelte die Telefonnummer des Studios hin, wünschte ihm alles Gute und stand auf. »Ich muss nach meiner Freundin sehen«, erklärte sie und machte sich auf die Suche nach dem nächstgelegenen Schwesternzimmer.
Der Notarzt fing sie ab. Nachdem er um Informationen gebeten hatte, die Ariel nicht geben konnte (etwa Layas Nachnamen und andere persönliche Angaben, die bei einer Patientin völlig verwickelt waren, die sich nicht nur von ihrem Familiennamen getrennt hatte, sondern auch von der Familie, mit der sie ihn teilte, wie Ariel vermutete), erklärte er nur: »Ein Augenarzt ist jetzt bei ihr. Wir geben ihr eine Kochsalzlösung, um die Augen zu spülen. Später wissen wir mehr.«
»Bitte sagen Sie mir, was Sie jetzt schon wissen«, bat Ariel.
Der Arzt (dessen Namen sie, wie sich Ariel später sagte, mit Sicherheit auf seiner Ausweiskarte gelesen oder ge-

hört hatte, sich jedoch nicht an ihn erinnerte) überlegte sich seine Antwort. Er blinzelte schnell und sprach seine Erwiderung mit halb geschlossenen Augenlidern zu irgendeinem Punkt hinter Ariel (eine nervöse und vermutlich unbewusste Gewohnheit, die sie auf Schüchternheit zurückführte – oder weil er vielleicht ein paar Mal zu oft schlechte Nachrichten überbracht hatte). »Verbrennung durch Chemikalien. Die Verletzung am linken Auge sieht aus, als könnte sie auf die äußere Schicht der Hornhaut beschränkt sein.« Er begann wieder zu blinzeln. »Das andere Auge schaut nicht so gut aus. Die Hornhaut ist getrübt.«

Ariel spürte, wie es sie kalt überlief. »Und das bedeutet?«

Doch er antwortete wieder nur: »Später wissen wir mehr.«

»Aber was ist passiert?«

Er seufzte. »Sie meinen, was wirklich geschehen ist? Da die Patientin nicht ansprechbar ist – was ich in einer solchen Situation *noch nie* erlebt habe –, kann ich darauf keine Antwort geben. Wir erhalten keine Informationen von ihr. Ich kann Ihnen nur sagen, dass ihre Augen mit irgendeiner Säure in Berührung gekommen sind. Ich lasse gerade den Inhalt dieser Flasche untersuchen, die Sie mir gegeben haben.«

3

»Du musst mir einen Gefallen tun. Ich brauche den besten Augenarzt, den du in die Finger kriegen kannst. Und zwar schnell.«

Ariel bat nicht ohne Grund um einen Gefallen. Gute drei

Sekunden verstrichen, bis ihr Großvater sagte: »Noch mal, bitte.«

B. F. Coulter war nicht schwerhörig, doch er war nur schwer zu finden. Ariel hatte ihn in Seattle erwischt. Mit siebenundsiebzig hatte er das Tempo verlangsamt, das ihn in seinen dreißiger Jahren zum Millionär gemacht hatte. Er war kein Sprinter mehr, lief nur noch zum Spaß und reiste um den Erdball, als wäre er sein persönliches Monopoly-Brett. Geboren und aufgewachsen im ländlichen Georgia, nannte er, Sohn eines kleinen Farmpächters, sich selbst Cracker. Er hatte einen Akzent, den man mit einem stumpfen Messer schneiden konnte. Der Akzent kam und ging und tarnte so einen Verstand, der alles andere als stumpf war.

Wenn eine Million Dollar in dem Nachkriegsjahrzehnt, in dem er sie zum ersten Mal zusammenbrachte, eine Menge Geld war, war es nichts im Vergleich zu dem, was er seitdem verdient hatte. Das Geschäftemachen war jetzt ein Spiel, doch es war eins, das er noch nach den alten Regeln spielte. Sein Händedruck war verpflichtender als siebzig Seiten voller Kleingedrucktem.

Ariel war seine Alleinerbin. Sie hatte nicht viel Zeit gehabt, sich an diesen Gedanken zu gewöhnen, da sie und B. F. erst seit gut einem Jahr voneinander wussten. Sie hatte ihn etwa um die Zeit gefunden, in der sie ihre Identität verloren hatte. Das war, wie Ariel es inzwischen empfand, ein fairer Tausch. Sie konnte mit ihrer Amnesie leben. An ein Leben ohne ihren Großvater mochte sie gar nicht denken.

»Ich habe gesagt, dass ich den besten ...«

»Ich habe gehört, was du gesagt hast, Liebes. Was ist los? Stimmt was nicht mit deinen Augen?«

»Nicht mit meinen. Es geht um Laya.«

»Laya?« B. F. atmete vor Erleichterung hörbar aus. »Gott

segne Amerika, Ariel. Du darfst mich nicht so erschrecken! Also, worum geht's bei Laya?«

»Der Augenarzt, den sie hier haben – er heißt Chaney, wie ich erfahren habe –, ist vielleicht tüchtig genug, ich weiß es nicht. Ich habe noch nicht mit ihm gesprochen. Aber ich möchte zu allem eine zweite Meinung hören. Von einem Spitzenmann.«

»Würdest du bitte von vorn anfangen, damit ich dir folgen kann? Sag mir, wovon du redest. Was stimmt nicht mit Laya?«

»Verbrennung durch Chemikalien. Sie wissen noch nicht, was und wie es in ihre Augen gekommen ist, weil sie sich in einer Art, wie soll ich sagen ... Zustand befindet. Sie reagiert auf nichts, auf absolut nichts. Der Arzt in der Notaufnahme meinte, er habe noch nie etwas Ähnliches bei einer solchen Verletzung erlebt. Er kann sich nicht mal vorstellen, wie jemand mit solchen Schmerzen ... nun ja, jetzt spricht er jedenfalls von neurologischen Tests. Der Punkt ist aber, dass sie nicht wissen, was los ist. Es ist, als hätte sie sich irgendwie in sich verkrochen. *Ich* glaube, dass sie sich in Trance versetzt hat.«

»In was, um Gottes willen?«

»Ich habe Dave Friedman angerufen – erinnerst du dich an ihn? Den Psychiater, den ich letztes Jahr nach dem ... Unfall konsultiert habe.«

»Das war kein Unfall, Ariel Gold. Das war schlicht und einfach Mord, der mit einer einzigen gottverdammten Explosion fast meine ganze Familie ausgelöscht hätte – euch beide.«

»Nun ja, der ist jedenfalls ein Hypnotiseur, und da habe ich mir gedacht, dass er vielleicht ... ich habe ihn angerufen. Er ist jetzt bei ihr.« Von dem Kartentelefon, von dem aus sie sprach, konnte sie die geschlossene Tür zu Layas

Zimmer sehen. Dave war schon recht lange bei ihrer Freundin. Sie hatte das Gefühl, als wartete sie auf ein Unheil. War es gut oder schlecht, wenn die Geschworenen zu lange wegblieben? »Was ist, wenn er sie nicht zurückholen kann?«, fragte sie sich laut.

»Ich werde mich sofort um den Augenarzt kümmern. Was die andere Angelegenheit betrifft, hört es sich für mich an, als würdest du dafür eine andere Art Medizinmann brauchen, einen Schamanen.«

Dave Friedmans Vermutung war nicht sehr weit von der von B. F. entfernt. »Guru«, sagte er zu Ariel, nachdem er ein paar Minuten zuvor gestanden hatte, dass er es nicht schaffe.

Ariel sah den Psychiater mit einem fragenden Gesicht an – sie schaute hinunter, denn er war gut fünfzehn Zentimeter kleiner als sie mit ihren eins vierundsiebzig –, aber seine dunklen Augen blickten ernst und wirkten besorgt. Er strich sich über den Scheitel, als hätte er dort noch Haare. Sein dichtes dunkles Nackenhaar machte kurz den Eindruck eines extravaganten Toupets. »Wissen Sie, Ariel«, sagte er, »es ist eine Herausforderung, eine Person wie Sie zu kennen. Eine Frau ohne Vergangenheit, die eine Freundin ohne Gegenwart hat. Dies ist ... wenn es ein Trancezustand ist, ist es keiner, aus dem ich sie herausholen kann.«

»Aber ein *Guru?*«

»Sie ist eine Yogi, sagten Sie? Fortgeschritten? Wie fortgeschritten? Wenn sie sich selbst in Trance versetzt und ein bisschen Verstand besitzt, wird sie im Normalfall nicht allein meditieren. Es war jemand bei ihr. Ein Lehrer. Ein Guru.«

»Nun, zufällig habe ich keinen in meiner Adressenkartei. Kennen Sie einen? Warten Sie mal.« Ariel sog nachdenklich an der Unterlippe. »Wir brauchen *ihren* Lehrer. Ich weiß, wo sie zum Üben hingeht!«

Es erforderte Detektivarbeit, aber noch bevor es Mittag war, war Vishnu Praviniji am Telefon. Als er hörte, was mit Laya passiert war, war er schon unterwegs.

Während sie wartete, rief Ariel im *Open File*-Studio an, um ihre Kollegen davon in Kenntnis zu setzen, wo sie sich aufhielt. Bei ihrer Arbeit brauchte sie keine regelmäßigen Bürostunden einzuhalten, nur um die Zeit totzuschlagen. Vor kurzem hatte sie tagelang fast ununterbrochen gearbeitet. Sie habe, teilte sie ihrer Assistentin mit, weder einen Piepser noch ein Handy bei sich und werde später noch mal anrufen, aber man solle sie nicht vor dem frühen Abend erwarten, wenn heute überhaupt noch.

Sie legte auf und ordnete in Gedanken ihren Zeitplan neu. Sie konnte mit einer Leichtigkeit Prioritäten setzen, die nach einem Jahr des Wiedererlernens ihres Geschäfts von null an entstanden war. Von null an. Genau dort war sie gewesen, als sie Laya kennen lernte. Es war erst eine Woche her, seit Ariel das Gedächtnis verloren hatte.

Sieben Tage zuvor war sie aufgewacht und sich selbst urplötzlich fremd gewesen. Das durchwühlte und geplünderte Haus, in dem sie sich wieder fand, hatte sie ebenso wenig erkannt wie den bedrohlichen Hund, mit dem sie es teilte, oder die verletzte übergewichtige Frau, die sie im Spiegel sah. Die Frau namens Ariel Gold war ein Nichts. Die Waffe und die schmutzigen, blutigen Kleidungsstücke, die zu den Namen gehörten, erfüllten das Nichts mit Schrecken. Sie machte sich daran, den Schrecken zu bekämpfen – wobei sie den Kampf oft verlor –, war aber von dem Willen beseelt zu überleben.

Ariel spürte, wie sich ihr der Magen zusammenzog. Das tat er immer, wenn sie sich an die einsame Verzweiflung jener ersten Tage erinnerte. Sie hatte in harter Arbeit Stück für Stück die Grundtatsachen über sich enthüllen müssen. Es verblüffte sie zu entdecken, dass sie Journalistin sein sollte und als Producerin für eine Nachrichtensendung im Fernsehen arbeitete. Sie hatte keine Vorstellung davon, was ein Producer tat. Noch hilfloser fühlte sie sich, als sie erfuhr, dass sie anscheinend zu der Art Frauen gehörte, die sich distanzierten, und keine Freundinnen hatte, an die sie sich wenden konnte. Sie hatte keinen Ehemann mehr. Sie war mit einunddreißig Witwe, ohne Familie, hatte weder Kinder noch Eltern, die sie suchen konnte; sogar die Adoptiveltern, die sie großgezogen hatten, waren tot. Sie hatte guten Grund zu der Annahme, dass auch sie, wenn sie nicht auf sich Acht geben würde, bald tot wäre.

Da sie keine Ahnung hatte, wem sie trauen konnte, schwieg sie und behielt alles für sich. Und da sie nichts über ihren Job oder die Story wusste, an der sie gerade gearbeitet hatte, täuschte sie es vor. Sie nahm das technische Wissen in sich auf wie ein Schwamm, beobachtete aufmerksam, hörte genau zu und arbeitete an der Story, als hinge ihr Leben davon ab, dass sie das Problem löste. Was ja auch zutraf. Laya war eine ihrer ersten Interviewpartnerinnen gewesen. Ariel wusste noch, was die Yogi mit der sanften Stimme ihr an jenem Tag gesagt hatte.

»Ich weiß nicht, aus welchen Gründen Sie diesen Fall für etwas Besonderes halten, aber ich glaube, Sie werden noch herausfinden, dass es andere, weit aussagekräftigere Gründe gibt.«

Kernpunkt der Story war Layas Freundin und B. F.s Enkelin, eine Frau namens Jane McCaulay. Ariel war ihr nie begegnet und hätte sich nicht daran erinnert, wenn sie sie kennen gelernt hätte; Jane war genau eine Woche und einen Tag zuvor gestorben. Die Autobombe, die sie tötete, war für Ariel gedacht gewesen. Ihre Verbindung zu Jane hörte damit jedoch nicht auf, wie sie später erfuhr.

»Mrs Gold?«

Ariel war in Gedanken so mit der Vergangenheit beschäftigt, dass sie den Mann erst hörte, als er ihren Namen ein zweites Mal rief. Er musste sich vorstellen, ehe sie begriff, wer er war. Fast hatte sie erwartet, einen in Bettlaken gehüllten Swami vor sich zu sehen. Sie wusste nicht, ob sie besorgt oder erleichtert sein sollte, dass Layas Lehrer eher wie ein Aufsteiger aussah als wie ein Mystiker. Unter Vishnu Pravinijis schwarzem Rollkragenpullover zeichneten sich sehnige Muskeln ab. Seine schmalen Hüften steckten in einer eleganten schwarzen Hose mit Bügelfalten. Er war schlank, gut gebaut und wahrscheinlich Mitte fünfzig. Sein Pferdeschwanz war jedoch noch immer genauso pechschwarz wie seine Augen. Sie brannten vor Sorge.

»Ist Laya wirklich blind?«, fragte er.

»Sie kennen noch nicht das Ausmaß der Verletzung«, antwortete Ariel und versuchte in diesen dunklen Augen zu lesen. Sie wollte sich vergewissern, dass das, was sie dort sah, Besorgnis war und nicht etwas völlig anderes, Unheilvolles. Diese Sache überstieg ihr Verständnis, und vielleicht hatte sie sich zu weit vorgewagt. War sie dabei, sich in etwas hineinzureiten? Oder Laya? »Es wäre sehr hilfreich, wenn sie sich mitteilen könnte.«

»Erzählen Sie mir noch mal«, sagte er, »was passiert ist.«

Ariel wiederholte das Wenige, das sie wusste, darunter auch die Pläne des Arztes bezüglich neurologischer Tests.

»Wie lange«, fragte Praviniji, »ist sie schon in diesem Zustand?«

»Ich kann Ihnen nichts weiter sagen, als dass sie mich

heute Morgen kurz nach vier anrief. Ich bin nicht mehr als vielleicht zwölf Minuten später bei ihr in der Wohnung gewesen. Zu dem Zeitpunkt war sie …« Ariel machte eine vage Handbewegung zum Kopf hin. »Hören Sie, Mr Praviniji, kann es sein, dass ich mich irre? Ist Laya *fähig*, sich mit Meditation in Trance zu versetzen?«

»Selbst Anfänger können den Kopf frei machen und tief in sich selbst hineinhorchen, und Laya ist keine Anfängerin. Was Sie beschreiben, geht jedoch über alles hinaus, was ich ihr zutrauen würde. Es ist ein Zustand, den sie nie allein zu erreichen versucht hätte, es sei denn, unter höchst ungewöhnlichen Umständen.«

»Er ist also gefährlich? Ich meine, wo *ist* sie?«

»Vielleicht … jenseits von Schmerz. Wo das Selbst zu existieren aufhört. Und von wo«, murmelte er mehr oder weniger zu sich selbst, »sie vielleicht gar nicht zurückzukehren wünscht.«

»Wie sieht dieser angenommene …«

»Bitte bringen Sie mich zu ihr«, unterbrach sie Praviniji.

Ariel drehte sich um und zeigte ihm Layas Zimmer. Zwei Männer in weißen Jacken, die eine Trage schoben, wollten gerade die Tür aufmachen.

»Entschuldigen Sie.« Praviniji hielt den Krankenpflegern oder Technikern oder was immer es waren eine Hand entgegen, und ohne sichtbaren Zweifel daran, dass sie seiner Aufforderung nachkommen würden, sagte er: »Sie müssen bitte warten.« Er schritt in den Raum und ließ die beiden Männer mit großen Augen vor dem Zimmer stehen. Sie sahen zunächst die Tür an, die sich hinter ihm schloss, und dann einander.

Falls Ariel geglaubt haben sollte, dass es das Verfahren abkürzen würde, wenn man einen Patienten mit weniger als der üblichen Zahl von Vor- und Zunamen einlieferte,

musste sie jetzt schnell erfahren, dass es noch schwieriger war, einen »alternativen Experten« ins Spiel zu bringen.
Sie bemühte sich, die Männer mit der Trage abzulenken, aber ohne großen Erfolg. »Bitte«, sagte sie leise, in der Hoffnung, sie würden die Prozedur oder das Ritual nicht stören, was auch immer sich hinter dieser Tür abspielte. Sie bemühte sich, nicht daran zu denken, wie die Konsequenzen sein würden, wenn sie einen Spinner in die Sache hineingezogen hatte. »Könnten Sie ihm eine Minute Zeit lassen? Er ist ein Freund der Patientin. Vielleicht ist er in der Lage, ihr zu helfen. Okay?«
Einer der Männer warf ihr aus schmalen Augen einen Blick zu. »Ich kenne Sie. Sie sind bei einer dieser Krawallsendungen im Fernsehen.« Sein Kopf wirbelte um hundertachtzig Grad herum, und er hielt, wie Ariel vermutete, nach Kameras Ausschau. Sein Partner war schon dabei, sich zurückzuziehen, um die Sicherheitsbeamten zu alarmieren, dessen war sie sicher.
»Es ist keine Krawallsendung«, entgegnete sie mit fester Stimme, »und außerdem habe ich dienstfrei. Glauben Sie, ich würde so vor die Kamera treten?« Sie setzte das professionelle Lächeln auf, das sie insgeheim vor dem Spiegel geübt hatte – es lud zu Vertrauen (und Vertraulichkeiten) ein und wirkte unfehlbar. »Die Patientin«, fuhr sie fort, »ist meine Freundin und die dieses Gentleman. Er hat sie, wie soll ich es ausdrücken, schon durch einige ähnliche Geschichten hindurchgebracht. Es ist denkbar, dass er Ihnen Arbeit erspart. Damit hätten Sie doch kein Problem, oder?«
»Die Patientin«, sagte der Mann mit den schmalen Augen, »wird unten erwartet. Wir sollen sie hinbringen. Wir haben einen Zeitplan einzuhalten.«
»Können Sie nicht eine Minute warten? Hören Sie,

warum holen Sie nicht einen Arzt? Dann werde ich mit ihm oder ihr sprechen.« (Und was soll ich sagen?, fragte sich Ariel.)
Zum Glück blieb ihr diese Herausforderung erspart. Die Tür ging auf, und Praviniji stand in der Öffnung. Ariel blickte schnell von seinem Gesicht, das nichts enthüllte, zu Laya, die hinter ihm im Bett lag. Ihr Gesicht war nach oben gewandt. Sie sah aus, als würde sie die Decke anstarren, was angesichts der kleinen Kunststoffröhren, aus denen ihr eine Salzlösung in die Augen tropfte, eine beachtliche Leistung gewesen wäre. Ihre Hände ruhten auf ihrer Brust und hoben sich dunkel vor dem Weiß der Bettwäsche ab. Praviniji war es, wie Ariel vermutete, gelungen, ihre gemeinsame Freundin aus dem Zustand »jenseits von Schmerz« zurückzuholen, denn Laya hatte die Hände zu Fäusten geballt. Ariel fragte sich, ob Laya Praviniji – oder ihr – dafür danken würde.

4

Ariels Großvater schickte einen Augenarzt. Die Ankunft von B.F.s »Spitzenmann« erleichterte Ariel zutiefst. Auf Chaney, den Augenarzt des Krankenhauses, der seit Tagesanbruch an dem Fall gearbeitet hatte, hatte die Gegenwart des neuen Arztes eine andere Wirkung. Ariel kam es vor, als fühlte er sich vor den Kopf gestoßen. Seine Haltung wurde immer aufrechter. Er vibrierte vor Anspannung. Wenn er sich hätte biegen lassen, hätte man einen Pfeil aus seiner Achselhöhle abschießen können. Doch

schon nach einer Stunde vermochte es Ariel dem jüngeren, jetzt überflüssigen Arzt nicht zu verdenken.
Dr. Brian M. Crowne (Facharzt für Augenheilkunde, Erkrankungen der Hornhaut und Augenchirurg, Mitglied des amerikanischen Ophthalmologenverbands und der American Academy of Ophthalmology) war ein aufgeblasener Wichtigtuer. Er war so prompt im Krankenhaus erschienen, dass Ariel sich unwillkürlich fragte, ob er bei B. F. in der Brusttasche gesteckt hatte – oder dies hoffte. Crowne behandelte Chaney von oben herab. Er wischte Ariels Fragen beiseite, als wären es Fruchtfliegen, die sich auf seiner Frühstücksbanane niederlassen wollten. Und Laya verhörte er geradezu. Er benahm sich bei der Visite wie ein Zar.
»Ich kann einen Killer auf ihn ansetzen«, scherzte Ariel grimmig, als sie zufällig mit Chaney allein war. »Sie brauchen es nur zu sagen.«
»Verführerisch, aber trotzdem vielen Dank«, entgegnete der erschöpfte und zermürbte Krankenhausarzt. Er ließ die Schultern hängen. »Brian Crowne ist ein Genie. Er hat an der Universität sogar einen Kurs geleitet, in dem ich mich abgerackert habe. Es ist ein Privileg, sich mit dem Mann in ein und demselben Raum aufzuhalten. Wer ist diese Lady überhaupt, dass sie Crowne verdient?«
»Muss man Crowne ›verdienen‹?«
»Er praktiziert seit drei Jahren nicht mehr, betreibt nur noch Forschung. Er hält Vorträge, schreibt, nimmt haufenweise Auszeichnungen und Ehrungen entgegen. Ich würde vermuten, dass er im letzten Jahr an mehr Banketten zu seinen Ehren teilgenommen hat, als zehn *sterbliche* Ärzte in ihrem ganzen Leben besuchen werden, und wahrscheinlich besitzt er mehr Smokings als ich Unter-

hosen. Und da der große Mann mir eine Besorgung aufgetragen hat …« Chaney nahm Haltung an, salutierte und machte sich verstimmt auf den Weg, aber Ariel fiel auf, dass er sich beeilte. Die Rockschöße seines weißen Kittels flatterten hinter ihm.

»Ich danke dir, B. F.«, murmelte Ariel und stellte Vermutungen darüber an, was für einen Köder ihr Großvater ausgeworfen hatte. Sie sank auf die nächste harte Bank und schloss die Augen, nur um sie einen Moment ruhen zu lassen. Sie musste sogar leicht eingenickt sein, denn sie fuhr erschrocken hoch, als plötzlich jemand schrie: »Verdammt! Hättest du nicht zumindest sagen können, in welcher Etage ich dich finde?«

»Henry?« Ariel blinzelte. »Was tust du denn hier?«

Henry Heller ragte schwer atmend über ihr auf. Er funkelte sie wütend an. »Was *ich* hier tue? Ich habe in diesem ganzen Krankenhaus nach dir gesucht!« Er ließ sich neben ihr auf die Bank fallen, betrachtete prüfend ihr Gesicht und strich ihr dann mit der Hand behutsam darüber. »Ich rief im Studio an. Sie sagten, du seist hier, hättest aber nicht mitgeteilt, warum. Was ist los, Ariel? Hast du einen Unfall gehabt oder so was?«

Sein Erscheinen war, das bemerkte Ariel erst jetzt, eine noch größere Erleichterung als das des berühmten Dr. Crowne.

Als sie noch Producerin von *The Open File* gewesen war, war Henry ihr Chef gewesen. Als sie Korrespondentin wurde und vor der Kamera stand, war er ihr Kollege geworden. Und er war ihr Freund geblieben. Er war einmal mehr gewesen, und wenn es nach Henry ginge, wäre es immer noch so. Vor einem Monat hatte er der Show den Rücken gekehrt, da er ihrer beider tägliche Nähe nicht mehr ertragen wollte oder konnte, und hatte das Angebot angenommen, Chefredakteur einer neuen Zeitschrift namens *Newsfront* zu werden. Das erste Heft würde bald erscheinen, und Henry saß Tag und Nacht in Konferenzen, reiste, interviewte, stellte Leute ein und rackerte sich nach Leibeskräften ab. Ariel hatte das Gefühl, dass er nur zu glücklich war, wieder zu seinen Wurzeln bei der Presse zurückgekehrt zu sein. Er genoss es, ganz oben zu sein, dessen war sie ziemlich sicher.

Sie hatte ihn seit zwei Wochen nicht mehr gesehen. Seine braunen Augen lagen noch tiefer in ihren Höhlen als sonst, und sein dunkler gepflegter Bart sah nicht mehr so dunkel aus, ja, ein wenig grau. War das möglich? In nur zwei Wochen? Sie hatte ihn vermisst. »Regnet es?«, fragte sie und streckte die Hand aus, um feuchte Flecken an seinem albernen Filzhut zu berühren. Er hatte ihr sehr gefehlt.

»Über das Wetter können wir später noch sprechen, okay? Antworte mir jetzt! Bist du …«

»Mit mir ist alles in Ordnung. Es geht nicht um mich.«

»B. F.?« Er ergriff ihre Hände. »Ist es B. F.? Was ist passiert?«

Ariel schüttelte den Kopf. »Laya«, sagte sie. Noch einmal wiederholte sie den Ablauf der Ereignisse. Der Anruf, der sie geweckt hatte. Dann Layas eigentümliches mentales Selbst-Exil, das eine Zeit lang noch erschreckender gewesen war als die Verletzung. Der Aufmarsch verschiedener Spezialisten, die sie im Lauf des Tages hatte einfangen können. Und von denen bis jetzt noch nicht einer eine Prognose gestellt hatte. Von einer Minute zur nächsten machte Henry ein immer entsetzteres Gesicht.

»Sie kann überhaupt nicht sehen?«, krächzte er. »O mein Gott! Die Arme. Was Schlimmeres kann ich mir nicht vorstellen!«

»Ich schon«, erwiderte Ariel. »Wenn dies kein Unfall war …« Sie blickte an ihm vorbei auf die offene Tür zu Layas Zimmer. Crowne hatte sie noch nicht zurückgebracht, wohin auch immer er sie beordert hatte. »Wenn jemand sie absichtlich geblendet hat, wird er sich vielleicht dafür entscheiden, es nicht dabei bewenden zu lassen.«

Henry runzelte die Stirn. »Hat sie gesagt, dass es kein Unfall war?«

»Sie redet nicht. Jedenfalls nicht mit mir.«

Sie drehten sich beide um, als Dr. Chaney wieder auftauchte. »Crowne ist unterwegs, um mit Ihnen zu sprechen«, teilte er Ariel mit. »Außerdem ist der Laborbericht gekommen. Ich habe ihn ihm gerade gegeben, und er hat nicht gesagt, dass ich es Ihnen nicht erzählen darf. Es war etwas, was Fluorwasserstoffsäure heißt.«

Ariel leckte sich ihre plötzlich trockenen Lippen. »Was genau ist das?«

»Ich bin kein Chemiker, aber man hat mir erklärt, es sei eine wässrige Lösung aus Fluorwasserstoff.«

Das klang nicht allzu schlimm. »Das hört sich beinahe leicht verträglich an«, sagte Ariel hoffnungsvoll.

»Nun ja …« Chaney war anzusehen, dass er seinen Impuls, als Erster mit der großen Nachricht zu kommen, zu bereuen begann.

»Was?«, fragte Henry. Er hielt Chaney die Hand hin. »Henry Heller. Ich bin ein Freund von Ariel und Laya, Dr. …?«

»Chaney.«

»Nun ja was, Dr. Chaney?«

»Ich will es so ausdrücken: Schon der Dampf ist gefährlich. Wenn man das Zeug auf die Haut bekommt, kann es schwere Verbrennungen verursachen. Tiefe Ge-

schwüre. Und wenn man die Säure zu sich nimmt, kann das tödlich sein. Sie war in den Augentropfen.«
Ariel legte erschrocken die Hand auf ihren Mund. Alle verstummten. Sie brauchten eine Minute, um zu verdauen, was sie gehört hatten.
»Aus diesem Grund gibt es kaum eine Entstellung hinter den Augenlidern«, fügte Chaney hinzu. »Wenn man ihr das Zeug in die Augen geworfen hätte, dann ...«
»O mein Gott!«, rief Henry.
»Ja«, sagte Chaney. »Eine Konzentration mit dem pH-Wert eins – hochgradig ätzend.«
»Wie hochgradig ätzend?«, hakte Henry nach.
»Im Labor sagte man mir ...«, er sah erst Ariel und dann wieder Henry an »... dass man dieses Zeug vorwiegend dafür einsetzt, Glas zu ätzen.«

»Glaubst du, dass dieser Crowne ein Fall von Persönlichkeitsspaltung ist?«, fragte Henry Ariel. »Ist dir aufgefallen, dass er sich immerzu als ›wir‹ bezeichnet?«
»Hm?« Ariel ließ Spaghetti in kochendes Wasser fallen. Dann kraulte sie Jessie geistesabwesend hinterm Ohr. Sie hatte gar nicht zugehört.
Henry waren die Marotten des guten Doktors im Grunde völlig egal, er wollte nur Ariel ablenken. Er hatte darauf bestanden, sie in Layas Wohnung zu begleiten, um die Katze zu versorgen, und sie dann nach Hause zu bringen. Er hatte sich selbst eingeladen und sie gefragt, ob er etwas zu essen besorgen solle.
»Ja, tu das«, hatte Ariel geantwortet. »Ich möchte nicht ausgehen. Ich mach schnell selbst was.« Das war das Letzte, was sie gesagt hatte. Henry hatte mit dem Hund gespielt, während sie zehn Minuten unter der Dusche verbrachte, die so heiß war, dass ihre Haut immer noch

rosig war. Ihr kurzes, von hellen Strähnen durchzogenes Haar war feucht, aber dank eines teuren Haarschnitts legte es sich schon wieder in die Wellen, die Fernsehzuschauern allmählich vertraut wurden. Jetzt trug sie einen salbeifarbenen Frotteebademantel, und hinter der übergroßen Schildpattbrille, die ihr immer wieder auf die Nase rutschte, nahmen ihre Augen die gleiche grüne Farbe an. Sie blickten in die Ferne.

»Dieser Bauerntisch ist neu, stimmt's?«, fragte Henry, um Konversation zu machen. »Und diese Stühle? Antik, nicht wahr?« Und für Winzlinge des 19. Jahrhunderts gebaut, dachte er und brachte seine langen Beine in eine neue Stellung, um bequemer zu sitzen. Der Stuhl ächzte bedrohlich.

Ariel rührte ein Ragout um, das sie in der Mikrowelle aufgetaut hatte, ein offensichtlich selbst gemachtes Gericht. Henry lief auf peinliche Weise das Wasser im Mund zusammen. »Weißt du, ich werde dir mal was sagen«, erklärte sie plötzlich, offenbar eine Unterhaltung fortsetzend, die sie mit sich selbst geführt hatte. »Alles Wesentliche sieht man nicht.«

Henry hatte die Hand ausgestreckt, um Jessie zu streicheln, die jede Hoffnung auf Aufmerksamkeit ihres Frauchens aufgegeben hatte. Der Hund warf Ariel einen Blick zu, der genauso ausdruckslos war wie seiner, das hätte Henry beschwören können. »Wie bitte?«, fragte er.

»Laya besitzt das wichtigste Sehvermögen«, sagte Ariel. »Das innere Sehvermögen. Wenn das Schlimmste passiert, wenn diese Verletzung sich als dauerhaft erweist, wird sie lernen, damit zu leben.«

Dr. Crowne hatte seine Diagnose formuliert, als würde er die Tafeln mit den Zehn Geboten vom Berg Sinai bringen, doch es war nicht ermutigender als die des Arztes in der Notaufnahme.

Es bestehe »die Möglichkeit«, dass Laya auf dem linken Auge etwas von ihrer Sehfähigkeit zurückerhalte. »Wir« würden warten, bis sich die akute Entzündung gelegt habe, dann würden »wir« uns darum kümmern, inwieweit die Hornhaut verheilen und sich stabilisieren könne. »Das Auge«, hatte Crowne getröstet, »hat erstaunliche Selbstheilungskräfte.«

Was das rechte Auge betraf, hatte er nicht einmal dieses armselige bisschen Trost zu bieten.

Ariel rettete die Pasta, kurz bevor das Wasser überkochte. »Nein, wirklich!«, versicherte sie, als hätte Henry ihrer Äußerung über Layas Unverwüstlichkeit widersprochen. »Wenn jemand die Blindheit besiegen kann, dann ist es Laya. Sie besitzt unglaubliche Kraft. Und auch Geduld. Endlose Geduld. Sie ...«

»... wird vielleicht gesund«, sagte Henry. »Du greifst den Dingen vor.«

»Aber vielleicht auch nicht. Ich versuche realistisch zu sein.«

»Klingt für mich eher negativ.«

»Dann hörst du nicht zu. Ich habe gesagt, dass ich keinen ausgeglicheneren Menschen kenne. Sie wird mit allem fertig werden, was auch immer passiert.«

»Ich hoffe, du hast Recht. Wenn du entscheidest, was sie tun und nicht tun wird, solltest du allerdings nicht vergessen, dass es nicht um deine Augen oder dein Leben geht.«

Ariel hatte gefragt, ob sie Laya noch sehen könne, bevor sie das Krankenhaus verließen. Nein, hatte man ihr geantwortet. Die Patientin habe eindeutig den Wunsch geäußert, allein gelassen zu werden.

Es sei eine andere Sache, hatte Crowne erklärt, wenn der

Verlust der Sehfähigkeit allmählich erfolge. Wer zum Opfer einer Krankheit werde und etwa an Retinitis pigmentosa leide oder an diabetischer Retinopathie, habe Monate oder Jahre Zeit, sich daran zu gewöhnen. Zu trauern. »Ihre Freundin«, hatte er gesagt, »braucht Zeit.« Und dann hatte er mit überraschender Gefühlstiefe hinzugefügt: »Stellen Sie sich das vor! Innerhalb von Minuten das Sehvermögen zu verlieren. Unter großen Schmerzen. Ohne dass Sie sich erklären können, was mit Ihnen geschieht. Und dann erfahren Sie, dass Sie das Opfer irgendeines Psychopathen sind. Einen solchen Fall habe ich noch nie gehabt. Sinnlose, willkürliche Grausamkeit.« Er zog die Mundwinkel vor Abscheu nach unten. »Dieser kranke Scheißkerl«, murmelte er in einem, wie Ariel vermutete, völlig untypischen Augenblick verlorener Selbstbeherrschung.
»Und die Kratzer in ihrem Gesicht?«, hatte Ariel gefragt. »Wie sind die ...«
»Sie hat keine Erinnerung daran, woher sie die hat. Wir gehen davon aus, dass sie sie sich selbst beigebracht hat. Kopflose Panik. Der Schmerz muss unerträglich gewesen sein.«
Henry blickte wie Crowne finster drein, sah aber aus, als verspürte er eher Übelkeit als Zorn. »Sehen Sie, das kapiere ich einfach nicht«, brummte er. »Dieses Zeug musste doch wie Feuer brennen. Nachdem sie in das eine Auge Tropfen getan hatte, warum zum Teufel hat sie sich dann auch das andere noch getropft?«
»Das weiß Gott allein.« Crowne hatte gekränkt gewirkt, weil der Allmächtige ihn nicht ins Vertrauen gezogen hatte. »Wenn man darin geübt ist, sich Tropfen zu verabreichen, ist das eine Sache von zwei Sekunden. Trotzdem ...«

»Diese Frage kann ich beantworten«, schaltete Chaney sich ein. »Im Labor sagten sie, dass Fluorwasserstoffsäure sich mit Kalzium zu verbinden versuche. Es geht in die Knochen. Eins der Dinge, die es so gefährlich macht, ist die Tatsache, dass man nicht unbedingt gleich merkt, dass man verletzt worden ist. Es ist möglich, dass man nicht sofort den Schmerz spürt. Der kann später kommen.«

»Sie wird psychiatrische Hilfe brauchen«, hatte Crowne gesagt. »Wir haben Zugang zu den besten Leuten. Sollen wir das arrangieren?«

Es war fast sieben Uhr gewesen, als Henry und Ariel das Krankenhaus verließen. Der schlimmste Augenblick kam in gewisser Weise erst dann. Was sie sahen, als sie ins Freie traten, war ein Himmel wie aus dem Märchen. Trotz der Tatsache, dass es regnete, hatte die Sonne beschlossen, in letzter Minute noch einmal zu erscheinen, nur um zu beweisen, dass sie es konnte. Sie brach triumphierend hinter aufragenden rosa leuchtenden Wolken hervor. Der Regen schimmerte vor Sonnenlicht. Und dann sah Ariel den Regenbogen – ein perfekter Prismabogen, der sich so klar abzeichnete, als hätte ihn ein Kind gemalt.

»Oh!«, rief sie aus, und als ihr die Tränen in die Augen schossen, verschwamm der Himmel und wurde zu strahlenden Fragmenten.

Henry legte ihr den Arm um die Schultern. Er wusste, was sie dachte.

»Noch etwas Schönes, was ihr fehlen wird«, flüsterte Ariel. »Wie eine Erinnerung. Es ist grausam.«

»Es ist gebrochenes Licht, für jeden da, der zufällig nach oben blickt.«

»Für jeden, der sehen kann«, sagte Ariel unglücklich.

5

Lokale Behörden waren natürlich ebenso wie Bundesbehörden über die mit Fluorwasserstoffsäure versetzten Augentropfen informiert worden. Es handelte sich dabei, wie Ariel bemerkt hatte, um eine rezeptfreie Marke, die von einer kalifornischen Drugstore-Kette verkauft wurde. Sämtliche Notaufnahmen aller Krankenhäuser des Staates wurden in Alarmzustand versetzt. Es waren jedoch keine vergleichbaren Verletzungen gemeldet worden. Innerhalb von Stunden hatte das Unternehmen seine Vorräte zurückgerufen und die Allgemeinheit vor dem Produkt gewarnt. Man begann Stichproben sämtlicher Marken zu machen. Bis dahin war kein weiteres verfälschtes Produkt entdeckt worden. Für die Zukunft ließ sich das nicht ausschließen, doch bis jetzt schien Layas Tragödie glücklicherweise ein Einzelfall zu sein.

Während die Food and Drug Administration ihre Arbeit erledigte, taten die lokalen Justizbehörden die ihre. Sie erklärten das einzig bekannte Opfer zum bewusst gewählten Ziel eines Anschlags.

Auf Ariels Bitte hin schaltete sich Max Neely in den Fall ein. Max, Witwer, bald wieder verheiratet und Stiefvater eines Teenagers, war Detective Lieutenant der Polizei von Los Angeles. Für Ariel war er seit langer Zeit, länger, als sie sich zurückerinnern konnte, ein professioneller Freund; er war auch einer der Hand voll Menschen, die wussten, wie kurz ihre Gedächtnisspanne war.

»Sehr zugeknöpft, Ihre Freundin mit dem einen Namen«, sagte Max zu Ariel, als er nach Layas Befragung in ihrem Büro vorbeikam. Er ließ seine ansehnliche Leibeshülle auf einen Stuhl fallen, legte den Fußknöchel auf den

Schenkel und begann mit dem Fuß zu wippen. Max lief mit einer Art persönlichem verstärktem Strom, der bei einem Kurzschluss, wie Ariel sich vorstellte, in sein krauses rotes Haar schoss, das leicht angebrutzelt aussah. »Hartes Stück Arbeit, das Gespräch. Sie hat immer wieder so getan, als wären wir gar nicht da.«

»Ich hoffe, Sie haben Ihr Sensitivitätstraining genutzt«, erwiderte Ariel.

»Ich war lammfromm. Wie ist das mit ihrem Namen?«

»Kann sie sich nicht nennen, wie sie will?«

»Tatsächlich kann sie das. Sie hat ihn legal geändert. Ich habe nachgefragt.«

»Wie verlief das Gespräch?«

»Ich werde Ihnen wahrscheinlich nichts erzählen, was Sie nicht bereits wissen. Ich nehme an, Sie haben Ihre Freundin schon besucht ...«

»Sie sollten nichts annehmen.«

»Okay. Aber sie ist eine Freundin von Ihnen, richtig? Wie gut kennen Sie sie?«

»Sie ist meine Lehrerin, das habe ich Ihnen schon gesagt. Manchmal gehen wir nach dem Unterricht zusammen essen. Bei einigen Dinnerpartys ist sie auch bei mir zu Hause gewesen. Wir haben gemeinsam an einer Wochenendveranstaltung mit Yoga teilgenommen. Warum fragen Sie?«

»Was meinen Sie wohl? Weil ich mehr über sie erfahren muss, über sie, ihre Freunde und Bekannten. Und ebenfalls Feinde, falls sie welche hat.«

»Das kann ich mir nicht vorstellen. Laya ist irgendwie ... nicht von dieser Welt. Gelegentlich vielleicht sogar außerweltlich.«

»*Außer*weltlich? Wie überirdisch?«

»Wie spirituell. Selbstverwirklichung. Ch'i. Einheit mit dem göttlichen Wesen.«

»Oh, verstehe.« Max' Gesichtsausdruck machte seine Meinung über diese Dinge unzweideutig klar. »Besteht die Möglichkeit, dass sie sich mit jemandem ›vereint‹ hat, der einen Sprung in der Schüssel hat?«

»In Los Angeles?« Ariel ließ ein Schnauben hören. »Das bezweifle ich.«

»In dieser Welt oder der anderen, die sie besucht?«

»Laya ist nicht verrückt, Max. Sie ist nicht aus irgendeinem Himalajagipfel herausgekrochen. Ich meine, sie ist *wirklich* westlich. Was mich an Yoga angezogen hat, ist die Art und Weise, wie sie es unterrichtet. Entmystifiziert. Sie macht es zugänglich. Sie macht es sogar zum Spaß.«

»Ja, verstehe, und jemand hat Spaß daran gefunden, sie zu blenden. Vielleicht gerade *sie,* mit voller Absicht. Also, weiter … Freunde? Feinde?«

»Ich kenne einige meiner Mitschülerinnen, aber davon abgesehen …«

»Sie sind nicht sehr hilfreich, nicht wahr, Gold? Wie kommt es überhaupt, dass sie gerade *Sie* angerufen hat? Und *wie* hat sie das gemacht? Sie konnte nicht sehen.«

»Ich weiß nicht. Um die Wahrheit zu sagen, es gibt eine Menge, was ich nicht über Laya weiß; ich meine, über ihr wirkliches Leben.«

»Ihr ›wirkliches‹ Leben? Im Gegensatz zu welchem?«

»Ich spreche von ihrer Familie, Max. Ihrem Hintergrund. Ihren Liebesbeziehungen, falls sie welche hat. Ich weiß nicht, wie ich es erklären soll. Ich empfinde eine Nähe zu ihr, kenne ihre Güte, ihre innere Ruhe, kenne sie, aber ich weiß nichts *über* sie.«

»Du lieber Himmel.«

»Nun ja …« Ariel war es peinlich, und es irritierte sie, dass sie sich peinlich berührt fühlte. Sie würde unmöglich erklären können, dass Laya eine alte Seele war, dass sie anderen Menschen etwas von ihrer Kraft gab. Freundschaft mit Laya ging über das Äußerliche hinaus. Man sprach mit ihr nicht über Beförderungen, Kleider oder Steuern. In diesem Moment hätte Ariel nicht eindeutig benennen können, worüber sie gesprochen hatten. Durchbrüche. Eine *asana,* eine Haltung, die man noch nie gekannt hatte. Gefühle, die aus Übung erwuchsen. Ariel kam der Gedanke, dass ihre Freundschaft mit Laya vielleicht ein wenig egoistisch war.

»Ich lernte sie kennen«, sagte sie, »als wir an der Story über die Ermordung von Jane arbeiteten. Die beiden waren einander sympathisch. Machen Sie sich ruhig darüber lustig, wenn Sie mögen, aber Laya wusste vor mir und vor allen anderen über Jane und mich Bescheid. Es war, als hätte sie es gespürt.«

»Was für ein Kunststück, Ariel. Sie und Jane waren eineiige Zwillinge.«

»Die einander damals so ähnlich sahen wie Laurel und Hardy.«

»Wirklich? Nun ja, diese Laya war damals so gut wie die einzige Person, die mit Ihnen beiden in Kontakt war, und wir sprechen von oberflächlichen Unterschieden.«

»Fünfunddreißig Pfund sind eine Menge Oberfläche.«

Max lachte. »Sie waren ein bisschen stämmig.«

»Ich war ein in Speck vergrabener Maulwurf, und das wissen Sie auch. ›Ein bisschen dämlich‹ – so haben Sie mich einmal, wenn ich mich nicht irre, zart fühlend bezeichnet.«

»Das habe ich gesagt?« Max war amüsiert. »Mein Fehler ist, dass ich immer zu offen bin.«

»Ein Dummchen, das sich Make-up als einen Abdeckstift vorstellte. Ein Dummchen, das sich hinter übergroßen Kleidern versteckte und einer Brille, die so hässlich war, dass dann nur noch ein Schnurrbart und eine falsche Nase fehlten.«

»Ja, aber ...«

»Außerdem war Jane Model. Vielleicht nicht gerade ein Super-Model, doch ein ...«

»Schon gut! Aber Sie haben sich herausgemacht. Sobald Sie sich erst mal von der Trennung befreit und den Schönheitssalon und so weiter entdeckt hatten ...«

»*Schönheitssalon?* Reizend.«

»Was auch immer. Die Sache ist nämlich die, dass mit Ausnahme Ihrer Nase, die nicht so ganz zu dem Rest passt, denn sie ist nicht echt, um es offen zu sagen ...«

»Ist sie doch.«

»Es ist nicht die, mit der Sie auf die Welt gekommen sind. Ich will etwas anderes sagen. Mit Ausnahme der veränderten Nase – was übrigens etwas ist, was ich nie verstanden habe –, sahen Sie und Ihre Schwester einander so ähnlich, dass jeder, der Sie beide kannte, die Ähnlichkeit bemerken musste. B. F. hat Sie erkannt, nicht wahr? Irgendwie aus dem Bauch heraus.«

»Er erkannte eine Verbundenheit, nicht mich als seine Enkelin.« Ariel sah Max tadelnd an. »Warum bauschen Sie die Sache so auf? Macht Ihnen die Möglichkeit Angst, dass manche Menschen die Fähigkeiten haben, Dinge zu spüren, die Sie und ich nicht wahrnehmen?«

»Ob es mir Angst macht? Ich würde Geld dafür zahlen. Sagen Sie mir, wo ich mich melden kann?«

»Blödsinn.«

»Haargenau meine Meinung über dieses ganze Thema. Sie lügen, wenn Sie mir einreden wollen, dass niemand Sie je mit Ihrer Schwester verwechselt hat.«

Ariel konnte nicht leugnen, dass es vorgekommen war. Jane war schlanker gewesen, mager wie eine Bohnenstange. Sie hatte ein tiefes Kinngrübchen gehabt, ein Souvenir von einem Unfall in der Kindheit. Ariels Haar war anders geschnitten und hatte eine hellere Farbe. Und dann war da die Sache mit der Nase. Und dennoch hatten Leute, die nicht von Janes Tod gehört hatten, sie irrtümlich für ihre Schwester gehalten.

Da war der Teenager gewesen, der Ariel der »Hochnäsigkeit« beschuldigt hatte, als sie nichts von ihren Make-up-Tipps für Models verraten hatte. Und der betrunkene Mann, den sie bei einem Empfang kennen gelernt und der behauptet hatte, ein *Playboy*-Heft zu besitzen, in dem sie nackt posiere. (Ihr Großvater hatte losgebrüllt vor Lachen, als sie es ihm erzählte. Nicht so amüsant fand er es, als ein wild dreinblickender Fan, der *tatsächlich* wusste, dass Jane tot war, darauf beharrte, dass Ariel ihr Geist sei.)

»Nun?«, hakte Max nach.

»Ja, stimmt schon«, gab Ariel zu. »Es ist ein- oder zweimal passiert, aber damals, als ich Laya kennen lernte, sahen wir vollkommen ...«

»Schau einer an, da habe ich ja doch Recht gehabt.« Max' Finger, die eben noch auf seinen Schenkeln gelegen und einen Rhythmus geklopft hatten, den nur er hören konnte, schossen plötzlich auf Ariels Schreibtisch und zeigten auf ein kleines gerahmtes Foto, das dort stand. Er rückte es zurecht, um besser sehen zu können, und fragte: »Wer ist das?«

»Meine Mutter. B. F. hat es mir geschenkt.«

»Sie starb bei Ihrer und Ihrer Schwester Geburt, richtig?« Ariel unterdrückte den Wunsch, das Foto wieder so hinzustellen, wie es gestanden hatte.

»Sagen Sie mal, haben Sie je mehr darüber herausgefunden, wie Sie und Jane getrennt wurden?«

»Was gibt es da herauszufinden? Unser Vater war ein

Spinner, ein Blumenkind. Kleine Alltagssorgen wie eine angemessene medizinische Versorgung seiner Frau, Geburtsurkunden und ... Verantwortung waren seine Sache nicht. Die Fürsorge bekam mich in die Finger, und so wurde ich zum Findelkind. Jane bekamen sie nicht, und sie landete bei B. F.« Ariel tat die Erklärung mit einem Schulterzucken ab. In Wirklichkeit aber kreisten ihre Gedanken oft um das, was vielleicht hätte sein können. Wenn es eine Möglichkeit gäbe, die Einzelheiten zu erfahren, wären sie ihr bekannt. Und wäre da eine Möglichkeit, sie zu verändern, um so einen Tag oder eine Stunde mit ihrer Zwillingsschwester zu haben, die sie zuletzt als Säugling gesehen hatte und die sie nie wieder sehen würde, würde sie die Welt auf den Kopf stellen, um es zu erreichen. »Wie wär's, wenn wir dieses Thema beenden würden? Wir sprachen gerade von ...«

»Sie könnten jemanden beauftragen, Nachforschungen anzustellen.«

»Max, ich verdiene meinen Lebensunterhalt mit Recherchen. Glauben Sie etwa, ich hätte keine Nachforschungen angestellt?«

»Was ist mit den Hippie-Freunden Ihrer Eltern? Könnten Sie nicht ...«

»Die Kommune hat sich zerstreut. Ich konnte nur eine Freundin meiner Mutter aufspüren. *Wie* wir getrennt wurden, ist eine offene Frage. Was ich allerdings wirklich wissen möchte, ist, *warum* wir getrennt wurden, doch leider habe ich keinen Draht zu dem unerforschlichen Ratschluss des Schicksals.«

»Aber vielleicht Ihre Seelenfreundin Laya!«, entgegnete Max verschmitzt. »Wie kommt es, dass Sie sie nicht fragen?«

Ariel warf einen viel sagenden Blick auf ihre Armbanduhr.

»Wie kommt es, dass Sie mir nicht einfach von Ihrem Gespräch mit ihr erzählen?«

»Ach ja, das Gespräch. Na schön, wir haben ein paar Möglichkeiten. Wenig stichhaltig, aber interessant.«

Die Augentropfen, berichtete er Ariel, seien in der Nähe von Layas Wohnung in einem Lebensmittelgeschäft mit angeschlossener Apotheke gekauft worden, in dem man sie gut kenne. Sie habe die Tropfen früh am selben Abend geholt, an dem sie sie zum ersten und einzigen Mal genommen habe. »Und – jetzt wird es interessant – die Flasche, die zusammen mit ihren anderen Einkäufen eingepackt wurde, wurde unbeaufsichtigt gelassen. Wir sprechen von gut zehn Minuten, in denen jemand die Möglichkeit hatte, den Inhalt auszutauschen.«

Laya hatte ihren Einkauf beendet und war zu ihrem Wagen gegangen, wo sie entdeckte, dass die Schlüssel weg waren. Also kehrte sie in den Laden zurück, um sie zu suchen, und hatte die Tüten in einem Einkaufswagen neben ihrem abgeschlossenen Auto stehen lassen.

»Können Sie sich das vorstellen?«, fragte Max Ariel. »Wo hat sie gelebt? Im Schlaraffenland? Es ist ein Wunder, dass sie, als sie wiederkam, keinen leeren Einkaufswagen vorfand.«

»Ja«, sagte Ariel leise. »So ein Pech, dass niemand mit ihren Einkäufen weggerannt ist.«

Max zog seine fleischigen Schultern hoch. »Wahrscheinlich«, sagte er und räusperte sich, »nahm sie an, dass sie gleich wieder da sein würde, aber die Schlüssel waren nicht am Tresen und auch nicht abgegeben worden, so dass sie ihren Weg zurückverfolgte. Nachdem sie sie dann gefunden hatte, blieb sie noch auf ein paar Worte bei einem Verkäufer stehen. Seine Tochter hatte ein Baby bekommen. Entscheidend ist – und dies ist Punkt eins –, dass jemand reichlich Zeit hatte, die kleine Flasche an sich zu nehmen und seine schmutzige Tat zu vollbringen.«

»Das ergibt überhaupt keinen Sinn«, wandte Ariel ein. »Dieses Ungeheuer soll mit Fluorwasserstoffsäure auf dem Parkplatz herumgelungert haben? Ich meine, wer *kennt* dieses Zeug überhaupt? Aber er soll damit herumgestanden und gewartet haben? Nur für den Fall, dass Laya an dem Abend einkaufen ging? Nur auf die unsichere Möglichkeit hin, er könnte Augentropfen an sich bringen, die sie zufällig kaufte? Das ist das Verrückteste, was ich je gehört habe.«

»Wissen Sie, wenn jemand Augentropfen mit Säure versetzt, ist das auch nicht gerade das Musterbild einer rosigen geistigen Gesundheit, oder?«

»Fahren Sie fort.«

»Punkt zwei. Als wir den Parkplatz Meter für Meter absuchten, fanden wir eine leere Flasche – in einem Müllsack, der unter einem Haufen stinkenden verfaulten Gemüses lag, um genau zu sein. Die Flasche hatte ein Gebräu enthalten, das in keinem Haus fehlen sollte. Das Zeug heißt Zap-O und vernichtet Rost an Metall oder was auch immer. Es zerfrisst einem auch die Haut, wenn man ungeschickt damit umgeht. Die Flasche hat mehr Warnhinweise, als an einem Öltanker zu finden sind, und man kann sie in jedem Lebensmittelladen und jeder Eisenwarenhandlung kaufen. Es ist nicht schwer, an das Zeug heranzukommen. Sie dürfen dreimal raten, was der Hauptbestandteil ist.«

»Fluorwasserstoff…«

»Gratuliere, schon beim ersten Versuch richtig. Das Labor prüft gerade, ob die Chemikalie in der Augentropfenflasche dieses Rostmittel ist, das dem Preisaufkleber zufolge in dem Laden erstanden worden ist, in dem das Opfer eingekauft hat. Wenn es an jenem Abend verkauft worden ist, etwa um die gleiche Zeit, in der sie einkaufte, dann hat da niemand ›nur herumgelungert‹.«

»Die Säure war also leicht zu erhalten, aber trotzdem ...«

»Man kann sie in Läden bekommen, in denen mit Glas gearbeitet wird. Die Marke, die ich gekauft habe, heißt Etch-It. In Bastelläden ist sie auch in mehreren Stärken zu kriegen. Man kann ...«

»Okay, okay. Sie sind jetzt die führende Autorität in Sachen Verfügbarkeit von Fluorwasserstoffsäure, aber trotzdem ...« Ariel drehte sich auf ihrem Stuhl und überlegte. »Flaschen mit Augentropfen haben schrecklich winzige Löcher. Wie hat dieser Mensch die Säure in die Flasche bekommen?«

Max ließ ein selbstgefälliges Glucksen hören. »In Sachen Augentropfenflaschen bin ich jetzt ebenfalls eine Autorität. Die kleine Spitze mit der Kanüle lässt sich leicht abziehen, Werkzeuge sind dazu nicht nötig. Wissen Sie, wie lange es gedauert hat, die Flasche zu leeren und Zap-O hineinzuspritzen? Achtzehn Sekunden. Drei Sekunden, um die Flasche zu leeren, und fünfzehn, um sie zu füllen.«

»Und dieses Zap-O ... wurde das im selben Laden gekauft?«

»Ja, Ma'am. Wir sind dabei, uns die Kassenbons des Geschäfts zu besorgen. Wir wollen sehen, ob wir die exakte Kaufzeit feststellen können.«

»Und«, dachte Ariel laut, da sie jetzt trotz ihrer Vorbehalte allmählich aufgeregt wurde, »mit etwas Glück einen Kreditkartenbeleg oder einen Ausdruck von einem Geldautomaten. Vielleicht hat er auch mit Scheck bezahlt. Den Scheck müssen sie noch haben oder zumindest die Bank!«

»Träumen Sie ruhig weiter. Womit ich nicht sagen will,

dass so ein Verbrecher zu clever ist, um eine solche Spur zu hinterlassen. Vor ein paar Monaten hatte ich einen Kerl, der einen Banküberfall verübte und dann mit einem Taxi direkt nach Hause fuhr. Der Taxifahrer brachte ihn zu der genannten Adresse und holte dann uns.« Max gluckste erneut. »Dieser Komiker fragte uns, wie wir ihn so schnell gefunden hätten.«

»Gibt es noch einen dritten Punkt?«

»Wir wissen nicht«, fuhr Max fort, ohne sich aus der Ruhe bringen zu lassen, »ob das Zap-O tatsächlich gekauft worden ist. Jemand, der die Augentropfen mit Säure versetzen will, dürfte nicht so pingelig sein, was einen Ladendiebstahl betrifft.

So, und jetzt Punkt drei. Das Opfer hatte eine Unterhaltung mit dem Apotheker des Ladens über Augentropfen, ›künstliche Tränen‹, wie er sie nennt. Sie habe in letzter Zeit ziemlich viel davon genommen, berichtete sie ihm. Vor kurzem sei ihr zu Ohren gekommen, dass es nicht sehr gut für die Augen sei, wenn man sie ständig benutze, und wolle seine Meinung dazu hören. Vielleicht hat der Täter die Unterhaltung mitbekommen, was ihn erst auf die Idee gebracht hat. Aber vielleicht auch nicht. Kann sein, dass er bis zu dem Moment, in dem er die Tropfen in der Einkaufstüte fand, nicht vorgehabt hat, sein Opfer blind zu machen, sondern ihm nur etwas anzutun. Die Säure hätte auch gewirkt, wenn das Opfer sie eingenommen hätte. Wenn das Opfer vielleicht Saft oder Wasser in Flaschen gekauft hätte, hätte der Kerl seinen Spaß daran gehabt, ihr schwere innere Verletzungen beizubringen. Oder ihren Tod herbeizuführen.«

Ariel schnappte nach Luft. »O mein Gott«, murmelte sie. »›Wie leicht es ist, Böses zu tun, und es hat unendlich viele Formen.‹«

»Haben Sie sich das gerade ausgedacht?«
»Nein. Max ... er konnte nicht wissen, dass er Zeit haben würde, an etwas herumzupfuschen. Er konnte nicht wissen, dass sie ihre Schlüssel verlieren würde.«
»Das hat sie auch nicht. Sie lagen die ganze Zeit im Einkaufswagen. Ich hab langsam den Eindruck, dass die Lady ein wenig ... äh ... weltfremd ist.«
»O nein! Sie achtet einfach nicht auf ihre Sachen«, widersprach Ariel, um ihre Freundin zu verteidigen; insgeheim aber dachte sie, dass sich ihr Verhalten tatsächlich dämlich anhörte. Laya war aber nicht dämlich. Was hatte sie so beunruhigt? »Ihre Theorie ist, dass Laya beobachtet wurde? Dass jemand sie verfolgte? Und eine Gelegenheit ausnutzte ...«
»Welche Theorie? Ich sehe mir Fakten an und stelle Fragen. Sie sagt, niemand habe einen Grund gehabt, hinter ihr her zu sein. Sie hat nicht bemerkt, dass jemand sie verfolgte oder sich in ihrer Nähe verdächtig benahm. Eine Frau, die sich praktisch ein Schild um den Hals gehängt hat, auf dem BITTE BESTEHLEN SIE MICH steht, und die nicht mal merkt, dass das Siegel auf der Flasche mit den Augentropfen fehlt ...«
»Das hat mich auch gewundert«, sagte Ariel. »Haben Sie sie gefragt, warum ...«
»Aber sicher. Sie hatte immer noch ein wenig in ihrer alten Flasche übrig und griff einfach nach der, die am nächsten stand. Sie habe angenommen, sagte sie, dass es die alte, schon geöffnete Flasche sei. Ganz offensichtlich hat sie nicht auf das geachtet, was sie tat.«
»Es war vier Uhr morgens. Wahrscheinlich war sie noch nicht richtig wach.« Wenn sie geschlafen hatte, dachte Ariel und fragte sich nicht zum ersten Mal, was ihre Freundin vor Tagesanbruch veranlasst hatte, aufzustehen.

»Was ich sagen wollte, ist Folgendes: Ich habe kein großes Vertrauen zum Bewusstsein der Lady.«

»Das ist ungerecht. Sie ist ... sie ist meist die ...«

»Sie sagt, sie kenne niemanden, der einen Groll gegen sie hege. Niemand habe sie verfolgt. Diese Frau hätte es nicht mal bemerkt, wenn ihr Ku-Klux-Klan-Leute mit weißen Kapuzen gefolgt wären.«

»Sie denken, es geht hier um Rassismus?«, fragte Ariel ungläubig.

»Nicht wirklich. Ich weiß nur, dass sie es einem Täter nicht hätte leichter machen können, wenn sie einen Plan gehabt hätte.«

»Sie glauben also, es handelt sich um eine Wahnsinnstat? Ich meine, eine zufällige Wahnsinnstat im Gegensatz zu ...«

»Es ist absolut möglich – natürlich ist es das, – dass der Scheißkerl, der dies getan hat, Ihre Freundin vor diesem Abend nie gesehen hat. Kann durchaus sein, dass es gerade der passende Moment für so einen durchgeknallten Typ mit einer hinterhältigen Idee und der Gelegenheit war, sie in die Tat umzusetzen.«

»Könnte es jemand sein, der in dem Laden arbeitet? Oder der dort entlassen worden ist? Jemand, der Rachegelüste gegen den Laden und nicht gegen Laya hatte?«

»Natürlich. Wir haben die Personalakten und befragen jeden, vom Geschäftsführer bis hin zu den Packern. Das gesamte Personal der Herstellerfirma wird ebenfalls befragt.«

»Es könnte aber auch jemand sein, der einfach von der Straße hereingekommen ist.«

»Natürlich. Das macht diese Aufgabe ja gerade zu einer so bezaubernden und endlosen Herausforderung. Wir haben keinen Verdächtigen. Wir haben kein Motiv. Wir haben einen Fall, wie er mir noch nie untergekommen ist. Säure in Augentropfen! Wer nimmt solche Mühe auf sich, so etwas zu tun? Und warum? Wenn jemand ihrer Freundin weh tun wollte, gibt es zahlreiche direktere Möglichkeiten, Möglichkeiten, mit denen ich jeden Tag zu tun habe. Wenn jemand ihr Säure in die Augen tun wollte, warum nicht auf die altmodische Weise? Sie einfach hineinschütten.«

»Weil sie ihn erkannt hätte, wenn er ihr so nahe gekommen wäre?«, überlegte Ariel laut.

»Gold, ich will offen zu Ihnen sein. Meine persönliche Meinung? Ich glaube nicht, dass man Ihre Freundin mit Absicht verletzt hat. Und ich glaube auch nicht, dass man die Säure an jenem Abend in die Augentropfen getan hat. Ich glaube, dass sie nur die unglückliche Kundin war, die zufällig diese bestimmte Flasche vom Regal nahm.« Max seufzte. »Haben Sie schon mal was von dem Tylenol-Killer gehört? Hatte Pillen mit Zyanid versetzt. Sieben Menschen starben. Sie waren die ersten Opfer von Produktvergiftung. Das ist keine zwanzig Jahre her. Damals kannte man den Ausdruck noch nicht einmal. Haben Sie gewusst, dass der Killer nie gefasst wurde?«

»Ja, und ich weiß auch, dass man *vorgetäuschte* Produktmanipulationen als Deckung benutzt hat. Wenn Laya nun aber doch das Ziel war, ist sie verwundbar. Sie braucht ...«

»Schutz, und den hat sie auch, zumindest bis auf weiteres. Wir haben ihr jemanden vor die Tür gestellt.« Max stand auf. »Übrigens, ist Ihnen zufällig das Datum aufgefallen?«

»Das Datum?«

»Vorgestern. Als es passierte.«

Ariel klappte ihren Schreibtischkalender auf. Ohne ein Wort sah sie nach. Max' Gesichtsausdruck verdüsterte sich. »Ja«, sagte er. »Der erste April.«

6

Als Beraterin schlug Dr. Brian Crowne eine Psychologin mit einer erfolgreichen Privatpraxis vor. Ariel hielt diese Wahl für sehr klug. Als sie erfuhr, dass Dr. Sarah Aguilar blind war, beeindruckte sie Crownes Scharfsinn noch mehr. Laya jedoch war offensichtlich unbeeindruckt. Weder am Tag nach ihrer Einlieferung noch einen Tag später stimmte sie einem Besuch zu. Das Schild KEINE BESUCHER galt für jeden, also auch für die Psychologin, für die Schwester in New York, die nicht angerufen werden durfte, für Vishnu Praviniji, Layas Lehrer seit acht Jahren, und für Ariel.

Am ersten Tag ging Ariel vor und nach der Arbeit ins Krankenhaus. Nachdem sie am zweiten Tag mit Max gesprochen hatte, schaffte sie es, eine Besuchserlaubnis zu erhalten, doch sie hätte sich die Mühe sparen können, denn sie bekam nur den Polizeibeamten zu sehen, der vor Layas Tür postiert war.

Während sie über Themen von so brennendem Interesse wie das Wetter diskutierten, erschien eine Krankenschwester, die Ariel schon kannte, eine große, kräftige Frau mit einer rauen Stimme namens Dinah, und bat den Polizisten, einen Blumenstrauß zu untersuchen. Er war, wie sie berichtete, von einer von Layas Schülerinnen abgegeben worden. »Sie sagte mir, sie habe Blumen ausgesucht, die gut riechen, da die Patientin, ich zitiere, ›Sie wissen ja … sie nicht sehen kann‹.«

Ariel drehte sich um und bemerkte eine pummlige junge Schwarze, die, kaum älter als ein Teenager, auf den Fahrstuhl wartete. Ein Junge ihres Alters oder ein wenig älter wartete ebenfalls; vielleicht mit ihr, vielleicht nur gleichzeitig. Er machte den Eindruck, als hätte er es eilig, als hätte

er woanders eine wichtige Verabredung. »Sehr aufmerksam«, entgegnete Ariel. »Wie heißt sie?«
»Sagte nur, die Blumen seien von ›der Klasse‹. Ich glaube ...«, die Schwester machte ein entschuldigendes Gesicht, »... sie ist ein wenig begriffsstutzig.«
Das sähe Laya ähnlich, dachte Ariel, die geistig Behinderten zu beschwatzen, sich für ihren Kurs zu melden. »Ist dieser Junge mit ihr da?«
»Wer?« Dinah drehte sich um, doch die beiden waren bereits in den Fahrstuhl getreten. Ein letzter Fahrgast lief schnell noch hinein, und dann schlossen sich die Türen.
»Sind hier noch andere Leute vorbeigekommen?«, wollte Ariel wissen.
»Nur Anrufe, Leute, die sich nach ihrem Zustand erkundigten.« Dinah zeigte mit einem Kopfnicken auf den Wachposten. »Ich verweise sie an ihn.«
Ariel trat zur Seite, während Dinah die Blumen zu Laya ins Zimmer brachte. »Waren interessante Anrufe dabei?«, fragte sie den Wachposten.
»Alle koscher«, antwortete er, »mit Ausnahme eines Kerls. Schüchterner Typ. Als ich ihn um seinen Namen bat, legte er auf.«
»Was hat er gesagt?«, fragte Ariel.
»Wollte nur wissen, wie es ihr geht. Ich hab ihm vorgeschlagen, mal vorbeizukommen. Daraufhin fragte er, ob das bedeute, dass sie wieder wird sehen können? Ich bat ihn um seinen Namen. Ende der Unterhaltung.«
Ariel war von der Detektivarbeit nicht sonderlich beeindruckt. Die Polizei hätte alle Besucher unter die Lupe nehmen müssen. Die junge Frau, die gerade gegangen war, hätte vernommen werden müssen, und ebenso der Mann, der bei ihr war, falls er sie tatsächlich begleitet hatte. Ariel schluckte ihre Kritik hinunter. Aber offen gestanden war

sie schon überrascht, dass die Polizei Laya rund um die Uhr Personenschutz gewährte. Und woher nahm sie, Ariel, das Recht, Kritik zu üben? *Sie* war schließlich auch keine große Hilfe. Abgesehen davon, dass sie eine von Layas Nachbarinnen gebeten hatte, sich um den Kater Arthur zu kümmern, fühlte sie sich vollkommen nutzlos. Es verletzte sie auch ein wenig, ausgeschlossen zu werden, obwohl sie sich das nicht einmal selbst eingestehen würde; diese Reaktion war zu egoistisch, um sie zuzugeben.

Am selben Tag vereinbarte sie einen Termin bei Dr. Aguilar. Ariel wusste nicht genau, was sie von der Psychologin eigentlich wollte. Magische Worte? Einen Ratschlag, was zu tun sei? Sich sagen lassen, dass sie sich nicht länger einmischen sollte? Sie hatte schon die Hand ausgestreckt, als ihr einfiel, dass Dr. Aguilar sie nicht sehen konnte. Sie war überrascht, als ihre Hand ohne sichtbares Zögern oder hilfloses Tasten in der Luft fest ergriffen wurde.

Dr. Aguilar zeigte auf einen Stuhl vor ihrem Schreibtisch, auf dessen Platte die typischen Utensilien fehlten, als wäre er gerade erst geliefert worden. Als Dr. Aguilar sich gesetzt hatte, berührte sie das Zifferblatt ihrer Taschenuhr und klappte sie dann zu. Jetzt läuft die Stoppuhr, nahm Ariel an. Sie benutzte ein paar kurze Sekunden ihrer fünfzig Minuten, um die Psychologin zu mustern.

Sarah Aguilar war eine kleine Frau um die vierzig. Sie trug ihr dunkles Haar in einer schlichten Frisur, die durch die natürlichen Locken bestimmt wurde. Ihr Gesicht war nicht hübsch, aber angenehm, mit einer Adlernase, auf der eine dunkle Brille saß. Ariel hatte das unheimliche Gefühl, von den Augen dahinter selbst beobachtet zu werden. Das war beunruhigend. Sie schlug die Beine übereinander und wechselte die Sitzposition. Dr. Aguilars Augen folgten – eine winzige Anpassung wie die eines Bewegungsmelders.

Schließlich brach die Psychologin das Eis. »Ich vermute«, sagte sie, »dass Sie es waren, die Laya …« Sie verstummte kurz und neigte fragend den Kopf. »Laya? Spreche ich es richtig aus?«

»Mit einem langen a«, antwortete Ariel. »Wie ein Tag.«

»Hübsch. Und sie verwendet keinen Nachnamen? Interessant.«

Ariel fragte sich, ob dies ein »interessant« im Sinne von psychologisch bedeutsam war. »Ungewöhnlich, aber legal«, erwiderte sie.

»Sie waren es, die Laya um Hilfe rief?«

»Ja.«

»Das muss ein erschreckendes Erlebnis gewesen sein.«

Ariel begann zu nicken, ertappte sich dabei und sagte erneut: »Ja.«

»Und seitdem weigert sie sich, Sie zu empfangen, wie ich höre. Was empfinden Sie dabei?«

»Ich bin traurig, besorgt.« Ariel lächelte kläglich. »Und erleichtert. Ich weiß nicht, was ich sagen soll, wenn … wenn sie mich zu sich lässt.« Das Lächeln verschwand. »Warum will sie mich nicht sehen? Was meinen Sie? Und sie …«, sagte sie und öffnete die Hände. In diesem Moment wurde ihr bewusst, wie sehr sie Hände und Gesichtsausdruck beim Sprechen einsetzte. »Selbst wenn ihre Freunde jetzt zu viel für sie sind, warum lässt sie dann nicht wenigstens Sie an sich heran, … damit Sie sie äh … sehen können?«

»Ah! Das große Sehen!«, sagte Dr. Aguilar, die Ariels Unbehagen spürte. »Machen Sie sich deswegen keine Sorgen. Wenn Sie von Ihrer Freundin sprechen, versuchen Sie jeden Hinweis auf das Sehen zu vermeiden, und so bleibt es nicht aus, dass die Unterhaltung peinlich wird. Es ist doch nur natürlich zu sagen ›Sehen Sie jetzt nicht hin‹ oder ›Sehen Sie, was ich meine?‹ oder ›Wollen Sie fernsehen?‹

Wir Sehbehinderten sind durchaus bereit, euch Sehenden manches durchgehen zu lassen.«

»Na schön«, sagte Ariel. »Was sonst noch?«

»Was sonst noch was?«

»Was kann ich sonst noch sagen, ohne mehr Schaden anzurichten als Gutes zu tun? Das ist der wahre Grund, weshalb ich hier bin. Wie kann ich ihr dabei helfen, diese Sache durchzustehen?«

Dr. Aguilars Augenbrauen erhoben sich über den Rand der dunklen Brille und senkten sich wieder, während sie nachdachte. Dann spulte sie schnell etwas herunter, was sich wie ein Katechismus anhörte. »Wenn sie den Eindruck macht, dass sie Hilfe braucht, bieten Sie sie ihr an; drängen Sie sie ihr aber nicht auf. Geben Sie sich zu erkennen, wenn Sie das Zimmer betreten. Sagen Sie ihr Bescheid, wenn Sie gehen. Geben Sie ihr klare Anweisungen. Wenn Sie sie an einem unvertrauten Ort allein lassen, müssen Sie dafür sorgen, dass etwas in der Nähe ist, was sie berühren kann, um sich zu orientieren; ein leerer Raum kann Furcht erregend sein. Stellen Sie keine Möbel um. Lassen Sie Türen nicht halb offen stehen. Ich habe Ihre Sendung gesehen.« Sie lächelte. »Sie haben viel gesunden Menschenverstand. Benutzen Sie ihn. Behandeln Sie sie wie einen normalen Menschen und nicht wie einen Krüppel. Tun Sie auch nicht so, als wäre sie hilflos. Geben Sie ihr zu verstehen, dass Sie sich um sie sorgen. Zeigen Sie aber kein Mitleid. Hören Sie zu, wenn sie sprechen möchte.«

»Wann wird das Ihrer Meinung nach sein?«

»Ich weiß nicht. Ein wie unabhängiger Mensch ist sie?«

»Ein sehr unabhängiger, äußerst stark und gefestigt. Laya ist ein Mensch, der anderen gibt. Darüber hatte ich nicht nachgedacht, bis das hier passierte, aber ich habe nie erlebt, dass sie um etwas bittet. Sie ist erstaunlich. Sie ist …«

»Ein Mensch, Miss Gold. Sie hat menschliche Schwächen, und wenn sie sich überhaupt je manifestieren, dann jetzt. Sie sollten geduldig sein und vorsichtig darauf achten, dass Sie ihr Ihre Erwartungen nicht aufdrängen. Es kann eine Last sein, als die Stärkere zu gelten.«

»Sie meinen, wenn man zu oft tapfer ist, werden die Leute es von einem erwarten, nicht wahr?«

»Etwas in der Richtung.« Dr. Aguilar seufzte. »Es tut mir Leid, dass Ihre Freundin noch nicht bereit ist zu sprechen, aber es ist noch früh. Sie kennen die Stadien der Trauer?«

»Ein paar. Schock und Verleugnung, Zorn, Verhandeln, Depressionen ...«

»Und Annahme, ja. Einige behaupten, es gebe drei Stadien, andere vier, und die gegenwärtig populärste Theorie, die von Kübler-Ross, geht von fünf Stadien aus. Laya kann mit der Trauerarbeit noch nicht einmal angefangen haben, da sie noch begründete Hoffnung hat. Es kann sein, dass sie auf einem Auge etwas von ihrem Sehvermögen zurückgewinnt. Wenn nicht, gibt es noch die Möglichkeit, ihr eine künstliche Linse einzusetzen, vorausgesetzt, Sehnerv und Netzhaut sind gesund. Bis auf weiteres kann jedoch nichts unternommen werden. Das Warten ist hart.

Außerdem muss sie mit der Angst fertig werden. Jemand hat mit voller Absicht versucht sie zu blenden. Wenn diese Person Laya unbekannt ist und ihr als Individuum nichts Böses will, macht das die Situation auf gewisse Weise noch beängstigender. Es gibt keine Möglichkeit, die Sache unter Kontrolle zu bringen, keine Möglichkeit, sich gegen sinn- und zweckloses Unglück zu schützen. Vielleicht gibt es auch keine Lösung, und sollte das ...«

In diesem Moment ertönte ein hörbares Murmeln, das sich wie ein Knurren anhörte. Ariel war sicher, dass es von der anderen Seite des Schreibtischs kam. Sie dachte, dass die Psychologin vielleicht das Mittagessen übersprungen hatte. Statt jedoch das peinliche Geräusch zu ignorieren oder sich zu entschuldigen, sagte Dr. Aguilar: »Willy, still. Niemand spricht mit dir.«

Willy? Ariel wusste nicht, was sie tun sollte. Glaubte die Frau, ein Dritter hätte den Raum betreten? Sie blickte sogar hinter sich, um sich zu vergewissern, dass sie selbst nichts übersehen hatte. »Dr. Aguilar«, sagte sie, »außer mir ist niemand da.«

Was sie als Nächstes hörte, war ein unverkennbares Gähnen. Es endete mit einem wohligen Grunzen und einem Klirren von Metall auf Metall, das Ariel vertraut war. Sarah Aguilar lachte. »Willy würde Ihnen widersprechen.« Sie rollte ihren Stuhl etwas zur Seite und langte mit der Hand nach unten.

Ariel blickte über den Schreibtisch hinweg. Zu Füßen der Psychologin lag friedlich ein schwarzer Deutscher Schäferhund, der so groß war wie Ariels Hund und es genoss, hinter den Ohren gekrault zu werden. Er trug ein Ledergeschirr.

»Darf ich Ihnen Willy vorstellen?«, sagte Dr. Aguilar. »Meine Augen und mein bester Freund.«

7

Ariel konnte Dr. Aguilars Ratschläge bezüglich des Umgangs mit einem blinden Menschen nicht erproben, da sie ihre Besuche im Krankenhaus einstellte, denn dort richtete sie nichts Produktiveres aus, als dem Wachposten etwas von seiner Langeweile zu nehmen. Übers Wochenende kam sie nicht näher an ihre Freundin heran als bis zum Stationstelefon der Krankenschwestern, über das sie tägliche Zustandsberichte von Dinah erhielt, der großen, stämmigen und gutmütigen Schwester (»Sie ist vielleicht eine stille Vertreterin, Ihre Freundin! Ich fühle immer wieder ihren Puls, da ich denke, sie ist uns vielleicht unter den Händen weggestorben«). Die Berichte erforderten nicht viel Zeit, da es im Wesentlichen immer nur das Gleiche zu melden gab: nichts Neues. Am Dienstagmorgen machte Dinah keine Witze, sondern schlug vor, dass Ariel Dr. Crowne anrief.

Ariel hoffte inständig, dass er mit Laya sanfter umging als mit ihr.

»Die Augen sondern jetzt eine wässrige Flüssigkeit ab«, sagte Crowne unverblümt.

Und das bedeutete was? Ariel wollte es wissen.

»Wir haben bekannt gegeben, dass wir Spendergewebe brauchen«, erklärte Crowne, »für ein Transplantat.«

»Ein Transplantat«, wiederholte Ariel verständnislos.

»Sobald Gewebe verfügbar ist. Wir werden es der Patientin noch heute Mittag sagen. Dr. Aguilar wird anwesend sein.«

Ariel hatte das Gefühl, als zöge man ihr den Boden unter den Füßen weg. Sie konnte sich kaum vorstellen, was Laya empfinden würde. »Wie stehen die Chancen, dass es hilft?«, fragte sie. »Und wann werden Sie wissen, ob es geholfen hat?«

Dr. Crowne beantwortete vielleicht unabsichtlich nur die zweite Frage. »Möglicherweise schnell. Vielleicht in ein paar Wochen, sogar Tagen.«

»Ich werde nach der Arbeit im Krankenhaus vorbeikommen«, sagte Ariel.

Sie führte sich das Gespräch im Geiste noch einmal vor Augen, als sie hochblickte und Tara Castanara sah, die Ariel auf sich aufmerksam zu machen versuchte.

Die vollbusige junge Frau war Henry Hellers Assistentin gewesen, die zwar einen schnellen Verstand besaß, aber auch sehr schnell den Kugelschreiber hinwarf, wenn Dienstschluss war. Ariel hatte immer gefunden, dass Tara sich weit mehr für die Länge ihres Rocks, den Zustand ihrer Fingernägel und die Farbe oder vielmehr die Farben ihrer sich rasch ändernden Haarfrisuren interessierte, als für das Nachrichtengeschäft. Folglich hatte es Ariel nicht überrascht, dass Tara nach Henrys Rücktritt ein Angebot abgelehnt hatte, für den neuen geschäftsführenden Produzenten zu arbeiten. Allerdings *hatte* es sie überrascht, als Tara hintenherum die Schaffung einer neuen Position erreichte, die einer speziellen Assistentin Ariels. Ariel hatte nicht gedacht, dass Tara sie besonders mochte. Und was ihre Arbeitsmoral betraf, war sie skeptisch gewesen. Doch schon nach einem Monat sollte sie sich fragen, wie sie ohne Tara Castanara je zurechtgekommen war.

»Was ist?«, fragte sie Tara.

»Valente ist auf dem Weg hierher!«

Chris Valente, Produzent von *The Open File* und Ariels unmittelbarer Vorgesetzter, zeichnete sich wie die meisten führenden Leute der Sendung und der vor der Kamera stehenden Talente dadurch aus, dass er in der Einhaltung seines Zeitplans so unberechenbar war wie der Pazifikstrom El Niño. Er kam und ging, wie er wollte. Konferenzen über einzelne Features fanden eher bei einer zufälligen Begegnung im Flur statt oder wurden von einem Handy aus im Waschraum eines Gerichtsgebäudes geführt statt im Konferenzraum des Studios. Ariel hatte Valente zum letzten Mal gesehen, als sie einander auf dem Flughafen zufällig begegneten.

»Ach ja?«

Taras blaue Augen waren viel sagend und komisch rund geworden. (Ihre gegenwärtige Frisur war eine flauschige rotblonde Angelegenheit mit vielen Löckchen; die Ähnlichkeit mit Little Orphan Annie war vielleicht beabsichtigt, vielleicht aber auch nicht.) »Außerdem hörte ich, dass er aussieht, als litte er an Magenverstimmung«, sagte Tara. »Sie wissen, was das bedeutet!«

Ariel überflog die Post, die Tara ihr auf den Schreibtisch gelegt hatte. Nach ihrer Unterhaltung mit Crowne war auch ihr unbehaglich zu Mute, und sie war nicht in der Stimmung für ein Schwätzchen. »Ich habe keine Ahnung, was das bedeutet.«

»Es bedeutet, dass er glücklich ist. Ist Ihnen das noch nie aufgefallen?«

In der Korrespondenz, die Tara geöffnet und bis zu Ariels fehlender Unterschrift beantwortet hatte, war ein immer noch geschlossener Umschlag. Ariels Name sowie die Studioadresse waren handgeschrieben, was ungewöhnlich war. Die Handschrift fiel Ariel auf. Sie war diszipliniert und erinnerte an eine Zeit, in der junge Menschen in der Kunst sorgfältigen Schreibens gedrillt wurden. Da Ariel ein Gedächtnis hatte, das Nebensächlichkeiten aufbewahrte und drei Jahrzehnte lebenswichtiger Daten perverserweise blockierte, wusste sie sogar, wie man den Stil genannt hatte: die Palmer-Methode. Da sie schon lange nicht mehr auf dem Lehrplan der Schulen stand, war die Absenderin (eine Frau, wie Ariel vielleicht vorschnell urteilte) nicht mehr jung. Ein Absender fehlte.

»Da steht ›Persönlich und Vertraulich‹«, betonte Tara. »Ich glaube zwar nicht, dass es eine Briefbombe ist, aber ich wollte nicht neugierig sein. Sie können ihn aufmachen.«

»Danke«, sagte Ariel, die schon dabei war, es zu tun.

»Wenn also«, fuhr Tara aufgeregt fort, statt wie gewohnt gelassen zu bleiben, »wenn also Valente *wirklich* giftig aussieht, kann er vor Freude nicht mehr an sich halten, und das bedeutet, dass diese Sendung den Preis bekommen hat.«

»Hm«, machte Ariel. Der handgeschriebene Brief füllte eine Seite. Er war einfach mit Dorothy unterzeichnet.

»Der Preis, Ariel!«, sagte Tara ungeduldig. »Sigma Delta. Nicht-aktuelle Reportagen. Gestern wurde abgestimmt. Meinen Sie, Sie haben gewonnen?«

»Hm«, machte Ariel wieder. Sie kannte niemanden mit dem Namen Dorothy. Oder richtiger: Sie erinnerte sich nicht, jemanden mit dem Namen Dorothy zu kennen.

»Er ist hierher unterwegs«, wiederholte Tara.

Es war ein Wunder, dass solche Dinge nicht öfter passierten. In der Hoffnung, etwas übersehen zu haben – einen Namen, einen Ort, irgendeinen Bezugspunkt, der ihr einen Hinweis geben konnte –, las Ariel den verblüffenden Brief noch einmal. »Sie haben mich gewarnt, wissen Sie noch?« Und dann wieder. »Die Beweise waren nicht absolut schlüssig.«

»Schlechte Neuigkeiten?«, fragte Tara.

Ariel schüttelte den Kopf. Wäre Henry da gewesen, hätte sie ihm inzwischen den Brief in die Hand gedrückt und ihn gefragt, ob bei ihm etwas klingelte. Aber Henry war nicht da, und er war der einzige Mensch im Studio gewesen, der von Ariels Gedächtnisverlust wusste.

Dass sie es an einem der ersten aufgeregten Tage verraten hatte, war Ariel nicht als klug erschienen. Man war in ihr Haus eingebrochen und hatte es in jener Nacht durchwühlt. Sie hatte Blut an ihrer Kleidung gehabt, und es war nicht ihres gewesen. Neben ihr hatte eine geladene Waffe gelegen. Wenn sie hinausposaunte, dass ihr die Identität des Einbrechers ebenso unbekannt war wie das Ziel seiner Suche, wäre das etwa so, als würde sie *ihm* eine geladene Waffe in die Hand drücken.

Außerdem, hatte sie sich gesagt, war alles, was sie belastete, wohl eine vorübergehende Verirrung. Ein Kurzschluss, der wieder weg sein würde, wenn sie alles ein wenig zurechtrückte. In jeder Sekunde würden sich Erinnerungen erneut einstellen, ob bruchstückhaft oder wie eine Flut, würden die Löcher ausfüllen und sie sich selbst zurückgeben. Warum sollte sie sich als Irre präsentieren, bei der der Verstand aussetzte? Wozu sollte sie das unvermeidliche Mitleid, die Skepsis und die neugierigen Blicke auf sich nehmen?

Jetzt, da sie vor der Kamera stand und eine in der Öffentlichkeit bekannte Person war, die jedem Fremden mit einem bestimmten Plan hilflos ausgeliefert war, war Verschwiegenheit keine Wahlmöglichkeit mehr, sondern zwingend notwendig.

Tara flüsterte ihr etwas zu. Ariel blickte hoch. »Wie bitte?«, fragte sie. Tara starrte etwas oder jemanden hinter den Glaswänden von Ariels Büro an und wackelte mit den Augenbrauen. Nun war sie Orphan Annie, die Groucho Marx imitierte.

»Er sieht aus, als hätte er Jalapeños zum Frühstück gehabt und als kämen sie ihm gerade wieder hoch!«, sagte Tara mit einem Theaterflüstern.

Ariel bedeckte den Brief in dem Moment mit einer Hand, in dem Valente eintrat. Dieser ergriff ihre andere und schüttelte sie herzlich und kräftig. »Sie haben es geschafft!«, sagte er. »Hab gerade den Anruf bekommen. Meinen Glückwunsch.«

Ariel dankte ihm und bemerkte unwillkürlich, dass Tara Recht hatte. Mit seinen hochgezogenen Augenbrauen, der in Falten gelegten Stirn und den hochgezogenen Mundwinkeln war Valentes Gesichtsausdruck ein Mittelding zwischen einem Lächeln und einem Rülpsen. »Das zweite Mal im Rennen«, krähte er und tätschelte die Hand, die er immer noch hielt, »und am Ende halten Sie Gold umklammert. Trompetengold, um genau zu sein, aber es zählt.«

Die Story, auf die er anspielte, war vor drei Monaten über den Sender gegangen. Sie hatte alles gehabt, was dazugehörte: Berühmtheiten, ein plötzlich gelöstes Rätsel nach Jahren langer Spekulation (was durch und durch *Open File* war) und so viel an Problemlösung, dass der Zuschauer zwar befriedigt war, aber doch zweifelnd zurückblieb. Es war Ariels zweites Auftreten vor der Kamera. Sie war vor Lampenfieber fast gelähmt gewesen und hatte in kaltem Schweiß gebadet. Obwohl niemand es wusste, hatte sie sich noch immer nicht ganz davon erholt.

»Was ist das?«, fragte Valente neugierig und zeigte mit dem Finger darauf.

»Was?«, fragte Ariel zurück, ahnungslos tuend. Sie hätte nicht versuchen sollen den Brief zu verbergen; Valente war für seine scharfen Augen und eine Nase bekannt, die ein lebhaftes Interesse an allem und jedem entwickelte. Deshalb verstand er sich so gut auf das, was er tat.

»Was immer Sie da vor mir zu verstecken versuchen.«

Er konnte Schrift auch umgekehrt lesen, sogar vom anderen Ende eines Raums aus, wie das Gerücht ging. Ariel warf einen Blick auf das Blatt Papier und entdeckte das Wort »ermordet«, das sie zwischen den Fingern anstarrte. »Nichts von Bedeutung.« Sie lächelte. Valente hob die Augenbrauen; seine Neugier wurde langsam zu einem

Drang, es zu erfahren. »Die Fortsetzung einer alten Geschichte«, berichtigte Ariel, »aus meiner tiefen dunklen Vergangenheit.« Sie überlegte, ob sie ihm den Brief zeigen sollte, verwarf den Gedanken aber sofort. Sie brauchte Zeit, um über diese Sache nachzudenken. »So tief und dunkel, dass ich mich kaum an sie erinnere.«

Valentes Mundwinkel zuckten. Da er nirgends einhaken konnte, ließ er die Sache fallen. »Na schön. Packen Sie Ihren Koffer. Preisverleihung mit dazugehörigem Diner findet nächste Woche statt.«

»Wann und wo?«

»Im St. Francis«, soufflierte Tara. »Montagabend.«

»St. Francis?«

»Am Union Square, Ariel«, erklärte Tara. »Dem Rodeo Drive des Nordens.«

»Union ...« Ariel blickte starr vor sich hin. San Francisco?

»Armani«, schwärmte Tara, »Neiman-Marcus, Gumps, Tiffany.«

Der Umschlag war in San Rafael, Kalifornien, abgestempelt. Marin County. Marin County lag leicht nördlich des Golden Gate.

»Versace«, fuhr Tara fort, »Escada ...« Sie überlegte eine Sekunde. »Straßenbahnen und so weiter. San Francisco!«

Na und?, sagte sich Ariel. Sie konnte kaum von Haus zu Haus gehen, um nach der vergessenen Dorothy zu suchen. Das Diner konnte genauso gut im Lande Oz stattfinden. Allerdings ... »Ich glaube«, meinte sie, »ich werde am Freitag oder Samstag hochfliegen. Ein langes Wochenende daraus machen.«

»Schön. Gut«, sagte Valente, der in Gedanken wieder beim Montagabend war, an dem *The Open File* gesendet wurde. »Sie sind gerade an der Geschichte über das Eindringen in die Privatsphäre, richtig? Wie weit sind wir damit?«

»Ich brauche nur noch ein paar Interviews. Der Beitrag wird redigiert und fertig sein, bevor ich die Stadt verlasse.«

Nach Valentes Abgang warf Tara Ariel einen Blick zu. »Nur noch ein paar Interviews? Die nicht gesichert sind und von denen die ganze Geschichte abhängt, und Sie haben immer noch …«

»Zeit«, brachte Ariel den Satz zu Ende und wandte ihre Aufmerksamkeit wieder dem Brief zu. Tara sah ihn verstohlen an, bevor auch sie ging. Ariel bemerkte es nicht. Sie analysierte den Brief Punkt für Punkt.

Das Datum lag mehr als eine Woche zurück; entweder hatte sich »Dorothy« erstaunlich viel Zeit damit gelassen, ihn zur Post zu bringen (oder war unentschlossen gewesen), oder ein anderer hatte ineffizient gearbeitet. Der Poststempel trug das Datum von gestern, wie Ariel sah, so dass man weder der Post noch Tara die Schuld geben konnte.

Wie schon erwähnt, war bedauerlicherweise kein Absender genannt. Die Anrede war »Liebe Ariel«, die Unterschrift ein Vorname. In einer früheren Zeit hätte das auf eine persönliche Freundin hingedeutet. Und jetzt? Der Brief hätte mit einem Computer erarbeitet sein können. Dieser stammte jedoch von einem realen Menschen – der von einer Frau Hilfe erbat, die in Wahrheit nicht mehr existierte.

Ariel nahm den Hörer ab und gab Henrys neue Telefonnummer ein, nachdem sie sich schnell in ihrer Adressenkartei vergewissert hatte. Er saß in einer Konferenz. »Wenn es wie bei den meisten ist«, sagte ihr Henrys Sekretärin, »wird sie in absehbarer Zeit nicht zu Ende sein.« Ariel hinterließ eine Nachricht.

Die Rechtschreibung war korrekt, wie sie bemerkte, die Interpunktion einwandfrei und die Grammatik makellos.

Die Absenderin war gebildet, schloss Ariel daraus. Der Brief war mit einem Füllfederhalter geschrieben worden – eine weitere Bestätigung dafür, wie Ariel meinte, dass die Absenderin ein älterer Mensch war. (Gab heutzutage überhaupt jemand einer Tochter den Namen Dorothy?) Die Tinte war blauschwarz, das Briefpapier weiß, schwer und mit einem Wasserzeichen versehen. Ariel hielt es gegen das Licht. Großes L, kleines g – keine der üblichen Marken, die man in jedem Drugstore bekam. Ein schneller Anruf bei einem Schreibwarenhändler in Brentwood Village brachte Aufklärung – G. Lalo, ein französischer Hersteller, dessen Papier nur in hochklassigen Geschäften verkauft wurde. Sie hat Geschmack und/oder Geld, bemerkte Ariel. Der Brief fühlte sich in ihrer Hand wie ein Lebewesen an, intim und dringlich. Die Frau, die ihn geschrieben hatte, war so real, dass Ariel beim Lesen fast ihre Stimme hören konnte.

Liebe Ariel,
ich habe gestern Abend Ihre Sendung gesehen. Hervorragend! Und wie gut Sie ausschauen! Es war für mich wie das Wiedersehen mit einer alten Freundin, und das in mehr als nur einer Hinsicht. Doch das ist eine andere Geschichte.
Wie oft habe ich an unsere Gespräche gedacht und dem Impuls widerstanden, mit Ihnen Kontakt aufzunehmen. Es wird Sie wohl nicht überraschen, das zu hören. Sie haben mich gewarnt, wissen Sie noch? »Es gibt nur eine Möglichkeit, auf dieser Erdkugel glücklich zu werden, und sie besteht darin, ein reines Gewissen oder gar keins zu haben.« (Ich habe das Zitat nachgeschlagen. Wer hätte gedacht, dass Ogden Nash – Ogden Nash? – mich verfolgen würde! Be-

dauerlicherweise ist sein »Candy is dandy but liquor is quicker« manchmal auch passend.) Sie hatten mich erkannt, meine Liebe; in all dieser Zeit hat es keinen einzigen Tag gegeben, an dem ich mich nicht schuldig gefühlt habe.

Mein Mann ist inzwischen weg. Haben Sie das gewusst? Jetzt sind mir die Ausreden ausgegangen, und der Himmel weiß, dass ich keine ausgelassen habe. Die Beweise waren nicht absolut schlüssig, sagte ich mir, und außerdem war es nicht an mir, so was zu enthüllen oder zu unterdrücken. Ich sagte mir, dass Sis nicht leben wollte. Ich konnte argumentieren und habe das auch getan, dass meine Feigheit in Wirklichkeit unzähligen Menschen gut getan hat. Es liegt Wahrheit in alldem. Es ist ebenfalls wahr, wie Sie hervorgehoben haben, dass ich nicht das Recht habe, mich zur Richterin zu machen, ebenso wenig wie er das Recht hatte, sich zum Scharfrichter zu machen. (Haben Sie seine Karriere überhaupt verfolgt? Nehmen Sie an, dass es Eitelkeit ist oder Reue, was ihn zu seiner Philanthropie motiviert? Raphael lächelt jedes Mal habgierig, wenn der Mann bei ihm über die Schwelle tritt!)

Wie Sie sehen können, habe ich mich nicht gebessert. Um genauer zu sein, ich habe Angst, jetzt, da ich allein bin. Ich bin irgendwie orientierungslos. Oder wäre unsichere Kantonistin genauer? Bei einem Mann, der schon einmal gemordet hat, darf man nicht darauf bauen, dass er es nicht wieder tut, oder?

Ariel, bitte rufen Sie mich an.

Es war fast Mitternacht. Der Brief lag offen und anklagend auf dem Schreibtisch neben Ariels PC. Wo war Dorothy?

Wer war Sis? Wer war Raphael? Und wer, bitte sagen Sie es mir, war *er,* der Scharfrichter? Ariel ließ die Schultern rotieren, um so die Krämpfe in ihren Muskeln zu lösen, die sich nach zwei vollen Stunden der Durchsuchung ihrer Akten eingestellt hatten.

Viele Monate zuvor hatte sie jedes Fitzelchen Papier angesehen, das sie in ihrem Schreibtisch gefunden hatte, sowohl im Studio als auch zu Hause. Sie hatte alles in ihren Computer eingegeben, jede Notiz, jede Telefonnummer, jede Adresse, jeden Namen und jede Kritzelei. Vieles davon war für sie unverständliches Zeug. Einige der Daten hatte sie mit Geschichten in Verbindung bringen können, von denen sie wusste, dass sie sie produziert hatte. Einige wenige Details, die Dinge, die sie entziffern konnte und die noch brauchbar waren, hatte sie weiterverfolgt und seitdem für andere Geschichten verwendet. Es waren gute Storys gewesen. Sie hatte nicht den Versuch gemacht, es zu erklären, aber sie betrachtete sie als ihr Erbe einer früheren Zeit. V. d. B., Vor dem Bewusstsein, wie sie es insgeheim bezeichnete. Ariel Golds einzigartige Deutung ihres vergangenen Lebens.

Der verdrehte Gedanke setzte eine Erinnerung frei, die nichts mit ihrer Suche zu tun hatte, eine Unterhaltung mit Laya. Ariels Finger blieben auf der Tastatur liegen, als es ihr wieder einfiel. Das Thema war Reinkarnation gewesen.

Es war an einem Abend im letzten Winter nach einer kleinen Dinnerparty. Die anderen Gäste waren gegangen, aber Laya war noch auf einen Kaffee geblieben. Ariel konnte sich nicht entsinnen, was zu der Unterhaltung geführt hatte. Eigentlich war es eher eine Debatte – Laya dafür, sie unentschlossen. Laya war es ziemlich ernst gewesen; sie hatte Argumente ernsthaft vorgetragen, wenn auch für

Ariel nicht überzeugend. Dann hatte sie von Jane zu sprechen begonnen.

Ariel nahm an, dass Laya die Absicht hatte, sie zu trösten und ihr einzureden, dass die Zwillingsschwester, die sie nie kennen gelernt hatte, nicht unwiderruflich verloren war. Als Ariel aufgestanden war und das Kaffeegeschirr abrupt weggeräumt hatte, hatte Laya geseufzt. »Nun ja, wenn nicht anders, dann lebt Jane in dir weiter.« In welchem Sinn, hatte Ariel misstrauisch gefragt. »Du meinst, weil wir genetisch gleich sind?« – »Aber sicher«, hatte Laya nach kurzem Zögern erwidert. »Was hätte ich sonst meinen können?«

Ja, was sonst?, dachte Ariel jetzt; ich möchte es gern wissen. Ich frage mich, was sie in genau dieser Minute beschäftigt.

Sie war auf dem Heimweg im Krankenhaus gewesen. Die Besuchszeit war schon längst vorbei, doch Ariel hatte sowieso noch kein Besuchsrecht. Das Verbot, das noch immer an Layas geschlossener Tür klebte, ließ daran keinen Zweifel. Der Stuhl unter dem Schild mit der Aufschrift BESUCHER UNERWÜNSCHT war leer; der Wachposten lehnte am Tresen der Schwesternstation, wie Ariel sah. Dinah, die barsche Schwester mit dem goldenen Herzen, war längst gegangen. Inzwischen saß sie wohl gemütlich zu Hause und brachte eine Bande ebenso barscher wie fröhlicher Kinder ins Bett. Der schwach erleuchtete Korridor war ruhig mit Ausnahme eines gelegentlichen Stöhnens aus dem Zimmer neben Layas. Da war Ariel deprimiert gegangen.

Jetzt, drei noch deprimierendere Stunden später, fuhr sie ihren Computer für die Nacht herunter. Soweit sie sehen konnte, hatte kein einziger Name, keine einzige Zahl und kein einziger Ort in irgendeiner Akte irgendeine verflixte Verbindung zu dem Brief, den sie heute erhalten hatte.

8

»Erstens«, sagte Henry und schmierte Erdbeermarmelade auf die dicke Schicht Butter, die den winzigen Teebiskuit schon unter sich begrub, »lässt sich unmöglich sagen, vor wie langer Zeit du diese Unterhaltungen mit Dorothy Soundso gehabt hast.« Er fing einen verirrten Tropfen Marmelade mit der Zunge ab. »Wozu diese Baby-Biskuits?«, fragte er, bevor er das Ganze überladene Gebäckstück in den Mund schob.

»Es ist Nachmittagstee, Henry«, antwortete sie. »Vornehm. Elegant. Du hast Marmelade im Bart.«

Drei Tage waren vergangen, seit sie seiner Sekretärin eine Nachricht hinterlassen hatte. Sie hatten per Telefon Fangen gespielt. Am frühen Nachmittag hatten sie sich schließlich erreicht, und Henry lud sie zum Lunch ein; zu diesem Zeitpunkt hatte sie jedoch gerade an ihrem Schreibtisch einen Salat gegessen. »Dann also zum Dinner«, bot er an. Sie konnte nicht. Heute war Freitagabend, und sie würde einen guten Teil davon damit zubringen, ihrer Geschichte den letzten Schliff zu geben, bevor sie früh am nächsten Morgen nach San Francisco flog. Sie hatten einen Kompromiss geschlossen und sich zu einer Teepause in einem Café verabredet, wo man spät nachmittags eine Kleinigkeit essen konnte. Ariel hatte das Café aus keinem besseren Grund vorgeschlagen, als dass sie zusehen wollte, wie Henry mit einer rosafarbenen Serviette auf dem Schoß auf einem wackligen Stuhl hockte. Dorothys Brief lag offen zwischen ihnen in sicherer Entfernung von dem Essen, das Henry misstrauisch beäugte.

»Was ist das für ein Ding?« Er hielt ein kleines rundes

braunes Sandwich ohne Rinde behutsam zwischen Daumen und Zeigefinger.
»Birne mit Frischkäse, hieß es auf der Speisekarte.«
Henry legte es zurück. Daraufhin nahm Ariel es und knabberte daran. »Es ist gut. Selbst schuld.« Sie schluckte. »Aber gibt dir der Brief nicht auch das Gefühl, dass diese Gespräche vor nicht allzu langer Zeit stattgefunden haben? Ich meine, nicht vor Jahren.«
»Offensichtlich muss es gut ein Jahr her sein, da du dich nicht an sie erinnerst. Hör mal, ich weiß, dass der Brief den Eindruck erweckt, als hättet ihr vor kurzem miteinander gesprochen, als wäre es vergangenen Monat gewesen. Bei unserer Art von Arbeit sind solche Dinge – Tragödien, Morde, existenzbedrohende Erfahrungen – alltäglich. Aber für den Durchschnittsbürger ...«
»Nicht für mich, für mich ist es nicht alltäglich!«
»Oh? Worum ist es bei deinen letzten zehn Geschichten gegangen? Und worum ist es bei den letzten zehn gegangen, die du als ›zu ausgelutscht‹ *abgelehnt* hast?« Henry nippte an seinem Tee und beobachtete sie über den Tassenrand hinweg. »Beim Durchschnittsbürger sieht es, wie ich gerade sagen wollte, ganz anders aus. Mord ist etwas Monumentales. Das Größte und Schlimmste, was in einem Leben überhaupt passieren kann. Eine Schwester oder jemand, der einem vertraut genug ist, um Sis genannt zu werden, stirbt. Wird umgebracht? Ein Freund oder zumindest ein Mensch, den man kennt, könnte schuldig sein? Man hält etwas in der Hand, von dem man das Gefühl hat, dass es einen in Gefahr bringt? Brrr, wie schrecklich!«, sagte er mit einem Grollen in der Kehle. »Dann taucht Ariel Gold auf, stark, aber voller Mitgefühl. Überzeugend. Da könnte sich vielleicht eine Verbindung ergeben. Dorothy vergisst einen nicht, eine Person, auf die sie

zurückgreifen kann, wenn es ungemütlich wird. Ihr Mann ist ...« Er warf einen Blick auf den Brief. »›Weg.‹ Tot? Mit einem Betthäschen durchgebrannt? Was auch immer, sie ist ganz allein. Einsam. Verletzlich. Du bist für sie weit unvergesslicher als umgekehrt.« Er zuckte mit den Schultern. »Ich meine, du würdest dich wahrscheinlich weniger an sie erinnern als sie sich an dich, selbst wenn du dich überhaupt erinnern könntest.«

»Aber ich glaube, dass die Verbindung in beiden Richtungen funktioniert hat«, entgegnete Ariel. »Das ist eine Frau, mit der ich auf der Stelle sprechen, eine Frau, mit der ich lachen und mit der ich befreundet sein könnte. Ich glaube ... Henry, hast du überhaupt keine Erinnerung daran, wer sie sein könnte und wovon sie redet? Dem Tod dieser Sis?«

»Wie ich schon sagte, nein. Ich habe den Verdacht, dass dies eine deiner berüchtigten und sorgfältig gehüteten Exklusivstorys war. Wir hatten diese Unterhaltung miteinander. Du warst keine Mannschaftsspielerin. Du hast nichts von deinen Erkenntnissen mitgeteilt. Wir anderen bei *Open File* standen immer wieder ohne jeden Hinweis darauf da, was du vorhattest, bis du mit vollendeten Tatsachen und einer kompletten Story aufwarten konntest.« Er musterte die Kuchen und wählte ein Stück mit Mohn aus. »Wenn es um den Tod der Frau keine Publicity gegeben hat, wenn geklärt wurde, dass sie eines natürlichen Todes gestorben und kein Verdacht hinsichtlich des ›Scharfrichters‹ aufgekommen ist, würde es weder für mich noch das Publikum irgendeinen Grund geben, etwas darüber zu wissen.«

»Und wie hätte ich dann etwas davon erfahren?«

»Das fragst du mich?«

»Und warum habe ich wohl keine Akte darüber gehabt, wenn ich die Sache untersucht habe?«

»Vielleicht hast du mal eine gehabt. Möglicherweise sah das Ganze wie eine Sackgasse aus, so dass du alles weggeworfen hast. Und außerdem, wie hättest du deine Akten durchsuchen sollen, wenn du dich nur an das Wenige halten kannst, was du hast? Hinweise wie ›er‹ und ›der Mann‹ sind ja nicht gerade hilfreich. Ebenso ist es mit ›mein Mann‹. Sis wurde vielleicht nur von Dorothy so genannt. Er könnte ein Familienspitzname für die Tote sein, den du nicht benutzt hättest. Und wenn Dorothy wirklich eine ältere Lady ist, hättest du sie doch sicherlich Mrs Soundso genannt, egal, wie sie sich selbst bezeichnet.« Er kratzte sich den Bart, wobei er klebrige Finger bekam. Geistesabwesend wischte er sie an seiner Serviette ab und sagte: »Wenn deine Notizen halbwegs so aussehen wie meine, heißt es darin ›Smith sagte dies‹ oder ›Jones zufolge‹. Ohne ihren Nachnamen, meine Liebe, hast du Pech gehabt.«

»Was ist mit Raphael?«

Henry blickte wieder auf den Brief. »›Raphael lächelt jedes Mal habgierig, wenn der Mann bei ihm über die Schwelle tritt!‹« Er machte ein Gesicht, das in etwa ausdrücken sollte: Wer weiß? »Sie sagt etwas von Philanthropie. Vielleicht betreibt er eine Mission oder leitet die örtliche Abteilung der Paralympics oder die von Greenpeace. Ariel, komm auf den Teppich. Ohne nähere Hinweise schaffst du es einfach nicht.«

»Ich muss aber«, entgegnete sie. »Hast du diesen Brief gelesen? Die Frau hat Angst. Sie wartet auf einen Anruf!«

Henry machte sich gar nicht erst die Mühe, darauf hinzuweisen, dass auch Dorothy anrufen konnte. Er hatte Ariel vor ihrer Amnesie nicht gut gekannt, aber die Frau, die sie inzwischen geworden war, kannte er dafür umso besser. Aus Gründen, über die er nur Vermutungen anstellen konnte, war sie vom ersten Tag an so anders gewesen, als hätte sie sich gehäutet, als hätte sie sich von einer fernen, nüchternen Person ebenso auffallend getrennt wie kurz darauf von überflüssigen Pfunden. Eine entscheidende Eigenschaft blieb jedoch unverändert – sie konnte stur wie ein Esel sein. Er beobachtete, wie sie die Überreste ihres Scones mit der Rückseite ihrer Gabel platt drückte und zerkrümelte. Ihr breiter Mund wurde nach unten gezogen, ihr Kinn vorgereckt. Henry hütete sich, ihr bei dieser energischen Kinnhaltung zu widersprechen. »Hat San Rafael dieselbe Vorwahl wie San Francisco? Hast du in deinem PC irgendwelche Vier-eins-fünf-Nummern gefunden?«

»Natürlich. Viele. Ich habe sie angerufen. Lass mich mal sehen. Ich hatte das De-Young-Museum am Apparat, das Büro des Marin Airporter, eine Pfandleihe ... Deren Eigentümer, Calvin war sein Name, erinnerte sich von einer anderen Geschichte her an mich, die wir vor ein paar Jahren gemacht haben.« Ariel lächelte. »Er schwärmte für mich, ist das nicht süß? ›Miss Ariel‹ nannte er mich. *›Natürlich‹* erinnere er sich an mich. ›Wie könnte ich Sie je vergessen?‹, sagte er.«

»Ist doch klar, dass er sich an dich erinnert, Ariel. Was meinst du wohl, wie oft er fürs Fernsehen interviewt worden ist? Wie viele Medienleute hat er deiner Ansicht nach wohl persönlich kennen gelernt? Das habe ich doch gerade vor einer Minute gesagt. Der Durchschnitts...«

»Ich habe dich schon beim ersten Mal verstanden. Wie auch immer, nach einem halben Dutzend Anrufe wurde ich schlau und rief die Nummernauskunft an. Bei drei Nummern sehe ich eine Möglichkeit. Zwei davon waren Privathäuser, in denen niemand abnahm, und in einem meldete sich ein Anrufbeantworter. Ich habe eine Nachricht hinterlassen.«

»Vielleicht wird Dorothy dich anrufen.«
Ariel nickte halbherzig.
»Kopf hoch. Du fährst morgen nach Norden; irgendwas wirst du schon herausfinden. Übrigens, herzlichen Glückwunsch zu dem Sigma Delta.«
Ein Telefon piepste, und beide langten automatisch nach ihren Handys. Es war Ariels. Sarah Aguilar rief zurück.
»Was war das mit Laya?«, fragte Henry, als das Gespräch beendet war. »Ich habe deine Nachricht erhalten, dass sie eine Transplantation vornehmen wollen.«
»Dann hast du eine Nachricht verpasst. Sie haben es schon gemacht, gestern Nachmittag.«
»Das ging aber schnell!«
»Crowne hat offenbar Verbindungen. Wenn er Hornhaut sagt, fallen sie vom Himmel wie Manna.«
Als Henry daran dachte, woher diese Spenderorgane und Organteile kamen, blickte er unangenehm berührt drein.
»Und? Wie ist es gegangen?«
»Crowne zufolge ›wie geplant‹. Jetzt heißt es nur noch abwarten.«
»Ach ja? Das ist gut. Was ist mit dem langen Gesicht?«
»Das war die Psychologin, die Crowne hinzugezogen hat, Sarah Aguilar. Sie hat Laya heute Morgen besucht, und die ist immer noch, ich zitiere, ›alles andere als mitteilsam‹.«
Ariel kaute an ihrer Unterlippe. »Möglicherweise sehe ich das alles völlig falsch und mache mir umsonst Sorgen.«
»Wie bitte?«
»Vielleicht ist Layas Einstellung gesunde Akzeptanz; was sein wird, wird sein. Vielleicht geht ihre Gelassenheit sogar tiefer, als ich mir vorgestellt habe.«
Da Henry nur Minuten zuvor Ariel ein »Kopf hoch« empfohlen hatte, verschwieg er jetzt seine Meinung über diese rosarote Ansicht. »Warum musst du raten, was sie empfin-

det? Du willst mir doch nicht sagen, dass du sie noch immer nicht besucht hast? Wie lange ist es jetzt her? Eine Woche?«
»Zehn Tage«, antwortete Ariel bedrückt. »An der Front bin ich ebenfalls eine Niete.«

Das änderte sich an jenem Abend kurz nach einundzwanzig Uhr dreißig.
Ariel genehmigte die Schlussredaktion ihres Stücks für Montagabend früher, als sie erwartet hatte. Sie hatte sich überlegt, ob sie auf dem Nachhauseweg irgendwo anhalten und sich in einem Schnellrestaurant etwas mitnehmen sollte, aber die Schuldgefühle wegen der Kalorien vom Nachmittagstee nagten noch an ihr. Zu Hause wartete niemand auf sie. Ihre guten Freunde und Nachbarn Carl und Marguerite Harris hatten Jessie schon vor Stunden abgeholt. Sie wollten den Hund übers Wochenende bei sich behalten. Inzwischen hatte sich Jessie wohl häuslich auf einem Gästebett für Hunde niedergelassen und nagte an einem der Knochen aus ungegerbtem Leder, die Marguerite ausschließlich für sie aufbewahrte (der uralte Dackel der Harris', Rudy, war schon ziemlich zahnlos).
Aus einem Impuls heraus bog Ariel in Richtung Krankenhaus ab. Sie würde bei einer der Schwestern eine Nachricht für Laya hinterlassen, in der sie ihr mitteilte, dass sie übers Wochenende nicht in der Stadt sei. Sie würde zwar nur ihre Zeit verschwenden, doch darauf kam es ihr jetzt nicht an. Wenn ich für Laya nichts weiter tun kann, sagte sie sich, als sie wissen zu lassen, dass ich an sie denke (Ariel weigerte sich, die unglückliche Formulierung »für sie da zu sein« zu verwenden, sogar in Gedanken), dann tue ich wenigstens das.
Auf der Station herrschte Nachtruhe wie bei ihrem letzten

Besuch drei Abende zuvor. Alles war so haargenau gleich, dass Ariel kurz das Gefühl hatte, dass keine Zeit verstrichen, dass sie in diesem gedämpften, entmutigenden und irgendwie wachsamen Korridor eingesperrt war. Sie blieb vor Layas geschlossener Tür stehen. Wenigstens war der Stöhner im Nebenzimmer heute Abend ruhig. Ruhte er friedlich oder in Frieden? Ariel erschauerte.
Sie ging zum Schwesternzimmer. Hinterm Tresen war niemand zu sehen. Ein »Hallo« löste keine Reaktion aus. Sie entdeckte einen Block und einen Kugelschreiber und schrieb ihre Nachricht auf. Während sie darauf wartete, dass jemand von irgendeinem Notfall zurückkam, der alle aufgescheucht hatte (wie Ariel vermutete), wurde ihr plötzlich bewusst, dass etwas besorgniserregend anders war als bei ihrem letzten Besuch. Da war kein Polizeiposten. Sie blickte im Korridor nach links und nach rechts, nirgendwo war ein Wachposten. Und vor Layas Tür stand auch kein Stuhl. Plötzlich schien der ganze Flügel nicht nur gedämpft, sondern unheimlich still. War die Station geräumt worden?
Bevor Ariel sich die Situation erklären konnte, bimmelte die Fahrstuhlglocke genau gegenüber der Stelle, an der sie stand. Endlich!, dachte sie und entspannte Muskeln, von denen sie nicht einmal bemerkt hatte, dass sie sie angespannt hatte. Sie warf einen Blick auf die erleuchtete Stockwerksnummer und wartete darauf, dass die Türen aufgingen, um, wie sie hoffte, den Polizeibeamten oder eine Schwester aussteigen zu lassen.
Es befand sich ein Mann im Fahrstuhl, ein junger Schwarzer, doch er war kein Polizist und sah auch nicht aus wie ein Pfleger. Er trug ein T-Shirt und Jeans, trendige Jeans, die so weit waren, als hätte er eine Tonne Gewicht verloren oder sie einer Person geklaut, die sie so brauchte; dazu

Tennisschuhe. All das erfasste Ariel mit einem Blick. Das und noch etwas: Der Mann wirkte nervös.
Als er sie entdeckte, senkte er den Kopf. Seine Brille rutschte ihm auf die Nasenspitze, und er blickte über den Brillenrand hinweg böse auf die Leuchtleiste, als wäre er im falschen Stockwerk. Er drückte einen Knopf, schob die Brille wieder nach oben und wartete, wobei er seine Füße musterte. Ein Fuß tippte auf den Boden. An den Seiten bewegten sich seine Hände. Er sieht aus wie ein Revolverheld in der Sekunde, bevor er zieht, dachte Ariel. Sie ließ den Kugelschreiber fallen. Als sie sich bückte, um ihn aufzuheben, schlossen sich die Fahrstuhltüren.
Unter anderen Umständen hätte sie keine Sekunde über den Vorfall nachgedacht, doch jetzt kam er ihr wie alles andere merkwürdig vor. Der Mann musste vorgehabt haben, zu diesem Stockwerk zu fahren; es war kein anderer im Fahrstuhl gewesen, der den Knopf hätte drücken können. Und außerdem hatte Ariel das Gefühl, ihn schon einmal gesehen zu haben.
Sie faltete gerade ihre Notiz zusammen und fand sich mit dem Gedanken ab, sie auf dem Tresen zurückzulassen, als der Fahrstuhl wieder läutete. Diesmal eilte eine Schwester heraus. Ihr Mund war nur ein schmaler Strich, vielleicht die Nachwirkung von irgendetwas Schlimmem, das sie gerade erlebt hatte. Der Strich wurde noch grimmiger, als sie sah, dass niemand im Schwesternzimmer war. »Wo ist Evelyn?«, fragte sie. »Und Rita?« Bevor Ariel die Antwort hätte geben können, wenn sie sie gekannt hätte, sagte die Schwester: »Die Besuchszeit ist vorbei.«
»Was ist mit dem Polizisten, der hier war?«, fragte Ariel. »Wo ist er?«
»Verschwunden.« Die Schwester antwortete zerstreut und blickte sich nach ihren Kolleginnen um. »Wer sind Sie?«

»Eine Freundin der Patientin, die er bewachen soll«, antwortete Ariel. »Wohin verschwunden?«
»Er bekam heute am späten Nachmittag einen Anruf. Sagte etwas wie, er sei von dem Posten entbunden.«
»Von dem Posten entbunden?«, wiederholte Ariel. »Warum?«
»Vielleicht leiden auch die Cops unter Personalknappheit«, erwiderte die Schwester. »Sie müssen sie schon selbst fragen.«
Ariel überreichte ihr gerade ihre Notiz, als eine Schwester aus einem Patientenzimmer unten im Flur trat und eine andere mit einem beschämten Gesichtsausdruck den Ruheraum verließ. Als sich Ariel auf dem Weg nach draußen Layas Zimmer näherte, blickte sie zurück und sah, wie die drei Frauen eine hitzige geflüsterte Diskussion führten. Ohne sich bewusst dafür entschieden zu haben, es zu tun, blieb sie stehen, schwenkte rechts um und stahl sich in Layas Zimmer.
Sie stand für einen Augenblick vollkommen still und lehnte sich mit dem Rücken an die geschlossene Tür. Schon bereute sie ihre impulsive Entscheidung.
Schwaches Mondlicht kroch durch die Leisten der Jalousie am Fenster, zeichnete ein Streifenmuster auf dem Bett und dem zylindrischen, in eine Bettdecke gehüllten Hügel, der Laya war. Diese lag auf dem Rücken mit den Armen an den Seiten. Ein Auge war von einer Augenklappe aus Kunststoff bedeckt, die mit Klebeband an Stirn und Wange befestigt war. Ansonsten war ihr Gesicht ausdruckslose Dunkelheit auf dem weißen Kissen. Das Schweigen im Raum war ein Vakuum. Mitleid stieg in einer so übermächtigen Welle in Ariel auf, dass es ihr den Atem raubte. Verstohlen und behutsam, um kein Geräusch zu machen, öffnete sie die Tür, um zu gehen.

»Ariel?«
Als Laya sprach, musste Ariel schlucken. Sie hörte sich wie eine Comicfigur an, als sie flüsterte: »Es tut mir Leid.«
»Weswegen?«
»Hast du geschlafen?«
»Ich glaube nicht. Vielleicht.«
»Woher hast du gewusst, dass ich es bin?«
»Ich glaube … ich muss geträumt haben.«
»Darf ich reinkommen?«
Laya drehte sich mühsam in eine andere Stellung, als wäre ihr Körper eine ungewohnte Last geworden. »Bist du das nicht schon?«
»Wahrscheinlich bin ich das.« Und jetzt, da ich es bin, dachte Ariel, was soll ich sagen? Wie fühlst du dich? wäre eine zu dämliche Frage, aber genau das war alles, was sie wirklich erfahren wollte. Sie versuchte sich Sarah Aguilars Ratschläge ins Gedächtnis zu rufen. Geben Sie sich zu erkennen, wenn Sie das Zimmer betreten – das hatte sie schon vermasselt. Wie sollte sie anfangen? Sagen Sie ihr Bescheid, wann Sie gehen – das schien empfehlenswert zu sein.
»Ich habe dich angerufen«, sagte Laya.
»Tatsächlich? Ich habe keine Nachricht bekommen.«
»Dann habe ich es geträumt. Ich dachte … es ist immer noch Nacht, nicht wahr? Wie spät ist es?«
»Hier ist kein Licht an«, entgegnete Ariel betont beiläufig.
»Ich kann meine Armbanduhr nicht sehen.«
»Wenn die Tür nicht zu ist, solltest du sie lieber zumachen, bevor du das Licht anschaltest.«
»Dann ist es in Ordnung, wenn ich eine Minute bleibe?«
Ariel schloss die Tür, ließ das Zimmer aber dunkel. So war es irgendwie angenehmer. »Es ist halb elf«, sagte sie. Sie wusste, dass es etwa so spät war, und nahm an, dass fünf

oder zehn Minuten mehr oder weniger nichts ausmachten. »Ich habe eine Notiz für dich hinterlassen. Du solltest wissen, dass ich ein paar Tage nicht da bin. Ich komme Montagabend wieder.«

Laya fragte nicht, wohin sie wollte.

Ariel versuchte sich etwas Fröhliches einfallen zu lassen, etwas Tröstliches, etwas, was zumindest harmlos wirkte. »Warum hast du niemanden reingelassen?«, fragte sie stattdessen.

»Weil ich niemanden sehen wollte.«

Das war eine offene Antwort, der Ariel nichts entgegensetzen konnte. Keine von beiden reagierte auf das gefürchtete Wort »sehen«. »Warum nicht?«

»Trauer ist etwas, was man mit niemandem teilen kann, Ariel.«

»Hoffnung aber schon, und du ...«

»Außerdem wollte ich mir diese Art wohlmeinenden Müll nicht anhören.«

Es bereitete Ariel keinerlei Mühe, in diesem Moment zu schweigen; sie hätte nicht schockierter sein können, wenn das Bett gesprochen hätte. In der Stille hörte sie das Geräusch von Gummisohlen draußen im Korridor, das vor ihrer Tür verstummte. Ein leichtes Klirren war zu vernehmen, als wäre Glas gegen Metall gestoßen. Spritzen auf einem Tablett? Pillen? Reagenzgläser für Blut? Inzwischen hatten sich Ariels Augen an das Dämmerlicht gewöhnt. Sie hielt den Atem an und beobachtete den Türgriff. Absurderweise empfand sie einen Anflug von Schuldgefühl, als würde man sie jetzt erwischen und bei irgendeinem Verstoß gegen Vorschriften ertappen, der weit schwerer wog als ein Besuch außerhalb der Besuchszeit. Die quietschenden Gummisohlen entfernten sich.

»Gott sei Dank!«, murmelte Laya. »Manchmal kommen

sie sogar mitten in der Nacht rein, nur um die Zeit rumzubringen. ›Hier ist ein bisschen frisches Eis für Sie.‹« Die Züge um ihren Mund wurden hart. Sie schaute aus wie jemand, den Ariel noch nie gesehen hatte. »Sie stellen Dinge immer wieder woanders hin, so dass ich sie nicht mehr finden kann und Sachen umstoße.«

»Es ist nicht leicht zu wissen, wie man dir helfen, was man tun oder sagen soll, Laya.«

»Dann habe ich dir also einen Gefallen damit getan, dass ich dich nicht reingelassen habe, nicht wahr?«

»So würde ich es nicht ... ich bin verwirrt. Du hältst mich doch für deine Freundin, richtig? Du hast mich doch in der Nacht angerufen, als du Hilfe brauchtest.«

»Nein.«

»Nein? Das Telefon läutete. Und du warst dran.«

»Ich habe die Null zu wählen versucht, weil ich das Amt wollte, und muss dabei aus Versehen die Wahlwiederholung erwischt haben. Versuch mal, die Null zu finden, wenn du nicht sehen kannst.«

»Wahlwiederholung? Aber du hattest doch gar nicht angerufen ...«

»Doch, habe ich, am Nachmittag.«

Das stimmte. Eine Yogastunde wurde abgesagt, weil der Gymnastikraum gerade gestrichen wurde. Laya hatte eine Nachricht hinterlassen. »Du meinst ...« Ariel überkam ein Gefühl der Enttäuschung. »Du hast mich zufällig erreicht?«

»Tut mir Leid, dich gestört zu haben. Wenn ich das nächste Mal in Todesangst schwebe, werde ich vorsichtiger sein. Und, nein, es war kein Zufall.«

»Aber du sagtest doch gerade ...«

»Ich meine, so etwas wie einen Zufall gibt es nicht. Das kann man glauben oder nicht. Ich tue es.« Layas Brustkorb hob und senkte sich schnell. Nach ein paar Augenblicken wurden die Bewegungen wieder langsamer. So leise, dass Ariel sich Mühe geben musste, es zu verstehen, sagte Laya: »Es tut mir Leid. Ich bin dir nicht böse.«

Wer dann?, wollte Ariel schon hervorstoßen, als ihr etwas einfiel, wovor Dr. Aguilar sie gewarnt hatte. Behinderte Menschen, hatte sie gesagt, Menschen, die sich hilflos fühlen, machen oft Zeiten einer irrationalen Selbstverachtung durch. Manche lernen es nie, sich zu akzeptieren – oder Hilfe.

»Laya, du musst dies nicht allein durchstehen. Warum erlaubst du ihnen nicht, mit deiner Schwester Verbindung aufzunehmen?«

»Stiefschwester. Marie hat zwei Kinder, einen Mann und einen Job. Sie hat weder die Zeit noch das Geld, um kreuz und quer durchs Land zu fliegen.«

»Wenn Geld ein Problem ist, dann lass mich ...«

»Nein. Vielen Dank, aber nein. Manche Menschen gehen nicht gut ... mit Krankheit um. Marie wäre keine Hilfe.«

»Wer dann? Gibt es denn sonst niemanden, der ...«

»Lass das bitte.«

Ariel zupfte an der Nagelhaut ihres Zeigefingers, bis sie bemerkte, was sie tat, und damit aufhörte. Wenn sie vor der Kamera stand, durfte sie dieser Gewohnheit nicht nachgeben. »Also erzähl mir von deinem Traum.«

»Welchem Traum?«

»Den du gerade hattest, als ich reinkam ... Du sagtest, du habest geträumt, dass du mich angerufen hast. Wahlwiederholung?«

»Nein, da nicht«, antwortete Laya, ohne zu lächeln.

Ariel wartete. »Und? Weswegen hast du mich denn angerufen?«

Laya wandte das Gesicht ab, als könnte sie sehen und Ariel

bei dem, was sie zu sagen hatte, nicht in die Augen blicken.
»Ich wollte dich bitten, etwas für mich zu tun.«
»Alles, was in meiner Macht steht.«
»Nein, dies ist etwas ...« Laya bewegte unruhig die Beine. »Es war nur ein Traum.«
»Dann wird es nicht schmerzen, darüber zu sprechen.«
»Aber helfen tut es auch nicht. So wie ich mich fühle ... du würdest es nicht verstehen. Du könntest es nicht, es sei denn, du verlörest auch ...«
»Es ist nur vorübergehend! Ich bin sicher, es ist nur ...« Ariel entdeckte rechtzeitig, wie Layas Mund schmal wurde. »Entschuldige. Sprich weiter.«
»Ich wollte gerade sagen, es sei denn, man verliert etwas, was für einen lebenswichtig ist.«
In einem Anflug von Einsicht, wie Ariel hoffte, erklärte sie: »Du sprichst nicht von deinem Augenlicht, oder?« Und nach einem Moment: »Ich kann es verstehen, wenn du es erklärst.«
»Wirklich?« Um Layas Mundwinkel zuckte es, als sie sich überlegte, wie sie anfangen sollte. Schließlich fragte sie, als hinge eine Menge von der Antwort ab: »Kannst du verstehen, wie es ist zu verlieren, wer man ist?«
Ariel war sprachlos. Laya wusste nicht über sie Bescheid, konnte es nicht wissen. Aber die Frage gab einfach und präzise einer Überzeugung Ausdruck, die Ariel nie geteilt hatte – dass sie in einem gewissen Sinn mit dem Verlust ihrer ganzen Geschichte sich selbst verloren hatte.
»Oder sollte ich sagen«, überlegte Laya laut, »das zu verlieren, *wofür du dich gehalten hast.*«
Ariel atmete hörbar aus. Es ging in diesem Gespräch nicht um sie, und Laya schien keine Antwort zu verlangen.
Nach einem Augenblick fuhr Laya fort: »Die Dunkelheit

ist ein guter Ort zum Nachdenken. Es gibt nicht viel anderes zu tun.«

»Ja?«, hakte Ariel nach.

»Ich kann so nicht leben.«

»Wie …?«

»Hier herumzuliegen und mich zu hassen.«

»Weil du nicht sehen kannst, meinst du? Das ist verrückt!«

»Nicht weil ich nicht sehen kann. Weil es *meine* Schuld ist, dass ich nicht sehen kann.«

»Deine … Schuld?« Ariel schluckte. »Laya, hast du mit Sarah Aguilar über diese Gefühle gesprochen?« Sie bekam keine Antwort. »Das musst du tun. Ich meine das ernst. Du kannst so nicht weitermachen.«

»Du hast Recht. Das kann ich nicht.«

Ariel war erleichtert und wollte gerade begeistert zustimmen, als ihr der Ton dessen bewusst wurde, was sie soeben gehört hatte. Es war keine Einsicht in das Notwendige gewesen. »Was sagtest du?«

»Ich sagte, dass du Recht hast. Ich werde so nicht weiterleben. Du hast mir vorhin angeboten, mir zu helfen und alles in deiner Macht Stehende zu tun. Wirst du das?«

»Helfen …?«

»Ja.«

»Nein!«

»Was ich tun muss, kann ich nicht allein tun.«

»Keine Chance, meine Liebe!« Das Entsetzen schaffte sich in einem hervorgestotterten Zornesausbruch Erleichterung. »Ich kann nicht glauben, dass du dir zehn Tage gibst – *zehn Tage!* – und dann schon das Handtuch wirfst. Außerdem ist es doch nicht so, als gäbe es keine Hoffnung! Diese Operation hat Aussicht auf Erfolg … eine gute Aussicht auf Erfolg, und wenn sie nicht … Was ist mit dir los! Das Leben wird vielleicht nicht mehr vollkommen sein, aber es gibt Menschen, die … großer Gott, du hast nicht einmal …« Ein Echo von einem anderen Menschen – Henry, dachte sie, und auch Sarah Aguilar –, der sie davor warnte, ihrer Freundin ihre Erwartungen aufzudrängen und von ihr einen Mut zu verlangen, den sie nicht aufbringen konnte. Doch sie ignorierte diese Warnungen. »Du erbärmlicher Feigling!«, platzte es aus ihr heraus.

Eine Sekunde lang lag Laya still. Dann begann ihre Brust zu wogen. Sie weinte nicht. Es lag Bitterkeit in ihrem Lachen, aber es war unverkennbar ein Lachen. »Manchmal, Ariel«, sagte sie, »neigst du dazu, ein wenig selbstgerecht zu sein, weißt du das? Ich bin ein Feigling. Das ist das Problem gewesen. Ich versuche dir jetzt zu erklären, dass ich das nun hinter mir habe und deine Hilfe brauche.«

»Die Hilfe wirst du dir woanders suchen müssen, Laya.«

»Du hast ›alles‹ gesagt. Dass du alles tun würdest.«

»Ja, aber bei Beihilfe zum Selbstmord ziehe ich die Grenze.«

»Wie stehst du zu Körperverletzung in Tötungsabsicht?«

Ariel starrte sie an. »Das ist nicht komisch. Jetzt hör mir mal zu …«

»Nein. Du lässt das Predigen und hörst *mir* zu! Ich versuche dir zu sagen, dass ich weiß, wer mir dies angetan hat. Wenn ich nicht so ein ›erbärmlicher Feigling‹ gewesen wäre, wäre es nie passiert. Er wäre stattdessen im Gefängnis.«

Ariel starrte sie mit offenem Mund an. »Du weißt es?«, rief sie. »Wer? Warum hast du nicht gesagt …«

»Ich kenne seinen Namen nicht. Aber du musst ihn für mich suchen. Das ist es, was ich von dir will.«

9

San Francisco war großartig. Die Stadt konnte Anfang April kalt sein. Und sie konnte auch am 4. Juli, am Nationalfeiertag, um zwölf Uhr mittags kalt sein. Ariel hatte das Glück, ein perfektes Stück Frühling zu erwischen. Ein Dauerregen am Vortag hatte kristallklare Luft zurückgelassen, und der Sonnenschein am Samstagmorgen war wie ein warmer Segen. Die Stadt pulsierte vor Energie, trug ihren einzigartigen Charakter zur Schau, sonnte sich in ihrer viel besungenen Vergangenheit. Ariel liebte sie. Das Erste, was sie nach dem Betreten ihres Hotelzimmers tat, war, die Vorhänge zuzuziehen, sich aufs Bett zu werfen und ein Schläfchen zu machen.

Ihre Erschöpfung war nicht darauf zurückzuführen, dass sie in der Nacht zuvor zu lange im Krankenhaus geblieben war, sondern dass sie zum Schlafen zu aufgedreht gewesen war, nachdem Laya sie so gebieterisch für sich in Anspruch genommen hatte.

»Es ist eine lange, hässliche Geschichte«, hatte Laya gesagt, »eine, nach der mir heute Abend nicht der Sinn steht. Du hast morgen einen frühen Flug. Geh nach Hause.«

Ariel war wütend geworden. Laya war hart geblieben. Sie hatte gefragt, ob Ariel einen Kassettenrekorder bei sich habe. »Du lenkst mich nur ab. Lass mir den Rekorder da. Wenn du wieder kommst, wirst du alle Details erhalten, jedes einzelne, an das ich mich erinnern kann.«

Ariel hätte zu diesem Zeitpunkt eher Rasierklingen verschluckt als zu gehen, doch dann hatte sie ihre Freundin aufmerksam angesehen. In Layas Gesichtsausdruck lag Entschlossenheit. Sie war, zumindest für den Augenblick, wieder unter den Lebenden.

Ariel gab ihr den handflächengroßen Rekorder, den sie immer bei sich hatte. Dann nahm sie Layas kräftige Finger und zeigte ihr, welche Knöpfe was bewirkten. Sie sagte Laya, wie sie sie erreichen könne, überlegte, ob sie die Freundin umarmen sollte, entschied sich aber für ein Tätscheln und tat ihr dann den Gefallen zu gehen.

Sie hatte Max Neely vom Wagen aus zu Hause angerufen. Er hatte mit seiner künftigen Stieftochter Schach gespielt, und sie gewann. Darüber war er nicht glücklich und wurde noch griesgrämiger, als er Ariels Frage hörte.

»Warum wir den Mann von der Tür abgezogen haben?«, wiederholte er. Seine Stimme wurde lauter. »Haben Sie eine Ahnung, was es kostet, jemanden so lange dort stehen zu lassen, wie wir es getan haben? Haben Sie eine Ahnung, was ein Haushalt ist? Wie unsere Personalsituation aussieht? Jetzt hören Sie mal gut zu. Wir haben in dieser Woche Glück gehabt. Aus irgendeinem Grund – vielleicht, weil der Osterhase unterwegs ist, wer weiß? – haben die Bürger der Stadt vorübergehend damit aufgehört, sich gegenseitig abzuschlachten. Unter normalen Umständen hätte ich nicht zulassen dürfen, dass ein Mann sich da drüben drei Stunden lang die Beine in den Bauch steht, ganz zu schweigen von einer Woche.«

»Max, heute Nacht war auf Layas Stockwerk keine Menschenseele im Dienst. Keine Krankenschwester, kein Cop, absolut niemand. Jeder Irre von der Straße hätte einfach in ihr Zimmer hineinspazieren können. Ich habe sogar einen verdächtigen Mann gesehen, der sich verhielt, als …«

»Eine Woche, Gold. Keinerlei Anzeichen einer Bedrohung. Kein Irrer, kein Spanner. Kein Pieps.«

»Vielleicht weil sie Personenschutz hatte? Könnte es hier eine Frage von Ursache und Wirkung sein?«

»Könnte es sein, dass der Verrückte, der die Augentropfen

gepanscht hat, Ihre Freundin nicht von der englischen Königinmutter zu unterscheiden vermag?« Max ließ einen lauten Seufzer hören. »Schreiben Sie sich diese Nummer auf«, sagte er und leierte eine Telefonnummer herunter. »Privater Sicherheitsdienst. Wenn Sie Personenschutz wollen, mieten Sie sich welchen.«

Das tat Ariel. Kurz nach Mitternacht war ein Detektiv an Ort und Stelle. Laya brauchte nie zu erfahren, dass die Bewachung unterbrochen worden war oder dass der Mann vor ihrer Tür nicht von ihren eigenen Steuerdollars bezahlt wurde. Sie hoffte, dass ihre Freundin wenigstens eine Nacht gut geschlafen hatte.

Um ein Uhr mittags wurde Ariel benommen wach. Eine heiße Dusche verscheuchte den Nebel, und ein Koffeinstoß in einem Coffee Shop an der Ecke stellte sie wieder so weit her, dass sie in ihren Mietwagen einsteigen konnte, ein Cabrio, und auf der Einhunderteins nach Norden fuhr. Auf dem Beifahrersitz flatterte eine Straßenkarte.

Da sie in den letzten Monaten ein paar Mal beruflich nach San Francisco gefahren war, war es ihr oberflächlich vertraut. Marin County war es nicht. Nach den verstopften Straßen der Stadt sahen Point Diablo und die winddurchtosten Landspitzen auf der anderen Seite des Golden Gate öd und leer aus. Die Wellen des Pazifiks brandeten gezähmt gegen die Felsen. Als Ariel über die Brücke fuhr, hatte sie das Gefühl, in unerforschtes Territorium einzudringen – eine alberne Vorstellung, denn oben auf den Felsen standen ganze Horden von Touristen und knipsten. Und Sausalito, ihre Ausfahrt, war gleich die nächste.

Als sie die sich hinunterschlängelnde Alexander Road entlangfuhr, hätte sie sich in irgendeiner Hinterwäldlergegend befinden können. Wogende grüne Hänge, die so leer waren wie eine Heide, erstreckten sich bis zur tief unten liegenden

Bucht. Doch dann, nach einer Biegung der Straße, sah sie einen Mittelmeerhafen vor sich oder das, wie sie sich einen vorstellte. Hunderte von Häusern standen auf steilen, bewaldeten Hängen wie zufällig hingestreut übereinander. Ariel sah durch die Bäume viele Fensterscheiben aufblitzen, bevor die schmaler werdende Straße eine scharfe Kurve machte und ihren gewundenen Abstieg begann. Direkt vor ihr lag die Bucht. Sie war glatt wie eine Prärie, und ihre Oberfläche war mit vielen weißen Segeln gesprenkelt. Kurz bevor die Straße direkt ins Wasser führte, machte sie eine Linkskurve. Ariel war von dem Anblick, einen Postkartenidyll, überwältigt. Auf der anderen Seite der Bucht, jenseits der Segelboote, erhoben sich wie ein Trugbild die Wolkenkratzer von San Francisco. Dort lag Alcatraz, und dort lag auch die endlose Bay Bridge. Ariel fuhr so langsam, dass sich hinter ihr eine Autoschlange bildete.

Sausalito war so malerisch, wie jeder behauptet. Und überfüllt. Ariel drängte einen Kombi ab, um sich das zu sichern, was der einzige freie Parkplatz in dem einstigen Fischerdorf zu sein schien, dem jetzigen Touristenmekka und einer Zuflucht für Künstler. Die Fähre legte gerade an, aber Ariels Aufmerksamkeit wurde weit stärker von den Aromen angezogen, die aus einem nahe gelegenen Restaurant herüberwehten. Definitiv Hamburger und bratende Zwiebeln.

Sie nahm ihr Cholesterol unverdünnt auf einem von der Sonne beschienenen Innenhof mit einer Aussicht auf den Yachthafen ein. Jenseits der Masten lag eine Halbinsel mit laut Karte den Orten Belvedere und Tiburon. Jenseits einer Wasserfläche namens Raccoon Strait lag Angel Island, ein kalifornisches Naturschutzgebiet. Es war ein ungewöhnlich nasser Winter gewesen, die Bäume waren von einem tiefen Blaugrün, und aus dieser Entfernung wirkte die Oberfläche der Insel wie moosiger Sand. Ariel streckte sich wie eine Katze. Sie konnte sich nicht erinnern, wann sie sich zum letzten Mal so entspannt gefühlt hatte.

Sie war froh, dass Laya am Abend zuvor nichts erzählt hatte. Wie hilfreich Ariel auch sein mochte, sobald sie einmal die Tatsachen kannte, ohne sie konnte sie nichts ausrichten. Bis auf weiteres war sie von jeder Verantwortung befreit. Frei. Schuldlos. Unbehelligt von der schweren Bürde des Denkens. Was den Brief von Dorothy betraf, der jetzt in ihrer Handtasche neben ihr lag, hätte er ebenso gut mit dem Vermerk »Adressat unbekannt« versehen und zurückgeschickt werden können. Falls irgendein Anflug eines Plans zur Feststellung der Identität der Frau in Ariels Kopf vorhanden gewesen war, konnte sie sich jetzt nicht daran erinnern.

San Rafael lag jedoch (wie B. F. es vielleicht ausgedrückt hätte) nur ein Stück weiter an der Straße. Ariel war bald wieder auf dem Freeway und fuhr nach Norden.

Eine schrullige Ansammlung von Hausbooten beanspruchte die Bucht zu ihrer Rechten für sich. Am gegenüberliegenden Horizont ragte der Mount Tamalpais auf. Als sie das Schild passierte, das die Stadt Corte Madera anzeigte, grasten Pferde auf einer Seite des Freeway. Auf der anderen Seite entdeckte sie die massiven, Furcht erregenden Mauern des Zuchthauses San Quentin.

Ariel sang mit dem Autoradio mit, mit den kombinierten Stimmen von Barbara und Celine, die ihre zum Glück übertönten. Sie versuchte zu entscheiden, wie sie den nächsten Tag verbringen sollte. (Eine Wanderung durch den Naturpark Muir Woods? Eine Stadtrundfahrt?) Um ein Haar hätte sie die Ausfahrt San Rafael Mitte verpasst. Obwohl San Rafael Verwaltungssitz des Bezirks war, hatte es eine nostalgische Kleinstadt-Aura. Ariel fand einen

Parkplatz gegenüber dem Rathaus. Die Straße war von Bäumen gesäumt und ruhig. Die Parkuhr nahm immer noch Cents an. Ariel ging die D Street bis zur Fourth Street hinunter und hatte gerade den Zebrastreifen betreten, als es ihr wieder einfiel – die Stadt sah vertraut aus. Sie blieb abrupt stehen. Ich erinnere mich an diesen Ort, dachte sie. Ich bin schon mal hier gewesen und erinnere mich daran!

Das war ihr bereits früher passiert. Da hatte es aber nichts bewirkt. Die Enttäuschungen taten der Hoffnung keinen Abbruch, dass irgendwann irgendetwas der Anstoß sein würde, der ihr Gedächtnis wieder in Gang setzte. Dieses behäbige alte Bankgebäude ... hatte sie dort schon mal geschäftlich zu tun gehabt? War es möglich? Das Café mit der antiken Kaffeemühle im Fenster ... hatte sie das nicht schon mal gesehen? Konnte es sein, dass sie sich dort mit Dorothy verabredet hatte? Das Schild dieses Papiergeschäfts hatte sie definitiv schon gesehen! Keine Frage! Es war ... eine Ladenkette. Mit Geschäften in Los Angeles.

In Ariels Kopf wurde es klar. Die Empfindung verflüchtigte sich. Die Vertrautheit war künstlich, wie ihr nach einer weiteren Sekunde aufging. Sie befand sich auf der Main Street, USA, auf der Quintessenz jeder Filmkulisse jedes durch und durch amerikanischen Films von Anfang an sowie aus jeder Fernsehserie der fünfziger und sechziger Jahre, die immer wiederholt wurden. Jeden Moment konnte Jimmy Stewart vorbeisausen. Der Biber würde auf seinem Fahrrad vorbeiradeln. In Wirklichkeit hupte der Fahrer eines Jeep Cherokee sie höflich an, und Ariel beeilte sich die Straße zu überqueren.

Nach nur wenigen Metern kam sie an einem Coffee Shop von Starbucks vorbei, und damit löste sich der letzte Anschein, einen Zeitsprung gemacht zu haben, in Luft auf. Ein langer Spaziergang bestätigte, dass dieser Ausflug Zeitverschwendung war. Ariel weinte der verlorenen Zeit jedoch keine Träne nach, sondern kaufte sich einen Reiseführer und machte sich daran, den Ort ernsthaft zu erkunden.

Es war kurz nach fünf, als sie zum Standort der Mission San Rafael Archangel kam. Der 1817 erbaute Komplex war der Beginn der spanischen Siedlung gewesen. Das ursprüngliche Missionsgebäude war längst verschwunden (ebenso wie die armen Miwok-Indianer an der Küste, die mitgeholfen hatten, es zu bauen, bevor sie von dem Weißen Mann und dessen Krankheiten ausgelöscht wurden), aber die mehr als ein Jahrhundert später errichtete Replik war imposant. Ariel las pflichtschuldigst die Schilder und setzte sich, da ihre Füße weh taten, auf der kleinen Piazza hin, um sich auszuruhen und in ihrem Reiseführer zu blättern.

Bei einem Absatz musste sie grinsen. *American Graffiti,* einer ihrer Lieblingsfilme und ein Klassiker, war auf den Straßen von San Rafael gedreht worden. Kein Wunder, dass ihr die Stadt bekannt vorkam.

Sie war aufgestanden und wollte gerade gehen, als sie zwei Männer mit einem Hund bemerkte, die im Begriff waren, die Straße zu überqueren. Der eine schien dem anderen Anweisungen zu geben. Dieser hörte aufmerksam zu und nickte. Er trug eine dunkle Brille und der Labrador, der ihn führte, ein Ledergeschirr. Entweder, dachte Ariel, wird der Hund oder der Mann ausgebildet. Vielleicht auch beide.

Sie war so in Gedanken vertieft, dass sie nicht hörte, wie die Kirchentüren hinter ihr aufgingen. Zu spät bemerkte sie, dass sie Gemeindemitgliedern im Weg stand, die grade den Gottesdienst verließen, trat zur Seite und ließ dabei ihr Buch fallen. Als sie sich bückte, um es aufzuheben, stieß sie mit einer älteren Frau zusammen. Der Gottesdienst hatte bei ihr nichts bewirkt, denn sie quittierte Ariels Entschuldigung mit einem Naserümpfen. Nachdem sie weitergegangen war, sah sich Ariel wieder nach den beiden Männern mit dem Hund um, die sich entfernten.

»Schon was anderes, nicht wahr?«

Ariel drehte sich zu dem Mann um, der das gesagt hatte.

»Wie bitte?«, fragte sie.

»Der Hund«, erklärte der Mann. Er war schon älter, wenn auch längst nicht so alt wie die unfreundliche Frau. Außerdem lächelte er im Gegensatz zu ihr. »Der Führhund. Ich dachte, Sie hätten sich den angeschaut.«

»Hab ich auch! Ich konnte aber nicht erkennen, wer von beiden ausgebildet wurde.«

»Sie sind nicht von hier?«

»Woher wissen Sie das?«

Er zeigte mit dem Kopfnicken auf ihren Reiseführer. »Das und die Tatsache, dass man an den meisten Tagen in San Rafael nicht weit gehen kann, ohne die Hunde zu sehen. Es gibt da eine Schule ...« Er unterbrach sich, um eine junge Familie zu begrüßen, die gerade aus der Kirche kam, und sagte dann zu Ariel: »Viel Spaß bei Ihrem Aufenthalt.«

Ariel lächelte geistesabwesend und blickte ihm nach. Sie ertappte sich bei dem Gedanken, dass dieser Ausflug am Ende vielleicht doch eine Fügung des Schicksals war. Oder war sie lächerlich voreilig? Das war sie. Sogar pessimistisch. Laya ging es gut. Sie würde nie einen Stock brauchen, geschweige denn einen Blindenhund.

Der Mann war zu weit weg, um es zu hören, als Ariel rief: »Wo ist die Schule?« Sie eilte die Stufen zum Bürgersteig hinunter, aber der Mann schlug gerade seine Wagentür zu. Also ging sie zu ihrem Auto und sah sich auf dem Weg nach einer Telefonzelle um.

Im Telefonbuch war die Marin Guide Dog Academy in San Rafael aufgeführt. Ariels Stadtplan zufolge war sie nicht weiter als fünf Minuten mit dem Auto entfernt. Als sie dort anrief, erhielt sie die kaum überraschende Auskunft, dass es für eine Besichtigung an diesem Tag zu spät sei und sie am nächsten Tag, einem Sonntag, ebenfalls kein Glück haben werde. In der Woche fänden jedoch Führungen statt. Sie hatte am Montag zwar Termine, aber Ariel war zuversichtlich, sich eine Stunde freimachen zu können. Sie wollte sich nur ein bisschen umsehen, die eine oder andere Frage stellen. Laya brauchte es nie zu erfahren. Und was konnte es schon schaden?

Ariel beendete den Abend früh und war um neun wieder in ihrem Hotel. Sie bemerkte, dass sie ein wenig Sonne abbekommen hatte. Die Bräune endete dort, wo ihr Shirt begann. Das Kleid, das sie für die Verleihungszeremonie gekauft hatte, war trägerlos. Sie nahm sich vor, am nächsten Tag ein Sonnenschutzmittel mit einem stärkeren Lichtschutzfaktor aufzutragen. Während sie mit den Fingerspitzen über die Haut an den Wangenknochen strich, dachte sie, dass eine kosmetische Gesichtsbehandlung nicht schlecht wäre. Ach was, wenn sie einmal richtig ausschlief, würde das auch genügen, und wenn ihr danach war, schaffte sie es locker, bis zwölf Uhr mittags im Bett zu bleiben.

Sie las vor dem Schlafen noch in dem Reiseführer, als eine Illustration sie kerzengerade aufsetzen ließ – St. Raphael, die Kirche, vor der sie am Nachmittag eine halbe Stunde gesessen hatte. Ihr war aufgefallen, dass dort eine Statue stand – sie hatte sie nur nebenbei bemerkt, genauso wie die Gedenktafeln –, doch das Standbild war der Mittelpunkt des Fotos. Mit funkelnden Bronzeflügeln und Sandalen an den Füßen, in der erhobenen rechten Hand ein Kreuz, so stand der Erzengel Raphael direkt über den vergoldeten Kirchentüren.

Ariel griff nach Dorothys Brief und fand die Zeile: »Raphael lächelt jedes Mal habgierig, wenn der Mann bei ihm über die Schwelle tritt!« Konnte »der Mann«, die unwahrscheinliche Kombination aus »Scharfrichter« und Menschenfreund, ein Mitglied dieser Gemeinde sein? Ein Mann, der die Kirche unterstützte? Und häufig den Gottesdienst besuchte? Und wenn Dorothy wusste, dass er einer der Getreuen von St. Raphael war, lag es daran, dass sie ebenfalls dazugehörte? Das war eine unausgegorene Idee. Ariel wusste nicht, was sie damit anfangen sollte, aber es war die einzige, die sie hatte.

Am nächsten Morgen trieb es Ariel schon zeitig aus dem Bett. Doch sie machte weder eine Wanderung durch Muir Woods noch eine Stadtrundfahrt, sondern stand um sieben Uhr fünfzehn wieder vor St. Raphael und beobachtete die Ankunft der Gottesdienstbesucher. War »er« einer von ihnen? Unter den Kirchgängern gab es mehr ältere Frauen als sonst eine Gruppe. Konnte eine von ihnen Dorothy sein?

Es war neblig. Der Nebel war so stark, dass er keine Fernsicht erlaubte. Der gestrige tapfere Vorstoß in den Frühling, sagte sich Ariel mit einem Schauern, war offensichtlich widerrufen worden. Sie zog ihren Regenmantel enger um sich, wählte einen Platz, wo jeder sie sehen konnte, und versuchte mit jedem Augenkontakt herzustellen, der sich darauf einließ. Manche lächelten und sagten Guten Morgen. Einige machten ein leicht besorgtes Gesicht. Hielten sie sie für eine Schnorrerin? Oder so etwas wie eine fanatische Religionsfeindin, die sie ansprechen und ihnen eine Predigt halten wollte? Niemand, kein Mann und keine Frau, ließ durch sein Verhalten darauf schließen, dass man sie erkannt hatte.

Nachdem die Kirchentüren gut zehn Minuten zu und keine Nachzügler mehr aufgetaucht waren, ging Ariel in ein Lokal, das sie am Tag zuvor bemerkt hatte. Dort würde sie reichlich Zeit fürs Frühstück haben, die nächste Messe fand erst um neun Uhr statt.

Abgesehen davon, dass die Menschenmenge jetzt größer und der Nebel zu Regen geworden war, war die zweite Messe eine Wiederholung der ersten. Vor dem Gottesdienst um zehn Uhr dreißig lud sie der Priester freundlich in die Kirche ein. Er musste bemerkt haben, wie sie herumlungerte, und hatte sie wohl für eine Obdachlose gehalten. Inzwischen war sie völlig durchnässt, und so nahm sie seine Einladung an.

Der Gottesdienst war schön, aber da kein großzügiger Gönner herausgestellt wurde, war die Messe für Ariel wenig hilfreich. Sie tupfte sich das Gesicht und das strähnige Haar mit einem Taschentuch ab und musterte die weiß getünchten Adobe-Wände. Sie sah Ikonen, aber keine Schilder, auf denen vergangenen oder gegenwärtigen Wohltätern gedankt wurde. Am Ende jeder Kirchenbank war ein Namensschild aus Messing angebracht, und als sich die Kirche später leerte, sah Ariel sie nacheinander an. Am häufigsten waren die Namen von Paaren, die als Mr und Mrs Soundso vorgestellt wurden. Unter den sonstigen Inschriften gab es keine Dorothys. Keiner der Namen sagte Ariel etwas.

Als sie sich dem Priester wie zufällig näherte und eine durchsichtige Lügengeschichte über eine nette Frau erzählte, die sie hier kennen gelernt habe, eine Frau namens Dorothy, an deren Nachnamen sie sich nicht erinnern

könne und die sie gern wieder sehen würde wurde sie besorgt gefragt, ob sie irgendwie Hilfe brauche.
Um zwölf Uhr mittags sollte wieder eine Messe stattfinden. Sie wurde in spanischer Sprache abgehalten. Darauf wollte Ariel jedoch nicht warten.

10

Ariel ließ den Regen in Marin County zurück, aber der berühmte Nebel der Region war hartnäckiger. Er kroch vor ihr in die Stadt und bildete eine geisterhafte Decke, die so dicht war, dass sie die Pylone der Brücke verschwinden ließ und alle Geräusche schluckte. Sie drehte die Heizung des Wagens auf. Die Scheiben beschlugen, um so besser zum Wetter zu passen. Daraufhin schaltete sie das Gebläse ein.
Die graue Feuchtigkeit legte sich Ariel aufs Gemüt. Der Morgen war schlecht geplant gewesen, eine törichte Zeitverschwendung, und als sie sich fragte, was sie als Nächstes tun sollte, fiel ihr nichts weniger Albernes ein. Sollte sie als Sandwich-Frau in den Straßen von San Rafael Reklame laufen? In der lokalen Tageszeitung eine Anzeige unter »Persönlich« aufgeben? »Unter Amnesie leidende Fernsehkorrespondentin sucht verzweifelte Dorothy.« Die Rubrik »Verloren und Gefunden« wäre passender. »Gedächtnis verlegt. Wenn jemand es findet, bitte an … zurückgeben …« Noch einmal von vorn. Henry hatte Recht gehabt. »Ohne nähere Hinweise schaffst du es einfach nicht«, hatte er gesagt. Und W. C. Fields hatte noch mehr

Recht gehabt: »Wenn man beim ersten Mal keinen Erfolg hat, sollte man es noch einmal versuchen. Dann aufhören. Zwecklos, sich deswegen zum Narren zu machen.«
Ariel war eine entschlossene Frau, ja, nach Ansicht von ein, zwei Leuten, die sie namentlich benennen konnte, sogar stur. Doch es gab eine Grenze. Es machte ihr zwar nicht allzu viel aus, wenn jemand sie für einen Dummkopf hielt, aber sie zog es vor, keiner zu sein. Niedergeschlagen bog sie nach links ab und fuhr ihr flottes Cabrio ins Parkhaus des Hotels, das bald für die Nacht geschlossen wurde.
Die ersten freien Plätze gab es natürlich im Dachgeschoss. Der Fahrstuhl wurde aus irgendeinem Grund unten festgehalten, und so stieg Ariel die windige offene Treppe sechs Stockwerke hinab. Ihre Füße waren kalt und nass. Sie konnte die stechenden Nadeln einer heißen Dusche schon auf der Haut spüren und dann den dicken warmen Frotteebademantel des Hotels.
Über die Wageneinfahrt eilend, bemerkte sie den schwarzen Cadillac nicht, der vor dem Eingang stand. Als sie an dem Wagen vorbeiging, wurde eine der getönten hinteren Seitenscheiben einen Spaltbreit geöffnet, und eine Stimme knurrte: »Höchste Zeit, dass du aufkreuzt, Ariel Gold.«
Ariel fuhr zusammen und starrte mit offenem Mund durch den schmalen Spalt. »Was um alles in der Welt tust du denn hier?«, fragte sie blaue Augen unter buschigen weißen Augenbrauen, alles, was sie von ihrem Großvater sehen konnte.
Die Scheibe glitt geräuschlos nach unten. »Bin gekommen, um mir deine Rede anzuhören«, sagte B. F. Coulter. »Ich hab sogar meine Brownie mitgebracht.«
»Deine was?«
»Meine Kamera, Mädchen. Die erste Chance, überhaupt

etwas aufzunehmen, nicht wahr? Da ich alles verpasst habe, angefangen bei deiner Taufe bis zu deiner ersten Hochzeit.«

»Meiner ersten?« Ariel war plötzlich leicht ums Herz, als sie sagte: »Weißt du etwas, was ich nicht weiß?« Sie grinste. »He, diese anderen Male können aber nicht viele gewesen sein; absolut nichts davon ist mir in Erinnerung geblieben.«

»Na ja, ich habe mir gedacht, dass ich lieber loslegen sollte, bevor uns denkwürdige Anlässe ausgehen. Wie schnell kannst du packen?«

»Packen? Um wohin zu fahren?«

»Um mit mir und unserem Kumpel Sam hier nach Hause zu fahren.«

Ariel bückte sich und blickte in das dekadente und nach Leder duftende Wageninnere. Der Fahrer war ein Fremder, aber der Junge auf dem Klappsitz war Sam Heller, Henrys Sohn. Er und B. F . grinsten einander an. Sie genossen, was sie offenbar als erfolgreichen Hinterhalt betrachteten. Diese beiden, der Siebenundsiebzigjährige und der erst seit kurzem Fünfzehnjährige waren im Lauf des letzten halben Jahres ein unerwartetes Gespann geworden. Sie hatten auch, wie Ariel feststellte, fast die gleiche Größe. B. F.s Körper war mit seinen eins sechsundachtzig mit eindrucksvollen Proportionen ausgestattet. Sam schien immer noch mehr aus Gliedmaßen denn aus Rumpf zu bestehen.

»Hallo«, sagte er. In einer Hand hielt er ein Glas mit etwas Sprudelndem, von dem sie hoffte, dass es Ginger Ale war. Mit den Fingern der anderen langen Hand, die mühelos einen Basketball halten konnte, winkte er. Er hatte die Hände seines Vaters. Die Tage, in denen Henry Basketball spielte, waren wegen einiger Knieverletzungen jedoch längst vorbei. Seine musikalischen Fähigkeiten endeten beim Ausbalancieren seiner Tief- und Hochtöner, und soweit Ariel wusste, hatte Sams Mutter nicht mehr musikalische Neigungen. Sams Begabung fürs Klavier war anscheinend auf ein verirrtes Gen zurückzuführen.

»Hallo«, erwiderte Ariel. Sie war glücklich, den Jungen zu sehen. Es freute sie, dass ihrer beider gegenseitige Wertschätzung das Auf und Ab ihrer Beziehung zu Henry überlebt hatte. Sie hatte daran gearbeitet, das zu erreichen, aber es hätte auch anders kommen können.

»Einen Augenblick«, sagte sie. »Nach Hause?« Sie richtete sich auf. Von Sams Anwesenheit abgelenkt, wurde ihr erst jetzt der Rest dessen bewusst, was ihr Großvater gesagt hatte. »Was für ein Zuhause?«

»Du hast Recht. Es ist kein Zuhause, sondern ein Haus. *Zu Hause* ist einer dieser Immobilienhändler-Begriffe. ›Moderne Luxus-Residenz mit Blick auf die Bucht‹ – ich hasse diese geölten Werbesprüche. Sie ruinieren die Sprache.«

»Da sind wir einer Meinung«, entgegnete Ariel, »aber …« Sie presste sich an den Wagen, als ein anderer hinter dem von B. F. zurücksetzte, um wegzufahren. »Eine richtige Antwort wäre erhellender.«

»Ich besitze ein Haus weiter oben am Highway. Sarge ist jetzt da. Er schlachtet gerade das Mastkalb und bereitet dir zu Ehren ein Dinner vor.«

»Das Haus wird dich umhauen, Ariel«, warf Sam ein. »Es hat einen Pool und einen Jacuzzi. Wahnsinns Aussicht!«

»Wozu für ein Hotel zahlen, wenn wir freie Zimmer haben. So, mach schon und schnapp dir deine Sachen, ja? Und ein bisschen Beeilung, wenn ich bitten darf.«

Normalerweise hätte Ariel es sich nicht bieten lassen, dass man sie herumkommandierte, sie aus einer absolut komfortablen Suite vertrieb (für die das Studio zahlte und nicht sie) und an einen Ort schleifte, der für ihre Termine am nächsten Tag ohne Zweifel ungünstig gelegen war, aber sie widersetzte sich nicht. Sie hatte das Alleinsein satt und außerdem ihren Großvater und Sarge McManus, seinen vielseitigen Gefährten, sowie Sam nur selten zu sehen bekommen. Und sie war obendrein neugierig.

Kurze Zeit später, als ihre Taschen im Kofferraum lagen, ihr Mietwagen vorübergehend abgestellt und ihre heiße Dusche vergessen war, war sie wieder mal unterwegs nach Norden. »B. F., wie viele Häuser genau besitzt du?«, fragte sie.

»Wie viele?«, wiederholte er, als hätte Ariel sich erkundigt, wie viele Krawatten er besitze. Sie hatte den Verdacht, dass die Rückfrage seinen Stolz verbergen sollte. Das war verzeihlich bei einem Mann, der in einer Bruchbude am Rand eines Baumwollfelds geboren war, auf dem die Rüsselkäfer die Macht übernommen hatten. Seine Familie hatte nicht mal das Feld verlieren können, da es ihr nicht gehörte. Es war Eigentum des Farmers, der den Coulters das Haus, Düngemittel und ein Maultier zur Verfügung stellte und dafür in den Jahren, in denen es überhaupt eine Ernte gab, zwei Drittel davon für sich beanspruchte. »Du musst die Frage präzisieren«, sagte B. F. »Sprichst du von Häusern, die ich tatsächlich bewohne?«

»Im Gegensatz zu ...?«

»Aktiva, die kommen und gehen, je nachdem, ob man Glück hat oder Pech.«

»Glück oder Pech?«

»Jemand übernimmt sich ein wenig, lässt sich auf ein Spiel ein, das er sich nicht leisten kann ... solche Dinge.«

»Dieses Haus, zu dem wir unterwegs sind – gehört es dir auf Grund ›solcher Dinge‹?«

Sam hatte ihre Unterhaltung aufmerksam verfolgt. »Soll

das heißen, du hast es gewonnen, B. F.? Wie bei einer Pokerpartie?«

»Ich habe mal ein Pferd gewonnen«, sagte B. F. »Einen Tennessee Walker. Der Hengst hieß Max Baer nach dem Schwergewichtsboxer. Erstklassiger Zuchthengst. Wurde siebzehn Jahre alt und blieb bis zu seinem letzten Tag fruchtbar.«

»B. F.«, versuchte Ariel zu unterbrechen, »um auf das Haus zurückzukommen ...«

»Zuletzt hatte er einen Senkrücken wie eine Hängematte, aber immer noch alle Zeit bereit. Hätte fast immer den Stall demoliert, wenn er von einer Stute Witterung bekam.«

»Wir sprechen gerade über das Haus.«

»Nein, Ariel, das hast *du* getan. Wie ich es erworben habe, ist keine große Geschichte.« B. F. wandte sich wieder an Sam, setzte sich bequem zurecht und sagte mit vor dem Bauch gefalteten Händen: »Und du möchtest, dass wir jetzt über ein paar gemeine Spiele mit hohem Einsatz sprechen? *Los Corrientes.* Ein Rennboot, mein Sohn, schnittig wie ein Marlin. Fünfzig Fuß, Katamaranrumpf, Zwillingsdiesel ... Sie hatte vierunddreißig Knoten drauf, bevor man mit den Augen blinzeln konnte. Ich hatte Glück, mit heiler Haut aus diesem Spiel herauszukommen, ganz zu schweigen von dem Berechtigungsschein in meiner Tasche.

Das war nicht lange nach dem Krieg, dem zweiten Krieg ...« Er sah Sams verwirrten Gesichtsausdruck. »Dem Zweiten Weltkrieg. Du hast davon gehört? Ich war damals unten in Miami, und Kuba ist, was du vielleicht weißt, nur neunzig Meilen entfernt ...«

Ariel sah, dass nicht daran zu denken war, ihn von seinem Thema abzubringen. Wie viele Männer aus dem Süden liebte er es, eine Geschichte zu erzählen, je verschlungener, umso besser, und heute war er richtig in Fahrt. Zu aufgeregt?, überlegte sie. Außerdem wich er ihr aus, das stand außer Frage. Oder machte sie sich, was oft der Fall war, wenn es um ihren Großvater ging, wieder mal unnötig Gedanken. Sie lauschte voller Unbehagen seiner Geschichte, in der es um Schmuggel und in Andeutungen auch um Spionage ging und die, soweit sie wusste, tatsächlich wahr war.

Als der Fahrer den Blinker betätigte und den Freeway verließ, bemerkte sie das Ausfahrtschild. »Tiburon?«, fragte sie mit hochgezogenen Augenbrauen.

»In der Nähe«, sagte B. F. »Belvedere.«

»Oh, wir sind ganz schön hochgestochen, was?«

»Es ist nur ein Sommerhaus und außerdem alt.«

»He, seht mal!«, rief Sam und ließ das Fenster herunter. »Seht ihr! Da draußen auf dem Feld.« Sie konnten im Nebel nur eine Gestalt erkennen. »Ist das ein Pferd?«

»Es ist das *Standbild* eines Pferdes«, antwortete B. F. Sein weißes Haar bewegte sich in der feuchten Brise, die durchs Fenster hereinwehte. »Blackie. Und dieses Feld ist ein Park. Man nennt ihn Blackies Weide. Blackie hat jahrelang auf diesem Feld gegrast. Die Bewohner der Gegend haben die Statue errichtet, als der alte Bursche starb.«

»Woher weißt du das?«, fragte Ariel.

»Ist mir einfach so aufgefallen. Drüben in Sausalito haben sie ein Standbild von einem Seehund in der Bucht und diese beiden großen steinernen Elefanten in der Innenstadt. In Ross ist es ein eiserner Hirsch vor dem Rathaus. In Muir Woods sind es geschnitzte Holzbären, und hier drüben haben sie ein Pferd.«

Und in San Rafael, dachte Ariel, haben sie einen Heiligen, der einen Mörder anlächelt. »Und was willst du damit sagen?«

»Ich wusste nicht, dass ich ein Standbild hatte«, antwortete B. F. »Ich hielt es einfach nur für interessant. Im Süden hat jede Stadt, die so groß ist, dass man Wagen mit Überbreite darin parken kann, mindestens eine zweibeinige Statue mit einem Revolver in der Hand. Der einzige Mensch, der in diesem gesamten Bezirk auf diese Weise unsterblich gemacht worden ist, befindet sich oben in Marin Center, und der steht für praktisch jeden bisherigen Krieg. Ziemliche Verantwortung für eine einzige Statue. Für die Tauben dürfte es auch ziemlich hart sein, wie ich mir vorstelle. Sie müssen alle zu diesem einen Punkt fliegen.«

»Sommerhaus?«, rief Ariel aus, als sie das Haus sah.

»So hat man sie früher genannt«, verteidigte B. F. sich. »Leute aus San Francisco verbrachten hier früher den Sommer. Damals fuhr man mit der Bahn hierher.«

Ariel bewunderte das Buntglasfenster über der Tür. Rubinrotes Glas verriet das Baujahr – 1901. »Nun, du hast nicht übertrieben«, sagte sie. »Das Haus ist alt.«

Es war viktorianisch, um genau zu sein, und groß mit einer breiten Veranda, Bleiglasfenstern und Türmchen. Zu den benachbarten Villen, Ranches und anderen weit neueren Häusern schien es nicht so recht zu passen. Das Grundstück war weitgehend eben, was gleichfalls ungewöhnlich war in einer Gegend, in der die meisten Grundstücke Hanggrundstücke und viele Häuser auf freitragend überstehenden Balken errichtet waren. Dieses Haus hätte aus Boston oder St. Louis hierher verpflanzt sein können – mit Ausnahme der Aussicht, die, obwohl sie durch Nebel teilweise verschleiert war, Ariel den Atem raubte.

Von der mit Säulen versehenen vorderen Veranda blickte sie über Bäume und Hausdächer hinweg auf die Bucht. Auf der anderen Seite, scheinbar auf wolkigen grauen

Nebelschwaden treibend, klebte Sausalito an dem Berghang, der sich bis hinunter zu den Marinas erstreckte. Sie befanden sich fast genau gegenüber der Stelle, an der Ariel am Vortag gewesen war. Mit einem Fernglas hätte sie wahrscheinlich das Lokal sehen können, in dem sie gefrühstückt hatte. Und auch ohne Fernglas konnte sie San Francisco erkennen.

»Was habe ich dir gesagt?«, meinte Sam, der neben ihr stand. »Haut einen um, was?«

Ariel sah ihren Großvater an, der ihre Reaktion beobachtet hatte. »Haut einen um«, bestätigte sie.

»Schön, aber sag es nicht so, als wäre es eine Anklage!«, beschwerte sich B. F.

Ariel lachte zwar, aber ihr war immer noch ein wenig unbehaglich zu Mute. »Was dieses Haus betrifft, das du plötzlich aus dem Hut gezaubert hast, bist du aber ziemlich verschwiegen gewesen«, meinte sie. »Wenn dieser Sarge, der da drinnen gerade das Mastkalb zubereitet, nicht ein ehemaliger Mann des Gesetzes wäre, kämen mir schon einige dunkle Gedanken.«

»Willst du den ganzen Tag hier draußen bleiben oder vielleicht reinkommen und dem Mann des Gesetzes Hallo sagen?«

11

Ariel blieb in der Tür zum Wohnzimmer stehen. »Wer lebt wirklich hier?«, fragte sie.

Der Raum war voll möbliert und ausgestattet. Diese Arbeit war nicht von irgendeinem Innenarchitekten ver-

richtet worden, soweit Ariel es beurteilen konnte. Es gefiel ihr.
»Außer uns ist kein Mensch da.« B. F. öffnete ein paar Doppeltüren aus Mahagoni. Das Wohnzimmer und ein zweiter ähnlicher Raum (Salon? Empfangszimmer?) waren zu einem großen Raum geworden. »Wenn ich mich nicht täusche, gefällt es dir«, meinte er ein wenig zu beiläufig. »Willst du es haben? Du brauchst es nur zu sagen, dann gehört es dir schon jetzt und nicht erst später.«
Ariel zuckte mit keiner Wimper; ihr Großvater versuchte immer wieder sie an den Gedanken zu gewöhnen, dass sie eines Tages Erbin sein würde. Sie wollte sich jedoch weder mit dem Gedanken noch den Umständen beschäftigen, die das bewirken würden. »Willst du heiße Ware loswerden?«, fragte sie und ging weiter, um alles in sich aufzunehmen.
Dunkle Möbelstücke aus der Zeit der Jahrhundertwende mussten diese alten Empfangsräume einmal geschmückt haben; jetzt sah sie mächtige Sofas, die mit neutralem Leinen lose bedeckt waren, sowie Tische, die Glas mit blassem porösem Gestein kombinierten. Die großen Fenster hatten keine Vorhänge. Mit Ausnahme einiger weniger Sisalteppiche waren die honigfarbenen Fußböden aus Hartholzdielen kahl.
Hier war jemand mit kühner Hand am Werk gewesen. Im Umfeld dieses Hauses wäre ein solches Unterfangen unpassend gewesen, doch hier war, wie Ariel fand, eine sichere Hand am Werk gewesen.
Ein fast überwältigender Duft zog sie ins Speisezimmer, wo eine dicke Vase mit Flieder eine tiefrote lackierte Anrichte beherrschte. Der Tisch war gedeckt. Ariel zählte zehn Plätze, stellte aber keine Frage, da sie davon aus-

ging, dass sie keine klarere Antwort erhalten würde als bisher.
Sie kehrte im Kreis zu der Stelle zurück, an der sie angefangen hatte, einer Halle in der Mitte des Hauses. Die breite Treppe hatte einen zusätzlichen Absatz, eine Art Galerie, die groß genug war, um dort ein Streichquartett unterzubringen. Ariel war fast überrascht, dass sich da oben keine Musiker häuslich niedergelassen hatten und aufspielten.
»Ich bringe deine Sachen in dein Zimmer«, sagte Sam, aber statt die Treppe zu nehmen, ging er durch eine Tür am Ende der Halle.
»Wo ist mein Zimmer?«, fragte Ariel B. F.
»Wir geben dir das Kutschenhaus.«
»Fabelhaft«, bemerkte sie. Diese Art Spiel beherrschte sie auch.
Ein Telefon läutete. »Den Anruf habe ich erwartet«, sagte ihr Großvater. »Sarge ist höchstwahrscheinlich in der Küche. Da entlang.«
Ariel begab sich in die von ihm gewiesene Richtung, als sie an einem großen Porträt in einem goldenen Rahmen vorbeikam. Sie schaltete die darüber angebrachte Leuchte an. Dargestellt war eine Frau in einem tief ausgeschnittenen Satinkleid mit einer juwelenbesetzten Halskette. Ihr Haar war nach der Mode der vierziger Jahre hochgesteckt, ihre dunklen Augen blitzten – zumindest hatte der Maler sie so gesehen. Ariel warf einen Blick in die Richtung, aus der die Stimme ihres Großvaters kam, ein Murmeln aus dem Wohnzimmer. Es wird immer eigenartiger, dachte sie, schaltete das Licht aus und ging durch eine Schwingtür in die Küche.
Die Tresen – es gab eine Menge davon – waren so reichlich mit Obst und Gemüse beladen, dass man einen Händler-

karren damit hätte ausstatten können, und auf jeder Platte des Küchenherds stand ein Suppen- oder anderer Kochtopf in Restaurantgröße. »Jetzt tu endlich was!«, befahl Sarge McManus dem Inhalt des Topfs, in dem er gerade umrührte.

»Was schwebt dir vor?«, fragte ihn Ariel.

»Hallo, Ariel«, sagte Sarge und streckte ihr seine freie Hand entgegen. Da sie davon ausging, dass er ihr die Hand schütteln wollte (Sarge liebte Umarmungen nicht sonderlich), streckte ihm Ariel auch ihre hin, doch er bemerkte sie gar nicht. »Thermometer«, sagte er.

»Wie bitte?«

»Das Thermometer da. Kannst du es mir reichen?«

Ariel tat es und lächelte in sich hinein. Sarge hatte etwas wundervoll Erdverbundenes an sich. Der ehemalige Detective der Polizei von Los Angeles war so solide, wie er aussah, was einem mächtigen Granitquader gleichkam. Granit wäre allerdings gesprächiger. Sarge redete in der Regel nicht viel, er handelte.

Einige Jahre zuvor war er zu dem Schluss gekommen, dass er B. F. etwas schuldete. Da er nach seiner frühen Pensionierung (das Ergebnis einer Schusswunde, erhalten in Ausübung des Dienstes) nichts mit sich anzufangen wusste, nachdem auch ein Versuch als Restaurantbesitzer fehlgeschlagen war (den B. F. finanziert hatte – was zum Teil schuld war), hatte er, wie Ariel sich zusammenreimte, sich selbst in der Position von Koch, Gefährten, Teilzeitfahrer und Fulltime-Bodyguard eingestellt. Den letztgenannten Job nahm er ernst. Dafür konnte Ariel ihre Hand ins Feuer legen, da auch sie einmal von ihm unter die Lupe genommen worden war.

»Brauchst du Hilfe?«, fragte sie.

»Nein danke.«

»Wann seid ihr alle hergekommen?«
»Gestern Abend.«
»Seid ihr geflogen?«
»Aber sicher.«
»In dem neuen Lear-Jet?«
»Richtig.«
Ariel hob eine Artischocke auf und warf sie von einer Hand in die andere. »Du hast nicht auf der faulen Haut gelegen«, sagte sie.
»Farmermarkt. Bin heute Morgen früh hingegangen.«
»Ist der Flieder auch von da?«
»Ja.«
»Hübsch. Toller Duft. Wie Parfum.« Ariel bemerkte, dass sie schon wie Sarge im Telegrammstil sprach. »Wer kommt eigentlich zum Dinner?«, fragte sie.
»Hat er es dir nicht erzählt?«
»Er hat mir absolut nichts von irgendetwas erzählt, unter anderem auch nicht, dass er urplötzlich der Eigentümer dieses Hauses ist.«
Sarge sah auf und hielt mit der Messung der Temperatur dessen inne, worin er herumrührte, was immer es war. Er kratzte sich einen Moment lang am Kopf. »›Ich hab's schon einige Zeit.‹ Das ist alles, was er gesagt hat.«
»Und was ist so geheimnisvoll daran? Und wer ist diese Frau auf dem Porträt dort draußen im …«
»Sprich mit B. F.«
Ariel schluckte ihre Proteste hinunter. Sie wusste sehr wohl, dass sie nichts bewirken würden. »Was B. F. angeht«, sagte sie stattdessen, »scheint er mir ein bisschen … nervös zu sein. Was beschäftigt ihn?«
»Frag ihn.«
»Okay, okay. Muss ich ihn auch nach der Gästeliste fragen?«

»Jetzt kochen wir!«, brummte Sarge zum Inhalt des Topfs. Er zog das Thermometer heraus und begann schnell einige Dinge hinzuzugeben.

»Sarge?«

»Ja.«

»Die Gästeliste?«

»Bekannte. Leute, die er kennt.«

»Wie kennt?«

»Du weißt, wie. B. F. mag Menschen. Sie mögen ihn ebenfalls, auch wenn sie nicht wissen, wer er ist.«

»Aber hier, in San Francisco?«

»Er hält sich hier oben manchmal auf. Ziemlich regelmäßig. Hat einige Interessen im Silicon Valley.«

»Oh.« Ariel dachte darüber nach. Das Gleiche würde auch für L. A. und das San Fernando Valley oder Essen und die Ruhr gelten. Als sie ihren Großvater auf Kiawah Island besucht hatte, schien er mit jedermann im ganzen Tiefland bekannt gewesen zu sein. Der Spitzenmann bei Woolf Television Inc., dem Firmenkonglomerat, dem *The Open File* gehörte, war ein Kumpel. (Nach drei Jahren in ihrem Job kannte Ariel den Mann immer noch nicht.) B. F. hatte Jane mit dem Eigentümer ihrer Model-Agentur bekannt gemacht; Ariel hatte er den berühmten Dr. Brian Crowne geschickt; er hatte sogar, wie sie bei einer anderen von B. F.s Dinnerpartys erfahren hatte, mit General George Patton auf vertrautem Fuß gestanden – so hatte es B. F. jedenfalls erzählt. Jeder, der Charme und Gastfreundschaft des Südens als unaufrichtig ansieht, dachte sie, ist B. F. Coulter noch nicht begegnet. »Wer?«, fragte sie.

»Wer was?«

»Wer sind die Leute?«

»Oh, ein Mann namens Bland …«

»Bland? Ellis Bland? Der Senator?«
»Exsenator, und seine Frau – wie heißt sie noch? War mal Theaterschauspielerin.«
»Libby Vail. Und?«
»Irgendeine Farmerin und ihr … gegenwärtiger Freund, wie ich vermute. Kolumnist bei Regionalzeitungen, hat sie zu B. F. gesagt, glaube ich.«
Senator und Musical-Star, dachte Ariel, Farmerin und Kolumnist – was für eine bunte Mischung von Leuten B. F. kannte. Vielleicht, überlegte sie, sollte ich ihn fragen, ob er bei seinen Reisen zufällig einer Lady namens Dorothy begegnet ist. Sie sah zu, wie Sarge steif geschlagenes Eiweiß in eine Schüssel gab. »Mit uns vieren macht das acht«, hakte sie nach. »Wer sind die anderen zwei?«
»Der Sohn der Blands und dessen Tochter.«
»Interessante Mischung. Gut, dass ich ein Ballkleid mitgebracht habe.«
Sarge warf ihr einen ungeduldigen Blick zu. »Wovon redest du?«
»Ich frage mich, was ich anziehen soll.«
»Zieh irgendwas an. Und lass mich jetzt bitte allein, ja? Ich kann mich nicht konzentrieren.«
»Schön, auch dich wieder zu sehen. Du schaust gut aus. Wie ist es dir ergangen?«
»Verschwinde.«
Ariel war auf dem Weg aus der Küche, als er ihr nachrief: »Ach ja, da ist noch etwas, was ich sagen wollte. Herzlichen Glückwunsch.«
»Wozu?«
»Der Auszeichnung.«
»Danke.«
»Und, Ariel …«
»Ja?«

»Könntest du diese Vase mit dem Flieder ins Wohnzimmer stellen? Der Duft bringt mich noch um.«

Das Kutschenhaus war ein gemütliches Domizil für sich, das sogar über eine kleine Küche und eine Kombination aus Sonnenveranda und Wohnzimmer verfügte. Dieses war mit alten Korbmöbeln ausgestattet, deren Kissen mit einem glatten orientalischen Chintz bezogen waren, den Ariel schon mal gesehen hatte. Sie fragte sich, wo, bis sie den Stoff als ein Gewebe erkannte, dessen Kauf sie sogar selbst überlegt hatte. Nur der Preis hatte sie davon abgehalten. Da der Stoff hier ständig dem Sonnenlicht ausgesetzt war, begann er zu verblassen.

Einem Zierkissen auf der Chaiselongue erging es ähnlich. LACHEN HÄLT JUNG hieß es darauf in Petit-point-Stickerei. Diese Worte machten Ariel auf unerklärliche Weise traurig. Sie presste das Kissen an sich und blickte sich um. Sie sah eine Reihe von Vorratstöpfen aus Keramik, die alle leer waren. Plötzlich wurde ihr bewusst, dass sie nirgends im Haus Topfpflanzen gesehen hatte. Wie lange, fragte sie sich, ist es nicht mehr bewohnt gewesen?

Schließlich konnte sie auch die heiße Dusche nehmen, die sie schon im Hotel hatte nehmen wollen. An einem Haken im Badezimmer fand sie einen dicken weißen Bademantel, nicht unähnlich der Hotel-Version, von der sie zuvor ebenfalls geträumt hatte. Sie hüllte sich gerade in den Bademantel, als das Telefon läutete.

»Hallo?«, meldete sich Ariel, da sie jemanden aus dem Haupthaus erwartete. Sonst wusste ja niemand, wo sie war. Sie wusste es selbst kaum.

»Eine weitere Heimstätte der Familie Coulter?«, fragte eine vertraute Stimme.

»Lässt du mich beschatten?«

»Ich habe einen Sohn«, entgegnete Henry. »Er rief mich an, um mir die dortige Nummer zu geben, worum ich ihn gebeten hatte. Er erwähnte, dass du jetzt da bist. Also, ist dieses Haus, und ich zitiere ›Ehrfurcht gebietend‹, so dass man nur staunen kann? Oder eher so wie in *echt Wahnsinn, Mann?«*

»Es ist nicht gerade das übliche Sommerhäuschen.«

»Ich wurde gebeten, mitzukommen, musst du wissen, oder vielleicht weißt du es auch nicht.«

»Mi casa grande es su casa grande. Nimm dir einen Shuttle, und komm her. Soviel ich weiß, gibt es nachher eine Party. Je mehr Leute, umso lustiger.«

»Wenn ich es etwas früher erfahren hätte …«

»Warum solltest du? Mir hat man auch nichts gesagt.«

»Ein anderes Mal. Was macht die Suche?«

»Die Suche? Oh, du meinst Dorothy. Sackgasse. Du hattest Recht.«

»Ich habe nachgedacht … der Brief kam aus San Rafael, richtig? Und sie hat einen Raphael erwähnt? Könnte es sein, dass wir von einem Namensvetter sprechen? Von einer bestimmten Örtlichkeit? Einer Schule oder Kirche? Einem Krankenhaus?«

»Bin schon da gewesen, doch danke fürs Mitdenken. Falls dir noch etwas einfällt, lass es mich wissen, aber ich glaube, dass ich darauf hoffen muss, dass Dorothy es noch einmal versucht. Vielleicht sagt sie sich, dass der Brief bei der Post verloren gegangen ist, und schreibt noch einen oder ruft an. Sonst fällt mir nichts ein.«

»Hallo? Wer spricht da?«

»Glaubst du, ich gebe gern zu, dass ich aufgeschmissen bin?«

»Das macht mich irgendwie traurig. Alle meine Idole haben tönerne Füße.«

»Ich muss jetzt los. Die Gäste kommen, und ich stehe immer noch in der Unterwäsche da.« Sie hörte ein Klopfen. »Außerdem ist jemand an der Tür.«
»Unter diesen Umständen hoffe ich, dass es jemand ist, den du gut kennst.« Henry legte ohne Gruß auf, wie es seine Gewohnheit war.
B. F. steckte den Kopf zur Tür herein. Er war schon angezogen und hatte sogar eine Krawatte umgebunden, ein großes Opfer. »Findest du alles, was du brauchst?«, wollte er wissen.
»Genau wie zu Hause.«
»Fabelhaft.«
»Sogar die gleiche Seife, die ich daheim benutze. Und das gleiche Raumspray. Es würde mich auch nicht überraschen, wenn es das gleiche Toilettenpapier wäre.« B. F. steckte einen Finger zwischen Hals und Hemdkragen und zog daran. Dabei machte er ein beschäftigtes Gesicht. Ariel wartete, aber er äußerte sich nicht dazu. »Wahrscheinlich Zufall«, sagte sie.
»Wahrscheinlich.« Als hätte er irgendwo ein kleines Leck, sackten erst sein Gesicht und dann seine Schultern zusammen. Er starrte etwas hinter Ariel an. Sie drehte sich um und folgte seinem Blick, doch da war nichts weiter zu sehen als das Kissen mit der Petit-point-Stickerei. In genau dieser Sekunde fiel es Ariel wie Schuppen von den Augen. »Dieses Haus hat Jane gehört«, sagte sie.
B. F. nickte. »Ich bin heute zum ersten Mal seit ihrem Tod hier.« Er schaffte es, sein Gesicht wieder einigermaßen unter Kontrolle zu bringen, und fuhr fort: »Ja, Ariel. Es ist seitdem nicht mehr bewohnt gewesen. Ich bin gekommen, um es dir zu sagen. Ich hatte Angst, jemand von den Gästen könnte sie kennen oder dass jemand etwas sagt. Ich wollte nicht, dass du davon überrascht wirst.«

Ariel setzte sich abrupt hin. Sie spürte einen Anflug von Wut, hätte aber nicht sagen können, gegen wen oder was. »Ich verstehe nicht«, erwiderte sie. »Jane hat doch in Los Angeles gelebt.«

»Deine Schwester hat an vielen Orten gelebt. Als sie jung war, hat sie mich auf meinen Reisen begleitet – ich meine, wann immer es möglich war. Und als sie erwachsen war, hat ihr Job als Model sie um den ganzen Globus gebracht.«

»Wahrscheinlich hat sie nicht auf dem ganzen Globus Häuser besessen?«

»Nein«, bestätigte er, plötzlich der Geschäftsmann mit der schneidenden Stimme. »Nur dieses. Das Haus in Los Angeles, in dem sie mit diesem heruntergekommenen Weiberheld von Schläger lebte, den sie in ihrem schlechten Urteilsvermögen gegen meinen Rat geheiratet hatte und mit dem sie zusammenblieb, nachdem ihr klar geworden war, dass ich Recht hatte, gehörte ihm. McCaulay bewohnt es immer noch. Jane bekam dieses Haus vor der Heirat.«

»Sie hat also hier gelebt?«

»Eine Zeit lang, höchstens ein Jahr. Später sind sie und McCaulay ziemlich oft übers Wochenende hergekommen, aber sie hatte Verstand genug, das Haus unter ihrem Namen weiterlaufen zu lassen. Sie hatte es von deiner Großtante geerbt. Jane legte testamentarisch fest, dass ich es erben sollte.«

»Meine Großtante«, wiederholte Ariel. Sie hörte jetzt zum ersten Mal von einer solchen Verwandten, der ersten Angehörigen, die nicht zum engsten Familienkreis gehörte. Die Frau auf dem Porträt, dachte sie, die Frau mit den blitzenden dunklen Augen. »Sie war deine Schwester?«

»Die Schwester deiner Großmutter. Du brauchst kein so

verwirrtes Gesicht zu machen. Deine Großmutter hatte eine Schwester, deine Großtante. Das ist nicht kompliziert.«

»Ihr Name war …«

»Claire. Sie kam in den späten dreißiger Jahren aus South Carolina. Claire war ein Original, eine unverheiratete Lehrerin mit Ansichten, die nicht in ihre Zeit passten.« B. F. hatte sich nun auch gesetzt. Er rieb sich die Handflächen zwischen den Knien und gluckste. »Sie passten niemandem, und Claire hielt mit ihren Ansichten nicht hinterm Berg.«

»Eine unverheiratete Lehrerin hatte das nötige Kleingeld, um dieses Haus zu kaufen?«

»Was sie in der Blüte der Jugend versäumt hatte, glich sie in mittlerem Alter mehr als aus. Am Ende heiratete sie dreimal. Zwei der Männer waren so reich wie Zaren. Sie überlebte sie alle, auch den letzten, der nicht reich war und davon ausging, dass er am Ende das ganze Zeug erben würde, da er etwas jünger war. Diese Claire war eine recht gut aussehende Frau und clever. Du erinnerst mich mehr an sie als Jane.«

Ariel hätte gern Weiteres über Claire, ihre blitzenden Augen, ihre unpassenden Ansichten und ihre drei Ehemänner gehört, doch viel mehr wollte sie über Jane erfahren. Alles und jedes über Jane.

Folgende Tatsachen kannte sie: Sie und ihre Zwillingsschwester waren einander unheimlich ähnlich, selbst in kleinen Nebensächlichkeiten. Verrückte Kleinigkeiten – so flochten sie etwa etliche Zitate in ihre Unterhaltung ein und machten sich mit einer weiteren geistreichen Bemerkung über sich selbst lustig. (»Ich zitiere mich oft selbst. Das gibt meiner Unterhaltung Würze.«) Oder sie vertändelten Zeit mit Kreuzworträtseln und Petit-point-

Stickerei. Außerdem waren beide kurzsichtig und in Tiere vernarrt, hatten Höhenangst und würzten Grütze mit Worcestersauce. Ariel wusste, dass Jane der Job als Model nichts bedeutete, dass sie eher ihre Ehe hatte retten und eine Familie gründen wollen. Und sie wusste auch, dass Jane bei ihrem Tod schwanger gewesen war.

Aber Tatsachen waren nicht das, was Ariel interessierte. Sie wollte wissen, wie sich Janes Lachen angehört hatte und ob sie geflucht hatte, wenn ihre Soufflés zusammenfielen, oder ob sie in kitschigen Filmen geweint hatte. Ariel war randvoll mit Fragen, die kein lebender Mensch beantworten konnte.

»Eine Sache, in der Jane wie Claire war«, sagte B. F. jetzt, »war ihre Schwäche für dieses alte Haus. Sie war ganz vernarrt darin.«

Wirklich, Jane? Ariel starrte ins Leere und durch Leere und sprach im Geiste zu ihrer Schwester, die nicht da war. Hast du den frühen Morgen geliebt? Den Sonnenschein auf der Bucht? Oder warst du ein Nachtmensch? Wurdest du munter, wenn in der Stadt da drüben die Lichter angingen wie in einer Schmuckschatulle? Hast du den Kräutergarten angelegt, den ich auf dem hinteren Patio gesehen habe? Jetzt verwildert er, Jane. Sag mir – denn ich weiß, dass du sie nicht ausgesucht hast –, wie du mit diesen scheußlichen pinkfarbenen Kacheln im Badezimmer leben konntest? Und diese Chintzbezüge … wie kommt es, dass du von allen Stoffen, die es gibt, ausgerechnet den gekauft hast, den auch ich beinahe gekauft hätte? Die Antworten waren ebenso unwiederbringlich verloren wie Ariels Erinnerungen.

»Du solltest dich jetzt wohl lieber anziehen«, sagte B. F. und nahm ihren Kopf in seine großen Hände. »Es sei denn, du willst in deinem Morgenmantel essen.«

Obwohl Sarge, was für ihn völlig untypisch war, für den Abend eine Hilfskraft eingestellt hatte, eine uniformierte Frau, die immerzu Gläser und Tabletts mit Canapés umhertrug, war er dennoch ständig in der Küche. Er war kein Partymensch. Sein Vergnügen lag eher in der Vorbereitung als in der Teilnahme, und so zog er sich immer wieder zurück und murmelte: »Entschuldigung, bin gleich wieder da.«

Ariel wünschte, sie könnte ihm folgen. Wie sehr sie es auch versuchte, es fiel ihr schwer, ihre Melancholie abzuschütteln.

Sie fragte sich, ob einer der Gäste Jane mal kennen gelernt hatte. Hätten der Senator und seine Frau sich mit ihren Freunden abgegeben? (Hatte Jane hier oben überhaupt Freunde?) Der Sohn des Senators war im richtigen Alter, um mit Jane und ihrem Mann gesellschaftlichen Umgang gehabt zuhaben, ebenso die Frau, die als Farmerin vorgestellt worden war. Ihr Begleiter, der Kolumnist, war zehn Jahre älter, aber musste ein Pressemann nicht gewusst haben, dass ein einigermaßen bekanntes Model in der Region ein Haus besaß?

Ariel widerstand dem Impuls, von einem zum andern zu gehen und zu fragen, um jeden ausfindig zu machen, der ihre Schwester vielleicht gekannt hatte, diese Person dann mit Beschlag zu belegen und irgendwann an den Revers oder sonst einer geeigneten Stelle zu fassen und auf jedes bisschen Information hin auszuquetschen.

Sie setzte ein Partylächeln auf, hielt ihre Hände im Zaum und sprach mit Fremden nicht über Jane. Ihr Privatleben privat zu halten, war immer mehr von einer fest gefügten Gewohnheit zu einer eisenharten Politik geworden, seitdem sie eine Frau des öffentlichen Lebens war und überall erkannt wurde. Es würde ihr keinen Spaß machen, in Revolverblättern oder Hochglanzzeitschriften Storys über das Model zu lesen, das nur deshalb ermordet worden war, weil man es für ihre Zwillingsschwester, die Fernsehjournalistin gehalten hatte.

Bis jetzt hatte sich noch kein Kolumnist und kein Gastgeber einer Talk-Show über ihre verwandtschaftliche Beziehung hergemacht, was vor allem daran lag, dass Ariels Gesicht in wichtigen Teilen nicht Janes Gesicht war. Außerdem war Jane Lesern und Leserinnen von Modezeitschriften vertraut gewesen, während Ariels Name nie so bekannt gewesen war wie die von Supermodels oder Darstellerinnen in Fitnessstudios, Werbespots und dergleichen. Im Laufe der Zeit würde es immer unwahrscheinlicher werden, dass jemand sie als Janes Schwester erkannte. Erinnerungen würden verblassen. Ariel würde sich verändern. Jane würde nie älter sein als einunddreißig.

Ariel verscheuchte ihre Schwermütigkeit und beantwortete eine Frage nach einem vor kurzem gesendeten Beitrag in *The Open File*. Eine freundliche Auseinandersetzung schloss sich an. Diese wurde von B. F. unterbrochen, der Mrs Bland (oder Libby Vail, als die Theaterfans sie kannten) dazu überredete, ihre Erkennungsmelodie zu singen. Sam begleitete sie mit rotem Gesicht am Klavier. Als man sich zu Tisch setzte, waren alle schon in bester Stimmung, und Ariel genoss inzwischen die Gesellschaft der meisten Gäste ihres Großvaters.

Meg, die Farmerin, war eine gertenschlanke, freimütige Frau, die Ariel auf Anhieb gefallen hatte. Um sich an ihren merkwürdigen Begleiter zu gewöhnen, brauchte sie etwas länger. Rob, Kolumnist beim *Independent Journal* des Marin County und in der Freizeit Autor, hatte sorgfältig zerzaustes blondes Haar, sich fortwährend bewegende Augenbrauen, ein eckiges Kinn und sogar ein Grübchen. Er war ein Brocken von einem Mann, doch sein Aussehen täuschte, wie Ariel später bemerkte, denn er war überaus clever und scharfzüngig.

Ellis Bland war ein zurückhaltender Mann mit höflichen Manieren und schläfrigen Augen, der für einen Politiker bemerkenswert wenig zu sagen hatte. Die überlebensgroße Präsenz seiner Frau schien all ihren Raum zu beanspruchen und seinen dazu, aber sie hörte genauso begeistert zu, wie sie sprach. Das Gleiche ließ sich von ihrem Sohn nicht sagen, einem einigermaßen attraktiven geschiedenen Mann. Ariel hoffte, dass man ihn nicht ihretwegen eingeladen hatte; er erwähnte immerzu Namen, die ihr nichts sagten.

Die sechzehnjährige Tochter war offensichtlich für Sam eingeladen worden, der ihr allerdings weniger Aufmerksamkeit schenkte als dem Geschirr. Ariel saß zu weit weg, um ihn unter dem Tisch anzustoßen (und durch Zufall das Bein des Geschiedenen zu erwischen – das wollte sie nun wirklich nicht), doch sie zwinkerte in Richtung Sam und wandte dann wieder ihre Aufmerksamkeit der Konversation zu, die um sie herum in vollem Gang war.

Meg sprach von einer älteren, angeblich senilen Frau, die aus einem Pflegeheim in San Rafael entlaufen war. Das war eine Geschichte, die der *Los Angeles Times* vielleicht eine knappe Notiz wert gewesen wäre; aber hier war es eine Schlagzeile auf der Titelseite, und jeder Erwachsene am Tisch kannte die Einzelheiten. Als sich das Gespräch einem lokalen politischen Wettkampf zuwandte, kannten alle die Kandidaten, manche persönlich. Ariel hatte den Eindruck, dass jeder am Tisch (mit Ausnahme von Sarge, der wieder mal durch Abwesenheit glänzte) jeden kannte, den alle anderen kannten.

Die demografischen Gegebenheiten waren Ariel vertraut – sie hätte fast sogar die Zahlen nennen können –, doch ihr war bis jetzt nicht recht klar gewesen, wie relativ klein die Bay Area war. Das Stadtgebiet von San Francisco hatte, wie sie wusste, nur ein Zehntel der Größe von Los Angeles und etwa ein Fünftel von dessen Bevölkerung. Und Marin County hatte weniger als ein Drittel der Einwohnerzahl von San Francisco. Es war, wie Ariel vermutete, eine Gemeinde, in der man eng zusammenhielt.

Libby sprach mit Sam, der sich nicht mehr mit Besteck und Geschirr beschäftigte und interessiert zu sein schien. Weiter unten am Tisch unterhielt sich ihr Mann leise mit B. F., welcher ein ernstes Gesicht machte. Ariel wollte an ihrem Ende des Tisches gerade fragen, was die Anwesenden über die Blindenhundschule wussten, als der jüngere Bland wieder eine seiner langweiligen Geschichten zu erzählen begann.

Rob, der Kolumnist, hörte nicht zu. Er beobachtete sie, wie Ariel sah – mit einem Glitzern von Interesse in seinen himmelblauen Augen? Oder war er nur ein Mitleidender, der einen anderen erkannte? Er zog auffällig eine Taschenuhr hervor, betrachtete sie mit einem Stirnrunzeln, schüttelte sie. Als er murmelte: »›Entweder ist dieser Mann tot, oder meine Uhr ist stehen geblieben‹«, erstickte sie fast an ihrem Spargel.

In genau diesem Moment spitzte Rob die Ohren in Richtung B. F. »Sie kannten Mrs Thibeau?«, fragte er. Offenbar besaß er ein ungewöhnlich feines Gehör. Ariel hatte kein Wort von der Unterhaltung des älteren Bland mit B. F. mitgekriegt, und sie wusste auch nicht, wer Mrs Thibeau war, war aber für jeden Themenwechsel dankbar, selbst wenn es sich (wie sie der Vergangenheitsform entnahm) um eine verstorbene Person handelte.

»Viele Jahre«, antwortete B. F.

»Wir hatten vor, morgen gemeinsam zum Gottesdienst zu

fahren«, sagte Senator Bland zu seiner Frau, die finster nickte.
»Ich kann es kaum glauben«, entgegnete sie. »Und so bald nach ihrem Mann! Aber das passiert oft, nicht wahr?«
»Bei alten Menschen schon«, gab Rob ihr Recht, »aber sie war nicht älter als ... was? Sechzig?«
»Fünfundsechzig«, antwortete B. F. leise. Er blinzelte und sah sich verwirrt am Tisch um, als hätte er sich auf irgendeinen überwucherten Erinnerungspfad verirrt, und setzte schließlich ein breites Lächeln auf, dem Ariel ansah, dass es ein Ablenkungsmanöver war. »Meg, du hast noch kein Wort über dein Nachlese-Projekt gesagt«, meinte er dann eine Spur zu laut.
Während Meg einen Plan erläuterte, der vorsah, dass benachteiligte Stadtkinder Gemüse ausgruben oder sonst wie ernteten, nachdem die normale Ernte beendet war, um sie dann als Lebensmittelspenden zu verwenden, behielt Ariel ihren Großvater im Auge. Ihre Fernseh-Auszeichnung war anscheinend nur *ein* Grund für seine Reise nach San Francisco, und die Erinnerungen in diesem Haus waren nicht die einzigen, die ihn aus dem Gleichgewicht brachten. Wer, fragte sie sich, war Mrs Thibeau?

12

Die Frage musste offen bleiben.
Die Dinnergäste machten keinerlei Anstalten, aufzubrechen. Ihr Zögern zu gehen war ein Kompliment, doch als sie es taten, hatte ihr Gastgeber schon ein zunehmend

gleich bleibendes Lächeln aufgesetzt. Die Augen des alten Mannes waren offen, sein Gesichtsausdruck selig. Ariel ließ sich nicht täuschen; im Geiste hatte B. F. das Haus verlassen.

Als sie schließlich hinter Bland junior die Tür schloss, der ohne auf gesellschaftliche Signale zu achten bis zum bitteren Ende geblieben war und überdies mit einem Augenzwinkern versprochen hatte, sie anzurufen (das möge der Himmel verhüten, dachte Ariel schaudernd), ging Sarge in die Küche, um nachzusehen, wie die Haushaltshilfe sie hinterlassen hatte. Sam zog sich zurück, um vermutlich mit den Kopfhörern seines Walkmans an den Ohren einzuschlafen. Ariel und B. F. blieb es überlassen, Lichter auszumachen und Türen abzuschließen. Als ihnen unabhängig voneinander bewusst wurde, dass sie an Vorderfenstern stehen geblieben waren, um einen letzten Blick nach draußen zu werfen, lachten beide leise vor sich hin.

»Shangri-La«, sagte Ariel.

Es herrschte tiefe Stille. Hinter schnell dahinziehenden rauchfarbenen Wolken war ein abnehmender Mond zu erkennen. Die Lichter auf der anderen Seite der Bucht schimmerten, als wären sie durch Tränen gefiltert.

»Oder Xanadu oder Brigadoon«, murmelte sie. »Jedenfalls wunderschön.«

»Waren das nicht Orte«, wollte B. F. wissen, »an denen die Menschen nie älter wurden?«

»Ich glaube schon. Zumindest an einem oder zwei von ihnen.«

»Dann ist das hier keiner davon. Oh, hier wird dem Alter was fürs Geld geboten ... Aerobics, Fettabsaugen, Antioxidantien, Wunschdenken. Aber man wird alt und stirbt auch. Hier wie überall sonst.«

»Ermutigend.«
»Eine Stimmung, denke ich.«
»›Amerikaner halten den Tod für freiwillig.‹«
»Ich hoffe, dass das eines deiner Zitate ist. Wenn du dich jetzt aber darüber mit mir unterhalten willst, bin ich nicht dazu bereit.«
»Ich habe es irgendwo gelesen. Wer war Mrs Thibeau?«
B. F. atmete einmal tief durch, kratzte sich am Kopf und ging vom Fenster weg. »Nur eine alte Freundin«, antwortete er.
»Die du ›viele Jahre‹ gekannt hast.«
»Und seit gut zehn Jahren nicht mehr gesehen habe, obwohl dich das überhaupt nichts angeht. Also denk nur nicht, ich werde gleich in Wehklagen ausbrechen, okay?«
»Ja, okay«, erwiderte Ariel. »Dein Akzent wird stärker.«
»Was zum Teufel soll das denn wieder heißen?«
»Ablenkungsmanöver. Wenn ich Henry wäre, würde mein kleines Radargerät jetzt zu summen anfangen.«
»Ach ja, Henry.«
»Ach ja, Henry?«
»Er hätte sich amüsiert, wenn er heute Abend hier gewesen wäre. Ich habe ihn eingeladen, aber er sagte, er habe ›andere Pläne‹.«
»Schade.«
»Er hat seine Pläne aber nicht erläutert«, sagte B. F. mit leiser Stimme, als würde er über ein Problem brüten, das ihm leichtes Kopfzerbrechen bereitete.
»Die Erklärung heißt, glaube ich, *Newsfront.*«
»Bist du dir da sicher?« B. F. hatte sich gerade über die letzte Lampe gebeugt, und in deren Lichtschein war zu sehen, wie eine einzelne buschige weiße Augenbraue hochgezogen wurde, bevor er den Schalter betätigte.

»Bezweckst du etwas mit alldem?«, fragte Ariel. »Falls ja, verpasse ich es wohl.«
»Wenn ich dich großgezogen hätte, Ariel Gold, hättest du bessere Manieren. Was du *verpasst,* das ist genau der Punkt. Du hast jetzt seit Monaten nichts anderes getan als zu arbeiten. Hast du überhaupt ein Privatleben?«
»Anscheinend nicht.«
»Sieh einer an«, murmelte B. F. mit einem Lächeln, das er zu verbergen suchte. »Mrs Thibeau«, erklärte er dann unerwartet, »ist – war – eine schöne Frau, mit der ich einmal befreundet war. Damals war sie ›Miz‹, nicht Miss.« Er ging auf die Treppe zu. Ariel folgte ihm. »Ist dir schon mal aufgefallen, dass Leute aus dem Süden ›Miz‹ sagten, lange bevor alle anderen es taten? Natürlich benutzten wir diesen Ausdruck immer bei Frauen, die nichts dagegen hatten, dass die Leute etwas so Irrelevantes von ihnen wussten wie ihren Personenstand.«
Inzwischen hatte Ariel jede Hoffnung auf wirkliche Information mehr oder weniger aufgegeben.
»Miss Mayes hieß sie zu jener Zeit«, erinnerte sich B. F. »Vor dreißig Jahren, würde ich sagen. Sie war, was wir damals eine Karrierefrau nannten. Sie hatte einen hohen Posten im Mode-Einzelhandel und interessierte sich kein bisschen für häusliches Glück, jedenfalls nicht mit mir. Ein Witwer, der eine Enkelin großziehen muss? Diese Ehre lehnte sie ab.« B. F.s Lächeln schien trotzdem fröhlich zu sein. »In meinen Augen«, fügte er hinzu, »hat sie Pech gehabt. Na schön, schlaf gut.« Er stieg ein paar Stufen hinauf und blieb noch einmal stehen. »Oh«, sagte er, »tut mir Leid, dass ich dir den jungen Bland zugemutet habe.«
»Schon vergessen. Aber der ist echt schlimm.«
»Hm«, meinte B. F. zustimmend. Das alte Holz knarrte

unter seinem Gewicht, als er die Stufen weiter nach oben ging. »Ich habe das Gefühl, dass wir es uns alle lieber verkneifen sollten, uns in das Liebesleben anderer Leute einzumischen.«

Der nächste Tag war eine einzige Hetze. Ariel hatte zwei Interviews in der Stadt, von denen eins alle Aussichten hatte, in *The Open File* gebracht zu werden, während das zweite ein fruchtloses Unterfangen war. Erst danach kehrte sie nach San Rafael zurück und kam für die Besichtigung der Blindenhundschule des Marin County um zwei Uhr fast zu spät.

Das Gelände war schön angelegt. Es hätte ein College-Campus sein können, wären da nicht die Schilder gewesen, die Autofahrer ermahnten, wegen der Hunde in Ausbildung langsamer zu fahren, und hätte man in der Ferne nicht Bellen und Jaulen gehört, das, wie Ariel vermutete, aus Zwingern kam.

Im Verwaltungsgebäude nannte sie einer Frau am Empfang ihren Namen und setzte sich hin, um auf die Person zu warten, die die Besucher führen sollte. Fotos von Hunden mit Geschirren hingen an den Wänden. Sie sah einen aufmerksam blickenden Deutschen Schäferhund sowie Labradore und Golden Retriever – die Labradore in edlem Profil, die beiden Golden Retriever mit einem breiten Lächeln, wie es schien. Hinter dem Tresen des Empfangs lagen zwei lebende Hunde, ein Schäferhund, der Jessie ähnlich sah, und ein gelber Labrador vorgerückten Alters.

In der Halle herrschte ein ständiges Kommen und Gehen, und die Frau am Empfang musste mit Leuten und Terminen wahrhaft jonglieren. Während Ariel dem Treiben zusah, dirigierte sie Besucher hierhin und dorthin, quittierte ein von UPS geliefertes Paket und telefonierte dabei über Kopfhörer. Mehrere Minuten vergingen, ehe Ariel merkte, dass sie blind war.

»Tut mir Leid, dass Sie warten mussten!«, rief die für die Führung zuständige Frau, als sie auf Ariel zukam. Sie gab ihr die Hand und nannte ihren Namen, vermied aber, Ariel in die Augen zu sehen. Dann sagte sie: »Also Sie sind *die* Ariel Gold.«

»Bin ich die ganze Führungsgruppe?«, fragte Ariel.

»Das waren Sie, ja, aber ... es ist mir unangenehm, Ihnen sagen zu müssen, und ich entschuldige mich dafür, dass es besser wäre, wenn Sie zu einer anderen Zeit wiederkämen.«

Ariel runzelte verblüfft die Stirn.

»Die Person, die Sie zu sprechen wünschen, ist unser PR-Direktor Frank Trout«, erklärte die Frau. »Leider ist er heute Nachmittag nicht da.«

»Ich verstehe nicht, Mrs ... Ich habe Ihren Namen nicht behalten.«

»Bess. Mr Trout ist derjenige, der sich um die Pressekontakte kümmert, und als Sie anriefen und sagten, dass Sie uns besuchen wollten, hat die Telefonistin nicht erkannt, dass Sie, Sie wissen schon, von der Presse sind. Es tut mir wirklich Leid.«

Wie lange wird es noch dauern, fragte sich Ariel, bis ich mich daran gewöhnt habe?

Als Producerin hatten ihr Name und ihr Gesicht keine Bedeutung gehabt. Die Leute hörten nur den Namen der Sendung. Manchmal wurden sie neugierig, manchmal waren sie eingeschüchtert. Meist war jedoch die Erwähnung von *The Open File* so etwas wie ein Türöffner gewesen. Seit ihrem ersten Auftreten vor der Kamera jedoch hatte Ariel einen dramatischen Wandel erlebt. Wenn sie irgendwo unerwartet auftauchte, waren die Menschen meist erstaunt, sogar eingeschüchtert, als wäre schon ihre bloße Anwesenheit ein Hinterhalt.

»Das braucht Ihnen nicht Leid zu tun, Bess«, sagte Ariel mit einem Lächeln, »denn dies ist ein rein persönlicher Besuch. Heute bin ich nicht von der Presse, sondern nur eine interessierte Bürgerin.«

»Ich fürchte …«, begann Bess unangenehm berührt. »Das wird bei uns so gehandhabt. Mr Trout übernimmt alle Pressekontakte selbst oder genehmigt sie. Das ist durchaus sinnvoll. Ich bin neu hier und lerne noch. Ich möchte nicht, dass ich irgendetwas falsch mache, was …« Sie verstummte, als der ältere gelbe Labrador herantrottete. Er setzte sich neben ihr hin und sah ihr erwartungsvoll ins Gesicht, als wollte er vorgestellt werden. »Hadley«, tadelte Bess sanft, »ich hatte Platz gesagt!«

Hadley erkannte einen Tadel, wenn er ihn hörte; er öffnete die Schnauze und hechelte zufrieden.

»Hoffnungslos verwöhnt«, murmelte Bess, offensichtlich sehr erleichtert über die Unterbrechung. »Hadley ist ein pensionierter Blindenhund«, erklärte sie.

»Ich habe nicht gewusst, dass sie das Gnadenbrot bekommen.« Ariel kniete sich hin, streichelte seine grau werdende Schnauze, und Hadley schloss selig die Augen.

»Oh, Arbeitshunde müssen körperlich in allerbestem Zustand sein. Sie müssen hervorragend sehen und hören können, um ihre Arbeit zu tun. Wenn sie arthritisch sind, was dieser alte Herr ist, wird die Arbeit zu schwer für sie.«

»Was wird aus ihnen?«

»Der Eigentümer hat ein Anrecht darauf, den Hund als Haustier zu behalten. Wenn das unmöglich ist, kann die Person oder die Familie, die den Hund großgezo-

gen hat, ihn zurückbekommen, und wenn das nicht möglich ist, bringt die Schule ihn unter. Wir haben eine Warteliste. Ich stand selbst darauf, und jetzt gehört Hadley mir.«
»Du hast Glück, alter Junge!«, sagte Ariel zu dem Hund.
»Wie lange arbeiten sie?«, fragte sie Bess, die sich jetzt entspannt hatte, da sie nicht mehr die Abweisende spielen musste.
»Im Durchschnitt sieben Jahre, glaube ich. Hängt natürlich vom Tier ab.«
»Verwenden Sie alle Rassen?«
»Nein, nur Schäferhunde, Golden Retriever und Labradore. Alle reinrassig. O nein, fast hätte ich es vergessen, jetzt haben sie auch damit angefangen, Mischlinge aus Labrador und Golden Retriever zu züchten. Sie sollten mal die Welpen sehen!« Bess biss sich auf die Lippe und machte erneut ein unglückliches Gesicht. »Wenn Sie wiederkommen, werden Sie sie sehen. Es tut mir wirklich Leid, dass ich nicht ...«
»Züchten Sie sie hier?«, unterbrach Ariel sie, und sofort fuhr Bess begeistert fort. Als Ariel eine halbe Stunde später die Halle verließ, hatte sie die Anlage zwar nicht gesehen (was auch nicht ihr Hauptwunsch gewesen war), wusste darüber aber genauso viel wie die Angestellte.
Ariel blieb neben ihrem gemieteten Cabrio stehen und musterte das Gelände und träumte – sie fragte sich, ob das, was sie erfahren hatte, je gebraucht wurde, denn sie hoffte doch, dass Layas Genesung diesen Ausflug überflüssig machen würde –, als ihr Blick auf einen besonderen Bau fiel.
Er befand sich am hinteren Ende des Komplexes. Von den funktionalen neueren Gebäuden unterschied er sich wie ein kunstvoller Hochzeitskuchen von einem Laib Brot. Er war mit Holzschindeln belegt, hatte drei Stockwerke, war

weiß gestrichen mit pfefferkuchenfarbenen Fensterläden und Ecken. Von den Türmchen und dem mehrgiebligen Dach ragten mindestens vier Blitzableiter in die Höhe. Das Haus musste aus der Zeit vor dem Ersten Weltkrieg stammen, wie Ariel vermutete. Auf einer Seite war ein deplatziert wirkender Flügel angefügt worden, eine Beleidigung der ursprünglichen eindrucksvollen Architektur. Eindrucksvoll und ein wenig düster. Das Haus würde gut auf den Umschlag eines historischen Liebesromans passen. Hinter dem großen alten Gebäude würde man dann gezackte Blitze und Gewitterwolken sehen, davor eine Frau im Umhang und Kapuze, die sich in den Gewittersturm flüchtete. Sie würde mit vor Entsetzen geweiteten Augen über die Schulter zurückblicken, und ihr Umhang würde sich nur so weit öffnen, dass man ihren Busen sehen konnte.

Ariel hörte wütendes Gebell. Wie aufs Stichwort, dachte sie – der Hund von Baskerville! Sie grinste. Der wirkliche Nachmittag war hell und sonnig, das Gelände friedvoll, Blumen blühten. Das Bedrohlichste, was zu sehen war, war der bellende Hund, ein halb ausgewachsener Golden Retriever mit schlaksigen Beinen, der vor aufgestauter Energie fast platzte und liebend gern gerannt wäre. Er ging in wenigen Metern Entfernung an Ariel vorbei und zog die lachende, stirnrunzelnde Frau am anderen Ende seiner Leine hinter sich her.

Ariel blickte auf das merkwürdige alte Gebäude zurück. Eins kann jedenfalls niemand von dir behaupten, sagte sie sich, als sie ihren Wagen bestieg, nämlich dass du keine Fantasie hast.

13

»Wie war die neblige Stadt?«, fragte Laya.
»Wie angekündigt«, antwortete Ariel.
»Und deine Rede? Wie war die?«
»Schnell.« Die Fragen waren nichts sagend. Small Talk. Laya war in Gedanken ganz woanders, wie Ariel deutlich sehen konnte. Und Ariel ebenso.
Sie war am Vorabend sehr spät ins Bett gekommen, aber mit der Sonne schon wieder auf den Beinen gewesen und kurze Zeit später an Layas Bett. Sie brannte darauf, den Kassettenrekorder in die Hände zu bekommen, den sie vier Abende zuvor dagelassen hatte, zwang sich jedoch, ruhig zu bleiben. Sie konnte die Stimmung ihrer Freundin nicht erraten, bemerkte aber eine für Laya untypische Nervosität.
»Eine schnelle Dankesrede?«, fragte Laya. Sie lächelte oder, genauer, die Muskeln ihrer Mundwinkel zuckten leicht. »Keine Tränen? Hast du die Statuette etwa nicht geküsst?«
»Es hätte ziemlich albern ausgesehen, wenn ich damit geknutscht hätte. Obwohl mein gesellschaftliches Leben B. F. zufolge etwa darauf reduziert ist.«
Die Andeutung eines Lächelns war schon verblasst. Die Entschlossenheit, mit der ihr letzter Besuch geendet hatte, glänzte ebenfalls durch Abwesenheit. Wäre der Kassettenrekorder nicht offen sichtbar gewesen (Ariel hatte ihn sofort auf dem Nachttisch entdeckt), hätte die Unterhaltung dieses Besuchs vielleicht nie stattgefunden. Laya schien ihre Behauptung vergessen zu haben, den Mann zu kennen, der sie geblendet hatte. Und sie schien auch Ariels Anwesenheit vergessen oder das Interesse daran verloren

zu haben. Ihre Finger bewegten sich behutsam zu der Klappe, die immer noch ihr Auge bedeckte.

»Was ist los?«, fragte Ariel besorgt. »Stimmt etwas nicht?«

»Wie gut, dass deine Interviewfragen cleverer sind«, antwortete Laya, »sonst würdest du keine Preise erhalten.«

»Ich wollte doch nur …« Ariel schluckte den Rest ihrer Erwiderung hinunter. Es war eine Herausforderung, sich dieser neuen, sprunghaften Laya anzupassen. »Eins zu null für dich«, sagte sie. »Was das Band angeht …«

»Sie entlassen mich.«

»*Entlassen* dich?«

»Das sagte ich doch gerade. Im Moment können sie nicht mehr für mich tun. Jetzt bleibt nur noch zu warten.«

Ariel war überrascht, doch wenn sie darüber nachgedacht hätte, wäre ihr klar gewesen, dass sie Laya nicht ewig im Krankenhaus behalten würden. Und ihr wurde bewusst, dass es Laya vermutlich schwer fiel, sich auf etwas anderes zu konzentrieren. Höchstwahrscheinlich war sie ganz krank vor Sorge.

»Wie es scheint, sind chemische Verbrennungen anders als andere Verletzungen«, fuhr Laya mit tonloser Stimme fort, »so dass wir vermutlich nicht lange warten müssen, wie Crowne sagte. Wir sollten ziemlich schnell wissen, ob das Transplantat angenommen wird. Wahrscheinlich in wenigen Wochen. Wenn es ein Geschwür bildet oder zu vernarben beginnt … wenn es ›sich eintrübt‹, wie sie das nennen, dann …«

Ariel erschauderte bei dem Gedanken. »Wohin wirst du gehen? Ich meine …«

»Sarah Aguilar war hier. Sie kennt einen Ort, eine Art Genesungsheim, das von einer gemeinnützigen Stiftung betrieben wird.«

»Gefällt dir der Gedanke?«

»Mir wird's dort nicht schlecht gehen.«
Laya sah nicht gut aus. Sie machte einen verängstigten Eindruck. Ariel überlegte schnell und ging verschiedene Möglichkeiten durch. Jede von ihnen würde Geld erfordern. Eine angenehme und geborgene Unterbringung war nicht billig zu haben. Fürsorgliche Behandlung ebenfalls nicht. Sie kannte Laya gut genug, um nicht den weiblichen Krösus zu spielen. »Wann?«, fragte sie.
»Jeden Augenblick. Sobald Dr. Aguilar das Arrangement treffen kann.«
Ariel bedauerte nicht in der Lage zu sein, ein richtiges Gästezimmer anzubieten. Zu irgendeiner lange zurückliegenden Zeit waren zwei Schlafzimmer in ihrem Haus zu einem zusammengelegt worden. Die Änderung ergab ein wunderbar luxuriöses Schlafzimmer, schloss aber Einladungen an Freundinnen aus. Nach allem, was sie über ihr einsames früheres Leben wusste, waren ihr solche Überlegungen fremd gewesen. Und das hatte, wurde ihr persönlich klar, auch in ihrem *jetzigen* Leben bisher keine große Rolle gespielt. Darüber sollte sie vielleicht einmal nachdenken, wenn sie ein paar Minuten verschnaufen konnte. »Ich habe in meinem Arbeitszimmer eine Bettcouch«, sagte sie.
»Wie bitte?«
»Es ist komfortabel. Nicht das Ritz, aber komfortabel und ungestört. Und es gibt auch ein Gästebad. Du bist willkommen.«
»Zimmergenossinnen zu werden – ist es das, was du mir vorschlägst?« Laya ließ eine schlechte Imitation eines Glucksens hören.
»Ist es okay, wenn ich dich morgen abhole?«
»Sei nicht albern.«
»Zu schnell? Übermorgen dann?«

»An keinem Tag.«
»Nenn mir einen guten Grund, weshalb nicht.«
»Ich kann dir zehn nennen. Fangen wir damit an, dass ich kein Fürsorgefall bin.«
»Nein, das bist du nicht. Du bist meine Freundin.«
»Ich kann doch nicht zu dir ziehen!«
»Natürlich kannst du das. Ich werde kaum etwas von dir merken. Ich bin den ganzen Tag nicht da, und außerdem … Oh, ich sehe das Problem. Wir werden jemanden finden, der tagsüber da ist. Das werden wir regeln.«
Sie stritten sich so lange weiter, bis Ariel zu spät zu einer Verabredung kam. Sie stritten über das Geld, das »jemand« kosten werde. Darüber, dass Laya Ariel stören würde. Über die Voreiligkeit ihres Angebots, eine Voreiligkeit, von der Laya behauptete, Ariel werde sie bereuen. Sie weigere sich, sagte Laya, sich wie irgendeine Streunerin adoptieren zu lassen. Eine *hilflose* Streunerin. »Hast du auch nur die leiseste Ahnung, wie es ist, mit einem blinden Menschen fertig zu werden?«, fragte sie herausfordernd.
»Ich werde es lernen«, gab Ariel zurück. »Wir werden es beide lernen. Wir sprechen nicht von einer Ewigkeit. Wir sprechen von Wochen. Das hast du jedenfalls gesagt.«
An Laya zeigte sich eine bislang unvermutete Neigung zur Halsstarrigkeit. Sie befand sich jedoch nicht auf gewohntem Terrain.
»Sag mir, dass dir irgendein Heim lieber wäre«, verlangte Ariel. »Fremde. Krankenhausgerüche. Schlechtes Essen. Dass ich nicht lache. Kratzige Bettlaken. Sag mir nur, dass es das ist, was dir wirklich lieber wäre, dann ziehe ich mein Angebot zurück und besuche dich, wann immer ich kann.«
Laya schluckte und wandte das Gesicht ab.
»Das wär's!«, rief Ariel aus. »Du kommst. Entschuldige

mich eine Minute.« Sie zog ihr Handy aus der Tasche und vereinbarte einen neuen Termin für die Verabredung, die sie nicht mehr einhalten konnte. »So«, sagte sie, nachdem sie das Gespräch beendet hatte. »Morgen … um welche Zeit?«

»Ich kann es nicht tun.«

»Du kannst.«

»Da ist etwas, was du nicht weißt«, sagte Laya mit einer Stimme, die für eine so große und kräftige Frau viel zu klein war.

Ariels Magen krampfte sich vor Scham zusammen. Ich habe mich benommen, dachte sie, als ob sich nichts verändert hätte, als würde ich mit Laya eine Debatte führen, als könnte ich es immer noch mit einer gesunden Stärke aufnehmen. »Etwas über den Mann, von dem du glaubst, dass er dir dies angetan hat?«, fragte sie.

»Nein«, flüsterte Laya. »Es ist Jessie.«

»Jessie?« Die Erleichterung ließ Ariel unpassenderweise auflachen. »Was hat Jessie mit alldem zu tun? Bist du allergisch gegen Hunde?«

»Nicht allergisch.«

»Was dann?«

»Ich habe Angst vor ihnen.«

»Du machst Witze!«

Laya streckte den Arm aus und drehte ihn so, dass die empfindliche Unterseite zu sehen war. Direkt unter der Biegung des Ellbogens erstreckte sich etwa zehn Zentimeter zum Handgelenk hin eine Narbe. Aus dem unregelmäßigen Aussehen schloss Ariel, dass die Wunde nicht richtig genäht worden war, wenn überhaupt. »Der Hund gehörte Leuten, die weiter unten im selben Straßenblock wohnten«, sagte Laya. »Er war schon alt und sah aus wie ein riesiger Teddybär. Sie hätten nie eine Minute mit ihm

Schwierigkeiten gehabt, behaupteten sie. Und er habe Kinder immer geliebt.«

»Solche Dinge passieren«, gab Ariel zu. »Aber das war ein bestimmter Hund, und außerdem muss es sehr lange her sein.«

»Ja, ich war erst drei, doch ich erinnere mich noch an jede Sekunde.« Laya fuhr sich mit der Zunge über die trockenen Lippen. »Erstaunlich, aber wahr. Seine Zähne ... ich kann immer noch sehen, wie sich seine Zähne in meinen Arm bohrten. Er schüttelte mich wie eine Stoffpuppe.«

»Das ist schlimm. Ganz scheußlich! Aber ...«

»Sie konnten ihn nicht dazu bringen, loszulassen.«

»Aber Laya ...«

»Glaubst du etwa, ich wüsste nicht, dass dies eine Phobie ist? *Nur* eine Phobie? Dass sie irrational ist? Jahrelang habe ich daran gearbeitet. Glaubst du etwa, ich wüsste nicht, dass das albern ist, wenn ich an meine wirklichen Probleme denke? Das macht die Furcht aber nicht weniger real.«

Über irrationale Ängste wusste Ariel selbst ein paar Dinge. Wenn sie an große Höhen dachte, krampfte sich in ihr alles zusammen. Aber Hunde? Das konnte sie kaum nachvollziehen. O ja, unbekannte Rottweiler, die nicht angeleint waren und plötzlich wie aus dem Nichts auftauchten, okay; bei verwilderten Hunden in Rudeln konnte sich Ariel das auch noch vorstellen. Aber *Jessie?* Ariel war froh, dass sie ihren Besuch in der Blindenhundschule nicht erwähnt hatte. »Hör mal«, sagte sie tröstend, »geh nicht so hart mit dir ins Gericht. Jeder, der das durchgemacht hat oder durchmacht, was dir widerfahren ist, darf schon ein paar Bedenken haben.«

»Bedenken? Ich bin total verängstigt!« Ohne Vorwarnung tauchte eine Träne unter dem Augenlid auf, dann eine zweite. Selbst in der Nacht der Verletzung hatte Laya nicht geweint. Sie hatte geschrien. Sie hatte gestöhnt. Aber Ariel hatte Laya noch nie weinen sehen. Natürlich hatte sie ihre Freundin noch nie als Opfer erlebt, bis dieses fürchterliche Ereignis eintrat, oder blind oder hilflos.

»Tu es nicht!«, flehte sie und fühlte sich, als müsste sie ebenfalls gleich losweinen. »Das kann doch nicht gut für dein Auge sein.«

Laya fuhr sich mit dem Handrücken über die Wange. »Ich habe Angst«, sagte sie. Sie streckte die Hand zum Nachttisch aus, tastete nach der Schublade und öffnete sie. Dann suchte sie nach einer Kassette, und als sie sie gefunden hatte, fuchtelte sie damit in der Luft herum. »Davor habe ich Angst! Vor *ihm!*«

Ariel warf einen Blick auf den Rekorder und fragte sich geistesabwesend, warum Laya die Kassette herausgenommen hatte. Sie faltete die Hände, um nicht danach zu greifen. »Möchtest du darüber sprechen, oder …«

»Aber ich hatte schon Angst, bevor mir diese Sache passiert ist«, unterbrach sie Laya. »Diese Furcht, die Tatsache, dass ich kein Rückgrat hatte, ist ja gerade der Grund, weshalb es passiert ist. Es geschieht mir recht! Das wird dir klar sein, wenn du dir das angehört hast. Jede Sekunde in dieser schwarzen, bodenlosen Hölle ist meine Schuld. Damit muss ich leben.«

»Was dir irgendein Irrer angetan hat, ist doch nicht deine …«

»Damit ist nur die Oberfläche dessen angekratzt, wovor ich Angst habe. Ich habe Angst davor, dieses Bett zu verlassen. Ich fürchte mich davor, dieses Zimmer zu verlassen. Ich fürchte mich vor allem – hörst du, was ich sage? Auch vor Hunden, auch vor Jessie.«

Ariel hakte bei dem letzten Satz nach; der Rest war zu

viel, um sich jetzt damit auseinander zu setzen. »Okay«, sagte sie, »ich kann verstehen, dass sie auf jemanden, der sie nicht kennt, einschüchternd wirkt. Aber du kennst sie. Du hast sie um dich gehabt. Du bist in meinem Haus gewesen …«

»Du hast mich wer weiß wie oft eingeladen. Ich bin genau zweimal gekommen. Ich achtete darauf, dass sich dein Hund am einen Ende des Zimmers befand und ich am anderen. Es fiel mir schwer, auch nur einen zusammenhängenden Satz zu sagen. Und das war zu einer Zeit, als ich sie sehen konnte!«

Es stimmte, dass Laya ziemlich still gewesen war. Ariel hatte sie für kühl und unergründlich gehalten. »Aber Jessie ist so sanft, wie man nur sein kann«, entgegnete sie. »Das weißt du. Sie ist ausgebildet. Sie ist …«

»Sie ist *groß,* Ariel! Ich habe Angst. Vor jedem Laut, den ich nicht deuten kann, habe ich Angst, vor allem, was ich nicht sehen kann, vor Gerüchen, vor Rauch. Ich habe schreckliche Angst vor Feuer. Ich träume davon. Ich rieche Rauch. Ich fühle die Hitze und sitze in der Falle. Ich kann keine Tür finden. Es gibt keine Fenster, keine Türen. Niemand hört mich schreien, weil ich keinen Laut hervorzubringen vermag.« Laya hielt inne und atmete durch den Mund. Ihre Finger verkrampften sich und lösten sich wieder. Sie schluckte zwanghaft, bevor sie sagte: »Weißt du, wovor ich am meisten Angst habe? Am meisten fürchte ich mich davor, allein zu sein.«

»Ich verstehe, aber du bist nicht …«

»Nein, du verstehst nicht. Du glaubst, ich spräche von anderen Menschen? Dass ich weder Freunde noch Familie habe, auf die ich zählen kann? Du meinst es gut, Ariel, aber du verstehst nicht.«

»Dann erklär es mir.«

»Mein Gott, würdest du bitte *aufhören!* Es ist so, dass … ich habe es dir neulich zu sagen versucht. Ich habe *mich* nicht mehr!«

»Sprich weiter.«

»Ich kann nicht. Ich weiß nicht, wie. Ich kann nicht gut mit Worten umgehen.«

»Ach ja?« Es stimmte, dass Laya nicht sehr gesprächig war. Sie hatte heute mehr über sich gesagt und weit mehr von sich preisgegeben, als Ariel je bei ihr erlebt hatte. Doch in einer Situation war sie immer redegewandt gewesen. »Beim Unterricht, am Ende der Stunde, wenn wir uns entspannen – die Dinge, die du dann sagst, sind wie Poesie.«

Um Layas Mund zuckte es. »Deine aufgeklärte Lehrerin! So hoch entwickelt, so sehr im Hier und Jetzt.« Ihre Stimme nahm einen beruhigenden, hypnotischen Ton an, als sie sagte: »›Lasst eure Gedanken kommen, und lasst eure Gedanken schweifen. Lasst sie mit einem sanften Wind dahintreiben. Konzentriert euch auf diesen Punkt in der Mitte der Stirn, das dritte Auge …‹« Layas Stimme wurde tonlos. »Bedauerlich, dass das dritte Auge mystisch ist«, meinte sie. »Ich könnte es jetzt gebrauchen.« Sie ließ ein angestrengtes Lachen hören. »In all diesen Jahren über Urfreude zu predigen, über inneren Frieden, über die Vertreibung von Furcht und die Vertreibung der Furcht vor Furcht. Was für ein Schwindel!« Es hatte den Anschein, als wären Stunden vergangen, bis sie in ruhigerem Ton fortfuhr: »Bis jetzt war Einsamkeit für mich nicht bedrohlich. Ich war nie weniger allein als in den Momenten, in denen ich allein war, verstehst du? Ich hatte mich.«

Ariel nickte zuerst und sagte dann schnell: »Ja.«

»Ich habe Jahre damit zugebracht, zu erreichen, mich so zu sehen, wie ich bin, zu lernen, mit mir im Reinen zu sein.

Ich wusste, wer ich war. Aber mein Selbstgefühl war eine Lüge. Die Person, die ich zu sein glaubte, existiert nicht. Da ist nichts weiter als diese … hohle Dunkelheit.«

Ariel schwieg. Sie konnte nicht verstehen, was Laya durchgemacht hatte, doch sie konnte das Vakuum verstehen. Plötzlich stieg eine Flut von Erinnerungen in ihr auf – an die frühesten Tage ihres Gedächtnisverlusts, an Tage der Panik, an einsame Verzweiflung. Das konnte kaum anders sein als das, was Laya jetzt fühlte.

»Ich habe dir doch gesagt«, meinte Laya nach einiger Zeit, »dass ich es nicht zu erklären vermag. Du kannst es nicht verstehen.«

Ariel hatte keinen Zweifel daran, was gesagt werden musste, sondern wusste nur nicht, ob sie die Richtige dafür war. Doch sie war die Einzige, die da war. Sie suchte nach Worten, da sie entschlossen war, sie nicht mit Zuckerguss zu überziehen, und erklärte schließlich: »Du hast Grund, verängstigt zu sein. Wirkliche Ängste zu haben. Begründete Ängste, und damit meine ich nicht nur diesen … Mann, wer immer er ist. Du hast es mit einer Welt zu tun, die du nicht sehen kannst. Du weißt nicht, ob das Transplantat funktionieren wird. Wenn es das nicht tut, wirst du dich an eine andere Zukunft gewöhnen müssen, als du erwartet hast. Und du wirst einen Weg finden müssen, um dir selbst zu vergeben, was immer du getan oder … verraten zu haben glaubst.«

Ariel hielt kurz inne, da das Wort sie beunruhigte. Sie ertappte sich dabei, an das Zitat aus Dorothys Brief zu denken. »Es gibt nur eine Möglichkeit, auf dieser Erdkugel glücklich zu werden, und sie besteht darin, ein reines Gewissen oder gar keins zu haben.« Sie glaubte nicht, dass Ogden Nash auf Laya den gleichen Eindruck machen würde wie auf Dorothy.

»In solchen Dingen kann ich nichts garantieren. Das kann niemand. Entweder du wirst damit fertig oder nicht. Wenn du zulässt, dass ich dir helfe, werde ich dir helfen. Es gibt nur eins, was ich mit absoluter Sicherheit garantieren kann: Mein Hund wird dir nicht wehtun.«

»Vergiss es.«

»Dies ist eine Furcht, Laya, die du mit Willenskraft niederkämpfen kannst. Du musst es. Wenn du es nicht tust, lockst du sie geradezu an. Dann wirst du nicht gesund. Angst wird dich beherrschen und dich früher oder später zerstören.«

Laya erwiderte nichts.

»Das ist der erste Schritt«, sagte Ariel leise, »und alles spricht zu deinen Gunsten. Das ist eine Situation, in der du nur gewinnen kannst.«

Laya lag steif da. Ihre Brust hob und senkte sich schnell, als wäre sie gelaufen. Nach einer Weile holte sie tief Luft. Ihr Atem verlangsamte sich. Es dauerte jedoch noch einige Zeit, bis sie sprach. »Du kannst das leicht sagen.«

»In Wirklichkeit ist es mir schwer gefallen, und deshalb habe ich es wahrscheinlich vollkommen falsch gesagt, aber ich bin mir in meinem Leben bei keiner Sache sicherer gewesen.«

»Stimmt das? Weißt du was, Ariel …« Laya tastete auf der Bettdecke nach etwas. Die Kassette, die sie vorhin hatte fallen lassen, lag offen neben ihrer Hüfte, doch Ariel verhielt sich still, damit ihre Freundin sie allein fand. »Ich hatte es mir anders überlegt und beschlossen, dass du die Kassette nicht bekommen sollst, aber hier … willst du sie?«

Ariels Neugier hatte sie schon früher in allergrößte Schwierigkeiten gebracht. »Natürlich möchte ich sie«, sagte sie und streckte die Hand aus.

»Vorher noch eins. Was hier aufgezeichnet ist, ist vertraulich.«
»Okay.«
»Wenn du mein Vertrauen missbrauchst und ...«
»Ich sagte okay.«
Laya zögerte so lange, dass Ariel bereits fürchtete, ihre Freundin hätte es sich schon wieder anders überlegt. »Hör es dir an«, meinte Laya schließlich. »Danach sagst du mir, ob du mich immer noch in deinem Haus haben willst. Wenn ja, werde ich mitkommen. Ich werde deinen Hund durch Willenskraft *bezwingen.* Ich werde alle meine Buhmänner *bezwingen.* Ich werde die großartigste Blinde aller Zeiten sein.« Sie drückte Ariel das kleine Kunststoffrechteck in die Hand. »Aber hör dir erst die Kassette an.«

14

»Was ich dich zu tun bitte, Ariel, ist wahrscheinlich unmöglich.«
Trotz dieser Behauptung hörte sich Layas Stimme auf der Kassette stark an, ein himmelweiter Unterschied zu ihrer Verfassung am Morgen. Ariel musste sich ins Gedächtnis zurückrufen, dass dies wahrscheinlich vor Tagen aufgenommen war, als die emotionale Achterbahn, mit der Laya unterwegs war, gerade bergauf gefahren war, als sie sich entschlossen gefühlt hatte. Selbst da war sie jedoch realistisch gewesen.
Jetzt war es später Abend, und Ariel befand sich in Layas Wohnung, von wo sie einen Ordner mit Zeitungsaus-

schnitten holen sollte. Sie hatte ihn genau dort gefunden, wo Laya gesagt hatte, das er liege. Er war schmal. Darin befanden sich nur zwei Artikel, beide kurz. Der eine aus dem *Sentinel,* einem Wochenblatt, das Afroamerikanern gehörte, war nur ein oder zwei Zeilen länger als der aus der *Los Angeles Times.* Ariel war überrascht, dass überhaupt darüber berichtet worden war; sie konnte gar nicht verstehen, weshalb man etwas darüber geschrieben hatte. An Überfälle, selbst schwere Überfälle, in dem kriminalitätsverseuchten Bezirk South Central in Los Angeles wurde normalerweise keine Druckerschwärze verschwendet. Eine Nacht *ohne* Überfälle wäre dagegen ein Extrablatt wert.

Sie lag auf dem Wohnzimmersofa ihrer Freundin, mit dem Ordner und dem Rekorder auf ihrem Bauch. Sie stellte das Licht der einzigen Lampe im Raum mit dem Dimmer schwächer, um sich besser auf den Inhalt der Kassette konzentrieren zu können, von der sie sich schon einen Teil angehört hatte. Sie hatte sich in jedem freien Moment dessen, was sich zu einem Nachmittag mit Alarmstufe drei entwickelt hatte, Teile davon angehört. Jetzt hatte sie vor, das ganze Band in einem Stück ablaufen zu lassen, von Anfang bis Ende. Sie drückte die Tasten Stopp und Zurückspulen und sprach synchron mit Laya den ersten Satz: »›Was ich dich zu tun bitte, Ariel, ist wahrscheinlich unmöglich.‹« Ariel drückte auf Pause. *Wahrscheinlich* unmöglich? Laya untertrieb, wie ihr später selbst aufgegangen war; den Mann zu finden, der sie ihrer Ansicht nach geblendet hatte, war ein hoffnungsloses Unterfangen.

»Mission impossible«, murmelte Ariel. »Ich entscheide mich dafür, es nicht zu machen.« Sie seufzte tief. Es wurmte sie zwar immer noch, dass sie ihre vergessene Freundin Dorothy hatte fallen lassen, doch das hatte sie (schon fast) akzeptiert. Die Frau hatte sich nicht wieder gemeldet, und so war Ariel kaum eine Wahl geblieben. Was Laya anging, hatte sie gar keine Wahl; wenn sich dort etwas tun ließ, würde sie es tun. Sie würde ihr Bestes geben.

Als sie wieder die Play-Taste drückte, stellte sie den Rekorder auf den Kaffeetisch und erhob sich. Sie begann im Zimmer auf und ab zu gehen und lauschte, aufmerksam auf alles achtend, was ihr weiterhelfen konnte und sie vorher vielleicht überhört hatte.

»Es wäre schon hart gewesen«, fuhr Layas Stimme fort, »als ich noch sehen konnte. Ich begreife immer noch nicht, wie ich mich überhaupt daranmachen konnte, ihn zu identifizieren, aber ich muss ...« Ariel hörte ein leises unzufriedenes Murren und eine Laya, die vor sich hin brummte: »Noch mal. Fang noch mal von vorn an. – Dies war eine Woche, nein, genau sechs Abende vor ... vor den Augentropfen. Am Freitag, dem siebenundzwanzigsten März. Es muss gegen neun gewesen sein. Ich hatte Martines Wohnung gerade verlassen. Ich spreche von Martine Brown. Sie leitet ... ich glaube, man nennt so etwas eine Wohlfahrtseinrichtung. Es ist eine inoffizielle Sache für Teenager. Auf streng freiwilliger Basis und gemeinnützig, aber Martine hat gute Verbindungen. Frauen kommen dort hin und geben Unterricht. Eine Sozialarbeiterin, eine Köchin, Kosmetikerinnen – in der Art. Eine Künstlerin aus dem Viertel, die sich gerade einen Namen macht ... Das Haus liegt in der Adams Street, ein großes gelbes Gebäude in dem Straßenblock mit den Zweitausendeinhunderter-Nummern. Dort gebe ich freitags immer Yogastunden. Nach dem Unterricht war ich ein paar Minuten geblieben, um mit Martine eine Cola oder so was zu trinken, so dass alle meine Schülerinnen schon weg waren, als ich ging.

Martine wollte mich zu meinem Wagen bringen, weil ... na ja, du weißt ja, was für eine Gegend das ist, und ich hatte ein ganzes Stück entfernt parken müssen. Wenn ich ihr Angebot angenommen hätte, wenn sie bei mir gewesen wäre, als ...« Auf der Kassette war ein Zischen zu hören, ein scharfer Laut der Ungeduld. »Keine Wenns. Ich werde mich hüten, mit den Wenns anzufangen! Okay ...« Laya holte Luft und atmete durch, bevor sie fortfuhr.

Wie schon am Morgen fiel Ariel auch jetzt Layas ungewohnte Gesprächigkeit auf. Sie wusste, dass beim Verlust eines Sinnes andere geschärft werden können, aber sie hatte noch nie davon gehört, dass Blindheit die Zunge löst. Vielleicht fühlte sich Laya auf irgendeine seltsame Weise selbst unsichtbar, körperlos und frei, da sie andere Menschen nicht sehen konnte. Es muss für sie ein doppelt befreiendes Gefühl gewesen sein, in einen leblosen Gegenstand zu sprechen, über den sie totale Kontrolle hatte. Oder vielleicht lag es nur daran, dass sie ihre Geschichte zu lange für sich behalten hatte. Ihre Worte strömten wie Wasser durch einen geborstenen Damm, brandeten immer gegen ungeduldige Selbstzensur an und verfingen sich darin, um dann wieder durchzubrechen.

»Ich bin gerade an dem vorbeigefahren, was von diesem Laden übrig ist«, sagte Laya jetzt. »Kleiner asiatischer Tante-Emma-Laden, der während der Rassenunruhen in Brand gesteckt wurde. Du wirst es sehen, wenn du mal hinfährst. Ich war an der engen Nebenstraße, als ich es hörte. Die Geräusche. Es war etwas wie, ich weiß nicht ... doch, ich weiß. Es war so, wie eine Melone sich anhört, wenn man mit einem Bleirohr darauf einschlägt. Dann war da dieses ... dieses *Uff!*, so wie ein Mensch sich anhören würde, wenn man ihm ein Bleirohr in den Bauch rammt. Und stöhnt, wie jemand, der hart arbeitet.

Ich erinnere mich noch, dass ich Lärm machte. Ich stieß mit dem Fuß gegen eine Flasche oder so was. Es wurde still. Dann konnte ich jemanden schwer atmen hören. Stöhnen. Ich hörte, wie jemand stöhnte. Ich ging … ich ging zu einer Stelle, von der aus es möglich war, in die Gasse hineinzuschauen. Ich meine, ich konnte in der Dunkelheit Gestalten sehen. Sie waren vielleicht sechs oder sieben Meter von mir entfernt. Drei Gestalten. Drei Männer. Einer hielt einen anderen fest. Nein, ich würde eher sagen, er hielt ihn hoch, damit er nicht hinfiel. Er hielt ihn von hinten fest, mit den Armen, oder er hatte den Arm um den Hals des Mannes geschlungen. Der dritte Mann stand vor dem … dem Opfer. Mir am nächsten. Mit dem Gesicht zu mir. Er stand wohl eine Minute da und beobachtete mich, ohne ein Wort zu sagen. Dann drehte er sich wieder um, als wäre ich gar nicht da. Oder es war ihm egal, dass ich da war … dass ich es sah. Und er hob dieses Ding hoch, dieses Werkzeug, und ließ es niedersausen … auf die Schulter dieses Mannes. Ich hörte wie sie brach! Mein Gott, der Knochen …
Es war ein Montiereisen für Autoreifen. Das habe ich später in der Zeitung gelesen.«
Ariel hatte sich aufs Sofa fallen lassen und sich gegen die Armlehne gekauert. Sie konzentrierte sich total auf Layas Stimme, die den kleinen, schwach erleuchteten Raum erfüllte. Jedes unerwartete Geräusch hätte sie in diesem Moment erschreckt, und so katapultierte sie das Krachen an der Wohnungstür fast auf eine Erdumlaufbahn. Sie richtete sich kerzengerade auf und lauschte. Und schon hörte sie ein weiteres, leises Krachen und dann eine Stimme. Einen tiefen, brummenden Bass. Dass sie diese Stimme so deutlich hören, den zornigen Fluch verstehen konnte, verstärkte nicht gerade ihr Vertrauen in die Solidität der Tür.

Sie war nicht sicher, ob sie die Tür, die vermutlich aus Spanplatten bestand und hohl war, abgeschlossen hatte. Doch alles, was stärker war als ein schneller Fußtritt, würde sie sowieso zertrümmern. Ein Montiereisen beispielsweise. Ein Montiereisen würde sie zu Kleinholz machen. Ariel zwang sich, sich auf die Tür zuzubewegen. Das Schloss war heil. Die Sicherheitskette war nicht vorgelegt. Sie holte schnell das Versäumte nach.

Layas Wohnung lag in einer ganz guten Gegend, doch das Gebäude war nicht gesichert. Es gab keine gemeinsame Eingangshalle, keinen Wachmann, keinen Summer, um die Tür zu öffnen. Die eisernen Stufen der Feuerleiter führten von den Wohnungen im Erdgeschoss zu dem offenen Treppenabsatz des zweiten Stocks, wo Laya wohnte, und dann zum dritten und höchsten Stock. Jeder konnte da kommen und gehen. Wer immer aber jetzt gekommen war, war nicht gegangen; Ariel konnte ihn vor der Tür hören.

Der Spion gab nur den Blick auf eine Betonwand auf der anderen Seite frei. Ariel presste ihr Ohr an die Tür und hörte von unten, in der Nähe ihrer Füße, einen leisen Schlag. Sekunden vergingen, die ihr wie Minuten vorkamen. Layas angestrengte Stimme sprach im Hintergrund weiter. Auch jetzt versperrte noch niemand den Blick auf die Betonwand. Dann hörte Ariel das unverkennbare Geräusch, wie sich jemand von der Tür *wegbewegte.* Und noch immer konnte sie da draußen niemanden sehen. Ein Liliputaner?

In der Nähe der Tür lag nichts Brauchbares griffbereit, kein Baseballschläger, kein Regenschirm, nicht mal eine Fliegenklatsche. Ariel war sich bewusst, dass sie tollkühn war, aber da sie die Situation keine Sekunde länger ertragen konnte, spannte sie sich an und öffnete behutsam die Tür, bis sie auf den Widerstand der Kette stieß. Niemand war da. Nichts geschah. Sie blickte nach unten und sah Topfscherben und Erde und die stachlige Ecke eines Kaktus. Ihre Furcht nahm ab, während ihr Zorn wuchs. Der kleine Garten vor Layas Tür war anscheinend Geschichte. Er war in einem ordentlichen Zustand gewesen, worüber sie sich, als sie gekommen war, noch gefreut hatte.

Sie blickte vorsichtig nach rechts. Eine immer noch aufrecht stehende Palme versperrte ihr zum Teil die Sicht, aber einige der Stufen, die zum dritten Stockwerk führten, waren zu sehen. Der Kopf eines Mannes kam in ihr Blickfeld, dann sein Körper. Er schien die Treppenstufen hinaufzukrabbeln.

»Acht«, sagte er, »und … sieben.« Mühsam kroch er eine weitere Stufe hinauf, wo er mit wackelndem Hinterteil eine Pause einlegte. »Und weiterzählen.« Einen Augenblick lang sang er tonlos. Sein Kopf fiel ihm in den Nacken, als er nach oben blinzelte in Richtung des wahrscheinlich unerreichbaren Gipfels. »›Warum?‹ fragt ihr. Ich werde euch verraten, warum«, glaubte Ariel ihn sagen zu hören. Die Worte waren unverständlich. »Weil es da ist.« Es klang, als wäre er zufrieden mit sich. »Weiter!«, rief er mit klarer Stimme und hätte um ein Haar eine Stufe verfehlt.

Ariel bekam vor Erleichterung ganz weiche Knie. Sie legte die Stirn an die Tür und begann sie behutsam zu schließen. Da fiel ihr Blick auf etwas, was jenseits der Schwelle auf dem Boden lag. Sie löste die Sicherheitskette. Inmitten von Erde und zerbrochenen Blumentöpfen war eine Flasche. Sie enthielt noch etwa einen Zentimeter Wein, und im Hals steckte ein Zwanzig-Dollar-Schein.

Ariel warf einen Blick hinauf zu dem fröhlichen Betrunkenen, der inzwischen doch den Gipfel erreicht hatte und sich mit Hilfe des eisernen Geländers hochzog. Erst zahlen, dann loslegen, dachte sie; Bargeld lacht.

Nach ihrer komischen Erleichterung war die Rückkehr zur Kassette, zu der wirklichen Bedrohung, ein harter Kontrast. Ariel spulte das Band bis zu der Stelle zurück, wo der Lärm draußen eingesetzt hatte.

»... er hob dieses Ding hoch, dieses Werkzeug, und ließ es niedersausen ... auf die Schulter des Mannes. Ich hörte wie sie brach! Mein Gott, der Knochen ...

Es war ein Montiereisen für Autoreifen. Das habe ich später in der Zeitung gelesen.

Ich glaube, ich habe aufgeschrien, kann es aber nicht beschwören. Er sagte etwas zu seinem Kumpel und lachte. Er lachte! Dann warf er das Montiereisen von einer Hand in die andere, so wie man mit einem Ball spielt. Um mir zu zeigen, was für starke Hände er hatte? Er ließ mich dabei keinen Moment aus den Augen. Diese wenigen Sekunden kamen mir vor, als dauerten sie ewig, als spielte sich alles in Zeitlupe ab. Und dann kam er auf mich zu.

Ich war näher an meinem Wagen als an Martines Wohnung, so dass ich zu ihm rannte. Ich konnte den Mann hinter mir hören, glaubte es jedenfalls. Ich schaute mich nicht um. Als ich das Auto angelassen hatte und schon fuhr, blickte ich zurück. Ich sah ihn nicht. Er holt seinen Wagen, dachte ich, um hinter mir herzufahren, oder ... er ist zurückgegangen ...« Ariel hörte, wie sie schluckte »... um zu Ende zu bringen, was er angefangen hatte.«

Jetzt war ein Rascheln wie von Bettlaken zu vernehmen und ein Geklapper in einiger Entfernung vom Rekorder. Griff Laya nach einem Papiertaschentuch? Nein, nach Wasser. Eiswürfel klirrten. Sie fragte sich, ob Laya das Glas dort gefunden hatte, wo es stehen sollte, oder ob eine der Schwestern es woanders hingetan hatte, um »hilfsbereit« aufzuräumen. Das Band blieb einige Sekunden lang fast stumm.

»Die Gegend, in der ich aufgewachsen bin«, fuhr Laya schließlich fort, und ihrer Stimme merkte man die innere Anspannung an, »war kein Sonntagsschulenpicknick, das kannst du mir glauben. Die Menschen fragen sich, wie sie reagieren würden, wenn sie sich je einer wirklichen Gefahr gegenübersehen sollten. Wenn ihr … nun ja, wenn ihr Mut auf die Probe gestellt wird. Ich aber nicht! Ich wusste Bescheid. Wenn es hart auf hart ging, schlug ich zurück.

Du kennst die Geschichten über Zeugen von Gewalt auf der Straße. Von den Leuten, die ihre Vorhänge schließen und sich in nichts hineinziehen lassen wollen. Sie sehen nichts, hören nichts, tun nichts. Selbst nach jahrelangem Yoga – du weißt schon, *kshama,* Nachsicht, Toleranz – hatte ich für solche Leute immer nur Verachtung übrig. Ich konnte nicht anders. Vermochte mir diese Art von Gefühllosigkeit nicht vorzustellen. Sollte ich einmal miterleben, wie ein Mitmensch zum Opfer wurde, würde ich ohne nachzudenken etwas *tun.*« Danach war der Rekorder abgestellt worden, und Ariel hatte keine Ahnung, wie lange. »Heute Abend habe ich den Mund ganz schön voll genommen«, sagte Laya, als sie wieder da war. »Ich wollte dir die Tatsachen schildern und nicht meine Lebensgeschichte erzählen. Außerdem brauche ich nicht zu erklären, was ich meine, oder? Du weißt, wovon ich spreche. Es ist genau die Art von Sache, die man zutiefst von sich zu wissen glaubt, und zwar mit absoluter Sicherheit. Ich würde ebenso wenig feige sein, glaubte ich, wie ich eine Diebin sein würde.

Ich habe über diese Nacht nachgedacht … immer und immer wieder. Ich habe mir jede Sekunde noch einmal vor Augen geführt. Ich sehe mich laut schreien und losrennen, um Hilfe zu holen. Ich laufe zu einer Telefonzelle und wähle neun-eins-eins.« Ariel vernahm ein schwaches Lachen. »Ich benutze meine Polizeipfeife. Ja, ich hatte die ganze Zeit eine in meiner Handtasche. Und …« Laya atmete aus. Ihre Stimme hörte sich anders an, als sie dann sagte: »Und da ist noch diese andere Fantasie, die ich habe.

Ahimsa. Weißt du, was das bedeutet? Tu nichts Böses, Gewaltlosigkeit – ein grundlegendes Yoga-Prinzip. Nun, in diesem anderen Szenario steige ich in meinen Wagen und fahre durch diese schmale Gasse und trete das Gaspedal durch, als käme ich direkt aus der Hölle. Lass die Hand auf der Hupe. Mach einen Krach, der Tote hätte aufwecken können. Ich wünschte, ich hätte es getan! Ich wünschte, ich wäre auf diesen Scheißkerl zugefahren und hätte ihn an der Wand platt gemacht! Damit *er* merkt, was Schmerz ist.

Stattdessen konnte ich nicht schnell genug wegfahren! Ich fuhr … Ich weiß nicht mehr, wie weit, um möglichst viel Distanz zwischen mich und sie zu bringen, bevor das Gehirn wieder zu arbeiten anfing. Dabei habe ich auf irgendeiner Ebene *doch* gedacht. Ich begriff, dass das, was ich gesehen hatte, eine Szene war, bei der jemand einen anderen tötete. Wenn man mit diesem Montiereisen richtig gezielt hätte, hätte ein Schlag genügt. Was ich gesehen hatte, war eine Bestrafung. Und demjenigen, der sie vollstreckte, gefiel, was er tat. Einem anderen Schmerz zuzufügen.

Als ich schließlich an einem Telefon hielt, war die Leitung tot. Das nächste Telefon sah ich erst einige Straßen weiter. Ich brauchte gar nicht auszusteigen, um zu erkennen, dass der Hörer fehlte. Inzwischen war ich völlig verzweifelt. Wie konnte ich erwarten, dass in dieser Kriegszone ein Telefon funktionierte? Wann war ich weggefahren? Wie viele Male hatte man inzwischen auf den Mann eingeschlagen? Wie viele weitere Knochen hatte man ihm gebrochen? Es lag auf der Hand, was ich hätte tun sollen, doch die Erkenntnis kam mir erst jetzt. Martines Haus! Warum war ich nicht gleich dorthin gefahren?

Als ich zum Tatort zurückkehrte, war schon ein Streifenwagen dort und blockierte die Gasse – blitzendes Blaulicht, brüllende Cops. Ich fuhr weiter. Überlass es denen, sagte ich mir. Es gibt nichts, was du tun kannst. Die sind an diese Art Hölle gewöhnt, dafür ausgebildet. Als sie dort ankamen, war es natürlich schon zu spät, die Täter zu ergreifen, wie sie im Fernsehen sagen. Die waren längst über alle Berge. Und das Opfer hatten sie total zusammengeschlagen. Sein Hirn war Brei. Sein Name ist James Price, das habe ich am nächsten Tag in der Zeitung gelesen. Er lag im Koma. Lag immer noch im Koma, als ich das letzte Mal *anonym* im Krankenhaus anrief, um mich zu erkundigen.

So, das wär's, Ariel. Ziemlich traurige Geschichte, nicht wahr? Ich nehme an, dass außer mir noch jemand das Ganze gesehen oder gehört hat, jemand, der den Mumm hatte, es zu melden. Damit war ich vom Haken. Niemand würde je erfahren müssen, dass ich dort gewesen war. Niemand außer mir selbst – und ihm.

Ich habe ihn gesehen, Ariel. Nicht den Mann, der Price fest hielt. Den habe ich nur als Umriss wahrgenommen. Von dem habe ich überhaupt keine Vorstellung. An den denke ich gar nicht, nicht einmal jetzt. Aber der andere … als er mich anschaute … als ich glaubte, er würde hinter mir herrennen, trat er in das wenige Licht, das dort herrschte. Da habe ich ihn gesehen, und das war ihm auch klar.

Was er nicht wusste, war, dass ich nichts sagen würde. Dazu habe ich ihn nicht gut genug gesehen. Wirklich! Ich konnte ihn nicht beschreiben und hätte ihn auch bei einer Gegenüberstellung nicht wieder erkannt. Ich hätte nicht sagen können, was er anhatte, wie alt er war, ob er klein war oder groß.

Ich erfand alle möglichen Ausreden, um nichts sagen zu müssen – gab sogar dem Opfer die Schuld. Ich kenne den Mann, hab von ihm gehört. Er taugt nichts. Ein Haufen Dreck.« Laya stieß ein bitteres Lachen aus. »Verstehst du? Solche Dinge rede ich mir ein, um mein Schweigen zu rechtfertigen. Aber niemand verdient, was man James Price angetan hat und ich mit angesehen habe.

Das war wahrscheinlich so eine Bandensache. Wie groß ist die Möglichkeit, dass es etwas anderes ist! Außerdem wissen wir, was mit Zeugen passiert. Immer wieder liest man von *guten Staatsbürgern,* die den Mut aufbringen zu reden. Wenn sie Glück haben, hört es bei Drohungen auf, nicht nur ihnen gegenüber. Auch ihre Familien sind betroffen. Vielleicht werden sie nur zusammengeschlagen. Wenn sie Pech haben, werden sie Opfer von Kalaschnikows. Ein paar kommen davon. Denen passiert nichts weiter, als dass sie irgendwohin umziehen und den Rest ihres Lebens damit zubringen, sich über die Schulter zu sehen.

Aber dieser Mann – Mr X – konnte schließlich nicht wissen, dass ich keine gute Staatsbürgerin sein würde. Dass mir dazu das Rückgrat fehlte. Doch er sah mich, und er sah meinen Wagen ...«

Es wurde vorübergehend still, und Ariel stellte sich Layas Wagen vor. Es war ein VW Käfer, den sie gebraucht gekauft hatte und der von einer Vielzahl von Vorbesitzern malträtiert worden war. Laya hatte ihn nur unwesentlich besser behandelt, denn Autos interessierten sie nicht, solange sie ansprangen und fuhren. Der Wagen hatte die Farbe von Eigelb und war somit selbst von fernen Galaxien sichtbar. Auf ihrem persönlichen Kennzeichen, einem Geschenk von einem ihrer Schüler, der an Aids gestorben war, hieß es: IM HIER UND JETZT. Wenn Mr X diesen Wagen und das Kennzeichen zu sehen bekam, hätte Laya ebenso gut ihre Visitenkarte dalassen können.

»Er hat mich gefunden, Ariel«, sagte Laya dann, »und er hat auch den einzigen Weg gefunden, um sicherzustellen, dass ich nicht mit dem Finger auf ihn zeige, ohne mich zu töten.«

Nach diesen Worten war der Rekorder, was jenen Abend betraf, endgültig abgeschaltet worden. Ariel machte ebenfalls eine Pause, um den Dreck vor Layas Tür wegzuräumen und von den Pflanzen zu retten, was noch zu retten war, in erster Linie aber, um Distanz zu den hässlichen Dingen zu gewinnen, die sie bisher gehört hatte. Sie stellte sich vor, dass Laya das gleiche Bedürfnis verspürt hatte.

Während sie die Scherben der Blumentöpfe zusammenfegte, fragte sie sich, wie sie in jener Nacht an jenem Ort reagiert hätte. Sie stellte sich die Szene vor. Sie konnte sogar spüren, wie sich ihre Muskeln strafften, jederzeit bereit ... was zu tun? Sie hätte gern geglaubt, dass sie mit der Situation besser fertig geworden wäre als Laya. Natürlich würde sie das gern glauben. *Jeder* hätte gern geglaubt, dass er vor Angst nicht erstarrt, nicht in Panik geraten oder weggerannt wäre. Vielleicht hätte sie sich sogar heldenhaft verhalten. Die Wahrheit war, dass sie nicht wusste, was sie in jener bestimmten Nacht unter diesen besonderen Umständen getan hätte. Kein Mensch konnte das wissen, bis er sich sechzig Zentimeter massiven Eisens in den Händen eines wilden Tiers gegenübersah, dem es

Spaß machte, Knochen zu brechen, einen Schädel einzuschlagen.

Ariel wandte sich nach einer Weile wieder der Kassette zu. Layas Ton war jetzt geschäftsmäßig, vollkommen anders, als hätte das helle Licht des Tages ihr eine kältere Perspektive gebracht.

»Ich habe mir das Aufgenommene irgendwann in der Nacht angehört. Ich werde es dir nicht geben. Ich kann den Gedanken nicht ertragen, dass jemand es hört. Das ist sinnlos. Ich hätte Mr X selbst dann nicht identifizieren können, wenn ich sehen könnte. Und jetzt kann ich es schon gar nicht. Ich könnte den Cops oder dir nichts weiter sagen, als dass er schwarz war. Das nagelt ihn nicht gerade fest, oder? Bevor du fragst – nein, seine Stimme habe ich nicht gehört. Du kannst also vergessen, dass ich in der Lage wäre, dabei zu helfen, ihn zu finden.

Ich hätte das Band beinahe gelöscht, doch dann habe ich mich entschlossen, es zu behalten und es an einem sicheren Ort aufzubewahren. Sollte mir noch etwas passieren, wirst du es finden, und du wirst wissen, warum es geschehen ist. Vielleicht wird dieses Band dann zusammen mit neuen Beweisen tatsächlich eine Hilfe sein. Wer weiß?

Du hältst mich für paranoid? Tu's nicht.

Dir ist bekannt, dass ich manchmal die Gabe habe, Dinge zu spüren. Dinge zu wissen, sollte ich sagen. Ich spreche nicht darüber, weil sich die Menschen dabei unbehaglich fühlen. *Dir* ist auch nicht wohl dabei, nicht wahr? Aber es stimmt, und das weißt du. Also glaub mir, Ariel: Diese Geschichte ist noch nicht vorüber. Es kommt etwas auf mich zu, etwas Schlimmes, und da kann ich mir nichts anderes vorstellen, als dass dieser Mann noch nicht mit mir fertig ist.«

15

Ariel blieb eine Weile still sitzen und dachte über das nach, was sie gehört hatte. Dann raffte sie sich auf und nahm eine schnelle Durchsuchung der Wohnung vor. Sie wollte sich vergewissern, wenn auch zu spät, dass alles so war, wie es sein sollte – dass keine leicht verderblichen Lebensmittel mehr im Kühlschrank waren, dass der Müll mit herauskam, dass die Fenster geschlossen waren, all die Dinge, die sie schon lange vorher hätte tun sollen –, aber sie blieb in der Tür zum Schlafzimmer stehen und starrte auf die Stelle, wo sie Laya vor fast zwei Wochen gefunden hatte. Sie durchlebte noch einmal diesen schauerlichen Anruf mitten in der Nacht und alles, was dann folgte.

Vielleicht hatte sie sich beeinflussen lassen, aber sie hatte das starke Gefühl, dass Laya Recht hatte: Diese Sache war noch nicht vorüber.

Ariel erkannte, dass es ihr nicht möglich war, sich einen solchen Mann vorzustellen, wie Laya ihn beschrieben hatte. Nicht auf reale, dreidimensionale Weise. Sie konnte sich keinen Menschen real vor Augen führen, der es fertig brachte, einen Mitmenschen zu foltern, der ihn Zentimeter um Zentimeter um Zentimeter erschlagen und ihm einen Knochen nach dem anderen zu brechen vermochte. Ihr kamen nur stereotype Figuren in den Sinn – das irre Lächeln eines Schurken aus irgendeinem Cartoon, ein Gift und Galle speiender Nazi aus irgendeinem Film. Aber ein Mann, der namenlosen Schmerz zufügen konnte, nicht in höchster Wut, Todesfurcht oder Wahnsinn, sondern kalt und mit Vergnügen – nein!

Sie schloss die Augen und versuchte sich in jemanden hineinzuversetzen, der nicht nur den physischen Anblick, die Laute und den Gestank des Leidens genießt, sondern sich auch am *Bild* des Leidens erregen kann. Es gab diesen Mann. Eine blinde Frau mit Augen, die vielleicht nie wieder sehen würden, mit einer Seele, die vielleicht nie wieder genesen würde, war der Beweis dafür.

Der Mann hatte die Saat der Zerstörung gesät und sich dann aus der Ferne, zu einer Zeit, die er für richtig hielt, eine Frau vorgestellt, die wie gewohnt ihr Leben führte und sich in ihren vier Wänden sicher fühlte – die, was ihre Sicherheit betraf, keinen Gedanken daran verschwendete – und irgendwann etwas ganz Alltägliches tat, nämlich nach einer kleinen Plastikflasche in ihrem Medikamentenschrank griff.

Ariels Augenlider flatterten. Sie spürte, wie sich ihr Herzschlag beschleunigte und ihr das Blut in die Fingerspitzen schoss. In diesem Augenblick war die Verbindung da, mit einer geradezu elektrischen Klarheit. Sie war da, als es geschah.

Durch die Augen eines anderen Menschen konnte sie die Frau sehen, wie sie in dem weißen, gleißenden Licht des Badezimmers stand. Sie öffnet die kleine Flasche und summt mit dem Saxofon aus dem Radio und überlegt sich, ob sie wegen des Rauschens einen anderen Sender einstellen soll. Sie wirft einen Blick in den Spiegel und bemerkt im Gesicht eine Falte, die sie für neu hält, macht sich deswegen aber nicht übermäßig viele Gedanken. Sie hat das Gefühl, Sand in den Augen zu haben, weil sie zu lange aufgeblieben ist, sieht die Röte der feinen Äderchen und freut sich schon auf die beruhigende Wirkung der Augentropfen. Sie neigt den Kopf nach hinten und drückt die kleine Flasche, blinzelt, spritzt ein paar Tropfen heraus und dann noch einmal, schließt die Augen, damit von der Flüssigkeit nichts verloren geht, stöhnt auf und schreit, und plötzlich stimmt im Universum auf schauerliche Weise gar nichts mehr. Sie reibt sich voller Unglauben und Panik die Augen und Wangen und schließlich vor rasendem Schmerz.

Ariel bekam eine Gänsehaut. Ihr liefen Schauer über den Rücken. Sie riss die Augen auf und schüttelte sich, um das Bild zu verscheuchen. Am ganzen Körper zitternd, spürte sie kalten Schweiß auf ihrer Haut. Die Hände hatte sie zu Fäusten geballt. Sie öffnete sie und starrte die Fingernägel an. So sicher, als wäre sie in jener Nacht in diesem Raum gewesen, wusste sie: Was sie gerade gesehen hatte, war das, was stattgefunden hatte.

Es war zu wirklich gewesen. Eine Vision? Eine Emanation? Aus welcher Quelle? Gehörte auch Telepathie zu Layas unheimlichem Repertoire? Hielten sich hier unter ihren Sachen noch Spuren ihrer angeblichen Fähigkeiten wie Dunst? Wie eine Art psychischen Nachglühens?

»Blödsinn!«, sagte Ariel laut und schnaubte über ihre Torheit. Was sie gesehen, was sie sich *vorgestellt* hatte, stammte weder aus Layas Kopf noch aus dem des Mannes, der sie verletzt hatte. Dieser Mr X war wahrscheinlich nur ein Schläger. Ein elender Prügler. Sein mentaler Voyeurismus war das Produkt ihres, Ariels, fieberkranken Gehirns. Laya hatte wahrscheinlich Recht. Sein Ziel bestand nur darin, sicherzustellen, dass sie ihn nicht identifizieren konnte, Punkt und Ende. Er hatte den Inhalt der Flasche manipuliert und ging davon aus, dass er das erwünschte Resultat erhalten würde. Wenn …

Wenn der Mann in der Gasse und der Mann, der Laya geblendet hatte, ein und derselbe war.

Würde ein Schläger, für den das Leiden eines anderen das Größte ist, sich das Vergnügen verkneifen, Layas Schmerz aus der Nähe zu betrachten? Würde er sich die Mühe machen, Augentropfen zu panschen – kaum eine narrensichere Lösung zur Unschädlichmachung einer Zeugin –, wenn er bei Laya an der Tür klingeln, ihr von Angesicht zu Angesicht gegenüberstehen und ihr Säure in die Augen schleudern konnte? War es das direkte Gegenüberstehen, das ihn abschreckte? Warum hatte er sie nicht einfach erschossen? Ariel dachte plötzlich an den Kumpel, den Helfershelfer von Mr X. Sie hatte Mr Y immer außer Acht gelassen. Wenn X den direkten, brutalen Ansatz bevorzugte, was war mit Y? Diese Art Abschaum von einem Mann, die einen anderen fest hielt, während er krankenhausreif geschlagen wurde, war genauso tödlich wie sein Partner. War er verschlagener, feiger? In Ariels Kopf wimmelte es von Fragen.

Aber Spekulationen werden sie mir nicht beantworten, sagte sie sich. Es war Zeit zu gehen. Doch erst machte sie sich daran, das zu tun, was sie schon vor einiger Zeit vorgehabt hatte, nämlich die Wohnung zu untersuchen. Diese war nicht groß, und so dauerte es nicht lange.

Nachdem Ariel die Tür hinter sich verschlossen hatte, ging sie zu einer der Wohnungen im Erdgeschoss. Sie hatte vorher angerufen und wurde erwartet. Kurz darauf schleppte sie einen Tragekorb zu ihrem Wagen und hörte, wie dessen Inhalt unglückliche Töne von sich gab. Dann fuhr sie nach Hause. Es wird interessant sein zu sehen, dachte sie, was Jessie von Layas Kater Arthur hält.

»Wann kann ich dich abholen?«, fragte Ariel Laya am Telefon. Es war neun Uhr am nächsten Morgen, und Ariel saß schon seit zwei Stunden an ihrem Schreibtisch. Sie überflog die Post, die Tara ihr hingelegt hatte. (Kein von Hand adressierter Umschlag, kein Poststempel von San Rafael, kein zweiter Brief von Dorothy. Inzwischen war es schon ein Reflex; Ariel war sich kaum noch bewusst, dass sie es tat.) »Am frühen Nachmittag passt es mir am besten«, sagte sie ins Telefon und begann Notizzettel zu überfliegen. Einer fiel ihr auf. Der Anrufer war ein gewisser Rob Millen aus der Region mit der Vorwahl vier-eins-fünf. Wer ist denn das?, überlegte sie und sah dann, dass der Mann so liebenswürdig gewesen war, sich in aller Bescheidenheit zu erkennen zu geben: »Megs Freund von der Dinnerparty.« Hm, dachte Ariel, vielleicht hatte sie doch ein wenig Interesse aufblitzen sehen. Wie auch immer. Sie war nur erleichtert, dass Rob, der Kolumnist, und nicht Bland, der Langweiler angerufen hatte. »Sagen wir halb eins. Ist das okay?«, fragte sie Laya.

»Hast du dir die Kassette angehört?«

»Dachtest du etwa, ich würde keine Zeit dazu finden?«

»Und?«

»Du gehst mit dir viel zu hart ins Gericht. Gnadenlos. Du warst nicht vollkommen? Nicht das Yoga-Ideal? Die Quintessenz aufopferungsbereiter Stärke? In diesem Monat wird man dich also noch nicht heilig sprechen.«

Mit sehr leiser Stimme sagte Laya: »Ich hatte Angst, ich könnte mich nicht verständlich genug ausdrücken.«

»Mir ist klar, in welcher Situation du dich befunden hast. Da hätte jeder, der noch klar im Kopf ist, das Weite gesucht und am Ziel die Unterwäsche gewechselt.«

»Jeder? Was ist mit dir, Ariel?«

»Ich bin klar im Kopf«, antwortete Ariel.

»Ach ja? Und was ist, wenn jeder ›klar im Kopf‹ ist? Wie würde es sich in dieser Stadt leben lassen, wenn jeder, der einen anderen Menschen in Schwierigkeiten sieht, einfach abhaut? Denk mal eine Minute darüber nach. Was ist, wenn jeder sich so verhielte wie ich?« Als Ariel nicht auf der Stelle etwas erwiderte, sagte Laya: »Du kannst mir

einen Gefallen tun, ja? Ruf im Krankenhaus an und erkundige dich, wie es James Price geht.«
Ariel erzählte nicht, dass sie schon angerufen hatte. »Das kann ich tun«, entgegnete sie vorsichtig.
»O Gott, hoffentlich geht es ihm gut!«, flehte Laya. »Wenn ich etwas unternommen hätte, wenn ich nur das *Mindeste* getan hätte – wenn ich sofort um Hilfe gerufen hätte …«
»… dann wäre die Polizei vielleicht eine Minute oder zwei Minuten früher da gewesen. Oder auch nicht.«
»Ich hätte …«
»Du hättest was tun sollen? Nun mach mal halblang, Laya. Der Mann, den du in dieser Gasse gesehen hast, ist ein Ungeheuer. Schau doch nur, was er dir angetan hat. Ist das nicht schon schlimm genug? Wenn du in jener Nacht irgendwie dazwischengegangen wärst, wärst du jetzt mit ziemlicher Sicherheit tot.«
»Ich bin überrascht.«
»Worüber?«
»Dass du nicht in Frage stellst, ob es derselbe Mann gewesen ist. Der Mann in der Gasse und der Mann, der mich geblendet hat. Ich hatte gedacht, dass du deswegen skeptisch sein würdest.«
»Wir werden weiterhin davon ausgehen, dass es ein und derselbe Mann war.«
»O Ariel! *Weiterhin davon ausgehen?* Wohin soll das führen?«
»Darüber werden wir später sprechen. Kannst du um halb eins so weit sein?«
Tatsächlich war Ariel bis vor nur einer Stunde so skeptisch gewesen, wie Laya erwartet hatte. Ihre Skepsis hatte sich jedoch beträchtlich verringert, nachdem sie in den Krankenhäusern angerufen und nirgends einen Patienten na-

mens James Price gefunden hatte. Dann hatte sie eine Freundin bei der *Times* angerufen, die ihren Computer konsultiert und einen diesbezüglichen Artikel entdeckt hatte, welchen Laya wohl übersehen hatte. Ariel sah keinerlei Grund, Laya darüber zu berichten, weder jetzt noch später.

Die Meldung war so kurz wie die beiden, die Laya ausgeschnitten hatte. Wie es hieß, sei James Price, 21, wohnhaft in Los Angeles, an den Verletzungen gestorben, die er am 27. März bei einem brutalen Überfall in einer Nebengasse des Zweitausendeinhunderter-Blocks der Adams Street erlitten habe. »Der oder die Angreifer«, lautete der abschließende Satz, »sind unbekannt.«

Die Meldung erschien in der Abendausgabe der Zeitung am Dienstag, dem 31. März. In der folgenden Nacht war Laya geblendet worden.

16

Punkt zwölf Uhr mittags kam es in der Redaktion von *The Open File* zu einer Krise. Die Rechtsabteilung entschloss sich plötzlich, ihre Zustimmung zu Ariels nächstem Beitrag zurückzuziehen, und innerhalb von Minuten wimmelte es in ihrem Büro von dunklen Anzügen, aufgeregten Gemütern und Worten, die außer einem Juristen kein Mensch je gebrauchen würde. Als Ariel den Begriff »nachstehend« hörte, platzte ihr der Kragen. Alle brüllten durcheinander, keiner hörte zu, und sie sollte Laya abholen. Sie steckte sich zwei Finger zwischen die Lippen und pfiff. Es funktionierte bei Jessie und funktionierte auch bei dieser Truppe, denn alle hielten urplötzlich inne und machten betroffene Gesichter.

Die Frage, um die es ging, war weniger als ein Sturm im Wasserglas; es war ein Sturm in einem Fingerhut, mühelos zu klären, wie schließlich jemand hervorhob, indem er in einem Interview eine Frage strich. Es war nicht mal eine zentrale Frage.

Ariel kam mit zwanzig Minuten Verspätung ins Krankenhaus. Laya wartete schon. Mit steifem Rücken hockte sie auf der Bettkante, hielt ihre Handtasche auf dem Schoß und ließ die Beine baumeln, neben denen sie einen kleinen Koffer abgestellt hatte. Sie warf den Kopf mit einem Ruck in den Nacken, als Ariel atemlos in den Raum stürmte und Entschuldigungen hervorsprudelte. Layas Schultern entspannten sich ein klein wenig, doch sie hielt ihre Handtasche weiterhin an sich gepresst, als glaubte sie, jemand könnte sie ihr entreißen. Ihr Mund wurde zu einem schmalen Strich. Bei diesem Anblick machte auch Ariel den Mund zu. Sie erlebte einen Moment der Desorientierung, der so stark war, dass sie sich beinahe nochmals entschuldigt hätte, weil sie meinte, das falsche Zimmer betreten zu haben. Sie erkannte die Frau, die für sie immer ein Muster an innerer Ruhe und totaler Selbstbeherrschung gewesen war, kaum wieder.

Laya trug nicht die Sachen, die sie aus ihrer Wohnung erbeten hatte, sondern Kleidungsstücke, wie sie Ariel noch nie an ihr gesehen hatte. Der Rock und die dazu passende Bluse hatten kleine Perlmuttknöpfe und am Kragen kunstvolle Durchbrucharbeit. Es sah altmodisch und jungfräulich aus. Laya kam Ariel darin vor wie eine hoch gewachsene, ängstliche, per Katalog bestellte Braut, die darauf wartete, im Lager abgeholt zu werden.

Die dunkle Brille, welche die Augenklappen nicht ganz verbergen konnte, störte das Gesamtbild.

»Sie holen gerade einen neuen Rollstuhl«, erklärte Ariel. »Es hat eine Verwechslung gegeben, und der Rollstuhl, den sie bestellt hatten, wurde weggebracht.« Laya nickte. Lichtreflexe blitzten in den Brillengläsern. »Wahrscheinlich, weil ich mich verspätet habe«, fügte Ariel hinzu und schluckte eine Wiederholung ihrer Entschuldigung hinunter. »Heute haben wir einen wirklich schönen Tag da draußen«, sagte sie, »mit viel Sonne.« Laya wandte das Gesicht dem Fenster zu, als wollte sie prüfen, ob ihre Freundin das Wetter vielleicht falsch beschrieben hatte. Sie zog ihre Mundwinkel nach oben – ein geduldiges und höfliches Lächeln. Die enttäuschte Katalogbraut macht gute Miene zum bösen Spiel, dachte Ariel.

»So, bist du bereit?«, fragte sie. Ihre aufgesetzte Fröhlichkeit verursachte ihr Übelkeit. »Ich höre mich an, als versuchte ich dir was zu verkaufen.«

»Ariel …«

»Ja?«

»Sag mir eins.«

»Wenn ich kann.«

»Welche Farbe haben die Sachen, die ich trage?«

»Sie sind hübsch. Woher hast du sie?«

»Von einer der Schwestern.«

»Hat sie sie dir geschenkt?«

»Sie sagte, es sei ein ›Aufmunterungskauf‹ gewesen, der nicht funktioniert habe, als sie bei den Weight Watchers gewesen sei. Sie habe jedes Mal Schuldgefühle, wenn sie die Sachen im Kleiderschrank hängen sehe.«

»Hört sich an wie Dinah.«

»Welche Farbe haben die Sachen?«

»Eine Art Limonengelb. Oder vielleicht Zitrone.«

»Komm, sei ehrlich, ich sehe aus wie eine Obstschale.« Ariel lachte laut auf. »Du schaust hübsch aus. Du siehst dir zwar nicht sehr ähnlich, aber du schaust hübsch aus.«
Die etwas gelöstere Atmosphäre hielt nicht lange an. In letzter Minute gab es noch eine Panne mit einem Entlassungsformular; und die Krankenschwester, die den angeforderten Rollstuhl schob, hätte dafür keine Lizenz erhalten dürfen. Als sie endlich das Krankenhaus durch den Haupteingang verließen, machte Laya ein Gesicht, als würde sie zum Rand eines Abgrunds gerollt. Beim Umsteigen vom Rollstuhl ins Auto stolperte sie, und als sie schließlich im Wagen sicher angegurtet war, atmete sie so schwer, als hätte sie einen Hundert-Meter-Lauf hinter sich.
Mit jeder Meile, die sie zurücklegten, wirkte sie ängstlicher.
»Ich werde heute Nachmittag zu Hause arbeiten«, sagte Ariel mit einem Blick auf ihre Freundin, »so dass du Jessie nicht auf Gnade und Ungnade ausgeliefert bist.« Darauf erfolgte keine wahrnehmbare Reaktion. »Und zum Dinner habe ich eine Gumbosuppe angesetzt«, fuhr sie fort. »Die köchelt leise vor sich hin. Streng vegetarisch, versprochen.« Diese Bemerkung löste die kaum wahrnehmbare Andeutung eines ablehnenden Kopfschüttelns aus.
»Laya? Was …«
»Siehst du?«, sagte Laya. »Ich habe Recht gehabt. Es fängt schon an.«
»Was?«
»Du musst dir freinehmen, zu Hause arbeiten und … wo wirst du denn arbeiten? Du wirst doch aus deinem eigenen Arbeitszimmer vertrieben! Und bist nervös wegen deines eigenen Hundes. Und änderst deine Essgewohnheiten. Ruf Sarah Aguilar an. Sie kann noch immer etwas für mich arrangieren.«

»Laya! Würdest du bitte ...«
»Ruf sie an, Ariel. Das hier wird nicht funktionieren.«
Ohne Vorwarnung wechselte Ariel die Fahrspur, fuhr mit quietschenden Reifen an die Bordsteinkante und trat auf die Bremse, was Laya ebenso sehr erschreckte wie den Mann, vor dessen Haus sie gehalten hatte. Der starrte sie an, sein Laubgebläse, eine scheußlich laute Maschine, umklammernd. Ariel grüßte ihn winkend, als wären sie erwartete Gäste, lächelte und ignorierte den Mann dann. »Du hast Recht!«, sagte sie. »Es wird nicht funktionieren.«
»Schön«, bemerkte Laya.
»Lass mich zu Ende reden.« Ariel hob die Stimme, um nicht nur die Maschine, sondern auch einen Laster des Amts für Stadtreinigung zu übertönen, der gerade vorbeirumpelte. »Es wird nicht funktionieren, wenn du dich benimmst wie das kleine Mädchen mit den Schwefelhölzern.«
»Das was?«
»Du hast gehört, was ich gesagt habe! Das kleine ...«
»Ich habe dich nicht gehört. Was ist das für ein schreckliches Geräusch?«
»MÄDCHEN MIT DEN SCHWEFELHÖLZERN«, schrie Ariel.
»Wo sind wir?«
»Vor dem Haus irgendeines Mannes.«
»Was für einem Mann? Was ist das für Krach?«
Dieser legte sich, als sich der Hauseigentümer, der sie über die Schulter beobachtete, mit seiner Höllenmaschine entfernte. Ariel nutzte die relative Stille. »Jetzt hör mir mal gut zu. Ich hätte dich nicht eingeladen, wenn ich dich nicht bei mir haben wollte. Wir werden nicht an der Hüfte zusammenwachsen! Wenn ich mich irgendwann mal gestört fühlen sollte, wird mich das nicht umbringen! Aber ich werde nicht länger wie auf Eiern um dich herumlaufen!«

»Könnten wir bitte weiterfahren?«, sagte Laya mit zusammengebissenen Zähnen.
»Nein. Wir werden diese Sache erst klären«, entgegnete Ariel. »Komm mit oder auch nicht, das überlasse ich dir, aber hör auf, dich so zu verhalten.«
Ein schrottreifer Wagen, der vor Rapmusik vibrierte, fuhr an ihnen vorüber. »In Ordnung!«, rief Laya mit lauter werdender Stimme. »Ich komme mit. Fahr los.«
Der Mann mit dem Laubgebläse kehrte zurück und stellte mit misstrauischen Blicken fest, dass sie immer noch vor seinem Haus standen. Er reckte das Kinn vor und kam auf sie zu, wobei er die Maschine vor sich hielt wie eine Waffe. (Revierverteidigung?, dachte Ariel.) Sie winkte ihm wieder zu, legte den ersten Gang ein und wäre einem Wagen, den sie nicht gesehen hatte, beinahe in die Seite gedonnert. Als der Fahrer wild hupend mit seinem Gefährt vorbei war, stieg sie aufs Gas. »Gott steh mir bei!«, glaubte sie Laya vor sich hin murmeln zu hören.
»Tut mir Leid, Laya. Und das sage ich dir jetzt zum allerletzten Mal. Ich werde vermutlich eine miese Gastgeberin sein und ohne Zweifel gegen jede Regel des Lehrbuchs verstoßen, was das Zusammenleben mit einem sehbehinderten Menschen betrifft. Folglich gibt es jetzt eine große Blanko-Entschuldigung, und dann bin ich damit durch. Verzeihst du mir?«
»Was?«
»Dass ich dich anschreie. Überrumple. Was auch immer. Alle vergangenen und künftigen Sünden.« Laya tat alles mit einer Handbewegung ab. »Und noch was. Mit Wut kann ich umgehen. Über Selbstvorwürfe kann man diskutieren. Was Selbstmitleid angeht, na schön, du hast ein Recht dazu, aber es sollte sich in Grenzen halten. Hör mal, einigen wir uns auf ein Signal. Immer wenn ich dich zum

dritten Mal zu Boden gehen sehe, werde ich ...«, sie dachte an das Hindu-Wort, mit dem Laya ihren Unterricht beschloss und dabei die Handflächen wie im Gebet aneinander presste und an die Brust legte, »... *namaste* sagen.« Man hatte ihr erklärt, dass dieses Wort wie das »Aloha« auf Hawaii sowohl Begrüßung als auch Abschied war. Es hatte sich für Ariels Ohren immer wie ein Segen angehört. Sie warf ihrer Freundin einen Blick zu. Diese wirkte betroffen. In dem Moment wurde Ariel bewusst, dass sie Laya wohl kaum aus den Tiefen ihrer Mutlosigkeit reißen würde, wenn sie sie an Unterricht erinnerte, den sie nicht länger geben konnte. »Tut mir Leid«, sagte sie. Um ein Haar hätte sie die letzte Möglichkeit verpasst, in ihre Straße einzubiegen. »War keine gute Idee.«

»Du hast dich schon wieder entschuldigt«, entgegnete Laya.

Layas Haut fühlte sich feucht an, als Ariel ihren Arm nahm, um sie auf dem Fußweg zum Haus zu führen. »Zwei Stufen«, sagte sie, und Laya schaffte es, ohne zu stolpern die vordere Veranda zu erreichen. Ariel warf einen Blick durchs Fenster. Jessie war da. Da sie das Geräusch von Ariels Wagen erkannt hatte, streckte sie sich wohlig und kam herbei, um ihr Frauchen zu begrüßen. Ariel machte ihr ein Zeichen, bewegte die Handfläche schnell nach unten, woraufhin Jessie sich sofort auf den Bauch legte.

»So«, sagte Ariel zu Laya, »Jess ist im Wohnzimmer. Sie hat sich hingelegt und wird so liegen bleiben, bis ich ihr erlaube, aufzustehen. Doch wenn du möchtest, werde ich sie in die Küche oder sonst wohin bringen, bis du dich zurechtfindest. Warum wartest du nicht hier, dann erledige ich das schnell?«

Laya schüttelte schnell den Kopf und streckte die Hand

aus. Sie erinnerte sich wohl, dass sich die Tür direkt vor ihr befand.

»Noch knapp einen Meter«, sagte Ariel. »So, jetzt sind wir da.« Sie steckte den Schlüssel ins Schloss und warf noch mal einen Blick durchs Fenster. Jessie lag ruhig da und hechelte vor Vorfreude. Ariel versuchte den Hund so zu sehen – ihn so wahrzunehmen – wie Laya. Jessie beobachtete sie neugierig. »Bist du sicher, dass ich sie nicht in einem anderen Zimmer einsperren soll?«

»Man kann sie doch nicht in einem anderen Zimmer einsperren.«

Ariel hatte seltsamerweise einen trockenen Mund. Ihr war zu Mute, als wäre sie diejenige, der eine Probe bevorstand, und als würden sie jetzt tatsächlich in eine gefährliche Situation geraten. »Es wird alles bestens sein«, sagte sie aufmunternd. »Du wirst sehen.«

Während sie Laya an die Anlage des Eingangs (»Hier geht's zwei Stufen runter, nicht vergessen!«) und des Wohnzimmers erinnerte (»Halb rechts ist ein Fußschemel, und, ach ja, fast hätte ich es vergessen, seit deinem letzten Besuch ist ein neuer Tisch dazugekommen«), lag Jessie ruhig und aufmerksam da und sah dem Treiben zu. Außer ihrem Schwanz bewegte sich nichts. Dieser schlug einmal auf den Boden. Ariel konnte sich vorstellen, dass sie Layas Furcht zwar spürte, die Situation aber auch begriff.

Die beiden hatten das Esszimmer erreicht, als das Telefon läutete.

»Der Anrufbeantworter wird es aufnehmen«, meinte Ariel.

»Nein.« Laya befreite entschlossen ihren Arm. »Geh dran.«

Der nächste Anschluss befand sich im Wohnzimmer. Es war Ariels Großvater.

»Ich habe da etwas, was dich interessieren könnte, wie ich glaube«, sagte er.
»Oh? Was?« Ariel beobachtete Laya. Diese stand so still da wie ein Denkmal in einem Park.
»Es ist keine große Sache«, erklärte B. F. »Unter Umständen ist es überhaupt nichts. Aber ich weiß, dass du immer versuchst möglichst viel aus deiner Vergangenheit auszugraben, und als ich mich erinnerte …«
»Wo bist du, B. F.?«, unterbrach ihn Ariel. »Ich muss dich zurückrufen. Ich bin gerade mitten in einer Sache drin.«
Jessie ließ einen leisen kehligen Laut hören, als wollte sie fragen, wann sie sich wieder bewegen dürfe.
Laya zuckte zusammen. Sie hielt die Hände vor sich und rannte – sofern man »rannte« sagen darf, wenn ein Mensch nur Babyschritte macht – in Richtung Küche.
»Du kannst mich nicht zurückrufen«, entgegnete B. F. »Ich werde …«
»Halt, Laya!«, rief Ariel. »Nur eine Sekunde!« Und zu ihrem Großvater sagte sie: »Bleib am Apparat!« Noch bevor sie zu Ende gesprochen hatte, sah sie, dass Jessie aufgestanden war und auf Laya zuging. Ariel war eher erstaunt als entsetzt und lief hinterher. Jessie hatte sich ihrer blinden Freundin direkt in den Weg gestellt. Mit gespitzten Ohren und erhobener Schnauze war der Hund nur Zentimeter von dem zitronenfarbenen Rock entfernt. Laya stand stocksteif da. Sie hielt die Hände an die Brust gepresst, als wollte sie sie vor einem beutehungrigen Gebiss retten. »O Gott!«, flüsterte sie. »O Gott! O Gott! Ich höre sie! Wo ist sie?«
Ariel erfasste die Situation mit einem Blick. »Alles in Ordnung«, sagte sie beruhigend und trat zu Laya. »Dir ist nichts passiert. Alles in Ordnung.« Sie legte Laya, die vor

Furcht zitterte, den Arm um die Taille. »Gutes Mädchen, Jessie! Sitz.« Jessie gehorchte.

Laya trat einen Schritt zurück. Ihre Stimme war eine Oktave höher als sonst und wurde lauter, als sie nur mit Mühe hervorbrachte: *»Gutes Mädchen?* Du sagtest doch, der Hund würde sich nicht rühren! Du sagtest, er würde es nicht tun, bis du ...«

»Lass mich erzählen, was passiert ist, okay?«, unterbrach Ariel sie. »Ich gebe es ungern zu, aber ein Mopp und ein Eimer stehen direkt im Weg. Nach vier weiteren Schritten wärst du darüber gestolpert.« Sie stellte die Sachen zur Seite. »Du hättest mit dem Kopf auf dem Tisch aufschlagen oder dir was verstauchen können.« Sie lächelte. »Zumindest deine Würde hätte leiden können.«

»Wo ist ... Was hat der Hund ... Was versuchte er zu ...«

»Jessie wollte dir den Weg versperren. Sie hat sich zwischen dich und den Eimer gestellt.

»Willst du mir damit etwa sagen, dass ...« Laya fuhr sich mit der Zunge über die Lippen. Ihre Schultern sackten nach unten. In einem nörgelnden Ton fragte sie schließlich: »Was haben ein Mopp und ein Eimer da mitten auf dem Fußboden zu suchen!«

»Meine Putzfrau ist heute Morgen hier gewesen. Wenn sich ihre Arbeit dem Ende nähert, neigt sie dazu, alles ein bisschen eilig zu machen. Einmal hat sie den Küchenmüll auf dem Esszimmertisch liegen lassen.«

»Du brauchst eine neue Putzfrau.«

»Sie hat ihre Vorzüge. Sie ist ganz verrückt nach Jessie.«

Nach einem Augenblick fragte Laya: »Du meinst, der Hund habe es gewusst? Dass ich nicht sehen kann? Wie? Woher kann er das wissen?«

Ariel warf einen Blick zu Jessie. Diese hob den Kopf. »Laya«, sagte sie, »das haut mich selbst um!«

»Was macht sie jetzt?«
»Sitzt da und sieht uns an. Sie weiß, dass wir über sie sprechen. Ich nehme nicht an, dass du es über dich bringen kannst, sie zu streicheln?«
»Keine Chance.«
»Dann später. Jetzt habe ich eine Überraschung für dich.«
»Keine weiteren Überraschungen. Bitte!«
»Die hier wird dir gefallen.«
Ihr Kater Arthur hatte es sich auf der Bettcouch gemütlich gemacht, die Ariel für Laya hergerichtet hatte. Er schien beleidigt zu sein, dass man ihn den ganzen Vormittag in einem kleinen Zimmer eingesperrt hatte. Als Ariel die Tür aufmachte, ließ er seinem Unmut freien Lauf. Layas starres Gesicht entspannte sich. »Oh!«, rief sie und begann sofort sich zu dem Geräusch hin vorzutasten.
»Anderthalb unbehinderte Meter geradeaus«, sagte Ariel und sah zu, wie ihre Freundin das Bett ortete und mit dem Schienbein dagegen stieß.
»Es wäre wahrscheinlich gegangen«, erklärte Ariel, »ihn frei im Haus herumlaufen zu lassen. Er und Jess haben nicht gerade geschmust, als ich ihn gestern Abend mitbrachte, aber sie schienen sich auch gegenseitig nicht sonderlich zu stören. Kein Fauchen, keine entblößten Zähne. Trotzdem wollte ich, solange niemand da ist, kein Risiko eingehen.«
»Arthur ist mit Hunden aufgewachsen, bevor ich ihn bekam«, sagte Laya in das orangefarbene Fell des Katers.
Dieser ließ eine ganze drei Sekunden währende Knuddelei über sich ergehen, bevor er mit einem warnenden Laut entfloh, um sein zerzaustes Fell zu putzen.
»Ich helfe dir dabei, alles unterzubringen«, sagte Ariel.
Es dauerte weitere zehn Minuten, bis sie sich an ihren Großvater erinnerte. Sie hastete zum Telefon, doch es

überraschte sie nicht, dass er längst aufgelegt hatte. Unter seiner Privatnummer nahm niemand ab. Sie würde ihn nicht zurückrufen können, hatte er gesagt. »Ich werde …« Was? Ariel hatte keine Ahnung.

17

Als wäre eine Auszeit verfügt worden, gab es an jenem Tag oder Abend keine Diskussion über den Mann, der vor Layas Augen auf James Price eingeschlagen hatte, und zu Ariels Erleichterung auch nicht über Price. Ja, es wurde zu keinem Thema viel gesprochen. Nach dem Seelenerguss auf der Kassette und im Krankenhaus am Tag zuvor schien aus Laya die Luft heraus zu sein, als wären alle Worte verbraucht worden, die sie so schmerzlich gehortet hatte.
Einen großen Teil des Nachmittags verschlief sie. Kurz nach dem Dinner, bei dem sie mit einem Ohr immer in Richtung des Zimmers gelauscht hatte, in dem Jessie schlief, zog sie sich erneut zurück. Eine Frau, die keine zwei Wochen zuvor nach einer Stunde mit stetigen und anstrengenden Übungen in der Sonne, einem den ganzen Körper beanspruchenden Training, nach dem Ariel japsend nach Sauerstoff verlangt hätte, vorausgesetzt, sie hätte es überhaupt bewältigt, noch mühelos atmete, war jetzt, wie es Ariel schien, nach einer minimalen Aktivität völlig erschöpft. Normalerweise verstand Laya unter Entspannung den *shirshasana,* im Westen als Kopfstand bekannt. Sie meditiere oft in dieser Stellung, hatte sie einer ungläubigen Ariel erzählt. Diese konnte sich in dieser

Körperhaltung auf nichts anderes konzentrieren als darauf, das Gleichgewicht zu halten. Laya war in besserer körperlicher Verfassung gewesen als neunzig Prozent der Bevölkerung einer Stadt, die gesundheitsbewusster war als neunzig Prozent ihrer Landsleute. Sich anzuziehen und elf Kilometer in einem Auto zu fahren, hatte Laya jetzt völlig erschöpft.

Das war für Ariel eine Lektion. Layas Körper war nicht weniger fit als vor zwei Wochen, doch der heutige Tag hatte gezeigt, welchen Tribut der Geist hatte zahlen müssen.

Und noch etwas war Ariel überdeutlich klar geworden – die Verantwortung, die sie so unbedarft übernommen hatte. Sie bedauerte ihr Angebot jedoch nicht. Es mochte zwar impulsiv gewesen sein, aber sie hätte nicht anders handeln können und hatte das Gefühl, das Richtige getan zu haben. Sie hatte die Sache allerdings nicht zu Ende gedacht. Ariel hatte bis zum heutigen Tag Layas Hilflosigkeit nicht voll erkannt. Sie versuchte sich an jede Nuance von Sarah Aguilars Ratschlägen zu erinnern und wünschte sich verzweifelt so etwas wie ein Regelbuch. Sie hatte in mehr als nur einem Moment der Ansicht zugestimmt, dass das Arrangement nicht funktionieren konnte. Es hatte einen kurzen feigen Augenblick gegeben, da hätte sie auf der Stelle alles widerrufen, wenn es ihr gelungen wäre, sich auf anständige Art und Weise aus der Affäre zu ziehen.

Sie ging ebenfalls früh zu Bett, um zu lesen. Die Zeitschriften, die sich auf ihrem Nachttisch stapelten, schienen zu ticken wie eine Uhr. Wenn sie auf dem Laufenden und ganz oben bleiben wollte, musste sie etwas dafür tun, dessen war sie sich sehr wohl bewusst. Du musst die Konkurrenz beobachten, sagte sie sich, und lesen. Rezensionen. Über Verbrechen, Skandale, Politik. Du darfst nichts verpassen, musst neue Trends, neue Blickwinkel bemerken. Heute Abend aber verschränkte sie die Arme vor der Brust und ignorierte die Schuldgefühle. Sie lag da, starrte ins Leere und lauschte leisen nächtlichen Geräuschen. Das Glockenspiel eines Nachbarn verriet eine Brise. Ariel lauschte dem unablässig arbeitenden Holz des Hauses und dem Klirren von Jessies Hundemarke, als sie sich in ihrem Korb zurechtlegte. Auch Ariel war unruhig, da sie ein zweites Tier und noch eine Person im Haus hatte.

Die kommenden Tage oder Wochen, überlegte Ariel, würden zu einer Herausforderung werden. Das Problem bestand darin, nicht zu wissen, was die Zukunft bereithielt. Ob Laya wieder würde sehen können. Wie gut würde das eine gesunde Auge sein, wenn die Transplantation klappte? Es wäre anders, wenn sie es wüssten, wenn sie wüssten, dass Laya für immer blind sein würde. Ariel wand sich bei dem Gedanken, doch es stimmte. Dann konnte etwas unternommen werden. Mitarbeiter des Sozialamts würden kommen, um ihre Hilfe anzubieten, man würde sich um Entschädigungszahlungen wegen der Behinderung bemühen, Spezialisten für Orientierung und Beweglichkeit konsultieren, allerlei Hilfsmöglichkeiten erkunden, von einfachen Dingen wie einen Blindenstock, bis hin zu hochkomplizierten Geräten wie einen Computer mit einem Stimmensynthesizer. Und so wenig hilfreich es jetzt auch zu sein schien, einen Blindenhund. Aber wer mag schon lernen, mit seiner Blindheit zurechtzukommen, solange eine Aussicht besteht, wieder sehen zu können? Niemand. Laya würde also in einer Art Vorhölle leben, die Zeit im Dunkeln registrieren, unfähig, etwas Nützlicheres zu tun als zu hoffen. Und ich?, fragte sich Ariel. Was kann ich tun? Was kann überhaupt jemand

gegen den Mann unternehmen, der dafür verantwortlich ist?
Sie hatte während der vergangenen Tage mehrmals mit Max Neely Kontakt gehabt. Erst am Nachmittag hatte sie auf der Polizeiwache angerufen, um sich auf den neuesten Stand bringen zu lassen. Max sei wegen eines anderen Falls unterwegs, sagte ihr sein Partner, bei dem die Aussicht bestehe, weiterzukommen. Die Untersuchung des Überfalls auf Laya führte in ziemlich raschem Tempo ins Leere. Man hatte festgestellt, dass die Augentropfenflasche unverdünnte Fluorwasserstoffsäure enthalten hatte. Was sie nicht enthalten hatte, war Zap-O, die rostlösende Flüssigkeit, die in einer kleinen Flasche in dem Laden gekauft worden war, in den auch Laya ging, und die man später im Müllcontainer gefunden hatte.
Der Verlust dieser Spur gefährdete ein ganzes Szenario: dass nämlich der Täter den Rostlöser am selben Abend in demselben Laden gekauft hatte, und zwar in der Absicht, sie gegen Layas Augentropfen auszutauschen. Dass diese Tat verübt wurde, als ihre Lebensmittel unbewacht blieben. Dass ein Gespräch Layas mit dem Apotheker, welches der Täter zufällig mitgehört hatte, in diesem den Plan entstehen ließ, sie zu blenden. Kurz, dass Laya als Opfer ausgewählt worden war.
Registrierkassenbelege von Geschäften wurden beschlagnahmt und geprüft. (Der jüngste Kauf einer Flasche Zap-O war zufällig Tage vor Layas Besuch erfolgt, und zwar durch einen Angestellten; dieser hatte die Warnhinweise des zerstörerischen Produkts ignoriert und es an einem Kotflügel seines Wagens verwendet. Der Kotflügel legte davon Zeugnis ab.) Alle Angestellten wurden vernommen. Sämtliche Kunden, die man auf Grund von Schecks oder Kreditkarten identifizieren konnte und die

gleichzeitig mit Laya eingekauft hatten, wurden befragt. Keiner kannte sie persönlich. Keiner von ihnen hatte irgendeinen erkennbaren Grund, ihr etwas Böses zu wünschen. Keiner hatte gesehen, dass sich jemand verdächtig verhielt. Layas Bekannte waren vernommen worden, ihre Schüler sowie die Familien ihrer Schüler und Eigentümer und Angestellte der verschiedenen Häuser, in denen sie unterrichtet hatte. Die wenigen Möglichkeiten, die sich daraus ergeben hatten, waren untersucht worden; sie führten zu nichts.

Max Neely hatte nie geglaubt, dass es eine Verbindung zwischen Laya und ihrem Attentäter gab. Jetzt arbeiteten er, die Polizei von Los Angeles sowie Bundesbeamte unter der Annahme, dass sie das zufällige Opfer einer unbekannten (und, was durchaus möglich war, unauffindbaren) Person war, die sich in einem anderen Bundesstaat aufhalten konnte. Einer Person, die vielleicht einen Groll gegen das Unternehmen hegte, das die Augentropfen herstellte, oder gegen die Welt ganz allgemein.

Doch die Behörden wussten nicht von dem Überfall, den Laya nur Tage vor dem Angriff auf sich mit angesehen hatte. Sie wussten nichts von dem Mann, der sie dabei bemerkt und, wie Laya behauptete, ihren Wagen und ihr Kennzeichen gesehen hatte und ihr entweder gefolgt war oder sie aufgespürt und alles dafür getan hatte, um sicherzustellen, dass sie weder ihn noch sonst jemanden oder irgendetwas mit eigenen Augen identifizieren konnte.

Ariel hatte Zweifel, was diese Behauptung betraf, als sie sie hörte; sie hatte sie immer noch. Inzwischen hatten sich jedoch die Dinge geändert. Das Verbrechen, das Laya mit angesehen hatte, war keine schwere Körperverletzung mehr, sondern Mord. Es wurde unmittelbar vor dem Angriff auf sie, bei dem sie geblendet wurde, zu Mord. Die

Zeitfrage machte das Ganze um einiges stichhaltiger. Und der Mann, der James Price getötet hatte, lief irgendwo da draußen frei herum. Derselbe Mann, der im Krankenhaus angerufen und gefragt hatte, ob Laya je wieder würde sehen können? Der aufgelegt hatte, als man ihn um seinen Namen bat?

»Bei einem Mann, der schon einmal gemordet hat, darf man nicht darauf bauen, dass er es nicht wieder tut, oder?«

Eine Sekunde lang konnte sich Ariel nicht erinnern, wo sie das gehört hatte, doch dann wusste sie es wieder. Sie hatte es nicht gehört, sondern gelesen, und zwar in Dorothys Brief. Die Frage, die aus vierhundert Meilen Entfernung vor einer Woche gestellt worden und auf eine Situation gemünzt war, die mit der Frage des Angriffs auf Laya nichts zu tun hatte, war Besorgnis erregend passend. Es war keine Frage, über die man vor dem Schlafengehen länger nachdenken wollte.

Und eine neue Frage war es auch nicht.

Ariel hatte anderen Aspekten dieses Arrangements zum Schutz Layas vielleicht nicht genügend Aufmerksamkeit geschenkt, den Aspekt des Risikos hatte sie aber nicht außer Betracht gelassen.

Wie bei jedem durchschnittlichen Bewohner von Los Angeles war auch ihr Haus mit einer Alarmanlage ausgerüstet. Die Idee, einen Wachposten zu engagieren, hatte sie am Morgen verworfen, aber ihre Nachbarn hatten einen privaten Wachdienst beauftragt, in dem Viertel Streife zu gehen. Außerdem war Jessie darin ausgebildet, Angriffe abzuwehren, und sie hatte eine Waffe, mit der sie umgehen konnte. Aus trauriger Erfahrung wusste sie ferner, dass sie sie benutzen würde, wenn es keine Alternative gab. Ariel war zufrieden, dass Laya hier so sicher war wie im Krankenhaus, bei weitem sicherer als in ihrer eigenen

Wohnung und auch in einem Genesungsheim, in dem Fremde nach Belieben ein und aus gehen konnten.

Wenn die Behörden mit ihrer Einschätzung Recht hatten, gab es keine weitere Bedrohung. Der Schaden war schon geschehen. Laya war so sicher, wie man in einer Welt nur sein kann, in der verkorkste und hasserfüllte Menschen auf Ladenregalen Gift auslegten. Und selbst wenn die Behörden sich irrten, selbst wenn Laya von ihrem Mr X oder sonst jemandem auserwählt worden war, war es eine Tatsache, dass jetzt zwei Wochen ohne weitere Zwischenfälle vergangen waren. Wenn er Laya wieder hätte verletzen wollen, hätte er doch wohl inzwischen etwas unternommen. Wenn er ihren Tod gewollt hätte, hätte er sie sofort umgebracht. Ihm war allein daran gelegen, dass sie blind wird, und jetzt war sie es. Solange sie das blieb, schien man davon ausgehen zu können, dass er sie in Ruhe lassen würde.

Ariel streckte die Hand aus, um das Licht auszuschalten, hielt aber inne, als ihr ein neuer Gedanke kam. Was wäre, wenn der Mann, der Price totgeprügelt hatte, schon festgenommen worden war? (Die Männer, korrigierte sie sich. Von Laya beeinflusst, neigte sie dazu, sich nur auf den Mann zu konzentrieren, der die Schläge ausgeteilt, Laya gesehen und ihren Blick kalt erwidert hatte.) Alles sprach dagegen, dass das Verbrechen so schnell aufgeklärt werden konnte, aber möglich war es. Vielleicht hatte Price noch einmal das Bewusstsein erlangt, bevor er starb, und die Namen seiner Angreifer genannt. Wer immer die Polizei verständigt hatte, hatte vielleicht ihre Gesichter gesehen. Die Männer – der Mann – saßen womöglich schon hinter Schloss und Riegel. Vielleicht waren schon beide schauerlichen Geschehnisse so gut wie gelöst. *Wenn* der Killer von Price und Layas Angreifer ein und derselbe

Mann war. *Wenn* man ihm beide Verbrechen nachweisen konnte.

Ein Bandenmitglied? Irgendein Punk, der auf der Stelle Straßenjustiz vollstreckte? Layas Vermutung war nicht abwegig. Es war die zweifelhafte Ehre des Verwaltungsbezirks Los Angeles, bei Gewaltkriminalität von Banden einen landesweiten ersten Platz einzunehmen. In manchen Statistiken war von mehr als siebenhundert Banden die Rede; man schätzte die Zahl des harten Kerns der Anhänger auf einhunderttausend Menschen. Bandenmorde machten fast die Hälfte aller Morde des Landes aus, und die Hälfte der Opfer waren, wie Ariel wusste, unschuldige Passanten. Wie Laya?

Und Ariel wusste noch etwas: Sie hatte keine selbstmörderischen Neigungen. Wenn dies ein Bandenkrieg war, würde nicht sie den Schuldigen seiner gerechten Bestrafung zuführen. In den Straßen des Distrikts South Central von Los Angeles würde es eher schneien, bevor sie ihre kleine weiße Nase in Bandenpolitik stecken würde. Sie hatte Laya gesagt, dass sie clever reagiert habe – schnell und weit wegzurennen, um das Gemetzel den Cops zu überlassen. Und so würde auch sie sich verhalten.

Es war unumgänglich, dass sie Max Layas Geschichte erzählte. Nein, sie musste Laya davon überzeugen, dass es unbedingt nötig war, Max ihre Geschichte zu erzählen – und das morgen. Sie machte das Licht aus. Der Kopf ließ sich nicht so einfach abschalten. Morgen, dachte sie, wird ein in mehr als nur einer Hinsicht interessanter Tag sein – der Beginn eines Experiments, das pure Inspiration oder ein sicheres Debakel war.

Es war B. F.s Idee gewesen. Er hatte sie am Montagmorgen in Marin County beim Frühstück vorgebracht, ein beiläufiger Vorschlag, auf den man irgendwann zurückkommen konnte. Er hatte ebenso wenig wie Ariel ahnen können, dass dieser Vorschlag noch in derselben Woche aufgegriffen werden würde.

»Glaubst du, Hattie könnte Laya eine Hilfe sein?«, hatte er gefragt.

Hattie Best war B. F.s Haushälterin, die bei ihm wohnte. Häuser-Hälterin, Plural. Sie war offiziell für alle zuständig, hielt sich aber meist in den ersten beiden Residenzen in Florida und South Carolina auf. Ihr gefiel es weder »oben im Norden«, was alles auf der falschen Seite der Mason-Dixon-Linie umfasste, noch »dort drüben«, was irgendwo in der Gegend der Alabama-Grenze begann und sich bis zum Pazifik erstreckte.

B. F. hatte Ariel Hatties Geschichte erzählt, jedenfalls den Teil, der bekannt war. Sie war als junges Mädchen von Margaret Coulter eingestellt worden, B. F.s Frau und Ariels Großmutter. Nach deren Tod vor gut dreißig Jahren war Hattie bei B. F. geblieben und hatte eine Reihe anderer Angebote ausgeschlagen und den Klatsch ignoriert.

Sie waren eine traurig geschrumpfte Familie. Das einzige Kind der Coulters, Suzanne, war um diese Zeit schon mit einem Mann durchgebrannt, der nach B. F.s Ansicht so nutzlos war wie ein Kropf. Margarets Tod war nach B. F.s Ansicht eher auf gebrochenes Herz als auf eine Herzkrankheit zurückzuführen. B.F.s Herz war ebenfalls nicht in allerbestem Zustand. Was Hattie an Schmerz gefühlt haben mag, behielt sie für sich. Sie ließ ihm seinen Willen, wenn sie es vertreten konnte, und wenn nicht, sagte sie ihm ihre Meinung. Sie war unsentimental und, um B. F.s Worte zu gebrauchen, »etwa so angenehm wie eine Dosis Salz«. Und offensichtlich von ebenso therapeutischer Wirkung. Wenn es möglich war, durch Schikanen gesund gemacht zu werden, war es auch ihm so ergangen. Und dann

tauchte aus heiterem Himmel der Schwiegersohn auf (kam angekrochen, wie Ariel die Geschichte vernahm, als er sicher sein konnte, dass B. F. nicht da war und Hackfleisch aus ihm machte) und ließ zwei Bomben platzen: die Nachricht von Suzannes Tod und von Jane.
Als der Säugling seinem erstaunten Großvater auf den Schoß gelegt wurde, bot Hattie buchstäblich ihren an. Sie zog Jane auf. Wenn sie von Ariels Existenz gewusst hätten, hätte Hattie auch sie großgezogen.
Der Gedanke war faszinierend, ebenso wie B. F.s Vorschlag am Montagmorgen. »Hattie?«, hatte Ariel zweifelnd gesagt. »Wie helfen?«
»Die Frau werkelt in diesem alten Haus auf Kiawah ganz allein herum«, hatte B. F. geantwortet. »Sie meinte, sie müsse da raus, aber ich nehme an, dass sie dann nichts Nützlicheres tut als ihre Verwandtschaft herumzuscheuchen.«
Ariel hatte ihn gefragt, was er sich vorstelle. »Nichts Bestimmtes«, hatte er geantwortet. Er habe nur laut gedacht. »Laya lebt doch allein, nicht wahr?«, hatte er dann gesagt. »Vielleicht könnte sie jemanden gebrauchen – ich meine, bis sie wieder auf die Beine kommt –, der von Zeit zu Zeit ein wenig für sie kocht, Gänge erledigt, sauber macht.«
»Sie wird erheblich mehr brauchen als das«, hatte Ariel entgegnet, »wenn die Transplantation nicht klappt.«
B. F. hatte nicht widersprochen. »Du kannst jederzeit auf das Angebot zurückkommen«, hatte er zu Ariel gesagt, »falls es nötig werden sollte.« Hatties Gehalt würde kein Kostenfaktor sein, hatte er betont, da es schon bezahlt sei. Und da er für die unmittelbare Zukunft keine Reise in den Süden vorhabe, sei sie unterbeschäftigt, und wenn sie unterbeschäftigt sei, werde sie reizbar. »Im Augenblick

ist niemand da, den sie herumkommandieren kann. Das macht sie unausstehlich.«

Ariel drehte sich in ihrem Bett auf die Seite und zwang sich, sich nicht mehr um ein Arrangement zu sorgen, das schon in Gang gekommen war. Sie konnte am Tag nicht bei Laya sein. Jemand musste es aber. Hattie hatte sich nach einigem Grübeln bereit erklärt, dieser Jemand zu sein. Sie würde vorübergehend in B. F.s Eigentumswohnung ziehen, die weniger als zehn Minuten entfernt lag, und sich um Laya kümmern, während Ariel arbeitete, und notfalls auch abends dableiben. Ariel hatte völliges Vertrauen zu ihrer Fähigkeit, mit jeder Situation, sogar mit einer Krise, fertig zu werden. Es war nicht ihre Kompetenz, die Ariel Sorgen machte. Sie schloss die Augen und ließ die Gedanken zu den Ereignissen vor eineinhalb Jahren zurückwandern, zu der Zeit, als sie Hattie kennen lernte.

Ihr Großvater (sie lächelte bei der Erinnerung) hatte Ariel vom ersten Tag an gemocht, demselben Tag, an dem er von Janes Tod erfahren hatte. Damals wie heute sah er sie als ein Geschenk des Himmels an. Er hatte darauf vertraut, dass der Verlust eines geliebten Menschen noch einmal durch den Gewinn eines anderen erträglich gemacht werden konnte.

Die übrigen Angehörigen seines Haushalts waren weniger optimistisch gewesen.

Sarge McManus war die erste Hürde. Zynismus steckte ihm im Blut, und eine Laufbahn bei der Polizei von Los Angeles hatte diesen noch verfeinert. Aber Sarge war objektiv. Sobald er Ariel gründlich durchleuchtet hatte, hatte er sich im Zweifelsfall für sie entschieden. Hattie nicht.

Ariel war eine Fremde, ihre »Art« war fremd, ihre Motive suspekt, ihr »fremder« kalifornischer Akzent kam aus einem Mund, der vielleicht (wie Hattie konzidierte) »ein wenig« wie der von Jane aussah, aber nur für jemanden, der sich täuschen lassen *wolle.* Besonders ärgerlich waren Ariels Marotten, ihr Geschmack, ihre Gewohnheiten und Gesten, denn sie waren auf allzu unheimliche Weise vertraut. Niemand, der »ihr Mädchen« nicht gekannt hatte, konnte nach menschlichem Ermessen von diesen Dingen wissen. Dass Ariel sie kannte, machte sie nicht weniger verdächtig, sondern mehr. Eine solche Vertrautheit musste Arglist sein, das lag doch auf der Hand. Da winkte ein Vermögen, und diese Frau war hinter dem Geld her. Sie war eine Hochstaplerin. Man durfte ihr nicht erlauben, Janes Platz einzunehmen.

Ariel versuchte es Hattie nicht nachzutragen. Sie hatte eine Theorie, nach der Hattie die Wahrheit im Grunde gekannt hatte. Ariels Anwesenheit war eine grausame Erinnerung an alles, was verloren war. Ihr größter Fehler bestand darin, dass sie am Leben war, während Jane tot war.

Der Durchbruch, falls man das so nennen konnte, war eines Abends im letzten Sommer auf der Insel Kiawah gekommen. Die beiden Frauen hatten sich in einer Situation befunden, in der sie zusammenarbeiten mussten, um am Leben zu bleiben. Dieses Ereignis ließ in Ariel einen gesunden Respekt vor ihrer einstigen Gegnerin entstehen und räumte eine ganze Menge von Hatties Vorbehalten aus dem Weg. Mochte aus dem Schwert auch keine Pflugschar geworden sein, so wurde es wenigstens in die Scheide gesteckt, und obwohl bislang kein Wort der Entschuldigung oder Anerkennung gesprochen worden war, konnte Ariel jetzt vor Hatties Augen bestehen. Wortkargheit schlug eine scharfe Zunge; bei Hattie bedeutete das schon so etwas wie Herzenswärme.

Ariel drehte sich noch einmal um, gähnte in das Kopfkissen und entspannte sich allmählich. Sie hörte einen vorbeifahrenden Wagen auf der Straße nur wie von fern und war sich nicht bewusst, dass dieses Geräusch ihren letzten klaren Gedanken auslöste – Hatties Ankunft. B. F. hatte »eine Transportmöglichkeit arrangiert«. Das würde in der Nachbarschaft Aufsehen erregen. Sie sah vor sich, wie Layas Betreuungsperson von einem Chauffeur vorgefahren wurde, und schlief mit einem Lächeln ein.

Ariel erstarrte, halb wach umgeben von Dunkelheit, wusste aber nicht genau, warum. Was hatte sie gehört? Ein dumpfes Geräusch? Hatte sie es geträumt? Jessie hatte den Kopf oben und spitzte die Ohren. Es war also kein Traum. Der Hund hatte sich aber nicht gerührt. Warum? Plötzlich fiel Ariel Laya wieder ein.
Sie richtete sich auf. Die Nebel des Schlafs begannen sich zu lichten. Die Alarmanlage war nicht losgegangen, also musste alles in Ordnung sein. Oder doch nicht? Jessie war jetzt aufgestanden. Das konnte aber auch eine Reaktion auf Ariels Besorgnis sein, die das Tier spürte. Was sie gehört hatte, war höchstwahrscheinlich Laya gewesen. Ariel runzelte die Stirn, als ihr wieder das dumpfe Geräusch einfiel. Es musste ein lautes Geräusch gewesen sein, um sie zu wecken. War Laya hingefallen? Sollte sie nicht lieber nachsehen? Sie zog die Bettdecke zur Seite.
Aber was wäre, wenn es nicht Laya war? Sie war schließlich kein beliebiger Hausgast, sondern das Opfer eines bösartigen Angriffs. Und dies war nicht einfach irgendeine Nacht, sondern die erste unbewachte Nacht des Opfers. Und sie, Ariel, war verantwortlich. Sie setzte sich auf die Bettkante, tastete nach ihren Hausschuhen und lauschte, um gewöhnliche Geräusche auseinander zu halten – ein leises Glucksen in einer Wasserleitung, das Summen der

Uhr, ihren Puls – und festzustellen, ob eins nicht dazugehörte. Das war definitiv das Klicken einer Tür, die geschlossen wurde. Aber was war das? War das ein erstickter Schrei?

Ariel stand auf und zog sich ihren Morgenmantel über. Du siehst Gespenster, sagte sie sich. Das wird dich in eine peinliche Lage bringen. Du wirst dich blamieren. Es gibt Schlimmeres. Sie zog die Schublade ihres Nachttischs auf. Als ihre Finger etwas Kaltes, Metallenes berührten, zögerte sie. Dann nahm sie die Pistole heraus.

Die Schlafzimmertür knarrte, als sie sie behutsam aufmachte. Das Geräusch war nicht lauter als ein Seufzen; ihr kam es vor wie ein Kreischen. Ariel spürte etwas an ihrem Schenkel und blickte hinunter. Jessie stand neben ihr. Der Flur war dunkel. Das war nicht anders zu erwarten, da Laya kein Licht einschalten würde. Der Flur schien leer zu sein. Eine Fußbodendiele ächzte, als Ariel den teppichlosen Flur entlangging. Jessies Nägel klapperten wie Kastagnetten. Ariel warf einen Blick in das, was jetzt das Gästezimmer war. Das Bett war zerwühlt, aber leer. Der Schreibtischstuhl stand mitten im Zimmer. Papiere, die auf dem Schreibtisch gelegen hatten, waren jetzt auf dem Fußboden zerstreut. Ariel ging hinein. Als Arthur von einem Bücherschrank aufs Bett sprang, hörte sie fast auf zu atmen. Jessie bellte.

»Still!«, zischte Ariel und stahl sich mit einem letzten unbehaglichen Blick auf die Unordnung aus dem Raum. Die Tür zum Gästebad war verschlossen. Sie streckte die Hand nach dem Türgriff aus und hielt dann inne, sich hin und her gerissen fühlend. Sie lauschte einen langen Moment totaler Stille, bevor sie Layas Namen rief.

»Ja?«, ertönte es hinter der Tür. Eindeutig Layas Stimme.

»Alles in Ordnung mit dir?«, fragte Ariel.

»Ja.«
Ariel stand unschlüssig da. »Bist du sicher?«
»Mir geht's gut, Ariel.«
»Na schön.« Es gab keine Ausrede, die ihr das Eindringen in die Privatsphäre des Badezimmers erlaubt hätte. Die Toilette wurde gespült. Ariel hörte das Geräusch von fließendem Wasser. Die Pistole in ihrer Hand fühlte sich plötzlich nicht nur schwer, sondern auch lächerlich an. Sie machte kehrt und ging wieder ins Bett.

18

Um Punkt sieben Uhr am nächsten Morgen hielt ein unauffälliger kleiner blauer Leihwagen vor Ariels Haus. Durch das Fenster sah sie, wie die Fahrerin auf die Hausnummern am Bordstein und dann auf etwas in ihrer Hand blickte. Anscheinend davon überzeugt, ihren Bestimmungsort erreicht zu haben, stieg Hattie Best aus. Sie war noch nie bei Ariel gewesen und hielt kurz inne, um das Haus schnell in Augenschein zu nehmen. Sie runzelte die Stirn, und auch Ariel runzelte die Stirn, denn sie ertappte sich dabei, dass sie im Geiste den Zustand von Haus und Garten durchging. Das fehlte noch, dass sie gleich losrannte, um noch schnell Unkraut zu jäten.
Beim Dinner am Abend zuvor hatte Laya Ariel gebeten, ihr von Hattie zu erzählen. »Grauhaarig«, hatte Ariel gesagt. »Knochig. Anfang siebzig, vermute ich, aber sie ist ... ich weiß nicht ... alterslos. Salz der Erde auf irgendeine ... äh ... salzige Art und Weise. Sachlich. Nüchtern.«

»Schwarz oder weiß?«, hatte Laya gefragt.
»Schwarz.« Ariel hatte sich bemüht, Hattie leidenschaftslos zu sehen und für Laya die Augen zu sein. »Heller als du, etwa die Farbe eines Penny, mit einer scharf geschnittenen Nase. Ich habe mich schon gefragt, ob sie vielleicht auch indianisches Blut in den Adern hat, aber ich weiß es nicht. Ich weiß gar nichts über ihre Herkunft.« Ängstlich darauf bedacht, in Laya weder ein Vorurteil zu wecken noch sie bestürzt zu machen, hatte sie vorsichtig hinzugefügt: »Sie mag einem vielleicht brüsk erscheinen, aber davon solltest du dich nicht abschrecken lassen. Sie ist einfach so.«
An diesem Morgen folgte Ariel ihrem eigenen Ratschlag. Nachdem sie Jessie Platz zu machen befohlen hatte, öffnete sie forsch die Tür und rief Guten Morgen. Hattie nickte. Sie langte in den Wagen, zog eine riesige schwarze lacklederne Handtasche heraus und marschierte auf das Haus zu. »Die Hortensien bekommen zu viel Sonne, wo Sie sie gepflanzt haben«, sagte sie statt eines Grußes. »Wenn der Sommer da ist, werden sie braten.«
»Ich dachte, B. F.s Fahrer würde Sie herbringen«, meinte Ariel.
»Da haben Sie falsch gedacht«, erwiderte Hattie.
»Danke, dass Sie selbst gefahren sind.«
»Das ist ein ziemlich großer Hund«, sagte Hattie.
»Sie heißt Jessie.«
»Bleibt im Haus, oder?«
»Sie ist ein Haushund. Ist es das, was Sie wissen wollen?«
»Stimmt was nicht mit ihr?«
»Nicht stimmen? Nein. Wieso?«
»Warum liegt sie einfach nur da?«
»Ich habe es ihr befohlen. Stört es Sie? Sie im Haus zu haben, meine ich.«

»Es stört mich nicht, solange ich nicht hinter ihr aufräumen muss. Steht sie auf, wenn Sie es ihr sagen?«
»Ja. Jessie, steh auf.«
Jessie ging zu Hattie, setzte sich in höflicher Entfernung hin und blickte sie an.
»Lässt sie sich von mir streicheln?«
Ariel war überrascht, gab ihrer Stimme aber einen neutralen Klang. »Sie hofft, dass Sie das tun.«
Hattie streichelte sie.
»Was meine Freundin und Jessie betrifft – nun, Laya gibt sich die größte Mühe, aber sie fürchtet sich vor Hunden.«
Hattie senkte die Stimme. »Noch etwas. Sie sagten, diese blinde Frau … Laya?«
»Richtig.«
»Wie war noch ihr Nachname?«
»Sie wird einfach nur Laya genannt.«
Hattie warf ihr einen durchdringenden Blick zu. »›Genannt‹? Ist das nicht ihr richtiger Name?«
»Ich bezweifle, dass es ihr Vorname ist. Ich könnte mir denken, dass sie ihn sich ausgesucht hat.« Das hier, dachte Ariel, wird schlimmer werden, als ich es mir vorgestellt habe. »Welches ›noch etwas‹ wollten Sie wissen? Oder war es das?«
»Sie sagten sie hätten sie an einem Auge operiert. Wie sieht es mit dem zweiten aus?«
»Eine Operation würde nichts nützen.«
Hattie schüttelte langsam den Kopf. »Na schön, gehen wir«, sagte sie, »stellen Sie mich vor. Hat keinen Sinn, hier herumzustehen.«
Sie fanden Laya am Küchentisch. Sie hatte einen blauen Fleck an der Schläfe, wie Ariel bemerkte (das dumpfe Geräusch, das sie in der Nacht gehört hatte?), aber ihre

dunkle Brille war heil und saß richtig. Laya hatte die Hände auf dem Schoß gefaltet, als wartete sie darauf, beim Zahnarzt ins Behandlungszimmer gerufen zu werden. Die beiden Frauen wurden miteinander bekannt gemacht, und dann wandten sich Hattie, die ihre riesige Handtasche an sich gepresst hielt, und Laya, die ihre Finger presste, erwartungsvoll an Ariel, die in einem Anfall von Geistlosigkeit »Gut!« sagte. Sie blickte von ihrer Lehrerin, ihrem einst so selbstbewussten Guru, zu der Frau hin, die sie nur aus einer Laune des Schicksals heraus nicht großgezogen hatte, die sie aber so zu behandeln begann, als hätte sie es. »Hattie«, sagte sie, »ich zeige Ihnen jetzt das Haus.«

»Ich finde mich schon allein zurecht«, entgegnete Hattie. »Sie können losgehen und tun, was Sie tun müssen.« Sie ließ ihre Handtasche auf den Küchentresen fallen, riss den Deckel von der Mehldose, um deren Inhalt zu prüfen, und begann Schränke zu öffnen. »Haben Sie Schweineschmalz?«, fragte sie.

»Ich glaube nicht. Ich meine, nein.«

Hattie entdeckte eine Dose mit Backfett. »Mögen Sie Biskuits?«, frage sie ein wenig zu laut in Layas Richtung.

»Ich liebe Biskuits«, antwortete Laya genauso laut, und ihr Gesicht verspannte sich dabei ebenso wie ihre Finger.

Hattie verstummte kurz und machte einen Schmollmund. Dann warf sie Laya einen Blick zu und sagte in normaler Lautstärke: »Es wäre wohl zu viel zu hoffen, dass es auch Buttermilch gibt, nehme ich an, aber wir kommen schon zurecht.« Und über die Schulter fragte sie Ariel: »Wollen Sie bleiben oder gehen?«

»Gehen«, antwortete Ariel, »doch erst muss ich einen Anruf machen.« Und dann mit Laya sprechen, dachte sie.

Der Anruf galt Max Neely. Er hörte sich ihre Frage an und

wirkte, was Max sehr unähnlich war, gehetzt an und stellte keine Gegenfrage. Er werde sich im Dritten Revier erkundigen, sagte er, und in fünf Minuten zurückrufen. Ariel nutzte die Zeit, um es bei B. F. zu probieren. Er nahm noch immer nicht ab; sie hatte ihn nicht erreichen können, seitdem er beim letzten Telefonat aufgelegt hatte. Anschließend blätterte sie Zettel von Anrufern durch, die sie am Vortag mit nach Hause genommen hatte. Sie wollte gerade die Nummer des Kolumnisten Rob wählen, als das Telefon läutete.

Der Mann oder die Männer, die James Price totgeprügelt hätten, sprudelte Max schnell hervor, »sind, wie es heißt, noch auf freiem Fuß«. Es gebe auch eine große Zahl von Leuten, die nur zu glücklich gewesen wären, wenn sie hätten zuschlagen dürfen, das nehme er jedenfalls an. Schließlich hatte auch Laya, wie sich Ariel erinnerte, Price als einen wenig angenehmen Charakter bezeichnet – einen »Dreckskerl« hatte sie ihn auf der Kassette genannt. Wie komme es, fragte Ariel Max, dass Price so unbeliebt gewesen sei? Wie komme es, stellte Max die Gegenfrage, dass sie etwas über Price erfahren wolle? Möglichkeit zu einer Story, erklärte Ariel vage. Max hatte offenbar *tatsächlich* viel um die Ohren, denn er hakte nicht weiter nach. Sie erhielt den Namen des Detectives, der mit dem Fall betraut war, fragte, ob es in Layas Fall irgendwelche neuen Entwicklungen gebe, und erhielt die Antwort: »Hören Sie auf zu träumen.«

Eddie Rials, der Detective, der an dem Mordfall Price arbeitete, wollte nicht mit der Sprache herausrücken. Er mochte die Medien nicht besonders. Außerdem machte es ihn misstrauisch, dass ein landesweit ausgestrahltes Fernsehmagazin sich für ein unspektakuläres Tötungsdelikt interessierte, welchem in den Medien keine Beachtung geschenkt wurde. Er sei nicht befugt, erklärte er, über den Charakter des toten Mannes, seine Verbindung zu einer Gang (oder deren Fehlen) sowie Details des Überfalls zu sprechen. Die Polizei »folge einer Reihe von Hinweisen«. »Wenn ihr Fernsehleute Informationen habt, die mit dem Fall etwas zu tun haben«, sagte er mit einem drohenden Unterton, »solltet ihr lieber damit herausrücken.«

Es war eine kurze und unbefriedigende Unterhaltung. Das anschließende Gespräch mit Laya war noch unbefriedigender und Besorgnis erregend dazu. Es begann mit der Frage, vor der sich Ariel gefürchtet hatte, nämlich ob sie im Krankenhaus angerufen habe, um sich nach James Price zu erkundigen? Laya war Ariels Meinung nach noch zu instabil, um mit schlechten Nachrichten konfrontiert zu werden, und so antwortete sie, diesmal froh, dass Laya ihr Gesicht nicht sehen konnte: »Keine Veränderung in den letzten Tagen.« Das war keine Lüge, es war schlimmer als eine Lüge. Ariel bereute sie, als ihr klar wurde, dass der Tod von Price ihr überzeugendstes Argument war und sie es gerade weggeworfen hatte. »Es ist höchste Zeit für dich zu reden, Laya«, sagte sie mit fester Stimme. »Beinahe schon zu spät.«

Laya hatte ihre Meinung nicht geändert. Eine Suche nach ihrem Angreifer sei aussichtslos. Und wenn sie nicht so offensichtlich vergeblich wäre, wäre sie ebenso offensichtlich gefährlich. In ihrem Zustand könne sie unmöglich gegen Schläger oder Massenvergewaltiger oder was auch immer kämpfen. Sie wolle nichts davon hören.

»Ich *will* auch nichts mehr davon hören!«, rief Ariel. »Glaubst du etwa, ich schlage so eine Art Polizeiaufgebot vor? Ich versuche dir doch nur zu erklären, dass du mit den Cops reden musst!«

»Um was zu sagen?«, wollte Laya wissen. »Ich habe zwei

Männer gesehen. Einer davon war im Dunkeln. Den konnte ich nicht erkennen. Der andere stand in trübem Licht. Es war ein Afroamerikaner. Und das war's auch schon. Ende der Aussage.«

»Was weißt du über Price?«, fragte Ariel.

»Nichts, was den Cops nicht bekannt ist.«

»Woher willst du wissen, was sie wissen und was nicht?«

»Es steht in seinem Strafregister.«

»Er hat ein Strafregister? Wegen ...?«

»Wegen versuchter Vergewaltigung. Es war aber nicht zum ersten Mal, dass man ihn deswegen anklagte.«

»Woher weißt du das?«

Laya zuckte mit den Schultern. »Das habe ich gehört.«

Ariel änderte die Taktik. »Der Mann, den du sehen konntest, war der groß?«

»Durchschnitt.«

»Mager? Schwer?«

»Durchschnitt.«

»Wie lang war sein Haar?«

»Mittel.«

»Laya!« Ariel verstummte kurz, um ihre Argumente zu ordnen. Sie musste zugeben, dass Layas Starrsinn nicht ganz unbegründet war. Warum sollte sie sich in die Schusslinie begeben? Sie konnte keinen der Angreifer beschreiben oder identifizieren. Das Opfer war kein Unschuldslamm. Dem Mann war nicht mehr zu helfen (selbst wenn Laya dies nicht wusste). Es gab keinen Beweis dafür, dass dieser Überfall etwas mit dem zu tun hatte, was Laya angetan worden war. Wenn es da keine Verbindung gab, wenn die Killer von Price die Identität der Zeugin nicht kannten, dann wäre es verrückt, sich zu melden. Und wenn man sich *zu spät* meldete, war das ebenfalls nicht allzu clever. Soweit Ariel wusste, konnte Laya sich damit selbst eine juristische Anschuldigung zuziehen. Machte sie sich strafbar, wenn sie ein Verbrechen nicht anzeigte? Begünstigung der Täter? Zumindest hatte sie sich in eine Lage gebracht, in der ihr Schwierigkeiten drohten. Schlimmstenfalls würde sie sich einer Gefahr aussetzen. So wie sie dachte, würde sie damit ihre Schande offenbaren. Falls es Argumente zu ordnen gab, fielen sie Ariel nicht ein.

Was folgte, war einer dieser Momente vollkommenen Missverstehens, der unter anderen Umständen komisch gewesen wäre. Als Ariel gerade gesagt hatte: »Ich sehe, was du meinst«, schnitt ihr Laya das Wort ab. »Ja«, bestätigte sie. »*Du* kannst sehen. Ich nicht!«

»Und dann sagte sie wörtlich: ›Und solange ich nicht sehen kann, bin ich sicher‹«, berichtete Ariel Dr. Sarah Aguilar, die sie in der Minute angerufen hatte, in der sie ihr Büro erreichte. »Kann sie damit meinen, dass sie nicht sehen *will?*«

»Haben Sie sie gefragt, was sie gemeint hat?«, entgegnete Dr. Aguilar.

»Sie gab mir gar keine Möglichkeit dazu«, antwortete Ariel. Laya hatte einen kleinen Wutanfall bekommen. Sie hatte Ariel verboten, mit Max oder sonst jemandem über das zu sprechen, was sie ihr anvertraut hatte. Sie habe vor, erklärte sie, andere in Ruhe zu lassen, und nehme das auch für sich in Anspruch. Dann habe sie so übereilt und unbeholfen das Zimmer verlassen, dass sie gegen einen Tisch gestoßen sei und eine Blumenvase umgekippt habe.

»Nun«, fragte Ariel die Psychologin, »was halten Sie davon?«

»Ich weiß nicht, in welchem Kontext sie diese Äußerung gemacht hat«, erwiderte Sarah Aguilar. »Es hört sich an, als würde sie glauben, jemand sei hinter ihr her. Tut sie das?«

Ariel zögerte. Redeverbot hin, Redeverbot her, sie brauchte Hilfe bei dieser neuen Richtung, die Laya in Gedanken jetzt zu nehmen schien. (Und ja, auch ihr war der Gedanke gekommen: Wenn man Laya geblendet hatte, um sie als Zeugin unschädlich zu machen, hatte man sie damit harmlos gemacht; folglich war sie sicher. Aber mein Denken ist deduktiv. Und Layas Denken ist ungesund, wenn sie sich sagt: Solange ich blind bin, solange ich stumm bin, solange ich allem abschwöre, woran ich glaube, und zu einem Nichts zusammenschrumpfe, bin ich sicher.) »Nehmen wir der Einfachheit halber an«, antwortete Ariel ausweichend, »dass jemand *tatsächlich* hinter ihr her ist.«

»Ich dachte, sie hätte gesagt, sie kenne niemanden, der einen Grund habe, ihr zu schaden?«

»Das bedeutet aber nicht, dass er Laya nicht kennt. Es besteht die Möglichkeit, dass sie von so einem kranken Typen als Opfer ausersehen wurde. Sie kann einer solchen Figur aber auch nur *zufällig* in die Quere gekommen sein, richtig?«

»Ja, kann alles sein. Und wie war es? Ich kenne die Details der polizeilichen Ermittlungen nicht, so dass ich darauf nicht zu antworten in der Lage bin. Es ist jedoch kein großer Gedankensprung, wenn man davon ausgeht, dass jemand sie attackierte, wie sie war, das sie sich indirekt und unkontrollierbar verwundbar fühlen würde.«

»Hören Sie, Dr. Aguilar, halten Sie mich ruhig für verrückt, aber ihre Blindheit macht sie verdammt viel verwundbarer! Konnte sie vielleicht …«

»Ihre Blindheit als Sicherheit sehen? Als Versicherung gegen einen weiteren Überfall? Irrational, aber …« Dr. Aguilar hielt kurz inne. »Wir beide haben doch über die Stadien der Trauer gesprochen, nicht wahr? Über das Handeln und so weiter. Hier könnten wir eine Art Handel vor uns haben; das heißt, sie sagt sich etwa: Schicksal, ich bin jetzt genug geschlagen, nun such dir ein anderes Opfer. Oder ... es könnte etwas völlig anderes ein. Ich habe in fünf Minuten eine Patientin, und außerdem bin ich nicht Dr. Ruth mit ihren Sex-Ratschlägen«, fügte sie trocken hinzu. »Ohne Ihre Freundin weit besser zu kennen, als ich es tue, kann ich nicht rausbekommen, was sie fühlt oder warum.«

»Ich wollte Folgendes fragen: Ist es möglich, dass sie es mit Willenskraft dazu bringt, nicht zu genesen?«

»Natürlich könnte sie das«, kam Dr. Aguilars prompte Antwort. »Zu der Erkenntnis aber brauchen Sie doch nicht mich!«

»Nein.« Ariel hätte nicht erklären können, weshalb sie eine Frage gestellt hatte, auf die sie die Antwort kannte, oder was sie von einer Frau erwartet hatte, der sie die Tatsachen nicht hatte mitteilen dürfen, da Laya es verboten hatte.

»Bei der Genesung von einem körperlichen Trauma«, fuhr Dr. Aguilar fort, »kann der Kopf bei jedem Menschen eine entscheidende Rolle spielen. Und bei Ihrer Freundin mit ihrer durch Yoga hergestellten Verbindung von Verstand, Körper und Geist ... Wenn sie fähig war, sich selbst zu fahren oder sonst wie herzubringen, als sie in der Notaufnahme zugelassen wurde, hat sie einen wirklich starken Willen.«

»Hatte«, korrigierte Ariel düster. »Sie *hatte* einen starken Willen.« Sie ignorierte das Summen eines anderen Telefons und signalisierte einem der Rechercheure der Sendung »später«, als dieser gerade den Kopf durch die Tür steckte. »Laya war ›auf dem Pfad‹«, überlegte sie laut und lachte dann leise, als sie es sich sagen hörte. »Klingt verrückt, nicht wahr, wenn man sich mit den spirituellen Aspekten von Yoga nicht auskennt. Jetzt übt sie nicht mal mehr.«

»Das ist doch kaum überraschend, oder? Unter den gegebenen Umständen?«

»Sie meinen, weil sie blind ist? Selbst wenn sie die Posen nicht mehr einnehmen kann – und es ist absolut kein Grund zu erkennen, weshalb sie es nicht können sollte –, gibt es immer noch Meditation und Tiefenatmung … wie nennen sie es noch? Ach ja, *pranayama.* Und außerdem …«

»… wurde sie *vor gerade zwei Wochen* heimtückisch überfallen, Ariel. Gönnen Sie ihr doch ein bisschen Ruhe!«

»Dr. Aguilar …«

»Sarah.«

»Was ich zu sagen versuche, ist Folgendes: Laya ist nicht nur anders als die Person, die sie war, sondern das genaue Gegenteil davon. Wenn Sie sie gekannt hätten …« Ariel starrte mit blicklosen Augen auf den sich bewegenden Bildschirmschoner auf dem Monitor. »Laya ist eine Frau«, sagte sie langsam, »mit einer unglaublichen Selbstbeherrschung. Positiv, offen und selbstsicher. Sie hatte eine innere Ruhe, die so weit an heitere Gelassenheit heranreichte, wie es Sterblichen überhaupt möglich ist. Man konnte nicht in ihrer Nähe sein, ohne es zu fühlen. Das war der Wesenskern dessen, wer sie war.« Beschrieb sie Laya so, wie sie gewesen ist, fragte sie sich unwillkürlich, oder so, wie sie sie wahrgenommen hat? »Sie liebte das Leben, Sarah, jetzt versteckt sie sich davor.« Ariel suchte nach besseren Worten, es auszudrücken, schaffte es aber nicht. Sie räusperte sich. »Na ja«, sagte sie, »›je höher sie steigen, umso tiefer fallen sie‹, nehme ich an. Okay, ich vergeude Ihre Zeit und mein Geld. Schicken Sie mir eine Rechnung …«

»Ich habe wirklich nicht mehr als eine Minute und auch nicht vor, Therapie aus zweiter Hand zu betreiben, aber eine sehr kurze Geschichte möchte ich Ihnen noch erzählen. Ihre Freundin erinnert mich an eine junge Frau, die ich mal gekannt habe.«

»Oh?«

»Sie war eine Postulantin.«

»Wie bitte?«

»Eine Nonne in der Probezeit. Sie wissen schon, so ein Pinguin.« Ariel war sich nicht sicher, ob sie über diese Bemerkung lachen sollte. Bisher hatte sie die Psychologin nicht für einen Witzbold gehalten. »Also, diese junge Frau hatte immer gewusst, dass sie eines Tages Nonne sein würde, so wie sie wusste, dass morgens die Sonne aufgeht und dass Wasser nass ist. Dann verlor sie ihr Augenlicht.

»Ja?«

»Das nimmt einem Menschen den Kern weg, Ariel, das hinterlässt ein großes Loch.«

»Ich glaube nicht, dass ich verstehe, was Sie mir sagen wollen.«

»Sie verlor den Glauben, meine Liebe. Der Glaube verließ sie, und Verzweiflung füllte das Loch aus. Stellen Sie sich einen Musiker vor, der taub wird, oder einen Künstler, dessen Hände von Arthritis befallen werden. Stellen Sie sich irgendeinen Menschen vor, der genau das verliert, was ihn ausmacht.«

»Aber Layas Augenlicht ist nicht das, was sie ausgemacht hat …«

»Nein. Ich würde sagen, sie hat ihre innere Harmonie

verloren, ihren Seelenfrieden. Ihre – ich kenne nicht den genauen Yoga-Begriff – ihre Einheit mit dem universellen Geist oder was auch immer.« Dr. Aguilar brach abrupt ab. »Vielleicht sollte ich mich auch mit einem dieser Schnellverfahren auf den neuesten Stand bringen lassen.«

»Das sollten Sie«, sagte Ariel. »Sie sind auf dem richtigen Weg.«

»Wirklich? Wenn man darüber nachdenkt, habe ich mich nur Ihrer Führung anvertraut. Ihre Freundin ist diejenige, die das fehlende Bindeglied besitzt.«

»Das fehlende Bindeglied?«

»Das Warum. Warum hat sie ihre Selbstsicherheit verloren? Was hat sie ausgehöhlt? Diese Gräueltat wurde Laya angetan. Zorn wäre eine normale Reaktion gewesen. Blinde – verzeihen Sie mir das Wortspiel – Wut wäre normal. Beim Durchschnittsmenschen ist es keine ungewöhnliche Reaktion, dass er diese Wut nach innen richtet, so dass daraus Selbsthass wird. Aber Laya ist kein Durchschnittsmensch. Sie hat sich der Selbsterkenntnis verschrieben. Und Ihrer Meinung nach hatte sie dies in ungewöhnlich hohem Ausmaß erreicht. Gleichwohl kehrt sie diese Tragödie gegen sich selbst. Warum?«

Ariel, der verboten worden war, das fehlende Bindeglied zu liefern, *die Bindeglieder* – Schuldgefühle, Selbstekel, Buße –, fragte stattdessen: »Was ist mit der Postulantin passiert? Hat sie je ihren Glauben zurückgewonnen?«

Sarah Aguilar gluckste. »Oh, sie ist wieder sicher im Schoß der Gemeinde gelandet.«

»Und ist sie Nonne geworden?«

»Sie hat das Fach gewechselt, und jetzt wartet eine Patientin auf sie. Sie wird Ihnen eine Rechnung schicken.«

19

Der Rest dieses Donnerstags und die nächsten beiden Tage vermittelten Ariel ein Gefühl tiefer Wertschätzung für Jongleure, besonders für Menschen, die mit einem Familienleben und einer Karriere jonglieren konnten.

Der erste Ball ging am Vormittag in die Luft, als Ariel zu Chris Valente ins Büro gerufen wurde. Gleich neben der Tür befand sich ein schwarzes Brett, auf dem genehmigte Beiträge aufgeführt waren sowie diejenigen, über die man noch nicht entschieden hatte. Einer der Beiträge unter der ersten Rubrik, das ungeklärte Verschwinden eines Kindes, hatte monatelang unter »noch offen« geschmort, da es wegen Mangels an brauchbaren Hinweisen nicht voranging. *The Open File* war ein passender Name für die Sendung – offen für Interpretationen, offen für Ermittlungen, offen für die Möglichkeit einer Lösung. Geschichten, in denen nicht mal der Hauch einer Lösung zu erwarten war, wurden von den Zuschauern abgelehnt. Bis jetzt, behaupteten die Leute aus der Rechtsabteilung, waren alle Ahnungen in dieser Geschichte juristisch verfolgbar.

Es sei ein Anruf von einer früheren Nachbarin der Familie des vermissten Kindes gekommen, erfuhr Ariel von ihrem Chef. Die Frau habe einen vernünftigen Eindruck gemacht. Sie sei bereit zu reden, wenn auch verspätet. Es war nicht Ariels Story, aber der dafür zuständige Kollege saß in Mexiko in Quarantäne fest. Valente zeigte auf Ariel. »An die Arbeit!«, sagte er.

Während sie eilig nach Hause fuhr, um für eine Übernachtung in Philadelphia zu packen, ging sie in Gedanken durch, wer in ihrer Abwesenheit bei ihren eigenen Geschichten was womit tun sollte. Das war keine große

Sache; ungeplante Kurzreisen waren in Ariels Leben nicht ungewöhnlich. Normalerweise brauchte sie sich an der Heimatfront keine Sorgen zu machen, die über die Unterbringung ihrer Hündin hinausgingen. Und Jessie war heute die geringste ihrer Sorgen.
Was ist, wenn Hattie und Laya nicht miteinander auskommen?, fragte sich Ariel. Wird Hattie bereit sein, über Nacht zu bleiben? Würde sie den Freeway bewältigen (nicht gerade das, was sie am liebsten tat), um Laya zu ihrer Wohnung zu bringen, damit diese einen Koffer packen konnte? Laya brauchte Kleider. Außerdem versuchte Ariel sich zu erinnern, wo ihr zweiter Hausschlüssel lag. Hatte ihre Nachbarin ihn noch seit dem Trip nach San Francisco? Sollte Jessie aus Rücksicht auf Layas Ängste wieder zu Marguerite? Wäre es aus Sicherheitsgründen nicht besser, wenn sie im Haus bliebe?
Sicherheit! Erst in diesem Moment fiel Ariel wieder ein, dass sie beim Verlassen des Hauses am Morgen die Alarmanlage nicht eingeschaltet hatte. Und sie hatte auch Hattie nicht angewiesen, es zu tun, ja, ihr nicht einmal gesagt, wie man die Alarmanlage einschaltete, oder auch nur, dass es sie gab.
Ariel begann im Geiste mit einer Liste all der Dinge, die Hattie wissen musste. Telefonnummern: Handy, Dr. Crowne, der Tierarzt, der private Sicherheitsdienst. Was sonst? Den Geschirrspüler nur dann laufen lassen, wenn er voll war. Morgen früh musste sie das Seitentor für den Gärtner offen lassen und nicht vergessen, es hinterher wieder abzuschließen. Und sie musste ihr zeigen, wo bestimmte Dinge zu finden waren wie etwa Müllsäcke, Kerzen für den Notfall, Toilettenpapier, Taschenlampe … (Moment mal. Stichwort Toilettenpapier. Ist es alle?) Ihr Handy läutete.

»Zurück zur Basis«, sagte Tara Castanara. »Auftrag zurückgezogen.«
»*Was?*« Um ein Haar hätte Ariel gebrüllt, tat es aber nicht. »Was ist da los?«, wollte sie wissen. Tara konnte es ihr nicht sagen.
»Wir haben nicht zu fragen, warum«, antwortete sie mit sanfter Stimme.
»Sie vielleicht nicht, aber ich!«, entgegnete Ariel scharf. Sie hatte bei ihrer Assistentin in jüngster Zeit eine Neigung bemerkt, in Zitaten zu sprechen, was sie schmeichelhaft gefunden hatte. »Nachahmung ist die aufrichtigste aller ...« et cetera. In dem Moment wusste sie, warum Menschen oft die Augen verdrehten, wenn sie selbst so lossprudelte.
Ariel überlegte, ob sie wenden und zurückfahren sollte, entschloss sich dann aber, es nicht zu tun. Ihr Haus war jetzt näher als das Studio; sie konnte sich genauso gut erkundigen, was als Mittagessen vorgesehen war.
»Rufen Sie bitte jeden an, dem wir abgesagt haben«, wies sie ihre Assistentin an, »und sehen Sie zu, welche Termine Sie wieder hinkriegen können. Besonders Shaw.« Shaw war ein Kongressabgeordneter, hinter dem sie schon so lange hertelefonierte, dass es ihr wie eine Ewigkeit vorkam. Er war nur für einen Tag in der Stadt. »Bitte, Tara, kriegen Sie das mit Shaw wieder hin! Betteln Sie, wenn es sein muss. Und rufen Sie mich an, wenn Sie nicht zu ihm durchkommen.«
Tara hatte die Instruktionen nicht nötig; sie wusste, was zu tun war, ohne dass man es ihr sagte. »Ja, Memsahib«, erwiderte sie. »Ich lebe, um zu dienen.«
»Vergessen Sie die heutige Verabredung zum Lunch. Es ist zu spät. Ich bin drei Straßenblocks von zu Hause. Ich werde dort eine Kleinigkeit essen.«

»Dann werde ich diese Nachricht wegwerfen.«
»Was für eine Nachricht?«
»Die jemand hinterlassen hat, der aus Ihrem Haus anrief.«
Ariel trat aufs Gaspedal. »Wer? Wer hat angerufen?« Hattie, um zu sagen, dass sie es sich anders überlegt hatte? Um zu sagen, dass Laya verunglückt war? Um zu sagen, dass Jessie Arthur gefressen hat?
»Kein Name«, antwortete Tara, »aber es ist Ihre private Nummer.«
»Wie lautet die Nachricht?«
»Rufen Sie zu Hause an.«
Das Haus war nicht abgebrannt, wie Ariel sah, als sie dort ankam. Im Wohnzimmer waren keine Anzeichen von Unfall oder Chaos, wie sie bemerkte, als sie es betrat, kein Blut und auch kein herumfliegendes Fell. Im Haus war nirgendwo ein Mensch oder ein Tier zu sehen, als sie von einem Zimmer zum nächsten eilte.
Hatties Wagen ...? War er vor dem Haus geparkt gewesen? Hattie hatte doch wohl kaum mit allen einen Ausflug gemacht. Laya und Jessie auf dem beengten Raum eines Autos zusammengepfercht? Niemals!
Aber wo war Jessie? Der Hund begrüßte sie immer. Aus der anfänglichen Beunruhigung wurde allmählich wirkliche Besorgnis.
Layas Bett war säuberlich gemacht, das Gästebad leer. Ariel begab sich zur Küche. »Hattie?«, rief sie. »Laya?« Auf dem Herd köchelte irgendeine Suppe. In der völligen Stille des leeren Hauses erschien Ariel das als Unheil verkündend. »Jemand da?«, fragte sie.
Die Tür zum Hintergarten ging auf. »Würden Sie bitte aufhören, so zu schreien?«, flüsterte Hattie. »Sie schläft ein bisschen.«
Ariel ließ sich auf einen ihrer neuen antiken Küchenstühle

fallen. »Wo schläft sie?«, fragte sie. »Und wo waren *Sie?* Wo sind überhaupt alle?«

Hattie machte die Tür leise hinter sich zu. »Ich habe gar nicht gewusst, dass Sie so übernervös sind«, sagte sie und ging zum Herd, um die Suppe umzurühren. »Was ist in Sie gefahren?«

»Sie haben im Studio eine Nachricht hinterlassen.«

»Das stimmt. Ich sagte ›bitte anrufen‹, aber nicht ›bitte herkommen‹.«

Ariel stand auf und sah aus dem Fenster. Laya lag auf einem der Liegestühle. Sie hatte sich Kopfhörer aufgesetzt und hielt etwas, was wie ein Transistorradio aussah, auf der Brust. Arthur hatte sich neben ihr zusammengerollt und blickte zum Fenster hin. »Wo ist Jessie?«, fragte Ariel.

»Als ich sie zuletzt sah, im Garten«, antwortete Hattie.

In diesem Moment entdeckte Ariel die Hündin. Sie lag auf einem sonnigen Rasenfleck in der hinteren Ecke des Gartens. Alle vier Pfoten ruderten in der Luft herum, als sie sich zappelnd den Rücken kratzte.

»Was ist los, Hattie? Warum haben Sie mich angerufen?«

Hattie tauchte eine Schöpfkelle in den Topf und löffelte Flüssigkeit heraus, die sie kritisch betrachtete. »Sie haben kein Toilettenpapier mehr«, erklärte sie und pustete den Löffel an. »Ich habe angerufen, um zu sagen, dass Sie welches mitbringen sollen.«

»Toilettenpapier?«, fragte Ariel verständnislos.

Hattie nippte an der Suppe, schmatzte und bemerkte: »Ohne Schinkenknochen keinen Schuss Pulver wert.« Sie ließ die Schöpfkelle ins Spülwasser fallen. »Ja, Toilettenpapier. Hat sich als nützlich erwiesen, nachdem man nicht mehr die Versandhauskataloge aufs Klo hängt.« Sie lächelte über ihren kleinen Scherz. »Ich wäre selbst losgefahren, um es zu besorgen, und eine Schweinshaxe dazu, aber ich wusste nicht, wo der Laden ist. Das muss ich wissen und noch eine Menge mehr, es sei denn, Sie wollen, dass ich Sie jede Minute anrufe.«

Ariel nickte. Sie würde eine Karte zeichnen und eine Liste erstellen. Sie goss sich etwas Wasser ein, und nachdem sie das Glas ausgetrunken hatte, sagte sie: »Vergessen Sie den Schinken. Da ist noch etwas, was ich Ihnen bisher nicht mitgeteilt habe. Laya ist Vegetarierin.«

»Sagen Sie das dem Huhn, das es zum Abendessen gibt.«

»Wie bitte?«

»Sie hatten es in der Tiefkühltruhe. Ich taue es gerade auf. Ich habe sie gefragt, ob ihr Hühnchen mit Gemüse recht sei. Sie sagte, in Ordnung.«

»›In Ordnung‹?« Ariel starrte Hattie an und winkte dann mit einer schlaffen Hand. »In Ordnung. Vielleicht ist sie keine Vegetarierin mehr. Ich kann mich nicht über alles informiert halten, was sie betrifft.« Sie warf einen Blick aus dem Fenster. Laya hatte sich nicht bewegt. »Wie geht es ihr? Was meinen Sie?«

»In den letzten fünf Stunden keine spürbare Veränderung.« Hattie folgte Ariels Blick, und die Falten, die ihr mageres Gesicht durchzogen, wurden tiefer. Sie öffnete den Kühlschrank und begann den Inhalt der Gemüsefächer zu untersuchen. Ihre Stimme klang gedämpft, als sie meinte: »Hat nicht viel zu sagen, oder?«

»Meist nicht.«

Laya hatte sich ein Kissen unter den Kopf gesteckt, wie Ariel bemerkte, und sich eine Decke um die Beine gelegt. Auf einem Tisch in der Nähe sah Ariel einen leeren Teller und ein hohes Glas mit einer Zitronenscheibe am Rand. Oh, oh!, dachte Ariel; und sie hatte befürchtet, Hattie würde ungefällig sein. Sie sah sich verstohlen um. Der Kopf der alten Frau war noch im Kühlschrank, und ihr knochiges Hinterteil ragte hinter der Tür hervor. Wer war diese liebenswürdige Fremde, und wo war die wirkliche Hattie? Ariel ließ ihren fragenden Blick zu der Szene draußen im Garten zurückwandern. Auf dem zweiten Liegestuhl lag ein aufgeschlagenes Buch. Hatte Hattie Laya in den Schlaf gelesen?

»Was ist das hier?« Hattie hielt Ariel einen nicht mehr ganz taufrischen Rettich hin.

»Abfall.« Ariel nahm ihn und warf ihn weg.

»Was war es, bevor es Abfall war?«

»Ein Chinesischer Rettich. Ist Laya mit Jessie da draußen gut zurechtgekommen? Ich meine, so nahe?«

»Der Hund geht ihr ziemlich aus dem Weg. Er hält Distanz zu dem Kater, würde ich sagen. Wollen Sie etwas Suppe?«

»Aber ja, gern. Sie schläft zu viel. Ich meine Laya. Das ist alles, was sie zu tun scheint.«

»Dann braucht sie es.«

»Es ist, als … sie hatte immer dieses Licht, verstehen Sie?«

»Dieses was?«

»Es war so etwas wie ein inneres Glühen. Das ist ausgegangen.« Ariel seufzte. »Sieht aus, als würden Sie sich gut um sie kümmern.«

Hattie machte ein Gesicht, als hätte man sie bei einem peinlichen Fehltritt erwischt. »Die Frau ist tieftraurig«, entgegnete sie. »Kann nicht schaden, sie ein wenig zu verwöhnen.« Sie löffelte Suppe und wechselte das Thema. »Sie haben Anrufe bekommen. Ich hab's irgendwo auf einem Zettel aufgeschrieben. B. F. war einer davon.«

»B. F. hat angerufen?«

»Nichts Wichtiges, soll ich Ihnen sagen.«

»Wo ist er überhaupt? Ich versuche schon seit …«

»Fing an, von irgendeiner Frau zu sprechen – merkwürdiger Name –, eine Freundin von ihm, aber dann …«

»Freundin?« Ariel, plötzlich ganz Ohr, hielt in ihrer Suche nach dem Zettel inne.
»... nicht so wichtig, sagte er; er wird es Ihnen später erzählen.«
Als sie den Zettel, auf dem die Nachrichten standen, las, stieß sie auf eine Einladung zu einem Dinner, an dem sie am Vorabend hätte teilnehmen sollen und das sie völlig vergessen hatte. »Verdammt!«, brummte sie. Hattie schürzte die Lippen. »B. F. hat also nicht gesagt, wo ich ihn erreichen kann ...«
Das Telefon läutete. Tara hatte Termine neu vereinbart, wo es sich habe machen lassen, wie sie Ariel mitteilte. Der Kongressabgeordnete Shaw habe die für Ariel vorgesehene Zeit schon anderweitig verplant, aber wenn sie sofort zu ihm ins Hotel fahren könne, werde er sich mit ihr treffen. Ariel nahm die Suppe in einer Thermosflasche mit und aß sie unterwegs.
Um fünf Uhr nachmittags rief sie daheim an, um zu sagen, dass sie sich vielleicht ein wenig verspäten werde. Um zehn nach sechs packte sie ihre Aktentasche mit Arbeit für zu Hause voll, als sie die Einladung zu dem Dinner entdeckte, das sie verpasst hatte. Sie nahm sich die Zeit, schnell anzurufen und sich zu entschuldigen, und las dabei Hatties geheimnisvolle Mitteilungen.
»Henry keine Nummer«, hatte Hattie geschrieben und »Thorpes nicht da eine Woche Post«. Die erste Nachricht interpretierte Ariel so, dass Henry angerufen, aber keine Telefonnummer hinterlassen hatte. Die zweite: Ihre Nachbarn, die in den Urlaub fuhren, erinnerten sie daran, die Post für sie aufzubewahren. Die letzte Nachricht war nicht zu verstehen. »B. F. hat alten Nole gefunden.« Hattie hatte das durchgestrichen und hingeschrieben: »B. F. bald zu Hause, wird anrufen.«

Ariel legte auf, sagte »Nole?« und warf den Zettel weg. Sie machte gerade ihre Aktentasche zu, als Tara mit der Nachricht hereinstürmte, dass der bisher auf Eis liegende Beitrag für den nächsten Montag gerade genehmigt worden sei.

Um neun Uhr kam Ariel zu Hause an und fand Laya und Hattie nebeneinander im Wohnzimmer stehen. Aufrecht und reglos und mit geschlossenen Augen, sahen sie aus, als warteten sie darauf, in den Himmel gebeamt zu werden.

»Sie nennt es Berg«, erzählte Hattie Ariel ein paar Minuten später in der Küche. »Ihr Essen ist im Herd.«

»Bergpose«, sagte Ariel und nahm den mit Alufolie zugedeckten Teller aus dem Ofen. »*Tadasana.* Danke. Tut mir Leid, dass ich so spät komme.«

»Ich bat sie, mir etwas von Yoga zu zeigen, aber ich kann nicht behaupten, dass ich viel daran finde. Man steht an einer Stelle und tut nichts. Wozu soll das gut sein?«

»Ich weiß, was Sie meinen«, pflichtete Ariel ihr bei. Sie entschied sich klugerweise dafür, etwas, von dem sie selbst nicht wusste, ob sie es verstand, nicht zu erklären. Es erleichterte sie sehr, dass es Hattie nicht aufbrachte, so lange dableiben zu müssen, dass Laya etwas mehr tat, als nur zu vegetieren, dass Laya, Jessie und Arthur immer noch gemeinsam im selben Haus lebten und dass keiner von ihnen stark hechelte oder blutete.

Am nächsten Tag, einem Freitag, ging alles drunter und drüber.

Der abgesagte Trip nach Philadelphia wurde neu verfügt. Hattie erklärte sich einverstanden, über Nacht zu bleiben, und obendrein bereit, Laya zu deren Wohnung zu fahren, damit diese sich etwas Kleidung holen konnte, nachdem sie eine Karte von Los Angeles so aufmerksam studiert hatte, als plante sie einen Flug zum Alpha Centauri. Marguerite würde Jessie zu sich nehmen. Ariel fand ihren zweiten Hausschlüssel wieder und gab ihn Hattie, die einem Schnellkurs unterworfen wurde, der sie mit den Schlüsseln, der Alarmanlage sowie größeren und kleineren Haushaltsgeräten und Vorräten bekannt machte. Sie erhielt alle wichtigen Telefonnummern und eine handgezeichnete Karte, auf der der nächst gelegene Lebensmittelladen, die Apotheke und das Krankenhaus eingezeichnet waren.

In gereizter Stimmung brach Ariel zur Stadt der Brüderlichen Liebe auf, wo sie Interviews mit Leuten führte, denen dieses Gefühl fremd zu sein schien. Sie verbrachte dort dreißig Stunden, davon einen übermäßig großen Anteil mit Arbeit; und doch konnte man sie erholsam nennen im Vergleich mit denen, die ihrer Reise unmittelbar vorausgingen. Als sie am späten Samstagabend nach Hause zurückkehrte, schien jedes Licht im Haus und auch draußen zu brennen. Vor dem Haus parkte der Streifenwagen des privaten Wachdienstes.

20

»Was ist los?«, rief sie und stürmte ins Haus. »Was ist passiert?«

Hattie stand breitbeinig und mit verschränkten Armen mitten im Wohnzimmer. Laya saß mit dem Kater auf dem Schoß auf dem Sofa. Glitzernder Lichtschein spiegelte sich im Glas ihrer dunklen Brille, als sie den Kopf hob.

Ariel konnte durch ein offenes Fenster ein Rascheln hören, als würde sich da draußen jemand im Unterholz bewegen, sowie das leise, schwankende Rauschen eines Walkie-Talkie. »Wer ist das?«, fragte sie. »Ist das der Mann vom Wachdienst?«

Hattie blickte zu Laya und nickte.

»Jetzt sagt schon, was geht hier vor?«

»Da draußen war jemand«, erklärte Laya.

»Hast du jemanden ...« *gesehen* hätte Ariel um ein Haar gefragt. »Hast du jemanden gehört?«

»Ja.«

»In unserem Garten?« Ariel ließ Handtasche und Reisetasche zu Boden fallen und ging zum Fenster. Sie sah den Lichtstrahl einer Taschenlampe, der auf ihrer Kirschmyrtenhecke hin und her wanderte. »Es gibt nur einen Weg, um hier reinzukommen«, sagte sie. »Man muss über den Zaun klettern oder das Schloss am Tor aufbrechen. Oder ...« Sie wandte sich an Hattie. »Der Gärtner ist gestern hier gewesen. Haben Sie das Tor abgeschlossen, nachdem ...«

»Habe ich«, unterbrach sie Hattie.

Ariel blickte wieder durchs Fenster, doch sie sah nur Büsche, die sich in einer kaum wahrnehmbaren Brise sanft bewegten. Der Lichtstrahl der Taschenlampe verschwand.

»Was hast du gehört?«, fragte sie Laya.

»Wie sich jemand bewegt hat.«

»Hattie, haben Sie gesehen ...«

»Hattie war in der Küche«, fiel ihr Laya ins Wort. »Sie hat nichts gesehen oder gehört.«

»Bist du sicher, dass es in unserem Garten war? Hätte es nicht auch auf der anderen Seite des Zauns sein können?«

»Nein«, antwortete Laya. Ariel bemerkte, dass ihre Freundin die Finger an die Schläfe presste, gegen den Knochen der Augenhöhle, als fiele es ihr schwer, sich zu konzentrieren.

»Nebenan ist niemand zu Hause«, sagte Ariel. »Sie sind weggefahren.« Erst in diesem Moment fiel ihr ein, dass sie die Post der Nachbarn an sich nehmen sollte, was sie aus irgendeinem Grund an Henry denken ließ. Er hatte am selben Tag angerufen wie ihre Nachbarn; sie hatte nicht zurückgerufen. Sie hörte Schritte von der hinteren Seite des Hauses, kurz bevor eine Männerstimme »Hallo« rief.

»Wir sind hier!«, rief Ariel zurück.

Der Mann von dem privaten Wachdienst war weitgehend wie seine offiziellen Brüder ausgestattet, einschließlich der Pistole, die in einem Holster an seiner Hüfte steckte. Er schien jedoch noch nicht in dem Alter zu sein, in dem man ihm eine Pistole anvertrauen konnte. »Da draußen ist alles in Ordnung«, sagte er mit einem Akzent, den Ariel in Maine unterbrachte. Als er sie sah, errötete er leicht – es hätte nicht viel gefehlt, da wäre er wie ein Schuljunge von einem Fuß auf den anderen getreten – und nickte. Und als sie ihren Namen nannte, erwiderte er: »Ja, Ma'am, ich weiß. Ihre Sendung gefällt mir.« Dann räusperte er sich und machte Meldung. Wie sich erwies, hatte er mehr oder weniger das Gleiche festgestellt wie sie. »Das Tor ist abgeschlossen. Es gibt nur einen Weg, um reinzukommen, nämlich über den Zaun zu klettern.« Seine Mütze rutschte ihm in die Stirn, als er sich im Nacken kratzte und die Situation überdachte. »Ist auch nicht zu hoch. Nichts, was jemanden davon abhalten könnte, rüberzuklettern, wenn er in einigermaßen gutem körperlichem Zustand ist oder etwas hat, worauf er steigen kann. Es sei denn … das hätte er aber von einem der Gärten Ihrer Nachbarn tun müssen.«

»Die Leute im Westen sind nicht da«, teilte ihm Ariel mit. »Mr …?«

»Todd McCutcheon. Ja, Ma'am, die Thorpes. Ich glaube, sie bleiben die ganze Woche weg. Nun, ich sollte mir besser auch ihr Anwesen ansehen.« Mit einem »Bin gleich wieder da« ging er, um genau das zu tun.

Die drei Frauen warteten schweigend. Sie hörten von der anderen Seite des Zauns gelegentlich einen gedämpften Laut, dumpfe Geräusche und das Rauschen eines Sprechfunkgeräts. Ariel begann auf und ab zu gehen. Hattie rückte an der Wand ein Bild zurecht und schnippte dann ein Staubkorn vom Rahmen. Das Schweigen zog sich in die Länge. Laya zuckte zusammen, als Arthur aus keinem erkennbaren Grund abrupt von ihrem Schoß hinuntersprang. Ariel hatte plötzlich das Gefühl, dass sie alle Schauspielerinnen waren, die man ohne Text auf der Bühne hatte stehen lassen.

Hattie löste die Spannung. »›Anwesen‹!«, stieß sie hervor.

Laya drehte sich zu ihr um. »Wie bitte?«

»›Anwesen‹ hat der Mann es genannt. Er will sich nebenan doch nur ein bisschen im Garten umsehen. Warum konnte er das nicht einfach so sagen?« Sie setzte sich erschöpft hin und schüttelte den Kopf. »Wie ein Junge, der Räuber und Gendarm spielt.« Nach einem weiteren endlosen Moment fragte sie Ariel: »Haben Sie schon gegessen?«

Bevor Ariel antworten konnte, wurde höflich an der Tür geklopft, und McCutcheon war wieder da. »Ich hab niemanden entdeckt. Ob jemand da war, kann ich nicht sagen, aber …«

»Aber?«, fragte Ariel.

»Das Vorhängeschloss hängt offen am Schließband ihres Gartentors, so dass jeder hineingehen kann. Und auf dem Blumenbeet dort neben dem Zaun gibt es ein paar Fußabdrücke. Relativ frisch und ziemlich groß. Mit hoher

Wahrscheinlichkeit von einem Mann.« Er bemerkte Ariels Gesichtsausdruck und ihr kaum wahrnehmbares Kopfschütteln. »Mrs Gold?«

»Mir fällt gerade ein ... die Thorpes haben denselben Gärtner wie ich.« Ariel wandte sich an Hattie. »Waren seine Leute gestern Nachmittag da?«

Hattie nickte. »Wahrscheinlich haben die Thorpes das Tor offen gelassen, damit die Leute reinkommen können. Die Fußabdrücke ...« Ariel zuckte leicht mit den Schultern »... könnten ihre sein.«

McCutcheon fragte unvermittelt: »Haben Sie immer noch Ihren Hund?«

»Ja«, begann Ariel, »aber er ist nicht ... Woher haben Sie gewusst, dass ich einen Hund habe?«

»Große reinrassige Schäferhündin, richtig? Gut ausgebildet? Ich sehe Sie, wenn Sie sie spazieren führen. Sie haben sie mir mal vorgestellt, wissen Sie noch? Gleich nachdem Sie sie bekommen hatten. Muss jetzt ungefähr ein Jahr her sein.«

»Oh, sicher. Natürlich.« Ariel fragte sich, ob jemals der Tag kommen würde, an dem es ihr absolut nichts mehr ausmachen würde, von Dingen zu hören, an die sie nicht die leiseste Erinnerung hatte. Sie lächelte. »Sie haben vielleicht ein Gedächtnis. Ich dachte, Sie hätten nur klug aus anderen Dingen geschlossen, dass ich einen Hund habe.«

»So klug braucht man dazu gar nicht zu sein, denn hinten bei Ihnen im Garten liegt ein halb zerkauter Knochen aus Rinderhaut und ein Gerät, um Hundekot zu entfernen. Aber was mich jetzt noch interessiert – als Sie das Geräusch hörten, wie reagierte da der Hund?«

»Jessie war nicht hier.«

»Das ist zu schade.« McCutcheon kratzte sich erneut am Kopf, ehe er fortfuhr: »Wissen Sie ... es gibt überraschend viel wild lebende Tiere in dieser Gegend. Besteht vielleicht die Möglichkeit, dass es ein Tier war, was Sie gehört haben? Vielleicht ein Opossum? Oder ein Waschbär? Waschbären können ziemlich dreist werden …

»Es war kein Waschbär«, sagte Laya.

»Verstehe, Ma'am.« McCutcheon nickte. »Nun ja, ich habe die ganze Nacht Dienst und werde hier ein paar Extrarunden drehen. Sollten Sie was hören, rufen Sie einfach.«

Als sich die Tür hinter ihm geschlossen hatte und Hattie gegangen war, um ihre Habseligkeiten zu holen, sagte Laya: »Er glaubt nicht, dass da draußen jemand war. Er denkt, ich hätte mir eingebildet, was ich … gehört habe.«

Ariel bemerkte die kaum wahrnehmbare Pause und fragte sich, was das zu bedeuten hatte. Und sie bemerkte auch, dass Layas Fingerspitzen an ihrem rechten Auge tasteten.

»Vielleicht«, sagte sie, »aber er scheint mir irgendwie … Laya, hast du was am Auge?«

»Es ist nur … unangenehm.«

»Unangenehm? Lass mich mal sehen.«

»Ist schon in Ordnung.«

»Dann lass Hattie mal nachschauen. Sie versteht sich ziemlich gut auf …«

»Ich habe wirklich was gehört. Und dieser Soundso, wie heißt er noch, McCutcheon, glaubt mir nicht.«

Ariel musste ihr Recht geben, McCutcheon bezweifelte, dass jemand im Garten umhergeschlichen war. »Es ist unwahrscheinlich«, sagte sie vorsichtig, »dass dieser Mann, wer es auch gewesen sein mag, der dir dies angetan hat, immer noch hinter dir her ist. Meinst du nicht auch? Woher soll er wissen, wo du …«

»Ariel, du bist oft ins Krankenhaus gekommen. Jeden Tag. Ich weiß das. Vielleicht weiß er es auch. Du bist Fernsehjournalistin. Da muss er sich fragen, ob ich mit dir spreche. Ob ich dir erzähle, was ich gesehen habe. Wen ich gesehen habe. Arbeitest du an einem Exklusivbeitrag, der jeden Moment gesendet werden kann? Woher soll er wissen, dass du als Freundin da gewesen bist?«

»Aber Laya, *jetzt?* Zwei Wochen nach ...«

»Da waren Cops im Krankenhaus, richtig? Ich wurde bewacht. Und hier bin ich erst seit drei Tagen, richtig? So lange hat er also gebraucht, um herauszufinden, wo du wohnst. Oder du hast so lange gebraucht, um mich zum Reden zu bringen oder um nachzuprüfen, was ich dir erzählt habe, oder um die Story in deinen Zeitplan einzubauen oder ... woher soll ich wissen, was im Kopf dieses Mannes vorgeht? Glaubst du, ein Mensch, der so etwas tut, denkt wie du und ich?«

»Ich glaube ... Es fällt mir schwer, mir einen Menschen vorzustellen, der Medikamente vergiftet – die Art von Mensch, der hinterhältige, anonyme Gemeinheiten vorzieht – und dann noch den Nerv hat, hier aufzukreuzen. Im Gebüsch herumzuschleichen, wo man ihn leicht ...«

»Wie wär's mit der Art von Mensch, der einen Mann ganz bewusst zu Tode prügelt? Kannst du dir bei dem vorstellen, dass er den Nerv hat, sich hier blicken zu lassen?«

»Hast du gesagt ... zu Tode prügelt?«, fragte Ariel.

»Ja«, bestätigte Laya. »Ich weiß über James Price Bescheid. Ich habe mehrmals im Krankenhaus angerufen. Heute habe ich endlich jemanden erwischt, der diese Information bekannt gab.«

Ariel machte den Mund zu, doch da sie nicht wusste, was sie sagen sollte, machte sie ihn wieder zu.

»Warum«, fragte Laya, »hast du mich seinetwegen angelogen? Warum hast du mir nicht erzählt, dass er gestorben ist?«

»Ich dachte, du hättest so schon genug Sorgen«, antwortete Ariel.
»Und jetzt ist da noch etwas, worum ich mir Sorgen machen muss«, sagte Laya leise. »Um das Vertrauensverhältnis zwischen dir und mir.«
Es gab vermutlich viele besänftigende Dinge, die sich hätten erwidern lassen, aber Ariel fielen sie nicht ein. Sie griff nach ihrer Handtasche. »Sag Hattie, dass ich in ein paar Minuten wieder da bin. Ich hole Jessie ab.«

Jessie verschlief die Nacht friedlich in ihrem eigenen Korb. Von Ariel ließ sich das nicht sagen. Sie blieb noch lange wach, blätterte in einer Zeitschrift, die sie auf die hochgezogenen Knie gelegt hatte, und hielt gelegentlich inne, um etwas auf einen Stenoblock zu kritzeln, der neben ihr lag. Wenn sie aufmerksam lauschte, hörte sie das Geräusch des Streifenwagens bei einer seiner häufigen und langsamen Runden. McCutcheon mochte skeptisch sein, aber auf sein Wort war Verlass.
Ariels Kritzeleien, denen sie nur ihre halbe Aufmerksamkeit widmete, hatten nichts mit ihrer Lektüre zu tun. Es waren Fragen und Argumente, die sie Laya vorlegen wollte. Es sollte ein offizielles Gespräch werden, als handelte es sich etwa um ein Interview für einen Beitrag für *The Open File.* Das Gespräch sollte gleich am Morgen stattfinden. Ariel spürte, dass ihre Freundin in der Abgeschiedenheit hinter der Tür des Arbeitszimmers ebenso unruhig war wie sie selbst.
»Aua!«, sagte sie fünf Stunden später, als sie sich umdrehte und auf dem Ringmechanismus ihres Notizblocks landete. Die Zeitschrift war zu Boden gerutscht. Sie stieß ein Seufzen aus und versuchte durch regloses Liegenbleiben den Schlaf zurückzulocken. Es war Sonntag, früher Sonntag-

morgen, wie sie wusste, so wie man es eben weiß, vage informiert durch irgendeinen kleinen inneren Kompass, der selbst dann funktioniert, wenn man nur halb bei Bewusstsein ist. Sie brauchte sich nicht zu beeilen, musste nirgendwohin, hatte nichts zu tun, das nicht warten konnte bis …

Sie riss die Augen auf, als sie hörte, wie die Haustür aufgeschlossen wurde. Blitzschnell blickte sie zu Jessie hinüber, deren Ohren zuckten, aber ohne jede Besorgnis. Die Hündin gähnte, erhob sich und streckte sich wohlig, bis ihr Körper eine perfekte Yoga-Stellung hatte – passenderweise *adho mukha shvanasana,* nach unten blickender Hund. Ariel schleppte sich zum Wohnzimmer.

Hattie war an diesem Morgen gar nicht erwartet worden, aber da stand sie nun, und auch noch hübsch angezogen. Sie trug ein marineblaues gepunktetes Musselinkleid mit einem schneeweißen Kragen. Ihr Gesicht hatte sich zu einer angestrengten Maske verzogen, als sie auf Knöpfe drückte und die Alarmanlage sicherte. »Es geht über meinen Horizont, was aus diesem Land geworden ist«, brummte sie. »Als lebten wir in einem Gefängnis!«

»Guten Morgen«, sagte Ariel leise und schläfrig. Sie räusperte sich. »Was tun Sie denn hier?«

»Alles in Ordnung mit Ihnen?«, flüsterte Hattie zurück.

»Uns geht's gut. Sie sollten doch heute Ihren freien Tag nehmen.«

»Raus hier!«, befahl Hattie Jessie, die an ihrer schwer aussehenden Einkaufstasche mit Lebensmitteln schnupperte, die an Hatties Arm hing. »Der Tag gehört mir«, sagte sie. »Ich denke doch, dass ich damit anfangen kann, was ich will.« Sie runzelte grimmig die Stirn. Ariel brauchte einen Augenblick, um zu erkennen, dass das, was sie sah, nicht Missvergnügen war, sondern Unsicherheit. Das war keine

Gefühlsregung, die sie bisher oft mit Hattie in Verbindung gebracht hatte. »Was ist in der Tüte?«, fragte sie.
»Schinken. Ein Smithfield, und außerdem Stangenbohnen und Süßkartoffeln.«
»Süßkartoffeln?«
»Und Zitronen für einen Pie. Mögen Sie Süßkartoffeln nicht?«
»Doch, doch.«
»Sie haben es vergessen, nicht wahr? Sie haben nicht daran gedacht.«
»Hattie ... woran gedacht?«
»Es ist Ostern«, sagte Hattie. »Wenn Sie irgendwas erledigen wollen, gehen Sie los und tun Sie's. Ich kümmere mich um sie.« Auf dem Weg in Richtung Küche sagte sie über die Schulter: »Wenn nicht, gibt's trotzdem viel zu tun.«
Ungefähr im gleichen Augenblick wurden Ariel etwa sieben verschiedene Dinge bewusst. Dass Hattie Recht hatte; sie, Ariel, hatte überhaupt nicht an das Datum gedacht und hätte fast auch die Jahreszeit verpasst. Sie hatte schon jetzt praktisch einen ganzen Monat des Frühlings ignoriert. Sie hatte vergessen, dass sie Feiertage in ihren bekannten eineinhalb Jahren allzu oft allein verbracht hatte. Sie waren so unbemerkt verstrichen, weil sie gearbeitet hatte, was sie sogar auch für diesen Morgen vorgehabt hatte. Und was alle Feiertage all der Jahre zuvor betraf ... Wenn es glückliche Feiern in einer Gruppe gegeben hatte, die sie Familie nennen konnte (und sie hatte den Verdacht, dass es nicht so gewesen war), würde sie sich ohnehin nicht an sie entsinnen, also wozu wegen verlorener Erinnerungen weinen? Sie hatte jetzt eine Gruppe. Wenn auch nicht gerade eine Familie, dann wenigstens Menschen, die ihr etwas bedeuteten und die unter ihrem Dach lebten. Sie

hatte nicht das Gefühl, dabei ihre Privatsphäre verloren zu haben. Es war ein gutes Gefühl.
Sie hörte, wie ein Topf geräuschvoll mit Wasser gefüllt wurde, und da kam ihr noch eine Einsicht – dass Hattie eine Frau war, deren Stunden allzu oft nutzlos verbracht wurden. Ariel schlenderte in die Küche. »Wie viele Süßkartoffeln haben Sie da?«, fragte sie.
»Drei«, antwortete Hattie und band sich eine Schürze um. »Wenn Sie mehr wollen, müssen Sie noch welche holen.«
Ariel besorgte weitere drei. Um ein Uhr setzten sie, Laya und Hattie sich mit Henry Heller und der bedeutenden Dramatikerin Marguerite Lambert sowie dem früheren Schauspieler Herbert DeForest zu Tisch, die beide unter Freunden als Marguerite und Carl Harris bekannt waren. Sie waren Ariels Nachbarn und Freunde und passten gelegentlich auf Jessie auf.
Die Harris waren mit einem Korb hübsch bemalter Eier erschienen. Henry brachte einen anständigen Wein mit und etwas, was dem Aussehen nach zu schließen die allerletzte weiße Lilie aller Läden der Stadt gewesen sein musste, eine Topfpflanze, die er Laya mit großer Gebärde überreichte. Sie nahm das Geschenk in der gleichen Manier entgegen, schnupperte an dem schweren Duft der Pflanze und tat, als müsste sie husten.
Ariel atmete leichter. Sie hatte sich Sorgen um ihre improvisierte Party gemacht, obwohl keiner der Anwesenden Laya fremd war. Sie hatte Bedenken gehabt, direkt im Anschluss an die Auseinandersetzung des gestrigen Abends Gäste einzuladen. Aber auch wenn Layas Liebenswürdigkeit ihr gegenüber nur höflicher äußerer Schein war und ihre Ausgelassenheit Henry gegenüber ein wenig gezwungen gewirkt hatte, hatte sie sich doch zumindest bemüht. Und wenn sie dann verstummte, nachdem sie sich be-

müht hatte, tat sie etwas, was sie schon immer getan hatte. Es schien nicht nötig zu sein, sich ihretwegen Sorgen zu machen.
Selbst Hattie gelang es, sich zu entspannen. Sie hatte sogar für sich am Tisch gedeckt und nahm gelegentlich ihren Platz ein. Und, was noch bemerkenswerter war, sie trank einen kleinen Schluck Wein. Wenn sie gejodelt hätte, hätte Ariel das nicht mehr erstaunt. Hattie und Sarge waren in Gesellschaft zwei verwandte Seelen. Ihre Hinterteile hielten kaum Kontakt zu einer Sitzfläche, da ihnen immer etwas Wichtiges einfiel, was zu tun war, was ihnen eine Fluchtmöglichkeit bot.
Weder die beiden Harris noch Henry waren Hattie bislang begegnet. Henry hatte jedoch von ihr gehört. Die Tatsache, dass Ariel auch Erbin einer Lebensweise war, zu der ein Familien-Faktotum gehörte, hatte ihn schon immer verwirrt. Von einer Putzfrau abgesehen, die in seiner Abwesenheit tätig wurde und Notizen hinterließ, in denen sie über fehlende Reinigungsmittel klagte, hatte er mit Hausangestellten nichts zu tun gehabt. Er schien sich nicht entscheiden zu können, wie er sich dieser gegenüber verhalten sollte. Da er neben ihr saß, sprang er immer dann auf, wenn auch sie es tat, und hielt ihr den Stuhl hin, wenn sie mit einer neu gefüllten Schüssel oder irgendeinem Gewürz zurückkehrte, das ihr plötzlich eingefallen war. Nach zwei oder drei solchen für Hattie beunruhigenden Szenen blieb sie wie angewurzelt auf ihrem Stuhl sitzen. Ihr Gesichtsausdruck war dem der von Pepe Le Pew verfolgten Katze nicht unähnlich.
B. F. schaffte es rechtzeitig zum Dessert. Der Grund für seine Unerreichbarkeit in der jüngsten Zeit war exotischer als sonst.
»Bist du schon mal in einem U-Boot gewesen?«, fragte er,

mit seiner Gabel auf Carl Harris zeigend, und sprach dann den Tisch insgesamt an. »Nein? Nun, ich habe das gerade hinter mir!« Er sah sonnengebräunt oder windverbrannt aus und sprühte fast vor Enthusiasmus. Die Scheibe mit geeistem Zitronenpie vor ihm war vergessen. »Hat heute Morgen angelegt«, verkündete er.

Während er das »fantastische« Erlebnis schilderte, das »ein Freund von mir, ein pensionierter Admiral« arrangiert habe, erschauderte Ariel. Sie vermochte sich keinen Ort vorzustellen – mit der möglichen Ausnahme eines verschütteten Stollens in einem Kohlebergwerk –, wo sie sich weniger gern aufhalten wollte als unter Tausenden von Tonnen Wasser in einer dünnen Röhre, die in ihren Augen genauso gut ein Sarg sein konnte. Schon der bloße Gedanke daran ließ sie Platzangst verspüren.

Sie blickte verstohlen zu Laya, deren Phobie sich gelegt zu haben schien (Angst vor Hunden wurde Kynophobie genannt, wie Ariel wusste, weil sie es nachgeschlagen hatte). Jessie stellte im Moment zwar keine Bedrohung dar, da sie sich woanders aufhielt und wahrscheinlich nach Krümeln suchte, doch es stimmte offenbar, wie Hattie bemerkt hatte, dass der Hund Laya ebenfalls aus dem Weg ging. Ariel glaubte nicht, dass es etwas mit Arthur zu tun hatte; abgesehen von dem gelegentlichen obligatorischen Schnuppern schenkten die beiden Tiere einander kaum Aufmerksamkeit. Ariel glaubte, ob dies nun töricht war oder nicht, dass Jessie Layas Angst spürte und deshalb Distanz hielt.

»Wie hast du da neulich anrufen können?«, fragte Ariel ihren Großvater. »Das war Freitag, nicht wahr? Wenn du gerade Kapitän Nemo spieltest?«

»Von Zeit zu Zeit taucht man auf, Ariel Gold«, entgegnete B. F. und wollte sich gerade auf eine längere Erörterung dieses Themas einlassen, als Ariel sich zu ihm beugte und ihm ins Ohr flüsterte: »Ich habe oft versucht dich zu erreichen. Was um alles in der Welt ist übrigens ein ›Nole‹?«

»Ein was?«

»Befand sich das U-Boot in einem Manöver?«, fragte ihn Carl, und als das Gesprächsthema bei Unterwasserfahrten stecken zu bleiben schien, überließ Ariel den beiden Männern das Feld. Sie machte gerade eine frische Kanne Kaffee, als Hattie mit den letzten Resten der Mahlzeit in die Küche kam. Nachdem sie sich wieder ihre Schürze umgebunden hatte, begann sie Servierplatten zu säubern.

»Kümmern Sie sich um Ihre Gäste«, sagte sie zu Ariel. »Ich kümmere mich um das hier.«

»Es war alles großartig, Hattie«, erklärte Ariel und machte weiter mit dem, was sie tat.

»Der Landschinken hätte besser sein können«, murrte Hattie, der Komplimente eher peinlich waren.

Mit einem verstohlenen Blick zum Esszimmer sagte Ariel: »Ich hatte gestern keine Chance, mit Ihnen unter vier Augen zu reden.«

»Um worüber zu sprechen?«

»Über das, was passiert ist.«

»Sie wissen genauso viel wie ich.«

»Sie haben gar nichts gehört?«

»Hab nicht gesagt, dass es da was zu hören gab.«

»Das habe ich auch nicht behauptet. Rief sie nach Ihnen, als sie … was auch immer … hörte?«

»Nein.«

»Und was hat sie getan?«

Hattie ließ sich jetzt Zeit und überlegte, wie sie antworten oder ob sie überhaupt etwas sagen sollte. Sie machte sich mit Feuereifer daran, ein festklebendes Stück Süßkartoffel und verbrannten Zucker von einer Platte zu entfernen. Den Blick hielt sie nach unten gerichtet. Nach einer ganzen Weile sagte sie, so schnell sprechend, als gäbe sie ein peinliches persönliches Geheimnis preis: »Ich war hier oben fertig geworden und wollte nachsehen, ob sie etwas brauchte. Sie saß kerzengerade da und sah zum Fenster. Damit will ich nicht sagen, dass sie sehen konnte. Sie verstehen, was ich meine. Ihr Gesicht war dorthin gerichtet. Sie lauschte aufmerksam, so wie es Jessie tun würde, wenn sie verdächtige Geräusche hört. Laya hatte Gänsehaut auf den Armen. Ich fragte sie, was los sei, und sie antwortete: ›Er ist da draußen.‹ Wer?, wollte ich wissen, woraufhin sie den Finger auf den Mund legte. Ich schwieg und lauschte. Nach einer Minute sagte sie: ›Hören Sie?‹«

Ariel war fasziniert, ebenso sehr von Hatties Mitteilsamkeit wie von dem, was mitgeteilt wurde. Wenn ein Schluck Wein bei dieser Frau eine solche Wirkung hat, wird sie mehr davon kriegen, schwor sich Ariel. Sie vergaß den Kaffee und die Gäste, für die sie ihn gemacht hatte.

»Und?«, drängte sie, als Hattie der Erzählstoff auszugehen schien.

»Nichts und. Ich hab rein gar nichts gehört, aber …« Hattie blinzelte schnell. »Ich weiß, dass Menschen, die nicht sehen können, in der Lage sind, ziemlich gut zu hören. Ich machte das Licht aus, ging zum Fenster und sah hinaus. Ich berichtete ihr, dass da draußen niemand sei. Sie schüttelte langsam den Kopf. ›Oh, aber da war einer‹, sagte sie ganz langsam und sehr überzeugt.« Hatties Stimme wurde ebenfalls leise, als wollte sie Laya nachmachen. »›Ich habe ihn gespürt.‹«

»Sie hat was?«

»Ich erzähle Ihnen, was *sie* gesagt hat. ›Ich habe ihn gespürt.‹ Dann löste sich plötzlich diese Starre in ihr, als hätte sich die Stärke aufgelöst, und sie sagte: ›Er wird wieder kommen.‹«

»Soll das heißen, dass sie nicht wirklich etwas gehört hat? Dass sie nur *spürte,* dass da draußen jemand war?«

»Nein, das wollte ich nicht zum Ausdruck bringen. Das habe ich nicht gesagt.« Hattie schniefte, ließ sich damit Zeit, ein Taschentuch aus der Tasche zu ziehen, und betupfte sich die Nase. »Nur weil sie vielleicht von einer bösen Ahnung befallen wurde, bedeutet das nicht, dass sie nicht auch was gehört hat. Sie hätte was hören können. Das eine schließt das andere nicht aus.«

Was für eine unwahrscheinliche Allianz, dachte Ariel. Die eine Frau glaubt, mit dem Verstand sehen zu können, während die andere nur glaubt, was ihr ihre beiden Augen mitteilen, und das mit einem Körnchen Salz. »Was hat Laya Ihnen erzählt?«, fragte sie.

»Worüber?«

»Über das, was mit ihr passiert ist.«

»Sie redet nicht viel über sich. Solche Themen bringt sie nicht zur Sprache.«

»Aber worüber *spricht* sie dann mit Ihnen?«

»Sie können vielleicht Fragen stellen.«

»Es interessiert mich. ›Neugier ist eins der beständigen und sicheren Merkmale eines lebendigen Geistes.‹«

»Und Neugier ist ein Zeichen schlechter Erziehung.« Hattie drückte gründlich das Reinigungskissen aus und ließ sich reichlich Zeit, bevor sie sagte: »Manchmal sprechen wir über mein Mädchen.«

»Verstehe«, erwiderte Ariel. Jane. Jetzt ergab die unwahrscheinliche Allianz allmählich einen Sinn.

»Nichts Großes, einfach ...« Hatties Augen hatten draußen vor dem Fenster in weiter Ferne etwas entdeckt, aber ihre Hände arbeiteten mechanisch weiter. Geistesabwesend scheuerte sie an einer Stelle an einer Bratpfanne herum. »Einfach alltägliche Dinge. Außerdem spricht sie von Ihnen.« Sie warf Ariel einen neugierigen Blick zu. »Sie weiß nicht über Sie Bescheid, oder?«

»Inwiefern?«

»Darüber, dass Sie sich nicht an Dinge von früher erinnern.«

»Nein.«

»Vertrauen Sie ihr nicht?«

»Das ist es nicht.« Ariel machte eine Handbewegung zum Esszimmer. »Die Harris wissen auch nichts. Und von den Leuten, mit denen ich zusammenarbeite, weiß ebenfalls niemand etwas. Und Ihnen ist es nur deswegen bekannt, weil B. F. es Ihnen erzählt hat.«

»Wie kommt es, dass Sie nicht darüber sprechen?«

»Weil ...« Ein Teil der Antwort war zu offenkundig, um erklärt zu werden, wie Ariel meinte, und würde sich für Hattie zu »großspurig« anhören. Weil, dachte sie, mein Großvater ein reicher Mann ist und ich beim Fernsehen bin. Und diese beiden Tatsachen machen mich so verwundbar, dass ich nicht mal darüber nachdenken möchte. Das könnte zu Betrügereien und Ausbeutung und auch zu billigem Tamtam führen. Dumme Hintergrundgeschichten über mich sind dann genauso sicher wie das Verplappern von jemandem, selbst einer Freundin.

»Nun, warum tun Sie's nicht?«, drängte Hattie. »Schämen Sie sich deswegen?«

»Ob ich mich ...?« Hatties Scharfblick überraschte Ariel. Es war insgeheim und eingestandenermaßen wahr. Ariel fühlte sich wie ein emotionaler Krüppel oder, schlimmer noch, als Witz, als eine Figur auf der Suche nach einer Seifenoper. »Warum sollte ich mich schämen?«, protestierte sie. »Das ist doch nichts, was ich selbst verschuldet habe. Ich spreche nicht darüber, weil …« Ich möchte nicht der Gegenstand morbider Neugier, von Mitleid oder – was Ihre Reaktion war, Hattie, falls Sie sich erinnern – von offenem Unglauben sein. Selbst senile Menschen haben lichte Momente. Selbst begriffsstutzige Menschen kennen die Namen und Gesichter ihrer Freunde. Ich könnte die Frau nicht wieder erkennen, bei der ich in dem Glauben aufwuchs, sie sei meine Mutter, oder den Mann, dessen Nachnamen ich trage – nicht sein Gesicht, nicht seine Stimme, nicht, wie sich seine Hände auf mir anfühlten, und auch nicht, wie ich empfand, als er starb. Ich spreche nicht darüber, Hattie, weil es sinnlos wäre. Ich kann niemandem klar machen, wie es ist, auf nichts zurückzublicken. Was ich wusste und tat und fühlte, ist irgendwo gespeichert und wartet darauf, abgerufen zu werden, aber ich weiß nicht, wohin ich mich wenden soll, um es zu finden. Ich spreche nicht darüber, Hattie, weil mir Jammern nicht liegt. »Ich spreche nicht darüber«, sagte Ariel laut, »weil es meine Angelegenheit ist.«

»Besteht Aussicht, noch etwas Kaffee zu bekommen?«, fragte Henry von der Tür her. Während Ariel seine Tasse füllte, sagte er: »Laya sieht nicht sehr gesund aus, nicht wahr?«

»Findest du?«

»Hat abgenommen«, meinte Henry. »Zu viel.«

Ja, dachte Ariel, das stimmte. Da sie ihre Freundin tagtäglich gesehen und mehr auf andere, grundlegendere Veränderungen geachtet hatte, war es ihr nicht aufgefallen. Da sie sich nicht noch eine Sorge aufhalsen wollte, sagte sie: »Hast du erwartet, dass das, was sie durchgemacht hat, sie besser aussehen lassen würde? Du hast mich neulich angerufen.«

»Hab ich das? Ach ja, habe ich. Es ist so lange her, dass ich es vergessen habe.«
»Tut mir Leid. Ich wusste nicht, wo mir der Kopf steht.«
»Ich hatte eine Idee.«
»Eine Idee?«
»Ja, was deine rätselhafte Freundin Dorothy betrifft. Ich nehme an, du bist immer noch daran interessiert, sie aufzuspüren?«

21

»Dorothy hat in ihrem Brief aber nicht ausdrücklich gesagt, dass ihr Mann gestorben sei«, betonte Ariel. »Sie schrieb, er sei weg, verschwunden. So viel ich weiß, ist er zum Zirkus gegangen oder nach Margaritaville durchgebrannt oder ...«
»In die Ewigkeit eingegangen«, unterbrach sie Henry, »in welchem Fall es eine Todesanzeige gibt.«
»Was mir wie weiterhilft? Ich kenne seinen Namen nicht.«
»Die Ehefrau des Verstorbenen«, erwiderte Henry, »wird mit ihrem Vornamen genannt.«
Die Harris waren gegangen, um bei einer Ostereiersuche ihrer Paten-Enkel (ein Begriff, den sie sich selbst ausgedacht hatten) dabei zu sein. Hattie, Laya und B. F. sahen, lauschten oder schliefen bei *Quo Vadis* im Fernsehen, und Henry schlug Ariel einen möglichen Weg vor, Dorothy zu finden.
Er zuckte mit den Schultern. »Einen Versuch ist es wert.«
Ariel ging zu ihrem Computer. In wenigen Minuten hatte sie die Website des *San Francisco Chronicle,* und einige

Sekunden später sagte sie: »Da sind nur die Todesanzeigen der laufenden Woche.«
»Was ist mit der Zeitung des Marin County?«
Eine weitere Minute verging. »Deren Archiv ist nicht online.«
»Sie haben hausinterne Archive. Ruf an. Irgendjemand da oben braucht nur auf den Knopf zu drücken.«
»Ich habe einen ihrer Kolumnisten kennen gelernt.« Ariel war schon dabei, die Nummer der Auskunft zu wählen. »Ich bin ihm sogar einen Anruf schuldig.« Das aufblitzende Interesse, das sie in seinen himmelblauen Augen gesehen zu haben glaubte, erwähnte sie nicht. »Geben Sie mir bitte die Nummer des *Independent Journal.*«
Als am anderen Ende abgenommen wurde, sagte Ariel: »Rob …« und verstummte. Sie hatte ihn erst vor einer Woche kennen gelernt. Er hatte neben ihr am Tisch gesessen. Er hatte sie zum Lachen gebracht. Bei seinem Anruf hatte er seinen Namen hinterlassen. Rob, der Kolumnist, das war alles, was ihr einfiel. Was hatte sie mit dem Notizzettel gemacht? Sie musste sich angewöhnen, aufmerksamer zuzuhören, wenn ihr jemand vorgestellt wurde, und *jeden* Anruf erwidern. »Entschuldigung, falsch verbunden«, sagte sie und legte auf.
B. F., der vom »Ausruhen seiner Augen« aufwachte, dachte eine Minute nach und rief dann, noch leicht benommen, einen Nachnamen: »Miller?«
Ariel eilte wieder in ihr Arbeitszimmer und drückte auf die Wahlwiederholung. Henry, der darauf verzichtete, sich noch ein Stück Pie zu nehmen, schlenderte hinter ihr her.
Rob Millen (nicht Miller), sagte man ihr, arbeite von zu Hause aus, und »diese Nummer dürfen wir nicht herausgeben«. Sie hinterließ ihre. Die für Todesanzeigen zuständige Mitarbeiterin, erfuhr sie, sei, was sie sich hätte denken

können, am Ostersonntag nicht in der Redaktion, »aber ich rufe in der Abteilung an, vielleicht ist jemand anders da.«
Es war jemand da. Der Stimme nach zu urteilen eine sehr junge Auszubildende. Zum Glück zeigte sie sich für das, was Ariel wollte, aufgeschlossen.
»Mal sehen, ob ich das richtig verstanden habe«, sagte das junge Mädchen namens Kristen. »Sie wollen also, dass ich in unserem Archiv unter den Todesanzeigen nach dem Vornamen Dorothy suche?«
»Bitte.«
»Und sie ist die Ehefrau des Verstorbenen?«
»Richtig.«
»Aber den Nachnamen des Verstorbenen kennen Sie nicht?«
»Nein.«
»Und wann soll dieser Mann gestorben sein?«
Ariel sagte Kristen nicht, dass sie nicht sicher war, dass der Mann tatsächlich tot war. Vor ihr lag der Brief; er war vor zweieinhalb Wochen datiert, am 30. März. »Letzten Monat«, antwortete Ariel und fügte dann nicht weniger forsch hinzu: »Oder im Monat davor.«
»Und diese Dorothy, die müsste dann etwa unter ›In tiefer Trauer‹ aufgeführt sein?«
»Richtig. Haben Sie die Zeit, das für mich herauszufinden?«
»Ich habe alle Zeit der Welt. Hier ist absolut nichts los. Außer mir hat praktisch jeder frei, und ich langweile mich entsetzlich.«
»Kann es sein, dass Sie noch die Todesanzeigen von Februar und März haben?«, wollte Ariel wissen.
»Ich vermute, ja«, erwiderte Kristen, »aber das kann ich Ihnen in einer Minute sagen. Ich hole mal den Ordner.«

Ariel nickte Henry zu, legte die Hand auf die Sprechmuschel und meinte: »Warum ist mir das nicht eingefallen?«
»Sei nicht zu optimistisch«, mahnte Henry.
»Superspürhund Ariel! Vergeudet kostbare Zeit …«
»Ich hab die Akte«, meldete sich Kristen wieder. »Sehen wir uns mal den Januar an.«
»Du machst diesen Anruf also ein wenig verspätet. Wie schlimm kann das sein?«, fragte Henry.
Ariel kreuzte die Finger. »Sei tot, Ehemann!«, murmelte sie.
»Kein allzu beliebter Name, Dorothy«, sagte Kristen. Sie hatte kaum zu Ende gesprochen, da rief sie: »Oh, warten Sie! Hier haben wir ihn!«
Ariel schnappte sich einen Bleistift. »Lesen Sie vor.«
»Der Verstorbene war ein Anthony Jenkins, Hinterbliebene … oh, macht nichts.«
»Wie bitte?«
»Sie sagten Ehefrau, richtig? Diese Dorothy ist die Mutter. Das wär der Januar. Im Februar habe ich … einen Haufen Tote.«
Ariel tippte mit dem Bleistift auf die Tischplatte.
»He!«
»Haben Sie sie gefunden?«
»Nein, nein; ich habe gerade den Namen eines Highschool-Lehrers von mir entdeckt. Ich wusste gar nicht, dass er gestorben ist.«
»Tut mir Leid.«
»Schon gut. Er war bereits damals, als er mich unterrichtete, recht alt.«
»Und wann war das?«
»Zehnte Klasse. Vor fünf Jahren. Jetzt habe ich März, und … Na, wer sagt's denn? Hab einen in der ersten Woche!«

Als Henry sah, wie aufgeregt Ariel war, beugte er sich vor. »Was?«

Ariel brachte ihn mit einer Handbewegung zum Schweigen und begann zu schreiben, doch schon im nächsten Augenblick hielt sie inne. Auf ihrem Gesicht zeigte sich ein eigenartiger Ausdruck. »Buchstabieren Sie den letzten Namen bitte«, sagte sie.

»Was ist los?«, erkundigte sich Henry.

»Das ist die einzige Dorothy im März?«, fragte Ariel. Und nach einer Weile fuhr sie fort: »Verstehe. Ich weiß Ihre Hilfe wirklich sehr zu schätzen ... Kristen, können Sie bitte auch im April nachsehen?

»Wieso April?«, wollte Henry wissen. »Sie hat dir doch Ende März geschrieben. Wenn er tot ist, war er da schon tot.«

Ariel ignorierte ihn. Sie hielt sich das freie Ohr mit einer Hand zu und lauschte aufmerksam. »Ja, ich bin da«, meinte sie schließlich. »Es ist traurig, ja. Aber das passiert oft.« (Wen hatte sie das sagen hören? Im Augenblick fiel es ihr nicht ein.) »Könnten Sie mir die zufaxen?«

Als sie Kristen ihre Nummer gegeben hatte, bedankte sie sich nochmals und legte auf.

»Hat sie's gefunden oder nicht?«, fragte Henry. »Was ist traurig?«

Ariel schlug die Knöchel der beiden Fäuste gegeneinander und lehnte sich auf ihrem Stuhl zurück. Es vergingen mehrere Sekunden, bevor sie zu Henry hochblickte.

»Oh, oh«, sagte er, als er ihr Gesicht sah.

Das Faxgerät meldete sich, und Papier begann sich mühsam hindurchzuarbeiten.

»›Wie schlimm kann das sein?‹«, sagte Ariel leise. »Ist es nicht das, was du gefragt hast? Wie schlimm kann das sein, dass ich meine alte Freundin Dorothy ›ein wenig verspätet‹ anrufe?« Sie wartete, bis das Fax in die Schale gefallen war. »Ich würde sagen«, antwortete Henry, als sie ihm das Blatt reichte, »so schlimm, wie es kommen kann.«

Henry überflog das Fax mit gerunzelter Stirn. Die tüchtige Kristen hatte die Todesanzeige für den Ehemann eingekreist – »In tiefer Trauer seine liebende Ehefrau Dorothy«. Der Tote war Arzt gewesen, Allgemeinmediziner, sowie Mitautor eines medizinischen Lehrbuchs, früher auch Coroner, als Medizinalbeamter zuständig für nicht eindeutig natürliche Todesfälle, Kriegsveteran und Freimaurer. Es war ein recht langer Nachruf, den vielleicht ein Familienmitglied geschrieben hatte, vielleicht auch Dorothy selbst. Nichts sprang ins Auge, so dass es Ariel sofort hätte auffallen müssen.

Ein zweites Fax fiel in die Schale, und Henry nahm es. Er zog die Augenbrauen hoch. »Woher wusstest du, dass sie auch im April suchen musste?«

Ariel schien die Frage nicht gehört zu haben. »Ist das nicht ein Ding? Ich war genau an dem Tag da, an dem sie beerdigt wurde.«

»Was dir nicht bekannt war – damals nicht. Wie kommt es also, dass du es heute weißt?«

»Nun, Sir, das werde ich dir sagen.« Ariel rieb sich die Stirn und massierte eine Stelle über dem Auge, als ob sie dort Schmerz verspüren würde. »Dorothy *Thibeau* war eine alte Freundin von B. F.«

»Wie bitte?«

»Vor etwa dreißig Jahren hat dieser alte Gentleman im Wohnzimmer meiner Freundin Dorothy einen Heiratsantrag gemacht. Meiner verstorbenen Freundin Dorothy. Sie hat ihn abgewiesen.«

»Und ... was? Hatten sie noch Kontakt zueinander? Ich bin nicht ...«

»Er sagte mir, er habe sie seit Jahren nicht gesehen. Sie seien getrennte Wege gegangen, und irgendwann habe sie geheiratet ... Wie war noch sein Name?«
Henry warf einen Blick auf die erste Todesanzeige. »Dr. Raymond Thibeau.«
»Richtig, und danach lebten sie glücklich und zufrieden, bis er vergangenen Monat an ... was auch immer starb.«
»Leberkrebs.«
»Und sie ist ... fünf Wochen später gestorben. ›Aber das passiert oft.‹ Es war Senator Blands Frau, die das sagte.«
»Senator Bland ... Ted Bland? Was hat der damit zu tun ...«
»Das passiert tatsächlich oft. Es stimmt. Ich habe Statistiken gelesen. Paare leben jahrelang zusammen ... wenn einer stirbt, verliert der andere den Mut, den Willen zum Leben und, *pfft!* Allerdings ...« Ariel lachte ein wenig. »Ich glaube nicht, dass es in diesem Fall so gewesen ist. Ich meine, es muss nur einen Tag oder vielleicht zwei Tage später passiert sein, nachdem ich ihren Brief bekam, in dem sie mich anflehte, sie anzurufen, weil sie Angst habe! Sie hatte Angst und brauchte Hilfe. Aber ich habe natürlich nicht angerufen, weil ich mich nicht erinnerte, wer sie war.«
»Und das ist deine Schuld?«
»Nein, natürlich nicht! Ich kann nichts dafür, dass ich hirngeschädigt bin.«
»Du bist nicht hirngeschädigt.«
»Wenn ich angerufen hätte ...«
»Wäre sie trotzdem tot. Du kannst keine Wunder vollbringen. Du bist keine Ärztin. Sie ist – hier steht es – an einer Herzkrankheit gestorben.«
Ariel nahm ihm die Todesanzeige aus der Hand und las sie

erneut. Sie wünschte sich nichts sehnlicher, als sich von jeder Schuld befreien zu können. »Dennoch, trotzdem ... Sie muss sich verletzt gefühlt haben, als ich nicht anrief. Sie dachte, wir wären Freundinnen. Wir hatten offenbar viel miteinander gesprochen. Wir mochten einander. Sieh dir diesen Brief an. Sie schrieb so wie jemand, der mit einem anderen auf der gleichen Wellenlänge liegt, so dass sie selbst Jahre später genau dort anknüpfen konnte, wo sie aufgehört hatte.«

»Ariel.«

»Was?«

»Sei endlich still.«

Ariels Unterkiefer klappte herunter.

»Es ist töricht, was du dir da selbst antust. Du kannst nichts dafür, dass du dich nicht an die Frau erinnert hast. Du hast dir die größte Mühe gegeben, hast dich fast umgebracht, um herauszufinden, wer sie war, und ...«

»Und während ich mich fast umbrachte und in San Rafael herumlief, war sie ein paar Kilometer weiter tot. Sie starb in dem Glauben, es sei mir egal, dass sie in Schwierigkeiten war.«

»Bist du jetzt fertig?«

Ariel schüttelte den Kopf. »Das ist echt beschissen«, sagte sie.

»Ja, das ist es. Für mich ergibt es außerdem keinen Sinn. Wenn B. F. dir vor einer Woche erzählt hat, dass er diese Frau kannte, wie kommt es dann, dass du immer noch im Nebel herumgestochert hast?«

»Er hat nie ihren Vornamen genannt, und ihren Nachnamen habe ich nie gehört.« Ariel riss die Augen auf, als ihr ein Gedanke kam. »Findest du das nicht verblüffend, dass Dorothy und ich uns kennen gelernt haben ... wann immer das gewesen ist? Eine alte Freundin von B. F.? Wie groß sind die Chancen, dass so was passiert? Das ist so etwas wie – ich weiß nicht – ein kosmischer Witz!«

»In seinem fast achtzigjährigen Leben hat dein Großvater eine Unmenge von Menschen kennen gelernt, von denen viele in demselben Staat sind, in dem *du* seit dreiunddreißig Jahren lebst. Da kommt es mir nicht sehr unwahrscheinlich vor, dass dir mal ein Mensch über den Weg läuft, den er gekannt hat. Wie stehen denn die Chancen, dass du *keinem* Menschen begegnest, den er kennt?«

Ariel blickte eine Weile vor sich hin. Dann sagte sie: »Ich habe mich also hinreißen lassen.« Und nach einer weiteren Minute: »In Wirklichkeit lerne ich dauernd Menschen kennen, die ihn kennen oder von ihm wissen. Er ist nicht gerade so etwas wie ein Mauerblümchen.«

»Und er sitzt hier nebenan auf dem Sofa. Ich möchte dir vorschlagen, dass du ihn herholst. Frag ihn, ob er dir sagen kann, wovor Dorothy Thibeau solche Angst gehabt hat.«

22

B. F. war durch Ariels Neuigkeit nicht annähernd so schockiert, wie sie erwartet hatte. Als er erfuhr, dass sie seiner alten Freundin einmal begegnet war, sagte er nichts weiter als: »Also *du* warst das. Die Welt ist klein.«

»Was war ich?«, fragte Ariel verwirrt. »Wovon sprichst du?«

Erst da wurde B. F. aufmerksam. »Woher weißt du, dass du ihr begegnet bist? Das ist zwei Jahre her. Kehrt dein Gedächtnis zurück?«

Ariel schüttelte den Kopf. »Was meinst du mit diesem ›also *du* warst das‹? Und woher weißt du, dass es zwei Jahre her ist?«

»Erinnerst du dich, dass ich dich neulich anrief und du sagtest, du habest zu viel zu tun, um mit mir zu sprechen?«

»Ich hatte nicht zu viel zu tun! Laya stolperte beinahe über einen … aber lassen wir das. Ja, ich erinnere mich. Du sagtest etwas über meine Vergangenheit und meintest, du habest etwas, was mich vielleicht interessiere, vielleicht aber auch bedeutungslos sei.«

»Ich glaube nicht, etwas so Blödsinniges von mir gegeben zu haben.«

»Wirklich nicht? Als du zurückriefst und mit Hattie sprachst, sagtest du etwas über ein ›Nole‹. Ich habe es nachgeschlagen. So ein Wort gibt es nicht.«

B. F. ging abrupt zur Tür und rief: »Hattie!«

»Ach, B. F., vergiss es«, meinte Ariel. »Kommen wir zu deinem Anruf zurück. Was hattest du, was mich vielleicht interessieren würde?«

Hattie erschien, ein Frotteetuch aus dem Gästebad in der Hand, wo sie anscheinend zu tun gehabt hatte. »Was zum Teufel brüllen Sie hier durch den Flur?«, rief sie. »Durch Sie kriege ich noch einen Herzinfarkt!«

»Ich wünsche, dass Sie etwas aufklären.«

»Haben Sie sich das Bein gebrochen?«, fuhr Hattie aufgebracht fort. »Ich werde Ihnen jetzt mal was sagen. Wenn Sie noch einmal so schreien, wäre es besser für Sie, Sie hätten sich tatsächlich das Bein gebrochen! Es wäre besser für Sie, wenn Sie dann dem Tod nahe wären.«

Henry war fasziniert. B. F. aber ließ sich nicht beirren. »Hören Sie mir jetzt endlich zu. Als ich am Donnerstag anrief und mit Ihnen sprach, was habe ich da gesagt?«

»Das wissen Sie nicht mehr? Sind Sie so vergesslich geworden?«
»Es scheint deswegen ein paar Missverständnisse zu geben.«
»Sie haben nicht so viel gesagt, dass es Missverständnisse geben könnte.« Hattie faltete das Handtuch ordentlich zusammen. »Sie fragten, wie ich hier zurechtkomme und wie es Laya gehe und so weiter.«
»Und danach fing ich an, Ihnen etwas anderes zu erzählen, wissen Sie noch? Aber dann hatte ich keine Zeit mehr und musste Schluss machen.«
Hattie überlegte eine Sekunde. »Etwas über eine Notiz?«
»Ah, eine *Notiz!«,* rief B. F. aus. »N-o-t-i-z.«
Mit einem verärgerten Blick auf alle Anwesenden sagte Hattie: »Ich verpasse meinen Film.« Und weg war sie.
»Was für eine Notiz?«, wollte Ariel wissen.
B. F. nahm einen Schluck von dem Kaffee, den er mit hereingebracht hatte, setzte sich auf einem Stuhl zurecht und antwortete: »Ich habe in der vergangenen Woche oft an Dorothy Thibeau gedacht, wie du dir vorstellen kannst. Eine ganze Menge Menschen, die ich gekannt habe, haben inzwischen ihre himmlische Belohnung. Ich könnte mir denken, dass es manche überrascht hat zu sehen, als was sich die erwiesen hat.« Er ließ ein leicht amüsiertes Schnauben hören. »Aber Dorothy war ein dutzend Jahre jünger als ich. Wenn jüngere Freunde und Bekannte sterben, ist das … beunruhigend.«
Ariel verschränkte die Arme und wartete. B. F. würde etwas auf seine Weise erzählen oder gar nicht.
»Sie kam mir in den Sinn, wie ich schon erwähnte, als ich mich daran erinnerte, wie ich um sie warb – es war eine kurze, aber denkwürdige Zeit, wenn ich so sagen darf –, und ich nehme an, dass ich dabei in so etwas wie eine sen-

timentale Stimmung verfallen bin.« B. F. stellte seinen Kaffee ab, verschränkte die Finger auf seinem Bauch und fuhr fort: »Dorothy schrieb mir damals einige schöne Briefe, damals, als die Menschen noch Zeit hatten zu schreiben. Ich nahm mir vor, sie erneut zu lesen.«

»Und?«, warf Ariel ungeduldig ein.

»Und nichts. Ich suchte nach ihnen, konnte sie aber nicht finden. Wahrscheinlich habe ich sie vor zwanzig Jahren weggeworfen. Wirklich schade. Es waren recht interessante Briefe. Aber was ich nicht alles in dieser Schachtel mit altem Zeug gefunden habe! Geburtsanzeigen von Leuten, die inzwischen eigene Babys haben, Janes Schulzeugnisse, die Schulzeugnisse deiner Mutter.

Und … dann fand ich zwei oder drei Mitteilungen von Dorothy. Weihnachtskarten und eine Einladung zur Silberhochzeit von ihr und ihrem Mann. Das muss vielleicht eine Party gewesen sein. Ich bin nicht hingegangen.«

Ariel hatte begonnen an ihrer Nagelhaut zu knabbern. Henry gab ihr einen Klaps auf die Hand.

»Sie hatte ein Briefchen beigelegt – du weißt schon, man stelle sich vor, bereits fünfundzwanzig Jahre, und sie hoffe, auch ich hätte es geschafft, und so weiter – und ein Foto. Das könnte dich interessieren«, sagte B. F., als wäre ihm die Idee gerade gekommen, und langte in seine Tasche.

Auf dem Umschlag stand in schöner Schrift die Adresse. Der Poststempel war zwei Jahre alt. Die Einladung war kunstvoll gestaltet. Das beigelegte Briefchen war zusammengefaltet, und die Handschrift war die von Dorothy, die Ariel inzwischen so vertraut war wie ihre eigene.

»›Mein lieber *Biff*‹«, las sie.

»Dorothys Kosename für mich«, erklärte B. F. »So hat sie mich immer genannt.«

Ariel dachte eine Sekunde darüber nach, beschloss dann

aber, die Sache auf sich beruhen zu lassen. Sie las zunächst schweigend weiter, bis ihr Henry einfiel. »›Mein lieber Biff‹«, begann sie erneut und laut. »›Fünfundzwanzig Jahre? Gott segne uns alle! Da ich gerade von Zeit spreche, das beigelegte Foto wurde beim letzten Mal aufgenommen, als du uns mit deiner Anwesenheit beehrt hast. Es ist so lange her, dass ich immer noch naturblond war, wie ich glaube. Ich habe das Foto allein aus dem Grund ausgegraben, um dich davon zu überzeugen, dass es zu lange her ist. Bitte komm! Jane ist schon da. Ich traf sie ...‹«

Ariel spürte vor Überraschung einen scharfen Stich im Magen. »Dorothy hat Jane gekannt?«, fragte sie ihren Großvater.

»Aber sicher. Ich erzählte dir doch ... Hab ich das nicht getan? Die Aufgabe, Jane großzuziehen, war ein Grund, weshalb Dorothy meinen Antrag verschmähte. Kindererziehung sei nicht ihre Sache. Bedauerlich und, wie sich herausstellte, zum Glück.«

»Ja, aber mir war nicht klar ...«

»Dorothy war als Janes Freundin erheblich angenehmer, als wenn sie ihre Stief-Großmutter geworden wäre.«

Ein Satz in Dorothys Brief an Ariel ergab jetzt einen Sinn. »Es war für mich wie das Wiedersehen mit einer alten Freundin«, hatte Dorothy geschrieben, nachdem sie Ariel im Fernsehen gesehen hatte. »Ich frage mich«, sagte Ariel, ob sie ... Was ist das?« Etwas war aus dem Umschlag auf ihren Schoß gerutscht und dann auf den Fußboden gefallen. Es war ein Foto, ein schwarzweißes Hochglanzbild. Sie hob es auf und vergaß vorübergehend das Briefchen.

»Wann wurde dieses Bild aufgenommen?«

»Vor acht oder neun Jahren. Ich sah Dorothy damals zum letzten Mal.«

Das Foto war bei irgendeinem offiziellen Anlass gemacht worden. Die drei Personen darauf waren extrem aufgedonnert. Es war die Art von Bild, wie man es in Gesellschaftsspalten sieht.

B. F.s Gesicht war noch nicht ganz so voll wie jetzt, sein Haar war eher grau als weiß, doch in den seitdem vergangenen Jahren war er relativ und beruhigend unverändert geblieben. Janes Gesicht wurde zum Teil von ihm verdeckt, da sie sich mit der Wange an ihn lehnte. Ihr unverkennbarer breiter Mund hatte sich zu einem Grinsen verzogen. Doch selbst damals, wohl zu Beginn ihrer Karriere als Model, hatte sie schon diesen elegant geschwungenen Hals. Ariel kam sie schmerzhaft jung vor.

Ariel tippte auf die Frau auf der anderen Seite von B. F. »Ist das …?« Er nickte.

Bis zu diesem Moment war Ariel nicht bewusst gewesen, dass sie ein vages Bild von ihrer »Freundin« im Kopf gehabt hatte. Dorothy Thibeau hatte mit diesem Bild etwa ebenso viel Ähnlichkeit wie Grace Kelly mit Mother Hubbard. Sie war eine reife, klassische Schönheit. Ihr blondes Haar war streng frisiert und aus einer breiten, noch glatten Stirn zurückgekämmt. Ihre wohl geformten Augenbrauen wölbten sich über Augen, die so dunkel waren, dass sie schwarz aussahen, und die Lippen waren leicht geöffnet. Sie war in einem Moment aufgenommen worden, wie Ariel vermutete, in dem sie gerade etwas sagen wollte.

Henry hatte sich über Ariels Schulter gebeugt. »O Mann!«, stieß er aus.

»Sie sieht jünger aus als ich dachte, dass sie sei«, meinte Ariel.

»Sie *war* damals auch jünger. Das waren wir alle.« B. F. blinzelte. »Sie muss …« B. F. rechnete nach. »Sie muss

zu jener Zeit sechsundfünfzig, siebenundfünfzig gewesen sein.«
Dieses Alter sah man ihr nicht an. Da war zwar ein wenig zusätzliches Fleisch unterm Kinn und eine erkennbare Falte bei den Augenlidern, doch diese Frau hatte sich deswegen keine übermäßigen Sorgen gemacht. Sie hatte nichts getan, um diese sichtbaren Altersspuren zu beseitigen.
»Du sagtest, sie habe in der Modebranche gearbeitet, als du mit ihr befreundet warst?«
»Sie war Modedirektorin des damals führenden Modegeschäfts in San Francisco. Nur reiche Kunden. Der Laden ist inzwischen von einer Kette geschluckt worden wie die meisten unabhängigen Läden.«
Ariel warf einen letzten Blick auf die drei sorglosen Gesichter und wandte sich wieder der Notiz zu.
»›Bitte komm!‹«, las sie. »›Jane ist schon da. Ich traf sie neulich zufällig im Emporium-Tea-Room. Wir hatten ein anregendes Gespräch über Doppelgänger. Ich erzählte ihr, dass sie eine Doppelgängerin habe, eine Journalistin, wie ich glaube, bei einer Magazinsendung des Fernsehens. Jane war fasziniert.‹«
Ariel warf ihrem Großvater einen Blick zu. Jane wusste von mir?, dachte sie ungläubig. War ich das? Ich muss es gewesen sein! Was das bedeutete, musste sie erst einmal verdauen. Noch mehr aber drängte es sie, weiterzulesen. Sie stolperte fast über die Worte, als sie fortfuhr: »›Was die Ähnlichkeit angeht, habe ich übertrieben; zum Beispiel isst diese Fernseh-Person …‹« Ariel straffte die Schultern »› … isst diese Fernseh-Person ein wenig zu viel. Man könnte sagen, dass sie in mehr als nur einer Hinsicht Janes Double gewesen ist. Es ergab jedenfalls lustigen Gesprächsstoff. Wir haben zu viele solcher Gespräche

verpasst, mein alter Freund. Wir haben eine Menge nachzuholen. Nenn mir das Datum; der Champagner liegt auf Eis.‹«

Das Ende war diskret. »In Zuneigung« hatte Dorothy unterschrieben.

Ariel blickte ihren Großvater erneut an, dessen Gedanken sich einer anderen Zeit und einem anderen Ort zugewandt hatten, wie sie ihm ansah. Ihre Gedanken rasten viel zu schnell, um festgehalten zu werden. Jane hatte von ihr erfahren! Als Eröffnung eines Gesprächs, ja, als vorübergehender Klatsch, aber immerhin hatte Jane von ihr erfahren. Hatte sie die Sache verfolgt? Hatte sie sich bemüht, die »Fernseh-Person« ausfindig zu machen? Sind wir uns begegnet? Nein! B. F. hätte es gewusst. Aber Jane war »fasziniert« gewesen.

»Ich erinnere mich nicht«, sagte B. F., »warum ich nicht zu der Party gehen konnte. Ich wünschte, ich wäre gegangen. Ich erinnere mich auch nicht, abgesagt zu haben.« Er legte die Stirn in Falten. »Das habe ich bestimmt getan. Himmel, das war vielleicht meine letzte Verbindung ...«

Henry ließ einen leisen murmelnden Laut hören.

»Hm?«, fragte B. F.

»Jetzt weiß ich, woher sie das hat«, sagte Henry.

»Woher wer was hat?«

»Woher Ihre Enkelin ihre Neigung zu kitschigen Gefühlen hat.«

Das löste bei Ariel keinerlei Reaktion aus, da sie gerade das Ganze noch mal durchlas, aber B. F. lachte. »Und ihre Vorliebe fürs Essen?«, fragte er. »Henry, Sie haben Recht. Natürlich habe ich auf die Einladung geantwortet oder meine Sekretärin antworten lassen. Meine Manieren sind besser als mein Gedächtnis.«

»Warum hast du noch nie was davon gesagt?«, wollte Ariel

wissen. »Du hast das doch die ganze Zeit gehabt. Du hast von mir gewusst!«
Henry hielt sich die Augen zu und stöhnte. B. F. war freundlicher. »Meine Liebe«, sagte er, »ich habe nicht gewusst, dass du dich auf dem Planeten befindest. Ich habe vor mehr als zwei Jahren in einer Notiz gelesen, dass eine Freundin sich mit einer Frau traf, die sie an Jane erinnerte. Na und? Zwei Minuten, nachdem ich es gelesen hatte, hatte ich es schon wieder vergessen.«
»Ich wünschte ...«
»Tun wir das nicht alle? Man läuft doch jeden Tag seines Lebens Leuten über den Weg, die anderen Leuten ähnlich sehen. Ich habe einmal erlebt, dass eine Frau mich mit jemand anderem verwechselte, einem alten Freund oder einem Chef, der sie in den Po gekniffen hatte oder was auch immer. Sie kam direkt auf mich zu und gab mir eine Ohrfeige. Dann sah sie genauer hin, sagte ›Entschuldigen Sie, ich dachte, Sie wären jemand anders‹ und spazierte davon.«
Ariel schaffte die Andeutung eines Lächelns. »Dorothy schrieb, Jane sei fasziniert gewesen, als sie es ihr erzählte.«
»Ich nehme an, dass Jane nur liebenswürdig sein wollte. Es hatte nichts zu bedeuten ... Dorothy Thibeau hat einfach nur geplaudert, wollte die Unterhaltung mal ein bisschen würzen. So war sie.«
Ariel wusste, dass sie unvernünftig war. Dass es vielleicht einen Kontakt zwischen ihr und Jane gegeben hatte, war eine Fantasie, die sich nur schwer beiseite schieben ließ. Das Wissen, dass es nie mehr einen geben würde, war noch schwerer zu ertragen.
»Verraten Sie mir, ob ich danebenliege«, sagte Henry zu B. F., »aber ich bin neugierig. Sie meinten, es sei ein Glück gewesen, dass Ihr – wie haben Sie sich ausgedrückt? – Ihr Antrag verschmäht wurde? Warum?«

»Nun, Sir, Dorothy war ...« B. F. trommelte nachdenklich auf die Armlehne seines Stuhls. Er überlegte sich seine Worte genau, und dann öffnete er die Hand, als wollte er einen Schmetterling in die Freiheit entlassen. »Übersprudelnd. Wissen Sie, an wen sie mich erinnerte? Auntie Mame. Sie hatte viel Stil und besaß große Lebensfreude. Sie ...« Sich plötzlich erinnernd, fuhr er fort: »Jane gebrauchte mal ein Zitat, das sie perfekt beschrieb. Was diese verflixten Zitate angeht«, sagte er zu Ariel, »war sie genauso schlimm wie du. Das Zitat lautete etwa so: ›Manche Menschen sind dazu geboren, schwere Lasten zu heben‹ ...«

»›Manche sind dazu geboren, mit goldenen Bällen zu jonglieren‹«, brachte Ariel das Zitat zu Ende. »Max Beerbohm. Er sagte auch: ›Von allen Hassobjekten ist eine einst geliebte Frau das hassenswerteste.‹«

»Das ist in diesem Fall Unsinn. Aber um Ihre Frage zu beantworten, Henry, die Zeit hat erwiesen, dass ich in Dorothy weniger verliebt als vielmehr durch sie bezaubert war. Ich nehme an, dass ihr das ziemlich oft widerfahren ist. Doch trotz all ihrer Flatterhaftigkeit war Dorothy nicht ohne Verstand. Charme währt nicht ewig, und das wusste sie.«

»Aber sie heiratete«, wandte Ariel ein, »und blieb fünfundzwanzig Jahre verheiratet.«

»Wir werden glauben müssen, dass Ray Thibeau mehr war als nur bezaubert, und ich hoffe, dass sie genauso empfand. Muss so gewesen sein. Sieht so aus, als hätte sie ihre Lebenslust verlassen, als er starb.« Er blickte abrupt auf seine Armbanduhr. »Irgendwo auf der Welt ist es jetzt fünf Uhr«, sagte er energisch. »Gieß mir was Kräftiges ein, Ariel Gold, und dann setz dich her und erzähl mir, wie du von deiner Begegnung mit Dorothy erfahren hast.«

Trotz der Stärkung durch den erstklassigen Bourbon, den Ariel für ihn in Reserve hielt, schien B. F. durch ihren Brief von Dorothy hart getroffen zu sein. Es wäre besser gewesen, sagte sie sich besorgt, als sie sein Gesicht beim Lesen beobachtete, ihm den Inhalt wiederzugeben. Das hätte sie tun können, sie kannte jedes Wort auswendig. Der Abschnitt über *The Open File,* die Sendung, die sie zufällig gesehen hatte, und dass sie das Gefühl gehabt habe, eine alte Freundin zu sehen … Ariel seufzte und ließ den Rest des Briefs noch einmal Revue passieren.

> Wie oft habe ich an unsere Gespräche gedacht und dem Impuls widerstanden, mit Ihnen Kontakt aufzunehmen. Es wird Sie wohl nicht überraschen, das zu hören. Sie haben mich gewarnt, wissen Sie noch? »Es gibt nur eine Möglichkeit, auf dieser Erdkugel glücklich zu werden, und sie besteht darin, ein reines Gewissen oder gar keins zu haben.« (Ich habe das Zitat nachgeschlagen. Wer hätte gedacht, dass Ogden Nash – Ogden Nash? – mich verfolgen würde! Bedauerlicherweise ist sein »Candy is dandy but liquor is quicker« manchmal auch passend.) Sie hatten mich erkannt, meine Liebe; in all dieser Zeit hat es keinen einzigen Tag gegeben, an dem ich mich nicht schuldig gefühlt habe.
>
> Mein Mann ist inzwischen weg. Haben Sie das gewusst? Jetzt sind mir die Ausreden ausgegangen, und der Himmel weiß, dass ich keine ausgelassen habe. Die Beweise waren nicht absolut schlüssig, sagte ich mir, und außerdem war es nicht an mir, so was zu enthüllen oder zu unterdrücken. Ich sagte mir, dass Sis nicht leben wollte. Ich konnte argumentieren und habe das auch getan, dass meine

Feigheit in Wirklichkeit unzähligen Menschen gut getan hat. Es liegt Wahrheit in alldem. Es ist ebenfalls wahr, wie Sie hervorgehoben haben, dass ich nicht das Recht habe, mich zur Richterin zu machen, ebenso wenig wie er das Recht hatte, sich zum Scharfrichter zu machen. (Haben Sie seine Karriere überhaupt verfolgt? Nehmen Sie an, dass es Eitelkeit ist oder Reue, was ihn zu seiner Philanthropie motiviert? Raphael lächelt jedes Mal habgierig, wenn der Mann bei ihm über die Schwelle tritt!)

Wie Sie sehen können, habe ich mich nicht gebessert. Um genauer zu sein, ich habe Angst, jetzt, da ich allein bin. Ich bin irgendwie orientierungslos. Oder wäre unsichere Kantonistin genauer? Bei einem Mann, der schon einmal gemordet hat, darf man nicht darauf bauen, dass er es nicht wieder tut, oder?

Ariel, bitte rufen Sie mich an.

Als B. F. die letzte Bitte las, die unverhüllt und ohne jeden Versuch zu selbstironischem Geplänkel war – nacktes, unverhülltes Bedürfnis –, hob er den Blick zur Zimmerdecke und verharrte in dieser Haltung. »Du armes Kind«, murmelte er nach einer Weile. Ariel glaubte, er spräche von Dorothy, doch dann wurde ihr bewusst, dass er sie meinte. »Dieser Brief ist dir einfach so ins Haus geflattert?«, fragte er. »Du hast nicht gewusst, wer sie war oder was … Hast du überhaupt eine Ahnung, wovon sie redet?«

»Nein, Sir. Ich weiß nur das, was du gerade gelesen hast, was du uns erzählt hast und das, was in ihrer Todesanzeige stand, was herzlich wenig war.«

B. F. betrachtete die Unterschrift mit dem Vornamen auf

dem Brief. »Hat mich mein Verstand total im Stich gelassen«, fragte er, »oder übersehe ich irgendwas?«

Ariel erklärte, wie sie den Brief schließlich mit einem Nachnamen hatte versehen können. »Ich hatte alles versucht, was mir einfiel. Wenn Henry nicht gewesen wäre, würde ich noch immer nicht wissen, wer sie war.«

»Ein dreifaches Hurra für Henry«, sagte Henry, der immer wieder etwas auf ein Blatt Papier gekritzelt hatte.

»Hast du eine Ahnung«, fragte B. F., »wer diese Sis war?«

»Ich hatte gehofft, du würdest es wissen«, erwiderte Ariel.

»Ich weiß, dass es keine Schwester war. Sie hatte keine. Und einen Raphael kenne ich auch nicht.«

»Henry und mir ist die Idee gekommen, dass sie vielleicht den Erzengel meinte.«

B. F. starrte sie an.

»Am Missionsgebäude von San Rafael gibt es eine Statue von ihm.«

»Eine Statue?«

»Sie ist über der Kirchentür angebracht. Wir dachten, wenn dieser Mann, von dem sie spricht, ein Gemeindemitglied war, dann …«

»B. F.«, sagte Henry und blickte von den Notizen hoch, die er sich gemacht hatte, »war Mrs Thibeau katholisch?«

»Wieso?«

»Ich würde Raphael als Person gern abhaken, damit wir uns nicht mehr mit ihm beschäftigen müssen. Scheint mir logisch zu sein, dass jemand, der diese Kirche besucht und die Statue oft gesehen hat, eher an sie denkt und sich auf sie bezieht.«

»Ich weiß nicht«, sagte B. F., »was Dorothy war. Ihre Beerdigung war etwas, was man ökumenisch nennen könnte. So weit ich mich erinnere, war sie nicht auffallend religiös.«

»Aber sie war fantasievoll«, erwiderte Henry. »Eine Frau, die es amüsant findet, eine Statue zu personifizieren? Ich frage mich … wie fantasievoll?«

»Wie meinen Sie das?«

»Besteht die Möglichkeit, dass Ihre Freundin sich eine Drohung einbildete?«

B. F. überlegte. »Schwer zu sagen«, entschied er schließlich. Und nach ein paar Sekunden fuhr er fort: »Ich weiß nicht, ob ich behaupten kann, Dorothy zu kennen, wirklich zu kennen, selbst vor dreißig Jahren. War all diese Fröhlichkeit Tarnung, oder war da nichts zu tarnen? War sie so, wie sie sich gab, die wirkliche Person? Ich hatte sie seit fast zehn Jahren nicht mehr gesehen und seit … du lieber Himmel … seit einer Ewigkeit nicht mehr mit ihr telefoniert. Ein Jahr, zwei Jahre? Es muss so lange her gewesen sein, da sie offensichtlich nicht wusste, wer Ariel für mich war.«

»Sie sagen uns nicht, was Sie denken«, beharrte Henry.

»Dorothy neigte dazu, die Dinge durch eine rosa Brille zu sehen: Sie wollte Schwierigkeiten meiden, darunter auch, wenn sie es schaffen konnte, die Schwierigkeit zu denken. Aber wenn man sich das hier ansieht …« B. F. tippte auf den Brief. »Die Selbstbeobachtung, das moralische Mäntelchen, das sie erkennt und eingesteht! Man könnte sagen, wenn sie bis zu dem Punkt gelangt war, an dem sie Angst hatte …«

»Dann hatte sie Grund dazu?«

»Vielleicht, vielleicht auch nicht. Dorothy war nicht abgeneigt, die Dinge ein wenig zu dramatisieren.«

Ariel musterte ihren Großvater neugierig. So zurückhaltend und unverbindlich hatte sie ihn noch nie erlebt. »Du sagst uns noch immer nicht, was du denkst«, meinte sie.

»Ich halte das für akademisch.«

Ariel riss den Mund auf. »Was meinst du damit, akademisch?«

»Ich meine, Ariel Gold, dass die Lady nicht zur Verfügung steht, ihren Brief zu dechiffrieren. Außerdem ist sie für irdische Verletzungen nicht mehr zugänglich, und es gibt keinen Grund zu der Annahme, dass man nachgeholfen hat, um sie ins Jenseits zu befördern.«

»Ich kann nicht glauben ... Die Tatsache, dass ich diesen Brief nur wenige Tage vor ihrem Tod erhielt, macht dich kein bisschen stutzig?«

»Du hast ihn wann bekommen?«

»In derselben Woche. Mittwoch oder ...« Ariel rekonstruierte. »Es war Dienstag. Er war am Tag zuvor aufgegeben worden, am Montag.«

»Der Woche, in der sie starb?«

Ariel nickte.

»Und du hast dich gequält? Dir eine verängstigte Frau vorgestellt, die diese verzweifelte Bitte abschickt, während ihrer letzten Tage am Telefon sitzt und sich fragt, warum du nicht anrufst?«

»Hättest du nicht das Gleiche getan?«

»Ariel, es ist nicht geschehen.«

»Du willst doch nicht sagen, dass sie das nicht geschrieben hat? Es ist dieselbe Handschrift wie dein Schreiben. Derselbe Stil, dieselbe *Stimme* ...«

»Ich behaupte nicht, dass sie ihn nicht geschrieben hat, ich sage nur, dass sie ihn nicht abgeschickt hat.«

»B. F., da liegt er doch!«

»Man hat mir berichtet, dass Dorothy während dieser ganzen letzten Woche im Krankenhaus war. Mehr als eine Woche, und zwar auf der Intensivstation. Sie schrieb keine Briefe, und davon, dass sie sie abschickte, kann keine Rede sein.«

»Aber wie ist ...«
B. F. warf einen Blick auf das Blatt in seiner Hand und stellte ein paar eigene Überlegungen an. »Hat dich nicht gewundert, dass der Brief ein Datum trug, das mehr als eine Woche zurücklag?«
»Natürlich habe ich mich gewundert. Ich dachte mir, dass sie wegen ihrer Bitte um Hilfe gemischte Gefühle hatte und sich vielleicht davor fürchtete, die Bedrohung zu übertreiben ... Ich kannte sie nicht, aber sie hörte sich nicht wie eine Heulsuse an.«
»Damit hast du allerdings Recht. Meine Liebe, sie ist an Herzversagen gestorben, Komplikationen nach einer Lungenentzündung, an einem Virus. Das kann ich so sicher sagen, weil ich gefragt habe. Soviel ich weiß, war sie nicht in bester körperlicher Verfassung, als es sie erwischte, und so ...«
»Nicht in bester Verfassung? Und woher weißt du das?«
»Aus zwei, drei Bemerkungen, die ich beim Trauergottesdienst gehört habe. Es herrschte die Meinung, dass Thibeaus Tod sie hart getroffen habe. Sie sei mutlos und bedrückt gewesen, habe nicht mehr gegessen und geschlafen und nicht mehr so recht auf sich geachtet. War nicht mehr sie selbst.«
»Wer hat das gesagt?«
»Mehrere Leute.«
»Besorgt?«, dachte Henry laut. »Angst?«
»Ich kann weder sagen, dass sie Angst hatte, noch, dass sie keine hatte. Ich war nicht da. Eins allerdings weiß ich mit Bestimmtheit, nämlich dass es Herzversagen war, woran sie gestorben ist.«
»Herzversagen!«, höhnte Ariel. »Jeder, der je gestorben ist, ist an Herzversagen gestorben. Hat es eine Autopsie gegeben?«

»Nicht dass ich wüsste.« B. F. erhob sich von seinem Stuhl, steckte die Hände in die Hosentaschen und begann im Raum auf und ab zu gehen. »Ich weiß nicht, weshalb es eine hätte geben sollen.«

»Sie hat den Brief geschrieben«, sagte Ariel, »und dann wurde sie krank.«

»Ob es sich hier um Ursache und Wirkung handelt, lässt sich nicht sagen«, stellte Henry fest. »Hört sich so an, als ob sie schon krank gewesen wäre.«

»Zu welcher Zeit auch immer, sie hat den Brief geschrieben, und zwar an mich.«

»Dies ist zwar eine überflüssige Frage«, meinte B. F., »aber du wirst die Sache weiterverfolgen, nicht wahr?«

Henry verdrehte die Augen, was jedoch unbemerkt blieb. Ariel beantwortete die Frage erst gar nicht. »Wer hat ihn abgeschickt?«, sagte sie stattdessen.

»Wer und warum?«, las Henry von dem Zettel ab, auf dem er sich Notizen gemacht hatte. »Wann wurde Dorothy krank? Und hat sie mit jemandem über ihre Ängste gesprochen? Wer war Sis? Genauer: Wer war Sis' Ehemann, Liebhaber oder Erbe? Welche Beweise waren nicht schlüssig? In welcher Angelegenheit hatte sie kein reines Gewissen …«

Ariel hielt die Hände hoch. *»Ich* kenne die Fragen! Ich muss mit ihren Freundinnen sprechen. B. F. …« Sie drehte sich um und sah, wie ihr Großvater die Buchrücken auf den Regalen zu studieren schien. »Wen sollte ich anrufen?« Er reagierte nicht. »B. F.? Ich sagte …«

»Ich habe dich gehört.« Er zog ein Buch heraus, blätterte darin und stellte es wieder zurück. »Libby Vail zum Beispiel.«

»Mrs Senator Bland?«, fragte Henry. »Du hast sie vor einiger Zeit erwähnt, Ariel. Was hat sie mit …«

»Ich habe sie bei B. F.s Dinnerparty kennen gelernt«, sagte Ariel, und dann an ihren Großvater gewandt: »Waren sie und Dorothy befreundet?«

»Sie bewegten sich in derselben Clique.«

»Zunächst«, warf Henry ein, »kannst du ein paar einfachere Recherchen hier anstellen.«

»Und wie?«, wollte Ariel wissen.

»Sehen wir uns mal B. F.s Briefchen an.« Er überflog es und murmelte vor sich hin: »… ›anregendes Gespräch über Doppelgänger. Ich erzählte ihr, dass sie eine Doppelgängerin habe, eine Journalistin, wie ich glaube, bei einer Magazinsendung des Fernsehens‹. Hört sich nicht an, als wärt ihr damals Busenfreundinnen gewesen, oder?«

Ariel stellte sich auf die Zehenspitzen, um über seine Schulter hinweg zu lesen. »Ja«, sagte sie, »aber es muss nicht viel bedeuten, dass sie nicht wusste, dass ich Producerin war. Die meisten Menschen verstehen nicht …«

»Und dann hier.« Henry zeigte auf die Stelle. »Sie bezeichnet dich als ›diese Fernseh-Person‹.«

»Ja und?« Ariel legte Henry die Arme auf die Schultern.

»Nehmen wir einfach mal an, dass sie wenig über dich wusste, nur dass du beim Fernsehen bist. Sie hat dich vielleicht mit einem Mikro oder einem Kameramann gesehen. Was vermuten lässt …«

»Ich arbeitete gerade an einer Story.«

»Und da du einen allgemeinen Zeitrahmen hast …« Henry warf einen Blick auf das Datum der Einladung. »Vierter Februar vor zwei Jahren …«

»Ich kann genau sagen, welche Story es war. Wir haben noch einen weiten Weg vor uns, Henry!«, rief Ariel und rieb den Kopf spontan an seinem. Sie spürte, wie seine Schultern erstarrten, und löste sich sehr behutsam von ihm. Als sie sich nach ihrem Großvater umdrehte, sah sie, dass er gar nicht mehr da war. Weder sie noch Henry hatten bemerkt, wann er den Raum verlassen hatte.

23

Henry und Ariel hatten richtig vermutet, Ariel war vor gut zwei Jahren im Dezember in San Francisco gewesen. Es war eine Kleinigkeit, herauszufinden, welche Geschichte sie dorthin geführt hatte. Das Problem war, dass gerade diese Geschichte nichts mit Dorothy Thibeau oder deren Ehemann zu tun hatte. Sie hatte auch nichts mit dem Tod eines Menschen namens Sis zu tun; in der Geschichte kam überhaupt kein Todesfall vor, weder ein Mord noch sonst etwas.

»Erinnerst du dich noch an diese Sache über die Pfandleihe?«, fragte Ariel Henry am nächsten Morgen am Telefon.

»Pfandleihe …?«, wiederholte Henry unsicher.

»Der Beitrag über all diese nicht abgeholten Dinge, die die verschiedenen Makler gesammelt hatten? Die Skalpelle mit den Blutflecken, weißt du noch? Und dann dieser Champagnerkühler von der *Titanic* und die Pistole …«

»O Gott!«

»Du erinnerst dich also.«

»Ich würde es gern vergessen.«

»Nun, ich *hatte* es offensichtlich vergessen, und so habe ich es mir angesehen. ›Pfandschein ins Nichts.‹ Nicht gerade das, was du dir gern anschaust, nicht wahr?«

»Es waren keine Nachrichten. Der Beitrag konnte kaum

als Bluff eingestuft werden. Es war Chloes Story, nicht wahr?« Chloe war die Kollegin, deren Stelle Ariel übernommen hatte.

»Und ich habe den Beitrag produziert. Ich habe nichts, absolut nichts gesehen, was sich mit Dorothy in Verbindung bringen ließ, auf welche Weise, in welcher Gestalt und Form auch immer.«

»Auch nicht die Pistole?«, meinte Henry spöttisch. »Wie lautete noch die Inschrift?«

»›Bis dass der Tod uns scheidet, in Liebe, Emily.‹ Die Pistole wurde neunzehnhundertacht in Tulsa, Oklahoma, verpfändet, einer von fünf verschiedenen Städten, in denen ich Interviews machte, alle innerhalb von zwei Tagen, wie ich herausfand. Ich bin sogar nach Opelika in Alabama gefahren, man stelle sich das vor! In San Francisco muss ich mich insgesamt drei Stunden aufgehalten haben. Wann hat Dorothy mich gesehen und wo? Wann und wo haben wir uns kennen gelernt? Wann haben wir miteinander gesprochen?«

»War das damals dein einziger Trip nach San Francisco?«

»Der einzige, für den ich Spesenabrechnungen gefunden habe, und ich habe Monate in beiden Richtungen geprüft. Es kann sein, dass ich auf eigene Kosten mal hingefahren bin.«

»Würde mich nicht überraschen. Vielleicht bist du auf irgendeine lokale Geschichte aufmerksam geworden, als du durch die Stadt kamst, und bist dann zurückgekehrt, um der Sache nachzugehen. Wäre nicht das erste Mal, dass du aus eigenem Antrieb losrennst.«

»Ja, ja, deine Geschichten vom einsamen Ranger kenne ich schon alle. Es muss Spaß gemacht haben, die alte Ariel unter der Knute zu haben.«

»Bei der jungen hat es Spaß gemacht«, entgegnete Henry.

Ariel fragte sich kurz, ob sie da was rausgehört hatte. Aber nein, Henry spielte nicht auf ihre vergangene Beziehung an. Und ganz gewiss leistete er sich in dieser Hinsicht keine Anzüglichkeiten. Als er in völlig normalem Ton weitersprach, kam sie zu dem Schluss, dass sie ihn falsch verstanden hatte. Außerdem kriegte sie überhaupt nicht mit, was er als Nächstes sagte. »Entschuldige?«, fragte sie.

»Lokale Geschichten«, wiederholte er. »Hast du geprüft, was damals dort los war?«

»Ich habe einen der Rechercheure darauf angesetzt.«

»Oh? Wird das ein Beitrag für *The Open File?«*

»Vielleicht.«

»Hast du Libby Vail schon angerufen?«

»Als Erstes. Sie ist verreist. Sie und der Senator sehen sich Italien an, werden aber Ende der Woche wieder da sein.«

»Hm.« Henrys Aufmerksamkeit war abgeschweift. »Pfandleihe«, murmelte er.

»Pfandleihe … was?«, fragte Ariel.

»An dem Tag, an dem wir Tee tranken, erwähntest du einen Pfandhausbesitzer in San Francisco. Du hattest alle Telefonnummern der Region vier-eins-fünf in deinen Akten angerufen, weißt du noch? Du hast mit einem Typ gesprochen, von dem du sagtest, er schwärme für dich.«

»Richtig. Calvin Soo. Ich hab ihn sogar gerade auf dem Band gesehen.«

»Soo?«

»Er war einer der Sammler, die ich interviewte, und zwar der mit dem Champagnerkühler von der *Titanic*. Was ist mit ihm?«

»In dieser Pfandleihe bist du im Januar vor zwei Jahren in San Francisco gewesen. Nach dem zu schließen, was du über deinen Zeitplan sagst, hast du die Stadt viel zu schnell wieder verlassen, um noch irgendwo anders gewesen zu sein. Vielleicht hast du Dorothy dort kennen gelernt.«

»*Dorothy?* Als sie ihre Wertsachen versetzte? Hast du die Einladung zu dieser Party gesehen? Hast du die Kleider gesehen, die sie auf diesem Foto trug? Sie war mit einem Arzt verheiratet, Henry.«

»Vielleicht hatte sie auch ein Problem mit Glücksspiel oder eine Affäre mit Mr Soo.«

Ariel lachte.

»Was ist daran so komisch? Du sagtest, er habe eine Schwäche für dich. Vielleicht ist er ein Romantiker.«

»Wenn du Soo sehen könntest …« Ariel hörte ein schwaches Stöhnen und lachte erneut. »Wenn du ihn sehen könntest, würdest du wissen, wie komisch das ist. Er ist riesig, Henry!«

»Haben riesige Menschen keine Romanzen?«

»Ich spreche von Sumo. Ein Fleischberg von Mann. Soo und wilde Leidenschaft?« Ariel grinste. »Das stelle ich mir lieber gar nicht erst vor.«

»He, dein altes Ich war auch nicht gerade eine Sylphe, meine Liebe.«

Ariel brauchte eine Sekunde, um zu verarbeiten, was sie gehört hatte. Ihr Grinsen verschwand. »Na schön«, meinte sie pikiert – fast sprachlos. Lieblosigkeit war eine Eigenschaft, der sie bei Henry noch nie begegnet war.

»He, Ariel, das hätte ich nicht sagen sollen. Ich weiß nicht, warum ich es getan habe.«

Ariel glaubte es zu wissen; sie erkannte so etwas wie unverarbeitete Wut, als sie es hörte. »Henry«, begann sie, »hast du etwas auf dem Herzen, worüber du gern …«

»Was Dorothy angeht«, unterbrach er sie energisch, »hast du vermutlich Recht. Es ist unwahrscheinlich, dass sie Pfandleihen frequentiert hat.«

Ariel versuchte sich wieder zu konzentrieren. »Ja. Sehen wir uns das hier mal an. Ich wünschte, ich könnte mich an das Viertel erinnern, in dem die Pfandleihe liegt.«
»Und warum?«
»Ich frage mich, ob es im selben Block Büros und Praxen gibt? Vielleicht ihres Anwalts oder Zahnarztes. Oder Restaurants – einen Delikatessenladen, der ihr besonders gefiel.«
»Oder ihr Wagen hatte eine Panne, so dass sie irgendwo telefonieren wollte?«
»Ich glaube, ich werde den alten Calvin Soo mal anrufen.«
Als sie hörte, wie jemand sich diskret räusperte, blickte Ariel hoch. Tara Castanara stand in der Tür zu ihrem Büro. »He«, meinte Ariel, »ich habe Ihren früheren Chef in der Leitung. Möchten Sie ...« Erst da bemerkte sie Taras Erregung. »Henry, kannst du eine Sekunde warten?«, sagte sie, und zu Tara gewandt: »Was ist?«
»Ihre ... äh ... Haushälterin oder was immer sie ... Sie hat gerade aus der Praxis eines Dr. Crowne angerufen. Sie bittet Sie gleich hinzukommen. *Jetzt,* sagte sie.«

Ariel saß schon in ihrem Van und war unterwegs, als ihr der Gedanke kam, dass sie voreilig gehandelt hatte. Crownes Praxis war keine zehn Minuten vom Studio entfernt; trotzdem hätte sie anrufen sollen, bevor sie dort auftauchte.
Sie hatte Tara gefragt, was genau Hattie gesagt hatte. »›Fragen Sie Ariel, ob sie gleich herkommen kann ... jetzt!‹«, wiederholte Tara mit der gleichen Unheil verkündenden Betonung. »Sie hörte sich gestresst an«, war alles, was sie noch hinzufügen konnte.
Ariel beruhigte sich mit dem Gedanken, dass es wahrscheinlich ein »Notfall« etwa der Art »Wir haben kein Toilettenpapier mehr!« war. Irgendetwas Unwichtiges.

Vielleicht hatte Hattie, die im Stillen betete, wenn sie im Verkehr von Los Angeles fuhr, auf dem Weg zu Crownes Praxis eine Stoßstange eingebeult.

Aber warum waren sie in Crownes Praxis?

Layas Auge hatte sich vorgestern Abend »unangenehm« angefühlt, wie sie selbst zugegeben hatte. Hatte sie gestern etwas gesagt? Ariel versuchte sich zu erinnern, ob sie mit den Fingerspitzen das rechte Auge abgetastet hatte. Ja, das hatte sie. Und kaum waren sie und Henry aus Ariels früherem Arbeitszimmer, dem jetzigen Schlafzimmer von Laya, aufgetaucht, war diese hineingegangen und hatte die Tür hinter sich geschlossen. Sie hatte sich um halb acht für die Nacht zurückgezogen, als es draußen noch hell war. Ariel hatte dem nur wenig Aufmerksamkeit geschenkt. Sie war viel zu sehr mit Plänen über Dorothy Thibeau beschäftigt gewesen.

Diese Pläne und alle anderen, die Ariel sonst noch für den Rest dieses Montags hatte, mussten jetzt warten. Nachdem sie mit Crowne gesprochen hatte, sorgte sie sich mehr um Laya, die entschlossen zu sein schien, ihr Leben vorerst auf Eis zu legen.

Hattie und Laya waren mit dem Taxi zur Praxis des Arztes gefahren, kurz nachdem Ariel an jenem Morgen das Haus verlassen hatte, wie sie dort hörte. Laya hatte Hattie gebeten, Crowne anzurufen und ihm zu sagen, dass sie ihn sehen müsse.

Jetzt auf der Heimfahrt lastete ein drückendes Schweigen auf allen. Laya blickte zum Seitenfenster hinaus, als betrachtete sie die vorübergleitende Landschaft. Hattie ließ vom Rücksitz her gelegentlich einen nachdenklichen Seufzer hören. Ariel verbrachte die Zeit mit dem Versuch zu klären, was Crowne ihr gesagt hatte.

Das Transplantat war nicht angewachsen. Die neue Hornhaut wurde milchig, das Auge trocknete aus und verlor seinen normalen Glanz. Es gebe unzählige Gründe dafür, erklärte Crowne, warum Transplantationen nicht erfolgreich seien, und manchmal gebe es gar keinen Grund. Er empfahl einen zweiten Versuch. Laya lehnte ab.
»Das ist keine unerwartete Reaktion«, hatte Crowne Ariel unter vier Augen gesagt. »Für sie ist das ein vernichtender Rückschlag. Der Gedanke an einen neuen Versuch, vielleicht einen neuen Fehlschlag ... Und das kann schließlich passieren; es gibt keine Garantien. Es ist hart.«
Es werde Zeit kosten, einen neuen Spender zu finden, fuhr er fort. Er werde nach den gesündesten Zellen Ausschau halten, einer Hornhaut mit der größtmöglichen Erfolgschance. Bis dahin werde Laya Zeit gehabt haben, sich wieder zu fassen. »Sie wird die Dinge dann in einem anderen Licht sehen«, sagte er.
Dessen war sich Ariel nicht so sicher. Als sie vor einer roten Ampel stand, warf sie einen Blick zum Beifahrersitz. Laya schien nicht am Boden zerstört zu sein. Selbst wenn ihr Gleichmut nur vorgetäuscht war, war er verblüffend. »Willst du, dass ich irgendwo anhalte, bevor wir nach Hause fahren?«, fragte Ariel sie.
»Nein, vielen Dank«, antwortete Laya.
Es wurde grün, und Ariel fuhr etwa einen Straßenblock weiter, bevor sie sagte: »Kannst du irgendwas sehen?«
»Ich konnte.«
»Du konntest?« Laya hatte nie darüber gesprochen, und Ariel war davon ausgegangen ... Irgendwann, sagte sie sich, werde ich lernen, über Laya keine Vermutungen mehr anzustellen. »Du konntest wirklich sehen?«
»Nebel.« Layas Lippen verzogen sich, und dann murmelte sie etwas, was sich anhörte wie: »Rosafarbenen.«

»Hast du Schmerzen?«, fragte Ariel.

»Er hat mir Tropfen gegeben.«

»Tropfen«, wiederholte Ariel. Sie fühlte, wie sie eine Gänsehaut bekam. Wie diese Frau es über sich bringen konnte, sich irgendwelche Tropfen in die Augen träufeln zu lassen, ging über ihren Horizont. Und wieso Laya nicht jede Möglichkeit nutzte, wieder zu sehen, überstieg ihre Vorstellungskraft.

Als sie zu Hause angekommen waren und Ariel den Wagen geparkt hatte, stellte sie die Frage: »Möchtest du mir erzählen, warum nicht?«

»Warum nicht ...?«

»Dr. Crowne sagt, es bestehe die Chance, dass ein zweites Transplantat anwächst. Warum willst du es nicht noch einmal versuchen?«

»Das kann ich mir nicht leisten.«

»Du kannst es dir nicht ... du kannst es dir nicht leisten, es *nicht* zu tun? Geld ist kein Thema.«

»Ach nein? Ich habe den Verdacht, dass ich schon jetzt zum Sozialfall geworden bin ...« Laya ließ die Bemerkung in der Luft hängen. Als Ariel nichts sagte, fuhr sie fort: »Du weißt, wie ich über Wohlfahrt denke und darüber, dass man mich ›beschützt‹ und mir die Tatsachen vorenthält.« Sie machte die Tür auf. »Von Geld«, sagte sie, »habe ich allerdings nicht gesprochen.«

Sie stieg aus und schaffte es, ohne Zwischenfälle zur Veranda zu kommen, wo sie darauf wartete, hineingelassen zu werden. Ariel und Hattie wechselten ein paar Blicke, bevor sie folgten.

Sobald sie im Haus waren, wollte Laya sofort in ihr Zimmer gehen. Sie bewegte sich inzwischen sicherer, wie Ariel sogar in ihrem zerstreuten Zustand bemerkte, war selbstsicherer in ihren Bewegungen. »Laya«, sagte sie, »wenn es nicht Geld ist, was du dir nicht leisten kannst, was ist es dann?«

»Was ist es dann?«, wiederholte Laya und grübelte darüber nach, als wäre es ein philosophisches Rätsel. »Hoffnung«, meinte sie schließlich. »Die kann einen umbringen. Ich habe mich entschieden zu leben.«

»›Zu leben‹ …« Erneut sah Ariel Hattie an. Was entging ihr hier? Hattie blinzelte Laya ebenso verständnislos an.

»Ich will das nicht noch einmal durchmachen«, erklärte Laya, »diese Qual der Hoffnung.« Sie ging zum nächsten Fenster, wobei sie die Schritte gezählt haben musste, da sie nur Zentimeter davor stehen blieb. Dann sagte sie, als wollte sie kommentieren, was jenseits davon lag: »Die Dinge sehen heute ein wenig klarer aus, nicht wahr? So ergeht es einem, wenn man Hoffnung erleidet. Ich bin sicher, dass das Licht heute heller ist, sagt man sich. Die Konturen sind schärfer. Jeden Tag erwacht man und schlägt die Augen auf – oder in meinem Fall, das einzige Auge, das zählt – und redet sich ein, dass es stimmt. Man lernt, sich an die Hoffnung anzuschleichen und hinter ihrem Rücken vorbeizugehen, etwa als wollte man sie nicht in Versuchung führen, einen hereinzulegen. Man sieht die Dinge indirekt an. Das ist ein Licht. Ich sehe es. Ist es aber wirklich? Ist es irgendein Flackern in einem Auge? Diese wirbelnde Bewegung … gestern konnte ich das nicht sehen! Es sind Vorhänge, die sich im Wind bewegen. Und man streckt die Hand aus, um sie zu berühren, und dann ist da nichts. Schatten.« Sie legte die Fingerspitzen an die Fensterscheibe. »Und dann kommt dieser Moment, in dem einem fast das Herz stehen bleibt, in dem man absolut sicher ist, sich nichts einzubilden. Diesmal *ist* da ein Unterschied. Man beginnt die Treppenstufen hinunterzugehen, und man erkennt es. Die Tiefenwahrnehmung ist wieder da! Man vertraut ihr und macht einen Schritt, und dann liegt man plötzlich auf den Knien, und die Zunge blutet, weil man darauf gebissen hat. Und da weiß man, dass alles genauso ist wie vorher. Nichts ist anders. Kein Jota hat sich geändert. Es war Wunschdenken.« Ihre Stimme wurde leiser, und ihre Finger kamen zur Ruhe. »Man fragt sich: Was bedeutet es, dass mein Auge brennt? Bedeutet dieses Gefühl von Wundsein, dass es verheilt – oder vernarbt? Fängt es an Geschwüre zu bilden? Sich in trockene, nutzlose Haut zu verwandeln? Sterben die Zellen ab? Ist diese Hornhaut so tot wie die arme Seele, von der sie kam?«

Laya ließ die Hand an der Seite schlaff hinunterfallen und drehte sich zu Hattie und Ariel um. »Ich war nie eine ideale Transplantationspatientin«, sagte sie. »Ich bin nicht gesünder geworden. Ich werde für kein Geld der Welt, nicht mal für dein Geld oder das deines Großvaters oder von sonst jemandem, das noch einmal durchmachen.«

»Und ich habe wirklich geglaubt«, sagte Ariel, entsetzt über ihre Dummheit, »dass du nicht aufgeregt warst, als Crowne dir den Befund mitteilte.«

»Das war ich auch nicht. Ich wusste schon Bescheid. Und ich weiß auch, dass es mit einem zweiten Transplantat genauso gehen würde.«

»Kind«, meldete sich Hattie zu Wort, »Sie können noch eine Zeit lang stark sein. Wenn es eine Chance gibt …«

»Und wenn das zweite Transplantat nicht anwächst«, sagte Laya, »werden wir uns dann den wundersamen Alternativen zuwenden? Wissen Sie, dass man heute Embryonalhüllen von Plazentas verwendet? Sollten wir es damit versuchen? Es gibt auch eine Art Prothese. Können Sie sich das vorstellen? Sie besteht aus Kunststoff, und sie funktioniert natürlich nicht allzu oft, aber seien wir großzügig.

Einige sehbehinderte Menschen, Leute mit Retinitis pigmentosa, lassen sich von Bienen stechen, von ganzen Bienenschwärmen! Es muss doch auch für mich irgendein ›natürliches‹ Wundermittel geben? Vielleicht sollten wir es mal mit Schlangenbeschwörung versuchen.«

»Mich täuschst du nicht«, sagte Ariel. »Du bist am Boden zerstört. Wenn nicht, müsstest du ein Übermensch sein. Du musst dir etwas Zeit lassen.«

»Das habe ich vor. Zeit, um etwas zu tun und nicht zu warten. Ich weiß, wann es mit der Selbstbeherrschung zu Ende sein muss. Ich komme mit meinem Leben zurecht, so wie es ist.«

»Du kannst doch nicht einfach aufgeben.«

»Einfach?« Laya bewahrte ihre Fassung. Sie schluckte und brachte sogar ein Lächeln zu Stande, wenn auch ein angestrengtes.

»Ich möchte, dass du dich etwas fragst.«

»Was?« Als Ariel zögerte, neigte Laya den Kopf zur Seite, als hätte sie die Frage überhört, und sagte: »Nun?«

»Du brauchst mir nicht zu antworten, aber frage dich selbst.«

»Was denn, Ariel?«

»Ist dies eine rationale, gesunde Entscheidung, oder könnte es sein, dass du dich bestrafst?«

Hattie reagierte darauf, wie Ariel aus dem Augenwinkel feststellte, mit einem Stirnrunzeln.

»Dass du dich wegen James Price bestrafst«, ergänzte Ariel. Das war ihr erst jetzt eingefallen, so dass sie das Ganze wohl nicht durchdacht hatte. Zu ihrer Überraschung hatte Laya es aber offenbar getan.

Nach anscheinend ernsthaftem Nachdenken sagte sie: »Ariel, du bist die beste Freundin gewesen, die sich ein Mensch nur wünschen kann. Ich werde solange ich lebe in deiner Schuld stehen. Bei allem Respekt ist dies aber keine gute Zeit für Amateur-Analysen.« Laya berührte den nächsten Stuhl, um sich zu orientieren, wie Ariel wusste, und fügte hinzu: »Außerdem ist dies nicht deine Entscheidung.« Und dann machte sie Anstalten, das Zimmer zu verlassen.

Ariel sprach zu ihrem Rücken. »Was hast du jetzt vor?«

»Ich habe vor, mich um eine Ausbildung zu kümmern.«

»Und was dann?«

»Und dann werde ich entscheiden, was zu tun ist. Ich glaube, ich kann immer noch unterrichten.«

»Wie kann ich helfen?«

Diese Worte ließen Laya innehalten. Ihre bis zu dem Moment verkrampften Hände entspannten sich. Eine suchte und fand die Wand, die sie gerade in diesem Augenblick als Stütze zu brauchen schien. »Ich danke dir«, sagte sie.

24

Es war kein leeres Gerede gewesen, als Laya sagte, sie habe die Absicht, mit ihrem Leben zurechtzukommen. Noch am selben Tag gab sie eine Anzeige auf, um ihren Wagen und ihr Fahrrad zu verkaufen. Ariels Angebot, sich über die Telefonauskunft nach Beihilfezahlungen der Sozialversicherung zu erkundigen, lehnte sie ab. Dann vereinbarte sie einen Termin mit einem Orientierungs- und Mobilitätsausbilder der staatlichen Blindenkommission.

Als Ariel an dem Zimmer vorbeikam, das ihr Arbeitszimmer gewesen war, blieb sie stehen und belauschte unverfroren Layas letzte Worte bei diesem Gespräch – eine Frage nach dem Zugang zu Hörbüchern. Anschließend fühlte sie behutsam vor und erkundigte sich nach sprechenden Computern und einer Art Terminal, das, wie es schien, eine Verbindung zum Internet herstellte. Ariel war hin und her gerissen. Ob Laya sich mit diesem Verhalten ihrer Behinderung heroisch stellte oder sie akzeptierte, konnte Ariel nicht sagen. Aber wie schon klargestellt worden war, war es nicht ihre Aufgabe, dies zu entscheiden.

Als sie später in die Küche ging, um sich eine Kanne Tee zu machen, fand sie Hattie, die gerade Pecannüsse schälte, über den Tisch gebeugt. Laya war außer Hörweite. Sie hatte sich nicht wie sonst ein wenig zum Schlafen hingelegt, sondern saß auf dem Fußboden ihres Zimmers in der Lotosposition und schien Arthur, der es sich auf ihrem Schoß bequem gemacht hatte, nicht zu bemerken. Hattie blickte auf und knackte eine Nuss mit solcher Vehemenz, dass sie zerbröselte. »Sie müssen was unternehmen«, forderte sie. »Das hier ist nicht richtig.«

»Was?«, fragte Ariel.

»Was sie tut.«

»Nein, ich habe gemeint, was Sie vorschlagen, dass ich machen soll?«

Hattie schüttelte den Kopf. »Ich nehme an, es war der Schock. Was der Doktor sagte, hat sie am Boden zerstört. Sie hätte eine Zeit lang deprimiert sein können, um dann Vernunft anzunehmen. Aber nein. O nein, Ma'am. Sie verkriecht sich in ein schwarzes Loch und zieht noch die Erde mit hinein.«

»Sie ist jetzt mehr sie selbst«, entgegnete Ariel, »als sie seit dem Verlust ihres Augenlichts gewesen ist.«

»Dazu kann ich nichts sagen. Ich habe sie erst kennen gelernt, als sie das Augenlicht verlor.«

»Zum ersten Mal sieht sie eine Richtung, die sie einschlagen kann.«
»Ja«, brummte Hattie. »Rückwärts.«
Wenn man davon absieht, dachte Ariel, dass das innere Glühen, welches sie Hattie einmal hatte beschreiben wollen, wieder da war. »Sie meditiert wieder«, sagte sie.
»Meditation macht ihr Auge nicht gesund.« Hattie fuhr mit einem Fingernagel durch den Rand einer Pecannuss und quetschte staubige rote Überreste hervor. »Sie kann nicht wissen, dass eine zweite Operation schief gehen wird. Sie hat keine Kristallkugel. Sie ist nicht Gott.«
»Das bin ich auch nicht«, entgegnete Ariel. »Und ich bin nicht ihre Mutter. Sie wird tun, was sie tun wird. Ich hab nicht darüber zu befinden.«
Hattie schälte noch ein weiteres halbes Dutzend Pecannüsse, deren Kerne sauber und heil herauskamen. Ariel goss sich Tee ein und setzte sich. Mit gesenktem Kopf, den Blick auf den Becher gerichtet, sagte sie: »Sie hat vielleicht keine Kristallkugel, aber sie hat so eine Art … Dinge zu wissen.« Überraschenderweise widersprach Hattie nicht. »Sie spürt die Dinge sogar, bevor sie passieren.« Noch immer erfolgte kein Widerspruch. »Zum Teil«, fuhr Ariel fort, »liegt es, wie ich glaube, daran, dass sie mehr sieht … mehr sah als der Durchschnittsmensch. Sie ist weit aufmerksamer als die meisten Menschen. Sie hört zu. Ich meine *aktiv.* Sie hört. Aber das erklärt nur einen Teil. Es erklärt nicht, wie sie es schafft …«
»Manche Menschen besitzen die Gabe«, unterbrach Hattie so beiläufig, als spräche sie von Leuten, die mühelos Brotteig kneten können. »Sie brauchen mich nicht zu überzeugen.«
Ariel merkte, dass ihr Mund offen stand. »Sie glauben an das zweite Gesicht.«

»Meine Granny hatte es. Sie bestimmte unser Leben nach dem, was ihre Stimmen ihr sagten, und manchmal hatte sie Recht. Aber ...« Sie zeigte mit dem Nussknacker auf Ariel und fuchtelte damit herum, um ihren Worten Nachdruck zu verleihen. »Niemand hat immer zu hundert Prozent Recht. Wenn es so wäre, würde er die Welt beherrschen.«
Ariel konnte dem nicht widersprechen.
»Und nun erklären Sie mir«, sagte Hattie und kippte Nusskerne in einen Plastikbehälter, den sie verschloss, »was hatte das zu bedeuten, dass sie sich selbst bestrafen will? Wer ist James Price?«
»Wenn Laya Ihnen nicht davon erzählt hat, kann ich es auch nicht tun.«
»Was soll das heißen?«
»Es ist etwas, was sie mir im Vertrauen erzählt hat.«
Hattie blinzelte und blinzelte dann noch ein- oder zweimal, um sich das durch den Kopf gehen zu lassen. Sie verstaute die Pecannüsse im Kühlschrank. »Was immer es ist«, sagte sie, »verdient sie, dafür bestraft zu werden?«
»Nein.« Als sie hörte, wie abweisend ihre Stimme klang, wurde Ariel versöhnlicher. Hattie war keine Spionin. »Es ist nichts, was sie getan hat«, erklärte Ariel, »es ist etwas, was sie zu ihrem Unglück gesehen hat.«
»Sehen wie in ...?« Hattie formte die Finger zu einem Fernglas.
Ariel grinste. »So wie Sie und ich auch sehen.«
Hattie riss die Augen auf, als ihr ein Gedanke kam. »Dieses ... was sie gesehen hat, hat das vielleicht etwas damit zu tun, dass man sie geblendet hat?«
»Hattie, Sie werden Laya fragen müssen ...«
»Und was sie vorgestern Abend draußen hörte, war das ...? Ist jemand hinter ihr her? Jemand, der sich vorgenommen hat, noch Schlimmeres zu tun?«

Ariel glaubte nicht, dass Laya draußen etwas gehört hatte, jedenfalls nichts Bedrohlicheres als vielleicht einen Skunk oder ein Opossum. Sie wusste nicht, wer für die Säure verantwortlich war, doch sie glaubte keine Minute, dass diese Person fast drei Wochen untätig gewartet und sich dann entschlossen hatte, es noch einmal zu versuchen. Allerdings hatte Laya *nicht* das zweite Gesicht. »Meiner Ansicht nach«, begann sie vorsichtig, doch weiter kam sie nicht, denn Hattie murmelte: »Allmächtiger!«

Ariel spürte, wie ihr Herz einen Satz machte. Hattie neigte nicht zu Gefühlsausbrüchen, besonders nicht zu Ausdrücken, die nach ihrer Art zu denken einem Fluchen gefährlich nahe kamen.

»Diese Anrufe«, sagte Hattie.

»Anrufe?«, fragte Ariel. »Telefonanrufe?«

Hattie setzte sich wieder hin und rieb sich die Unterlippe.

»Anrufe von wem?«, wollte Ariel wissen. »Wer war es?«

»Ich weiß nicht. Ein Mann. An meinem ersten Tag hier rief ein Mann an, der sie sprechen wollte.«

»Laya?«

»Ja, Laya. Wer könnte das gewesen sein? Was meinen Sie?«

»Hat er seinen Namen nicht genannt? Was hat er ...? Moment mal. *Hier* angerufen? Um *Laya* zu sprechen?« Wer wusste, dass Laya hier war? Ariel ließ die Namen schnell Revue passieren. Dr. Sarah Aguilar, Dr. Crowne und ... jemand aus dem Krankenhaus? Die Leute dort hatten mitgekriegt, dass sie Laya abgeholt hatte, aber sie hatten keine Ahnung wohin sie fuhren. Der Mann vom privaten Wachdienst? Der hatte es erst am Samstag erfahren. Hattie sprach vom ... Es musste Donnerstag gewesen sein. Layas erster ganzer Tag hier. Ariel fiel außer ihren engsten Freunden und B. F. niemand ein, dem sie von ihrem Hausgast erzählt hatte. Aber mit wem hatte Laya vielleicht gesprochen? Selbst wenn sie nur eine Freundin angerufen hatte, wen hatte die vielleicht angerufen? Ohne Laya zu befragen, waren das alles nutzlose Spekulationen. »Was wollte er?«

»Sie sprechen.« Hattie zuckte mit den Schultern. »Ich teilte ihm mit, dass sie gerade schlafe. Er fragte, wie es ihr gehe. Ich sagte, gut, von wem ich grüßen solle. Von einem Freund, antwortete er ganze schnell – Sie wissen, wie ich das meine –, es hörte sich an wie: keine große Sache. Er werde später wieder anrufen. Das war's.«

Das Gespräch kam Ariel bekannt vor. Warum? Dann fiel es ihr ein. Der Polizist im Krankenhaus. Was an Anrufen gekommen sei, hatte er berichtet, sei mit Ausnahme von einem »koscher« gewesen. Der Anrufer habe sich nach Layas Zustand erkundigt. Er habe gefragt, ob sie wieder werde sehen können. Schüchterner Typ, hatte der Wachposten gesagt. Als er ihn um seinen Namen gebeten habe, habe er aufgelegt.

»Warum«, fragte Ariel Hattie, »haben Sie nicht …« Gleich etwas davon gesagt?, hätte sie um ein Haar gefragt. Es wäre eine Beleidigung gewesen, und die Antwort lag auf der Hand. So viel Hattie damals gewusst hatte, hatte Laya Dutzende von Freunden und Freundinnen, die alle hätten anrufen können, um sich über Layas Fortschritte berichten zu lassen. »Haben Sie Laya von dem Anruf erzählt?«, fragte Ariel.

»Natürlich habe ich das. Nach einiger Zeit brachte sie den Anruf wieder zur Sprache, erkundigte sich, ob er sonst noch was gesagt habe, und solche Dinge. Damals glaubte ich, sie wäre nur neugierig, verstehen Sie, weil sie wissen wollte, welcher Freund angerufen hatte. Jetzt bin ich nicht mehr so … Sagen Sie«, platzte es aus Hattie heraus,

»wurde sie mit Absicht geblendet? Ich dachte … Ich bin davon ausgegangen, dass irgendein Verrückter es getan hat.« Sie fuhr mit der Hand vage durch die Luft. »Irgendein Fremder, der was Böses im Schilde führte.«

»Hattie, Sie sagten ›Anrufe‹.«

»Ich hab was gesagt?«

»Anrufe, Plural. Mehr als einer. Wie viele mehr?«

»Einer. Der hier muss zwei Tage später angerufen haben.« Was es zu dem Tag machte, an dem Laya im Garten einen Eindringling gehört hatte – oder auch nicht. »›Der hier‹?«, wiederholte Ariel. »Ein anderer Mann oder derselbe?«

»Mir ist erst jetzt der Gedanke gekommen, dass es derselbe sein könnte.«

»Aber es war die gleiche Art von …«

»Er behauptete, er sei von einer Behörde, einer Regierungsbehörde, wie es sich anhörte. Ich erinnere mich nicht mehr, ob er sie nannte, und wenn ja, hab ich den Namen nicht verstanden.« Hattie machte ein Gesicht, als wüsste sie nicht, ob sie vor Wut schäumen oder die Hände ringen sollte. »Wenn ich nur gewusst hätte … wenn Sie mir was gesagt hätten …«

»Ja.« Im Nachhinein war Ariel voll und ganz Hatties Meinung. Falls die Möglichkeit bestand, dass es eine Bedrohung gab, wie gering sie auch sein mochte, hatte Hattie ein Recht darauf, es zu erfahren. Ariel hätte sie ermahnen müssen, auf der Hut zu sein. Das wäre nicht nur richtig, sondern auch klug gewesen; Hattie besaß ein recht gutes Gespür dafür, ob jemand die Wahrheit sagte oder nicht. »Hat Laya mit diesem zweiten …«

»Sie saß gerade in der Badewanne, und so habe ich ihn gefragt, ob ich seine Nummer haben könne. Er erwiderte …«, Hattie schloss die Augen und versuchte sich zu erinnern, »… ja, er habe ihren Namen auf der Liste. Ob

Laya einen Psychiater oder besondere Dienste brauche? Ob die Behörden irgendwelche Auflagen gemacht hätten, und ...« Hattie gefiel es sichtlich nicht, dies zu erzählen. Sie zog ihre knochigen Schultern hoch. »Ich antwortete, dass ich sie bitten werde, ihn anzurufen, doch ich könne mir vorstellen, dass sie damit eine Weile warten möchte, denn sie habe diese Operation gehabt, und es könne sein, dass alles wieder in Ordnung komme.« Hattie sah Ariel fest an. »Es war falsch, das zu sagen, nicht wahr?«

Ob instinktiv oder aus Überlegung war Hattie direkt zum Kern der Sache vorgedrungen. »Vielleicht nicht«, erwiderte Ariel. »Vielleicht war der Mann wirklich nur das, was er zu sein behauptete.« Aber woher hat er diese Nummer?

»Möglich. Doch es war ein Samstag, und ich weiß noch, dass ich kurz dachte: Was für Behörden sind am Samstag geöffnet?« Hattie schüttelte unsicher den Kopf. »Es war beide Male ein Schwarzer. Ich glaube es jedenfalls. Hier draußen ist es schwerer, das festzustellen.«

»Haben Sie einen Grund zu der Annahme, dass es sich um ein und denselben Mann handelte? Etwa eine Ähnlichkeit der Sprechweise? Irgendein Akzent? Oder eine Art zu ...«

»Höflich, höflich waren sie beide. Keiner hatte einen Gossenjargon oder so. Der Zweite ganz bestimmt nicht ... nun ja, beide hörten sich gebildet an.«

Ariel nahm das mit einiger Erleichterung zur Kenntnis. Straßenschläger besaßen eher Messer oder Automatikwaffen als akademische Grade.

»Und beide sprachen schnell, klangen irgendwie besorgt.«

»Die Menschen hier draußen können sich für Sie aber auch trotzdem brüsk anhören. Das Tempo ist anders. Sie sind daran gewöhnt ...«

»Am auffälligsten natürlich war ...« Hattie tippte mit

dem Zeigefinder auf die Tischplatte »… beide legten auf, ohne ihren Namen oder ihre Telefonnummer zu hinterlassen.«

Ariel nahm einen Schluck von ihrem lauwarmen Tee. »Was hat der zweite Anrufer gesagt, als Sie die Operation erwähnten?«

»Nur dass seine Behörde diese Information nicht habe. Er werde es sich notieren, und er werde ihren Fortschritt verfolgen, meinte er.«

»Ihren Fortschritt verfolgen …« Ariel runzelte die Stirn. Hörte sich das nach Bürokratie oder nach bevorstehendem Unheil an? »Und was hat Laya zu dem Anruf gesagt?«

»Sie schien nicht mehr von ihm Notiz zu nehmen als ich. Manchmal weiß man das bei ihr allerdings nicht so genau.«

Ariel sah, wie der nächste Gedanke in Hatties dunklen Augen Gestalt annahm. »Sie erwähnten, Laya habe Ihnen das, was sie Ihnen mitgeteilt habe, im Vertrauen gesagt«, dachte sie laut. »Soll das heißen, dass die Polizei nichts davon weiß?«

Ariel zuckte mit den Schultern. »Sie wäre mir schon böse, wenn sie wüsste, dass ich mit Ihnen darüber gesprochen habe.«

»Sie haben mir doch gar nichts erzählt. Aber ich werde Ihnen jetzt mal was sagen. Sie werden Ihres Lebens nicht mehr froh, wenn ihr noch was passiert, nur weil Sie den Mund gehalten haben! Wie konnten Sie das nur tun? Ich hätte Ihnen mehr Verstand zugetraut!«

»Aber Sie haben doch gesehen, wie viel Glück ich damit habe, Laya zu etwas zu überreden.«

»Na ja …« Hattie schnaubte. »Das kann ich nicht bestreiten. Genauso gut könnte man ins Feuer spucken.«

»Und ich muss auch sagen, dass sie ihre Gründe hat. Sie sind nicht alle … unvernünftig.«
»Diese Anrufe … glauben Sie, dass wir uns ihretwegen Sorgen machen müssen? Was wollen Sie unternehmen?«
»Ich werde sie fragen, wem sie erzählt hat, dass sie bei mir wohnen wird. Wenn sich einer dieser Anrufe erklären lässt, werde ich mir nur noch halb so viele Sorgen machen. Wenn sich keiner der Anrufe erklären lässt, weiß ich nicht, was zu tun ist.«
»Da kommt mir ein Gedanke«, sagte Hattie. Ihr Gesichtsausdruck ließ erkennen, dass sie ihn beim Sprechen erst mühsam entwickelte. »Ich bringe sie eine Zeit lang woandershin. Nach Hause.«
»Aus der Stadt?« Ariel dachte über den Vorschlag nach. »Keine schlechte Idee, aber dabei fällt mir etwas ein, was eine noch bessere sein könnte.«

Die Anrufe ließen sich nicht erklären.
Ariel war nicht sonderlich überrascht zu erfahren, dass Laya niemandem gesagt hatte, wo sie wohnte. Sie war schon unter normalen Umständen keine gesellige Person; seit sie ihr Sehvermögen verloren hatte, hatte sie sich in einen Kokon zurückgezogen und keinen Besuch in ihrem Krankenhauszimmer erlaubt. Sie hatte niemanden, nicht einmal ihre Schwester, darüber informiert, wohin sie sich von dort begeben wollte. In den fünf Tagen, in denen sie schon bei Ariel wohnte, hatte sie niemanden angerufen, keine Freundin, keine Lehrerin, keine Studentin.
»Nur aus Neugier – warum hast du mir nicht von den Anrufen erzählt?«, fragte Ariel sie. Als Laya nicht antwortete, explodierte Ariel, was sie sogar selbst überraschte. »Soll das eine Art Fatalismus sein?«, rief sie und wurde mit jeder Sekunde wütender. »Eine Art von Todessehnsucht? Dass

du dafür sorgst, dass du blind bleibst, genügt dir noch nicht? Willst du auch noch sterben?«

»Ich habe nicht den Wunsch zu sterben«, entgegnete Laya anscheinend ruhig – wie Ariel es beschrieben hätte, wenn sie nicht die Rauheit in der Stimme herausgehört hätte. »Ich habe es dir gesagt. Ich will leben. Wenn ich aber vor lauter Angst nicht weiß, wo mir der Kopf steht, ist das kein Leben.«

»Das ist keine Antwort«, entgegnete Ariel.

»Ich nehme deinen Rat an. Ich stelle mich meinen Ängsten, weißt du noch? Stelle dich ihnen, hast du erklärt, oder sie zerstören dich.«

»Ich habe davon gesprochen, wie du deine Angst vor Jessie überwinden kannst, aber nicht gesagt, dass du wie eine Zielscheibe herumlaufen sollst, während dir irgendein verdrehter Mistkerl nach dem Leben trachtet!«

»Sei jetzt bitte mal ruhig und hör zu. Ich behaupte nicht, dass ich meine Furcht abschütteln kann wie überschüssiges Gepäck. Wie eine ... eine Schlange, die sich häutet, oder so was. Aber ich versuch's. Ich arbeite daran. Ich lebe schon seit fünf Tagen im selben Haus mit dem Hund. Ich höre nicht mehr jedes Mal auf zu atmen, wenn ich Jessie in der Nähe spüre. Ich habe sie neulich abends sogar berührt, habe ich dir das erzählt? Es geschah zufällig, aber ich habe wirklich ...«

»Das freut mich. Das ist fabelhaft. Könnten wir bitte wieder zum Thema kommen?«

»Ich habe mich der Tatsache gestellt ...« Laya versagte die Stimme. Sie räusperte sich und begann von neuem. »Ich habe mich der Tatsache gestellt, dass das Transplantat eine Pleite war, dass ich für immer blind bleiben werde. Unterbrich mich nicht! Du brauchst mir nicht zu erzählen, was du denkst, dass es eine willkürliche Entscheidung meiner-

seits ist. Eine Art von irregeleitetem ...«, sie machte eine Handbewegung, als sie nach dem richtigen Wort suchte, »... Aberglauben. Das ist es nicht. Ich weiß, wie das Ergebnis einer zweiten Operation aussehen würde! Doch, und das ist entscheidend, ich habe mich dem gestellt und bin nicht in Panik geraten. Es ging nicht bergab mit mir. Ich werde dir noch was sagen. Ich habe mich der Tatsache gestellt, dass ich Hilfe annehmen muss. Ich bin nicht sehr gut darin, aber ich habe heute eine Stunde damit zugebracht, darum zu bitten, und zwar von Fremden. Und, Ariel, es ist eine Tatsache, dass ich vor dem ... was auf mich zukommt ... nicht davonlaufen kann.«
Ariel verbarg das Gesicht in den Händen und schüttelte in tiefster Frustration den Kopf.
»Ich weiß nicht, wann«, fuhr Laya fort, »oder nur ...« ihr versagte erneut die Stimme »... oder auch nur, woher es kommt, aber es kommt. Ich kann ihm nicht entrinnen. Dann kann ich mich genauso gut damit auseinander setzen.«
»Es?«, wiederholte Ariel. »Was – willst du es mir sagen? – ist dieses *Es?*«
»Ich weiß nicht«, gestand Laya fast unhörbar. »Es hat etwas mit ... Feuer zu tun.«
»Feuer. Fabelhaft. Gut, dass ich vorgewarnt bin«, sagte Ariel jetzt spöttisch. »Sollte ich die Versicherungssumme für mein Haus erhöhen? Dieses Feuer, dieses *Es,* ist es dir in einer Vision erschienen, oder wie war das?«
Laya reagierte nicht.
»Es war ein Traum, da wette ich. So war es doch, nicht wahr?«
Wieder keine Reaktion von Laya. Sie wirkte jedoch eher geistesabwesend als abweisend.
»Hast du eine Ahnung, wie du dich anhörst?« Ariel

bremste sich gerade noch rechtzeitig, um nicht zu sagen: … wie *dämlich* du dich anhörst.

»In einer Viertelstunde gibt es Abendessen«, kam es von der Tür her. Hattie war nicht wie sonst zu B. F.s Eigentumswohnung zurückgefahren. Und sie gab durch nichts zu erkennen, dass sie überhaupt gehen wollte. Ariel war sich nicht sicher, aber vielleicht würde Hattie auf dem Sofa schlafen und ihr Küken wie eine Glucke bewachen.

»Dann habe ich Zeit für eine Dusche«, sagte Ariel und stürmte hinaus.

Als das heiße Wasser auf sie herniederprasselte, aus einer frisierten Dusche herausströmte – was in ökologischer Hinsicht unverantwortlich und vielleicht sogar illegal war –, erinnerte sie sich an einen Zwischenfall vor ein paar Monaten. Laya war mit einem geistesabwesenden Ausdruck zum Unterricht erschienen. Hinterher hatte Ariel gefragt, was los gewesen sei. »Ein Traum«, hatte Laya geantwortet, »ein Traum von Jules.«

»Jules?« Ariel hatte sich vage an eine stille Frau mittleren Alters erinnert, die nur kurze Zeit, nachdem Ariel begonnen hatte, nicht mehr zum Unterricht erschienen war. »Und was hast du geträumt?« Sie hatte nachsichtig gegrinst und das zusammenhanglose Zeug zu hören erwartet, aus dem Träume meist bestehen. Und dieser Traum war dann auch so unverständlich gewesen wie die meisten. Laya konnte nur einen Teil davon mit klaren Worten beschreiben. Ihre ehemalige Schülerin hatte an einem Baumstamm gelehnt und den Rücken dagegen gepresst. Ihre Stirn war schweißnass gewesen. »Sie hatte ein ärmelloses T-Shirt an«, wie sich Laya erinnerte, »und Shorts.«

»Im Februar«, scherzte Ariel. »Sie hätte zittern müssen und nicht schwitzen.«

»Und Laufschuhe.«

»Und?«, fragte Ariel. »Was hat sie getan? Was ist passiert?«

Nichts, wie Laya zugab. »Es war nur …« Sie schüttelte den Kopf, unfähig zu sagen, was sie störte. »Ich hatte seit Monaten nicht an Jules gedacht und … es war ein so klares Bild.«

Nach wenigen Tagen erfuhren sie, dass Jules einen Herzanfall erlitten hatte. Er war nicht tödlich gewesen, ihre Aussichten seien, wie sie hörten, gut. Sie war gerade beim Joggen, als sie den Anfall bekam. Eine andere Joggerin hatte sie unter einem Baum zusammengebrochen gefunden.

Zwischenfälle dieser Art sind nicht einmalig.

Ariel stellte das Wasser ab und drehte den Griff für »kalt« besonders fest zu. Wahrscheinlich brauchte er eine neue Dichtung, er leckte schon seit Monaten.

Beim Dinner verkündete sie, dass sie in der Gegend von San Francisco wegen einer Geschichte ein paar Recherchen anstellen müsse. »Ist eine halb persönliche Sache«, sagte sie. Sie hatte vor, sie bei der morgigen Themensitzung zur Sprache zu bringen (falls es überhaupt eine gab; manchmal waren für eine Entscheidung nicht genügend Kollegen in der Stadt). Vielleicht würde sie Chris Valente eine Aktennotiz schreiben. Wenn er sich für die Idee nicht würde erwärmen können, würde sie Urlaub nehmen; sie hatte noch eine Menge Resturlaub. Seit wann hatte sie keinen Urlaub mehr gehabt? Sie vermochte sich nicht zu erinnern. (Hatte sie überhaupt mal einen? Sie bezweifelte es.) Dieser Trip würde auch kein Urlaub sein. Sie würde sich wegen Dorothy nicht mehr beunruhigen und dafür sorgen, dass Laya aus der Gefahrenzone verschwand. Zwei Fliegen mit einer Klappe. Sie hielt es für eine brillante Idee, gab sich aber keinerlei Täuschung darüber hin, dass es leicht sein würde, weder bei Valente noch bei Laya. Und schon gar nicht, was ihren anderen, noch nebelhaften Plan betraf, nämlich Laya dazu zu bewegen, zu der Blindenhundschule hinauszufahren ... »Ich werde ein paar Tage dort zu tun haben«, sagte sie. »Vielleicht eine Woche.«

Eine Bewegung von Hattie fiel ihr auf. Diese war auf ihrem Platz plötzlich fünf Zentimeter größer geworden. Sie sah Ariel an, als hätte sie eine Ratte entdeckt, die ein sinkendes Schiff verlassen wollte.

»B. F. hat ein Haus in Marin County«, sagte Ariel daraufhin. »Ein schönes großes Haus.«

»Das Haus, das mal Jane gehört hat?«, fragte Hattie.

Ariel nickte. »Da gibt's viel Platz und sogar ein separates Kutschenhaus.« Gerade noch rechtzeitig verkniff sie es sich, von der Aussicht zu schwärmen. Wie sie sah, hatte Laya den Kopf gesenkt und konzentrierte sich darauf, Erbsen mit ihrer Gabel aufzuspießen. Ihr Gesichtsausdruck war nicht zu erkennen. »Ich hab mir gedacht, wir könnten alle drei hinfahren und die Tiere mitnehmen. Sind Sie je da gewesen, Hattie?«

Die alte Frau schüttelte den Kopf und kam gefährlich nahe an ein Lächeln heran, was ihr Gesicht eigentümlich aussehen ließ. »Jane hat mir Postkarten geschickt. Schöne große alte Bäume.«

»Redwoods«, ergänzte Ariel. Sie bezweifelte keine Sekunde, dass Hattie das genauso wusste wie sie.

»Richtig«, stimmte Hattie zu, »Redwoods. Und die gewundene Straße. Und ... was war das noch? Dieser Turm?«

»Der runde Turm.«

»O ja. Und die Brücke und all das.«

Laya gab abrupt den Versuch auf, die Erbsen zu erwischen. Sie legte die Gabel auf den Teller, aber zu nah an den Rand, so dass sie hinunterfiel. »Warum?«, fragte sie.

»Warum was? Warum ich wegfahre? Wie ich schon sagte, ich muss was recherchieren.«
»Das habe ich nicht gemeint ...« Laya presste die Lippen aufeinander. Ariel trank einen Schluck Wasser und legte sich die Argumente und Gegenargumente zurecht, die sie schon geprobt hatte. Falls notwendig, würde sie auch flehen. Sie verschluckte sich fast, als Laya sagte: »In Ordnung.« Ariel hätte schwören können, Erleichterung in Layas Stimme zu hören.
»Großartig!«, rief Ariel. »Hattie? Was ist mit Ihnen?«
»Ich habe mich schon immer gefragt«, sagte Hattie, »warum man sie die ›Golden‹ Gate Bridge nennt. Mir kommt sie rot vor.«

25

Am Ende des folgenden Tages verpuffte Ariels »brillante« Idee. Chris Valente, dem Tatsachen fehlten, die Ariel ihm nicht vorzulegen vermochte, konnte die Thibeau-Geschichte »nicht sehen«. Dr. Crowne, der davon überzeugt war, dass Laya ihre Ansicht über einen zweiten Eingriff ändern würde, bestand darauf, dass sie während des kritischen Wartens auf einen Spender erreichbar blieb. Und Ariel konnte B. F. nirgends auftreiben. Es war zwar nicht wirklich notwendig, seine Zustimmung einzuholen, dass sie das Haus benutzen durfte, aber sie brauchte den Schlüssel. Sogar Jessie durchkreuzte ihre Pläne. Sie bekam plötzlich eine Magenverstimmung und wäre in dem engen Raum eines Van zurzeit keine ideale Reisegefährtin. Und zu guter Letzt machte Laya auch noch Schwierigkeiten, da

sie auf einmal die Stadt nicht mehr verlassen wollte. Ariel hatte gute Lust, ihrer Freundin den Hals umzudrehen. »Gestern Abend hast du es noch für eine großartige Idee gehalten«, sagte sie.
»Ja, aber heute habe ich bei dem Spezialisten für Orientierung und Bewegung einen guten Anfang gemacht«, erklärte Laya und klappte ihren neuen weißen Blindenstock zusammen. »Ich muss weitermachen.«
»Ach komm, diese Orientierungs- und Bewegungsübungen können doch noch ein bisschen warten«, entgegnete Ariel.
»Ich will mir einen sprechenden Computer ansehen. Ich möchte wirklich ...«
»In San Francisco gibt es auch sprechende Computer.« Ariel schaute ihre Freundin durchdringend an. »Was ist los?«
»Wenn ich *wieder* weglaufe«, antwortete Laya, »ändert das nichts an dem Unvermeidlichen.«
Ariel verdrehte die Augen; jetzt waren sie erneut bei dem unglaublichen, unvermeidlichen *Es!* »Vorsicht«, sagte sie, »ist die Mutter der Porzellankiste.«
»Ich habe nie recht verstanden«, erwiderte Laya gereizt, »was das bedeutet.«
»Na schön, du willst es einfach. Wie wär's damit? Eine clevere Frau ...« In diesem Moment läutete das Telefon. Laya verkrampfte sich sichtlich. Ariel bemerkte die Reaktion. »Eine clevere Frau«, wiederholte sie, als sie den Hörer abnahm, »ist eine, die in einer gefährlichen Notlage mit den Beinen denkt.«
»Wie bitte?«, fragte ihr Großvater.
»Ich philosophiere nur«, antwortete Ariel. Und improvisiere, was sie jedoch nicht sagte; sie hatte das Zitat ihren Zwecken angepasst. »Ich plane einen kleinen Ausflug

nach Nordkalifornien, Hattie, Laya und ich«, fuhr sie fort und bedachte ihre Freundin mit einem zornigen Blick. »Kann ich das Haus in Belvedere für eine Woche oder so haben?«

»Du kannst es für immer haben. Das habe ich dir schon gesagt.« Er nannte ihr den Namen des Hausverwalters, verriet ihr, wo ein Ersatzschlüssel versteckt war, und fragte, was sie vorhabe.

Ariel wappnete sich. Seiner kühlen, fast schon gleichgültigen Haltung nach zu schließen, als sie ihn zuletzt gesehen hatte, würde ihm ihre Antwort nicht gefallen. »Dorothy«, sagte sie. »Ich möchte wissen, was passiert ist.«

»Gut.«

»Gut? Ich hatte den Eindruck … Darf ich dich was fragen? Was war am Sonntag mit dir wegen Dorothy?«

»Mit mir?«

»Ja, mit dir. Du warst nicht du selbst. Ich habe mir deinetwegen Sorgen gemacht.« Diese letzte Bemerkung war streng genommen nicht wahr. Ariel hatte seine Reaktion und alles, was durch bewusstes Nachdenken daraus folgte, inzwischen gestrichen. Dass der stahlharte alte Mann seinen Biss verlieren könnte, dass der Tag je kommen würde, an dem er der Interesselosigkeit oder Schlimmerem (was der Himmel verhüten möge) anheim fallen könnte, war ein unerträglicher Gedanke. »Ich habe ein paar ziemlich nahe liegende Fragen gestellt, aber du wolltest nichts davon hören.«

»Du hast Recht«, bestätigte B. F. »Das wollte ich nicht.«

»Du sagtest gerade, es sei gut, dass …«

»Warte nur, bis du alt genug bist, um mehr tote als lebende Menschen zu kennen, Ariel Gold. Dann wirst du verstehen.«

»Was hat das mit …«

»Es ist eine Sache, wenn sie eines natürlichen Todes sterben«, fuhr er fort, »das ist schon traurig genug. Wenn sie freiwillig aus dem Leben scheiden, durch eigene Hand oder eigenen Willen, ist es schrecklich. Aber wenn sie zu Opfern ihrer Mitmenschen werden … Nun, ich habe im Lauf der Jahre zu viel davon gesehen. Ich habe es einmal zu oft gesehen.«

Für Ariel gab es keinen Zweifel, dass er dabei in erster Linie an Jane dachte.

»Nun ja, Ma'am«, sagte B. F., »deine Verdächtigungen waren nichts, was ich mir anhören wollte. Ich fühlte mich ganz krank dabei.«

Seine Stimme – müde, kraftlos – erfüllte Ariel mit Furcht und machte sie zugleich angriffslustig. »Das bist nicht du«, entgegnete sie. »Warum bist du nicht zornig? Warum kochst du nicht vor Wut angesichts der Möglichkeit … Dorothy war deine Freundin! Für einen kurzen, leuchtenden Moment eine teure Freundin. Und du willst nicht hören, dass mit ihrem Tod etwas nicht in Ordnung sein könnte?«

In dem schmerzlichen Schweigen, das ihrem Ausbruch folgte, dachte Ariel über das nach, was sie soeben gesagt hatte. »Nun ja«, murmelte sie, »eine dämlichere Frage hätte ich wohl nicht stellen können.«

»Ich wüsste nicht, wie«, gab B. F. ihr Recht.

»Willst du, dass ich nicht mehr davon spreche?«

»Würdest du dich daran halten, wenn ich dich darum bäte?«

Ariel zögerte. »Ich könnte damit falsch liegen, dass etwas *nicht* in Ordnung war.«

»Ich hoffe es. Aber da ich meinen schwachen Moment überwunden habe, sollten wir es herausfinden, um sicherzugehen. Ich nehme an, du hast Libby Vail angerufen?«

»Bis Ende der Woche ist sie außer Landes. Für Rob Millen habe ich auch eine Nachricht hinterlassen, denn wie es scheint, hat er sich freigenommen, um sein Buch zu Ende zu schreiben. Das Buch, das er bei deinem Dinner erwähnte. Was weißt du über ihn?«

»Den Kolumnisten? Nichts. Meg hat ihn mitgebracht. Was, glaubst du, kann er erzählen?«

»Alles, was er über Dorothy und/oder ihren Mann weiß.«

»Du bist also noch nicht viel weiter als vor zwei Tagen?«

»Ich glaube zu wissen, wo sie und ich uns kennen gelernt haben. Ich war vor gut zwei Jahren im Dezember in San Francisco, fünf Wochen bevor deine Notiz geschrieben wurde. Heute Morgen habe ich dort angerufen, wo wir Aufnahmen gemacht haben.«

Calvin Soo, der Inhaber des Pfandhauses, hatte sein Entzücken über Ariels zweiten Anruf nicht verborgen. Sie hatte den Besorgnis erregenden, fast bellenden und schnaufenden Atem des dicken Mannes gehört, als er sagte: »Ich wusste, dass Sie sich wieder melden würden.«

»Und wieso das?«, hatte Ariel gefragt.

»Oh, Miss Ariel, einem alten Hasen wie mir machen Sie doch nichts vor! Neulich rufen Sie mich aus heiterem Himmel an – nach zwei Jahren! Und Sie hören sich *sehr* rätselhaft an. ›Ich bin gerade dabei, meine Adressenkartei auf den neuesten Stand zu bringen‹, sagen Sie, ›und melde mich bei alten Informanten.‹ Seien Sie mir nicht böse, aber da musste ich lachen. Diese Lady ist zu clever, sage ich mir, hat eine zu hohe Position, um solche Arbeit zu machen. Dafür hat sie ihre Leute, Assistenten. Also …«

Ariel fragte sich, für wie clever Soo sie halten würde, wenn ihm die Wahrheit über diesen ersten Anruf bekannt wäre. Sie hatte keine Ahnung gehabt, wer den Hörer abnehmen würde.

»So so, es ist was im Busch!« Er hatte gekichert, als hätte man ihm einen Klaps auf den Hintern gegeben, sich geräuspert und mit bewusst tieferer Stimme gesagt. »Wieder eine Story, hab ich Recht?«

»Ja, Mr Soo«, hatte Ariel geantwortet, »und es besteht die vage Aussicht, dass Sie mir helfen können.«

Er hatte ihr geholfen.

»Eine Pfandleihe?«, fragte B. F. jetzt. »Du glaubst, du hast Dorothy Thibeau in einer *Pfandleihe* kennen gelernt?«

»Sieht so aus.«

»Unmöglich!«

»Soo sagte, er habe eine Kundin dieses Namens. Es ist kein gewöhnlicher Name.« Ariel ließ ihre Worte ein paar Sekunden wirken. »Ich beschrieb sie. Er erinnerte sich an sie, B. F.« Nach kurzem Schweigen fuhr sie fort: »Du hältst es für einen Zufall, dass sie ausgerechnet an dem einzigen Ort in der Stadt bekannt war, von dem ich weiß, dass ich dort gewesen bin.«

»Sprich weiter«, brummte B. F.

»Sie versetzte einen Haufen Silber, Sterlingsilber, wie Soo sagte, kein versilbertes Zeug, sowie Schmuck. Er blieb ein wenig vage, was das Datum betrifft, ob es der Tag war, an dem wir dort waren, aber er weiß genau, wann sie die Sachen auslöste, die er noch hatte. Es war im Januar, im nächsten Monat, etwa um die Zeit, zu der du zu dieser teuren Party eingeladen wurdest. Und für den Fall, dass du noch immer nicht überzeugt bist, dass wir von derselben Frau sprechen, hat er die einzelnen Gegenstände beschrieben …«

»Du willst also sagen«, unterbrach B. F. sie, »dass Dorothy kein Geld mehr hatte, doch dann änderte sich etwas, und sie war nicht mehr pleite. Das glaube ich nicht. Aber jetzt komm bitte zum Punkt.«

Ariel versetzte sich im Geiste einen Fußtritt. Ihr wurde bewusst, dass B. F. sich nur traurigen Klatsch über eine Freundin anhörte, während sie von jeder kleinsten Information, die Dorothy betraf, fasziniert war. »Der entscheidende Punkt ist«, sagte sie, »dass sie ohne weiteres am selben Tag in der Pfandleihe gewesen sein kann, in der ich war.«
»Es muss doch auch in Marin County Pfandhäuser geben. Wozu so weit fahren …?« B. F. atmete hörbar aus. »Teufel auch! Was spielt es überhaupt für eine Rolle, wo du ihr begegnet bist!«
»Damit weiß ich mehr, als ich vorher wusste, nämlich gar nichts.« Nach zwei Wochen der Hilflosigkeit hatte Ariel jetzt das Gefühl, einen Durchbruch geschafft zu haben, da sie endlich Stücke zusammensetzen konnte, die eine reale Person und einen realen Teil ihrer eigenen Vergangenheit ergaben. Das Gespräch mit Soo hatte ihr neue Kräfte verliehen. Sie machte sich sofort daran, den Kameramann zu befragen, der dem Vorspann zufolge bei den Aufnahmen dabei gewesen war. Sie wollte von ihm wissen, ob er ihr Gespräch mit einer Frau beobachtet habe, auf die Dorothys Beschreibung passte. Er hatte Ariel angesehen, als wäre sie nicht ganz normal, und gefragt, warum *er* sich an eine Frau erinnern sollte, mit der sie vor zwei Jahren gesprochen habe, wenn *sie* es nicht könne. Sie hatte sich auch bei anderen Mitgliedern des Teams erkundigt und bei dem Korrespondenten, dessen Story es ursprünglich gewesen war. Das war ein Anfang. »Findest du nicht, dass ihre finanzielle Situation von Belang ist?«, fragte sie ihren Großvater.
»Was ihren Tod angeht? Mir kommt der Gedanke, dass …«
»… sie erpresst wurde?«
»Du liest zu viele Kriminalromane.« B. F. schnaubte. »Ein Verbrechen hinter jedem Busch!«
Ariel ertappte sich dabei, dass sie grinste. Und sie hatte

sich Sorgen gemacht, B. F. könnte in Apathie versinken.
»Dann erzähl du mir doch«, sagte sie herausfordernd, »warum diese in der Gesellschaft angesehene Frau eines bekannten Arztes plötzlich gezwungen war, ihre Wertsachen zu verpfänden. Pech an der Börse?«
B. F. ließ ein erfrischend kräftiges Glucksen hören. »Dorothy? Soll Optionen und Futures gekauft und verkauft haben? Wohl kaum.«
»Na schön. Du hast sie gekannt, also warum dann?«
»Ohne mehr Informationen, als du im Augenblick hast, ist alles Spekulation. Vielleicht sagt uns Raymond Thibeaus Kreditwürdigkeit etwas. Ich werde sie mir ansehen.«
»Du kannst …?« Ariel biss sich noch rechtzeitig auf die Lippe. »Natürlich kannst du das. Für wie wohlhabend«, fragte sie, »hättest du die Thibeaus eingestuft?«
»Sie lebten in angenehmen Verhältnissen, aber ich hatte nicht den Eindruck, dass sie reich waren.«
»Mir kam es schon so vor.«
»Und warum?«
Ariel überlegte. Das teure Briefpapier, das Dorothy benutzte? Die selbstbewusste, stilvolle Ausstrahlung auf dem Foto? Die Tatsache, dass ihr Mann Mediziner war? »Nur so ein Gefühl. Alle auf deiner Dinnerparty kannten sie, als gehörten sie zur Spitze der Gesellschaft, als wären sie Leute mit Geld.«
»Wenn Dorothy hinter Geld her gewesen wäre, hätte sie doch die Chance ergreifen müssen, mich zu heiraten.«
»Trotzdem, wenn sie nur in angenehmen Verhältnissen lebten, warum …« Der verstimmte Ton seiner Worte wurde ihr erst jetzt bewusst. »Ich dachte«, fuhr Ariel fort, »es wäre die Frage der Kindererziehung gewesen, die eurer Romanze im Weg stand?«
»Hast du schon mal gehört, dass man ein Kindermädchen

einstellen kann? Jane war nicht das Hindernis. Dorothy hat mich nicht gewollt. Sie hat Thibeau vorgezogen.«

Zum ersten Mal spürte Ariel, wie sehr diese Zurückweisung B. F. geschmerzt haben musste. Die Wunde, die sein Stolz, sein Herz oder beide davongetragen hatten, mochte seit langem verheilt und vernarbt sein, doch Ariel erkannte plötzlich, dass es keine oberflächliche Verletzung gewesen war.

»Eins steht jedenfalls fest«, sagte B. F. jetzt wieder ganz sachlich, »Dorothy machte sich nichts aus Geld. Damit meine ich nicht, dass sie nicht um den Wert des Geldes wusste, sondern nur, dass sie nicht sonderlich daran interessiert war.«

»Wie konnte sie dann eine erfolgreiche Karrierefrau in der Modebranche sein?«

»Sie verstand sich so gut auf das, was sie tat, dass man ihr ihre Eigenheiten nachsah, vermute ich. ›Ich kümmere mich nicht um Dezimalstellen‹, sagte sie immer, ›sondern um *bon ton.*‹ Stil, das war ihre Stärke.«

»Hm«, machte Ariel. Viele Frauen von Dorothys Generation, die von sich behaupteten, sie könnten nicht *(könnten* es einfach nicht!) mit einem Scheckheft umgehen, wären in Wirklichkeit in der Lage gewesen, den Etat einer mittelgroßen Stadt in Ordnung zu halten.

»Dorothy sah gut aus, und es machte Spaß, mit ihr zusammen zu sein«, erklärte B. F. »Sie war interessant. Ich nehme an, dass sie daran hat arbeiten müssen, aber ...« Er verstummte kurz und fügte dann, als wäre es ihm gerade erst eingefallen, hinzu: »Thibeau war es nämlich auch.«

»Auch was? Gut aussehend?«

»Interessant, witzig und«, gab er widerstrebend zu, »sah nicht schlecht aus.«

»Erzähl mir von ihm.«

»Ich kann mich erinnern, Ray Thibeau insgesamt nur zwei- oder dreimal gesehen zu haben.«

»Erzähl trotzdem.«

»Er war mittelgroß, schlank, gepflegt, gut angezogen. Ich habe ihn ein paar Mal bei gesellschaftlichen Anlässen gesehen, quer über Esstische hinweg«, berichtete B. F.

»Du bist ein guter Menschenkenner. Wie war er?«

»Gewandt. Was ist das männliche Gegenstück einer Partygängerin? Ein … Salonlöwe? Aber dafür …« B. F. hielt kurz inne. »Da ist etwas, was mir auffiel. Er sprach nicht nur, unterhielt nicht nur, sondern hörte auch zu. Vielleicht waren es bloß seine guten Manieren, doch er gab den Leuten das Gefühl, als hätten sie etwas zu sagen. Selbst langweiligen Leuten. Ich weiß nicht, ob er besonders klug war, er war kein Mann, der die Welt aus den Angeln hebt, aber er war angenehm. Ich mochte ihn.«

Was er, wie Ariel vermutete, nicht gewollt hatte.

»Ich sehe aber nicht«, grollte er, »wie all das von Bedeutung sein könnte.«

»Was brachte dich auf den Gedanken, dass er vielleicht nicht klug war?«

»Ich habe weniger von Verstand gesprochen als von Schwung und Elan. Du nanntest ihn einen bekannten Arzt. Ich möchte nichts Schlechtes über ihn sagen, aber das war er nicht. Sein *Vater* war es. Der machte sich einen großen Namen. Ray trat in seine Fußstapfen, aber, wie ich glaube, nicht aus Ehrgeiz oder Leidenschaft für die Medizin, sondern weil es von ihm erwartet wurde. Er ging den Weg des geringsten Widerstands.«

»Und trotzdem hat er seiner Todesanzeige zufolge bis zuletzt praktiziert. Wie alt war er da?«

»Alt genug, um sich zur Ruhe zu setzen. Vielleicht hat er im Lauf der Zeit doch eine Leidenschaft entwickelt.«

»Oder er konnte es sich finanziell nicht leisten, aufzuhören.«
B. F. murrte angewidert. »Ich fühle mich wie eine Klatschtante. Nein, schlimmer! Wie ein Leichenschänder. Ray war nicht derjenige, für den du ihn … was auch immer; Dorothy ja.«
»Hm«, machte Ariel. »Woran ist *er* noch mal gestorben?«
»Gott segne Amerika! Da hast du es wieder – das Böse lauert hinter jedem Busch! Menschen sterben, Ariel Gold!«
Es piepte das Signal »Anruf für Sie«. Ariel sagte: »Einen Moment bitte!«, schaltete um und meldete sich: »Hallo.« Sie sagte es zweimal, erhielt als Antwort aber nur Schweigen. Es war jedoch jemand in der Leitung, Ariel konnte es fühlen. Ihr Finger wollte gerade die Verbindung unterbrechen, als sie einen schwachen Ruf hörte, zumindest mit einiger Sicherheit zu hören meinte – ein Kind, jemand, der Schmerzen litt, das Echo ihrer Einbildungskraft? Die Verbindung war tot. Aus keinem für Ariel erkennbaren Grund zitterte sie. *Das Böse lauert hinter jedem Busch?* Wir haben alle unsere Macken, Ariel Gold, sagte sie sich, und schaltete wieder zu ihrem Großvater zurück. Er hasste solche Unterbrechungen. Er hatte aufgelegt.

26

Kurz nach Tagesanbruch zwei Tage später, an einem Donnerstag, schob Ariel die letzte Reisetasche in das Heck ihres Kombis, vergewisserte sich, dass sich keine Hundepfoten in zu großer Nähe der Hecktür verirrt hatten und

knallte sie zu. Es würde ein schöner Apriltag werden, ein guter Tag für eine längere Fahrt.
»Alles an Bord, was an Bord soll!«, rief sie. »Rollen wir die Fässer rauf!« Ariel lachte über sich. Sie hörte sich verrückt an, eine Mischung zwischen einem Flusskapitän und einem Zugführer. Noch ganz benommen nach nur vier Stunden Schlaf, streckte sie sich, und alle Gelenke und Rückenwirbel knackten dankbar. In der Nacht davor war es noch weniger. Der Beitrag für Montag war im Kasten, und sie war – zumindest für ein langes Wochenende – so frei wie die ungewöhnlich klare Morgenluft.
Hattie tauchte aus dem Haus auf. Sie sah geistesabwesend aus und zögerte, bevor sie die Tür hinter sich zuzog. »Ist sie hier draußen oder wo?«, fragte sie und warf einen Blick zum Wagen.
»Laya ist im Auto. Schalten Sie die Alarmanlage ein, und lassen Sie uns fahren, bevor sie es sich wieder anders überlegt.«
»Und die Katze?«
»Arthur ist in dem Tragekorb, Jessie liegt auf ihrem gewohnten Platz zwischen den Vordersitzen, die Kühlbox ist gepackt und Kaffee in der Thermoskanne.«
»Haben Sie die Zeitung abbestellt?«
»Erledigt«, antwortete Ariel.
»Haben Sie Bescheid gesagt, dass die Post dabehalten wird?«
»Erledigt.«
»Den Wachdienst angerufen?«
»Auch das. Erledigt, erledigt und nochmals erledigt.«
Hattie hatte die Tür schon fast zugezogen, als das Telefon läutete. Es war ein schwaches aber hartnäckiges Klingeln, das durch die dicken Stuckwände des Hauses gedämpft wurde. Hattie sah Ariel an, doch diese sagte: »Zur

Hölle damit. Wir sind seiner Tyrannei nicht mehr unterworfen.«

»Können Sie fahren?«, erkundigte sich Hattie. »Sie hören sich betrunken an.«

Ariel lachte. »Vor Freiheit. Ich fühle mich, als wäre die Schule gerade zu Ende, als wäre es der erste Tag der Sommerferien. Das Läuten des Telefons hörte so abrupt auf, als hätte man die Leitung durchschnitten, als der Anrufbeantworter sich einschaltete. »Ich werde die Nachrichten später abhören, wenn wir schon zu weit weg sind, um umzukehren«, sagte Ariel. »Steigen Sie ein.«

Laya saß auf der mittleren Sitzbank und hatte den Kopf an die Seitenscheibe gelehnt. Sie schien ihren unterbrochenen Schlaf fortzusetzen. Aus Rücksicht sprachen Ariel und Hattie nur wenig und leise, bis sie schon längst auf der trostlosen graubraunen Interstate I-Fünf dahinbrausten.

»Alles ausgedörrt hier draußen«, bemerkte Hattie murmelnd. »Hässlich.«

»Es geht schnell«, erklärte Ariel. »Fünfeinhalb Stunden Fahrzeit.«

Hattie blickte nach hinten zu Laya. »Meinen Sie nicht auch, wir sollten sie wecken?«

»Warum? Gibt doch nichts zu sehen außer Schwerlastern und Highway.« Sie griff nach dem Handy. »Wollen mal schauen, wer heute Morgen angerufen hat.«

»O nein!«, protestierte Hattie. »O nein, Ma'am! Fahren Sie, oder sprechen Sie in das Ding, das eine oder das andere.«

»Ich würde zuhören und nicht sprechen.«

»Wählen Sie die Nummer mit dem Ohr? Die Leute fahren auch mit beiden Händen am Lenkrad schon schlecht genug.«

Das war eine Ansicht, die Ariel teilte. »Na schön«, sagte

sie. »Dann machen Sie's.« Sie reichte Hattie das Handy, die das Instrument mit einer Mischung aus Misstrauen und Interesse betrachtete, bevor sie die Zahlen eingab, die Ariel ihr nannte. Plötzlich ließ sie so etwas wie ein ersticktes Husten hören. Ariel brauchte eine Sekunde, um es als ein Lachen zu erkennen. Sie konnte sich nicht erinnern, Hattie je lachen gehört zu haben. »Was ist?«, fragte sie und lächelte in Erwartung des Scherzes.

»Mir ist gerade ein Gedanke gekommen«, antwortete Hattie. »Was wäre, wenn sie diese Dinger vor der Zeit der Tasten erfunden hätten, damals, als man noch eine Wählscheibe betätigen musste.«

Ariel runzelte die Stirn. »Ich bin nicht …«

»Die Leute würden ihre Autos links und rechts zu Schrott fahren.« Es machte Hattie anscheinend Spaß, sich dieses Chaos vorzustellen; sie ließ erneut ein Husten-Lachen hören. »Noch mal von vorn«, sagte sie. »Ich habe den Faden verloren.«

Der Anrufer war Rob Millen gewesen. Er bedankte sich für den Rückruf und erklärte, es tue ihm Leid, dass sie so lange habe warten müssen, aber er habe gerade erst die Nachricht erhalten. »›Was brauchen Sie?‹, sagt er.« Er habe gegenwärtig Urlaub und »nutze jede Minute«, um sein »Opus« zu Ende zu bringen … Hattie blickte Ariel an, und diese nickte. »Er sagt …« Hattie lauschte und wiederholte: »›Wir werden spielen‹ … Er wird Kontakt aufnehmen, wenn Sie ihn nicht gleich zurückrufen.« Sie schrieb eine Nummer auf. »Wenn Sie ihn verpassen, sollen Sie genaue Angaben über … hinterlassen.« Wieder sah Hattie Ariel an, um sich den Zusammenhang erklären zu lassen. »Tebo?«

»Drücken Sie die Taste ganz unten, um die Verbindung zu unterbrechen«, wies Ariel sie an. »Thibeau.« Sie buchstabierte es. »Es ist ein Name.«

»Ich hab ihn irgendwo gehört.« Hattie murmelte das Wort leise vor sich hin. Dieser unvertraute Name war für sie ein Zungenbrecher. »Das ist der Name, den B. F. neulich am Telefon nannte, an diesem Ostersonntag.«

»Dorothy Thibeau – sie war eine alte Freundin von ihm – und ihr Mann ...«

»Dorothy? Sie meinen doch nicht die Frau, die er heiraten wollte? Wie hieß sie doch noch? Mayes? Dorothy Mayes?«

»Das war ihr Mädchenname, ja. Sie hat einen Mann namens Raymond Thibeau geheiratet. Haben Sie sie gekannt?«

»Es müssen fünfundzwanzig oder dreißig Jahre her sein, dass B. F. sie mal mit nach Hause brachte. Jane war noch klein. Oh, ich erinnere mich sehr wohl an sie!«

»Warum?«

»B. F. Coulter hält nicht jeden Tag um die Hand einer Frau an! Weswegen wollen Sie etwas über sie wissen?«

»Sie ist gestorben.«

»Gestorben? Tatsächlich? Wann? Und warum hat mir B. F. darüber nichts darüber gesagt?«

»Weshalb sollte er?«

»Ich weiß, warum er es nicht getan hat. Er dachte, ich hätte was gegen sie.«

»Und weshalb?«

»Woran ist sie gestorben?«

»Das ist es, was ich gern wissen möchte. Warum haben Sie sie nicht gemocht?«

»Ich hab nicht behauptet, dass ich sie nicht mochte, ich sagte, er habe es wohl gedacht.«

»Diese Unterhaltung ...« Ariel schüttelte schnell den Kopf. »Na schön, warum dachte er, Sie würden sie nicht mögen?«

»Sie war in Ordnung. Ich kann nicht sagen, dass sie nicht freundlich war oder so, aber – man soll nicht schlecht über Tote reden – sie war einfach nicht die Richtige, um mein Mädchen großzuziehen, und diese meine Meinung habe ich B. F. mitgeteilt.«

Das glaube ich aufs Wort, dachte Ariel und warf ihrer Beifahrerin einen Seitenblick zu. Das hättest du bei jeder Frau getan, die er zu heiraten beabsichtigt hätte.

»Also warum«, wollte Hattie wissen, »fragen Sie diesen Millen, woran sie gestorben ist? Ist er Arzt?«

»Er schreibt für eine Zeitung in Marin County und hat beide Thibeaus gekannt. Und die Story, an der ich im Norden zu arbeiten beabsichtige, betrifft Dorothy Thibeau.«

»Hat B. F. Sie gebeten, die Sache zu untersuchen?«

»Nein. Ich bin der Frau selbst begegnet, aber leider ...« Ariel warf Hattie einen viel sagenden Blick zu und senkte die Stimme. »Das ist inzwischen zwei Jahre her, und deshalb ...« Ihr Gesicht wurde plötzlich ausdruckslos, und sie wiederholte: *»Zwei* Jahre her.« Sie tippte sich mit einem Zeigefinger an den Kopf.

»Oh!« In diesem Moment wurde Hattie die Bedeutung dieser Zeit bewusst. »Sie meinen, bevor ... Sie wissen schon?«

»Richtig. Ich werde Ihnen später davon erzählen.«

»Warum nicht gleich?«, ließ sich hinter ihnen eine leise Stimme vernehmen.

Die beiden Frauen fuhren zusammen. »Oh, hallo!«, sagte Ariel. »Du bist wach.«

»Ich wäre es, wenn jemand so nett wäre, mir etwas Kaffee einzugießen«, entgegnete Laya. Während Hattie die Thermoskanne hervorkramte und einschenkte, bat Laya erneut: »Erzähl es uns, Ariel.«

»Oh«, meinte Ariel abwehrend, »das ist eine komplizierte Geschichte.«

»Wir haben bestimmt noch ein paar Stunden Fahrt vor uns.« Laya nahm den Styroporbecher, den Hattie ihr reichte, und prüfte den Pegelstand des Kaffees mit dem Finger. »Wir haben jede Menge Zeit.«

Da war etwas in Layas Stimme, was Ariels Aufmerksamkeit erregte, eine bemühte Beiläufigkeit. Wäre es jemand anders gewesen, hätte Ariel es als Versuch gewertet, sie aus der Reserve zu locken. »Wofür es jetzt Zeit ist«, sagte sie, »ist eine Pause.« Sie ordnete sich in die Ausfahrtsspur ein, wo ein Schild anzeigte, dass vor ihnen ein Parkplatz lag. »Ich muss Rob Millen anrufen.«

Laya wartete, bis Ariel geparkt und eine ungeduldige Jessie angeleint hatte, bevor sie sagte: »Diese Sache mit dem Vertrauen scheinen wir nicht hinzukriegen, nicht wahr, Ariel?«

»Wovon redest du?«, fragte diese zurück.

»Ich nehme an, mit diesem ›Sie wissen schon‹ ist dein Gedächtnisverlust gemeint. Davon rede ich, aber ich vermute, dass du nicht bereit bist, darüber zu sprechen.«

Ariel fummelte am Verschluss herum und ließ die Leine dann fallen. Jessie schnupperte an ihrer Hand.

»Du musst deinen Anruf erledigen.« Laya war heute voller Überraschungen. »Außerdem hört es sich an, als wollte Jessie mal raus«, sagte sie. »Möchtest du, dass Hattie und ich mit ihr spazieren gehen?«

Sie bat sogar darum – oder erklärte sich damit einverstanden –, die Leine zu nehmen, wie Ariel erstaunt beobachtete, als die beiden davonschlenderten. Da Jessie so lange eingesperrt gewesen war und sich in unvertrautem Gelände mit aufregenden neuen Gerüchen bewegte, dazu noch frei und ungehindert, ohne eine bestimmte Richtung einhalten zu müssen, würde sie normalerweise im Zickzack hin und her rennen, um an jedem Grasbüschel und Grashalm zu schnuppern und überall ihren einzigartigen Duft zu hinterlassen. Sie lief jedoch ruhig zu dem für Hunde vorgesehenen Areal.

Später, nachdem die drei Frauen schweigend (und im Fall Ariels nachdenklich) einige Meilen weiter nach Norden gefahren waren, sagte diese: »Es war nicht Mangel an Vertrauen, Laya.«

»Gut«, erwiderte Laya, die jetzt neben ihr saß.

Als Hattie nach der letzten Pause zum Wagen zurückgekehrt war, hatte sie sich diskret nach hinten gesetzt, einen Strang marineblauen Garns, Häkelnadeln und einen unidentifizierbaren wollenen Gegenstand aus den Tiefen ihrer bodenlosen schwarzen Tasche gezogen und sofort zu klappern begonnen. Sie schien völlig damit beschäftigt zu sein, den Gegenstand größer, wenn auch nicht erkennbarer zu machen.

»Behinderungen«, sagte Laya leise, »sind nicht leicht zu akzeptieren. Und es ist auch nicht leicht, darüber zu reden. Frag mich.«

»Ich würde es sehr schätzen«, entgegnete Ariel, »wenn du über diese mit niemandem sprechen würdest.«

Layas Kinn klappte herunter, ihre Lippen kräuselten sich, und sie straffte ihre Schultern. »Und das bei der Klatschtante, die ich bin«, sagte sie trocken.

»Tut mir Leid, aber ich nehme an, du verstehst, weshalb ...«

»Hab schon kapiert, Ariel. Ich verstehe.«

»Wie hast du es erfahren? Und wie lange weißt du es schon?«

»Vom ersten Tag ... in gewissem Sinn.«

Ariel warf ihr einen ungläubigen Blick zu.

»Hab ich doch schon gesagt …« Laya lächelte sanft. »Ich habe es gespürt.«

»Das ist unmög…«, entfuhr es Ariel, doch sie brach mitten im Wort ab. »Es fällt mir schwer zu glauben, dass du einmal hingesehen und einen Gedächtnisverlust *erraten* hast.«

»Willst du eine konventionellere Erklärung?« Laya schien ihre Worte sorgfältig zu wählen. »Sagen wir einfach, als ich mich an jenem ersten Tag mit dir unterhielt, spürte ich, dass du nicht … ganz bist.« Sie schien damit nicht zufrieden zu sein, ließ es aber so stehen. »Natürlich …« Erneut war da ein schnelles scheues Lächeln, das gleich wieder verschwand. »Ich hätte blind sein müssen, um nicht zu bemerken, dass man dich körperlich verletzt hat. Der Gipsverband an deiner Hand, ein Humpeln, leicht, aber sichtbar.« Sie verstummte kurz. »Hattest du einen Unfall?«

Ariel legte den Kopf leicht zur Seite, eine Bewegung, die ja, nein oder vielleicht bedeuten konnte. Was sie zu bedeuten hatte, war nicht wichtig, da ihre Freundin es nicht sehen konnte. »Ich vermute«, sagte Laya, »dass man die Diagnose traumatische Amnesie stellte. Ich habe mich immer gefragt, ob das derselbe Unfall war, der Jane getötet hat.«

Der Wagen schwankte. Hatties Nadeln hielten inne. In die Stille hinein murmelte sie etwas, was sich anhörte wie: »O Herr, hilf!«

»Das«, meinte Ariel, »tut nichts zur Sache.« Das Ganze geriet außer Kontrolle. »Könnten wir zu dem Gedächtnisverlust zurückkehren …«

»Na schön. Erstens solltest du Fernsehproducerin sein, eine erfahrene investigative Reporterin. Du warst aber so nervös, dass du kaum dein Tonbandgerät anstellen konntest. Du hast mich interviewt, als wolltest du erst im Verlauf des Gesprächs herausfinden, wie man sich dabei anstellt.«

Ariel erinnerte sich noch lebhaft an den Tag. Sie interviewte Janes Freundinnen und Bekannte und ging nach einer Liste vor, die B. F. ihr gegeben hatte. Es war sogar das erste Mal, dass sie nach Beginn ihres Gedächtnisverlusts arbeitete. Es war ihr erster Tag in diesem Job. Sie hatte geglaubt, ihn recht gut gemeistert zu haben. »Nichts davon kann auch nur annähernd erklären, wie du es geschafft hast ...«

»Wahrscheinlich nicht«, gab Laya ihr Recht. Sie ließ tief in der Kehle ein Glucksen hören. »Ich werde versuchen mir etwas Besseres einfallen zu lassen. Unterdessen kannst du uns von B. F.s alter Liebe erzählen. Dorothy, nicht wahr? Was an ihrem Tod bereitet dir Sorgen?«

Mit einem letzten unzufriedenen Blick auf ihre blinde Freundin fing Ariel ganz von vorne an.

Hatties Häkelnadeln begannen wieder zu klappern. Arthur kratzte gereizt an seinem Tragekorb. Jessie erhob sich, zog sich von ihrem Platz zwischen den Vordersitzen zurück und tapste zum Heckfenster. Dort machte sie es sich bequem, hechelte und blickte hinaus, als sähe sie sich ein fesselndes Drama im Fernsehen an. Irgendwann hielten sie zu einem frühen Picknick-Lunch an.

»Nach dem, was B. F. hat herausfinden können«, berichtete Ariel, »lebten die Thibeaus nicht in Saus und Braus, aber angenehm – von Zeit zu Zeit eine Kreuzfahrt, Mitgliedschaft im Country Club, reges gesellschaftliches Leben, das, was man von einem Arzt des oberen Mittelstands und seiner Frau erwarten würde. Doch dann bekam ihre finanzielle Lage vor zweieinhalb Jahren einen Knacks. Sie mussten eine zweite Hypothek auf ihr Haus aufnehmen. Bis dahin hatten sie nicht sonderlich viel gespart und ihr Geld auch nicht besonders geschickt angelegt. Sie begannen die Konten zu plündern, ansehnliche Abhebungen …«

»Wie kann jemand etwas über die finanziellen Verhältnisse eines anderen herausfinden?«, fragte Hattie.

»Möchten Sie das wirklich wissen?«

»Nein. Ich kann nur sagen, dass ich mich wohler dabei fühle, alles in meiner Matratze zu haben.«

Ariel lachte, Hattie nicht. »Das ist doch nicht Ihr Ernst?«, fragte Ariel.

»Doch. Und jetzt erzählen Sie weiter«, entgegnete Hattie.

»Wo war ich stehen geblieben? O ja, da gab es diese Barabhebungen, und zu allem Unglück kam auch nicht viel herein. Das ging etwa vier Monate so weiter. Und dann, im Januar …«

»… als Sie Dorothy kennen lernten?«, fragte Hattie.

Ariel nickte. »Nicht lange danach. Sie rief Soo an, weil sie ihre Sachen auslösen wollte, da es eine Einzahlung auf ihr Konto gegeben hatte. Fünfundzwanzigtausend. Von da an gab es immer Bargeld, jeden Monat. Fünftausend am Ersten jedes Monats, ein ganzes Jahr lang, pünktlich wie ein Uhrwerk.«

»Dollar?«, fragte Laya.

»Ja. Fünfundachtzigtausend. Zwar kein riesiges Vermögen, aber …«

»Ach nein?«, warf Laya ein. »Auf was für einem Planeten lebst du eigentlich?«

»Schweigegeld«, kam es spontan von Hattie.

»Ich habe auch an Erpressung gedacht«, sagte Ariel, »und zwar andersherum, als ich herausfand, dass Dorothy Dinge versetzte. B. F. sagte, ich läse zu viele Krimis.«

»Vielleicht liest B. F. nicht genug«, erwiderte Hattie. »Also, diese Pfandleihe … sind Sie sicher, ihr dort begegnet zu sein?«

»O ja. Ich habe mit dem Tonmeister unseres Teams gesprochen und ihm Dorothys Foto gezeigt. Er erinnerte sich genau an sie. Er hat es bei ihr versucht.«

»Er hat was?«, rief Laya, die damit die unter dem Tisch liegende Jessie aufweckte.

Ariel nickte und lachte. »Stan ist ein Weiberheld. Er ist seitdem pensioniert, sieht sich aber immer noch als einen Verführer. Sagte ›Madame‹, was aber höflich abgelehnt wurde. Er kann sich nicht erinnern, in welcher Stadt wir waren, als er seine lüsternen Augen auf sie warf, doch es sei definitiv diese Geschichte gewesen, diese erste Pfandleihe. Sie sei ihm wie ein weißer Rabe aufgefallen oder, wie er es ausdrückte, wie seine ›Herzogin in einer Suppenküche‹.«

»Sie war *wirklich* recht aufgedonnert«, sagte Hattie. »Angezogen wie jemand in einer Zeitschrift.«

»Nun ja, das war schließlich ihr Metier.«

»Zeitschriften?«

»Mode.«

»Ich weiß nicht mehr, welchen Job sie hatte, nur dass sie darin ziemlich weit gekommen war. Ich dachte, es wär was anderes gewesen …«

»Nein. Einzelhandel Damenoberbekleidung.«

»… es hatte etwas mit … nein, jetzt erinnere ich mich. Sie sagte mal, was sie gern geworden wäre.«

»Wann hat sie das gesagt?«

»Das war, als B. F. sie dieses eine Mal ins Haus mitbrachte. Sie kam rein, als ich gerade den Fernseher anhatte, die Nachrichten, und sie rief aus: ›Siehst du das?‹ Sie meinte die Reporterin auf dem Bildschirm, eine Frau vor dem Weißen Haus. Wie war ihr Name?«

»Ich weiß nicht, wen Sie … in den sechziger Jahren? Damals gab es noch nicht allzu viele Reporterinnen, nicht beim Fernsehen. Pauline Frederick?«

»Könnte sein. Jedenfalls …«

»Nancy Dickerson?«

»Es spielt keine Rolle. Was sie sagte, war, dass sie das habe tun wollen, als sie jünger war, aber niemand habe sie ernst genommen.«

»Interessant«, murmelte Ariel, und für sie war es das auch, wie alles, was mit Dorothy zu tun hatte. Aber diese Episode hatte nicht wirklich etwas mit der Sache zu tun. »Jedenfalls …«

»Sie haben sich gefragt«, unterbrach sie Hattie, »wie Sie beide ins Gespräch gekommen sind? Was Sie zusammengebracht hat? Ich könnte wetten, dass es das war.«

Ariel überlegte. War es etwas so Harmloses wie Dorothys Nostalgie, ihre unerfüllten Hoffnungen auf eine Karriere beim Fernsehjournalismus, der sie zu mir hinzog? Das und die Ähnlichkeit mit Jane? Ariel konnte sich vorstellen, dass es so war. »Sie sehen aus wie eine junge Freundin von mir«, hatte Dorothy vielleicht gesagt. »Ein Model«, hatte sie vielleicht bemerkt, um einer alles andere als schicken und schlanken Frau zu schmeicheln, die dafür aber »in der Branche« arbeitete, und gefragt: »Was drehen Sie und Ihre Leute gerade? Früher, im finsteren Mittelalter, wollte ich auch mal Fernsehjournalistin werden.« Ariel stellte sich vor, dass sie da ein wenig gelacht hatte. Das war alles absolut plausibel, aber was geschah dann? Wie, rätselte Ariel, sind wir wohl von einer unverbindlichen Plauderei über gleiche Berufsmöglichkeiten zu einer Diskussion über Mord gekommen?

»Sie könnten Recht haben, Hattie«, sagte Ariel. »Aber wann haben wir wieder miteinander gesprochen? Das ist es, was ich wissen möchte. Und wo? Und – die große Frage – über wen sprachen wir? Wer war Sis?«

Der Rechercheur, den Ariel damit beauftragt hatte, während dieses Zeitraums in der Großregion San Francisco nach Storys zu suchen, hatte bezüglich Sis nichts herausgefunden. Kein Opfer, ob durch Unfall oder Tötungsdelikt, war unter diesem Namen in irgendeiner Zeitung genannt worden. Der Name Thibeau fehlte ebenfalls in den Nachrichten.

»Hast du den Zeitungsmann erreicht, den du angerufen hast?«, fragte Laya.

Ariel nickte. »Er will wissen, warum ich mich nach den Thibeaus erkundige. Er schreibt Features, hat nichts mit Nachrichten zu tun, aber der war vielleicht vorsichtig! Er will keine Informationen ans Fernsehen geben. Nicht umsonst.«

»Hat er denn Informationen?«

»Er glaubt, er könnte ›eine Hilfe sein‹. Ich sagte ihm, dass Dorothy eine Freundin gewesen und mein Interesse rein privat sei.«

»Das hört sich selbst für mich faul an. Hat er dir das abgenommen?«

»Er tat es, als ich mich nach dem Buch erkundigte, das er gerade schreibt.« Ariel begann die Reste des Essens zu verstauen. »Ich habe ihm vorgeschlagen, dass er mir zu gegebener Zeit eine Pressemappe zu meinen Händen an *The Open File* schickt.«

»Du bist schlecht«, sagte Laya sanft.

»Nein, er ist gut. Ich habe mir seine Kolumne angesehen.« Ariel lachte.

»Was ist da so komisch?«, wollte Laya wissen.

»Das werde ich dir sagen. Ich dachte zuerst, dass er sich für meine unwiderstehliche Person interessiert. Das wirkliche

Interesse dieses Gentleman liegt aber ganz woanders, wie ich jetzt glaube – er will etwas für sein Buch tun. Was absolut in Ordnung ist. Es geht um den alten Friedhof von San Francisco, das Kolumbarium, und das hört sich doch herrlich morbid an. Könnte ein guter Beitrag für die Sendung sein.«

»Was ist ein Kolumbarium?«, fragte Hattie.

»Eine Halle für Urnen aus dem Krematorium.«

»Was ist ein …« Hattie zog die Nase kraus, als hätte sie die Bedeutung erschnuppert. »Schon gut. Was für eine Art Hilfe könnte er Ihrer Meinung nach sein?«

Ariel zuckte mit den Schultern. »Rob Millen ist nicht nur ein guter Schriftsteller, sondern auch klug, ein hervorragender Beobachter, und er hat obendrein, im Gegensatz zu mir, beste Beziehungen hier in der Gegend. Wenn überhaupt jemand etwas herausfinden kann, denke ich, dass er mein Mann ist. Er wird mich bei B. F. anrufen.«

27

Sie erreichten das Haus in Belvedere am späten Nachmittag. Die Sonne leuchtete immer noch strahlend auf der Wasserfläche tief unter ihnen. Die Aussicht war so vollkommen, wie Ariel sie in Erinnerung hatte. Ein umwerfendes Blumenarrangement begrüßte sie auf der vorderen Veranda. Es war von Rob Millen.

»Der Mann ist aber schnell!«, rief Hattie aus. »Sind Sie sicher, dass er nur was für sein Buch tun will?«

Die Blumen waren nicht alles, was Ariel erwartete. B. F.

hatte offenbar die Hausverwaltung angerufen. Im Haus befanden sich ein Korb mit Obst, ein zusätzlicher Schlüssel und die Visitenkarte der Hausverwaltungsfirma. Den staublosen Oberflächen sah Ariel an, dass man sogar eine Putzkolonne geschickt hatte.

Am späten Abend machte sie es sich mit einem Stapel Zeitungen neben sich gemütlich. Sie hatte vor, noch ein wenig zu arbeiten, ehe sie schlafen ging. Sie war wieder im Kutschenhaus, wohin sie von Hattie geschickt worden war. Für Laya, hatte diese erklärt, sei es zu isoliert. Ariel hatte die Füße auf die alte Korbchaiselongue gelegt und eine Lampe zurechtgerückt, um besseres Licht zu haben. Sie nahm die oberste Zeitung von ihrem Stapel, doch schon bald ließ sie sie auf den Schoß sinken und blickte sich in dem Zimmer um, das ihre Schwester möbliert hatte. Ein antiker Bambustisch, der (wie sich Ariel vorstellte) Jane von der Großtante hinterlassen worden war, der orientalische Chintzbezug, den sie in einem Schaufenster gesehen und den Jane gekauft hatte, das Kissen mit Janes Spruch in Petit-point-Stickerei: LACHEN HÄLT JUNG.

Ariel lachte laut auf. Insgeheim hatte sie befürchtet, dass die Rückkehr in Janes Haus eine melancholische Angelegenheit werden könnte. Zu ihrer Erleichterung fühlte sie sich ganz und gar nicht bedrückt, sondern willkommen. Sie hörte ein Scharren an der Tür und stand auf, um Jessie hereinzulassen, die das Grundstück erkundet hatte. »Alles sicher für die Nacht?«, fragte Ariel sie.

Dieser Ausflug hierher war in jeder Hinsicht klug gewesen, dessen war sie sich sicher.

Zum ersten Mal hatte sie wirkliche Hoffnung, herauszufinden, was sie über Dorothy wissen musste. Rob Millen würde irgendetwas auf den Tisch legen. Oder Libby Vail würde irgendeine entscheidende Information liefern. Sie würde Ariel mit anderen bekannt machen, die zu derselben Clique gehörten wie früher Dorothy, und die würden noch weitere Leute kennen. Früher oder später – eher früher, wie Ariel ein Gefühl sagte – würde sie diesen Teil ihrer Arbeit erledigt haben.

Und außerdem war es richtig gewesen, Laya mitzunehmen. Ein paar Tage konnten sie sich alle ausruhen und aufatmen, da sie in sicherer Entfernung von lästigen Anrufen und allem anderen waren, ob nun Belästigungen oder Bedrohungen, was Laya vielleicht zu fürchten hatte. »Es kommt etwas auf mich zu, etwas Schlimmes.« Layas Worte schossen Ariel durch den Kopf. Die Vorahnung schien in diesem Moment melodramatisch, das Etwas schien nicht vierhundert Meilen, sondern eine ganze Welt entfernt zu sein.

Beim Dinner an diesem Abend hatte so etwas wie Ferienstimmung geherrscht, und Laya war so gelöst gewesen, wie Ariel sie noch nie erlebt hatte. Als Hattie darüber scherzte, dass Jessie Arthur geflissentlich zu übersehen schien (»Schauen Sie sie an! Tut so, als könnte sie den verflixten Kater gar nicht sehen, als wäre er nicht da!«), hatte Laya mit der Bemerkung geantwortet: »Warum lacht ihr? Es ist eine erwiesene Tatsache, dass einen das, was man nicht sehen kann, nicht stört. Schaut doch nur mich an, totale Gelassenheit!«

Ariel machte sich die heitere Stimmung zu Nutze und brachte beiläufig, als wäre es das nebensächlichste aller Themen, die Idee eines Blindenhunds zur Sprache. Es war eine ganz neutrale Bemerkung darüber, welche erstaunlichen Dinge diese Geschöpfe leisten konnten. »Weißt du«, sagte sie zu Laya, »es gibt hier eine Ausbildungsstätte für Führhunde. Wir könnten sie uns mal ansehen.« Noch vor einer Woche wäre Laya ausgerastet. Heute Abend dagegen hatte sie gesagt: »Jessie hat mich überzeugt! Es funktioniert.«

Ariel wertete diese Reaktion als Zustimmung. Morgen würden sie sich die Hundeschule anschauen. Anschließend könnten sie vielleicht am Strand spazieren gehen oder mit der Fähre in die Stadt fahren. Sie hoffte, am Nachmittag Libby Vail zu treffen, aber der Vormittag war noch völlig unverplant.

Ariel machte es sich bequem, nahm sich die *New York Times* und begann sie zu überfliegen. Sie hatte das zu einer relativ guten Kunst entwickelt, konnte die durchschnittliche Seite der *Times* in vier Minuten bewältigen, wenn auch nicht verdauen, und sich informative, wenn auch schwer zu entziffernde Notizen machen.

Nach den Zeitungen von New York und Washington ging es mit den Lokalblättern schneller, doch als sie bei der *Los Angeles Times* angekommen war, ließ ihre Konzentration schon nach. Ein Kurzbericht aus der Stadt war ihr nicht mehr als einen flüchtigen Blick wert.

»Stadtteilaktivistin erschlagen«, lautete die Überschrift. »Die einundsiebzigjährige Carrie Murphy wurde brutal zusammengeschlagen«, war alles, was Ariel von dem Aufmacher in sich aufnahm. Schauerlich, hätte sie gedacht, wenn sie sich Zeit zum Nachdenken gelassen hätte, bevor sie sich einem gleichermaßen beunruhigenden Artikel über die Zahl von hochgefährlichen Sexstraftätern zuwandte, die gegenwärtig in Kalifornien auf Bewährung entlassen waren.

Trotz der masochistischen Gute-Nacht-Lektüre ertappte sich Ariel bei einem lauten Gähnen. Sie legte die Zeitung zur Seite. Angenehm schläfrig und mit dem Tag zufrieden, würde sie, davon war sie überzeugt, wie eine Tote schlafen.

Hätte sie den Artikel über die Stadtteilaktivistin zu Ende gelesen, ist zweifelhaft, ob sie überhaupt geschlafen hätte. Dass die Frau namens Murphy im Crenshaw-Viertel von Los Angeles wohnte, hätte die Alarmglocken nicht läuten lassen. Ebenso wenig ihre Adresse. Ariel konnte nicht wissen, dass die Rückseite des Hauses an der Gasse lag, in der James Price überfallen worden war. Was sie aber sofort dazu gebracht hätte, einen Stadtplan von Los Angeles zu suchen, war ein Zitat der Tochter des Opfers.

»Momma ist gestorben, weil sie sich nicht mit dem abfinden wollte, was hier in der Gegend vorgeht«, sagte die zweiundfünfzigjährige Letitia Murphy Bond zu den Reportern unter Tränen. »Mit den Banden und Crackdealern und allem. Sie hatte keine Angst davor, sich Feinde zu machen.« Mrs Bond zeigte auf eine Gasse hinterm Haus ihrer Mutter. »Genau dort schaute sie vor ein paar Wochen aus dem Fenster und beobachtete, wie ein Mann zusammengeschlagen wurde. Sie rief nicht nur die Polizei an, sondern arbeitete auch mit den Beamten zusammen. Verstehen Sie, was ich meine?«, fragte Mrs Bond. »Eine solche Frau war sie.«

Am nächsten Morgen rief Ariel als Erstes die Blindenhundschule des Marin County an. Nachdem sie dem PR-Leiter klar gemacht hatte, dass ihr Interesse nicht beruflicher Natur war, sondern dass sie wegen einer blinden Freundin anrief, erbot er sich, sie persönlich herumzuführen.

Laya wurde in dem Van festgeschnallt, bevor man ihr von dem ersten Halt auf ihrer Fahrt erzählte. Sofort begann sie den Sicherheitsgurt zu lösen.

»Angsthase!«, rief Ariel.

»Ariel!«, schimpfte Hattie.

»Was ist aus der weltmeisterlichen blinden Lady geworden«, fragte Ariel, »die etwas aus ihrem Leben machen wollte?«
»Ariel«, sagte Laya.
»Du möchtest unabhängig sein? Mit einem Hund kannst du das.«
»Ariel«, sagte Laya erneut.
»Denk darüber nach! Du kannst dich allein frei bewegen. Du kannst wieder unterrichten. Du kannst …«
»Ich werde gehen!«, unterbrach sie Laya. »Ich werde überall hingehen und alles machen, wenn du nur aufhörst, Volksreden zu halten!«

Frank Trout war ein guter PR-Mann, weil er sein Produkt liebte. »Aus Steuergeldern«, sagte er zu den drei Frauen, als sie über den gepflegten Rasen des Geländes schlenderten, »fließt uns kein Cent zu. Wir werden ausschließlich durch private Spenden erhalten. Das ist so seit neunzehnhundertzweiundvierzig, als die Anlage für Kriegsveteranen gegründet wurde.«
Ariel hatte die Fragen gestellt, weil Laya sich so verhielt, als wäre sie nicht nur blind, sondern auch stumm. »Wie viel kostet ein Hund?«, wollte Ariel wissen. Sie kannte die Antwort von ihrem vorigen Besuch und erwartete einen Einwand von Laya, falls diese sich je wieder dazu entschloss, ihre Stimmbänder zu strapazieren.
»Wenn Sie meinen, wie viel es kostet, Hund und Schüler auszubilden, sind es zwischen sechzehn- und siebzehntausend. Wenn Sie aber meinen, wie viel es den Schüler kostet, ist die Antwort null. Wir berechnen nichts für den Hund oder für die Ausbildung des Schülers, für den Transport hierher oder Anschlussdienstleistungen für Schüler und Hund.«

»Toll!«, rief Ariel begeistert und ergriff Layas Arm.
Laya benutzte Jessies Trick und wandte das Gesicht ab.
»Haben die meisten blinden Menschen einen Hund?«, wollte Ariel dann wissen. Das war eine Frage, bei der sie die Antwort nicht kannte, und sie hätte sie nicht stellen sollen.
»Nein«, erwiderte Trout. »Nur etwa zwei Prozent.«
Laya wandte Ariel das Gesicht zu und grinste.
»Und zwar aus verschiedenen Gründen«, fuhr Trout fort. »Manche Menschen sind körperlich nicht in der Lage, einen Hund zu führen.«
Ariel drückte den Arm der Freundin, die sie schon hundertLiegestütze hatte machen sehen, ohne einen Schweißtropfen zu vergießen.
»Einige dem Gesetz nach blinde Menschen können mit einem Stock zurechtkommen«, sagte Trout, »und dann gibt es natürlich noch Leute, die sich vor Hunden fürchten.«
Layas Arm spannte sich unter Ariels Griff leicht an.
»Obwohl«, fügte Trout hinzu, »ich sagen muss, dass ich niemanden kenne, der diese Furcht nicht überwunden hat, wenn er sich einmal dazu entschlossen hat.«
Nachdem sie ein Wohnheim besichtigt hatten, das ebenso gepflegt und modern war wie der Rest des Geländes, bemerkte Ariel erneut die einzige Ausnahme, den hölzernen Dinosaurier von Bauwerk, der ihr schon bei ihrem ersten Besuch aufgefallen war.
»Was ist das für ein altes Gebäude?«, fragte sie Trout und zeigte mit dem Finger darauf.
»›Das Pfarrhaus‹ meinen Sie?« Trout gluckste. »Das ist unsere jüngste Neuerwerbung. Wir haben sie innen vollständig umgebaut und unseren Bedürfnissen angepasst. Es war ein Geschenk eines unserer Förderer.«

»Ein großzügiges Geschenk«, meinte Ariel. »Wofür wird es benutzt?«
»Als zweites Wohnheim. Jetzt können wir fast doppelt so viele Schüler aufnehmen.«
Trout ging voran und führte sie zu den Zwingern. Wie er und jeder Angestellte und Helfer wusste, waren sie der Höhepunkt des Rundgangs. Besonders der Welpenzwinger. Gegen die Welpen war niemand immun. Sogar Hattie verzog das Gesicht zu einem Lächeln und bückte sich, um einen schüchternen Rüden zu streicheln.
»Das«, sagte Trout und griff nach einer am Zwinger befestigten Karte, »ist entweder Chan, Cody oder Checker. Die Hündinnen heißen Chablis, Cay und Cara. Alle Welpen jedes Wurfs erhalten Namen, die mit demselben Buchstaben beginnen, und so können keine zwei Arbeitshunde denselben Namen haben. Sie glauben gar nicht, welcher Anstrengung es bedarf, sich immer wieder neue einfallen zu lassen!«
Es gab viele Zwinger. Ariel hatte noch nie so viele Welpen gesehen. Unter dem gegenwärtigen Jahrgang befanden sich zahlreiche gelbe Labradors, Wollknäuel, die übereinander stolperten und mit scharfen Welpenzähnen an ihren Geschwistern herumknabberten. In diesem Alter sind sie sich noch so ähnlich, als hätte man sie geklont, aber schon bald entwickeln sie charakteristische Eigenschaften, die das eine Tier für einen Partner geeignet macht, ein anderes für einen anderen, und manche erweisen sich für das Metier als ungeeignet.
»Was wird aus denen, die sich als untauglich erweisen?«, wollte Hattie wissen.
»Das sind die Hunde, auf die eine neue Karriere wartet«, antwortete Trout. »Sie glauben gar nicht, was für eine Warteliste wir für diese Tiere haben. Manchmal be-

steht der Haken nur darin, dass sie zu empfindsam sind. Solche Hunde etwa können keine lauten Geräusche ertragen oder schrecken vor einem Abflussgitter zurück oder …«

»Einem Abflussgitter?«, fragte Hattie.

»Auf dem Bürgersteig«, erklärte Trout, »Sie wissen schon. Von Zeit zu Zeit sieht man sie auf der Straße, und manchmal muss man über sie hinweggehen, um dorthin zu kommen, wohin man will.«

»Wie viel von dieser Vorstellung war arrangiert?«, fragte Laya.

Sie schlenderte mit Ariel auf dem Rodeo Beach westlich des Golden Gate am Strand entlang. Der Himmel begann sich zu beziehen, und die Wellen schlugen gegen den Sandstrand. Hattie hatte sich dafür entschieden, sich auf ein Stück Treibholz zu setzen und den Horizont zu betrachten. Ariel konnte sie in der Ferne sehen, wie sie völlig versunken dasaß.

»Nichts war arrangiert«, antwortete Ariel. »Zu schade, dass Jessie nicht hier ist. Es würde ihr gefallen.«

»Nichts davon war arrangiert? Auch nicht die Bemerkung über Leute mit einer Hunde-Phobie?«

»Nein.«

»Und auch nicht die Bemerkung darüber, wie viele Absolventen anschließend als Anwälte, Börsenmakler und Schriftsteller weiterarbeiten?«

»Nein.«

»Und als Lehrer?«

Laya stolperte und stützte sich auf ihren Stock. »Du bist eine gute Lehrerin«, sagte Ariel.

»Ja, das war ich«, erwiderte Laya. »Ich bin es.«

28

Libby Vail begrüßte Ariel mit einem »Buon giorno!« Die noch immer gelegentlich auftretende Musical-Sängerin und Ehefrau von Exsenator Ellis Bland und Freundin von Dorothy Thibeau lachte. »Ich hoffe, es beeindruckt Sie, weil es in etwa die Grenzen meines Repertoires zeigt.«

Sie war mit ihrem Mann erst in den frühen Morgenstunden aus Italien zurückgekehrt, doch Ariel war eingeladen worden zu kommen, wann immer es ihr recht sei. Als sie um zwei Uhr bei den Blands erschien, schwamm Libby Vail gerade ihre Runden im Pool.

»Ziehen Sie sich eine Liege heran, *cara mia*«, sagte sie, als sie auftauchte und Ariel dabei unabsichtlich nassmachte. »Oh, tut mir Leid.« Sie reichte Ariel ein Handtuch. »Lassen Sie uns aus diesen nassen Sachen rauskommen und einen Martini trinken!«

Ariel lachte. »Für mich ist es ein bisschen zu früh.«

»Nun, in Italien ist es elf Uhr nachts«, entgegnete Libby und hinterließ auf dem Weg zu einer Bar im Freien nasse Fußabdrücke.

Als sie es sich mit ihren verschiedenen Erfrischungen gemütlich gemacht hatten, kam Ariel gleich zur Sache. »Dies ist kein reiner Höflichkeitsbesuch«, sagte sie. »Sie waren eine Freundin von Dorothy Thibeau, nicht wahr?«

»Dorothy?« Libby nickte überrascht. »Und von Ray – Dr. Thibeau – auch. Wieso?«

»Und von Sis?«

»Von wem?«

»Einer anderen Freundin von Dorothy. Einer Frau, die Sis hieß?«

»Die kenne ich nicht. Aber wie geht's B. F.? Das Dinner neulich war fabelhaft!«

»Um die Wahrheit zu sagen, Dorothys Tod hat ihm ziemlich zugesetzt.«

»Oh?« Libby machte ein mitfühlendes Gesicht. »Tut mir Leid, das zu hören.«

»Ich weiß nicht, ob es Ihnen bekannt ist, aber die beiden standen sich einmal sehr nahe.«

»Ich hatte irgendwie den Eindruck, als er mit Ellis und mir zur Beerdigung fuhr. Richten Sie B. F. von mir aus, Ariel, dass er nicht zu traurig sein soll. Dorothy ... nun ja, sie war nach Rays Tod eine sehr unglückliche Frau. Sie liebten einander wirklich, wie etwa – oh, ich weiß nicht – Ronnie und Nancy.«

»Ronnie und ...? O ja, Ronnie und Nancy. Wenn Sie sagen, sie sei nach Mr Thibeaus Tod unglücklich gewesen ...«

»Um ehrlich zu sein, sie war nicht mehr die Alte, seit sie zum ersten Mal krank wurde.«

»Und das war wann?«

Libby nippte an ihrem Drink, tippte mit der auf einen Zahnstocher gespießten Olive gegen das Glas und antwortete: »Du lieber Himmel, Ariel ... vor eineinhalb Jahren? Mindestens.«

»Könnte es vielleicht näher an zweieinhalb Jahre gewesen sein?«, fragte Ariel aus einer Ahnung heraus.

»Ich würde nicht sagen, dass es so lange her ist. Wie ich hörte, glaubten sie damals nicht, dass er es schaffen würde. Dorothy war vor Kummer fast so schlecht dran wie Ray. Dann begaben sich beide in eine Klinik – ich hab vergessen, in welche, die Beste, die sie finden konnten –, und mit Ray ging es tatsächlich nach oben.«

Die Beste, die sie finden konnten, dachte Ariel. Das erklärt vielleicht die großen Barabhebungen von ihrem Bankkonto. »Wie meinen Sie das, dass Dorothy seitdem nicht mehr die Alte war?«

»Ja, was meine ich damit?«, überlegte Libby laut. »Wie ich schon sagte, sie wusste vor Sorgen nicht mehr, wo ihr der Kopf stand. Selbst nachdem es ihm besser ging, war sie nicht mehr dieselbe – nervig, kümmerte sich um Ray wie eine Glucke ...« Libby schwenkte ihr Glas. »Vielleicht hat sie auch ein bisschen mehr getrunken, als ihr gut tat. Sie versuchte, Gott segne sie, so fröhlich zu erscheinen wie immer – ich weiß noch, dass sie zu ihrem Hochzeitstag sogar eine Party gaben –, aber man konnte sehen, dass es Schauspielerei war. Gezwungen, wissen Sie. Es kam mir vor, als erwartete sie, dass wieder eine Katastrophe passierte.«

»Und als ihr Mann erneut krank wurde? Als er starb?«

»Ich muss Ihnen sagen, ich war schockiert, als ich sie bei seiner Beerdigung sah – so verhärmt. Und das war eine der letzten Gelegenheiten, bei denen ich ihr begegnete. Sie hörte schlagartig auf, auszugehen. Nun ja, wir sprechen nur über ein paar Wochen, nicht wahr, bevor auch die arme Dorothy starb?«

»Hat ihr Tod Sie überrascht?«

»Umgehauen! Ich hatte nicht geglaubt, dass es ihr so schlecht ging! Ich dachte, sie würde nur trauern. Ich nehme an, es ist schnell mit ihr bergab gegangen.«

»Fanden Sie diese Plötzlichkeit nicht ... merkwürdig?«

»Merkwürdig?«, wiederholte Libby erschrocken. »Du lieber Himmel, nein! Das soll ein Scherz sein, oder? Nein, das soll *kein* Scherz sein! Sie sagten, Ariel, dies sei kein Höflichkeitsbesuch ...« Als hätte sie sich erkältet (oder sich plötzlich nicht ganz angezogen gefühlt), griff sie nach ihrem Strandmantel. »Sind Sie in Ihrer beruflichen Eigenschaft hier?«

»Nein, nein, ich bin nur neugierig, weil ich … Dorothy selbst gekannt habe, wenn auch nur flüchtig. Ich habe nach ihrem Tod einen Brief von ihr bekommen.«

Libby machte große Augen.

»Mein Großvater berichtete mir, sie sei zu krank gewesen, um ihn selbst abzuschicken, und so habe ich mich natürlich gefragt …«

»Ja?«

»Wer ihn zur Post gebracht hat.«

»Oh, natürlich haben Sie das. Das kann ich Ihnen sagen.«

Ariel spürte bis in den Magen einen Stich der Erregung.

»Das muss Alice Manning gewesen sein. Kennen Sie Alice? Sie ist eine Freundin von uns. Um die Wahrheit zu sagen, stand sie Dorothy näher als ich und war so etwas wie eine … äh … Person, die sich um alles kümmert, immer für einen anderen da ist. Sie war sofort zur Stelle, als Dorothy ins Krankenhaus kam und erledigte die täglichen Kleinigkeiten, holte zum Beispiel die Zeitung rein, goss die Blumen, rief Leute an. All diese Dinge. Jeder braucht eine solche Freundin. Ich muss leider sagen, dass ich es nicht bin.«

»Was macht Sie so sicher, dass sie den Brief an mich eingeworfen hat?«

»Oh, fragen wir sie doch selbst.« Libby griff nach einem Handy und tippte eine Nummer ein. Ariel lauschte einer kurzen einseitigen Unterhaltung, bevor Libby fragte: »Alice, meine Liebe, als du so nett warst und dich um Dorothy gekümmert hast, hast du da auch Briefe für sie eingeworfen?« Libby warf Ariel einen Blick zu. »Habe ich mir schon gedacht«, sagte sie. »Du bist ein Engel.« Und zu Ariel gewandt: »Möchten Sie sie treffen?« Ariel nickte. »Alice, was tust du gerade? Ja, aber die Wohltätigkeitsveranstaltung beginnt erst in Stunden. Hast du im Moment was vor?«

Kurz darauf war Ariel zum nahe gelegenen Corte Madera

und ihrer unverhofften Verabredung mit Alice Manning unterwegs. Dreißig Minuten später war sie auf dem Nachhauseweg und verdaute, was die beiden Frauen ihr gesagt hatten.

Das Rätsel, wer den Brief eingeworfen hatte, war gelöst. Alice hatte sich um die Angelegenheiten ihrer Freundin mit dem Diensteifer eines freiwilligen Adjutanten gekümmert. Sie wusch Dorothys Nachthemden, als sie erkrankte, und wählte die Kleidung aus, in der sie kurze Zeit später begraben wurde. Alice war es, die den Geistlichen, den Rechtsanwalt und den Steuerberater von Dorothys Erkrankung in Kenntnis setzte, sie war es, die die Verbindung zwischen Dorothys Arzt und ihren Freunden herstellte, die Dorothys Haus im Auge behalten und einen Stapel überfälliger Bücher aus der Bibliothek sowie Briefe entdeckt hatte, die zur Post mussten. Sie hatte die Bücher zurückgebracht und die Briefe eingeworfen.

Leider konnte Alice Libby Vails Bericht über die Zeit vor Dorothys Tod nur wenig Wesentliches hinzufügen. Obwohl sie Dorothys engste Freundin gewesen war, kannte sie in ihrem gemeinsamen Bekanntenkreis eigentümlicherweise niemanden namens Sis.

»Was bringt Sie zu der Annahme, dass diese Person eine Freundin von Dorothy gewesen ist?«, hatte sie Ariel gefragt.

»Weil Dorothy ihren Spitznamen benutzte«, antwortete Ariel. Und außerdem, dachte sie, weil sie genügend Zugang zum Privatleben dieser Frau hatte, um einen Beweis (wenn auch keinen absolut schlüssigen) zu besitzen, was ihre Todesursache betraf, und weil sie genug über deren Geisteszustand wusste, um zu der Ansicht zu gelangen, dass sie das Interesse am Leben verloren hatte.

»Mrs Gold«, sagte Alice, als hätte sie den letzten von Ariels

Gedanken erraten, »Sie erwähnten, sie sei gestorben. Diese Sis?«
»Ja, ich vermute, vor ein paar Jahren.«
Nachdenklich fuhr Alice fort: »Dorothy hat sich erboten …«
»Zu was …?«
» … für wohltätige Zwecke zu arbeiten. Nicht in der letzten Zeit, aber bevor Ray krank wurde. Sie und ich saßen gemeinsam in irgendwelchen Ausschüssen, aber sie hatte auch mit anderen Dingen zu tun, und dort, da bin ich sicher, hat sie alle möglichen Menschen kennen gelernt, von denen ich keine Ahnung habe.«
»Ja?«
»Zum Beispiel war sie eine Pink Lady.« Als sie Ariels verblüfftes Gesicht bemerkte, erklärte Alice: »Sie besuchte Krankenhauspatienten. Sie hat ihnen vorgelesen, sie auf andere Gedanken gebracht … Dorothy verstand sich gut darauf. Manchmal hält man nur die Hand des Patienten und hört zu. Aber was mir gerade einfällt, ist Folgendes: Solche Helfer neigen dazu, bei kranken Menschen einen lockeren Umgangston zu wählen. Sie nennen sie beim Vornamen, als wären sie Kinder. Ich bin zwar der Meinung, dass diese Art von Vertraulichkeit Bevormundung ist, aber sie …«
»Sie wollen also sagen, dass Sis vielleicht keine richtige Freundin gewesen ist, sondern eine Kranke, die Dorothy kennen gelernt hat.«
»Wenn die Frau gestorben ist, war sie wahrscheinlich nicht gesund, richtig?«, entgegnete Alice Manning.
Wie es bei Theorien so ist, dachte Ariel, als sie zurückfuhr, hängt das alles sehr lose zusammen, aber es passt zu den bekannten Tatsachen. Es war unwahrscheinlich, dass Sis eine enge Freundin gewesen war, denn sonst hätten Doro-

thys Freundinnen Libby und Alice sie auch gekannt oder zumindest von ihr gehört. Wenn Sis nicht mehr hatte leben wollen, wie Dorothy glaubte (oder sich einzureden versuchte), war es durchaus möglich, dass es daran lag, dass Sis krank war, vielleicht unheilbar. Und die Zeit passte auch. Dorothy gab ihre wohltätige Arbeit auf, als ihr Mann erkrankte, was, wie Ariel jetzt wusste, etwa zu der Zeit war, zu der sie und Dorothy einander begegnet waren und miteinander gesprochen hatten.

Als Ariel wie bei einem Puzzle zusammenlegte, was man ihr erzählt hatte, erst B. F. und dann Libby und Alice, hatte sie das Gefühl, schließlich die Frau kennen zu lernen, die sie vergessen hatte.

Dorothy Thibeau war eine gesellige und temperamentvolle Frau gewesen, die sich einst eines sehr angenehmen Lebens erfreut hatte. Sie war ihrem Mann treu ergeben und er ihr. Sie lebten in guten finanziellen Verhältnissen. Dorothy hatte die Freiheit, ihre Zeit anderen Menschen zu widmen, und zu ihrer Ehe tat sie das auch. Von allen wohl gelitten, die sie kannten, verbrachten die beiden ihr Leben so, als wäre es verzaubert, als gäbe es kein Morgen. Und mit Geld gingen sie auch eher unbekümmert um. Eines Tages dann geschah das Undenkbare. Bei Ray Thibeau wurde die Diagnose Krebs gestellt. Er musste von Arzt zu Arzt gelaufen sein, um eine zweite Meinung einzuholen, eine andere. Dorothy sorgte sich fast bis zum Zusammenbruch, aber nicht nur um die Gesundheit ihres Mannes, wie ihre Freunde annahmen, sondern um Geld. Was Versicherungen betraf, hatten sie sich auch keine großen Gedanken gemacht, und kollegiales Entgegenkommen anderer Ärzte war nicht grenzenlos. Die Rechnungen türmten sich, die Ersparnisse schrumpften, auf das Haus wurden Hypotheken aufgenommen. In ihrer Verzweiflung stahl sich Dorothy in die Stadt, wo ihre Freunde sie nicht sehen konnten, und verpfändete das, was am meisten Geld brachte. Und Ray in seiner Verzweiflung … tat was?

Und wie war es zu der unverhofften Wende gekommen? Was hatte der eine oder die andere Thibeau getan, um das Geld zu erhalten, mit dem sich das beste Krankenhaus bezahlen ließ? Das Geld, das jeden Monat in bar auf ihr Bankkonto eingezahlt wurde? Das es Dorothy erlaubte, das, was von ihren Habseligkeiten noch übrig war, auszulösen und die Feier zu planen, von der sie befürchtet haben musste, dass es ihr letzter gemeinsamer Hochzeitstag sein würde?

War es Drogengeld? Ärzte verschreiben Drogen.

Hinter Ariel hupte jemand. Sie bemerkte, dass sie im Schneckentempo gefahren war. Sie war derart in Gedanken versunken gewesen, dass sie vergessen hatte, dass sie am Lenkrad saß. Und sie war so damit beschäftigt, Dorothy aus den Erinnerungen ihrer Freundinnen zusammenzustückeln, dass sie das, was sie zu Beginn gewusst hatte, aus den Augen verloren hatte. Kehr wieder zu dem Brief zurück, sagte sie sich.

Du weißt, auch wenn es ihre Freundinnen nicht wissen, dass es nicht nur Sorge um ihren Mann war, was Dorothy veränderte. Was sie »nervig« machte und sie dazu brachte, »ein bisschen mehr zu trinken, als ihr gut tat«. Sie wartete darauf, dass auch die zweite Katastrophe eintrat, weil, wie sie geschrieben hatte, ihr Gewissen ihr zusetzte. Und weil sie sich fürchtete.

Das Geld war Schweige-, Bestechungs- oder Erpressungsgeld. Und was immer getan worden war, um es zu bekommen, war von Ray getan worden. Drogen verkaufte er nicht; er verkaufte Schweigen, was den Beweis betraf, der nicht »absolut schlüssig« gewesen war, den Dorothy weder

hatte enthüllen noch unterdrücken können. Was für einen Beweis hatte Ray wohl in der Hand gehabt?
»Bei einem Mann, der schon einmal gemordet hat, darf man nicht darauf bauen, dass er es nicht wieder tut, oder?«
Das Geld war von dem namenlosen *Er* gekommen, dem Scharfrichter, dem Philanthropen. Und der Beweis hätte ihn mit Mord in Verbindung gebracht. Thibeau war nicht nur Arzt gewesen, wie sich Ariel erst jetzt von seiner Todesanzeige her erinnerte, sondern auch irgendwann Coroner, der Todesfälle untersucht, die nicht eindeutig eine natürliche Ursache haben.

29

Als Ariel zu Hause ankam, wirbelten ihr die Gedanken im Kopf herum. Das Krankenhaus, in dem Dorothy Besuche gemacht hatte, war, wie Alice gesagt hatte, das Marin General gewesen. War es möglich, herauszufinden, welche Patienten sie vielleicht besucht hatte? Der Zeitraum war unbestimmt – der Winter vor zweieinhalb Jahren. Ariel hatte keine Ahnung, wie eine Pink Lady arbeitete. Wurden ihnen bestimmte Zimmer zugewiesen? Bestimmte Stockwerke? Konnten sie sich nach Belieben im Krankenhaus bewegen?
Ariel parkte den Van. Es würde leicht sein, herauszufinden, wann genau Dr. Raymond Thibeau im Marin County Coroner gewesen war. Aber wie sollte sie in Erfahrung bringen, welche Fälle durch sein Büro untersucht worden waren, sobald sie das wusste?

Sie würde sich vielleicht eine Menge Besuche ansehen, viel Zeit aufwenden, und das alles auf Grund reiner Vermutungen – dass Dorothys Wohltätigkeit ein Teil der Gleichung war, dass Rays Stellung als Coroner hinzukam. Aber wäre es nicht was, dachte Ariel, als sie die Stufen zur Veranda hinaufging, wenn sie eine Patientin entdecken würde, mit der Dorothy sich angefreundet hatte, die im Winter vor zweieinhalb Jahren gestorben war, deren Tod eine Untersuchung zur Folge gehabt hatte und – was das i-Tüpfelchen wäre – und wenn die Untersuchung während Ray Thibeau Amtszeit erfolgt war? Nur ein Name!

Die Haustür ging auf. »Sie sehen aus wie eine Katze, die einen leckeren Fisch frisst«, bemerkte Hattie.

»Ich liebe es, wenn das Puzzle allmählich Gestalt annimmt!«, erwiderte Ariel. »Ich hatte vergessen, wie sehr … Ich sehe aus wie was?«

»Glücklich.«

»Es ist wegen Dorothy. Die Stücke passen allmählich zusammen, Hattie. Wie wenn man dieses Stück blauen Himmel findet, der zu diesem Stück von dem roten Drachen passt, verstehen Sie? Und dann …«

»Sie will hier bleiben«, sagte Hattie.

Ariel brauchte eine Sekunde, um den Sinn ihrer Worte zu erfassen. »Sie meinen Laya? Wo will sie bleiben?«

»Hier, wenn B. F. nichts dagegen hat.« Hattie zog die Tür hinter sich zu. »Ich sagte, er habe wahrscheinlich nichts dagegen.«

»Nein, sicher nicht, aber warum?«

»Sie will diese Schule besuchen, wenn man sie aufnimmt.«

»Sie scherzen! Nun, das ist ja … Aber wie kann sie? Ich meine, wie kann sie es jetzt? Es dauert, bis man aufgenommen wird. Man muss sich bewerben. Sie muss sich bewerben. Und die Interviews …«

»Sie hat eins für Montag arrangiert.«
»Für Montag.« Ariel konnte es nicht fassen, mit welcher Geschwindigkeit Laya jetzt ihre Zukunft in Angriff nahm.
»Sie sehen aber nicht gerade begeistert aus«, bemerkte sie.
Hattie ging zum Verandageländer, legte beide Hände darauf und warf einen langen Blick auf alles, was es dort zu sehen gab, bevor sie sagte: »Das ist eine der schönsten Aussichten, die ich jemals gehabt habe. Es ist eine Verschwendung, dass niemand hier lebt, um sie zu genießen.«
Ariel schenkte der Aussicht ein paar Sekunden, wandte sich dann aber wieder Hattie zu.
»Wenn Sie meine Meinung dazu hören wollen«, erklärte diese, »die Idee mit dem Hund ist gut für eine Person, die keine Chance hat zu sehen. Sie hat eine. Vielleicht eine unter tausend. Vielleicht eine unter einer Million. Aber solange es eine gibt, ist es falsch von ihr, sie sausen zu lassen.«
»Haben Sie ihr das gesagt?«
»Ariel Gold«, antwortete sie und hörte sich dabei ihrem Arbeitgeber vor fast vierzig Jahren bemerkenswert ähnlich an, »ich habe diese Frau vor einer Woche kennen gelernt. Welches Recht habe ich, ihr zu sagen, was sie tun soll? Ich habe ihr nur mitgeteilt, dass ich hier bleibe, während sie mit den Leuten von der Schule redet.«
Ariel nickte.
»Oh, da fällt mir noch was ein. Dieser Zeitungsmann hat angerufen und wollte Sie sprechen. Ich soll Sie fragen, ob Sie Lust auf eine Party haben.«

»Sie würden mich nicht anlügen?«, fragte Ariel Rob am selben Abend, als sie nach San Rafael fuhren. Sie blickte zu ihm hinüber und widerstand dem Impuls, ihn anzustarren. Sie hatte sich daran erinnert, dass er gut aussah, aber sie hatte sich nicht daran erinnert, wie *unverschämt* gut er aussah. Er war kein Jüngling mehr und auch nicht von einem Schönheitschirurgen zurechtfrisiert worden. Das würde Ariel beschwören. Das hier waren Gene. Er war von irgendeinem himmlischen Make-up-Künstler zurechtgemacht worden. »Diese Altersfalten bringen wir hier an den Augen und dem Mund unter, weil es Sie reifer macht, Charakter verrät. An den Lippen spielen wir nicht herum. Sie sind gut so, wie sie sind. Dann noch ein Grübchen hier am Kinn, eine Spur Silber ins Haar, an den Schläfen. Nur etwas Silberstaub auf das Blond.«

Ohne zu wissen, was in ihr vorging, grinste er. »Anlügen?«, fragte er. »Worüber?«

»Garantieren Sie mir, dass keine große Abendgarderobe nötig ist.« Für solche Anlässe hatte Ariel nichts eingepackt. Das schmal geschnittene weinfarbene Jerseykleid, das sie trug, war etwas, was Modeanzeigen (nach Ariels Ansicht zu Unrecht) »etwas für den frühen Abend« nennen würden. Wenigstens passte es; noch vor einem Jahr hätte sie darin wie eine Bratwurst ausgesehen.

»Ich lüge nur in wirklich großen Sachen«, versicherte Rob ihr und machte Ed Sullivan nach. »Sie sehen fabelhaft aus.«

Er sah aus, als wäre er soeben einem Modemagazin entstiegen. Seine Garderobe war teuer, maßgeschneidert. Sein Wagen war ein neuer Lexus. Ein bemerkenswertes Auto für einen Lokalkolumnisten, dachte Ariel. Vielleicht hatte er für sein Buch einen dicken Vorschuss bekommen?

»Außerdem gehen Sie da hin, um zu sehen, nicht um gesehen zu werden, richtig?«

»Eine Person, die dort sein wird, habe ich schon gesehen«, entgegnete Ariel. »Und zwar Alice Manning.« Es war genau die Wohltätigkeitsveranstaltung, die sie auch besuchen wollte. Rob zufolge würden eine Reihe von Leuten da sein, die beide Thibeaus gekannt hatten.

»Sie schieben nichts auf die lange Bank, was? Mit wem haben Sie sonst noch gesprochen?«

»Nur mit Libby Vail.«

»Und, was erfahren?«

Ariel wusste nicht recht, wie sie vorgehen sollte. Rob Millens Antennen ruderten praktisch in der Luft herum. Wahrscheinlich würde er an diesem Abend keine Sekunde von ihrer Seite weichen, was ihr nicht gerade in den Kram passte, doch er konnte ihr nützlich sein. Andererseits konnte aber auch er sie benutzen, und genau das hatte er vor, dessen war sie sich sicher. Sie wedelte mit der Hand. »Was macht das Buch?«, fragte sie. »Hört sich faszinierend an.« Ihr war noch kein frisch gebackener Autor begegnet, der sich durch eine solche Bemerkung nicht ablenken ließ.

»Wuff!«, machte Rob.

»Bitte?«

»Wenn man einem Hund einen Knochen hinwirft, will man ihn damit nicht zwischen den Augen treffen.«

Ariel lächelte stirnrunzelnd, als wüsste sie nicht weiter.

»Was meinen Sie wohl damit?, sagte die Lady.« Rob lachte. »Ich habe diese Taktik des ›Bei mir schmilzt die Butter nicht im Mund‹ in Ihrer Sendung gesehen.«

Er ist kein dummer Blonder, dachte Ariel.

»Sie müssen nämlich wissen«, fuhr er fort, »dass ich unbedingt erfahren will, warum Sie nach den Thibeaus fragen. Es gibt keine Möglichkeit, mich davon abzubringen. Wie sehr es mich auch freuen würde, wenn *The Open File* einen Beitrag über mein Buch bringen würde, werde ich mich trotzdem nicht umbringen, um ihn zu bekommen. Ich schlage Ihnen einen Deal vor.«

Nie im Leben, dachte Ariel.
»Sie sagen mir, warum Sie etwas über die Thibeaus wissen wollen, und ich mache Sie zum einen mit Leuten bekannt, die Ihre Fragen vielleicht beantworten können, und erzähle Ihnen zum anderen eine interessante Geschichte über den guten Dr. Thibeau.«
»Ich bin durchaus in der Lage, mich selbst vorzustellen«, entgegnete Ariel.
»Nicht, wenn Sie nicht auf der Veranstaltung sind.«
»Wollen Sie Ihre Spielsachen nehmen und nach Hause gehen?« Ariel begann das Geplänkel zu genießen. »Ich habe einen Wagen. Ich weiß, wo sie stattfindet.«
»Und ich habe die Einladung, mit der Sie reinkommen. Jetzt sind Sie dran.«
Ariel gratulierte sich im Geiste dazu, einen Helfer mit einer hyperaktiven Neugier gewählt zu haben. Oder war das ganz normale Neugier? Warum war ein Schriftsteller so versessen darauf, ihr Informationen zu entlocken? Was wollte er damit anfangen? Sie in seiner Kolumne verbraten? Na und, selbst wenn er es täte? Eine Story zu bekommen, hatte bei ihr nie absoluten Vorrang gehabt. Die Wahrheit herauszufinden schon. »Was ist mit dieser Geschichte?«, fragte sie.
»Habe ich erwähnt, dass außer mir niemand sie kennt?«
»Erzählen Sie sie mir.«
»Oh, oh!«, entgegnete sie. »Erst Sie.«
»Dorothy Thibeau hat mir einen Brief geschickt, in dem sie schreibt, dass sie sich vor jemandem fürchtet. Einem Mann. Bevor ich darauf reagieren konnte, war sie tot.«
Rob Millen starrte sie an.
»He!«, sagte Ariel. »Wollen Sie nicht darauf achten, wohin Sie fahren?«
»Welcher Mann?«, fragte er.

»Das weiß ich nicht.«
»Was soll das bedeuten?«
»Welchen Teil von ›Das weiß ich nicht‹ begreifen Sie nicht?«
»Aber … warum Sie? Warum hat sie *Ihnen* geschrieben?«
»Wir waren befreundet.«
»Das sagten Sie schon am Telefon.«
»Stimmt. Das ist wahr.«
»Ebenso wahr wie, dass Ihr Interesse an ihr eine rein persönliche Angelegenheit ist? Wenn Sie so befreundet waren, warum haben Sie dann kein Wort davon gesagt, als wir neulich abends beim Dinner über sie gesprochen haben?«
»Ich bin eine gute Zuhörerin.«
»Und warum haben Sie sich nicht die Mühe gemacht, zu ihrer Beerdigung zu gehen?«
»Ich hatte zu viel um die Ohren.«
»Weshalb wissen Sie nicht, vor wem sie sich fürchtete?«
»Weil sie es mir nicht erzählt hat.«
»Kommen Sie! Glaubte sie etwa, sein Name sei nicht wichtig?«
Sie dachte, ich würde mich an ihn erinnern!, schrie sie, allerdings nur im Geiste. »Warum sollte ich das erfinden?«, sagte sie. »Ich lüge nur in wirklich großen Sachen.«
»Warum fürchtete sie sich vor diesem namentlich nicht genannten Mann?«
»Weil sie glaubte«, antwortete Ariel und sah ihn offen an, »dass er ein Killer war. Und *ich* glaube, dass Sie jetzt an der Reihe sind.«
Er fuhr einen langen Straßenblock weiter, ehe er sagte: »Warten Sie, bis ich geparkt habe.« Inzwischen waren sie beim Falkirk Center angekommen, wo das Diner stattfinden sollte. Es dauerte einige Zeit, einen Parkplatz zu

finden, und anscheinend erforderte es auch Konzentration. Er sprach während der Suche kein Wort. Ariel kam der Gedanke, dass er seine Geschichte redigierte und manches ausließ, so wie sie es auch bei ihrer getan hatte, um für spätere Deals ein paar Details in petto zu haben. Schließlich stiegen sie mehrere Straßenblocks entfernt aus. Während sie zurückgingen, begann er zu erzählen.

»Das war vor etwa zwei Jahren. Ich arbeitete gerade an dieser Kolumne und versuchte etwas über den Umbau des Marin Center zu erfahren … Wissen Sie, dass es ein Bauwerk von Frank Lloyd Wright ist? Ich war also bei Recherchen draußen, und da lief mir Thibeau über den Weg. Er wollte zu seiner Praxis. Ist Ihnen übrigens bekannt, dass er in seinen letzten Lebensjahren Coroner war?«

Ariel nickte. »Ich wusste nur nicht, wie lange.«

»Ich kannte ihn flüchtig, jedenfalls gut genug für einen kleinen Plausch, den wir machten. Er erwähnte einen Artikel, den er mir zeigen wollte, und so bin ich mit ihm in seine Praxis gegangen. Als ich dort war, bekam er einen Anruf.«

»Von wem?«

»Den Namen hat er nicht genannt. Jedenfalls sah er schon vor dem Anruf nicht besonders gut aus, aber als er ein paar Sekunden gesprochen hatte, sah er richtig schlimm aus. Es waren schlechte Neuigkeiten, oder er war nicht erbaut zu hören, wer ihn anrief. Er machte ein verkniffenes Gesicht und sagte: ›Ich möchte nichts davon hören.‹«

»Vielleicht ging es um seine Gesundheit. Schlechte Nachrichten von seinem Arzt.«

»Das glaube ich nicht. Ihm gefiel der Typ nicht, mit dem er sprach. Er legte irgendwann einfach auf. Vielleicht war es auch eine Frau. Das war nicht der Thibeau, den ich kannte. Er war ein liebenswürdiger Mann.«

»Es könnte sich doch ganz einfach über einen Geschäftsfreund, der etwas vermasselt hat, oder einen Nachbarn, der sich über eine laute Party beschwerte, geärgert haben.«
Nur haben die Thibeaus damals keine Partys mehr gegeben, dachte Ariel. Sie waren zu sehr damit beschäftigt, sich über Wasser zu halten, und er musste außerdem seinen Krebs mit Chemotherapie bekämpfen. »Aber interessant ist es trotzdem«, gab sie zu.
»Das Zweite, was er sagte, war noch interessanter.« Rob hatte das Ende seines Berichts auf maximale Wirkung berechnet. Er öffnete gerade die Tür des Falkirk Center und geleitete Ariel hinein, als er zum Schluss kam. »Kurz bevor Thibeau auflegte, sagte er: ›Sie bekommen einen verdammt guten Gegenwert für Ihre Investition. Ich möchte Ihnen raten, das nicht zu vergessen.‹«

30

Rob Millen hielt Wort und stellte Ariel einer Reihe von Leuten vor, die Dorothy oder Raymond oder beide auf gesellschaftlicher Ebene oder nur vom Sehen gekannt hatten. Wie sie vermutet hatte, klebte er an ihrer Seite. Und das war gut so, wie sich bald erwies.
Ariel war sicher, in einem oder zwei Gesichtern einen Anflug von Zweifel ausgemacht zu haben, als sie vorgestellt wurde, ein leichtes Erstarren. Sie war, wie sie befürchtet hatte, für den Anlass nicht gut genug gekleidet, und vermutete, dass das der Grund war. Meist bestätigten sich ihre Gefühlte für solche Situationen auch immer.

»Oder liegt es daran, dass ich Reporterin bin?«, fragte sie Rob.
»Es liegt daran, woher Sie kommen«, erklärte er amüsiert. »Gomorrha.«
»Bitte?«
»Es hat in den letzten Jahren einen Zustrom von Flüchtlingen aus Los Angeles gegeben, die das Gelobte Land mit ihren ungehobelten und protzigen Manieren besudeln. Keine Angst, ich werde für Sie bürgen und den hiesigen Dialekt übersetzen.«
Während der Cocktailstunde bearbeiteten die beiden den Raum wie Wahlkämpfer. Sie lächelten und drückten Hände, ließen sich auf Gespräche ein und zogen dann geschickt weiter. Es erforderte einigen Einfallsreichtum, den Namen Thibeau in die Unterhaltung einzuflechten. Es war mühseliger, als es den Aufwand lohnte. Abgesehen von ein paar Bemerkungen, die frühere Berichte oder Eindrücke bestätigten, erfuhr Ariel nichts Wesentliches.
Es stand jedoch noch ein zweites Thema auf ihrem Plan, von dem ihr Begleiter nichts wusste. Ein Wohltätigkeitsdiner, sagte sie sich, bietet eine hervorragende Möglichkeit, den »Philanthropen« kennen zu lernen. So viel sie wusste, hatte sie das schon. Er konnte der Vorsitzende des Vereins zur Förderung des Lesens gewesen sein oder des Wohltätigkeitskomitees oder der regionalen Paralympics. Ariel hatte sie alle kennen gelernt. Hier im Saal war jeder ein Muster an Bürgersinn. Manche engagierten sich für wohltätige Zwecke, manche schrieben nur Schecks aus, aber alle dienten einer guten Sache, wie es schien.
Als sie sich einmal aus dem Gewimmel zurückgezogen hatten, sagte Ariel: »Ganz schön viele Macher und Zampanos hier im Saal.« Sie blickte sich prüfend um. »Wohltätigkeit ist erbaulich.«

»Sie ist was?«, fragte Rob.
»Wissen macht aufgeblasen, doch Wohltätigkeit ist erbaulich.«
»Schon möglich, aber mich hat nichts erbaut, Sie etwa?«
Ariel schüttelte den Kopf. »Da drüben sehe ich Ihre Freundin, die Lady mit der Farm von B. F.s Dinnerparty. Meg?«
»Spricht wahrscheinlich über Tomaten und Steckrüben.«
»Gehe ich recht in der Annahme, dass Sie beide nichts miteinander haben?«
»Nur Freunde«, erwiderte Rob. »Ich habe ihr mal bei der Nachlese geholfen.«
Ariel war überrascht. »Sie tun auch gute Werke?«
»Nennen Sie mich doch einfach den Macher und Zampano«, entgegnete Rob lachend und ließ dabei sein Grübchen sehen.
Als Ariel bemerkte, dass sie es anstarrte, wandte sie sich wieder dem Raum zu. »Wer ist dieser Mann da in dem dunklen Anzug und mit der gestreiften Krawatte?«, fragte sie.
»Welcher Mann in einem dunklen Anzug und mit gestreifter Krawatte? Wer trägt denn *keinen* dunklen Anzug mit gestreifter Krawatte?«
Ariel zeigte mit ihrem Glas. »Der da.«
Rob entdeckte ihn. »Der Typ mit den grauen Haaren?«
»Wer hat hier *keine* grauen Haare? Aber ja, den mein ich.«
»Er heißt Barnes. Wieso?«
»Ich weiß nicht, aber irgendwie kommt er mir bekannt vor.«
Das kleine Rätsel wurde gelöst, als der grauhaarige Mann, dessen Name Charles Barnes war, Ariel fragte, was sie von der Blindenhundschule halte.
»Also da habe ich Sie gesehen«, sagte Ariel. »Arbeiten Sie dort?«

»Ich helfe manchmal aus«, antwortete er.
»Ja, *natürlich* tun Sie das«, sagte Ariel, bevor sie sich bremsen konnte. Sie fuhr eilig fort und erwähnte, dass ihre Freundin auf eine Ausbildung hoffe, »aber wie ich höre, gibt es eine Warteliste«.
»Ja. Hat sie sich beworben?« Charles Barnes hörte höflich zu, als Ariel ihm von dem bevorstehenden Interview erzählte. Sie sprach gerade davon, dass Layas Implantation misslungen war, als zum Essen gebeten wurde.
Ariel saß zwischen einem Mann, den sie nicht kannte, und Rob. Der Mann sagte Hallo und wandte sich wieder der Unterhaltung mit der Person rechts von ihm zu. Die Frau, die auf der anderen Seite neben Rob saß, machte ihm schöne Augen. Der erste Gang war Rumpsteak. Aus Ariels Stück sickerte immer noch das Lebensblut. »Wer anderen was Gutes tut, muss leiden«, murmelte sie vor sich hin.
Rob hatte es gehört. Er drehte sich um, grinste und zeigte dabei sein Grübchen. Ariel kam zu dem Schluss, dass er es unwillkürlich tat, es war ein Reflex.
»Traurige Geschichte mit Ihrer blinden Freundin«, sagte er. »Erzählen Sie mir mehr.«
Ariel zuckte mit den Schultern. »Da gibt's nicht mehr viel zu erzählen.«
»Na schön, dann erzählen Sie mir, was Dorothy Thibeau in ihrem Brief außerdem geschrieben hat.«
»Was bringt Sie zu der Annahme, dass es da noch mehr zu erzählen gibt?«
»Mein gesunder Menschenverstand?«
»Es war ein kurzer Brief. Unbestimmt.« Warum sollte Dorothy Namen und Fakten nennen, die mir bekannt sein mussten? »Ich habe Ihnen das Wichtigste berichtet.«
»O ja«, sagte Rob.
»›Liebe Ariel, ich fürchte mich vor diesem anonymen

Mann, von dem ich glaube, dass er jemanden getötet hat. Herzliche Grüße, Dorothy.‹«

Um Ariels Mundwinkel zuckte es. Der Brief hätte tatsächlich so formuliert sein können, obwohl sie das auch nicht weiterbrachte. »Sie hat mir den Namen des angeblichen Killers nicht genannt, Rob. Das schwöre ich bei meinem Sigma-Delta-Preis.«

»Was ist mit dem Namen des angeblichen Opfers?«

»Opfers?«

»Töten? Opfer? Sehen Sie nicht den Zusammenhang?«

»Ich habe nur gesagt, Dorothy glaubte, er sei ein Killer. Das muss nicht unbedingt bedeuten, dass er getötet hat, sondern dass er fähig war zu töten.«

»Pure Wortklauberei. Ich weiß sowieso, wer das Opfer war.«

Ariel verschüttete das Wasser, das sie gerade hatte trinken wollen. »Wirklich?«

»Sis.«

»Sie sagten doch, Sie hätten sie nicht gekannt!« Am Vortag hatte Ariel am Telefon beiläufig gefragt, ob er zufällig eine Frau dieses Namens kenne. »Wie sind Sie … Sie haben nur geraten. Sie haben es nicht gewusst.«

Rob lächelte. »Jetzt weiß ich es. Nun können Sie mir genauso gut den Rest erzählen.«

»Es gibt keinen Rest! Hören Sie, sie dachte, ich würde sie anrufen, und wir würden miteinander sprechen. Vermutlich hätte sie mir dann alles erzählt. Der Brief wurde nicht abgeschickt, bis es zu spät war.«

»Warum hat sie Sie nicht gleich angerufen?«

Das hatte Ariel sich auch schon mehr als einmal gefragt. »Es würde mich nicht überraschen, wenn sie es versucht hat«, antwortete sie. »Anrufe für die Leute, die vor der Kamera stehen, werden routinemäßig überprüft. Wenn ich nicht da war, um ihn anzunehmen, hat man ihr wohl gesagt, sie möge mir unter der Anschrift von *The Open File* schreiben, und genau das hat sie getan.«

»Ihre *Freundin* hatte nicht Ihre private Telefonnummer? Oder Ihre Adresse?«

»Nein, Rob«, antwortete Ariel, »bedauerlicherweise nicht.«

Als Ariel nach Hause kam, fand sie Laya allein in dem dunklen Wohnzimmer. Sie trug einen Pyjama und hatte sich auf dem Sofa ausgestreckt. Die Stereoanlage war leise gestellt. Jessie lag ein paar Meter von ihr entfernt und hielt Wache. Ariel fragte sich, ob Laya von der Anwesenheit des Hundes im Zimmer wusste.

»Hallo«, sagte Laya leise.

»Woher wusstest du, dass ich es bin?«

»Jessie hat mit dem Schwanz auf den Boden geklopft.«

»Oh! Warum hörst du dir Mario Lanza an?«

»Hattie hat es angestellt. Du würdest mir einen Gefallen tu, wenn du was anderes auflegen könntest.«

»Sie hat mir von deiner Entscheidung erzählt, es mit einem Hund zu versuchen. Mutig.«

»Vorwärts und aufwärts.«

»Und wegwärts, weg von Los Angeles und unheimlichen Anrufern. Das ist eine Zugabe.«

Laya verschränkte die Arme vor der Brust. Ihre Körpersprache war subtil, aber deutlich.

»Ah«, sagte Ariel, »selbst vierhundert Meilen entfernt kribbeln deine Daumen immer noch.«

»Wie bitte?«

»›Am Kribbeln der Daumen spüre ich, dass etwas Böses auf mich zukommt.‹«

»Das ist nicht komisch.«

»Das gefürchtete *Unvermeidliche!*«, sagte Ariel und kitzelte Layas ausgestreckten nackten Fuß. Zum Dank erhielt sie einen Tritt und ein Lächeln. »Hast du dich gut amüsiert?«, fragte Laya.
»Ich hatte nicht vor, mich zu amüsieren.«
»Na schön, hast du dann etwas Gutes getan?«
Ariel machte eine Lampe an, setzte sich und zog die Schuhe aus. »Die brillante Spürhündin hat nicht die Antworten entdeckt, die sie sucht.«
»Das wird sie aber noch.« Und durch ein ersticktes Gähnen fügte Laya hinzu: »Der Mann, mit dem du verabredest warst, scheint nett gewesen zu sein.«
»Eine Verabredung würde ich es nicht nennen, aber ja, die Leute, die wir heute Abend getroffen haben, hatten eine Schwäche für ihn, besonders die Frauen.«
»Hattie sagte, er sehe recht gut aus.«
»Er bringt den Verkehr zum Erliegen.«
»Das hört sich bei dir wie ein Verbrechen an, es sei denn, du hättest vor, Autos zu kapern.«
»Wirklich?« Ariel stand wieder auf und sah sich die CDs an. »Kein Verbrechen. Er ist einfach nicht mein Typ.«
»Und warum nicht?«
Ariel starrte die CD an, die sie in der Hand hielt. Sie drehte sich um und sah zu Laya. »Sexismus?«
»Ist er Sexist?«
»Nicht er! Ich!«
»Das bist du nicht.«
»Und was dann? Es ist, als käme ich an diesem Gesicht nicht vorbei. Ich bin wie ein Mann, der sich nicht vorstellen kann, dass eine hübsche Frau auch Grips hat. Es überrascht mich immer wieder.«
»Hat er Grips?«
»Er hatte Grips genug, nicht den Versuch zu machen, mir

mit seinem Charme Informationen zu entlocken. Er wollte mich anzapfen, als bohrte er nach Öl.«
Laya kicherte. »Ihr beide müsst ja ein hübsches Paar gewesen sein.«

Während des Frühstücks am nächsten Morgen rief jemand von der Zulassungsstelle der Schule an. Laya wurde gefragt, ob sie schon heute mit den Interviews beginnen könne statt am Montag?
Die Pläne für eine Fährfahrt nach San Francisco wurden fallen gelassen, und Ariel fuhr Laya zur Blindenhundschule. Nachdem sie ihre Freundin abgeliefert hatte, blieb Ariel stehen, um einem Hund bei der Ausbildung zuzuschauen, was sie immer wieder faszinierte. Frank Trout erklärte das, was gerade vorging, einer Gruppe von Grundschulkindern mit großen Augen und deren Lehrerin. Der Ausbilder hielt den Hund an einem Bordstein; zwischen den beiden schien jedoch die Kommunikation nicht zu klappen.
»Die Neigung ist das Problem«, sagte eine leise Stimme hinter ihr.
Als Ariel sich umdrehte, sah sie den grauhaarigen Mann von gestern Abend. »Mr Barnes, guten Morgen«, begrüßte sie ihn, erleichtert, sich noch an seinen Namen zu erinnern. »Die Neigung?«
»Charles, bitte. Sonst fühle ich mich noch älter, als ich bin.« Er lächelte, und dabei zeigten sich feine Fältchen an den Augen. »Der Bordstein ist abgesenkt, damit man auch mit Rollstühlen hinaufkommt.«
»Ja, das sehe ich.«
»Es ist leicht, einem Hund beizubringen, dass er an einem normalen Bordstein stehen bleiben muss, aber wenn es keine erkennbare Stufe nach unten gibt, brauchen die

Tiere eine Weile, um zu kapieren, dass es *doch* ein Bordstein ist.«
»Ah! Sie helfen hier gelegentlich aus, sagten Sie. Als Ausbilder?«
»Nichts annähernd so Wichtiges.« Beide beobachteten den Hund eine Weile. »Ich habe Sie drinnen gesehen. War die Frau, die bei Ihnen war, Ihre Freundin? Die, von der Sie mir erzählt haben?«
Ariel nickte. Vor ihr stand eine Seltenheit – ein Mann, der beim Smalltalk auf einer Wohltätigkeitsveranstaltung sogar zuhörte. »Bei einem Anruf heute Morgen wurde sie gefragt, ob sie schon heute mit den Interviews anfangen könne. Aus heiterem Himmel!«
»Ich nehme nicht an ...«
»Ja?«
»Haben Sie Zeit für einen Kaffee?«
Ariel sah keinen Grund, die Einladung abzulehnen.
»Setzen Sie sich doch.« Er zeigte auf eine Bank neben einem Birnbaum. »Ich bin gleich wieder da.«
Ariel setzte sich. Sie war überrascht, als er ein paar Minuten später mit einer Lunchbox aus Metall in der Hand wieder kam. Es war das nützliche, leicht runde Gefäß, wie es meist Arbeiter bei sich haben. Er sieht aus wie ein Arbeiter, dachte sie, oder jemand, der sich viel im Freien aufhält. Seine Gesichtshaut war wettergegerbt, und er schaute aus wie sechzig, doch wahrscheinlich war er jünger.
»Das hätten wir«, sagte er fröhlich, setzte sich und holte eine verbeulte Thermoskanne und zwei Plastikbecher hervor. »Kolumbianischer«, erklärte er. »Stark.«
Ariel sah ein Sandwich und etwas, was wie Oreos ausschaute, sowie ein paar Karotten in der Box. Es war die Art von Lunch, wie ihn Mütter für ihre Kinder oder Ehemänner einpacken. »Hilft Ihre Frau hier auch aus?«, fragte sie,

als sie den Becher entgegennahm. Der Kaffee duftete herrlich.
»Ich habe keine«, antwortete Charles Barnes in seiner stillen, eher zurückhaltenden Art.
Er war selbst für einen Samstag sehr leger gekleidet, wie Ariel bemerkte. Ja, er wirkte fast schon ein wenig heruntergekommen. Er trug ein oft gewaschenes kariertes Flanellhemd. Seine Khakihose hatte makellose Falten, aber auch sie sah aus, als begleitete sie ihn schon einige Zeit durchs Leben. Ariel fragte sich unwillkürlich, was dieser Mann beim Diner am Vorabend zu suchen hatte. Sie hatte eine recht gute Vorstellung davon, was jedes Gedeck gekostet hatte.
Vielleicht war Barnes einer dieser gutherzigen Menschen, die ihr ganzes Arbeitsleben lang Post austragen oder als Verkäufer arbeiten oder Parkuhren ablesen. Diese Menschen halten sich für gesegnet und widmen ihre späteren Jahre oft denen, die sie für weniger gesegnet halten. Ariel las gelegentlich davon. Einmal hatte sie sogar ein Feature über einen solchen Menschen gemacht: Das war eine Frau, die in einer Schulkantine gearbeitet und erstaunlicherweise mehr als hunderttausend Dollar gespart hatte, welche sie der Organisation Habiat for Humanity hinterließ.
Vielleicht war Barnes auch ein Selfmade-Multimillionär, ein Exzentriker, der die früheren schlechten Zeiten nie vergaß und auch weiterhin jeden Penny umdrehte. Solche Typen gab es. Ihr eigener Großvater überraschte Ariel gelegentlich mit irgendeiner haushälterischen Marotte, die er beibehalten hatte. »Was machen Sie beruflich, Charles?«
»Rentner. Ein paar Jahre jetzt schon«, antwortete er. »Ich habe beim Bau gearbeitet.«
Hat er T-Träger geschleppt oder den Laden geleitet?, fragte sich Ariel. »Oh?«

»Wissen Sie, was mir gefallen würde?«, fragte Barnes. »Wenn Sie mir erzählen würden, was *Sie* beruflich machen. Das muss faszinierend sein.«
Er meinte es ernst. Er erinnerte Ariel an die Schulkinder, die Frank Trout vorhin mit ganz großen Augen angesehen hatten. Sie war in ihrem Metier immer noch neu genug – zumindest für ihr Gefühl –, um auch gern darüber zu sprechen, und so tat sie es ausgiebig.
»Sind Sie hier oben, um bei Ihrer Freundin zu sein«, fragte er schließlich, »oder sind Sie beruflich hier?«
»In meinem Beruf«, antwortete sie und lachte, »arbeitet man immer, denn sonst steht man ganz schnell *ohne* Arbeit da.« Was sie daran erinnerte, dass Barnes die einzige Person war, die sie am Vorabend nicht über die Thibeaus ausgefragt hatte.
Als hätte er ihre Gedanken gelesen, fragte er: »Machen Sie eine Story über unseren verstorbenen Coroner?« Und als er ihren Blick bemerkte, fügte er hinzu: »Ich habe zufällig gehört, wie Sie beim Diner mit jemandem über ihn gesprochen haben.«
»Kommt drauf an« sagte Ariel. »Gibt es eine Story?«
Charles schaute in seinen Becher und blinzelte mehrmals schnell, als würde er sich seine Antwort genau überlegen.
»Wahrscheinlich«, erwiderte er.
»Wahrscheinlich ...?«
»Allgemein gesprochen ist im Leben jedes Mannes eine Story angelegt.«
Ariel verbarg ihre Enttäuschung. Dies sollte offenbar eine philosophische Diskussion werden.
»Man muss jedoch vorsichtig bei allem sein, was gemunkelt wird, meinen Sie nicht auch? Wenn man nicht alle Umstände kennt.«
»Haben Sie Dr. Thibeau gekannt?«

Er nickte und bekräftigte das Nicken dann mit einem Schulterzucken. »Ich hörte von ihm«, antwortete er. »Und Sie?«
»Ich bin ihm nie begegnet. Was hörten Sie von ihm?«
»Sie meinen, ob ich etwas Unerfreuliches weiß?«
»Nun, nein, nicht unbedingt unerfreulich.«
»Nicht unbedingt?«, sagte Charles mit einem Lächeln. »Er war sehr angesehen. Etwas anderes habe ich nie gehört.«
Ein langer Augenblick verstrich. Ariel wartete. Schweigen brachte ihr manchmal ziemlich unerwartete Reaktionen ein. Und diesmal auch. »Wie lange kennen Sie Millen schon?«, fragte Charles.
»Rob? Zwei Wochen.«
»Hm.«
»Bedeutet ›hm‹ etwas, worum ich mir Sorgen machen sollte?«
»Sagen wir einfach, Millen hat nicht immer … moralische Bedenken an den Tag gelegt. Hören Sie …« Charles rieb sich den Nacken, als massierte er jedes Wort heraus. »Ein Mann, den ich gekannt habe, hat Millen unter vier Augen im Vertrauen etwas erzählt, und Millen hat es in seiner Kolumne verwendet. Sagte nicht, woher er es hatte, aber es war eine dieser Situationen, die für Zweifel nicht viel Raum lassen.«
»Hat Ihr Freund deutlich gemacht, dass die Sache vertraulich bleiben sollte?«
»Er meinte, das sei klar gewesen.«
Ariel verzog skeptisch ihr Gesicht. »Ich glaube trotzdem, dass Rob klug genug ist, eine solche Vereinbarung nicht zu brechen, jedenfalls nicht, wenn er weiterhin Geld verdienen will.«
»Oh, Millen muss sich diesbezüglich sicher keine Sorgen

machen, aber Sie haben Recht, ich hätte das nicht erzählen sollen, da ich nur die eine Seite kenne.«

Ariels Augen wurden schmal. »War das Anschauungsunterricht?«

»Ich muss Hunde spazieren führen«, sagte Charles mit einem Blick auf seine Armbanduhr und stand auf. »Um Ihre Frage zu beantworten, ich habe mir die Story nicht aus den Fingern gesogen.«

»Dann vielen Dank für die Warnung«, erwiderte Ariel lächelnd. »Ein Glück, dass Sie mir über den Weg gelaufen sind.«

»Sie glauben an Glück?« Charles ließ den Deckel seiner Lunchbox zuschnappen. »Ich nicht. Weder an Glück noch an Zufälle. Alles geschieht, wie ich glaube, nach einem Plan. Dinge geschehen aus einem Grund.«

Nach dem Mittagessen am Sonntag brach Ariel zu einer Fahrt nach Süden auf. Mit Ausnahme von Jessie und dem Katzenkorb, aus dem sie nichts Anregenderes hörte als ein gelegentliches Kratzen, war sie allein. Laya sollte am nächsten Tag ein zweites Interview in der Blindenhundschule haben. Hattie blieb wie versprochen bei ihr. Ariel musste wieder zurück zur Arbeit.

Die Fahrt war endlos und langweilig. Mehr als einmal fragte sie sich, ob sie noch ganz bei Trost war, an einem Wochenende eine elfstündige Rundfahrt zu machen. »Aber«, sagte sie zu Jessie, »ich hatte nicht erwartet, den zweiten Teil der Fahrt solo zu sein, oder?« Jessie widersprach nicht, obwohl es sie offenbar ein wenig verletzte, hören zu müssen, dass Ariel meinte, ohne Begleitung zu sein. »Und«, fuhr Ariel fort, »Laya wird sich einen Hund besorgen.« Allein das hatte die Fahrt lohnend gemacht. »Wenn sie schon fest entschlossen ist, ihr Leben unter den gegebenen Umständen fortzusetzen, kann sie es doch auch gleich richtig machen, habe ich Recht?«

Und außerdem hatte Ariel, obwohl sie es Jessie gegenüber nicht erwähnte, ja, es kaum sich selbst eingestand, erwartet, länger zu bleiben. Sie hatte sich gedacht, das Studio anzurufen und zu verkünden, sie sei hinter einer brandheißen Geschichte her. Verfolge Hinweise, denen auf der Stelle nachgegangen werden müsse. Sie werde ein Team brauchen, das jederzeit losfliegen könne. Doch nichts dergleichen war geschehen.

Wenn es sogar möglich war, etwas über die Pink Lady-Patienten zu erfahren, konnte es Ariel genauso gut von Los Angeles aus erledigen wie persönlich. Inzwischen war Rob mit im Spiel – so oder so – und weit stärker verwickelt, als sie ursprünglich vorgehabt hatte.

Der große Zeitdruck bei seinem Buch über das Kolumbarium schien sich auf wundersame Weise in Luft aufgelöst zu haben. Obwohl sie sich absolut nicht vorstellen konnte, warum, wollte er über all ihre Recherchen informiert werden. War er des Kolumnistendaseins überdrüssig? Suchte er nach einem Knüller, der seiner Karriere neuen Schwung geben konnte? Oder witterte er dabei einen zweiten Buchvertrag?

O mein Gott! Er war hinter einem Buch her. Je länger Ariel darüber nachdachte, umso mehr war sie davon überzeugt, dass es stimmte. Ein wahrer Coup. Ein Buch über ein Verbrechen. Sie sah schon den Klappentext vor sich: Dorothy Thibeau ist die Witwe eines prominenten Arztes. Sie gehört zur gesellschaftlichen Elite und ist mit ihren sechsundsechzig Jahren immer noch eine elegante Frau – und fürchtet um ihr Leben, fürchtet sich vor einem Mann, von dem sie behauptet, er habe schon getötet, vor einem Mann, bei dem sie Grund zu der Annahme hat, dass er wieder töten wird. Dann plötzlich ist sie tot. Eine grausame Laune des Schicksals – oder Mord?

Ariel schnaubte. Sie hatte ihren Beruf verfehlt.

Die Saat der Tragödie war zwei Jahre zuvor gesät worden, würde Rob schreiben. Ich war da, als der verstorbene Dr. Raymond Thibeau jenen Anruf erhielt ... bla, bla, bla. Es würde ein Fernsehfilm der Woche werden. Hatte Thibeau einen Pakt mit dem Teufel geschlossen – und seiner Frau das tödliche Erbe hinterlassen? So wie Rob aussah, konnte er sogar sich selbst spielen – der investigative Reporter mit dem eisenharten Kinn.

Zur Hölle mit ihm, dachte Ariel. Seine journalistischen Skrupel oder deren Fehlen ging sie nichts an. Doch es ging sie sehr wohl was an, ob er ihre Arbeit behinderte. Sie wünschte, sie hätte an die Möglichkeit eines Buchs gedacht und Charles Barnes' kleine Geschichte gehört, bevor sie mit Rob gesprochen hatte, statt erst danach.

Sie hatte ihre Theorie hinausgeplappert, Sis sei eine Krankenhauspatientin gewesen, deren Tod im Winter vor zwei Jahren eingetreten war und den das Büro des Coroners untersucht hatte. »Als ich das Telefonat mitbekam«, hatte Rob gesagt. Er hatte sich sofort mit ganzer Energie auf die Sache gestürzt. Er habe Coroner-Berichte, sagte er, für die Zeit von drei Monaten vor bis drei Monate nach dem Anruf geprüft. Er werde auch das Archiv seiner Zeitung durchforsten, ob irgendeine Untersuchung des Coroners in Frage gestellt oder zur Einleitung eines Strafverfahrens oder sonst was geführt habe.

Ariel hatte ihm nichts von finanziellen Dingen erzählt – die angespannten Verhältnisse der Thibeaus oder die Bareinzahlungen – und ihm auch Dorothys Bemerkung über unterdrückte Beweise verschwiegen.

Noch etwas hatte sie zurückgehalten, nämlich den einzi-

gen Hinweis auf den namenlosen Mann, den sie suchten – dass er sich stark für wohltätige Zwecke engagierte. Das war nicht gerade eine Trumpfkarte im Ärmel.
Die letzte Stunde der Fahrt nach Hause kam ihr vor wie drei Stunden, und als Ariel ihr leeres Haus erreichte, war es schon dunkel. Sie hatte sich darin nur selten einsam gefühlt. Heute Abend tat sie es.

31

Laya rief am folgenden Abend mit der guten, für Ariel jedoch verblüffenden Neuigkeit an, dass sie sofort mit der Ausbildung beginnen werde.
»Es fängt gerade ein neuer Kurs an«, berichtete sie, »über achtundzwanzig Tage. Jemand hat in letzter Minute abgesagt.«
»Aber ich dachte, es müssten noch weitere Vorbedingungen erfüllt sein«, entgegnete Ariel. »Dass untersucht wird, wo du lebst, und so weiter.«
»Ich muss in jedem Fall umziehen, und zwar in eine ebenerdige Wohnung. Das kriegen wir schon hin.« Laya schien ganz aus dem Häuschen zu sein. »Aber die Beurteilungen, denen sie einen unterziehen, Ariel! Sie sind wie Prüfungen.«
»Und du hast sie bestanden. Toll!«
»Sie geben einem dieses Geschirr, keinen Hund, nur ein Geschirr, und dann ...«
Und so redete sie weiter, und Ariel freute sich darüber.
»Ein Ausbilder, der für Orientierung und Mobilität zu-

ständig ist«, erzählte Laya, »sagte mir, er habe noch nie eine Frau gesehen, die mit ihrem Körper und der Welt um sie herum mehr im Reinen gewesen sei als ich. Zwanzig Jahre Yoga, meine Liebe! Und Schutzengel, die jeden meiner Schritte leiten!«

Die ganze Sache kam Ariel wie ein Wunder an Zeiteinteilung vor, aber vielleicht hatten ja auch, wie Laya sagte, Engel ihre Hand im Spiel.

Hattie überzeugte sich davon, dass Laya in der Schule gut untergebracht war, und flog dann nach Los Angeles zurück, um einen Karton mit Kleidern zu packen, den sie ihr schicken wollte.

»Ich habe noch nie eine so entschlossene Frau gesehen«, sagte sie zu Ariel. »Der Ausbilder blieb mit einem Hund neben ihr stehen, und sie hielt dem Hund gleich die Hand hin, damit er daran schnuppern konnte. Ich glaubte, sie würde in Ohnmacht fallen, aber sie hat es geschafft.«

Am nächsten Tag wollte Ariel eine Fahrt durch drei Städte beginnen, deren Schwerpunkt Sacramento sein sollte. Sie beschloss, vier Städte daraus zu machen. Als sie ihr Interview im Capitol im Kasten hatte, mietete sie einen Wagen und fuhr in einer Stunde nach San Francisco. Dort kam sie früh an einem kühlen, bewölkten Freitagnachmittag an.

Es war der 1. Mai, auf den Tag genau ein Monat, seit Laya geblendet worden war. Mochte die Polizei damals wie heute der Beantwortung der Frage, wer die Tragödie ausgelöst hatte oder warum, keinen Schritt näher gekommen sein, so hatte sie sie zumindest überstanden. Kraft ihres Willens, dazu nach unglaublich kurzer Zeit, zog sie sich jetzt aus dem Morast. Sie hatte sich zwar wenig optimistisch angehört, als sie und Ariel zuletzt miteinander gesprochen hatten, doch nach und nach würde sich neues emotionales Narbengewebe bilden. Ein wenig Hilfestellung dabei konnte nicht schaden. Das war jedoch nicht der Grund, warum Ariel einen Umweg durch die Bay Area machte.

Es war ebenfalls fast auf den Tag genau ein Monat her, seit Dorothy ihren Brief geschrieben hatte. Die Tatsache, dass Ariel bei seiner Entschlüsselung so wenig Fortschritte gemacht hatte, war der Grund für ihre Rückkehr und ihre Fahrt zum Marin Hospital.

Bis jetzt war sie keinen Zentimeter vorangekommen, was Dorothys private Wohlfahrtstätigkeit betraf, aber eine Krankenschwester, eine Frau namens Johnson, hatte sich am Telefon viel versprechend angehört. (»Dr. Thibeaus Frau? Aber sicher! Sie fing gerade an, als ich meinen Mutterschaftsurlaub beendet hatte. Sie hat mir diese süßen Stiefelchen für meine kleine Tochter Emily geschenkt.«) Außerdem war Mrs Johnson ein erklärter Fan von *The Open File*. Ariel hatte das unbestimmte Gefühl, dass sie von der Stelle kommen würde, wenn sie mit dieser Frau unter vier Augen sprechen konnte.

Und so war es.

»Mrs Thibeau war etwas anderes«, erzählte Mrs Johnson Ariel. »Da erscheint diese schicke Lady – sie sah nach einer Million aus –, und man sagt sich: Wieder so eine, die nichts taugt. Aber nein, Ma'am. Sie kam *wirklich* mit den Patienten zurecht, fühlte sich wohl bei ihnen, sogar bei den unheilbar Kranken.«

»Unheilbar Kranken?« Ariels Herz machte einen Satz.

»Ja. Wir haben ihr deren Namen genannt und sie zu ihnen geschickt. Sie ging rein, und nach einer Weile hörten wir, wie sie sich miteinander unterhielten, ja, sogar lachten!« Die Schwester schüttelte voller Bewunderung den Kopf. »Das war eine Lady, die ich nur ungern habe aufhören sehen.«

Mrs Johnson konnte sich nicht an bestimmte Patienten entsinnen, ob unheilbar krank oder nicht, die Dorothy besucht hatte, und sie erinnerte sich auch nicht, je eine Patientin gehabt zu haben, die Sis genannt wurde. Sie wusste nur, dass Pink Ladys, die auf ihrer Station arbeiteten, nur noch auf einer anderen tätig waren, und zwar in der Geburtshilfe. Sie kannte den fraglichen Zeitraum. (»Emily ist jetzt zweieinhalb, und ich glaube nicht, dass Mrs Thibeau länger hier war als insgesamt vier oder fünf Monate.«) Sie nahm sich die Akten der beiden Stationen für einen Zeitraum von sechs Monaten vor. In der Gynäkologie waren keine Patienten gestorben, auf ihrer Station dagegen hatte es eine Reihe von Todesfällen gegeben. Sie druckte Ariel die Namen aus. (»Ich nehme nicht an, dass damit irgendwelche Rechte anderer verletzt werden. Sie sind tot. Es ist ein öffentliches Register.«)

Ariel schloss einige offenkundig männliche Patienten aus und rief Rob an. Er war überrascht, dass sie schon nach so kurzer Zeit wieder in der Stadt war, zeigte sich aber so zugänglich, als arbeitete er nicht an einem Buch, als hätte er nichts anderes zu tun, als Detektiv zu spielen. Er schlug vor, sich in der Nähe des Krankenhauses zu treffen, in einem Café in Ross.

Eine Stunde später verglichen sie bei Kaffee und Muffins Ariels Liste mit der, die Rob im Büro des Coroners zusammengestellt hatte. Sie fanden nicht eine, sondern vier Übereinstimmungen. In der Zeit, in der Dorothy dort arbeitete, hatte der Tod von vier Patientinnen der Dritten Station des Marin-General-Krankenhauses die Feststellung der Todesursache durch einen Coroner erforderlich gemacht; in einem Fall war eine Autopsie nötig. Ariel erstickte fast an ihrem Muffin. »Ja!«, rief sie aus.

»Nein«, widersprach Rob. »Die hier, Thompson, wurde

um zwei Uhr morgens eingeliefert und starb um sechs Uhr dreißig am selben Morgen ›an einer Überdosis oder infolge von Drogenkonsum‹. Ich nehme nicht an, dass Mrs Thibeau freiwillig die Nachtschicht übernahm.«

»Was ist mit der hier?«, fragte Ariel. »Lorine Culligan?«

»Die lag bei der Einlieferung schon im Koma und starb drei Wochen später, ohne das Bewusstsein wiedererlangt zu haben. Und diese Frau namens Watanabe kommt ebenfalls nicht in Frage; die sprach kein Englisch.«

Keine der ersten drei Frauen hätte mit Dorothy Thibeau etwas bereden können.

Die schlechte Nachricht über die vierte Frau las Ariel selbst. Elizabeth Lyons, vierundneunzig, war einer infektiösen Herzinnenhautentzündung erlegen; als hätte sie nicht schon genug Kummer gehabt, war sie auch einer fortgeschrittenen Altersdemenz zum Opfer gefallen. Dorothy zufolge hat Sis nicht mehr leben wollen. Mrs Lyons mag genauso gedacht haben, doch es war unwahrscheinlich, dass sie das auch in Worte hatte fassen können.

»Man sollte meinen, dass man mit vier Patientinnen einen Treffer landet«, stöhnte Ariel. »Und warum eigentlich so viele? Die Drogensüchtige kann ich noch verstehen, aber weshalb hat man den Tod der drei anderen untersucht?«

Rob erklärte sie mit seinem frisch erworbenen Wissen auf, dem Ergebnis seiner Nachforschungen. Anders als Ariel schien ihm das Ganze Spaß zu machen. »Sie dürfen nicht vergessen, dass wir nicht von Autopsie sprechen – davon finden in einem Jahr nur etwa dreihundert statt –, sondern von Untersuchung, einer Prüfung, die vielleicht nur aus einem Telefongespräch und einem sofortigen Entscheid besteht. Im Grunde eine Formalität.«

»Es überrascht mich trotzdem ...«

»Sollte es nicht. Kalifornien ist ganz groß in solchen

Untersuchungen, nimmt wahrscheinlich einen Spitzenplatz im Land ein. Wir sprechen über alle Todesfälle infolge ansteckender Krankheiten, Hepatitis C, Tuberkulose, Herzinnenhautentzündung wie bei dieser Lyons, Aids ... was mich zum Marin County bringt. Sie haben eine falsche Bevölkerungssituation. Alle Aids-Kranken des staatlichen Gefängnissystems werden nach San Quentin geschickt, und damit steigert sich ...« Als er Ariels Gesichtsausdruck sah, sagte Rob: »Runde Zahlen. Im Verwaltungsbezirk sterben jedes Jahr fünfzehn- bis achtzehnhundert Menschen. Elf- bis dreizehnhundert dieser Todesfälle werden vom Coroner untersucht.« Er zuckte mit den Schultern. »Sie wollten es wissen.«

»Und ich kann Ihnen gar nicht sagen, wie Leid mir das tut«, erwiderte Ariel.

»Ich nehme an, es wird Ihnen nicht so Leid tun zu hören, was ich Ihnen über Mrs Thibeau zu erzählen habe.«

»Was ist mit ihr?«

»Ich habe mit ihrem Arzt gesprochen.«

»Oh!«, entfuhr es Ariel. Diese Neuigkeit gefiel ihr nicht sehr, denn dieses Gespräch hatte sie selbst führen wollen. »Was hat er gesagt?«

»Verraten Sie mir, worauf es Ihnen bei dieser ganzen Geschichte eigentlich ankommt.«

»Wovon reden Sie?«

»Da Mrs Thibeau Ihre Freundin war, gehe ich davon aus, dass Sie es am liebsten sehen würden, wenn ihr nichts Böses angetan wurde, richtig? Sie würden es vorziehen, dass sie eines natürlichen Todes gestorben ist?«

»Vorziehen?« Ariel fühlte, wie sich ihr die Nackenhaare sträubten. »Nun ja, so oder so, sie ist tot. Aber natürlich würde ich es lieber sehen, dass sie nicht ermordet worden ist. Warum fragen Sie das überhaupt?«

»Ich wollte nur sichergehen, dass es Ihnen nichts ausmacht, eine Story zu verlieren.«

»Es gibt nur eines, was mir etwas ausmachen würde, und das wäre, wenn jemand damit durchkäme, dass er sie umgebracht hat. Dieser Arzt ... was hat er gesagt?«

»Sie. Marian Scopes. Und sie ist keine Feld-Wald-und-Wiesen-Ärztin, sondern eine höchst geachtete Internistin. Sie sagt, ihre Patientin sei an einer Lungenentzündung gestorben. Akutes Atmungsversagen infolge einer schweren beidseitigen Lungenentzündung, wenn Sie es ganz genau wissen wollen. Und das stehe auch auf dem Totenschein, versicherte sie mir. Es hat ihr nicht gefallen, deswegen nochmals befragt zu werden.«

»Wie schlimm für Sie!«, entgegnete Ariel und ärgerte sich sogleich über diese kindische Bemerkung. Was wollte sie in dieser Angelegenheit letztlich *wirklich*? Warum dieses zwanghafte Bedürfnis, sich eingehend mit einem Todesfall zu befassen, den niemand sonst für etwas anderes als traurig hielt? Ihr Ziel war nicht ihr Wunsch nach einer Story, die war ihr egal. Also was war es? Eine Art mentales Training? Eine gerechtfertigte Jagd nach Spuren?

Der Brief war kein angemessener Grund. Dorothy musste ihn in irgendeinem dunklen Augenblick geschrieben und dann beiseite gelegt haben. Sie hatte sich nicht um Ariels Hilfe bemüht und nicht voller Furcht und vergeblich auf eine Antwort gewartet. Sie war anderweitig beschäftigt gewesen, als Alice Manning hilfsbereit den Umschlag zusammen mit anderen (vermutlich Überweisungen) in einen Briefkasten steckte. Anderweitig beschäftigt? Richtig. Sie war damit beschäftigt gewesen zu sterben.

Der Zeitpunkt ihres Todes schien unklar zu sein. War er das? Dorothy war keine junge Frau gewesen; sie war näher an die siebzig als an die sechzig, voll Sorge um ihren Mann

und nach seinem Tod in Trauer. Ihre Widerstandskraft war gering gewesen. Sie war krank geworden. Eine kompetente Ärztin hatte die Diagnose gestellt.
Okay, schön, sagte sich Ariel. Eine Tatsache blieb noch – die tote Frau war ihre Freundin gewesen.
Nein. Das hätte zwar so sein können, stimmte aber nicht. Was für Gespräche es vor zwei Jahren zwischen ihr und Dorothy Thibeau auch gegeben, welche Seelenverwandtschaft zwischen ihnen auch bestanden haben mochte oder welche Bande geschmiedet worden waren: Freundinnen waren sie nicht. Ariel kannte die Frau nicht. Wenn sie sich nicht an sie erinnerte, kannte sie sie auch nicht. So einfach war das. Dorothy war eine Fremde.
»Ariel?«, sagte Rob.
»Ariel, bitte rufen Sie mich an.« Die letzte Zeile des Briefs, ob er nun von Dorothy eingeworfen worden war oder nicht, wollte ihr nicht aus dem Kopf. Sie ist für mich vielleicht eine Fremde gewesen, dachte Ariel, aber ich war für sie keine Fremde. Sie hielt mich für ihre Freundin.
»Hallo?« Rob tippte ihr auf den Arm.
»Was?«
»Vergewissern wir uns, dass wir beide auf dem gleichen Stand bleiben, okay?« Rob nahm einen Schluck Kaffee und ließ Ariel dabei nicht aus den Augen. Nachdem er die Tasse abgesetzt hatte, meinte er: »Sie haben es zwar nicht ausdrücklich gesagt, glauben aber offenbar, dass Mrs Thibeau aus dem Weg geschafft wurde, weil sie zu viel wusste. Und was sie angeblich wusste, ist, dass ihr Mann einen Autopsie-Entscheid arrangiert hat, richtig? Sie nehmen an, dass er Geld nahm, um bestimmte Ergebnisse falsch darzustellen oder über belastende Beweise oder was auch immer Stillschweigen zu bewahren.«
»Ach ja?«

»Ich frage mich, wie viel Sie über diese Vermutung nachgedacht haben. Thibeau war kein forensischer Pathologe, wie Sie wissen. Er war ein gewählter Beamter. Er hat persönlich keine Autopsien vorgenommen, sondern sie an andere vergeben. Wie hätte er vertuschen können, was irgendein Labor vielleicht entdeckt hatte?«

Über diese Frage hatte Ariel tatsächlich viel nachgedacht, war jedoch zu keiner Antwort gelangt.

»Da ist noch etwas, was ich mich gefragt habe«, fuhr Rob fort, »nämlich warum Sie glauben, dass man sie, Mrs Thibeau, und nicht ihren Mann als Bedrohung ansah. Oder meinen Sie, dass auch er ermordet wurde? Erst die nicht zu fassende Sis, dann Thibeau, dann die Ehefrau? Fabelhaft! Ein Serienmörder!« Als Ariel auf diese Spöttelei nicht einging, sagte er: »Tut mir Leid. Das war nicht komisch.« Er wirkte tatsächlich zerknirscht. Und Ariel konnte nicht umhin zu bemerken, dass selbst Zerknirschung auf diesem Gesicht gut aussah. Er seufzte. »Na schön, nehmen wir mal an – was Sie, wie ich vermute, schon getan haben –, dass das Bestechungsgeld keine einmalige Transaktion war. Es wurde laufend gezahlt. Nehmen wir außerdem an, dass seine Frau nach Thibeaus Tod dort weitermachen wollte, wo er aufgehört hatte, und der andere hatte es satt, noch länger zu bluten. Aber warum, meine Liebe, erst zwei Jahre später? Warum sollte er zwei Jahre warten, um die Thibeaus aus dem Weg zu schaffen? Und wie hat er es angestellt, sie krank werden zu lassen?«

Ariel blickte zur Seite. In diesem Moment schien das gesamte Szenario, dass sie Tatsache um sorgfältig ermittelte Tatsache konstruiert hatte, indem sie eine begründete Vermutung nach der anderen angestellt hatte, weniger stichhaltig zu sein als eine Fabel.

»So, meine Liebe«, sagte Rob, »stimmt es hinten und vorne nicht. Diese Leute wurden krank und sind gestorben.«

Menschen sterben. Als Argument war das unwiderlegbar. Ihr Großvater verwendete es manchmal, wie sich Ariel erinnerte. Dann überwand er seinen »Schwächeanfall«. Sein letztes Wort zu diesem Thema war: »Verschaffen wir uns Gewissheit.«

»Kein Verbrechen«, erklärte Rob, »keine Story – damit sind Sie von Verantwortung befreit.«

Ariel spitzte die Ohren. Keine *Story*? »Jetzt bin ich aber neugierig«, sagte sie. »Wenn Sie so sicher sind, dass ich auf dem Holzweg bin ... Wenn Thibeau den Bericht eines Coroners nicht arrangiert hat, wenn Dorothy sich Sis und ihren Killer und die Bedrohung ihrer Person nur eingebildet hat, wenn Dr. Scopes, oder wie immer sie heißt, keinen diagnostischen Fehler gemacht hat – wahrscheinlich wandelt sie auf dem Wasser –, dann frage ich mich, warum Sie gewillt waren – nein, *begierig* –, sich überhaupt mit dieser Sache zu befassen?«

Er lächelte. »Sie sind neugierig? Ich auch. In dieser Hinsicht sind wir vom gleichen Schlag. Ich hatte allerdings Zeit, mir die Sache ernsthaft durch den Kopf gehen zu lassen – durch einen klaren Kopf.«

Ariel überlegte, ob sie ihm eine kräftige Ohrfeige verpassen sollte.

»Nehmen Sie es mir nicht übel«, sagte Rob, »aber vielleicht sind Sie zu nahe an der ganzen Sache dran, um objektiv zu sein.«

»Ohne Zweifel«, gab Ariel bissig zurück. »Und nach all diesem Nachdenken sind Sie sicher, dass die Sache ein Blindgänger ist. Niemand hat was getan. Kein Verbrechen, keine Story. Warum haben wir dann die Krankenhausakten und die des Coroners durchgesehen?«

»Weil ich will, dass auch Sie sicher sind.«
»Wirklich? Weshalb?«
»Weil sie Ihre Freundin war. Warum wohl sonst, was meinen Sie?«
Was ich meine, sagte sich Ariel im Stillen, ist, dass du mich aus der Sache raushaben willst. »Also gut«, entgegnete sie, »dann werde ich tun, was Sie getan haben. Ich werde mal mit *klarem* Kopf über alles nachdenken.«

32

Wenn Ariel damit gerechnet hatte, dass ein Besuch bei Laya eine Art Ausgleich für ihre freudlose Begegnung mit Rob Millen sein würde, wartete eine Enttäuschung auf sie. Es war kurz nach vier, als sie in der Blindenhundschule ankam. Da sie annahm, dass ihre Freundin noch in einem Kurs oder mit einem Ausbilder beschäftigt war, meldete sie sich am Empfang.
»Sie ist in ihrem Zimmer und ruht sich aus«, teilte ihr die Frau hinter dem Tresen mit, nachdem sie einen Anruf beendet hatte. »Sie sagte, sie fühle sich nicht wohl.«
Layas Zimmer lag, wie Ariel erfuhr, in dem »neuen« Wohnheim, der jüngsten Neuerwerbung der Schule. Sie parkte neben dem imposanten alten Bau – dem Pfarrhaus, wie Frank Trout es voller Zuneigung genannt hatte – und musste trotz einiger Besorgnis wegen Laya grinsen. Der Himmel war den ganzen Nachmittag bedeckt gewesen. Jetzt hatte sich eine große Gewitterwolke herangeschlichen. Unheil verkündend und dunkel hing sie über dem

weißen Pfefferkuchenhaus, als wäre sie als Spezialeffekt dorthin beordert worden. Letzte Nacht habe ich davon geträumt, wieder in Manderley zu sein – hätte Ariel fast laut gesagt. Sie konnte sich gerade noch bremsen.

Als sie das Haus betrat, sah sie, was Trout mit der Bemerkung gemeint hatte, das Wohnheim sei umgebaut und benutzerfreundlicher gemacht worden. An den Wänden des langen Flurs waren Handläufe angebracht worden. Der Flur selbst war breit und ohne Hindernisse, und alle Türen sicher verschlossen. Die Fußböden waren stumpf, damit keine Lichtreflexe in die Augen dringen konnten, und es gab keine Teppiche, über die man hätte stolpern können. Als Ariel einen Blick in den Gemeinschaftsraum warf, bemerkte sie, dass die Möbelstücke alle an die Wand geschoben waren; nichts drohte einem ahnungslosen Schienbein im Weg zu stehen. Und die Ecken der Tische waren abgerundet.

Vom Telefon bis zu den Verkaufsautomaten – an allen Geräten waren Braille-Etiketten befestigt worden. Daneben waren normale Aufkleber in Großdruck. Wie die übergroßen Zimmernummern hatte man sie, wie Ariel vermutete, aus Rücksicht auf Schüler mit einem Rest an Sehfähigkeit angebracht. Die Türen waren wahrscheinlich aus dem gleichen Grund in hellen Farben gestrichen worden.

Das Innere des Bauwerks hatte nur wenig von dem nostalgischen Charakter der Außenansicht bewahrt, war aber geschmackvoll und praktisch.

Laya reagierte nicht auf ihr Klopfen. Als Ariel den Namen der Freundin rief, verging ein Augenblick, bevor sie ein schwaches »Herein« vernahm.

»Ich bin's, Ariel«, sagte sie. »Wie ich höre, fühlst du dich nicht ganz wohl.«

Laya lag auf dem gemachten Bett und hatte sich mit einem

Pullover zugedeckt. »Es geht mir gut«, erwiderte sie, sah aber nicht danach aus. »Woher kommst du denn?«
»Sacramento und weiter östlich. Ich wollte dich zum Dinner einladen.«
Laya stöhnte.
»Was ist los?«, fragte Ariel besorgt.
»O Gott, essen! Schon der Gedanke daran!«
»Ist mit deinem Magen was nicht in Ordnung?«
Mitten im Nicken sprang Laya vom Bett und tastete sich eilig zu dem angrenzenden Badezimmer. Die Geräusche, die hinter der verschlossenen Tür zu Ariel drangen, verursachten ihr selbst Übelkeit. Sie sah sich um. Es war ein kleines, aber praktisches Zimmer – ein Einzelbett, ein gepolsterter Stuhl, ein Schreibtisch, darauf ein Telefon mit Braille-Zahlen. Auch hier war kein Teppich. Auf dem Fußboden unter dem eingebauten Frisiertisch stand eine leere Metallschüssel, die darauf wartete, mit Wasser für den Hund gefüllt zu werden, der irgendwann einziehen würde. Über der Schüssel war ein Haken zum Festbinden, wie Ariel vermutete, in die Wand geschraubt. Schiebetüren aus Glas führten zu einem Innenhof, und dahinter befand sich eine kleine Rasenfläche. Ariel hörte laufendes Wasser, und kurz darauf tauchte Laya auf. Sie sah aus, als wäre sie überfahren worden. »Grippe?«, fragte Ariel.
Laya setzte sich und strich sich über den Bauch. »Es kommt und geht.«
»Etwas, was du gegessen hast?«
»Vielleicht.«
»Oder die Nerven?«
»Die Nerven?«
»Wegen der Ausbildung? Oder wegen der Hunde?«
»Bisher habe ich nicht viel Kontakt mit ihnen gehabt, aber ...« In diesem Augenblick hob sie den Kopf, als hätte

sie vergessen, was sie hatte sagen wollen, und drehte ihn in alle Richtungen. Vielleicht lag es an dem Gespräch, das sie führten, aber sie erinnerte Ariel an einen Hund, der in der Luft schnupperte. »Was tust du da?«, fragte sie.

»Es ist nur … Findest du es hier kalt?«

»Nein. Hör mal, ich werde gehen und dich in Ruhe lassen. Morgen komme ich wieder. Kann ich etwas für dich tun? Soll ich dir was mitbringen?« Laya schien sie nicht zu hören. »He, Laya?«

Laya drehte sich zu ihr um. Wenn sie hätte sehen können, hätte man geglaubt, dass sie sie ausdruckslos anstarrte. »Tut mir Leid«, meinte sie nach einem Moment. »Was hast du gesagt?« Ariel wiederholte die Fragen.

»Nein danke.«

An der Tür zögerte Ariel. »Solltest du nicht zum Arzt gehen?«

»Hier gibt es einen. Ich bin schon bei ihr gewesen.« Laya rollte sich wieder auf dem Bett zusammen. »Geh in Frieden, aber geh.«

Zu der Gruppe von Schülern, die Ariel am nächsten Morgen bei ihrer Ankunft vor der Schule sah, gehörte auch Laya. Sie arbeiteten in einiger Entfernung auf einer großen Rasenfläche. Ariel schaute zu. Der Ausbilder schien die Rolle des Hundes übernommen zu haben. Eine nervös aussehende Frau hielt das Geschirr. Ariel hörte, wie sie ihr »Sitz« so laut hinausschrie, dass eigentlich jeder Hund des Landes sofort sein Hinterteil hätte runtertun müssen.

Ariel beschloss, später wiederzukommen oder anzurufen. Sie ging gerade zu ihrem Mietwagen zurück, als sie Charles Barnes aus einem uralten Laster aussteigen sah.

»Morgen, Charles!«, rief sie.

»Oh, hallo!« Sein wettergegerbtes Gesicht verzog sich

zu einem Lächeln. »Sind Sie jetzt für immer hierher gezogen?«

»Wie bitte? Und den Smog von Los Angeles aufgeben? Traue nie einer Luft, die man nicht sehen kann, sage ich immer.« Sie wartete, während er mit seiner Lunchbox und einer kräftigen Lederleine in der Hand näher kam. »Immer wenn ich hier bin, treffe ich Sie.«

»Es ist Samstagmorgen. Ich arbeite regelmäßig am Samstagmorgen. Manche Leute gehen in den Fitnessklub, mich trainieren die Hunde.«

Es gab einen kurzen unbeholfenen Moment, zu dem es kommen kann, wenn zwei Menschen einander sympathisch sind, aber noch kaum eine Basis für eine Unterhaltung haben.

»Nun, ich bin ...«, begann Ariel.

»Wie ich sehe, ist Ihre Freundin ...«, sagte Charles.

Ariel lachte. »Kann ich mitgehen, während Sie die Hunde spazieren führen?«

Der erste Hund, der ihm zugeteilt wurde, war ein junger gelber Labrador. Charles leinte ihn an. Der Hund hatte Reisepläne. Drei Hunde später keuchte Ariel und war froh, sich ausruhen zu können. Sie setzte sich auf dieselbe Bank wie in der Woche zuvor, und wieder gab ihr Charles etwas von seinem Kaffee ab. »Wie lange machen Sie das schon?«, wollte Ariel wissen.

»Ein paar Monate. Und wie lange tun Sie das schon, was Sie tun? Ich meine, Ihre Reporterarbeit.«

Als Ariel an die gestrigen Sackgassen dachte, verdüsterte sich ihre Miene. »Zu lange oder nicht lange genug, ich kann nicht entscheiden, was davon richtig ist.«

Charles sah sie über seinen Becher hinweg an. »Geht die Arbeit nicht gut voran?«

»Man hat mir erklärt, dass mir hinsichtlich der Perspektive

noch einiges fehlte. Dass ich, was eine bestimmte … Untersuchung angeht, zu nahe an der Sache dran sei, um objektiv zu sein.«

»Diese Untersuchung – ich nehme an, Sie sind ihretwegen hier – ist die örtlich?«

Ariel nickte.

»Es geht nicht um Dr. Thibeau?«

»Mr Barnes?«, rief eine weibliche Stimme.

Die Frau, weißhaarig, stämmig gebaut und Mitte sechzig, war auf dem Weg ins Verwaltungsgebäude. Auf ihrer Bluse war das Schul-Logo. Sie hielt die Hand vor die Augen und blinzelte in die Sonne. »Hab mir gedacht, dass Sie das sind«, sagte sie. »Wie geht's Ihnen?«

Charles lächelte und winkte.

»Eine Freundin?«, neckte Ariel. Die Frau sah mindestens zehn Jahre jünger aus als Charles.

Sein Gesicht nahm die Farbe eines schweren Sonnenbrands an. »Nur eine Bekannte.«

»Ich wette, dass viele Bekannte nichts dagegen hätten, mehr zu sein.«

»Bei der hier hätte vielleicht der Ehemann was dagegen. Wo waren wir stehen geblieben?«

»Wo ich mich an Ihren Rat erinnerte, ich solle behutsam vorgehen.«

»Ich habe Ihnen einen solchen Rat gegeben?«

»Ja, das haben Sie.«

Charles lachte. »Und jetzt erzählen Sie mir von Ihrer Freundin. Gewöhnt sie sich allmählich ein?«

»Sie hat sich irgendwas geholt, aber heute geht es ihr offenbar schon besser, denn ich hab vorhin gesehen, dass sie mit den anderen Neuankömmlingen draußen ist.«

»Vielleicht ist sie nur erschöpft? Die Ausbildung ist in jeder Hinsicht anstrengend, auch körperlich.«

»Mag sein. Laya ist noch nicht ganz wieder da.«
»Da?«
»Aus dem Trauma, das Augenlicht verloren zu haben. Normalerweise ist sie in einem ausgezeichneten körperlichen Zustand. Sie ist Yoga-Lehrerin.«
»Yoga? Ich dachte, das wäre eher etwas Religiöses. Metaphysisch oder so.«
»Es hat nichts Metaphysisches an sich, wenn man einen Handstand zehn Minuten durchhält. Sie kann das. Aber wenn wir Yoga mal beiseite lassen ...« Mehr um ihren Gesprächspartner zu schockieren als aus irgendeinem anderen Grund sagte Ariel: »Sie hat ein ... nun ja, ein bestimmtes Talent!«
»Was für eins?«
»Ihre Talente schließen das Mystische *nicht* aus.«
»Liest sie aus Teeblättern oder so was?«
»Oder so was, ja. Lachen Sie nicht. Ich meine es wirklich ernst.« Ariel schämte sich ein wenig, auf Kosten ihrer Freundin daherzuplappern. »Laya ist das, was man ein Medium nennen könnte.«
Charles' Augenbrauen hoben sich und zogen sich dann zusammen. »Das wäre ich auch gern, aber ich weiß nicht, was das ist.«
»Sie ist sehr empfänglich für ...« Was?, fragte sich Ariel. Wie soll man Layas Fähigkeit gerecht werden, ohne dass man sie als eine Hexe oder übergeschnappt darstellt? »Laya hat so eine Art, Dinge zu wissen«, erklärte sie Charles, wie sie es schon bei Hattie getan hatte. »Dinge, die sie auf erklärbare Weise nicht wissen kann. Sie spürt sie oder fühlt sie. Träumt sie manchmal.«
»Kann sie etwa in die Zukunft blicken?«
»Ja, und die Vergangenheit sehen.«
»Das kann ich auch«, sagte Charles. »Das ist nicht etwa

das zweite Gesicht, sondern ganz einfach so, dass man hinterher immer schlauer ist.«

Ariel zuckte gutmütig mit den Schultern. »Skepsis, hat jemand gesagt, ist ein Schutz gegen Verletzlichkeit.«

»Sie glauben daran?«, fragte Charles abrupt.

»Ich habe es miterlebt.«

»Wie? Was genau ist passiert?«

Ariel überlegte eine Minute. Da sie Layas Fähigkeit hinausposaunt hatte, fühlte sie sich auch verpflichtet, ein überzeugendes Beispiel zu bringen. Sie hatte keine große Auswahl; Laya spuckte keine Enthüllungen aus wie ein Toaster geröstete Brotscheiben. »Ich habe diese *Open File*-Sendung gemacht«, sagte sie. »Eine Frau wird getötet, ihre Leiche am Highway abgeladen. Ihr Wagen, ein Jaguar, wird in einer etwa sechzig Meilen entfernten Stadt demoliert aufgefunden. Ihr Ehemann ist verschwunden, aber sein Blut ist auf dem Fahrersitz …«

»Ich habe die Sendung gesehen«, unterbrach Charles sie. »Irgendwann tauchte der Ehemann wieder auf.«

»Fast ein Jahr später, ja.«

»Er erzählte eine überzeugende Geschichte.«

»Ich habe sie ihm nicht abgenommen.«

»Das war unverkennbar«, erwiderte Charles. »Ich hoffe, Sie nehmen es mir nicht übel, wenn ich das sage, aber Sie waren hinter ihm her, als würde es sich um eine persönliche Vendetta handeln.«

Das war es auch gewesen. Der Mann behauptete, sie seien auf offener Straße überfallen worden. Er erklärte, er habe einen Schlag auf den Kopf bekommen, und danach könne er sich an nichts mehr erinnern. Ariel war überzeugt, und zwar eher durch persönliche Erfahrung als infolge noch offener Forderung an die Versicherung, dass er ein Betrüger war. Es versetzte sie in Wut, dass er dabei Amnesie vortäuschte; diese Leute stahlen allen Menschen die Glaubwürdigkeit, die das Pech hatten, wirklich an dieser Krankheit zu leiden.

»Sie erinnern sich vielleicht«, sagte sie, »dass er die ganze Zeit herumgewandert sein will, um hier und da Gelegenheitsarbeiten anzunehmen? Er behauptete, nie gewusst zu haben, was passiert oder wer er war. Erst dann habe er sein Gedächtnis zurückgewonnen.«

Charles nickte. »Er machte einen aufrichtigen Eindruck. Ich weiß noch, dass er mir Leid tat.«

»Nun, zwei Monate nach dem Mord verbrachte er eine Nacht in einer Mission auf der anderen Seite des Landes. In jener Nacht machte er einen Fehler. Er benutzte seinen richtigen Namen, den, an den er sich angeblich nicht erinnerte.«

»Was hat das mit Ihrer Freundin zu tun? Sie wollen mir doch nicht erzählen, dass sie das in einem brennenden Busch oder so gesehen hat?«

»Am Tag nach der Sendung haben Laya und ich zusammen gegessen. Der Beitrag ging mir noch im Kopf herum. Da musste es etwas geben – das wusste ich einfach –, was die Cops und meine Leute übersehen hatten.

Laya merkte, dass ich nun ziemlich wütend war. Ich erzählte ihr, warum. ›Dieser Mann‹, fragte sie mich, ›sagtest du, sein Name sei Jackson?‹ Ich erwiderte, der Kerl heiße Bertulucci.

Was ich nicht wusste, war, dass der Mann, der die Mission leitete, die Sendung gesehen und Bertulucci erkannt hatte. Er hatte die Polizei angerufen.«

»Und? Ich begreife nicht, was …«

»Der Mann, der die Mission leitete, hieß Jackson.«

Charles machte den Mund auf und schloss ihn dann wieder. Er brauchte einen Moment, um die Information zu verdauen. Um sie zu glauben. »Haben Sie sie gefragt, woher sie den Namen hatte?«

»Und ob ich das tat! Sie sagte nur, er sei ihr ›einfach eingefallen‹.«

Charles runzelte die Stirn und wandte sich dem Hügel zu, auf dem Laya und die Schüler vorhin mit dem Ausbilder gearbeitet hatten. Die Anhöhe war jetzt leer.

»O ja!« Ariel lachte. »Ich habe ebenfalls an einen Zufall geglaubt, damals und bei anderen Gelegenheiten auch. Ich bestreite es nicht mehr. Wer weiß, vielleicht werden wir alle mit der gleichen Fähigkeit geboren. Manche von uns vergessen einfach, auf sie zu achten.«

Charles sah nicht überzeugt aus. Er schien vielmehr in verstörtes Nachdenken versunken zu sein. Vielleicht ist er einer dieser Leute, dachte Ariel, die es nicht mögen, wenn man ihre Gewissheiten umstößt. Dann sah sie, dass er seine Lunchbox betrachtete. »Darf ich Ihnen ein Sandwich anbieten?«, fragte er. »Es ist Truthahn.«

Die Geschichte hatte ihn überhaupt nicht aus der Fassung gebracht, schloss Ariel daraus. Er hatte jetzt vor zu essen und wollte nicht unhöflich sein.

»Hören Sie«, sagte sie, »warum heben Sie es nicht auf? Wenn Laya Lust hat, werde ich sie zum Lunch einladen, und ich würde mich freuen, wenn Sie mitkämen.«

Am Ende aßen sie zu zweit.

»Schade, dass Ihre Freundin keine Lust hatte«, meinte Charles bei der Suppe in einem Café, das ihr empfohlen worden war. Er pustete Dampf von seinem Löffel. »Sie machen sich ihretwegen Sorgen, nicht wahr?«

Ariel nickte. »Sie sagte, sie sei okay gewesen, solange sie arbeiteten, aber als sie auf ihr Zimmer gegangen sei, um sich zu waschen, habe sie sich benommen gefühlt.« Ariel krümelte einen Cracker in ihre Suppe, die sichtlich mit Dosengemüse gemacht worden war. Dafür war sie preiswert.

»Sollte sie nicht zum Arzt gehen?«, fragte er.

»Das hat sie getan. Die Ärztin des Hauses hat sie gründlich untersucht, konnte jedoch nichts finden.«

»Aber Sie machen sich trotzdem Sorgen.«

»Dass ihr Aufenthalt am Ende vielleicht doch keine so tolle Idee ist. Schließlich ist es meine Schuld, dass sie hier ist. Ich habe sie irgendwie dazu überredet. Nein, das stimmt nicht. Man kann Laya zu nichts überreden, was sie nicht selbst will. Aber es war meine Idee.«

»Und es war eine gute Idee. Wenn sie nicht hier wäre, hätte ich nicht die Chance gehabt, Sie kennen zu lernen.«

Ariel lächelte. »Aber was ist, wenn sie für diese Ausbildung noch nicht bereit ist? Menschen, die das durchmachen, was sie durchgemacht hat, brauchen manchmal Monate, um sich nur *ein wenig* an etwas Neues zu gewöhnen, um all diese emotionalen Belastungen zu bewältigen, den Zorn, die Trauer und so weiter.« Und die unbewältigte Furcht, dachte sie, als sie im Geiste noch einmal Revue passieren ließ, was sich zugetragen hatte, als sie zu Laya ins Zimmer gegangen war.

Laya wollte nicht mit zum Essen gehen, und für die Einladung hatte sie sich kaum bedankt. »Ist da draußen jemand?«, hatte sie gefragt und auf die Tür ihres Zimmers zum Innenhof gezeigt. Ariel sah einen Gärtner, der gerade eine Hecke schnitt, und erzählte es ihr. »Wie sieht er aus?«, hatte Laya wissen wollen. Als sie gehört hatte, dass es ein dünner, weißhaariger Mann in einem Overall sei, war sie sichtlich erleichtert gewesen; trotzdem hatte sie Ariel gebeten, die Vorhänge zuzuziehen.

»Ich überlege gerade«, sagte Ariel laut, »was wäre, wenn sie

zu schnell vorgeht? Verleugnung, verstehen Sie? Wenn sich sozusagen Schorf bildet, bevor die Wunde verheilt ist, kann die Wunde eitern.« Ariel erinnerte sich, dass sie beim Essen saßen. »Oh, tut mir Leid.«
»Was bringt Sie zu der Annahme, dass sie noch nicht so weit ist? Die Bauchschmerzen?«
»Ist Ihnen eigentlich aufgefallen«, fragte Ariel, »dass ich Ihnen jedes Mal die Ohren voll quatsche, wenn ich Sie sehe? Sie haben nie die Chance, auch nur Piep zu sagen.«
»Piep.«
Ariel grinste. Was ist das nur, dachte sie, mit mir und älteren Männern? Sie hatte die gleiche Art von Affinität zu B. F. gespürt, als sie ihn zum ersten Mal sah. Natürlich war Charles nicht annähernd wie B. F. Er war zurückhaltend, wie B. F. ausgelassen, so zurückgenommen, wie B. F. aggressiv war und wahrscheinlich zwanzig Jahre jünger. Er war auch gut zwanzig Jahre älter als sie. Genau in der Mitte zwischen ihr und ihrem Großvater, gerade alt genug, ihr …
Suppe spritzte, als Ariel ihren Löffel fallen ließ.
»Was bringt Sie zu der Annahme, dass sie noch nicht so weit ist?«, wiederholte Charles seine Frage.
Ariel feuchtete eine Papierserviette in dem Wasserglas an und betupfte damit einen Fleck auf ihrer Bluse. »Es ist nur … sie verhält sich irgendwie komisch.«
»Oh?« Charles beendete seine Suppe.
»Sie erinnert mich daran, wie sie gleich nach dem Verlust ihres Augenlichts war«, fuhr Ariel fort. »Nicht ganz so rigoros – damals hatte sie sich total abgekapselt –, aber …« Sie dachte ein paar Sekunden nach. »Distanziert. Als ich gestern Abend bei ihr war, war sie, wenn auch nur für eine Minute, mit den Gedanken ganz woanders. Und vor einiger Zeit verhielt sie sich, als wäre ich gar nicht da. Sie fing

an ... Ich weiß, dass sich das eigenartig anhört, aber ich sprach mit ihr, und sie fing an zu summen.«
Charles stellte sein Milchglas ab und starrte sie an. »Sie fing an was zu tun?«
»Zu summen.«
»Sie meinen so, wie man eine kleine Melodie vor sich hin summt?«
Ariel schüttelte den Kopf. »Nein, es war so, wie wenn man ganz allein ist, und außerdem war es keine Melodie, die ich je gehört habe. Es dauerte nur ein paar Sekunden, und ich könnte schwören, dass ihr nicht einmal selbst klar war, dass sie gesummt hat.«

33

Solange sie sich in der Bay Area befand und Laya, die nur ihre Grippe wegschlafen wollte, nicht nützlich sein konnte, wollte Ariel wenigstens an der Thibeau-Front ein wenig vorankommen. Bereit, jederzeit loszufahren, falls sich auch nur Andeutungen neuer Informationen fanden, begann sie Anrufe zu machen.
Wer wusste, fragte sie sich, was Marian Scopes, Dorothys hoch geachtete Internistin, wirklich zu Rob gesagt hatte? Ariel würde es nicht so schnell erfahren, denn Scopes hatte an jenem Wochenende keinen Bereitschaftsdienst. »Frau Dr. Scopes«, hieß es bei einem phlegmatischen Auftragsdienst (oder einem Band – Ariel würde nicht beschwören, dass sie tatsächlich mit einem Menschen gesprochen hatte), »ist übers Wochenende verreist. Handelt es sich um einen Notfall?«

Ariel knirschte mit den Zähnen, hinterließ eine Nachricht und rief im Büro des Coroners an. Verblüffenderweise war ein Sachbearbeiter am Apparat. Er war seit zwei Wochen dort beschäftigt. »Thibeau?«, fragte er. »Hier gibt es niemanden mit diesem Namen.« Ob sie vielleicht am Montag wieder anrufen könne?

Ariel tippte mit den Fingern gegen das Telefon und überlegte, was sie als Nächstes tun sollte. Soweit sie wusste, hatte Rob nicht mit Ray Thibeaus Arzt gesprochen, und obgleich sie nie das Gefühl gehabt hatte, dass Thibeau nicht eines natürlichen Todes gestorben war, war sie der Ansicht, dass ein paar Fragen nicht schaden konnten. Alice Manning nannte ihr den Namen des Onkologen. Er praktizierte in San Francisco. Als er ihren Anruf zwei Stunden später erwiderte, war er gerade aus dem Operationssaal gekommen. Er war müde, mürrisch und misstrauisch.

Manche Menschen waren erstaunlich mitteilsam, wenn Mitarbeiter von *The Open File* anriefen. Sie waren eingeschüchtert oder fühlten sich geschmeichelt, weil man sie befragte, vielleicht auch stolz, an einer wichtigen Sache beteiligt zu sein, oder es verlangte sie nach der Erlösung einer Beichte. Möglicherweise waren sie auf einen Kollegen eifersüchtig oder hegten einen Groll gegen jemanden oder waren einfach nur klatschsüchtig. Gründe gab es so viele wie menschliche Schwächen. Jedenfalls lieferten sie aus freien Stücken Antworten und kostenlose Informationen, ohne selbst kaum mehr als Scheinfragen zu stellen. Ariel verblüffte das immer wieder. Thibeaus Arzt gehörte nicht zu diesen Leuten.

»Was genau wollen Sie wissen, Mrs Gold?«, fragte er.

»Raymond Thibeaus Todesanzeige zufolge ist er an Leberkrebs gestorben.«

»Ich habe die Todesanzeige nicht gelesen, und zu dieser Zeit war er nicht bei mir in Behandlung.«

»Aber Sie hatten zwei Jahre zuvor eine Diagnose bei ihm gestellt, oder?«

»Und seine Krankenblätter wurden anschließend an die Johns-Hopkins-Klinik weitergeleitet, wo er behandelt wurde. Ich schlage vor, Sie rufen da an.«

»Können Sie mir den Namen seines dortigen Arztes nennen?«

»Er ist in meinen Akten. Ich bin nicht in meiner Praxis.«

»Hatten Sie und Dr. Thibeau vielleicht zufällig nicht nur beruflich miteinander zu tun? Waren Sie ...«

»Ich habe in der Oper einmal neben ihm gesessen. Er schlief ein. Bei welcher dieser Sendungen sagten Sie, sind Sie?«

»*The Open File*. Wenn Sie mir noch eine letzte Frage gestatten? Hat er in der Zeit, in der Sie sein behandelnder Arzt waren, etwas gesagt, was darauf hindeutet, dass er sich irgendwie in persönlichen Schwierigkeiten befand, von seinem medizinischen Problem abgesehen?«

»Mrs Gold, meiner Ansicht nach sind Sendungen wie die Ihre ein Furunkel am Arsch der Zivilisation. Ich lese keine Klatschblätter, sehe mir so was nicht an und leiste auch ganz gewiss keine Beiträge dazu. Guten Tag.«

»Meine Sendung ist keine Klatschsendung«, sagte Ariel in eine tote Leitung.

Anrufe bei einer Frau, die für Dorothy das Haus sauber machte, bei einer Nachbarin und ihrer Friseurin (alles Namen, die Ariel ebenfalls von Alice bekommen hatte) verliefen weniger gereizt, aber auch nicht produktiver. Wenn man auf eine Mauer trifft, sagte sich Ariel, sollte man nicht mit dem Kopf dagegen anrennen. Sie duschte, zog sich um und ging mit einem ihr bekannten Fotojour-

nalisten zum Dinner, der nach San Francisco umgezogen war.
Als sie um elf in B. F.s Haus zurückkam, warteten zwei Nachrichten auf sie.
Die erste war von Hattie, die auf Ariels Haus aufpasste und sich wohl noch an die Tage erinnerte, als Ferngespräche eine teure Angelegenheit waren. Sie hörte sich an, als hätte sie von Notizen abgelesen, die sie sich vorher gemacht hatte, und die gesamte Nachricht dauerte weniger als sechs Sekunden. »Dem Hund geht's gut. Der Katze geht's gut. Ich habe angerufen, um mit Laya zu sprechen. Sie hört sich nicht gut an. Was ist mit ihr los? Ich habe einem Detective namens Neely die Nummer dort im Haus gegeben.«
Die zweite Nachricht war von Max Neely. »Sie haben vor einiger Zeit nach einem Totschlag gefragt? James Price? Hab was gehört, was Sie interessieren könnte. Sie werden mir was schuldig sein. Wie wär's, wenn Sie mir eine Kiste weißen Sonoma mitbringen? Irgendwas Teures. Oh, noch was. Wenn Sie diese Nachricht heute Abend nicht erhalten, rufen Sie morgen nicht an. Ich werde dienstfrei haben und schlafen.«
Ariel erwischte ihn an seinem Schreibtisch.
»Warum haben Sie nach Price gefragt?«, wollte er als Erstes wissen. Sie sei nur auf der Suche nach einer Story gewesen, antwortete Ariel, aus der dann nichts geworden sei. Sie glaubte in ganz belanglosem Ton gesprochen zu haben. »Aber ja, sicher«, höhnte Max. »Wissen Sie etwas über diesen Price, was interessant genug ist, in den Medien gebracht zu werden? Ich nämlich mit Sicherheit nicht. Man könnte sein Gesicht auf praktisch alle Fahndungsplakate der Leute setzen, die wir schnappen wollen. Das Einzige, was in meinen Augen für ihn sprach, war sein Onkel.«

»Welcher Onkel?«, fragte Ariel.
»Von dem Sie offenbar nichts gewusst haben.«
»Welcher Onkel?«, wiederholte Ariel.
»Billy Williams. War mal Abgeordneter. Unehrlich, wie die nun mal sind, obwohl das seiner politischen Karriere nicht geschadet hat. Wurde selbst dann noch allgemein bewundert, nachdem er wegen des Missbrauchs städtischer Mittel in den Knast gegangen war.«
»Das könnte erklären, weshalb die Story in der *Times* erschienen ist«, folgerte Ariel laut.
»Welche Story? Wovon reden Sie?«
»Dass Price mit einem bekannten Mann verwandt war. Das wurde in der Zeitung zwar nicht geschrieben, aber ich vermute, dass man den Überfall auf ihn nur deshalb erwähnt hat. Sonst wäre der kaum eine Nachricht gewesen.«
»Genau das vermute ich auch.«
»Hören Sie, Max, ich kann Ihnen nichts sagen, was Ihnen dabei helfen würde, den Mann zu finden, der Price getötet hat. Glauben Sie mir?«
»Können Sie nicht, oder wollen Sie nicht?«
»Ich kann nicht.« Nicht mal Laya könnte helfen, dachte Ariel, und sie war dort. »Ich habe über diese Sache mit niemandem mehr gesprochen, seit … wie war sein Name noch? Der mit der Sache befasste Cop, dessen Namen Sie mir nannten?«
»Eddie Rials.«
»Richtig, mit dem. Und das war vor zwei Wochen. Mir kam der Gedanke, dass da eine Story sein könnte, aber ich habe ihn gleich wieder verworfen und mich anderweitig umgesehen.«
»Okay, da Sie so wenig interessiert sind, tut es mir Leid, Sie gestört zu haben.« Max lauschte ein paar Sekunden, bevor er loslachte und sagte: »Na schön, ich bin heute Nachmit-

tag mit einigen der Jungs auf dem Sportplatz gewesen. Rials war einer davon. Er kam auf einen Fall zu sprechen, an dem er gerade arbeitet, eine alte Frau, die in ihrer Küche umgebracht wurde. Ihr Haus, Gold, grenzt mit dem Garten genau an die Gasse, in der Price zusammengeschlagen wurde. Vom Schlafzimmerfenster aus kann man sie überschauen.«

Er wartete und ließ Ariel die Punkte verbinden. »Sie hat gesehen, wie er zusammengeschlagen wurde? Sie war Zeugin?«

»Sie ist diejenige, die angerufen hat.«

Und jetzt war sie tot? Ariel spürte, wie ihr die Knie weich wurden. Zum Glück befand sich Laya vierhundert Meilen von Los Angeles entfernt.

»Sind Sie noch dran?«, fragte Max.

War es möglich, dass man sie bis hierher verfolgte?

»Wollen Sie den Rest der Geschichte hören oder nicht?«

»Ja bitte«, murmelte Ariel.

»Also gut, diese alte Frau war ein Tiger, sagte Rials, eine selbst ernannte Ein-Personen-Initiative. Als sie wegen Price anrief, blieb sie wie festgeklebt am Fenster stehen, Gott sei ihrer Seele gnädig! Beschrieb alles, was da vorging, Schritt für Schritt.«

»Die Männer, die das taten, hat sie die auch beschrieben?«

»Was lässt Sie glauben, dass es mehr als einer war?«

»Das habe ich nur so angenommen. Price wurde derart schlimm zusammengeschlagen ...«

»Mit einem Montiereisen. Selbst wenn ein winzig kleiner Mensch mit so einem Montiereisen hantiert, bleibt kein Auge trocken.«

»Max, konnte sie ihn oder sie beschreiben oder nicht?«

»Sie. Zwei Männer. Der eine groß, der andere mittelgroß, beide schwarz. Der Große kahl wie ein Ei, wie sie sagte;

wahrscheinlich eher glatt rasiert. Der hat das Montiereisen geschwungen. Der Mittelgroße hielt das Opfer fest, aber nicht allzu gut, da er mehr damit beschäftigt war, den Großen anzubrüllen.«

»Und was brüllte er?«

»Das konnte die Zeugin nicht hören. Price machte sich frei oder fiel hin. Fiel wie ein Stein. Der Mittelgroße kniete nieder ...«

»Um Price zu helfen?«

»Eher um seine Taschen zu durchwühlen. Als sie die Sirenen hörten, verschwanden sie in verschiedene Richtungen. Der Mittelgroße rannte unter dem Fenster der alten Frau vorbei. Er war Anfang zwanzig, hatte kurz geschnittenes Haar und war gekleidet wie jeder andere Punk auf den Straßen. Sie hat sich die Verbrecheralben angesehen. Da habe sie ihn eindeutig nicht gefunden, sagte sie.«

»Was ist mit einer Skizze? Hat sie mit einem Zeichner zusammengearbeitet?«

»Ja, aber sie konnte sich nicht entscheiden. Am Ende ist laut Rials nur ein Allerweltstyp rausgekommen.«

»Und was ist mit dem Zweiten?«

»Den großen Glatzkopf konnte sie nicht so gut sehen, doch sie schätzte, dass er älter war. In den Alben hat sie bei einigen vielleicht gesagt. Die wurden zu einer Gegenüberstellung reingeholt. Er sei nicht dabei, erklärte sie, aber sie würde ihn wohl wieder erkennen, wenn sie ihn sähe.«

»O Max! Glauben Sie, dass es so passiert ist? Sie hat ihn oder sie gesehen, und dann ...«

»Da besteht kaum ein Zweifel. Rials hatte an dem Abend, an dem sie getötet wurde, Spätschicht, und sie hatte ihm eine Nachricht hinterlassen, er solle sie zurückrufen. Als er das wohl Stunden später tat, war sie bereits tot.«

»Wann ist das passiert?«

»Ende letzter Woche, glaube ich.«
»Wie wurde sie …?«
»Genau wie Price. Zu Tode geprügelt.«

In den ersten Minuten, nachdem sie das Telefonat mit Max beendet hatte, war Ariel wie benommen. Dann ging sie wütend auf und ab. Sie konnte das Bild der mutigen alten Frau namens Carrie Murphy, wie sie von Max erfuhr, nicht aus dem Kopf bekommen. Sie stellte sich vor, wie sie die beiden Männer auf der Straße, in einem Laden oder vor ihrer Tür sah. Wie sie dort herumlungerten. Die alte Frau dabei ertappten, dass sie sie betrachtete. Sie musste den Männern verraten haben, dass sie sie erkannt hatte. Oder die beiden hatten die Stadt nach dem Überfall auf Price verlassen und waren erst später zurückgekehrt. Vielleicht hatten sie erst dann von Mrs Murphys Zusammenarbeit mit der Polizei erfahren, von ihrer Erklärung, dass sie die Angreifer wieder erkennen würde, falls sie sie sehen sollte.
Vielleicht, vielleicht, vielleicht. Was den Tod der armen alten Frau betraf, gab es kein Vielleicht mehr.
Ariel saß im Wohnzimmer auf dem Sofa. Das Kutschenhaus, in dem sich ihr Bett und ihre Sachen befanden, schien eine lange und gefährliche Reise entfernt. Das Haus kam ihr fremd vor und sehr groß und leer.
Mehr als einmal griff sie zu dem Hörer, um Max zurückzurufen. Sie kämpfte mit sich, ob sie Hattie anrufen und ihr sagen sollte, sie solle das Haus verlassen, die Tiere in einen Zwinger geben oder im Auto mitnehmen und auf jeden Fall wegfahren. Nach Norden. Irgendwohin.
Inzwischen war es ein Uhr morgens.
»Das ergibt doch alles keinen Sinn«, dachte Ariel laut. Inzwischen war seit Layas Erblindung ein guter Monat vergangen. Ein Monat seit dem Tod von Price. Schlägertypen,

die zu diesem tödlichen Überfall fähig waren und dazu, Laya das Augenlicht zu nehmen, würden sich nicht einfach zurücklehnen und abwarten, was sie vielleicht tat. Wenn sie wussten, wo sie sie finden konnten, würden sie nicht nur zum Spaß gelegentlich höflich anrufen. Schlägern, die fähig waren, eine Zeugin umzubringen, würde es auch keine Gewissensbisse bereiten, zwei zu töten. Sie wussten also nicht, wo Laya gewesen war, und wussten auch nicht, wo sie sich jetzt befand.

Ariel schüttelte die Sofakissen auf, machte das Licht im Haus aus und schaltete die Außenbeleuchtung ein. Sie warf einen Blick durch die Glasscheibe der Gartentür. Nachdem sie jeden Schatten auf dem Pfad zwischen Haus und Kutscherhaus genauestens in Augenschein genommen hatte (ob albern oder nicht, sie tat es), ging sie den kurzen Weg hinüber.

Sie putzte sich gerade die Zähne, als ihr ein Gedanke kam. Laya hatte ihrem Mr X, dem Großen von Max, von Angesicht zu Angesicht gegenübergestanden. Wie hätte ihr entgehen können, dass er keine Haare hatte? Selbst wenn sie weder seine Größe noch sein Alter wahrgenommen hatte, musste doch ein glitzernder kahler Schädel irgendeinen Eindruck bei ihr hinterlassen haben?

Das zeigt, was pures Entsetzen anrichten kann, schloss sie daraus.

Carrie Murphy war kein Thema, das Ariel bei Laya anzuschneiden gedachte. Doch als sie am nächsten Morgen sah, wie diese vor ihrem Zimmer auf dem Rasen saß, die Frühlingssonne genoss und normal ausschaute (und sich besser fühlte, wie sie berichtete), überlegte Ariel es sich. Inzwischen waren es schon zwei Opfer. Zwar hatte Laya ihre Schuldgefühle wegen eines dieser Opfer fast

bekämpft, doch sie hatte auch nur zu deutlich gemacht, wie wenig sie sich beschützt fühlte und was sie davon hielt, durch Verschweigen angelogen zu werden.
Mrs Murphy hatte sich das Gesicht dieses Mr X genauso gut anschauen können wie Laya. Selbst wenn Laya nicht registriert hatte, was sie sah, so hatte sie doch gesehen. Was wäre, wenn sie sich erinnern könnte? Was wäre, wenn sie behilflich sein könnte? Die Entscheidung sollte, nachdem sie alles erfahren hatte, ihr überlassen bleiben. Wenn sie etwas tun konnte, um mit sich ins Reine zu kommen, würde ihr das nicht helfen, fragte sich Ariel, wieder gesund zu werden? Wäre das nicht der einzige Weg, wieder auf die Beine zu kommen?
Immer noch unschlüssig, überlegte sie hin und her, als Laya gähnte und sich entschuldigte, sie habe letzte Nacht nicht viel geschlafen.
»Dein Magen?«, fragte Ariel, die sich gern ablenken lassen wollte.
»Das weniger …« Laya zupfte geistesabwesend an ein paar Grashalmen. Ihre Gedanken schienen abgeschweift zu sein, und Ariel fürchtete, ihre Freundin würde sich wieder in eine dieser seltsamen Träumereien verlieren. »Ich hatte dieses bedrückende Gefühl«, sagte Laya. »Als würden die Wände auf mich zukommen.«
»Dein Zimmer ist auch eher klein«, meinte Ariel.
»Die Größe des Zimmers war nicht das Problem.«
»Wenigstens hast du es für dich allein. Ich habe mir den Rest des Wohnheims angesehen. Dort müssen sich zwei ein Zimmer teilen.«
Laya lächelte ein wenig. »Ich kann nicht sehen, ob das Zimmer klein ist oder nicht, verstehst du. Wie auch immer, es muss jedenfalls fast schon gedämmert haben, als ich schließlich aufgab und in den Gemeinschaftsraum ging.

Ich hörte mir gerade was im Fernsehen an, als ich plötzlich wie ein Baby schlief. Ich hatte einen Traum ...«

»O nein!«

»Keine Angst, nichts Gruseliges. Ich habe in letzter Zeit ein paar Mal schlecht geträumt, aber dies war nur ein ganz gewöhnlicher Traum. Ich unterrichtete wieder, arbeitete, und stell dir vor, ich weiß nicht mal, ob ich sehen konnte! Das schien gar keine Rolle zu spielen. Ist das nicht merkwürdig? Aber ich hatte das Gefühl ... wieder ich selbst zu sein. Meinen Frieden wieder gefunden zu haben.« Sie roch an einem Grashalm, den sie ausgezupft hatte. »Zu schade, dass es ein Traum war.«

Ariel beschloss, das als ein Zeichen zu werten. »Laya«, fühlte sie behutsam vor, »weißt du noch, dass du gesagt hast, du könntest Mr X nicht beschreiben?«

Laya drehte sich blitzschnell um, durch die Frage offensichtlich aus der Fassung gebracht.

»Wenn es eine Möglichkeit gäbe, dich an das zu erinnern, was du gesehen hast«, fuhr Ariel fort, »woran du dich nicht bewusst erinnern kannst, würdest du es tun?«

»Wovon redest du da?«, fragte Laya.

»Hypnose.« Als Laya erstarrte, sagte Ariel: »Nicht dass es immer funktioniert. Ich habe es vergangenes Jahr sogar selbst probiert und nichts damit erreicht, aber es ist möglich, dass ...«

»Warum bringst du das zur Sprache?«

»Ich möchte damit nicht unbedingt sagen, dass es etwas ist, was du in dieser Minute willst. Aber irgendwann einmal? Ich denke, dass du vielleicht einen Schritt übersprungen hast. Die Oberfläche zusammengeflickt hast, ohne das darunter Liegende ...«

»O bitte! Keine Plattheiten! Oder ist das wieder eins deiner Zitate? Lass uns doch mal ein anregendes Zitat hören!«

»Ich versuche mir das abzugewöhnen.«
Falls Laya amüsiert war, ließ sie es sich nicht anmerken.
»Ich bin ein bisschen nervös«, meinte Ariel. »Es war nur so ein Gedanke.« Hier ist noch einer: Du kannst nicht nach Hause gehen, solange diese beiden Männer frei herumlaufen. Sie fragte unvermittelt: »Hatte er kurzes Haar?«
»Wer?«
»Mr X.«
»Ich weiß es nicht. So gut konnte ich ihn nicht sehen, das hab ich dir doch gesagt.«
»Du konntest nicht sehen, ob sein Haar kurz oder lang war?«
»Nein.«
»Hatte er langes Haar?«
»Ich weiß nicht.«
»Rasta-Locken?«
»Nein. Ich weiß nicht.«
»Hatte er eine Glatze?«
»Ich weiß nicht, sagte ich!«
»Warum weißt du es nicht?«
»Weil er eine Mütze aufhatte!«, schrie Laya.
Ariel schnappte nach Luft.
Laya legte ihre Hände auf den Mund, als wollte sie ihn versiegeln. Nach einem Moment sagte sie jedoch durch die Finger: »Das habe ich nicht gewusst. Ich schwöre! Ich meine, ich habe nicht gewusst, dass ich ...«
»Du hast es im Kopf. Wenn das Licht reichte, um die Mütze zu sehen, hast du auch mehr gesehen.« Wie konnte Carrie Murphy einen Kahlkopf ausgemacht haben, fragte sich Ariel sogar beim Sprechen, wenn Laya eine Mütze sah? War es möglich, dass Mrs Murphy die Männer verwechselt hatte? Dass der Große mit dem kahl rasierten Kopf Price fest hielt und der Mittelgroße derjenige war, der

mit dem Montiereisen zuschlug? »Was für eine Art Mütze war es?«
»Sie lag eng an seinem Kopf an«, flüsterte Laya. »Wie nennt man diese gestrickten ... Seemannsmützen?«
»Dunkel oder hell?«
»Nicht hell.«
Vielleicht hat der große Mr X die Mütze verloren, dachte Ariel. Mrs Murphy sah zu, bis die Sirenen die beiden Männer in die Flucht trieben. Laya war inzwischen längst verschwunden. Die Mütze konnte irgendwann heruntergefallen oder beim Kampf heruntergeschlagen worden sein. Vielleicht hatte die Polizei sie gefunden und mitgenommen. Ariel legte Laya die Hand auf den Arm. »Kannst du dich sonst noch an was erinnern?« Um ein Haar hätte sie gesagt: Schließ die Augen und denk nach.
Laya schüttelte den Kopf. »Das ist alles. Das ist wirklich alles.«
»Man weiß, dass Zeugen sich unter Hypnose daran erinnert haben, dass sie Autos an einem Tatort haben parken sehen, ja sogar zum Teil Kennzeichen erkannten ...«
»Nein.«
Laya schaffte es, aufzustehen und ein paar Schritte zu gehen. »Warum fragst du nach dem Haar? Warum gerade nach dem Haar? Hast du von der Mütze gewusst?«
»Nein.«
»Warum dann?«
»Ich fing einfach oben an. Ich hätte mich nach unten vorgearbeitet, wenn du nicht ...«
»Ariel, ich will die Wahrheit wissen!«
»Es hat noch einen Zeugen gegeben.«
»Noch einen ...« Ariel beobachtete, wie Laya sich über die Bedeutung der Äußerung klar wurde. »Aber das ist gut«, sagte sie. »Das ist eine gute Neuigkeit! Dann brauchen sie

mich nicht. Das haben sie nie getan.« Sie runzelte die Stirn und überlegte immer noch. »Dieser Zeuge, wo befand er sich? Ich habe sonst niemanden bemerkt.«

»Sie. Eine alte Frau. Sie hat die Polizei angerufen.«

»Eine alte Frau«, wiederholte Laya. »Es musste erst eine alte Frau kommen, die den Mut hatte, anzurufen ...«

»Laya, von ihrem Haus aus kann man die Gasse überblicken, und sie hat den Überfall von ihrem Fenster aus gesehen. Sie war im Haus sicher und hatte bestimmt die Türen verschlossen und die Lichter ausgemacht. Die Männer haben nicht vor Mrs Murphys Gesicht mit einem blutigen Montiereisen herumgefuchtelt.«

»Murphy?«

»Ja, so heißt sie.«

»Doch nicht Carrie Murphy?«

»Du kennst sie?« Ariel wurde schwer ums Herz. Sie wünschte sich inständig, sie hätte den Namen nicht erwähnt, ja, das Thema überhaupt nicht zur Sprache gebracht.

»Ich habe von ihr gehört. Das hat jeder. Sie ist eine Legende in dem Viertel, eine zähe alte Frau. Hat sie genau hingeschaut? Konnte sie die Männer beschreiben?«

Ariel erzählte ihr, was Mrs Murphy gesehen hatte.

»Und sein Kopf war glatt rasiert?«, wollte Laya wissen.

»Höchst wahrscheinlich, sagt Max.«

»Die Mütze muss runtergefallen sein, nachdem ich weggerannt bin«, vermutete Laya genau wie Ariel. »Groß und glatzköpfig«, wiederholte sie die Beschreibung. »Als Anhaltspunkt nicht gerade viel, nicht wahr? Mein Gott! Ein Monat ist seitdem vergangen, und diese Bestien sind immer noch auf freiem Fuß!« Sie verschränkte die Arme aufgeregt vor der Brust. »Du hast Recht. Ich sollte es mal mit Hypnose versuchen. Wenigstens versuchen.«

»Wirklich?«
»Ich muss! Wenn ich doch nur eine Sache zu dem hinzufügen könnte, was Mrs Murphy gesehen hat!«
Layas Zimmernachbar, ein Schüler, den Ariel schon bemerkt hatte, betrat in diesem Moment den Innenhof und zog einen Gartenstuhl über den Beton. Bei dem Geräusch ließ Laya den Kopf herumwirbeln.
»Alles in Ordnung«, sagte Ariel. »Es ist nur der Typ aus dem Zimmer neben deinem. Bist du sicher mit der Hypnose?«, fragte sie noch mal.
Laya nickte.
»Ich werde das arrangieren.«
»Die Polizei hat Ärzte, mit denen sie zusammenarbeitet, richtig?«, fragte Laya. Sie hörte sich alles andere als begeistert an. »Ich werde nach Los Angeles zurückfahren …«
»Nein! Du willst doch nicht mit der Ausbildung aufhören.« Ariel fiel selbst auf, wie nervös sie sich anhörte. »Ich werde hier oben jemanden suchen.« Diskret und unauffällig, in sicherer Entfernung von Los Angeles. »Wenn nichts daraus wird, hast du getan, was du konntest, und hast dich keiner …«
»Warum willst du nicht, dass ich zurückfahre?«
»Du hast es selbst gesagt, diese Bestien sind immer noch auf freiem Fuß.«
»Und Mrs Murphy hat die Cops angerufen – wie ich es auch hätte tun sollen – und mit ihnen zusammengearbeitet, und sie lebt dort genau in dem Viertel, ist verwundbarer, als ich es sein würde, und sie ist gesund und munter, richtig?«
Ariel hatte nicht genügend bedacht, wie aufmerksam – und einfühlsam – selbst eine blinde Laya sein konnte.
»*Richtig*?«, wiederholte Laya.

34

Eher wird es in der Sahara schneien, gelobte sich Ariel, bevor ich mich jemals wieder in das Leben eines anderen Menschen einmische. Professionelle Schnüffelei, in Ordnung. Dafür wurde sie bezahlt. Wenn jemand dabei verletzt wurde, geschah es im erhabenen Namen der Pressefreiheit. Wahrscheinlich verdienten sie es sogar. (Man konnte sich zumindest einreden, dass sie es verdienten.) Aber unerbetene Schnüffelei? Nie mehr, nicht in diesem Leben.

Die Unterhaltung hatte nicht so schlimm geendet, wie es hätte sein können. Laya hatte äußerlich fast ruhig gewirkt, als sie erfuhr, dass die einzige weitere Zeugin der Ermordung von Price selbst ermordet wurde. »Sie haben sie umgebracht«, hatte sie gesagt. Es war eine Feststellung gewesen.

»Es sieht so aus«, hatte Ariel bestätigt und sich dabei so unwohl gefühlt wie noch nie.

Das war anscheinend alles, was Laya in sich aufnehmen konnte. Sie hatte nicht mehr danach gefragt, wie Carrie Murphy zu Tode gekommen war. Ariel war schon für Kleinigkeiten dankbar.

»Arrangier das mit der Hypnose, so schnell du kannst«, sagte Laya und fügte nach ein paar Sekunden hinzu: »Was auch immer passiert, es war richtig von dir, es mir zu sagen.«

Als sie in B. F.s Haus ankam, rief sie als erstes Tara Castanara an. »Tut mir Leid, Sie am Sonntag zu stören«, entschuldigte sie sich bei ihrer Assistentin, die sofort erwiderte: »Bleiben Sie bitte dran! Meine Tomatensauce fängt gerade an zu köcheln.«

»Zwei Dinge«, sagte Ariel, als Tara sich wieder meldete. »Erstens: Erinnern Sie sich an den Namen dieses hervorragenden Psychiaters aus San Francisco, den wir als Berater einsetzten ...«

»Morris«, erwiderte Tara, »Alvin. Nein, warten Sie ... Albert. Was ist, drehen Sie jetzt durch?«

»Ja. Zweitens: Ich werde mindestens morgen noch hier sein.« Während sie den Zeitplan für den folgenden Tag besprachen, suchte Ariel im Telefonbuch nach der Nummer von Albert Morris. Sie bekam seinen Auftragsdienst. Der Psychiater befand sich bis Mittwoch auf einer Konferenz in Toronto.

Ariel hatte die Privatnummer von Dr. David Friedman, ihrem Freund, der einmal für kurze Zeit ihr Therapeut gewesen war. Sie rief ihn an, da sie an eine Überweisung dachte. Von seiner Frau erfuhr sie, dass auch Dave sich auf der Konferenz in Toronto befand.

B. F., der immer in der Lage zu sein schien, einen passenden Experten aufzutreiben oder zumindest jemanden, der jemanden kannte, war nicht zu erreichen.

Ariel erinnerte sich, dass an dem Wohltätigkeitsdiner vor einer Woche auch ein Psychiater teilgenommen hatte (oder ein Psychologe, sie wusste es nicht mehr genau). Rob Millen hatte sie miteinander bekannt gemacht. Sie rief Rob an, aber der war nicht zu Hause. Und auch Alice Manning nicht, die wahrscheinlich eine Kartei führte, in der alle Ärzte der Stadt mit ihrer Spezialausbildung und den Anschriften ihrer Praxen aufgeführt waren. »Was ist denn heute los?«, brummte Ariel. Dann fiel ihr Charles Barnes ein. Er stand im Telefonbuch.

»Ich kann mich nicht an einen Psychiater oder Psychologen beim Diner erinnern«, antwortete er auf ihre Frage. »Ist Ihre Freundin in ... äh ... Not?«

Ariel fand seine zart fühlende Rücksichtnahme reizend. Seine unbeholfene Frage brachte sie überdies auf eine Idee. Der Termin, den sie zu arrangieren versuchte, konnte in mehr als nur einer Hinsicht nützlich sein. Laya war nicht gerade in allerbester Form. Ariel fragte sich, ob sie einem Seelenklempner einen Floh ins Ohr setzen sollte, sobald einer gefunden war. Durfte sie ihm von den Träumen ihrer Freundin erzählen, von den möglicherweise psychosomatischen Krämpfen und der Benommenheit? Diese Sache mit dem Summen?

Da fiel ihr ihr feierliches Gelöbnis wieder ein. Es war noch keine Stunde alt.

»Laya geht es gut«, erwiderte sie mit fester Stimme.

»O ja, natürlich«, sagte Charles.

»Nein, wirklich, es geht ihr heute besser. Es hat sogar ein paar neue Entwicklungen gegeben, positive neue Entwicklungen, die wir erforschen müssen, und das so schnell wie möglich.«

»Also wie kann ich helfen? Wollen Sie speziell diesen Psychiater finden oder überhaupt einen?«

»Wir suchen eigentlich einen Hypnose-Spezialisten.«

»Hypnose?«, wiederholte Charles. Sein Ton ließ vermuten, dass er sich verhört zu haben glaubte. Um Bauchschmerzen zu kurieren?, fragte er sich wohl gerade. Doch welche Gedanken er auch haben mochte, er sprach sie nicht aus. Er wolle ein paar Anrufe machen, sagte er, und sich dann wieder melden. »Überlassen Sie das nur mir.«

Nach weniger als zwei Stunden rief er zurück und nannte einen Namen, eine Telefonnummer und einen voraussichtlichen Termin für den folgenden Morgen.

»Das ist ein guter Mann«, versicherte er Ariel. »Ich kann mich für ihn verbürgen.«

»Er muss auch ein enger Freund sein«, entgegnete sie.

Charles hatte mit B. F. mehr gemein, als sie gedacht hatte. »Wie um alles in der Welt haben Sie ihn an einem Sonntag erreicht?«
Charles ließ ein erfreutes Glucksen hören. »Bitte rufen Sie ihn gleich morgen Früh an, um den Termin zu bestätigen«, war alles, was er sich entlocken ließ.

»Also, Mrs Gold, ich habe keinerlei Anhaltspunkte«, sagte Dr. Jonathan Shell, den Ariel um acht Uhr morgens anrief. Er sprach schnell und hörte sich jung an. »Als Erstes möchte ich Folgendes wissen: Ist dies für Ihre Sendung gedacht?«
Ariel zögerte. Glaubte er, vor der Kamera hochtrabende Reden halten zu können? Oder teilte er die Ansicht des Onkologen von Raymond Thibeau, dass bestimmte Fernsehmagazine »ein Furunkel am Arsch der Zivilisation« seien? Sie wollte diesen Termin unbedingt. »Wenn es für die Sendung wäre?«, fühlte sie behutsam vor.
»Würde ich mir eine neue Krawatte kaufen.«
»Und wenn nicht?«
»Würde ich die abnehmen, die meine Frau mir aufs Auge gedrückt hat.«
»Sparen Sie Ihr Geld«, entgegnete Ariel. Sie hörte ein Seufzen, was ebenso gut Ausdruck der Enttäuschung wie der Erleichterung sein konnte.
»Erzählen Sie mir alles, was ich über Ihre Freundin wissen muss. Dad hat mir nur gesagt, dass sie sehbehindert ist und sich um eine Hypnose-Therapie bemüht.«
»Dad?«
»Ja.«
»Charles Barnes ist Ihr Vater?«
»Wer ist Charles Barnes?«, fragte Shell zurück.
Wie kurz darauf klar wurde, hatte »ein alter Freund von

Dad mit Shell senior Verbindung aufgenommen«, einem pensionierten Psychiater, der anschließend Shell junior anrief, der keine Termine hatte, weil er vorgehabt hatte, an der Konferenz von Toronto teilzunehmen. »Aber bei meiner Frau kamen die Wehen zwei Wochen zu früh, und so bin ich hier geblieben. Es ist unser erstes Kind, und ich sage Ihnen gleich, dass ich, wenn sie anruft, selbst während der Sitzung, auf der Stelle weg bin. Und nun zu Ihrer Freundin ...«

Ariel bemühte sich, beim Anfang zu beginnen, dass Laya vor dem Verlust ihres Augenlichts Zeugin eines verbrecherischen Überfalls geworden war. »Es war dunkel, und Laya ...«

»Wann war das?«, unterbrach Shell sie.

»Vor einem Monat.«

»Und der Verlust des Augenlichts erfolgte wann ...?«

»Fast sofort danach.«

»Aha!«

»Aha? Oh, Sie denken an ein Trauma. Nein, die Blindheit ist körperlicher Natur. Was ich ...«

»Der Überfall ... ein Straßenraub?«

»Körperverletzung mit Todesfolge.«

»Schuldgefühle der Überlebenden?«

»Das ist im Augenblick nicht das Thema.«

»Sondern?«

»Haben Sie etwas Geduld, Dr. Shell.«

»Wie bitte? Oh, tut mir Leid. Es ist das Warten auf das Baby. Fahren Sie fort.«

»Es war dunkel. Laya war verängstigt. Sie erhaschte einen Blick auf das Gesicht eines der Angreifer, kann sich aber nicht daran erinnern, wie er aussieht.« Wegen ihres jetzigen verletzlichen Zustands, erklärte Ariel, wolle ihre Freundin wissen, ob sie wirklich fähig sei, der Polizei

Informationen zu geben, bevor sie sich einer Prozedur unterziehe, die sich vielleicht als sinnlose Tortur herausstelle.

»Daher die Hypnose«, schloss Shell.

»Ja.«

»Verstehe. Dann machen wir das. Ist Ihnen elf Uhr recht?«

Shells Praxis befand sich im Keller eines weitläufigen Hauses aus Stein und Holzschindeln in Kentfield. Auf der Zufahrtsstraße, dem Sir Francis Drake Boulevard, kamen die Autos nur Stoßstange an Stoßstange im Schneckentempo voran, und Ariel, die eigentlich früher da sein wollte, lieferte Laya um Punkt elf Uhr ab. Als sie ihre Freundin ein paar Stufen zu einem diskret ausgeschilderten Seiteneingang hinunterführte, bemerkte sie in einem Fenster des Erdgeschosses pinkfarbene Rüschengardinen. Das erwartete Kind würde also ein Mädchen werden, schloss sie daraus.

Dr. Shell war älter, als er sich angehört hatte, etwa vierzig. Er war zierlich gebaut, hatte einen lockigen Haarkranz und unruhige Hände, die immer eigene Pläne zu haben schienen. Jetzt ergriffen sie Ariels und bewegten sie heftig auf und ab, als sie sich begrüßten, dann nahmen sie behutsam die von Laya, als er sie in sein Behandlungszimmer führte.

Ariel wartete allein in der Nähe des Empfangs. Sie konnte nicht mal ein Murmeln hören. Wenn sie irgendwo ein Glas gesehen hätte, hätte sie es an die Wand gehalten. Sie hatte die ausliegenden Zeitschriften überflogen und eine Reihe gerahmter Cartoons aus dem *New Yorker* an einer Wand gelesen sowie Fotos einer attraktiven Brünetten betrachtet, die fast eine ganze andere Wand bedeckten, bevor sie sich hinsetzte und sich mit ihrem Laptop und dem Handy an die Arbeit machte.

Einmal glaubte sie einen kurzen, erstickten Schrei zu

hören, doch ansonsten war nur das Surren ihres Computers zu vernehmen. Die traditionellen fünfzig Minuten vergingen, dann eine Stunde, und noch immer drang kein Laut aus dem Behandlungszimmer.

»Haben Sie schon mal eine solche Form von Regression behandelt?«, hatte Ariel Dr. Shell morgens am Telefon gefragt.

»Ja, und zwar als Berater der hiesigen Justizbehörden. Einfache Prozedur. Kein Grund, sich Sorgen zu machen.«

Um zwölf Uhr zwanzig ging die Tür auf, und Shell und Laya kamen heraus. Er sah fasziniert aus, sie erschüttert.

»Wie war's?«, fragte Ariel.

»Interessant«, antwortete Dr. Shell. Er tätschelte Laya die Hand wie ein liebevoller Vater. »Denken Sie ernsthaft darüber nach«, sagte er zu ihr.

Ariel hatte einen Scheck in der zuvor vereinbarten Höhe ausgestellt. Sie überreichte ihn ihm. Er nahm kaum davon Notiz.

Als sie wieder im Wagen saßen, fragte Ariel: »Worüber sollst du ernsthaft nachdenken?«

»Er will, dass ich wiederkomme. Er will mich weiterbehandeln.«

»Warum? Was ist passiert?«

Es vergingen ein paar Sekunden, bevor Laya antwortete. »Nichts Erhellendes über Mr X.«

»Mehr als eine Stunde lang nichts Erhellendes?«

»Wir haben uns nicht die ganze Zeit diesem Thema gewidmet.«

»Welchem Thema habt ihr euch dann ...«

»Außerdem hat Dr. Shell eine Weile telefoniert.«

»Mit wem ...?«

»Um zu sehen, ob meine Symptome alle in meinem Kopf zu finden sind.«

»Symptome? Laya, was …«
»Ich hatte gestern Nachmittag Magenkrämpfe. Die Ärztin der Hundeschule hat weitere Tests gemacht. Das habe ich Dr. Shell erzählt.«
Ariel hielt am Rand und schaltete den Motor aus. »Alles in Ordnung mit dir?«, fragte sie.
»Willst du die Wahrheit hören? Ich weiß es nicht, ich weiß nur, dass ich müde bin.«
»Kannst du mir davon erzählen?«
»Darüber, wie es ist, wieder an diese Gasse zu denken und an Mr X?«
»Wenn du da anfangen willst.«
»Ich kann dir nur sagen, dass es Zeitverschwendung war.«
»Dr. Shell hat es also nicht geschafft, dich in Trance zu versetzen?«
»Das habe ich nicht gesagt, doch es war nicht so, wie ich es mir vorgestellt hatte. Ich schlief nicht, konnte aber den Ort sehen, die Gasse, und ihn – diesen Mann, seine Augen. Es war nicht einfach, an diesen Augen vorbeizukommen …«
Laya zog ein zusammengefaltetes Blatt Papier aus der Tasche. »Hier. Dr. Shell hat aufgeschrieben, was ich sagte.«
Die Notizen waren hastig hingekritzelt. Es waren nicht viele. Einsachtzig bis einsvierundachtzig groß?, las Ariel. Kräftiger Oberkörper. Kurze Beine. Gestrickte Seemannsmütze, schwarz oder marineblau. Kleidung auch. »Seine Kleider waren alle dunkel?«, fragte sie und sah auf. »Ganz dunkel?«
»Was spielt das jetzt noch für eine Rolle zu diesem späten Zeitpunkt?«
»Aber du hast keine Farben gesehen?«, beharrte Ariel.
»Was?«
»Kein Blau, kein Rot, kein Grün? Das sagt uns zwar nicht, wer er ist, könnte aber Auskunft darüber geben, was er

nicht ist – ein Bandenmitglied.« Als Laya dazu schwieg, fuhr Ariel fort: »Was diesen Überfall zu einem *persönlichen* Angriff macht.« Sie wusste, dass sie mit diesen Vermutungen nach Strohhalmen griff. »Was soll das hier mit seinem Mund bedeuten?«, fragte sie, als sie den Test von Dr. Shells Notizen las.

»Etwas stimmte nicht …« Laya fasste sich oberhalb der Oberlippe nicht ganz in der Mitte an den Mund. »Hier. Gespalten oder …«

»Geschnitten, meinst du? Hat er sich beim Kampf mit Price verletzt?«

»Und wenn? Inzwischen müsste die Wunde verheilt sein, und …« Laya verstummte und dachte nach.

»Was?«

»Ich glaube nicht, dass es blutete. Es war keine Wunde.«

»Eine Narbe?«

Laya neigte den Kopf kaum merklich. »Vielleicht.«

»Jetzt kommen wir endlich von der Stelle! Was sonst noch? Schmuck? Eine Armbanduhr oder ein Ring? Ein Ohrring?«

»Nicht dass ich wüsste.«

»Ein Nasenschmuck? Oder eine Tätowierung oder …«

»Nein.« Laya hob die Hand und ließ sie wieder fallen. »Hypnose oder nicht, Ariel, wie gut könntest du einen Mann beschreiben, den du bei schlechter Beleuchtung nur für ein paar Sekunden gesehen hast, und das vor mehr als einem Monat?«

Das war eine berechtigte Frage. »Du solltest jedoch die Narbe nicht unterschätzen. Das ist mehr, als die Polizei weiß, und sie muss auffällig gewesen sein, denn sonst hättest du sie in dem Licht nicht gesehen.« Aber wie gebe ich diese Information und alles andere weiter?, fragte sich Ariel. Mit einem anonymen Anruf? Einem Brief? Sie steckte Dr. Shells Notizen in ihre Handtasche. Dann fiel ihr wieder etwas ein, und sie fragte: »Wie sind deine Magenprobleme zur Sprache gekommen?«

Laya zögerte kurz, bevor sie antwortete: »Ich habe Dr. Shell davon erzählt, davon und von anderen Dingen. Symptomen.«

»Und?«

»Er hat eine Menge Fragen gestellt, meist die gleichen wie der Arzt gestern.«

»Und ist zu dem Schluss gekommen, dass das Problem nicht organisch ist, stimmt's? Aber was hat dich dazu gebracht, die ganze Sache zur Sprache zu bringen?«

»Hab ich gar nicht getan. Es ergab sich.«

Ariel nickte. »Ja?«

»Ein Albtraum, den ich schon ein paar Mal gehabt habe. Und plötzlich hatte ich ihn wieder, noch schlimmer.«

»Einen Albtraum?« In Dr. Shells Praxis? »Ich verstehe nicht.«

»Nun, ich kann ihn nicht erklären.«

»Dann beschreibe ihn.«

»Genauso gut könnte man versuchen, die Hölle zu beschreiben.« Laya bemühte sich um einen normalen, sachlichen Ton. »Es geschah, als er mich aus der Trance herausholte. Ich war in Trance, aber nicht sehr tief, als befände ich mich an zwei Orten auf einmal. Ich war in der Gasse, im Dunkeln, aber ich wusste, dass ich in Wirklichkeit in der Praxis auf der Couch lag, und da war Licht, das ich spüren konnte.« Sie verstummte kurz, als würde sie die Empfindung noch einmal erleben. »Ich konnte ihn deutlich hören. Er sagte: ›Sie sind absolut sicher. Hier gibt es nichts, wovor Sie Angst haben müssten.‹ Er wiederholte solche Sätze, um mich zu beruhigen. Und dann, genau dann ...« Sie presste die geballten Fäuste in die Magengegend wie jemand, der einen Schlag erhalten hat, und fragte: »Bist du jemals so hingefallen, dass du keine Luft mehr bekommen hast?«

»Nicht dass ich wüsste.«

»Die ganze Luft wird einem aus den Lungen gesogen. Man kann nicht atmen. Man weiß, dass man sterben wird, wenn man keine Luft bekommt. Etwa so war es. Keine Luft. Dann wich dieses Gefühl der Panik.« Laya schluckte und beruhigte sich. »Urplötzlich sprach dann nicht nur Dr. Shell. Ich hörte auch eine Frau. ›Mit Ihnen ist alles in Ordnung. Nun kommen Sie schon, alles ist bestens‹, sagte sie. Sagten sie beide. Und das Licht war verschwunden. Keine Praxis, keine Couch. Ein Bett. Ein Schutzgeländer.« Ariel sah die Schweißperlen, die sich an Layas Haaransatz bildeten. »Ich hörte Dr. Shell, aber seine Stimme wurde … gleichsam durch die der Frau überlagert. Mein Magen tat weh, aber das war nicht mal … scheußlich war, dass ich nicht richtig denken konnte.« Ein Schweißtropfen löste sich und rann herunter. »In meinem Kopf war es … Was ich sah, ergab keinen Sinn.«

Ariel ergriff Layas Hand. Sie war eisig.

»Nichts bleibt so, wie es ist. Ich meine, alles verändert sich immerzu. Verschmilzt und wird zu etwas anderem. Man kann nicht darauf vertrauen, dass irgendetwas, ganz gewöhnliche Dinge, das sind, was sie sind.«

Obgleich alles ganz ruhig gesagt wurde, begann Ariel sich unwohl zu fühlen. »Vielleicht solltest du nicht …«

»Nein, hör zu, damit du verstehst, was ich meine. Dieser Kater auf meinem Bett? Dieser kleine graue Kater. Nur ein Kater. Er schnurrt, ist warm. Ein mageres kleines Ding mit einem süßen Gesicht. Er rollt sich zusammen – du weißt, wie Katzen das machen, wenn sie sich einen Schlafplatz suchen? Ich sehe diesen Fleck mit Sonnenlicht, und der

Kater findet ihn, und ich fühle mich glücklich. Ich versuche die Hand nach ihm auszustrecken, kann es aber nicht. Aus irgendeinem Grund kann ich mich nicht bewegen. Irgendwie werde ich fest gehalten. Ich bemühe mich mit aller Kraft, mich zu bewegen. Dann richtet sich der Kater auf den Hinterbeinen auf, und ich weiß, dass er gar kein Kater ist. Außerdem ist da nicht nur einer. Ich kann dieses *Plopp* spüren, als die anderen aufs Bett springen. Ich kann das Gewicht auf meinen Beinen spüren. Ich weiß nicht, wie viele es sind. Sie entblößen die Zähne und sind hinter mir her, und es gibt nichts, was ich tun könnte, um sie davon abzuhalten …«

Ariel, die bis dahin gespannt zugehört hatte, schreckte zurück. »Laya, nein!«, rief sie. »Das muss nicht sein.«

»Und dann sind sie auf mir. Ich flehe sie an: Lasst mich aufstehen! Helft mir! Und man sagt mir immer wieder – diese Frau sagt es immer wieder: ›Hier ist nichts, Kleine. Sie bilden sich was ein.‹ Aber die Ratten sind wirklich. Sie sind da. Fressen mich an. Meinen Bauch. Sie verschlingen meine Augen. Diese Frau, die ich für freundlich hielt, will mir nicht helfen. Sie lacht mich aus, und ich summe …«

»Summe?«, sagte Ariel unwillkürlich.

»Ja, ganz laut. Sie lacht, und ich versuche das Geräusch zu übertönen. Alles zu übertönen. Ich möchte verschwunden sein. Nicht mehr existieren. Tot und in Sicherheit sein.«

»Laya, hör auf!«

Laya zuckte zusammen. Sie atmete hörbar aus und sagte: »Mir geht's gut. Ich bin. Ich bin hier. Ich bin nicht da.«

Ariel tätschelte Laya unbeholfen die Hand und suchte nach Worten, mit denen sie sie beruhigen konnte. Sie war nicht der Mensch, der es mit einem »So, so, schhhh!« versuchte. »Ist ›da‹ immer derselbe Ort?«, fragte sie. »Ich meine, ist der Traum immer gleich?«

»Fast. Der war der Schlimmste.«

»Hast du Dr. Shell all das erzählt?«

»Ja. Ich weiß nicht. Wahrscheinlich. Er fragte mich … er wollte wissen, ob ich jemals Halluzinogene genommen habe.«

»Ja?« Verdammt gute Frage. »Hast du?«

»Es war kein schlechter Trip, Ariel. Ich werfe mir keine Trips ein und habe auch keine *Angst* davor, den Verstand zu verlieren. Ich *hatte* ihn verloren. In diesen paar Minuten, in denen ich in der Hölle dieses Traums gefangen bin, bin ich verrückt.«

Ariel brauchte nicht überzeugt zu werden. Sie überlegte hin und her, ob sie in Dr. Shells Praxis zurückkehren und irgendeine antipsychotische Droge verlangen sollte oder zumindest eine Erklärung. Sie musterte Laya. Diese sah zwar mit Sicherheit nicht ruhig aus, schien aber klar zu denken. Sie hat einen Albtraum gehabt, sagte sich Ariel, das ist alles; einen besonders bösartigen Albtraum.

»Wahnsinn zu fürchten und Wahnsinn zu erkennen sind sehr verschiedene Dinge«, fuhr Laya fort und zog ihre Hand von Ariels zurück. Dann steckte sie beide Hände in die Achselhöhlen, um sie zu wärmen. »Es ist irgendwie ähnlich, aber keine Paranoia, wenn man sich tatsächlich in Gefahr befindet.«

Du lieber Himmel!, dachte Ariel. Sind wir wieder dort angekommen? Aber natürlich sind wir das, wir haben uns nie davon gelöst. Sie ließ den Traum Revue passieren. Der Teil mit den Augen war eindeutig genug. Dass Laya sich als Opfer fühlte, hilflos, unfähig, gegen die Raubtiere zu kämpfen, von denen sie glaubte, sie seien hinter ihr her … das passte. Aber woher kam all dieses andere Zeug? Ariel konnte nicht sehen, wie diese Trugbilder hineinpassten. War es möglich, dass der Traum prophetisch war? Oder eine Erinnerung? Ariel griff nach diesem Strohhalm. »Bist du als Kind jemals ernsthaft krank gewesen? Hast du mal hohes Fieber gehabt und warst im Delirium?«

»Im Traum bin ich kein Kind«, erwiderte Laya.

»Richtig. Aber ich frage mich … wer ist die Frau?«

»Die Frau? Keine Ahnung.«

»Sie nennt dich Kleine?«

»Habe ich das gesagt? Dann tut sie es wahrscheinlich.«

»Könnte es sein … ich meine, wann hast du deine Mutter verloren?«

Laya ließ ein Lachen hören, das einem Kichern erschreckend nahe kam. »Du hast vielleicht eine blühende Fantasie. Immer mit einer Theorie bei der Hand.«

»Was stimmt denn mit der Theorie nicht?«

»Ariel, sie ist nicht meine Mutter.«

»Wenn du keine Vorstellung davon hast, wer sie ist, woher willst du dann wissen, dass sie nicht deine Mutter ist?«

»Nun, erstens war meine Mutter keine Weiße.«

»Diese Frau ist weiß?«

»Wie Schnee, und, stell dir vor, ich bin es auch. Ich bin nicht nur eine verrückte Frau. In diesem Albtraum, Ariel, bin ich eine *weiße* verrückte Frau.«

35

Sie nahmen ihren Lunch in einem Strandcafé an der Bucht ein. Mochte Laya auch keinen großen Appetit haben, so schienen sie der Sonnenschein und die Normalität doch zu beruhigen. Sie hatte keine Lust mehr, über ihre

Probleme zu sprechen. Als sie sich nach dem Stand der Thibeau-Sache erkundigte, erkannte Ariel dies zwar als Ablenkungsmanöver, ging jedoch darauf ein. Laya hörte mit ihrer alten Aufmerksamkeit zu. Sie war erleichtert, wie Ariel spürte, zu ihrer beider Dynamik zurückzukehren. Und Ariel war es auch, wie sie sich eingestand.

Sie zögerte, dieses Beisammensein zu beenden, und fühlte sich eigentümlich unwohl bei dem Gedanken, Laya in die Schule zurückkehren zu lassen. Zum Glück wurde gerade ein Kurs abgehalten, der von einer Angehörigen der Schule geleitet wurde. Ariel ging gerade zu ihrem Wagen, als sie von einer kleinen rothaarigen Frau mit Brille abgefangen wurde, die sie noch nie gesehen hatte.

»Ich habe mich gefragt, ob Sie *die* Ariel Gold sind«, sagte die junge Frau und stellte sich als Dr. Gayle Baker vor.

»Die Ariel Gold?«, wiederholte Ariel.

»Als ich den Namen las, den Laya unter der Rubrik ›In Notfällen benachrichtigen‹ eingesetzt hat.«

»Das bin ich«, antwortete sie lächelnd. »Gibt es einen Notfall?«

»Ich hoffe nicht«, erwiderte Dr. Baker ernst, »aber lassen Sie uns kurz miteinander sprechen.«

Sie ging vor und führte Ariel zu einer Bank. Es war dieselbe, auf der sie schon zweimal mit Charles gesessen hatte. Ariel ließ sich darauf nieder, während Dr. Baker stehen blieb. »Laya scheint ihre Angst vor Hunden allmählich in den Griff zu bekommen«, sagte sie und runzelte dabei die Stirn, als wäre dies eine negative und keine positive Entwicklung. Diese senkrechten Falten zwischen den Augen werden wohl, wie Ariel vermutete, schon bald zu einem unveränderbaren Merkmal des blassen jungen Gesichts werden.

»Hat sie Ihnen davon erzählt?«, fragte Ariel vorsichtig.

»Wir müssen alles nur Denkbare über unsere Schüler wissen, ihre gewohnten Bedürfnisse, ob nun körperlicher oder seelischer Natur. Sie ist nicht die Erste, die mit einer Angst vor Hunden herkommt, und wird auch nicht die Letzte sein.« Dr. Baker steckte die Hände in die Taschen ihres weißen Kittels. Mit dem Stethoskop, das ihr am Hals baumelte, sah sie aus wie ein Mädchen, das Doktor spielt. »Hat Laya schon früher seelische Probleme gehabt?«, wollte sie wissen.

»Diese Frage gehört doch sicher zu den *vertraulichen* Informationen, die Sie von Ihren potenziellen Schülern erhalten?«

»Sie sagte Nein. Allerdings …«

»Abgesehen davon, dass sie von jemandem, der immer noch auf freiem Fuß ist, auf hinterhältige Weise geblendet worden ist, nehme ich an, dass sie in dieser Hinsicht keinerlei Gepäck mit sich herumschleppt.«

Die Ärztin runzelte erneut die Stirn und errötete. »Ich klatsche nicht, Mrs Gold. Die Einzelheiten der Tragödie Ihrer Freundin sind uns natürlich bekannt, und ich werde Ihnen gegenüber genauso offen sein wie bei ihr. Ich bin der Ansicht, dass ihr Entschluss zu einer Ausbildung hier voreilig war. Es wäre ihr besser damit gedient gewesen, wenn sie sich die Zeit genommen hätte, sich an ihre Behinderung zu gewöhnen, und ideal wäre es gewesen, wenn sie sich psychologisch hätte beraten lassen, bevor sie hierher kam. Aber jetzt ist sie nun mal hier.«

»Wenn Sie dieser Ansicht sind, warum ist sie dann aufgenommen worden?«

»Weil nicht jeder meiner Meinung war. Aber seit sie hier ist, möchte ich, dass sie Erfolg hat. Ich möchte auch genau informiert sein. Es ist mein Job, das zu sein, und ich nehme ihn ernst.«

Ariel ließ sich nicht einschüchtern. »Was veranlasst Sie, nach seelischen Problemen zu fragen?«
»Benommenheit und Magenschmerzen sowie Übelkeit können Symptome eines ganzen Syndroms von Störungen sein. Wir haben noch nicht alle Testergebnisse zurück und auch noch nicht alle möglichen Tests gemacht, aber bis jetzt gibt es keinen Hinweis darauf, dass die Symptome eine organische Ursache haben. Ich vermute, dass sie psychogen sind.«
»Warum?«
»Psychologischen Ursprungs und vor allem in der Unterleibsregion manifest.«
»Ich habe gefragt, warum Sie das vermuten.«
»Wegen bestimmter Beobachtungen. Unsere neuen Schüler sind natürlich oft ängstlich, aber Layas Ängstlichkeit ist nicht, wie mir scheint, auf die Anstrengungen der Ausbildung zurückzuführen. Mir fällt auf, dass es ihr gut geht, solange sie arbeitet. Erst wenn sie allein ist und sich zum Beispiel im Zimmer ausruht, neigen die Symptome dazu, sich zu zeigen.«
Die Frau mag vielleicht unerfahren sein, dachte Ariel, und steif wie neue Schuhe, aber sie hält die Augen offen.
»Sie leidet an Schlaflosigkeit«, fuhr Dr. Baker fort, »und ist übernervös. Als ich sie untersuchte, gab es einen kurzen, aber deutlich spürbaren Moment, in dem sie sich nicht mehr konzentrieren konnte. Heute Morgen bekam ich einen Anruf von einem Dr. Shell, den sie sich anscheinend als behandelnden Psychiater ausgesucht hat. Da hörte ich zum ersten Mal davon.«
»Dieser Termin betraf eine Angelegenheit, die mit ihren Symptomen nichts zu tun hat.« Kaum hatte sie die Worte gesagt, wurde Ariel bewusst, dass sie nicht zutreffend waren. Natürlich hatte der Termin bei Dr. Shell den Zweck

gehabt, Einzelheiten über die Männer, die Price getötet hatten, in Erfahrung zu bringen, aber was konnte sonst noch für Layas Anfälle von nervöser Erschöpfung oder was auch immer verantwortlich sein, wenn nicht dieser Vorfall?

»Die Fragen, die er mir stellte«, sagte Dr. Baker, »standen in direkter Beziehung zu ihren Symptomen.«

»Ich behaupte ja nicht, dass sie die Dr. Shell gegenüber nicht erwähnt hat. Sie schien vernünftig zu sein, solange sie dort war. Sie haben doch kein Problem mit einer Schülerin, die einen Psychiater aufsucht?«

»Ganz im Gegenteil.« Die Stirnfalten wurden tief und ernst. »Ich baue darauf, dass sie sich auch weiterhin um Behandlung bemüht.«

Soll das eine Drohung sein?, fragte sich Ariel, eine Bedingung dafür, dass Laya in der Schule bleiben darf? Wenn sie sich dafür entscheidet, Shell nicht mehr zu konsultieren, würde sie dann als Versagerin von der weiteren Ausbildung ausgeschlossen werden? Würde man sie dann wie die Hunde, die »eine neue Laufbahn« einschlugen, für temperamentsmäßig ungeeignet halten? Als für das Programm zu empfindlich?

»Dr. ...« Ariel hätte sie am liebsten mit Beteuerungen über die normale und angeborene Ausgeglichenheit ihrer Freundin überschüttet, ihr gesagt, wie couragiert sie eine Katastrophe bewältigt hatte, die eine schwächere Frau hätte in die Knie gehen lassen, ihr klar gemacht, wie mutig Laya sich an einen Ort vorgwagt hatte, der von einem Hund bewohnt war.

Doch in Wirklichkeit war Ariel um die seelische Gesundheit ihrer Freundin genauso besorgt wie diese Frau. Außerdem hatte sie geschworen, sich nicht mehr einzumischen. »Dr. Baker«, sagte sie, »ich baue ebenfalls darauf, dass sie es tun wird, aber die Entscheidung muss sie selbst treffen.«

Ariel hielt kurz bei B. F., um ihre Sachen abzuholen, bevor sie zum Flughafen fuhr. Der Anrufbeantworter war in ihrer Abwesenheit tätig gewesen. Rob Millen war als Erster drauf. »Erwidere Ihren gestrigen Anruf«, hatte er gesagt. »Nehme an, dass Sie nach Hause gefahren sind. Ich werde versuchen Sie in Los Angeles zu erreichen.«
Henry Hellers Stimme hätte Ariel fast nicht erkannt. Waren es erst ein paar Wochen her, seit sie ihn gesehen hatte? »Tara hat mir diese Nummer gegeben. Sind wir immer noch für die große Fete verabredet?« Er hörte sich ziemlich durcheinander an. »Die Erstausgabe wird am Freitag an den Kiosken sein. Es ist … nun ja, urteile selbst. Ich habe ein Exemplar in meiner gelähmten Hand. Wenn du mich nicht in der Redaktion findest, such mich im nächstgelegenen Irrenhaus.« Ariel hatte die Gründungsparty für *Newsfront* vergessen. War es morgen Abend? Sie machte sich eine Notiz, um bei Tara Datum und Uhrzeit zu erfragen.
Dann waren auf dem Anrufbeantworter noch ein anzügliches Angebot sowie ein Rückruf aus der Praxis von Dorothy Thibeaus Ärztin Marian Scopes, und ein Anrufer hatte aufgelegt.
Ariel kämpfe mit sich, ob sie sich wieder melden sollte, was für sie untypisch war. Sie hatte es eilig und außerdem vorläufig von Ärzten genug. Sie hatte bei ihrem Anruf am Samstag, als sie ihren Namen und ihre Telefonnummer hinterlassen hatte, Dorothy absichtlich nicht erwähnt und blickte jetzt mit einigem Bangen der Befragung der hoch geachteten Internistin entgegen, die Rob zufolge ungnädig wurde, wenn man ihre Diagnose anzweifelte. Ariel

wählte und wurde zu ihrer Überraschung gleich durchgestellt. Sie machte sich im günstigsten Fall auf die Art von Arroganz gefasst, die sie gerade bei Gayle Baker erlebt hatte, oder schlimmstenfalls auf eine Beschimpfung. Dann fragte sie Dr. Scopes, ob Dorothy Thibeau ihre Patientin gewesen sei.

»Ja, das war sie«, kam die liebenswürdige Antwort, in der Ariel einen winzigen Akzent heraushörte – Südafrika? Neuseeland? »Sind Sie eine Verwandte von Dot?«

Dot? »Nein«, antwortete Ariel, »eine Freundin.«

»Nun denn, willkommen im Klub. Sie war ein fabelhaftes Mädchen. Was kann ich für Sie tun ... äh ... verzeihen Sie, wie war noch Ihr Name?«

»Ariel Gold.« Ariel wartete auf eine Reaktion. Es kam keine. »Wir hatten eine Zeit lang nichts voneinander gehört, und ich habe soeben von ihrem Tod erfahren. Das war ein Schock für mich, und im Grunde würde ich nur gern wissen, was passiert ist? Haben Sie eine Minute Zeit, darüber zu sprechen?«

Die Ärztin, die sich so erfahren und entspannt anhörte, wie Dr. Baker unerfahren und steif gewirkt hatte, sagte, sie habe alle Zeit, die nötig sei. »Ich komme gerade aus dem Urlaub und habe mir den heutigen Tag freigenommen, um Papierkram aufzuarbeiten. Ich hasse diese verdammte Schreibarbeit!«

»Dann erzählen Sie es mir bitte ausführlich«, erwiderte Ariel, die ihr Glück kaum fassen konnte.

Scopes berichtete, Dot habe wegen eines Termins angerufen und über Schmerzen im unteren Rücken geklagt, doch dann habe sie den Termin abgesagt. Vermutlich sei es ihr wieder besser gegangen. »Sie kennen doch die Geschichte von den Kindern des Schuhmachers? Also, meine Liebe, Dot Thibeau war ein klassischer Fall. Als Frau eines Arztes war es so gut wie unmöglich, sie dazu zu bewegen, einen zu konsultieren. Ray musste sie buchstäblich zu ihrer alljährlichen Untersuchung schleifen.«

Als Scopes sie dann tatsächlich untersucht hatte, nachdem eine besorgte Nachbarin sie zwei Tage später angerufen hatte, befand sich Dorothy schon fast in einem kritischen Zustand. Sie habe, so Scopes, an einer Mehrzahl sich schnell verschlimmernder Symptome gelitten – an hohem Fieber, einem wunden Hals, Husten und starker Kurzatmigkeit. »Ich wünschte, sie wäre schon nach dem ersten Anruf gekommen, aber wir haben alles getan, was wir konnten, meine Liebe.«

»Was war die Todesursache, Dr. Scopes?«

»Lungenentzündung. Wollen Sie alles hören? Doppelseitige Lungenentzündung, Atmungsversagen, *Cor pulmonale* … das sind Herzsymptome infolge einer Lungenerkrankung.«

»Die worauf zurückzuführen war?«

»Das kann ich Ihnen nicht sagen«, antwortete die Ärztin mit fester Stimme. »Bedaure.«

Oh, dachte Ariel, jetzt kneift sie. »Warum nicht?«

»Weil ich es nicht weiß. Sie ist an einer Lungenentzündung gestorben, die vermutlich auf Viren zurückzuführen ist, aber ich kann das spezifische Virus nicht benennen. Ebenso wenig der Pathologe, dem ich nach Dots Tod den Fall übergab.«

»Sie haben was getan?«

»Den Fall gemeldet.«

»Man hat eine Autopsie vorgenommen?«

»Um herauszufinden, ob wir es mit einer infektiösen Krankheit zu tun hatten, oder, nun ja … jedenfalls hatten wir kein Glück.«

»Oder nun ja was?«

»Bitte?«

»Sie sagten, oder, nun ja …«

»Oh, nichts weiter.« Marian Scopes seufzte. »Dot befand sich in einem stark geschwächten Zustand, als ich sie schließlich zu sehen bekam. Sie war aufgeregt, das arme alte Mädchen. Ich wusste, dass sie sich ein paar Dinge einbildete, aber ich mag ungeklärte Sachen nicht, und so … Entschuldigen Sie mich eine Minute.«

Ariel wurde aus der Leitung geworfen. »Tut mir Leid«, sagte Scopes nach einer Weile. »Ich hoffe, ich habe Ihnen geholfen.«

»Nein! Ich meine, ja, aber einen Moment noch. Sie sagten, Dorothy … Dot habe sich Sachen eingebildet. Was für Sachen?«

»Der Verstand schützt uns auf rätselhafte Weise vor dem Unannehmbaren – der Tatsache, dass Krankheit und Tragödie, *die Sterblichkeit*, keinerlei Unterschied machen. Nicht mal die Menschen mit einem Schutzengel sind immun.«

»Ich verstehe nicht.«

»Nun, Sie kannten Dot. Sie war einer der Menschen, die nie einen Tag krank gewesen sind, wie wenig sie auch für ihre Gesundheit getan haben. Sie haben, was ihre Gene betrifft, das große Los gezogen. Sie bewegte sich nicht, blieb aber schlank und fit. Sie mochte ein Gläschen Wein, doch ihre Leber hat keinen Mucks gemacht. Sie hat heimlich geraucht, wie ich befürchte.«

»Was bildete sie sich ein?«, hakte Ariel nach.

Dr. Scopes schwieg eine Weile, bevor sie sagte: »Ich nehme an, dass sie eine größere Nemesis brauchte als so ein lächerliches unsichtbares Virus, und so erschuf sie sich etwas, dem sie einen Namen und die Schuld geben konnte.«

Ariels Herz schlug schneller.
»Sie hatte sich in den Kopf gesetzt«, sagte Dr. Scopes mitleidig, »dass ein *Mensch* hinter ihr her sei.«

Der Pendelflieger nach Los Angeles um drei Uhr dreißig flog ohne Ariel ab. Die Maschine danach ebenfalls. Inzwischen saß sie auf der Veranda von B. F.s Haus und betrachtete die Aussicht, ohne sie zu sehen. Ihre Notizen von dem Gespräch mit Marian Scopes lagen auf ihrem Schoß.
Dr. Scopes hatte die Frage verneint, ob Dorothy einen bestimmten Menschen nannte, von dem sie sich bedroht fühlte. Aber sie hätte eine konkrete Beschuldigung mit äußerster Skepsis aufgenommen. Dorothy hatte unter starken Medikamenten gestanden und war somit desorientiert gewesen. Als Ariel sie wegen Dorothys Fantasievorstellungen bedrängt hatte, hatte Dr. Scopes brüsk geantwortet: »Sie behauptete einer Schwester gegenüber, dass ihre Nahrung vergiftet sei.« Da man sie zu dem Zeitpunkt intravenös ernährt hatte, verstärkten solche Bemerkungen natürlich die Annahme, dass sie fantasierte.
Ob sie sich an noch etwas erinnern könne, hatte Ariel gefragt. An irgendeine Unterhaltung?
Nun ja, gab Dr. Scopes zu, wenn man Gespräche mit Leuten, die gar nicht da gewesen seien, dazuzähle. An einen Bruder schien sie sich zu erinnern. »In den letzten Tagen ist das nicht ungewöhnlich, meine Liebe.«
Ariel blätterte in ihren Notizen. Die Worte verschwammen ihr vor den Augen. Sie weinte nicht, nicht wirklich; doch es rollten verstohlene Tropfen über ihre Wangen, die nicht aufzuhören schienen. Sie dachte an das Foto, das Dorothy B. F. geschickt hatte – ein Trio, das sich für eine Party zurechtgemacht hatte. Die drei hatten unerschütter-

lich sorglos gewirkt. Während sie das Bild betrachtet hatte, erinnerte sich Ariel daran, dass sie, als sie zum ersten Mal ein Gesicht mit dem Namen Dorothy verband, deren Aussehen verblüfft hatte – glattes blondes Haar, wobei das Blond in ihren späteren Jahren eingestandenermaßen unecht war, dunkle, lebhafte Augen, entblößte Schultern.

Diese lebensfrohe und gebildete Frau war am Ende nur noch verängstigt und verwirrt, der unwürdigen Behandlung überantwortet, dass Fremde ihre Nahrungsaufnahme und Ausscheidung überwachten, sie sauber hielten, ihr Medikamente gegen den Schmerz einflößten und ihre unverständlichen Kommunikationsversuche missverstanden.

»Sagten Sie, Ihr Name sei Gold?«, hatte sich Dr. Scopes urplötzlich erkundigt. »Nun frage ich mich ... Es war, als es schon zu Ende ging. Dot wollte irgendwas. Ich verstand das Wort Gold und vermutete, dass es ihre Eheringe waren, die wir für sie aufbewahrten, müssen Sie wissen. Sie nehmen nicht an, sie könnte nach Ihnen gefragt haben, oder?«

Ariel hoffte inständig, dass Dorothy nur um ihre Ringe gebeten hatte.

Die Autopsie, hatte sie erfahren, sei unvollständig gewesen und habe sich auf eine Leichenbeschau im Krankenhaus in Anwesenheit des neuen Coroners beschränkt, des Nachfolgers von Raymond Thibeau. Ziel sei es gewesen, den Mikroorganismus zu identifizieren, der den Tod herbeigeführt hatte. Die Untersuchung wurde von einem nichtforensischen Pathologen vorgenommen. Kein Toxikologe war beteiligt gewesen.

»Wenn kein Mikroorganismus existierte«, hatte Ariel gefragt, »hätte eine Autopsie das ergeben?«

Nur weil er nicht habe identifiziert werden können, hatte Dr. Scopes geduldig geantwortet, bedeute dies noch lange nicht, dass es keinen gegeben habe.
»Nehmen wir mal an«, sagte Ariel, »dass jemand *tatsächlich* vergiftet wurde. Würde sich das in einer, wie Sie es nennen, medizinischen Autopsie im Gegensatz zu einer gerichtsmedizinischen zeigen?«
Nach längerem Schweigen antwortete Dr. Scopes: »Was für eine außergewöhnliche Frage von einer trauernden Freundin.«
Der Ton war nicht weniger höflich geworden, aber die Kommunikationslinien waren durchschnitten. Erst später dachte Ariel daran, der Bemerkung über den imaginären Verwandten nachzugehen, mit dem Dorothy sich unterhalten hatte. Dr. Scopes glaubte, dass es sich um einen Bruder handelte, aber vielleicht hatte sie »Sis« gehört, und Dorothy sprach in Wirklichkeit mit ihrer Schwester.

36

»Ich wollte Sie nur wissen lassen, dass ich eine lange und interessante Unterhaltung mit Dr. Marian Scopes hatte.«
Das war der vollständige Wortlaut der einzigen Nachricht, die Ariel auf Rob Millens Anrufbeantworter hinterlassen hatte. Sie rief mehrmals an, bevor sie abflog. Er war entweder nicht zu Hause, nahm keine Anrufe entgegen oder hatte eine Anruferkennung und wollte nur *ihre* Gespräche nicht annehmen. Als sie in Los Angeles ihren Anrufbeantworter abhörte und entdeckte, dass er nicht wie verspro-

chen versucht hatte sie zu erreichen, hielt sie die letzte Möglichkeit für die wahrscheinlichste.

Für Ariel stand so gut wie fest, dass er gelogen hatte, was die Kontaktaufnahme mit Scopes betraf.

Zwei Anfragen nach einer bestimmten verstorbenen Patientin in einer Woche, sagte sich Ariel, hätten die redselige Ärztin doch sicherlich zu einer Bemerkung veranlasst. Sie hätte Ariel gegenüber erwähnt, dass ihr Anruf nicht der erste war; sie wäre überrascht oder neugierig gewesen, hätte Fragen gestellt. Und außerdem hatte Dr. Scopes letzte Woche Urlaub gemacht, als Rob angeblich mit ihr Verbindung aufgenommen hatte.

Wie auch immer, er hatte Scopes falsch dargestellt. Sie legte keine Abwehrhaltung an den Tag, was ihre Diagnose anging. Sie war alles andere als widerspenstig. Erst als Ariel eine ungehörige Frage stellte (und sie musste zugeben, dass sie ungehörig gewesen war), hatte Dr. Scopes argwöhnisch reagiert, aber nicht verärgert. Es war ganz offensichtlich, dass Rob Ariel von Dr. Scopes ablenken wollte. Aber warum? Ariel konnte nur einen Grund sehen: Er wollte Dorothys Ärztin für sich. Er hatte sie nicht erreichen können und wollte nicht, dass Ariel mit ihr sprach, bevor er selbst eine Chance dazu bekam.

Was stimmte sonst noch nicht?

Dass er von der eingeschränkten Autopsie bei Dorothy wusste, schien für Ariel so gut wie festzustehen. Er hatte während seiner Recherchen im Büro des Coroners doch sicher daran gedacht, auch das nachzuprüfen. Es war auffällig, dass er vermied, es zu erwähnen. Wie würde sein nächster Zug aussehen? Wollte er genug Beweise für eine Exhumierung und eine volle Autopsie sammeln? Vielleicht hatte er sie bereits. Vielleicht hatte er den Prozess schon in Gang gesetzt. Als Ariel in ihrem Mietwagen zurückkehrte und zum Eingangstor ging, sah sie ihn im Geiste schon selbst die Leiche ausgraben. Sie war überzeugt, dass er auf Unmengen von Informationen saß – die er bei dem mitgehörten Telefongespräch zwischen Raymond Thibeau und wem auch immer erfahren und für sich behalten hatte, von Interviews mit Leuten aus der Gegend, von deren Existenz sie nichts wusste, aus Coroner-Akten. Es war töricht von ihr, jetzt die Stadt zu verlassen!

Aber ihr blieb keine Wahl. Am nächsten Tag war für den frühen Morgen eine Aufzeichnung angesetzt, die sich nicht verschieben ließ. Sie hatte es schon versucht.

Ariel kam zu spät für den einen Pendelflieger und für den nächsten zu früh. Sie rief Rob von ihrem Handy an, doch da meldete sich nur sein Anrufbeantworter. Sie ging nervös auf und ab, beruhigte sich dann aber langsam. Als ein ungestümes und lautes kleines Kind Limonade auf ihren Schuh vergoss, schaffte sie es, nicht aggressiv zu reagieren. Mit ein paar begütigenden Worten an die sich entschuldigende Mutter stand sie auf, um wieder auf und ab zu gehen. Ein nett aussehender grauhaariger Geschäftsmann, der alles beobachtet hatte, zeigte über den Rand seiner *USA Today* hinweg mit einem Lächeln sein Mitgefühl. Er erinnerte Ariel an Charles, den sie wirklich anrufen sollte, um sich zu bedanken.

Er nahm atemlos ab. »Komme gerade zur Tür herein«, sagte er. »Ich habe an Sie gedacht.«

»Oh?« Ariel warf einen Blick auf die Anzeigetafel mit den Abflugterminen. Ihre Maschine hatte fünfzehn Minuten Verspätung. »Fabelhaft!«, brummte sie.

»Bitte?«

»Nichts.« Ariel seufzte und setzte sich in sicherer Entfernung von dem Kind hin.

»Sie hören sich aufgeregt an. Ist alles in Ordnung bei Ihnen?«
»Alles bestens. Ich wollte Ihnen wegen Dr. Shell danken, weil Sie ihn dazu gebracht haben, mit Laya einen Termin zu machen.«
»Wie ist es gelaufen?«
»Er möchte längerfristig mit ihr arbeiten.« Ariel streifte ihren Schuh ab und wackelte mit klebrigen Zehen. »Will ihre Phantome austreiben.«
»Phantome?«
»Das sagt man so. Oder vielleicht auch nicht. Laya bekommt immer wieder denselben Albtraum, und Sie können mir glauben, dass er unheimlich ist.«
Zögernd fragte Charles: »Dieser Albtraum ... hat der etwas mit dem Summen zu tun, das Sie erwähnten?«
»Hat Ihnen schon mal jemand gesagt, dass Sie ein erstklassiger Zuhörer sind? Er hat tatsächlich was damit zu tun.«
»O Mann! Und wie?«
»In diesem Albtraum ...« Ariel hielt kurz inne. Würde Laya etwas dagegen haben, wenn sie darüber sprach?, fragte sie sich. Aber nein. Es war eine eher nebensächliche Sache. »Sie scheint in diesem Albtraum in einem Krankenhaus zu liegen – jedenfalls in einem Bett mit einem Schutzgeländer.« Laya hatte gesagt, sie würde fest gehalten und könne sich nicht bewegen. »Vielleicht hat man sie auch festgebunden. Bei ihrem Seelenzustand ist das auch notwendig. Sie ist nämlich verrückt.«
Charles war offenbar sprachlos.
»Im Traum«, fügte Ariel rasch hinzu. »Ihr Kopf spielt ihr hässliche Streiche. So sieht sie etwa eine Katze, die sich aus einem harmlosen Kätzchen in eine Ratte verwandelt hat. Und dann wird eine Ratte zu einem ganzen Haufen

Ratten, und sie attackieren ihren Bauch und ihre Augen, und sie …« Ariel verzog das Gesicht und bekam eine Gänsehaut. »Das wollen Sie sich bestimmt nicht alles anhören. Außerdem ist es letztlich nur ein Traum.« Sie lachte ein wenig unsicher in Charles' andauerndes Schweigen hinein. »Sind Sie noch da?«

»Ich versuche gerade es zu verdauen. Es mag nur ein Traum sein, Ariel, aber er scheint mir in das Leben Ihrer Freundin überzugreifen.«

Er ist genauso besorgt wie ich, dachte Ariel und staunte über das Mitgefühl, das er einer Frau entgegenbrachte, der er nie begegnet war. Er hatte eine wichtige Beobachtung gemacht, die sie noch gar nicht zu Ende gedacht hatte. Was hat es zu bedeuten, fragte sie sich, wenn körperliche und seelische Belastungen aus einem Traum, wenn Verhalten aus einem Traum in die wachen Momente überschwappten? Kann es sein, dass ein Traum einen in seine Gewalt bringt? Ein Traum, den man bewohnt und erlebt und der gleichwohl auf einer bestimmten Ebene nicht von einem selbst handelt, der einen nicht einschließt, in dem Menschen vorkommen, die man nicht mal erkennt?

»Sie hätten diesen Traum nicht zur Sprache gebracht«, fuhr Charles fort, »wenn Sie ihn nicht ernst nehmen würden. Ihre Freundin hätte ihn bei Dr. Shell nicht zur Sprache gebracht, wenn er sie nicht belasten würde, und Dr. Shell würde keine Therapie vorschlagen, wenn er die Sache für eine Lapalie hielte. Glaubt sie … fürchtet Ihre Freundin, tatsächlich den Verstand zu verlieren?«

»Nein.«

»Und was meinen Sie? Sie haben nicht gesagt, wie sie das Augenlicht verloren hat, aber ich gehe davon aus, dass sie eine Menge durchgemacht hat. Machen Sie sich keine

Sorgen, sie könnte ihr seelisches Gleichgewicht verlieren?«
Ariel überlegte, wie sie darauf antworten sollte. Der Traum und das seltsame Verhalten waren fraglos die Produkte einer gestörten Seele. Gestört im Sinne von »aus dem Gleichgewicht gebracht« oder »zerbrochen«? Sie erinnerte sich an Layas eisige Hände, an den Schweiß, der ihr auf der Stirn ausbrach, und dass Laya darüber hatte lachen können, dass die Personen in dem Traum weiß waren. »Sie ist beunruhigt«, gestand Ariel, »aber ich glaube, dass sie gesund werden wird. Sie scheint in der Lage zu sein, zu allem Distanz zu halten. So zum Beispiel, als sie diesen Albtraum schilderte. Es war fast so, als würde sie über etwas berichten, was einem anderen Menschen widerfuhr.«
»Sind Sie sicher, dass das gut ist? Nennt man das nicht Dissoziation?« Bevor Ariel antworten konnte, stellte Charles schon die nächste Frage: »Sie glauben doch nicht, dass dieser Traum irgendeine reale Bedeutung hat, oder? Ich meine über das hinaus, was er über den Seelenzustand Ihrer Freundin aussagt? Sie glauben doch nicht, dass es so was wie eine prophetische Vision ist?«
Ariel hatte sich darüber ebenfalls Gedanken gemacht. »Ich habe mich auch gefragt, ob er möglicherweise etwas mit der Vergangenheit zu tun hat. ›All die Dinge, die man vergessen hat, schreien in Träumen um Hilfe.‹«
»Mit der Vergangenheit?«, wiederholte Charles. »Sie meinen, mit *ihrer* Vergangenheit?«
»Ja, eine begrabene Erinnerung. Aber sie sagt, es sei nicht so.«
Charles atmete hörbar aus. »Das geht über meinen Verstand. Ich hoffe, das ist alles?«
»So ziemlich. Nur … sie spürt den körperlichen Schmerz, die Krämpfe und das alles, aber das ist nichts gegenüber

dem Schmerz, ja der Qual einer Seele, die außer Kontrolle geraten ist. Sie kann dem, was sie sieht, nicht trauen. Alles ändere sich, sagte sie, und werde zu etwas anderem.«
»Für mich hört sich das an, als hätte sie Halluzinationen.«
»Und dabei möchte sie nichts weiter als – wie hat sie es ausgedrückt? – ›tot und sicher‹ sein.«
Nach einem langen Augenblick meinte Charles: »Ich kann nur eins sagen: Es ist gut, dass Sie Dr. Shell hinzugezogen haben. Sie haben da eine Furcht erregende Situation.«
In diesem Moment hörte Ariel, wie ihr Flug aufgerufen wurde. »Wieso?«, fragte sie geistesabwesend.
»*Wieso?* Ich will Ihnen nicht zu nahe treten, aber machen Sie Witze? Bilde ich mir das nur ein, oder haben Sie nicht gerade gesagt, Ihre Freundin möchte tot sein?«
»Das ist im *Traum*, Charles.«
»Ja, aber Sie sind doch diejenige, die Träumen Bedeutung beimisst.«

37

»Interessante Sache«, sagte Max Neely am nächsten Vormittag zu Ariel und wedelte vor ihrem Gesicht mit einem Umschlag herum, der als Beweisstück in einem Plastikbeutel steckte.
Der Umschlag war weiß, hatte eine genormte Größe und war – Ariel reckte den Hals, um es lesen zu können – an Eddie Rials adressiert. Da es nicht der Umschlag war, den sie anonym an den für den Mord an James Price zuständigen Detective geschickt hatte, beunruhigte sie Max' eindringlicher Ton nicht, sondern machte sie nur neugierig.

Sie deutete auf den Stuhl vor ihrem Schreibtisch. »Setzen Sie sich«, sagte sie. »Was ist so interessant daran?«
»Wie es scheint, haben wir jetzt noch einen Zeugen für den Überfall auf Price«, antwortete Max und ließ sich auf einen Stuhl sinken. Dieser ächzte unter seinem Gewicht. »Allerdings ein schüchterner Typ. Keine Unterschrift, nur ›ein besorgter Bürger‹.«
Ariel schaffte es gerade noch, nicht zu reagieren. Noch ein Zeuge, der seinen Brief genauso unterschrieben hatte wie sie ihren? »Lassen Sie mich mal sehen«, sagte sie und streckte die Hand aus.
»Bedaure. Beweisstück. Ich kann Ihnen aber erzählen, was drinsteht. Derjenige, der Price zusammenschlug, der Große, wie ich den größeren der beiden Gentlemen nenne, wird als gut eins achtzig großer Schwarzer beschrieben. Kurze Beine, langer Oberkörper. Trug eine marineblaue oder schwarze Seemannsmütze und dunkle Kleidung.«
Ariels Telefon läutete; sie ignorierte es. Das ergab keinen Sinn. Dies war keiner der Umschläge, die sie benutzte, und die Druckschrift, die sie gesehen hatte, war auch nicht ihre, und dennoch zitierte Max das Wesentliche aus ihrem Brief.
»Noch etwas«, sagte Max. »Er hat eine auffällige Narbe über der Oberlippe.«
Jetzt ging Ariel ein Licht auf. Sie entspannte sich. Am liebsten hätte sie gesagt: Guter Versuch, aber ist es Polizisten nicht verboten, Bürgern eine Falle zu stellen? Stattdessen tat sie so, als ob sie den Köder geschluckt hätte, indem sie fragte: »Schleppen Sie immer Beweise mit sich herum? Kommt mir irgendwie unvorsichtig vor.« Ariel hätte wetten können, dass der Umschlag leer war; die Adresse, darauf hätte sie ebenfalls wetten können, hatte Max selbst hingekritzelt. Er schlug die Beine übereinander und

wartete, womit er ihr reichlich Gelegenheit zu reden ließ.
»Dabei fällt mir ein«, kam sie ihm entgegen, »was haben Sie überhaupt damit zu tun? Es ist nicht Ihr Fall, sondern der von Rials.«
Max zuckte mit den Schultern. »Ich hab ihm gesagt, er soll mich anrufen, wenn er über den hier was erfährt. Der Umschlag wurde gestern Abend von einer eigenartig aussehenden Frau auf seiner Revierwache abgegeben.«
»Inwiefern sah sie eigenartig aus?«
»Oh, irgendwie verwahrlost, sagte der Beamte, der den Brief in Empfang nahm. Hatte das Haar unter einer Baseballmütze versteckt und trug eine dicke Brille.«
Ariel verzog keine Miene.
»Und einen Regenmantel!« Max lachte. »Das ist vielleicht eine Aufmachung.«
Mit der Post wäre es sicherer gewesen, doch Ariel hatte sich in letzter Minute entschlossen, das Risiko auf sich zu nehmen und den Brief persönlich abzugeben. Es war schon zu viel Zeit vergeudet worden. Sie hatte ihn so schnell wie möglich in Rials' Händen wissen wollen. Die Männer mussten schleunigst hinter Gitter, damit Laya ihren inneren Frieden wiedererlangte. Ihre Freundin machte ihr ständig Sorgen.
Ariel hatte sie gleich nach ihrer Landung in Los Angeles angerufen und dann wieder von zu Hause aus. Als sie sie schließlich erreichte, war sie recht still gewesen. Ariel war ziemlich sicher, dass Laya eher müde als niedergeschlagen war, hatte aber trotzdem Dr. Shell angerufen. Sein Anrufbeantworter ließ sie wissen, dass er im Moment nicht zu erreichen sei (das Baby, wie Ariel vermutete), und machte für Notfälle den wenig hilfreichen Vorschlag, einen Kollegen aufzusuchen, für den Laya, wie Ariel inständig hoffte, nicht in Betracht kam.

»Aber die Information hört sich doch nicht schlecht an«, entgegnete Ariel. »Meinen Sie nicht auch, Max?«

»›Auffällig‹«, schnaubte er.

»Bitte?«

»Die Art von anonymen Briefen, die uns ins Haus flattern, enthalten meist nicht Wörter wie auffällig. Eine ›auffällige Narbe über der Oberlippe‹.«

»Oh?« Was stimmt denn mit auffällig nicht?, fragte sich Ariel. Ist doch ein einwandfreies Wort.

»In einem typischen nicht unterschriebenen Brief, wie wir sie meist erhalten, würde es nur heißen, eine große Narbe.«

»Hm«, machte Ariel. Sie hatte mit sich gerungen, ob sie das Wort auffällig benutzen sollte, doch nur aus dem Grund, weil sie nicht sicher sein konnte, ob es zutraf. Aber, hatte sie sich gesagt, Laya hätte die Narbe nicht bemerkt, wenn sie nicht auffällig gewesen wäre. Hinter ihrem gleichmütigen Gesichtsausdruck versuchte sie herauszufinden, ob es noch etwas gab, wo Max vielleicht einhaken konnte.

Sie hatte die Notiz in aller Eile geschrieben, ehe sie es sich anders überlegte, war aber vorsichtig gewesen. Sie hatte Briefpapier einer Ladenkette benutzt, in Druckschrift geschrieben und Gummihandschuhe getragen. Sie hatte sich dabei lächerlich gefühlt, aber wichtige Informationen über einen Mörder, der zwei Menschen umgebracht und einen dritten vielleicht verstümmelt hatte, zurückzuhalten, kam für sie nicht in Frage. Ebenso wenig war für sie denkbar, Laya in ihrem gegenwärtigen Zustand den Verhören der Polizei auszusetzen.

»Sei es, wie es wolle«, sagte sie zu Max, »halten Sie die Information für echt?«

Er rieb sich die Nase und ließ sich Zeit mit der Antwort.

»Die Beamten haben in der Gasse eine schwarze Strickmütze gefunden«, sagte er schließlich.
Ariel atmete leise aus.
»Rials wusste nicht, ob sie mit dem Fall in Verbindung stand«, fuhr Max fort, »hat es aber von Anfang an vermutet.«
»Und warum?«
»Sie war in gutem Zustand. Eine praktisch neue Mütze wäre in der Gasse sonst keine Nacht liegen geblieben. Außerdem waren keine Haare dran, was dazu passt, dass jemand mit einem rasierten Schädel sie getragen hat. Außerdem fand sich Blut darauf, wenn auch bedauerlicherweise das von Price und nicht von dem Angreifer.«
Ariel nickte. »Haben Sie sonst noch was gefunden?«
»Abgesehen von Erbrochenem, Rattenkot und kaputten Bierflaschen nichts. O doch! Ein Teil einer Gebissplatte. Die hätte ich fast vergessen. Sollten Sie also je einem zahnlosen einsdreiundachtzig großen Kerl begegnen, machen Sie einen riesigen Bogen um ihn.«
»Es waren seine Zähne? Die des Angreifers?«
»War nur ein Spaß. Ich nehme nicht an, dass Ihrer Quelle aufgefallen ist, ob einer der beiden Männer eine Brille trug?«
»Meiner Quelle?« Ariel spürte, wie ihr die Hitze ins Gesicht stieg; es passierte einfach. »Was soll das denn heißen?«
»Für mich steht es fest, dass es hier darum geht, Ihre Quelle zu schützen. Das ist bei euch Leuten immer so.«
Das tat weh. Ariel gefiel es nicht, mit »euch Leuten« in einen Topf geworfen zu werden, nicht von Max.
»Was ich nicht kapiere«, sagte er, »ist, wieso Sie überhaupt eine Quelle mit einer solchen Information haben? Es ist keine Story. Nachrichtenmäßig ist es ein Nicht-Ereignis.

Folglich muss es etwas geben, was wir nicht wissen. Was ist das? Und was soll das, einen Monat zu warten, bis Sie die Brieffreundin spielen?« Mit einer plötzlichen Bewegung, die Ariel zusammenzucken ließ, zerknüllte er den Beutel mit dem Umschlag und warf ihn in Richtung Papierkorb, der neben ihr stand. Es war ein ungenaues Geschoss und verpasste das Ziel total. »Sie erklärten, Sie könnten uns nichts sagen, was uns in diesem Fall weiterhilft, verdammt! Ich habe Ihnen geglaubt.«

»Das will ich schwer hoffen«, entgegnete Ariel, die jetzt ebenfalls die Beleidigte spielte. Es war das Letzte, von zwei Freunden so als Wunschknochen missbraucht zu werden. »Ich habe die Wahrheit gesagt!« Sie hatte damals nichts weiter gewusst, als dass Laya den Überfall mit angesehen hatte. Da hatte Laya die Angreifer nicht identifizieren können, und jetzt war sie noch weniger dazu in der Lage, es sei denn, sie könnte es durch Berührung schaffen. Sie, Ariel, hatte einen Hypnosetherapeuten bezahlt, um alle vorhandenen Erinnerungen ans Licht zu bringen, und was sie erfahren hatte, hatte sie prompt weitergegeben. Sie hatte alles getan, was man von ihr erwarten konnte! Als sie sich genügend Rechtfertigungen zurechtgelegt hatte, hatte sie eine hübsche Schutzschicht aus Verärgerung aufgebaut. »So«, verlangte sie zu wissen, als wären diese unbezweifelbaren Tatsachen laut geäußert worden, »was ist das für eine Geschichte mit der Brille?«

Max betrachtete seine Fingernägel. »Ihre Quelle hat Ihnen also nicht berichtet, dass einer der beiden Männer Brillenträger war?«

An der Tür wurde geklopft, und Tara steckte ihren Kopf mit dem heute knallroten Haar herein. »Wenn Sie den Flug erreichen wollen, müssen Sie jetzt los«, sagte sie zu Ariel. »Das Team erwartet Sie am Flughafen. Ihren Rückflug habe ich für fünf Uhr gebucht, rechtzeitig für heute Abend.« Und mit einem neugierigen Blick auf Max verschwand sie wieder.

»Wohin wollen Sie?«, fragte er.

Ariel hörte auf, Papiere in ihre Aktentasche zu stopfen, und starrte ihn an. Mehrere Sekunden lang konnte sie sich nicht erinnern. Santa Fe war nächste Woche. Detroit war ... wann? War sie schon dort gewesen? »Tahoe«, antwortete sie.

»Sie Ärmste!« Max' Wut war verraucht. »Wollen Sie spielen?«

»Nein, ich will mit einer sechzigjährigen Frau plaudern, die vielleicht den Chorleiter ihrer Kirche zerstückelt hat. Kommen Sie, begleiten Sie mich zu meinem Wagen, und erzählen Sie mir von der Brille.«

Im Fahrstuhl waren sie hinter einer lärmenden Gruppe von Laborassistentinnen eingeklemmt, die Mittagspause hatten, als Max sagte: »Wir haben ein zerbrochenes Stück Brillenglas gefunden.«

Ariel trat von einem Fuß auf den anderen und atmete durch den Mund, um einer tödlichen Parfumdosis zu entgehen. »Was lässt Sie annehmen, dass es nicht irgendein Stück Glas ist?«

»Es lag unter Price, und es war nicht so zerkratzt, wie es gewesen wäre, wenn es sich schon längere Zeit dort befunden hätte. Der frühere Eigentümer ist übrigens kurzsichtig und obendrein astigmatisch.«

Der Fahrstuhl hielt im nächsten Stockwerk, und eine weitere Person quetschte sich herein. Die Türen glitten zu und dann wieder auf und konnten sich nicht entscheiden, ob sie sich in der Mitte treffen sollten. Ariel wurde gegen Max platt gedrückt. Schon wenn er allein im Fahrstuhl gewesen wäre, wäre dieser überfüllt. Hab den Teil eines

Fingerabdrucks, fügte er in Gedanken hinzu, aber kein Gegenstück.
»Augengläser«, murmelte Ariel. *»Eine Brille.«* Sie konnte das nicht glauben. Selbst tollwütige Killer konnten an Astigmatismus leiden, aber warum hatte weder Laya noch Carrie Murphy keine Brille gesehen, wenn einer der beiden Männer eine getragen hatte?
»Wahrscheinlich hat die Brille schon früh dran glauben müssen«, sagte Max zu ihrer Überraschung. »Wurde vielleicht wie die Mütze runtergeschlagen.«
»Price muss sich dagegen gewehrt haben, dass man ihn fest hielt«, stimmte Ariel ihm zu.
»Ja. Nach dem, was ich gehört habe, hatte er allerdings mehr Erfahrung mit Attacken auf Frauen als auf Männer.«
»Mrs Murphy hat den kleineren Mann gesehen, den, der Price fest hielt ...«
»Den Mittelgroßen.«
»Sie sah, wie er neben dem Körper kniete. Das haben Sie doch gesagt, oder? Hat er vielleicht nach seiner Brille gesucht? Was meinen Sie?«
»Und sie gefunden. Nur fehlte ein Stück.«
»Max ... Sie hat ihn doch gut sehen können, richtig? Aber in ihrem Verbrecheralbum hat sie ihn nicht entdeckt?«
»Genau. Kein Strafregister. Jungfräulich.«
Die Fahrstuhltür ging mit einem *Ping* auf, und dieses Geräusch setze eine Erinnerung in Ariel frei, und sie sah ihn, sah seine Gestalt.
Laya hatte Recht. Wie gut kann man einen Mann beschreiben, den man vor einem Monat wenige Sekunden bei schlechtem Licht gesehen hat? Nicht ganz einen Monat. Drei Wochen. Und so schlecht war das Licht auch wieder nicht gewesen. Die Station war zwar ziemlich dunkel, aber der Krankenhausfahrstuhl war hell erleuchtet

gewesen. Die Zeit hatte nur für einen kurzen Blick gereicht, bis der junge Schwarze sein missmutiges Gesicht abgewandt hatte, und wenn Ariel ihn jetzt hätte beschreiben müssen, würde sie es nicht können. Sie vermochte sich nur daran zu erinnern, dass sie besorgt gewesen war, weil sich niemand im Schwesternzimmer und auch kein Wachposten vor Layas Tür befunden hatte und weil ihr das Verhalten des Mannes verdächtig erschienen war, da er, wie sie glaubte, in voller Absicht in dieses Stockwerk gekommen war und es sich erst dann überlegt hatte, als er sie entdeckte. Er hatte ihr Angst gemacht, obwohl er nichts weiter getan hatte, als den Kopf abzuwenden, einen Knopf zu drücken und ungeduldig darauf zu warten, dass er mit dem Fahrstuhl verschwinden konnte. Er musste kurzsichtig gewesen sein, denn er hatte über den Brillenrand hinweggeblinzelt, um die Knöpfe zu lesen.

»Ich dachte, Sie wollten eine Maschine erreichen«, sagte Max und hielt die Tür auf. »Warum stehen Sie dann noch hier herum?«

Ariel starrte ausdruckslos auf die Knöpfe dieses Fahrstuhls und zwang sich den Mann im Geiste zu rekonstruieren. Er war eher jung, nicht im mittleren Alter und kein Junge. Er war nicht »der Große« von Max, sondern mittelgroß, Durchschnitt, weder auffallend hell noch sehr dunkel und unauffällig gekleidet. Er hatte weite Hosen getragen, wie es bei bestimmten jungen Leuten Mode war, ein T-Shirt und Tennisschuhe. Und eine Brille. Damals hatte sie geglaubt, ihn schon einmal gesehen zu haben.

»Man wird Ihnen bald Miete berechnen«, sagte Max. Sie war die Einzige, die noch im Fahrstuhl stand. Die Tür wehrte sich dagegen, festgehalten zu werden. »Haben Sie was vergessen?«

Ariel trat in die Garage hinaus.

»Nein«, antwortete sie. »Mein Wagen steht da drüben.« Sie hatte ihn für einen Studenten gehalten. Einer, der Bücher liest, dachte Ariel jetzt, als wäre ihr der Gedanke nicht schon damals wegen der Brille gekommen. Schlechte Augen gleich Viel-Leser gleich Brillenträger – eine Argumentationskette, die so vordergründig war wie die Ansicht, dass Killer nicht an Astigmatismus leiden könnten.

Der Mann, der auf der Suche nach Laya in ihrem Haus angerufen hatte, war kein Dummkopf gewesen. Hattie hatte gesagt, er habe sich gebildet angehört und sei höflich. Nicht die Art von jungem Mann, der ein Strafregister hat oder jemanden fest hält, während der zu Tode geprügelt wird. Und auch keiner, der einen anderen Menschen bewusst blendet oder eine alte Frau totprügelt. Er hatte gesagt, er – sie – würden Layas Fortschritte verfolgen.

Max hielt sie auf, indem er ihr eine Hand auf den Arm legte. »Wohin wollen Sie?«

Ariel blinzelte. Sie standen neben ihrem Wagen.

»Chaotin«, sagte er und schüttelte den Kopf. Er wandte sich dem Ausgang zu, blieb dann aber kurz stehen. »Ach ja, Gold ... falls Sie sonst noch etwas erfahren sollten, schreiben Sie uns doch einfach ein paar Zeilen.«

38

Während des Flugs schenkte Ariel ihre volle Aufmerksamkeit den Notizen für das Interview in Tahoe. Und auch nachdem sie mit dem Team gelandet war, arbeitete sie fleißig und sorgfältig. Da sie nur wenige Monate Erfahrung vor der Kamera hatte und es keine Knappheit an qualifizierten Kandidaten gab, die für Ariels Job morden würden, konnte sie sich was anderes gar nicht leisten. Sobald das Interview beendet war, dankte sie der recht wirrköpfigen weißhaarigen Interviewpartnerin (die nach Ariels Meinung offenkundig des Totschlags an dem Chorleiter schuldig war, den sie geliebt zu haben behauptete, welche aber, wie Ariel wusste, mindestens die Hälfte aller Fernsehzuschauer für eine hilflose alte Frau hielten, die zum Opfer geworden war). Dann entledigte sich Ariel ihres Mikrofons und verschwendete keinen Gedanken mehr an die Story. Von nun an galt ihre Aufmerksamkeit wieder dem Mann im Krankenhausfahrstuhl.

Es gab keinen ersichtlichen Grund für die Annahme, dass er etwas mit Price oder Laya zu tun hatte. Wie viele Männer in Los Angeles trugen eine Brille? Wie viele waren an jenem Abend aus vollkommen unschuldigen Gründen in dem Krankenhaus? Wahrscheinlich hatte er seine leidende Mutter oder seine Frau besucht, die ein Kind zur Welt gebracht oder der man den Blinddarm entfernt hatte. Wenn Ariel ihn schon mal gesehen hatte, wie sie glaubte, verbarg sich dahinter nichts Düsteres. Wahrscheinlich waren sie schon einmal zufällig zur selben Zeit im Krankenhaus gewesen.

Ariel versuchte sich Carrie Murphys Beschreibung des mittelgroßen Mannes ins Gedächtnis zurückzurufen. Kurz geschnittenes Haar, hatte sie gesagt. Hatte der Mann im Fahrstuhl kurz geschnittenes Haar gehabt? Vielleicht. Sie war ziemlich sicher, dass er keine Wollmütze getragen hatte. Mrs Murphy hatte das Alter dieses Mannes mit Anfang zwanzig angegeben; Ariel hatte den Mann im Fahrstuhl auch so geschätzt.

Die alte Frau hatte mit einem Zeichner von der Polizei zusammengearbeitet, wie sich Ariel plötzlich erinnerte. Das Ergebnis, hatte Max gesagt, sei von geringem Nutzen gewesen, ein Allerweltsgesicht. Trotzdem ... Sie tippte Max' Nummer ein, doch der war nicht da, und so hinterließ sie ihm eine Nachricht, er möge die Skizze in ihr Haus faxen. Diese Bitte würde ihr Kummer bereiten, das wusste sie jetzt schon, weitere Fragen aufwerfen, vermutlich mehr, als die Skizze wert war. Zeigte sie ein Allerweltsgesicht, weil Mrs Murphy nicht genau genug hingesehen hatte? Oder weil der Mann alltägliche Gesichtszüge hatte? (Ariel hatte gehört oder gelesen, dass man auf Ohren achten sollte, die oft charakteristisch seien und kaum getarnt oder verändert werden könnten, sie war überzeugt, dass es ihr aufgefallen wäre, wenn der Fahrgast im Fahrstuhl *keine* Ohren gehabt hätte, aber den vorhandenen hatte sie keine Beachtung geschenkt.) Nichts an diesem Gesicht war außergewöhnlich gewesen, da war kein einziges Merkmal, das dem Auge auffiel oder einem im Gedächtnis haften blieb. Wenn er nur nicht so schnell das Gesicht abgewandt hätte. Warum hatte er das getan? Weil er sie erkannt hatte? Hatte er nicht erwartet, ihr so spät am Abend über den Weg zu laufen? Wollte er nicht, dass man sich an ihn erinnerte?

Ariel stellte sich immer wieder die gleichen Fragen. Es kam ihr vor, als wäre keine Zeit vergangen, als die Maschine an Höhe zu verlieren begann. Durch das Fenster sah sie Los Angeles verschwommen in der Ferne und tat, als wäre es eine richtige Stadt und kein Siedlungsbrei; die höchsten Gebäude drängten sich zusammen, um einander gegenseitig moralische Unterstützung zu geben, als sie die seismischen Götter herausforderten. Der späte Nachmittagshimmel sah schweflig aus, wie Ariel bemerkte, eine dicke Smogsuppe, über die man besser nicht nachdachte. Sie öffnete ihre Handtasche und holte ihr Make-up heraus. Vielleicht, überlegte sie, als sie ihr Haar kämmte, das jedoch widerspenstig war, da sie zu viel Haarlack aufgesprüht hatte, vielleicht hatte der Mann sich gar nichts dabei gedacht, als er das Gesicht abwandte. Er war aufgeregt, besorgt wegen des Menschen, den er im Krankenhaus besuchte. Oder er war ein Sonderling oder schüchtern. Ein »schüchterner Typ«. Sie betrachtete sich stirnrunzelnd im Spiegel. Das hatte Max am Morgen in irgendeinem Zusammenhang gesagt; es war zwar nebensächlich, hatte bei ihr aber ein Glöckchen läuten lassen.

Der Wachposten im Krankenhaus. Der Anruf, den er erhalten hatte. Der Anrufer, der hatte wissen wollen, ob Laya wieder sehen würde. Ein »schüchterner Typ«, der es abgelehnt hatte, seinen Namen zu hinterlassen. Sie, der Wachposten und die Krankenschwester Dinah hatten sich auf dem Flur vor Layas Zimmer unterhalten. Dinah hatte einen Blumenstrauß in der Hand, den eine von Layas Schülerinnen mitgebracht hatte. Ariel hatte sich nach ihr umgedreht, ein pummeliges schwarzes Mädchen, das fast noch ein Teenager war. Ein »bisschen begriffsstutzig« hatte Dinah gesagt, was nicht sehr liebenswürdig war, aber stimmte. Ariel konnte sich das niedliche Gesicht vage vorstellen. Der Mann, der bei ihr gewesen war – Ariel hatte den Eindruck gehabt, dass er zu ihr gehörte –, war etwas älter. Er hatte ausgesehen, als ob er es eilig oder woanders etwas zu tun hätte. Vielleicht hatte er einfach nur das Krankenhaus verlassen wollen. Da Ariel eigenen Gedanken nachhing, hatte sie ihm keinen zweiten Blick geschenkt. An eins erinnerte sie sich jedoch, der Mann war mürrisch gewesen.

War es derselbe Mann, er und der vom Fahrstuhl?

Ariel kniff die Augen zusammen, als die Maschine auf der

Landebahn aufsetzte. Das Grummeln in der Magengrube hatte jedoch nichts mit der Landung zu tun, die butterweich war.

War es derselbe Mann oder nicht? Bilder hüpften in Ariels Kopf hin und her. Licht aus dem Fahrstuhl ergoss sich in das Zwielicht der Station und wurde von einer Brille reflektiert. Ausgebeulte Jeans, schmale Hüften, die Hände an den Seiten geballt, ein Tennisschuh, das Quietschen von Gummi auf Linoleum. Warum hatte sie Zeit damit vergeudet, einen Schuh zu betrachten? Warum hatte sie nicht das Gesicht genauer angesehen? Hatte der Mann mit dem jungen Mädchen Tennisschuhe getragen?

»Gehört dieser junge Mann zu ihr?«, hatte sie Dinah gefragt, doch es war zu spät gewesen. Er war schon in den Fahrstuhl eingestiegen, denselben Fahrstuhl, mit dem auch der andere Mann gefahren war, der einen verängstigten, in die Enge getriebenen Eindruck gemacht hatte. War der verdammte Fahrstuhl das Einzige, was die beiden Männer miteinander verband?

Ariel nahm sich zusammen.

Beide blickten finster drein, und beide schienen etwas zu verbergen zu haben. Und sie waren, dessen war sie sich ziemlich sicher, gleichaltrig, beide glatt rasiert (Haare im Gesicht wären ihr sicher aufgefallen). Und sie konnte sich (bezeichnenderweise?) bei keinem der beiden Männer an mehr Besonderheiten erinnern als bei dem anderen. War das nicht schon Gemeinsamkeit? Oder lag die Gemeinsamkeit in der Tatsache, dass sie beide vor zu langer Zeit und zu flüchtig gesehen hatte und dass keiner von ihnen etwas getan hatte, um auf sich aufmerksam zu machen. Sie konnte wirklich nicht sagen, ob der junge Mann, der Layas Schülerin begleitet hatte, eine Brille hatte. Sie konnte sich einfach nicht erinnern, obgleich sie zu der Ansicht neigte,

dass er keine getragen hatte, denn sonst hätte sie ihn beim zweiten Mal vielleicht wieder erkannt. Vielleicht sollte sie es selbst einmal mit Hypnose versuchen.
Sie ging davon aus, dass die Skizze ihr zeigen würde, was sie wissen musste.
Wenn es sich um ein und denselben Mann handelte, gab es über das Mädchen eine Verbindung zu Laya; dann wusste er durch das Mädchen, wer Laya war. Wenn er der mittelgroße Mann war, war ihm auch die Identität der Zeugin seines Verbrechens bekannt. Über den Ort, wo die junge Frau an Layas Kurs teilnahm, ober über sie selbst konnte er die Adresse der Lehrerin erhalten, ihr folgen und sich eine Möglichkeit ausdenken, sie als *Augenzeugin* unschädlich zu machen. Auf dem Weg über Ariel, deren Nummer im Telefonbuch stand, konnte er Laya im Auge behalten und auf dem Laufenden bleiben, was ihre Fortschritte bedarf.
Die Krankenhausbesuche und Anrufe dienten dem Zweck, herauszufinden, ob sie weiterhin unschädlich blieb. Würden sie nicht genau das tun? Sich erkundigen, ob sie wieder sehen konnte, prüfen, wie die Chancen dazu standen?
Etwas stieß gegen Ariels Sitz und ließ sie zusammenfahren. Als sie aufschaute, sah sie, wie der letzte Fluggast die Maschine verließ. Ihr Team, das weiter vorn gesessen und sich mit einem Videospiel beschäftigt hatte, als sie zum letzten Mal hingesehen hatte, war verschwunden. Sie seufzte und griff nach ihrem Laptop. Dass sie sich während ihrer Flüge von den anderen absetzte und eigenen Gedanken nachhing, wurde allmählich zu einer Gewohnheit.
Plötzlich kam ihr eine Idee. Sobald sie in der Flughalle war, wo die Benutzung des Handys wieder erlaubt war, gab sie Layas Nummer ein.

Dinah hatte gesagt, die Blumen seien »von der Klasse«, aber Laya würde vielleicht anhand einer Beschreibung das Mädchen wieder erkennen, das sie gebracht hatte. Sie wüsste ihren Namen, und es war möglich (bei dieser Vorstellung beschleunigte sich Ariels Puls), dass sie auch den »Mittelgroßen« kannte. Er war mit Mary zusammen?, würde sie vielleicht sagen. Dann musst du von John sprechen, ihrem Freund. Oder ihrem Verlobten oder Mann. Auch wenn sie ihn schon mal gesehen hatte, musste sie ihn in der Gasse nicht unbedingt wieder erkennen. Ariel fühlte sich optimistischer, als die Karten, die sie in der Hand hielt, eigentlich erlaubten. Sie stellte sich vor, wie das Telefon in Layas kleinem Zimmer läutete. Aber niemand nahm ab.

Als Ariel daheim ankam, fand sie ein leeres Haus vor – keine Hattie, keine Jessie. Arthur fühlte sich als Hausherr und schlug einen Imbiss vor, doch Ariel, die damit beschäftigt war, Laya zu erreichen – es wurde noch immer nicht abgenommen –, tat ihm den Gefallen nicht. Also sprang Arthur, nachdem er sich beschwert hatte, auf das Sofa, um ein stärkendes Nickerchen zu machen. Er rollte sich wie das Kätzchen in Layas Traum zusammen, genau wie das süße Kätzchen, das zu einem Schwarm von Ratten wurde. Ariel starrte Arthur an und dann durch ihn hindurch ins Leere. Sie hatte irgendwo gelesen, dass ein Rattenpaar in einem Jahr eintausendfünfhundert Nachkommen hervorbringen kann. Sie erschauerte. Das war nicht etwas, das sie unbedingt wissen musste. Mittlerweile kämpfte sie mit sich, ob sie in der Verwaltung, der Krankenstation oder bei der kompetenten Dr. Baker anrufen sollte.

Visionen setzten ihr zu: Laya, die irgendwo auf dem Schulgelände umherirrte; Laya, die im Bett lag, zu krank, um ans Telefon zu gehen, oder (der Gedanke kam Ariel, bevor sie ihn blockieren konnte) Laya, die im Bett lag, mit einer leeren Pillenschachtel daneben. Ariel sagte sich, dass sie überreagierte.

Wahrscheinlich war Laya jetzt im Esszimmer. Ariel sah auf ihre Armbanduhr. Fünf nach sieben. Sie stellte sich vor, dass in solchen Einrichtungen früh gegessen wurde. Danach ging Laya vielleicht in die Bibliothek, wo sie einem Hörbuch lauschte. Oder sie saß mit anderen Schülern zusammen und spielte Pinochle. Ariel hatte keine wirkliche Vorstellung davon, was diese ungleiche Gruppe von Einzelpersonen – Wissenschaftlern, Künstlern und was auch immer – zur Unterhaltung machte.

Gayle Baker hatte für den Notfall Ariels Namen und Telefonnummer. Es gab jedoch keine Nachricht von ihr, also gab es auch keinen Notfall.

Ariel warf einen Blick auf ihr Faxgerät. Nichts von Max. Sie zog sich aus und ging unter die Dusche. Danach versuchte sie erneut, Laya zu erreichen.

»Sind Sie sicher, dass das alle Nachrichten sind?«, fragte sie Hattie, die inzwischen von einem Spaziergang mit Jessie zurückgekehrt war. Hattie machte sich nicht die Mühe, die gleiche Frage ein zweites Mal zu beantworten. Sie fuhr mit dem fort, was sie gerade tat, nämlich Stücke von etwas abzureißen und diese eher verstohlen in Jessies Napf zu geben.

Die Hündin hatte bei Ariels Begrüßung diese nicht wie sonst nach einer Reise vorwurfsvoll angesehen. Und jetzt verfolgte sie aufmerksam, was Hattie tat. Ariel hatte auf dem Herd einen Topf mit gekochter Hühnerleber bemerkt. Wenn Jessies Fressen ständig mit solchen Leckereien garniert wurde, brauchte sie sich nicht über die

Treulosigkeit ihrer Hündin zu wundern. »Sie verwöhnen sie zu sehr«, sagte Ariel und las erneut die Zettel, auf denen Hattie, wie es ihre Gewohnheit war, die Nachrichten aufgeschrieben hatte. Diese hatten sich jedoch nicht auf wundersame Weise verändert, so dass nach wie vor nichts von Laya oder Dr. Baker darauf zu finden war. Ariel schob die Zettel zur Seite, griff nach dem Telefon und legte es wieder hin.

»Warum sind Sie so aufgeregt?«, fragte Hattie. Sie stellte den Napf mit einem Knall auf den Fußboden, wo Jessie sich darauf stürzte.

»Wann haben Sie zum letzten Mal mit Laya gesprochen?«, wollte Ariel wissen.

»Nicht seitdem Sie von da oben zurück sind. Warum?«

»Hat sie mit Ihnen je über ihre Yogakurse geredet, über ihre Schülerinnen …«

»Nein.«

»Mir ist da eine Idee gekommen. Wenn ich mit Laya sprechen kann, finde ich vielleicht eine Möglichkeit, einen der Männer aufzuspüren, die für den Mord …« In dem Moment ging Ariel auf, dass Hattie ja so gut wie nichts von James Price wusste oder davon, was Laya als Augenzeugin mit angesehen hatte.

»Mord …?«, wiederholte Hattie, die nur für einen Augenblick perplex war. »Dieser Price?«, fragte sie aufgeregt. »Der Mann, der zusammengeschlagen wurde, was sie mit angesehen hat?«

»Sie hat Ihnen davon erzählt?«

»Ja, vor einiger Zeit. Ich hab's nur mit Mühe aus ihr herausbekommen.«

»Wo sind ihre Sachen?«, fragte Ariel und stand abrupt auf. Als sie zu ihrem Arbeitszimmer, Layas früherem Schlafzimmer ging, folgte ihr Hattie. »Ist noch was von ihr da?«

»Nur ein paar Dinge, die sie nicht brauche, wie sie meinte.« Hattie öffnete einen Wandschrank, sah sich suchend um und zog eine Schachtel hervor. »Sie hat fast alle mitgenommen«, sagte sie und reichte die Schachtel Ariel, die den Inhalt auskippte.

Sie war nicht überrascht, die Kleidung zu sehen, die Laya beim Verlassen des Krankenhauses getragen hatte; sogar in ihrer Blindheit hatte sie gewusst, dass diese Sachen ihr nicht standen. »Was suchen Sie?«, fragte Hattie.

»Das vielleicht.« Ariel griff nach einer Plastiktüte, die Hattie ebenfalls aus dem Schrank geholt hatte. Darauf befand sich das Logo des Krankenhauses.

»Da ist nichts weiter drin außer Lotion, Kleenex und solchem Zeug«, erklärte Hattie.

»Und die Grußkarten, die sie bekommen hat«, sagte Ariel und war schon dabei, sie zu überfliegen. Von den Karten, die bei den Blumen waren, stammte eine von der Belegschaft des YMCA, wo Ariel Layas Kurs besucht hatte, eine andere war »für meine Lieblingspatientin von Dinah«.

»Wer ist das?«, fragte Hattie und nahm die Karte in die Hand.

»Eine Krankenschwester.« Ariel überflog die Genesungswünsche. »Sie hat Laya diese Sachen da geschenkt.«

»Hübsch. Passt aber nicht zu ihr.«

Zwei der Grußkarten waren das, was Ariel gesucht hatte. Eine war mit »Ihre beste Klasse« unterschrieben, was keine Hilfe war. Auf der zweiten hieß es in einer eher kindlichen Handschrift: »Alles Liebe von der GSDEIF-Klasse.« Auf dem Umschlag war weder eine Adresse noch eine Briefmarke, wie Ariel bemerkte, so dass er persönlich überbracht worden war. »GSDEIF – Gott sei Dank, es ist Freitag«, sagte sie.»Das ist sie.«

»Ist sie was?«

»Die Karte, von der ich hoffte, sie würde bei den Blumen sein, die Laya bekommen hat. Wenn sie es ist, weiß ich, um welche Klasse es sich handelt. Price wurde an einem Freitagabend überfallen, an dem Laya in einer Wohlfahrtseinrichtung in der Nähe der Gasse arbeitete.«

Ariel ging zu ihrem Schreibtisch, und Hattie sah ihr schweigend zu. Sie schüttelte den Kopf. Ihr Gesichtsausdruck ließ ahnen, dass sie das Ganze inzwischen als sinnlos empfand. Ariel durchwühlte gerade eine Schublade mit Minikassetten. Sie wählte eine aus und steckte sie in einen Rekorder. Als Hattie die Stimme auf der Kassette hörte, riss sie die Augen auf. »Was um alles in der Welt …?«

»Hören Sie nur eine Minute zu.«

»Was ich dich zu tun bitte, Ariel, ist wahrscheinlich unmöglich«, sagte Layas Stimme, bevor Ariel den Vorlauf einschaltete bis zu »Dies war eine Woche, nein, genau sechs Abende vor … vor den Augentropfen. Am Freitag, dem siebenundzwanzigsten März. Es muss gegen neun Uhr gewesen sein. Ich hatte Martines Wohnung gerade verlassen.«

»Hier ist es«, murmelte Ariel.

»Ich spreche von Martine Brown. Sie leitet … ich glaube, man nennt so etwas eine Wohlfahrtseinrichtung. Es ist eine inoffizielle Sache für Teenager. Auf streng freiwilliger Basis …« Ariel drückte wieder den Vorlauf, kam zu weit und musste den Rücklauf einschalten. »Das Haus liegt in der Adams Street, ein großes gelbes Gebäude in dem Straßenblock mit den Zweitausendeinhunderter-Nummern. Dort gebe ich freitags immer Yogastunden.«

Ariel drückte die Stopptaste. Dann holte sie aus einer anderen Schublade ein Telefonbuch.

Hattie nahm den Kassettenrekorder in die Hand. »Hat sie hier die ganze schreckliche Angelegenheit geschildert?«, fragte sie.

»Sie können es sich anhören, wenn Sie wollen.«
Hattie machte ein zweifelndes Gesicht.
»Aha!«, sagte Ariel und wählte eine Nummer.
»Brown House«, meldete sich eine weibliche Stimme, die wie eine Kinderstimme klang.
»Martine Brown?«, fragte Ariel.
»Moment.« Der Hörer wurde hingelegt und jemand rief »Marteeena hyeeena«. Ariel hörte ein fernes hohes Lachen, dann einen Schrei, und inmitten von Gekicher ein »Kitzel mich nicht!« und weiteres Kreischen.
»Martine Brown« meldete sich gleich darauf eine tiefe Stimme. »Kann ich Ihnen helfen?«
Ariel nannte ihren Namen und erklärte, sie sei eine Freundin von Laya. Bevor sie ein weiteres Wort sagen konnte, rief die andere Frau: »Laya? Wie geht es ihr? Und wo ist sie?«
»Sie ist ...« Ariel bremste sich noch rechtzeitig. Sie durfte auf keinen Fall Layas Aufenthaltsort hinausposaunen, und schon gar nicht angesichts der Information, die sie erhalten wollte. »Sie ist nicht da, sie ist in der Schule.«
»Schule?« Es folgte eine kurze Pause. »Braille?«
»Mrs Brown, Laya erwähnte mir gegenüber, dass sie bei Ihnen mal Unterricht gegeben hat, im ... Brown House, wie ihr kleines Mädchen es vorhin nannte.«
Martine Brown lachte. Ariel hatte den Eindruck, dass sie eine Frau war, die jede Gelegenheit zum Lachen nutzte, die sich bot. »Dieser kleine Teufel ist kein Kind von mir! Keshia ist mit ihrer Mama hier, die gerade einen Kurs in Kinderpflege macht, und der Himmel weiß, dass sie alle Hilfe braucht, die sie nur kriegen kann.«
»Ah«, sagte Ariel. Sie hörte ein schwaches Kichern und zog daraus den Schluss, dass die Kleine neben der Frau stand, die vielleicht den Arm um sie gelegt hatte. »Laya

unterrichtete immer am Freitagabend, wie sie, glaube ich, erzählt hat?«

»Sagen Sie nicht ›unterrichtete‹.«

»Bitte?«

»Lassen Sie es nicht so klingen, als wäre es eine Sache der Vergangenheit. Wenn sie eine Schule besucht, ist sie auf dem Weg der Besserung, und wenn sie auf dem Weg der Besserung ist, kann sie sofort wieder herkommen und sich an die Arbeit machen, und das können Sie ihr auch von mir ausrichten.«

»Das werde ich tun. Sagen Sie, hatte … hat die Klasse, die am Freitagabend unterrichtet wird, einen Namen? Haben die Schülerinnen sich selbst einen Namen gegeben?«

»Ich fürchte, ich kann nicht ganz folgen?«

»Kann es sein, dass sie sich GSDEIF-Klasse nennen?«

»Oh, das stimmt! Das hatte ich ganz vergessen.«

»Eine Schülerin hat Laya Blumen ins Krankenhaus gebracht.«

»Ach ja? Das überrascht mich nicht. Laya ist hier sehr beliebt.«

»Sie wissen wohl nicht zufällig, welche junge Frau das gewesen ist, die die Blumen gebracht hat?«

»H. Keshia, hör auf damit!«

»Eine junge Frau um die zwanzig oder so. Ein wenig … äh … korpulent.«

»Nein, das weiß ich nicht.« Martine hörte sich nicht so an, als würde sie angestrengt nachdenken, aber sie, Ariel, machte, das musste sie zugeben, auch nicht gerade den Eindruck, als würde ihr diese Frage unter den Nägeln brennen.

»Sie hatte ein niedliches Gesicht«, hakte Ariel nach. »Ich hatte den Eindruck, dass sie ein wenig …« (O Mann! Gab es eine harmlose Möglichkeit, dies zu sagen?) »… in ihrer Entwicklung gestört war?«

»Von wo rufen Sie an?«
»Von wo?«, wiederholte Ariel. Es läutete an der Tür, und Hattie, die der einseitigen Unterhaltung mit der Intensität einer Frau gelauscht hatte, die ein Orakel konsultierte, aber nichts weiter zu hören bekam, als dass die Geheimnisse des Universums von einer fremden Zunge enthüllt wurden, ging nur zögernd, um zu öffnen. »Was meinen Sie mit ›von wo‹?«, fragte Ariel.
»Sind Sie von irgendeiner Behörde … Ariel Gold, sagten Sie? Die Ariel Gold vom Fernsehen?«
»Ja, aber …«
Das Faxgerät neben Ariel meldete sich.
»Was soll das alles?«, wollte Martine Brown wissen. »Kennen Sie Laya überhaupt?«
»Wir sind Freundinnen, wirklich. Ich kann im Moment nicht näher erläutern, worum es hier geht, aber es hat nicht mit meinem Job zu tun.« Das Faxgerät begann mit quälender Langsamkeit, ein Blatt Papier zu übertragen, so langsam, dass es eine Grafik sein musste, und die Skizze war die einzige Grafik, die Ariel erwartete. »Kennen Sie die junge Frau, die ich meine?«, fragte sie. Das Faxgerät mühte sich ab, als müsste es nach dem Gedächtnis arbeiten. »Ich würde sehr gern mit ihr sprechen.«
»Worüber?«
Ariel hörte das Piepen, das einen wartenden Anrufer ankündigte. Wahrscheinlich Max, der über die Skizze sprechen wollte. Sie ignorierte es. »Als sie die Blumen ins Krankenhaus brachte, war ein Mann bei ihr«, antwortete sie. »Ist die junge Frau verheiratet?«
»Hören Sie, Mrs Gold, wenn Laya irgendetwas über eine junge Frau erfahren will, dann soll sie mich selbst anrufen, okay?«
»Ich kann sie jetzt nicht erreichen … Und ich weiß, dass

ich mich nicht sehr geschickt anstelle. Lassen Sie mich rüberkommen und persönlich mit Ihnen sprechen. Ich könnte in ...«

Hattie war wieder da und machte ihr Zeichen.

»Bitte bleiben Sie dran, Mrs Brown«, sagte Ariel. »Was ist?«

»Henry Heller ist da draußen, in einem Smoking«, antwortete Hattie. »Sollen Sie mit ihm auf irgendeine Party gehen?«

39

Die Gründungsparty war fantastisch. Eisskulpturen glitzerten und tropften. Die Gäste glitzerten und schlenderten durch die Räume. Das Titelblatt der Erstausgabe von *Newsfront* prangte auf jeder Pressemappe, auf Postern an den Wänden und Programmheften mit Quasten, auf schicken Notizblocks, die wie Streichholzbriefchen aussahen, und auf echten Streichholzbriefchen. An beiden Enden des Hotelballsaals rollten die Seiten der Zeitschrift auf riesigen Bildschirmen ab, die wie Anzeigetafeln in einem Stadion aussahen, eine extravagante Zukunftsproduktion, bei der Grafiken und Fotos unter der großzügigen Begleitung eines Orchesters zum Leben erwachten, das sich wie die Boston Pops anhörte; Trompeten ertönten, die Kanonen von 1812 dröhnten und die Kesselpauken Zarathustras sprachen.

Was tue ich eigentlich hier?, fragte sich Ariel. Sie fand einen Tisch mit einem freien Platz und setzte sich zu wildfremden Leuten und knirschte mit den Zähnen bei dem

Gedanken, wie gern sie auf der anderen Seite der Stadt in einem gelben Haus wäre, um aus Martine Brown Antworten herauszuquetschen.

Ihr blieb aber keine andere Wahl, als um Henry zuliebe heute Abend hier zu sein, obwohl sie an alle nur erdenkbaren Ausreden gedacht hatte, die fast bis zu der Idee reichten, sich in den Fuß zu schießen, während sie sich in Rekordzeit zurechtmachte und sich einen aufreizenden neuen Fummel anzog, den sie für die Party gekauft hatte – obwohl Henry das Kleid gar nicht bemerkte und sich außerdem nicht das Geringste daraus zu machen schien, ob sie hier war oder nicht.

Man hatte ihn schon unter Entschuldigungen entführt, bevor sie überhaupt ganz da waren. Von Nerven und Koffein getrieben, die jetzt noch mit Champagner angereichert wurden, schüttelte er Hände wie ein Politiker und lachte oft, doch worüber, wusste Ariel nicht, da sie seit ihrer Ankunft nur selten in Hörweite gewesen war. Bisher hatte er genau sieben Worte zu ihr gesagt: »O Ariel, ich muss dich unbedingt mit ...« Den Namen des Mannes, mit dem er sie bekannt machen wollte, hatte sie nie erfahren. In diesem Augenblick tippte ihm nämlich eine junge, schöne und sehr transparent gekleidete Schauspielerin, die ihn mit ihren großen dunklen Augen geradezu verschlang, auf die Schulter. (Sie erinnerte Ariel an Jessie in der Vorfreude auf Hühnerleber.) *Newsfront* hatte ihren jüngsten Film besprochen, und das Ergebnis hatte ihr offenbar gefallen.

Ich könnte ein Taxi rufen, dachte Ariel, zum Brown House fahren und mit dem Namen der jungen Frau und vielleicht auch des Mannes wieder hier sein, bevor Henry überhaupt bemerkte, dass ich verschwunden gewesen bin.

Sie entnahm ihrer Handtasche die Polizeiskizze des mittelgroßen Mannes, faltete sie auseinander und drehte sie ein bisschen, um besseres Licht zu haben. »Sehen Sie, was ich meine?«, hatte Max unten quer über das Blatt gekritzelt. Sie sah es. Wenn der mittelgroße Mann tatsächlich auch nur annähernd so ausschaute, sollte er Bankräuber werden. Er würde keine Maske brauchen; kein Mensch würde sich an sein Gesicht erinnern.

Zuvor, auf der Damentoilette, hatte Ariel ihm eine unbeholfen gezeichnete Brille und Falten zwischen den Augenbrauen verpasst und den Mund zu einem zornigen Strich abgeflacht. Sie war keine große Künstlerin, hatte jedoch ein wütendes Funkeln erreicht. Er blickte jetzt finster drein, was aber nicht heißen soll, dass das Gesicht dadurch erkennbarer wurde.

»Worüber regt er sich so auf?«

Ariel fuhr zusammen. Als sie hochschaute, sah sie ihren Großvater.

»Was tust du denn hier?«, fragte sie.

»Du kennst mich doch, Mr Premierenabend. Der Verleger ist ein Freund von mir.«

»Wer ist das nicht?« Ariel küsste ihn auf die Wange und wischte ihm mit dem Daumen einen Lippenstiftfleck ab. »Warum hast du gestern nichts davon gesagt, dass du hier sein wirst?« Sie hatten am Telefon miteinander gesprochen, als Ariel anrief, um ihm von ihrer Unterhaltung mit Dr. Scopes zu berichten, aber sie hatte ihn seit einer Woche nicht mehr gesehen.

»Warum hast du nichts gesagt?«, fragte er zurück.

»Weil ich es vergessen hatte.« Sie hielt ihm die Skizze hin. »Was stimmt nicht mit diesem Bild?«

»Abgesehen davon, dass es schlecht gezeichnet ist?«

»Ich habe nicht die künstlerischen Vorzüge gemeint.«

Er blinzelte durch die untere Hälfte seiner Brille. »Wer ist das?«
»Ich weiß nicht.«
»Gibt es einen guten Grund dafür, dass du dich in einer Ecke herumdrückst und am Bild eines Mannes herumkritzelst, den du nicht kennst? Du siehst übrigens hübsch aus. Hast du heute was Neues über Dorothy erfahren?«
»Meine Theorie, dass Sis eine Patientin war, mit der sie sich angefreundet hatte, ist geplatzt. Da sich im Marin General nichts ergeben hat, ließ ich Tara in jedem Krankenhaus, Genesungsheim oder Reha-Zentrum des Bezirks anrufen. Ihren Mann, den Arzt, kannten sie, Dorothy dagegen nicht. Jetzt sind mir erst mal die Ideen ausgegangen, und außerdem hat mich etwas anderes beschäftigt.«
B. F. nickte zu der Skizze hin. »Der da?«
»Bist du mit jemandem hier?«
»Ja.«
»Oh.«
»Warum?«
»Ich hatte gehofft, ich könnte dich überreden, mich wohin zu fahren.«
»Ich bin gerade erst gekommen.«
»Wir wären in fünfundvierzig Minuten wieder da. Oder sagen wir in einer Stunde.« Sie sah sich um. »Mit wem bist du hier?«
»Mit Roy.«
»Roy?«
»Meinem Fahrer.«
»Roy! Ich habe ihn nicht mehr gesehen, seit ... ich weiß gar nicht mehr, wann. Vor Monaten. Wo ist er gewesen?«
»Als er aufhörte zu arbeiten, ist er nach Florida gezogen. Dort hat er seine Ersparnisse bei Pferde- und Hunderen-

nen durchgebracht und mich dann gefragt, ob er seinen Job wiederhaben kann.«

»Ist er nicht zu alt zum Fahren?«

»Sprich nicht von alt. Alt ist ein Geisteszustand. ›Wie alt würdest du sein, wenn du nicht wüsstest, wie alt du bist?‹ Wer hat das gesagt?«

»Satchel Paige.«

»Eines Tages wirst auch du mit deinem Latein am Ende sein. Wohin willst du denn fahren?«

»Macht es dir auch wirklich nichts aus?«

»Und was wird Henry dazu sagen, wenn du einfach verschwindest?«

»Sieh ihn dir doch an.«

Es dauerte eine Minute, bis B. F. Henry in der Menge entdeckte. Eine Augenbraue schoss in die Höhe. »Das ist aber eine reizende junge Frau, die sich da an ihn ranmacht«, sagte er. »Wer ist das?«

»Irgendeine Schauspielerin. Ich habe ihren Namen vergessen.« Was eine Lüge war.

»Tüchtig.«

»Bitte?«

»Sie hat schon ihr Nachthemd angezogen.«

Ariel lachte.

»Komm, meine Liebe«, sagte B. F., »machen wir eine Autofahrt.«

Ariel wusste, dass ihrem Großvater nicht entgangen war, was für eine Zeichnung die Skizze war, nämlich eine wie die, welche auch in Postämtern aushängen. Es überraschte sie folglich, als er nicht übermäßig neugierig war, was das Ziel und den Grund der Fahrt betraf. Als sie Roy die Adresse nannte, warf ihr B. F. nur einen interessierten Seitenblick zu. Ariel wurde daraus nicht schlau.

Während er meist durchaus für ein Abenteuer zu haben war (auch wenn es ihn abwärts führte wie im Fall des U-Boot-Ausflugs), liebte er es in der Regel nicht, wenn sie Risiken einging. Doch dann kam ihr die Erleuchtung. Wohin auch immer sie diesmal gehen würde, sie würde nicht allein gehen.

Die beiden waren ein entzückendes Stadtguerilla-Pärchen, als sie auf den schäbigen Straßen der Stadt ... in einem Lincoln mit Chauffeur dahinrollten. (B. F. hatte immer amerikanische Wagen gekauft.) Ariel grinste. In Wirklichkeit rollten sie auf der Avenue of the Stars entlang, einer breiten Durchfahrtsstraße der Century City, auf der es von Limousinen wimmelte und die von Bürotürmen aus Stahl und Glas gesäumt wurde. Auf der rechten Seite tauchten die Studios von Twentieth Century – Fox Filmcorp. auf.

Es war eine milde Nacht mit Temperaturen um dreiundzwanzig Grad. Ariel öffnete das Fenster, um den Fahrtwind hereinzulassen. »Riech mal den Jasmin«, sagte sie, als sie an einem Zaun vorbeikamen, den man vor duftenden Blüten gar nicht mehr sah. Die Fenster der Häuser im spanischen Stil waren offen, und Ariel hörte Musik. Es war Radiomusik, derselbe Sender mit Oldies, den auch Roy eingestellt hatte. Obwohl die Musik leise war, erkannte sie ein Stück der Gatlin Brothers. »All the gold in California is in a bank in the middle of Beverly Hills in somebody else's name«, sang Ariel mit. B. F. warf ihr ein gequältes Lächeln zu. Ihre musikalische Begabung war ihren zeichnerischen Fähigkeiten ebenbürtig. »Willst du mir nicht einen Hinweis auf das geben, was wir vorhaben?«, meinte er.

»Was ich vorhabe«, korrigierte Ariel. »Nichts Gefährliches. Ich suche nur ein paar Namen.«

»An lauter falschen Stellen.«

»Denen wir uns schnell nähern. Ich habe keine Zeit, dir alles zu erzählen.«

Der Gesamteindruck der Straßen hatte schon begonnen sich zu verändern, zunächst kaum wahrnehmbar, dann eklatant. Imposante Häuser wichen Wohnblocks und bescheidenen, aber gepflegten mit Stuck verzierten Bungalows, die jedoch immer ungepflegter wurden. Mit ihrer abnehmenden Größe und zunehmenden Schäbigkeit neigten ihre Bewohner dazu, sich im Freien aufzuhalten und die Zeit auf Betontreppen und Sandplätzen totzuschlagen. Musik plärrte aus Stereoanlagen.

»Mach bitte dein Fenster zu«, sagte B. F.

Er hatte Recht. Der Duft von nachts blühendem Jasmin war durch Auspuffgase erstickt worden. Ariel drückte auf einen Knopf, und die Seitenscheibe glitt hoch.

Von Straßenlaternen beleuchtete Abschnitte wechselten jetzt mit dunklen, in denen die Glühbirnen durchgebrannt oder kaputtgeschlagen worden waren. Kurze Zeit später, als hätten sie einen unsichtbaren Breitengrad überquert, wurde Neon zur vorherrschenden Lichtquelle. Es flackerte über Bars und kleinen, die ganze Nacht geöffneten Läden, deren umsatzstärkste Ware Lottoscheine waren, und sogar an einer Kirche. An zugenagelten Ladenfenstern mit vergilbten »ZU VERMIETEN«-Schildern hatten die Neonröhren ihr Leben längst ausgehaucht.

Das Stadtviertel, in dem Martine Browns Freizeitheim lag, hatte einst eine stolze, wenn nicht sogar hochmütige Vergangenheit gehabt. Seine Blütezeit war schon vorüber, ehe die meisten heutigen Bewohner geboren waren, und die großen Häuser, die noch nicht abgerissen worden waren, waren allzu oft baufällig. Brown House war, wie Ariel von Layas Kassette her wusste, nicht braun, sondern gelb. Ein optimistisches Gelb, mit Weiß abgesetzt. An manchen

Stellen blätterte die Farbe ab, doch aus jedem Fenster des viktorianischen Bauwerks drang Licht nach außen, und in den Blumenkästen an den Fenstern bemühten sich Primeln, nicht einzugehen.

»Direkt davor«, wies B. F. Roy an. »Parken Sie notfalls in der zweiten Reihe, und lassen Sie den Motor laufen.« Er langte nach dem Türgriff.

»Das ist kein Banküberfall, und du wirst auch nicht mit mir hineingehen«, sagte Ariel zu ihm.

»*Wir* gehen, oder du gehst nicht«, entgegnete B. F. »Es liegt ganz bei dir.«

»Okay, komm schon!« Ariel gab ihm einen Schubs und glitt hinter ihm hinaus. Sie hatte keine Sekunde erwartet, dass er im Wagen bleiben würde.

Sie gingen gerade ein paar Stufen zum Bürgersteig hinauf, als eine Autotür zugeschlagen wurde. Ein Mann rief etwas. Der Wortschwall war unverständlich, doch es hörte sich an wie eine schlechte Nachricht, und es war in der Nähe. B. F. blickte sich um, und Ariel machte sich bereit, sich jederzeit auf den Boden fallen zu lassen. Bevor die Stimme verstummte, wurde sie von Pfiffen, Gelächter und gedämpftem Klatschen übertönt. Noch vor einer Sekunde hätte Ariel geschworen, dass es Kugeln waren, die Fleisch durchbohrten, jetzt vermutete sie, dass Handflächen zur Begrüßung gegeneinander geschlagen wurden. Ihr fiel wieder ein, wie der Mensch atmete. B. F. murmelte etwas vor sich hin und beschleunigte seine Schritte.

»Keine Fragen, solange wir hier sind«, wies ihn Ariel an, »okay? Und kein Wort zu anderen darüber, was du zu hören bekommst.«

B. F. ging einfach weiter.

Die Tür war offen. Durch die Fliegentür hörten sie Musik, Trommeln und eine elektrische Gitarre. Der Gitarrist griff bei seinen Akkorden mehrmals daneben. Es hörte sich an, als würde eine Katze bei lebendigem Leib gehäutet. Ariel klopfte an. Ein Stuhl wurde scharrend über den Fußboden gezogen, und kurz darauf erschien eine Frau mittleren Alters. Sie musterte sie von oben bis unten und hob die Augenbrauen, als sie die beiden Weißen in Abendgarderobe auf ihrer Veranda sah. Sie fand den Anblick anscheinend amüsant. »Erzählen Sie mir bloß nicht, Sie kommen vom Spendenbüro der Presse«, sagte sie mit dröhnender Stimme und lachte.

Ariel erkannte die Stimme und das Lachen. »Ariel Gold, Mrs Brown, B. F. Coulter. Ich hoffe, es ist zu einem Besuch nicht zu spät.«

Martine Brown warf B. F. einen neugierigen Blick zu und nickte. Dann sah sie über sie hinweg auf den Lincoln, der am Bordstein stand und im Leerlauf lief. »Ich erkenne Sie«, sagte sie, »und wenn Sie hergekommen sind, um Fragen zu stellen, ohne mir auch ein paar Antworten zu geben, ist es viel zu spät.« Sie sprach laut, aber nur so laut, dass man sie über den Lärm der Musik hinweg hören konnte. Ihre Worte hatten auch keinen grollenden Unterton, und sie löste schon den Haken der Fliegentür. »Kommen Sie rein.«

Ariel und B. F. wurden in ein geräumiges, aber spärlich möbliertes Büro geführt. Als Martine Brown die Tür hinter sich zumachte, wurde die Musik so weit gedämpft, dass es nicht mehr wehtat. »Der Himmel steh mir bei, ich habe es satt, mir das anzuhören!«, sagte sie und ließ sich auf einem der beiden Sofas, die nicht zueinander passten, nieder. Sie deutete auf das andere. »Setzen Sie sich. Und kommen Sie zur Sache.«

Bevor Ariel der zweiten Aufforderung Folge leisten konnte, läutete das Telefon auf dem Schreibtisch, und Martine

Brown stand auf, um den Hörer abzunehmen. Ariel nutzte die Zeit, um sie zu mustern. Sie sah in nichts so aus, wie es die tiefe, fröhliche Stimme am Telefon hatte erwarten lassen. Statt einer schweren, mütterlichen Frau sah Ariel eine schlanke, sogar dünne vor sich. Sie trug eine gepflegte Tweedhose und eine weiße Bluse und war an die sechzig. Ihr honigfarbener Teint war von feinen Falten durchzogen, und das grau gesprenkelte Haar hatte sie zu einem strengen Knoten gebunden.

Als sie nach einer Reihe von »Äh-ähs« und »Sagen Sie mir Bescheid« aufgelegt hatte, erkundigte sich Ariel: »Haben Sie schon über das Mädchen nachgedacht, nach dem ich Sie gefragt habe?«

Martine Brown lächelte. »Ich habe außer Ihrem Anruf hier noch ein paar andere Dinge zu tun gehabt, Mrs Gold. Zwei Kurse, eine Schlägerei im Vorgarten und dann noch diese private Musikstunde, die wir genossen haben …«

»Das hier ist wichtig.«

»Was heute Abend hier los war, ebenfalls. Ich habe es Ihnen doch vorhin schon gesagt. Was Laya wissen möchte, kann sie mich selbst fragen.«

»Das ist im Augenblick nicht möglich.«

Martine Brown stand auf. »Ich fürchte, dass es für einen Besuch doch zu spät ist«, sagte sie.

Ariel blieb sitzen und traf eine Entscheidung. »Versprechen Sie mir«, fragte sie, »dass Sie für sich behalten, was ich Ihnen erzähle?« Sie warf B. F. einen schnellen Seitenblick zu und bezog ihn damit ein. Er bemerkte es nicht, denn er war in eine Lektüre vertieft, die er vom Tisch genommen hatte. »Laya hat mir im Vertrauen etwas gesagt«, fuhr Ariel fort. »Wollen Sie es genauso halten?«

»Kommt darauf an.«

»Es hat etwas mit dem zu tun, was ihr passiert ist.«

Martine sah unschlüssig aus. Sie schüttelte den Kopf. »Ich kann nichts versprechen.«

B. F. murmelte etwas. Sein Finger bewegte sich über eine Zeile der Broschüre, die er in der Hand hielt.

Plötzlich sagte Martine: »Sind Sie Anwalt oder was? Wer sind Sie?«

»Kommt darauf an«, antwortete B. F.

Martines dunkle Augen wurden schmal. Sie versucht sich darüber klar zu werden, vermutete Ariel, ob B. F. sie auf den Arm nehmen will. »Worauf?«

»Diese Broschüre ist über Ihr Haus hier?«, fragte B. F., der noch immer las. »Über das, was Sie tun?«

»Ja.«

»Sie werden von privaten Spenden getragen.« Er zeigte auf einen Absatz.

»In dieser Gegend werden genügend Steuergelder ausgegeben. Das ist eine Gewohnheit, mit der ich gern brechen würde.«

B. F. blickte unschlüssig hoch, als wäre er in Gedanken noch bei der Lektüre und hätte kein Wort von dem gehört, was gesagt worden war. Da wurde ihm bewusst, dass er ihre Unterhaltung unterbrochen hatte. »Tut mir Leid«, sagte er, »es ist nur so, dass ich beeindruckt bin.«

Ariel legte ihm eine Hand auf den Arm. »Das ist mein Großvater«, erklärte sie. »Er hat mich hergefahren.«

»Ich könnte Ihnen, Mrs Brown«, sagte B. F. und blickte wieder auf die Broschüre, »eine Hilfe sein. Eine beträchtliche Hilfe.«

Sie öffnete leicht die Lippen.

»Eins müsste allerdings klar sein …« Er legte die Broschüre auf seinen Schenkel und strich sie mit der Handfläche glatt, als wollte er jedes mögliche Missverständnis wegstreichen. »Ich lege keinerlei Wert auf Öffentlichkeit.

Ich muss darauf vertrauen können, dass Sie alles für sich behalten.«

Martine brauchte nicht lange, um sich zu entscheiden. Sie beugte sich zu B. F. hinüber und sagte mit kehliger Stimme: »Dieser Raum hat schon mehr Geheimnisse gehört als ein Beichtstuhl, Mr Coulter. Ich gebe nicht preis, was man mir anvertraut hat, und die Namen unserer Wohltäter erfährt niemand. Ich verkaufe sie nicht, vermiete sie nicht und benutze sie auch nicht als Tauschobjekte. Nicht mal denen gegenüber, die Bestechungsgeld bieten. Für dieses Haus tue ich alles. Ich würde mich sogar demütigen und betteln.«

Das war zutiefst aufrichtig gemeint. Ariel verstand zwar durchaus, was hier geschah, doch sie wusste in diesem Moment nicht, was sie davon halten sollte und ob sie sich das Verdienst daran gutschreiben durfte.

»Ich werde alles Geld nehmen, das ich nur kriegen kann«, sagte Martine, »aber ich lasse mich nicht überfahren. Ich mache keine Versprechungen, wenn ich nicht weiß, worum es geht, und ohne Fakten treffe ich keine Entscheidungen.«

Ariel hielt ihren Bericht über das, was Laya mit angesehen hatte, kurz. Martine sackte zusammen, als sie ihn hörte. Ariel wusste, was in ihr vorging. Sie hatte Laya an jenem Abend angeboten, sie zu ihrem Wagen zu bringen. Wenn sie darauf bestanden hätte … »Sie haben offenbar von dem Überfall gehört«, sagte Ariel. »Wissen Sie, dass Price gestorben ist? Und wissen Sie auch, was mit Carrie Murphy passiert ist?«

»Ich habe Gerüchte gehört, dass das etwas damit zu tun hatte. Doch es wird eine Menge geredet. Was hat all das mit einem meiner Mädchen zu tun?«

»Laya ist nicht zur Polizei gegangen. Sie kann keinen der

beiden Männer beschreiben.« Diese Halbwahrheit war Absicht, eine Art Lebensversicherung. Mrs Brown hatte nichts versprochen. Wenn diese Unterhaltung weitergegeben wurde, war es dies, was Ariel verbreitet wissen wollte.
»Aber Mrs Murphy hat einen der beiden gut gesehen. Sie hat mit einem Polizeizeichner zusammengearbeitet.« Ariel nahm aus ihrer Tasche die Skizze und reichte sie Martine Brown. »Kennen Sie ihn?«, fragte sie.
Es verstrichen einige Sekunden, mehr, als für eine Antwort nötig gewesen wären. »Ich werde Folgendes tun«, sagte Martine schließlich und gab die Skizze zurück. »Ich werde die Sache überschlafen. Und jetzt bringe ich Sie zur Tür.«
Als B. F. und Ariel wieder im Wagen saßen, meinte er: »Sie hat den Mann auf dem Bild erkannt.«
»Ja.«
»Und steckt in einem Dilemma.«
Ariel nickte.
»In erster Linie ist sie aber ihren Schutzbefohlenen verpflichtet. Wenn sie denen nicht die Treue hält, kann sie gleich alles vergessen.«
»Und was ist mit ihrer Treuepflicht gegenüber Laya? Und James Price und Carrie Murphy?«
»Ich wollte dich nach ihr fragen. Wer ist sie?«
»War«, korrigierte Ariel und erzählte ihm von dem Opfer.
Sie waren wieder in duftendem Jasmin-Territorium, als er erklärte: »Meine Komplimente an diese Brown waren aufrichtig. Ihre Bemühungen beeindrucken mich.«
»Das war ein billiger Trick, den du abziehen wolltest.«
»Was ich sagte, ist aber nicht billig.«
»Trotzdem.«
Sie bogen in die Avenue of the Stars ein.
»Dafür ist Geld schließlich da«, entgegnete B. F. ungerührt.

Roy hielt den Wagen vor dem Hoteleingang. Ariel sah auf ihre Armbanduhr; sie waren eine Stunde und zehn Minuten weg gewesen. Sie erkannte einige der Gäste, die darauf warteten, dass ihre Autos vorgefahren wurden. Die Festlichkeiten gingen offenbar allmählich zu Ende.

»Es war ein ehrlich gemeintes Angebot, also warum bist du so verärgert?«, wollte B. F. wissen.

Die Tür des Lincoln wurde von einem Hoteldiener geöffnet.

»Weil es nicht funktioniert hat«, antwortete Ariel.

40

Das Telefon in Layas Zimmer läutete dreizehn Mal. Ariel zählte mit. Sie ließ es aus Aberglauben noch einmal klingeln, bevor sie auflegte. Wenn Laya da war, hätte sie die Zeit haben müssen, zum Telefon zu kommen; wenn sie sich woanders aufhielt, war es sinnlos, um Mitternacht ihre Nachbarn zu wecken. Als Ariel die Nummer der Zentrale wählte, meldete sich ein Anrufbeantworter mit einer aufgezeichneten Nachricht.

Ariel kuschelte sich auf ihrem Sofa zusammen, zog die Knie bis zum Kinn hoch und steckte ihren Morgenmantel unter ihre nackten Zehen, um sie zu wärmen.

Sie wünschte, Henry wäre kurz vorbeigekommen, nur um den Abend versöhnlich zu beenden, aber er war erschöpft gewesen. (»Nun, jetzt sind wir offiziell vom Stapel gelaufen«, hatte er gesagt. »Ich habe des Gefühl, als hätten sie die Champagnerflasche auf meinem Kopf zerschlagen.« –

»Es war eine großartige Party!«, hatte Ariel ihm versichert und seine Hand ergriffen. Er war in einem so abgekämpften Zustand gewesen, dass er ihr nur die Schulter getätschelt hatte und zu seinem Wagen gewankt war.)

Sie wollte mit jemandem sprechen, wollte, dass jemand ihre Besorgnis zerstreute, sie davon überzeugte, dass es nichts ausmachte, wenn sie erst morgen erfuhr, wo sich Laya aufhielt, wenn sie erst morgen von ihr oder von Martine Brown den Namen der jungen Frau sowie ihres mürrischen und (möglicherweise) bebrillten und mörderischen Freundes genannt bekam. Dass es nichts ausmachte, wenn sie für heute zurückhielt, was ein Hinweis in zwei Mordfällen und einem hinterhältigen Angriff sein könnte, bei dem Laya geblendet worden war. Der morgige Tag war nur noch kaum ein halbes Dutzend Stunden entfernt.

Wo war Laya?

Ariel wünschte, Hattie hätte die Nacht hier verbracht, statt zu B. F.s Wohnung zurückzufahren. Doch selbst wenn sie da wäre, wäre sie nicht mehr auf, um mit Ariel zu plaudern. Sie würde inzwischen längst schnarchen.

»Wo ist dein Frauchen?«, fragte Ariel Arthur, der von der zweiten Armlehne des Sofas nur einmal schlaftrunken blinzelte.

Laya hatte Ariel von einer Nacht erzählt, in der sie nicht hatte schlafen können; sie hatte diese Stunden im Gemeinschaftsraum des Wohnheims verbracht und vor dem Fernseher vor sich hin gedöst. War das inzwischen zu einer Gewohnheit geworden?

Ariel legte sich einen Wollschal um die Schultern und griff nach der Fernbedienung. Die Hundetür schlug zu, als Jessie von einem notwendigen oder überflüssigen Ausflug in den hinteren Garten zurückkehrte. Sie kam ins

Wohnzimmer, beäugte Arthur, der auf einem Möbelstück hockte, das ihr verboten war. »Er ist unser Gast«, sagte Ariel und zappte auf der Suche nach einem alten Film von Kanal zu Kanal. Jessie ließ sich brav auf dem Teppich nieder. Ariel erwischte *Bei Anruf Mord* gerade zu Beginn. Keine wirkliche Frau war so cool wie Grace Kelly, kein wirklicher Mann so schlau wie Ray Milland, und kein realer Handlungsablauf so machiavellistisch wie bei Hitchcock.
Erfreut, vom wirklichen Leben abgelenkt zu werden, drehte Ariel die Lautstärke auf.

Das schrille Läuten des Telefons kam aus der falschen Richtung. Es klingelte über und hinter ihrem Kopf statt dort, wohin es gehörte – auf dem Tisch neben ihr. Ariel riss die Augen auf. Es war dunkel, aber nicht ganz. Helle Rechtecke waren an Stellen, wo keine Fenster sein sollten, und da waren geisterhafte Umrisse von Gegenständen, die sie nicht gleich identifizieren konnte. Sie konzentrierte sich. Was tat sie im Wohnzimmer? Wann hatte sie den Fernseher ausgemacht? Warum konnte sie die Füße nicht bewegen? Sie trat nach dem Wollschal, in den sie sich verheddert hatten, und griff nach dem Telefon.
Zehn Minuten später, um vier Uhr vierzig nach der Küchenuhr, wartete sie darauf, dass Wasser in einem Kessel zu kochen begann.
Warum, fragte sie sich immer wieder, hatte sie sich nicht mehr Mühe gegeben, jemanden um Mitternacht in der Schule zu erreichen? Sie hätte nichts weiter zu sagen brauchen als: Laya nimmt ihr Telefon nicht ab. Könnte mal jemand bei ihr nachsehen? Sie hätte Gayle Baker anrufen sollen. Stattdessen hatte die Ärztin sie angerufen und ihr mitgeteilt, dass Laya vermisst werde.

Würde es auf die verlorenen Stunden ankommen? Wie sehr? Wie hoch wäre der Preis?
Wäre Dr. Baker nicht wegen einer Schülerin, die Migräne hatte, in Layas Wohnheim gerufen worden, würden sie es noch immer nicht wissen. Das war vor fast einer Stunde gewesen. Als Dr. Baker an Layas Zimmer vorbeigekommen ist, war ihr aufgefallen, dass die Tür offen stand. Als sie hineinblickte, hatte sie gesehen, dass die Tür zum Innenhof ebenfalls offen war. Im Bett hatte niemand geschlafen, und das Zimmer war leer. Nachdem sie in den Gemeinschaftsräumen nachgesehen hatte, hatte sie den Leiter des Wohnheims alarmiert. Ein improvisierter Suchtrupp hatte sämtliche zugänglichen Teile des Geländes sowie alle Gemeinschaftsträume durchsucht, bevor die Polizei benachrichtigt wurde. Diese war auf dem Weg zur Schule, als die Ärztin Ariel anrief.
Es würde bald hell sein. Bei Tageslicht würden sie Laya finden.
Ariel kippte Kaffeebohnen in die Mühle und fragte sich dabei: Ist Laya spazieren gegangen und hat sich verlaufen? Hat sie die Orientierung verloren? Oder ist sie weggelockt worden …?
»Hat sie Freundinnen in der Gegend?«, hatte Dr. Baker gefragt. »Jemanden, den sie vielleicht besuchen wollte?« Wann habe Ariel zum letzten Mal mit ihr gesprochen? Sei sie ungewöhnlich aufgeregt gewesen? Halte Ariel, falls es eine Krise war, es für möglich, dass Laya den von ihr konsultierten Psychiater angerufen habe?
»Sie ist gestern Abend ausgegangen«, erzählte Dr. Baker dann einer überraschten Ariel. »Haben Sie eine Ahnung, mit wem?«
»Sie wissen mehr als ich«, hatte Ariel erwidert.
»Ich habe sie zufällig gegen sechs gesehen, als ich unten

am Tor auf jemanden wartete. Jemand habe sie zum Dinner eingeladen, sagte sie zu mir. In ein vegetarisches Restaurant in San Rafael. Sie wollte wissen, ob ich schon mal dort gewesen sei.«

Warum überrascht mich das?, fragte sich Ariel. Nur weil Laya nie Bekannte in der Bay Area erwähnt hatte, bedeutet das doch nicht, dass sie dort keine hat. Ihr Begleiter zum Dinner konnte ein früherer Schüler sein, der nach Norden gezogen war, oder ein alter Freund aus New York, vielleicht auch ein früherer enger Freund – oder sonst jemand. Sie hatte nicht ihr ganzes Leben in einem luftleeren Raum verbracht. »Aber ist sie nach dem Dinner zur Schule zurückgekommen?«

Ja. Sie war auf ihr Zimmer gegangen. Wenn die Polizei kein Glück hatte, würden vermutlich ihre Mitschüler geweckt und befragt werden. Eine Schule voller blinder Menschen, ging es Ariel unwillkürlich durch den Kopf, war nicht der leichteste Ort, um nützliche Zeugen zu finden.

Sollte sie einen Flug nach Norden buchen? Natürlich nicht; sie sollte am Telefon bleiben. Ohne ihn zu sehen, starrte sie auf den Teekessel, der kurz darauf schrill zu pfeifen begann, als das Wasser kochte.

Dr. Baker würde anrufen, sobald sie etwas wussten.

In ihren Morgenmantel gehüllt, saß Ariel auf ihrer Veranda und trank Kaffee. Die Kanne wurde immer leerer, während der Himmel immer heller wurde. Urplötzlich tauchte die Sonne am Horizont auf. Fünfundvierzig Minuten waren vergangen.

Es war wohl so, dass sich Laya nirgendwo auf dem Gelände befand, das recht groß war – elf Morgen, hatte Frank Trout oder sonst jemand gesagt. Es gab viele Häuser und Nebengebäude. Dennoch musste Ariel davon ausgehen, dass Laya inzwischen entdeckt worden wäre, wenn sie sich dort aufgehalten hätte. Soweit Ariel es aus dem Gedächtnis rekonstruieren konnte, war mindestens ein Drittel des Geländes den Hunden vorbehalten – da waren die verschiedenen Zwinger zur Aufzucht, zum Werfen und für die Hunde allgemein sowie die Veterinärstation. Laya würde sich allerdings kaum bei den Hunden aufhalten, zu keiner Tageszeit und ganz gewiss nicht mitten in der Nacht.

Ariel ging ins Haus, überlegte, ob sie noch mal Kaffee machen sollte, und entschied sich für ein Glas Milch. Siebenundfünfzig Minuten waren inzwischen verstrichen. Sie hörte, wie die *Times* gebracht wurde, holte sie rein und überflog sie. Nichts blieb haften außer einer Schlagzeile über eine neue Gesetzesvorlage über Waffenbesitz. Kaliforniens Bürger konnten, wie es schien, jetzt nur eine Handfeuerwaffe pro Monat kaufen. Du lieber Himmel!, dachte Ariel. Wie konnte jemand mit nur einer neuen Waffe pro Monat zurechtkommen? Sie schüttelte den Kopf. Vielleicht würde sie den Sinn dieser Vorlage später begreifen.

Eine Stunde und dreizehn Minuten waren vergangen.

Ariel durchwühlte ihre Aktentasche und suchte nach einer Notiz, die sie sich irgendwo gemacht hatte (auf einer Fluglinien-Serviette?), und zwar über die Mörderin von Tahoe (oder die hilflose und ungerecht behandelte alte Frau, je nachdem), die sie per E-Mail an Tara schicken musste. Sie fand die Zeitschrift *San Francisco,* die sie am Flughafen gekauft hatte, überflog sie im Stehen und kratzte sich dabei mit den Zehen am Bein. Als sie schon bei den Kleinanzeigen war, drang eine Nachricht in ihr Bewusstsein. Schnell blätterte sie zurück.

Das Foto war im Kulturteil. Rob Millens selbstbewusstes

Lächeln strahlte ihr von der Seite entgegen, versteckt in einem Absatz über die »fortschreitende Arbeit des hiesigen Schriftstellers«.

»Flaschengeister?« hieß es in dem Vorspann. Das Thema war nicht Johnnie Walker Black oder Stolitschnaja-Wodka, sondern es ging um eingeäscherte Leichen. Der Artikel war eine Art Schleichwerbung für das Buch über das Kolumbarium, in dem die zu Asche gewordenen Überreste von dreißigtausend Menschen untergebracht waren. Das Buch sollte am Tag des hundertjährigen Bestehens »dieses neoklassizistischen Wahrzeichens erscheinen, was bis jetzt eins von San Franciscos bestgehüteten Geheimnissen ist«. Rob würde dem abhelfen – wenn er sich nicht durch ein Buch, wie Ariel grimmig dachte, über Todesfälle weit jüngeren Datums ablenken ließ.

Der Artikel war nicht sehr lang, aber lang genug, um Ariel eine Information zu liefern, die ihr bisher unbekannt gewesen war und die sie nun verstehen ließ, wieso Rob Maßkleidung tragen und einen so teuren Wagen fahren konnte. Und jetzt begriff sie auch, wie es kam, dass er so viel Zeit hatte, um kostenlos gute Werke zu vollbringen, ohne durch den Zwang, sich den Lebensunterhalt zu verdienen, belastet zu sein. (»Oh, Millen muss sich diesbezüglich sicher keine Sorgen machen«, hatte Charles Barnes gesagt. Ariel hatte über diese Andeutung nicht weiter nachgedacht.)

Rob, »Robert Woodman Millen«, war der einzige Sohn »der verstorbenen Constance Woodman Millen«. Nicht von Mrs John (oder wem auch immer) Millen. Wenn sie einen Mann gehabt hatte, war sein Name nicht derjenige gewesen, hinter dem das Geld steckte. Ariel war der Name Woodman nicht vertraut, und über die Familie wurden keine Informationen gegeben, was für sich schon informativ war. Anscheinend hielt man Auskünfte für überflüssig. Selbstverständlich. Wer da fragen musste, verriet nur seine Unwissenheit.

Schön, schön, überlegte Ariel. Sie betrachtete das Gesicht auf dem Foto, das jetzt nicht nur vollkommen aussah, sondern patrizierhaft, und steckte die Zeitschrift wieder in die Aktentasche. Schön, schön ... Was? Sie hatte bereits gewusst, dass er nicht um Geld verlegen war. Besaß seine Familie die Firma Rica-A-Roni oder den Coit Tower in San Francisco? Vielleicht waren sie auch Magnaten in Sachen Brot aus Sauerteig, die von irgendeinem Spieler von der Berberküste namens Blackie abstammten. Warum dachte sie ausgerechnet jetzt über die Abstammung dieses Mannes nach?

Inzwischen waren eine Stunde und einundzwanzig Minuten vergangen, und damit war auch die Grenze von Ariels Geduld überschritten. Sie rief in der Schule an und bekam nichts anderes zu hören wie um Mitternacht. Warum hatte sie Gayle Baker nicht um eine Durchwahl gebeten? Also versuchte sie es erneut in Layas Zimmer. Der Hörer wurde von einer Frau abgenommen, die sich als Officer Soundso meldete.

»Wir wissen, wo sie gewesen ist«, berichtete sie Ariel. »Ich verbinde Sie mit der Ärztin.«

»Oh, Mrs Gold, es tut mir Leid!« Dr. Baker war nicht mehr die Ruhe selbst. »Bei all der Aufregung habe ich Sie völlig vergessen! Hören Sie, wir müssen von hier weg, damit Laya zur Ruhe kommt! Ich rufe Sie in fünf Minuten von meinem Büro aus an.«

Sie musste gerannt sein, denn schon nach zwei Minuten meldete sie sich außer Atem bei Ariel und entschuldigte sich noch mal, nicht gleich angerufen zu haben.

Sie selbst, Dr. Baker, hatte Laya vor mehr als einer halben Stunde gefunden. Man hatte sie untersucht und befragt, sie gewaschen und ins Bett gebracht. Sie war unverletzt.

»Abgesehen von ein paar Kratzern und kleineren Abschürfungen an Knien und Händen«, beendete die Ärztin ihren Bericht. »Gott sei Dank ist das Wetter einigermaßen gut, und glücklicherweise ist sie nicht in eine andere Richtung gegangen, zum Beispiel zur Straße.«

»Wo haben Sie sie noch gefunden?«, fragte Ariel.

»In einiger Entfernung hinter dem Pfarrhaus, dem neuen Wohnheim, direkt am Ende des Geländes, dort, wo wir bauen werden, wenn es uns gelingt, das Geld dafür zusammenzubekommen. Es ist alles eingezäunt«, fügte Dr. Baker hinzu, als könnte Ariel die Schule der Nachlässigkeit beschuldigen. »Wie sie auf die andere Seite gekommen ist, weiß ich nicht.«

Ariel war zu sehr damit beschäftigt, sich über die Situation klar zu werden, um Anschuldigungen loszulassen. »Sie sagten, sie sei in einem *Gartenhäuschen* gewesen?«

»Dem, was davon übrig ist. Ich hab gar nicht gewusst, dass es existiert, so überwuchert ist dort alles. Das Gelände wird jetzt schnellstens in Ordnung gebracht werden.«

»Und sie weiß nicht, wie sie dort hingekommen ist?«

»Sie sagt, sie sei in dem Stuhl in ihrem Zimmer eingeschlafen, und dann sei sie über eine Wurzel gestolpert und hingefallen.«

»Sie hat geschlafwandelt?«

»Es scheint so. War bekannt, dass sie Schlafwandlerin ist?«

Das Wort kam Ariel komisch vor (was zweifellos daran lag, dass sich jetzt Erleichterung bemerkbar machte), als hätte sich Laya etwas Verrücktes geleistet. Sie presste die Finger an ihre Schläfen und antwortete: »Nein, nicht dass ich wüsste.«

»Schlafstörungen sind ein Merkmal fast jeder ernsten psychischen Störung«, sagte Dr. Baker.

»Und was vermuten Sie?«

»Ich bin nicht berechtigt, etwas zu vermuten. Ich stelle eine Tatsache fest.« Ariel hörte ein langes, erschöpftes Seufzen. Dieser nächtliche Schrecken schien Gayle Baker gut getan zu haben, denn als sie fortfuhr, hatte sich ihr Ton verändert. Sie hörte sich nicht mehr so sehr wie eine Zuchtmeisterin an, sondern fast menschlich. »Ich habe Ihnen gegenüber schon mal erwähnt, dass Laya an Schlaflosigkeit gelitten hat. Das ist dieser wiederkehrende Albtraum. Sie möchte nicht einschlafen und träumen.«

»Davon hat sie Ihnen erzählt?«

»Ja. Ich glaube nicht, dass sie pro Nacht mehr als zwei oder drei Stunden Schlaf bekommt. Da muss sie ja körperlich erschöpft sein. Wenn man alles berücksichtigt, hat sie sich heute Nacht unglaublich vernünftig verhalten. Als sie aufwachte, geriet sie für einen Moment in Panik. Wem wäre das nicht so ergangen? Sie lag auf den Knien im Schmutz und hatte keinerlei Ahnung, wo sie war oder wohin sie gehen sollte. Sie kroch herum, rief, aber niemand antwortete …«

Ariel versuchte sich die Situation vorzustellen. Urplötzlich hatte sie eine Erinnerung, die fast so real war, als durchlebte sie in der Sekunde noch einmal den Morgen, an dem sie aufgewacht war, ohne zu wissen, wer oder wo sie war, das hilflose Entsetzen. Sie hatte nicht mehr gewusst, wer oder wo sie war – konnte aber zumindest sehen.

»Sie stieß auf das Gartenhäuschen«, sagte die Ärztin, in deren Stimme jetzt offenkundige Bewunderung mitschwang, »stieß buchstäblich dagegen und nahm sich … zusammen. Ihr fiel wieder ein, wie sie erzählte, dass man einfach bleiben muss, wo man ist, wenn man sich verlaufen hat, und warten, bis man gefunden wird, und das hat sie getan. Sie ist sogar wieder eingeschlafen.« Nach kurzer Überlegung fügte sie hinzu: »Es ist ihr peinlich, eine solche Aufregung verursacht zu haben.«

»Und was jetzt?«, fragte Ariel, die sich davor fürchtete, die Antwort zu hören.

»Vor einer solchen Situation haben wir noch nie gestanden: eine blinde Schülerin im Haus zu haben, die dazu neigt, ihr Zimmer zu verlassen und in die Nacht hinauszuwandern. Sie müssen wissen, dass wir nicht das Risiko eingehen können, dass das noch einmal passiert.«

Das war genau das, was Ariel erwartet hatte. Was sie dann zu hören bekam, hatte sie jedoch nicht erwartet.

»Ich habe einen Vorschlag, der vielleicht helfen könnte«, sagte Dr. Baker.

»Sie wollen Laya also nicht … aus dem Haus weisen?«

»Sie hat so hart gearbeitet, Mrs Gold! Sie hat so vieles überwunden. Ich meine die Hundephobie, nicht die anderen Ängste.«

»Die anderen Ängste?«

»Sie wurde absichtlich geblendet. Sie haben es selbst gesagt, von jemandem, der immer noch frei auf der Straße herumläuft. Sie ist verängstigt. Jedenfalls hat sie schon acht Tage investiert und nur noch zwanzig vor sich. Zwanzig kurze Tage, die für ihr künftiges Leben eine entscheidende Veränderung bedeuten werden. Ich könnte es nicht … Wir haben einige Gespräche geführt. Sie ist eine bemerkenswerte Frau, nicht wahr?«

»Ja, das ist sie.«

»Ich habe den Eindruck, dass sie sich meist nicht sehr öffnet.«

Ariel ließ ein Lachen hören.

»Habe ich mir gedacht. Ich auch nicht. Aber mit mir

spricht sie. Ich glaube … ich habe mehr davon als sie. Sie hört nämlich auch zu, verstehen Sie?« Gayle Baker räusperte sich. »Der Psychiater … Dr. Shell? Vielleicht hat er einen anderen Ansatz wie etwa eine Klinik für Schlafstörungen, aber für den Moment ist es möglich, die Probleme zu lindern, indem wir ihr etwas von dem psychologischen Stress nehmen. Es gibt Medikamente, die gegen die Albträume und das Schlafwandeln helfen. Zum Beispiel Diazepam …«

»Was ist das?«

»Valium.«

»Damit wird sie nicht einverstanden sein. Sie können es ihr vorschlagen, aber Laya nimmt nicht einmal Aspirin.«

»Dann weiß ich auch nicht weiter. Haben Sie eine Idee?«

»Könnten Sie nicht einfach ihre Türen verschließen oder sie nachts mit einer Alarmanlage versehen, so dass man hört, wenn sie geöffnet werden?«

»Das lässt es aussehen, als wäre sie irgendwie verrückt!« Gayle Baker ging wirklich aus sich heraus. »Wir sind kein Hochsicherheitstrakt. Ich fürchte … Zitieren Sie mich nicht, aber noch vor den Ereignissen von heute Morgen haben wir – wir, damit meine ich das Personal und die Leitung der Schule – darüber gestritten, wie wir hier weiter verfahren sollen. Mit ihren … medizinischen Problemen. Ich bin nicht die Einzige, die ihre Ansicht geändert hat, verstehen Sie, nur bin ich jetzt diejenige, die sich für Laya einsetzt. Besonders ein Vorstandsmitglied vertritt vehement die Meinung, dass es ein zu großes Risiko sei …«

»Wie wär's, wenn Sie sie in ein Doppelzimmer legen? Mit einer Zimmergenossin?«

»Um die Last einer anderen Schülerin aufzubürden? Schon der bloße Gedanke verbietet sich.«

»Nehmen Sie auch Tagesschüler an?«

»Ja.«

»Dann ist das die Lösung. Ich werde raufkommen und heute Abend bei ihr bleiben«, versprach Ariel. Das würde weniger kosten, als wenn sie eine Schwester oder einen Leibwächter anheuerte, und außerdem wäre das Laya in beiden Fällen unangenehm. »Für später werde ich mir etwas ausdenken.« Laya konnte bei B. F. wohnen. Vielleicht würde Hattie bei ihr bleiben und sie zum Unterricht in die Stadt fahren. »Oh, Dr. Baker! Bei alldem habe ich ganz vergessen, warum ich Laya überhaupt sprechen wollte. Vielleicht könnten wir noch was Besseres tun, als ihr etwas von dem psychischen Stress zu nehmen. Wir könnten vielleicht die Quelle beseitigen.«

»Das schlägt Valium natürlich um Längen.«

»Könnten Sie ihr eine Nachricht hinterlassen, dass sie mich anrufen soll, wenn sie aufwacht?«

»Kein Problem. Mrs Gold ...« Nach spürbarem Zögern fuhr sie fort: »Es hört sich vielleicht komisch an, wenn ich das nach dieser Unterhaltung frage, aber glauben Sie wirklich, dass die Albträume und so weiter auf das zurückzuführen sind, was man Laya angetan hat? Das Träumen und all diese Dinge?«

»Worauf sonst?«

»Ach, vergessen Sie es«, sagte sie etwas zu schnell. »Wer ist Stella?«

»Wer?«

»Als ich Laya heute Morgen da draußen fand, schlief sie, wie ich Ihnen erzählt habe. Ich habe sorgfältig darauf geachtet, sie nicht zu erschrecken, aber um ehrlich zu sein, war es sehr schwer, sie wach zu bekommen. Ich könnte schwören, dass sie den Namen Stella nannte, und dann sagte sie: ›Zwingen Sie mich nicht, wieder zurückzugehen.‹«

Ariel zuckte hilflos mit den Schultern. »Zur Schule? Wollte sie nicht wieder in die Schule zurück?«
»Sie war immer noch im Halbschlaf, murmelte etwas vor sich hin. Aber beim Personal gibt es niemanden, der Stella heißt, und auch keine der Schülerinnen heißt so. Ich wollte einfach nur wissen, wer sie sein könnte.«

41

»Sprichst du von Jackie?«, fragte Laya Ariel.
»Wenn sie etwa zwanzig ist, ein niedliches Gesicht hat, aus der GSDIF-Klasse ist, entwicklungsgestört …«
»Das hast du schon gesagt.«
»… und ein paar Pfund abnehmen muss, ja, dann sprechen wir über Jackie. Wie ist ihr Nachname?«
Laya hatte keine halbe Stunde nach Ariels Gespräch mit Gayle Baker angerufen. Jede ihrer Antworten war eine Spur zu langsam und wirkte wie ein schief hängender Bilderrahmen – etwa so, wie man es von jemandem erwartet, der die halbe Nacht durch ein Fegefeuer gegangen und in hilflosem Entsetzen aufgewacht war, ohne zu wissen, wo er sich befand oder wie er dorthin gekommen war, als hätte man ihn aus einem Raumschiff ins Weltall gekippt.
»Es hört sich nach Jackie an«, sagte Laya. »Aber Jackie ist nicht dick.« Sie machte eine kurze Pause. »Was ist mit ihr?«
»Wie ist ihr Nachname?«
»Grady.«
»Sie kam ins Krankenhaus, als du da warst.«

»Mit Blumen von der Klasse. Ich weiß.«
»Wirklich? Woher? Auf der Karte stand nicht ihr Name.«
»Jemand hat sie mir beschrieben. Dinah.«
»Diese Jackie Grady, ist sie verheiratet? Oder hat sie einen Freund?«
»Einen Freund? Nein. Das würde mich überraschen.«
»Warum?«
»Jackie ist still und sehr schüchtern. Und sie ist sehr kindlich für ihr Alter.« Laya hörte sich jetzt wachsamer an. »Was soll das alles, Ariel?«
»An dem Tag war ein Mann bei ihr, ein durchschnittlich aussehender Typ, der ein wenig älter war. Trägt vielleicht eine Brille. Er ist ...«
»Wahrscheinlich ihr Bruder. Er kümmert sich viel um Jackie.«
Ariel schloss die Augen. Ja!, dachte sie. »Wie heißt er?«
»Ich verstehe nicht, was das alles soll.«
»Hat er sich auch an dem Freitagabend um seine Schwester gekümmert, an dem Price zusammengeschlagen wurde? War er an dem Abend mit ihr im Unterricht?«
»Ich weiß nicht mehr, ob ... Ich glaube nicht, dass Jackie an dem Abend da war. Jemand sagte, sie sei krank.«
»Laya, einer der Männer in der Gasse passt auf seine Beschreibung.«
»Nein.«
»Carrie Murphy hat mit einem Polizeizeichner gearbeitet. Ich habe diesen Mann im Krankenhaus gesehen«, sagte Ariel, fügte dann jedoch ein wenig abschwächend hinzu: »Ich habe ihn anhand der Skizze erkannt.«
»Der Mann, den ich gesehen habe, war definitiv nicht Jackies Bruder.«
»Ich weiß. Er ist der andere, den du nicht sehen konntest, aber Mrs Murphy. Wie heißt er?«

»Hier liegt ein Irrtum vor, Ariel. Dieser Junge besucht das College und hat ein Stipendium. Hast du eine Ahnung, was für eine Leistung das ist?« Layas Stimme wurde lauter. »Ein Junge aus dieser Gegend? Er liebt Jackie. Er würde sich nie an so was beteiligen.«

»Dann kennst du ihn also ziemlich gut?«

Laya antwortete nicht gleich. »Ich weiß, dass Jackie den Boden anbetet, auf dem er geht«, sagte sie schließlich. Und, nach einer weiteren Pause: »Sie nennt ihn Moe.«

»Sein Nachname ist Grady?«

»Ich glaube nicht. Er ist, soweit ich weiß, ein Halbbruder oder Stiefbruder. Seinen Nachnamen kenne ich nicht.«

Aber Martine Brown kennt ihn, dachte Ariel, da könnte ich wetten. Sie faltete das Blatt zusammen, auf dem sie die Namen aufgeschrieben hatte, und fragte, das Thema ändernd: »Und jetzt sag mir die Wahrheit, wie fühlst du dich?« Sie hatte schon vorher gefragt und eine einsilbige Antwort erhalten.

»Dumm«, erwiderte Laya. »Weißt du von der vergangenen Nacht?«

»Ja. Warum ruhst du dich nicht aus? Das solltest du.«

»Wie könnte ich schlafen wollen? Wer weiß, wo ich diesmal lande.«

Ariel überlegte, ob sie erwähnen sollten, dass sie vorhatte, für die Nacht zu kommen, beschloss aber dann, es zu einer Überraschung zu machen, vielleicht zu einer Überraschung mit einer guten Nachricht. »Es wird besser werden«, sagte sie. »Jetzt, da ...«

»Hast du gewusst, dass ich zum Gegenstand einer polizeilichen Suchaktion geworden bin? Wie ein Kind, das Mommy im Einkaufszentrum davongelaufen ist? Demnächst tauche ich noch auf Milchkartons auf!« Laya lachte. Es war ein bitteres Lachen. »O Ariel! Ich weiß nicht mehr, was schlimmer ist, wach zu sein oder zu schlafen.«

»Aber jetzt haben wir unsere erste handfeste Information. Wenn das hier klappt, könnten wir bald wissen, wer die beiden Männer sind …«

»Um ehrlich zu sein, hoffe ich, dass es nicht klappt, denn wenn es funktioniert, wird auch Jackies Leben zerstört sein. Dieses Mädchen ist … ist mental vielleicht neun oder zehn Jahre alt. Sie hat einen Job. Und weißt du, was für einen? Sie klebt in einer Fabrik Etiketten auf Schachteln. Den ganzen Tag. Das tut sie. Und sie ist so stolz auf diesen Job, als würde sie …«

»Das ist nicht deine Schuld. Wenn dieser Mann, ihr Bruder, für den Mord an Price verantwortlich ist und für deine Erblindung und …«

»Er ist das Wichtigste in ihrem Leben und vermutlich das einzig Beständige. Ihr Vater lebt ich weiß nicht wo, und ihre Mutter ist süchtig, was vielleicht die Ursache ihrer Zurückgebliebenheit ist.«

»Du bist auch ein Opfer, wie Jackie, Price, wie Carrie Murphy.«

»Wenn Jackies Leben zerstört wird, macht das die Sache nicht besser.«

»Du willst also einen Killer oder zwei weiter frei auf der Straße herumlaufen lassen? Um dem nächsten Opfer weiß der Himmel was anzutun, weil vielleicht jemand sie liebt? Weil sie eine Schwester, eine Frau oder eine Mutter haben? Ich weiß, dass dir dieser Satz nicht gefallen wird, aber ›jeder Mörder ist wahrscheinlich der alte Freund von jemandem‹. Es ist Zeit, diese Tragödie hinter dir zu lassen. Nach dem heutigen Tag kannst du mit ein bisschen Glück damit anfangen.«

»Und all die schlimmen Dinge, alle Dämonen werden verschwinden? Glaubst du das? Ich nicht. Ich weiß es besser. Der Albtraum wird nicht vorbei sein.«

Ariel schloss vor Ungeduld die Augen. Ihr fiel wieder ein, was Dr. Baker gefragt hatte. »Laya«, sagte sie, »wer ist Stella?«

Ein paar Sekunden verstrichen. »Davon hast du auch gehört, ja?«

»Wer ist sie?«

»Soviel ich weiß, eine Krankenschwester.«

»In der Schule? Aber Gayle Baker sagte, dort sei niemand mit diesem Namen bekannt.«

»Erinnerst du dich nicht, Ariel? Im Traum bin ich nicht in der Schule. Ich bin in einer ganz anderen Art von Einrichtung, weil ich durchgedreht bin. Und weißt du was? Ich fange an zu glauben, dass dieser Traum prophetisch ist.«

Ariel lachte.

»Das ist kein Scherz«, sagte Laya.

Der Tag kam Ariel schon vorgerückt vor, als sie ihren Van gegenüber dem Brown House parkte. Es war sieben Uhr fünfundvierzig. Martine Brown hatte viel Zeit gehabt, ihre Entscheidung zu überschlafen.

Ariel blickte dorthin, wo, wie sie glaubte, die Gasse lag. Sie konnte sie von hier aus nicht sehen und auch das Gebäude daneben nicht, die verkohlten Überreste des asiatischen Tante-Emma-Ladens, der die Rassenunruhen nicht überlebt hatte.

Brown House sah am Tag mitgenommener aus als abends. Ein Stück von der Seitenwand hatte einen helleren Gelbton, wie Ariel bemerkte. Dort hatte man wohl Reparaturen oder vielleicht Graffiti übermalt. An einem Fenster im Obergeschoss war eine Ecke des Fliegengitters abgerissen worden. Der Maschendraht hatte sich gelöst und war verbeult, als wäre etwas (ein Basketball, ein Mensch?) dagegen geknallt. Risse durchzogen den alten Bürgersteig, auf dem ein Kind von fünf oder sechs Jahren spielte. Das kleine Mädchen (Martines Freundin Keshia?) hüpfte mit offenem Mund darauf herum und blickte starr auf seine Füße. Ariel sah ihm zu. Der Singsang war ihr nicht aus ihrer eigenen Kindheit bekannt, sondern aus irgendeinem Buch oder Film: »Meine Mutter sagt mir immer, du wirst alle Tage dümmer. Wenn de willst nicht besser wern, kannste dich zum Kuckuck schern.«

Ariel machte die Wagentür auf und stieg aus.

Im selben Augenblick trat eine junge Frau aus dem Haus. Die Fliegentür knallte zu und erfasste beinahe den Rock des unförmigen pastellfarbenen Kleids, das sie trug. Sie machte einen Satz und presste die Hände gegen ihre volle Brust. Als sie sich zur Straße wandte, hielt Ariel den Atem an. Sie glaubte sie wieder zu erkennen. War sie das? Jackie Grady? Oder war diese Frau schwerer? Älter? Ariel war sich nicht sicher. Es war schon zu lange her, und der Blick, den sie auf Jackie Grady erhascht hatte, war zu kurz gewesen.

»Gib mir einen Schlag auf die Hand, Jack!«, rief das kleine Mädchen, womit sowohl ihre als auch die Identität der Frau geklärt war. Sie hüpfte auf die Veranda und hielt ihr die Handfläche hin. Jackie Gradys Händeklatschen war nur flüchtig. Sie verzog das Gesicht zu einem Lächeln, dann sagte sie etwas zu dem Kind, was Ariel nicht hören konnte, ging klappernd die Stufen hinunter und eilte die Straße entlang, wobei sie beide Hände auf den Bauch presste. Nach nur wenigen Schritten begann sie zu laufen.

Keshia war von Jackie anscheinend mehr Aufmerksamkeit gewohnt. Sie setzte sich auf die Treppe und zog einen Schmollmund. Martine Brown kam heraus, blickte hinter Jackie her und sagte etwas zu dem Kind, was Ariel wieder nicht hören konnte. Dann kehrte sie ins Haus zurück. Sie schien dieselben Kleider zu tragen wie am Abend zuvor; vielleicht hatte sie doch keinen erholsamen Schlaf gefunden.

Ariel hatte alles mit angesehen, als spielte sich vor ihren Augen auf einer Kinoleinwand ein Drama ohne dazugehörigen Dialog ab. Jetzt reagierte sie schnell, stieg wieder in den Wagen, wendete auf der Straße und fuhr hinter Jackie Grady her, die gerade um eine Hausecke bog.

Wahrscheinlich geht sie nur zur Arbeit und ist spät dran, sagte sich Ariel, zu dem Job in der Fabrik, wo sie Etiketten auf Schachteln klebt. Doch sie glaubte es nicht wirklich. Jackie wäre zu dieser Zeit nicht im Brown House gewesen, wenn Martine sie nicht gerufen hätte, und diese hätte sie nicht gerufen, wenn sie sie nicht hätte warnen wollen. Nun, vielleicht wollte sie ihr ja nur ein paar Fragen stellen, aber schon die Fragen wären eine Warnung, selbst bei einer jungen Frau mit begrenzter Denkfähigkeit, besonders bei einer jungen Frau, die den Boden anbetete, auf dem ihr Bruder ging. Wenn Jackie ihren Bruder erreichte, würde der verschwinden. Folglich fuhr Ariel weiter und behielt das Mädchen im Auge.

Jetzt war die Zeit gekommen, nicht mehr die einsame Wölfin zu spielen, sondern Hilfe zu holen, Max anzurufen. Die Erklärung würde unmöglich sein, und sie würde sich eine Menge Kummer einhandeln, doch das musste sie in Kauf nehmen. Sie griff in ihre Handtasche, um ihr Handy herauszuholen. Es war nicht in der Seitentasche, in der sie es aufbewahrte. Den Blick auf Jackie und entgegenkommende Wagen gerichtet, ertastete ihre Hand die Brieftasche, den Terminplaner, einen akustischen Terminplaner, den sie nicht mehr benutzt hatte, seit die Batterien ihr Leben ausgehaucht hatten, sowie eine Reihe anderer Gegenstände. Und noch während sie das tat, erinnerte sie sich, dass das Handy ja am Akku steckte. Noch vor einem Jahr hatte sie kein Handy besessen, und heute konnte sie keine zehn Minuten mehr ohne auskommen.

Vergiss die Hilfe.

Gleich erreichten sie ein Geschäftsviertel, und Ariel brauchte beide Hände und ihre ganze Aufmerksamkeit fürs Fahren. Sie überlegte ernsthaft, ob sie den Wagen stehen lassen und das Mädchen zu Fuß überholen sollte, doch es war nicht Jackie, hinter der sie her war, sondern der Mann, den Jackie Moe nannte. Ariel war überzeugt, dass sie jetzt zu ihm unterwegs waren, und zwar auf dem direktesten und schnellsten Weg, den Moes Schwester zurücklegen konnte.

Deren Tempo wurde allmählich langsamer. Sie ging an einer Polsterwerkstatt für Autos vorbei und dann an einem Spirituosenladen, dessen Ziehharmonika-Gitter verschlossen war. Als Jackie die nächste Straße überquerte, ging sie noch langsamer, dann aber wieder schneller, so schnell, wie sie sich nur antreiben konnte, eine sich ruckhaft bewegende Marionette. Ariel hielt reichlich Abstand. Sie blieb stehen, wenn Jackie es tat.

Ein Lieferwagen fuhr jetzt zwischen ihnen und nahm Ariel vorübergehend die Sicht. Angespannt wartete sie, bis er vorbei war, aber Jackie war immer noch da. Sie ging gebeugt, eine Hand auf die Seite gepresst. Mit der anderen stützte sie sich an einem Gebäude ab. An der Ziegelmauer hinter ihr sah Ariel eine verblichene Werbung, die vor so langer Zeit gemalt worden war, dass das lächelnde Gesicht geisterhaft wirkte und die Schrift kaum noch lesbar war. HAVE A COKE! musste dort einmal gestanden haben. Jetzt ließ sich nur noch ein HA COKE! erkennen. Die Zeit allein hatte die Schrift aber nicht verändert. Jackies Kopf blockierte das letzte Wort, als sie sich gegen die Wand lehnte. Ariel wartete, während der Van im Leerlauf lief. Die junge Frau atmete durch den offenen Mund. Sie hielt sich jetzt wieder mit beiden Händen den Bauch.

Zwei Männer näherten sich, einer mit einem Kind auf dem Arm. Ein zweites Kind, ein kleiner Junge, der kaum älter aussah, trottete hinterdrein. Er starrte Jackie neugierig an. Keiner der Männer blickte in ihre Richtung.

Sie ist krank, dachte Ariel. Ich sollte zu ihr.

Eine Hupe ertönte, und Ariel drehte sich um, um nach hinten zu sehen. Sie konnte nicht hören, was die Frau in dem alten Kombi sagte, doch sie bezweifelte, dass sie es wissen wollte. Im Moment gab es keinen Gegenverkehr. Sie machte der Frau ein Zeichen, sie zu überholen. Als sie sich wieder umdrehte, war Jackie verschwunden.

Ariel suchte die Straße ab. Sie hatte den Blick nur wenige Sekunden von ihr abgewendet, und jetzt war nichts mehr von ihr zu sehen. War sie in einen Straßenschacht gefallen? Es gab auch keine Möglichkeit, den Wagen zu parken, nicht mal im Park- oder Halteverbot. Während sie noch überlegte, was sie tun sollte, entdeckte sie einen Motorradfahrer in Lederkleidung, der einen halben Straßenblock weiter aus einem Coffee Shop auf den Bürgersteig schlenderte. Er bestieg ein Motorrad, das am Bordstein stand. Ariel beeilte sich, zu dieser Stelle zu fahren. Der Mann suchte seine Taschen ab. Ariel rückte den Rückspiegel zurecht, so dass sie die Stelle im Auge behalten konnte, wo sie Jackie zuletzt gesehen hatte. Der Motorradfahrer zog einen Zahnstocher hervor, mit dem er einen Eckzahn erkundete. Als Ariel gerade zu dem Schluss kam, dass er vorhatte, an Ort und Stelle eine ausgiebige Prophylaxe vorzunehmen, fand er einen kleinen Bissen, ließ den Zahnstocher fallen und trat auf den Starter.

Die Läden in der Nähe der Stelle, wo Jackie verschwunden war, waren noch nicht geöffnet, so dass sie in keinen von ihnen gegangen sein konnte. Ariel musterte die Fassaden, als sie die Straße überquerte und den halben Block zurückeilte. War es möglich, dass Jackie in einen Wagen eingestiegen war? Dann sah Ariel etwas, was sie von ihrem früheren Aussichtspunkt aus nicht hatte wahrnehmen können. Kaum einen Meter von der Stelle entfernt, an der sich Jackie ausgeruht hatte, trennte ein schmaler Durchlass zwei Gebäude. Er war nicht breit genug, um Gasse genannt zu werden; es war eher ein Loch in der Wand.

Mit einem Ausgang?

Ariel verlangsamte ihre Schritte, bevor sie den Durchlass erreichte, und blieb dann ein paar Sekunden stehen, um zu Atem zu kommen und nicht so zu keuchen. Wenn es keinen Ausgang gab, musste Jackie noch da sein. Aber warum versteckte sie sich? Hatte sie bemerkt, dass ihr jemand folgte? Hatte sie Ariel schon vor dem Brown House entdeckt? War sie überhaupt schlau genug, sich vor einem Verfolger zu verstecken?

Kein Sonnenstrahl fand den Weg in die Passage. Sie war kaum breit genug, um einen Erwachsenen seitlich durchzulassen. Und es war unmöglich, sich zu verstecken. Jedenfalls für einen Menschen. Tiere auf Futtersuche würden hier vielleicht eine Zuflucht finden und taten es vermutlich auch. Am hinteren Ende befanden sich Mülltonnen, was bedeutete, dass es dort einen Zugang für Müllfahrzeuge geben musste.

Der Gestank war durchdringend. Der Zementboden sah unangenehm feucht aus. Er erinnerte zu sehr an die gottverlassene, mit Unrat übersäte Gasse, in der James Price die schlimmsten Augenblicke seines Daseins erlebt hatte, und Ariel brach keine Geschwindigkeitsrekorde, als sie den engen Durchlass betrat.

»Haben Sie was verloren, Lady?«

Am Bordstein hinter ihr hielt ein Lieferwagen. Der Mann, der sie angesprochen hatte, saß auf dem Beifahrersitz. Er hatte seinen mächtigen Unterarm auf das offene Fenster gelegt. Sein Gesichtsausdruck sowie sein Ton ließen vermuten, dass sie vielleicht keine Zeit verlieren sollte, weiterzugehen.

An der Seite des Lieferwagens war in Schönschrift der Namenszug GUSTAVSON'S aufgemalt. Ariel konnte den Fahrer nicht sehen, aber der Beifahrer war viele Schattierungen dunkler als jeder, den sie mit diesem Namen in Verbindung gebracht hätte. Entsprach dem Firmenlogo ein Schild an einem der Gebäude in der Nähe? Es schien irgendwie nicht der richtige Moment zu sein, um in dieser Gegend für den Namen Werbung zu machen. Sie vermutete, dass der Durchgang ein Privatgrundstück war. Angrenzende Läden, so nahm sie an, mussten dort Hintereingänge haben, vergitterte Fenster gegen Eindringlinge und Schlösser, die bei Raubüberfällen aufgebrochen wurden. Ariel sah nicht aus wie eine Einbrecherin, und die Tageszeit war erfolgreichen Einbrüchen nicht förderlich, doch dafür gab es eine begrenzte Zahl legitimer Gründe, hier zu sein.

»Ich bin Immobilienhändlerin«, sagte sie mit fester Stimme und überraschte sich damit selbst. »Haben Sie zufällig ein Handy bei sich?«

Der Mann senkte das Kinn und hob eine Augenbraue. Sein Blick überflog den Durchlass, die Gebäude auf beiden Seiten davon, und dann musterte er von Kopf bis Fuß auch Ariel. Er verharrte aus für sie unerfindlichen Gründen bei ihren Schuhen. Sie widerstand dem Impuls, hinunterzuschauen. »Ma'am«, sagte er, »vielleicht wollen Sie sich interessante Objekte in einem anderen Stadtteil ansehen … der besser zu Ihnen passt.«

Sie quittierte die Bemerkung mit einem schnellen Lächeln. »Ich warte auf meinen Partner.« Er ist schwarz, hätte sie fast entgegnet. »Er hat sich verspätet.«

Mit einem letzten zweifelnden Blick, der etwa besagte, es sei schließlich ihre Beerdigung, kurbelte er die Scheibe hoch, woraufhin der Lieferwagen unendlich langsam davonrollte. Während Ariel ihm nachsah, dachte sie: Wie ist es wohl, in einer Gegend zu leben, in der die Menschen andere mahnend verscheuchen, weil sie es gut mit ihnen meinen? Ariel empfand ihr Weiß-Sein nicht vage wie in der letzten halben Stunde, sondern mit pochendem Herzen. Sie warf einen Blick auf die Ladenfronten in der Nähe. Kein Gustavson's. Nachdem der Lieferwagen um eine Ecke gebogen war, betrat sie die Passage. Sie atmete nicht, bis sie das andere Ende erreichte, und blickte nicht zurück. Sie kam in einer Einbahnstraße raus, die parallel zur Rückseite der Gebäude verlief. Auf den Parkplätzen waren keine Autos zu sehen. Mit Ausnahme eines Haufens von Lumpen und Zeitungen, unter denen vielleicht ein Obdachloser schlief, war das Gelände menschenleer.

Ariel atmete tief ein und überdachte die Möglichkeiten. Jackie konnte sich nach links gewandt haben und in die Richtung zurückgegangen sein, aus der sie gekommen war, was jedoch eher unwahrscheinlich war. Sie hatte zu viel Mühe darauf verwandt, hierher zu kommen. Ariel ging nach rechts. Doch schon nach wenigen Schritten entdeckte sie eine dritte Möglichkeit – noch einen schmalen Durchlass, der die Gasse von der Gegenrichtung her kreuzte. Es war eine Situation, in der sie eigentlich eine Münze werfen müsste. Doch die Lage war inzwischen

hoffnungslos, da sie zu viel Zeit verloren hatte, und so blieb sie, nicht den Wunsch verspürend, sich durch noch eine Platzangst auslösende Passage zwischen Hauswänden hindurchzuquetschen, auf der breiteren Straße.
Diese führte zu einer Wohnstraße mit Geschäften. Einfamilienhäuser, von denen die meisten heruntergekommen oder schon verfallen wirkten, wechselten mit Kleinunternehmen, welche in ehemaligen Wohnhäusern untergebracht waren. Ariel sah ein Schild, das einen Schönheitssalon anpries, »WIR MACHEN MEHR AUS IHREM TYP«, und sogar, was sie recht merkwürdig fand, eine Perlenhandlung. Keins der Geschäfte war schon geöffnet. Es gab keine Telefonzellen. Es hatte den Anschein, als wären Menschen hier ebenso rar, bis Ariel einen kaum wahrnehmbaren Gesang hörte.
Neben den Stufen des Schönheitssalons hockte ein kleines Mädchen, das leise vor sich hin sang. Die Kleine betrachtete bewundernd ihre Fingernägel, die kaum größer waren als Pailletten. Sie sahen auch wie Pailletten aus, da sie in einem leuchtenden Purpurrot lackiert waren.
Das Kind erwiderte Ariels Gruß nicht, hielt ihr jedoch eine kleine Hand hin, so dass Ariel die volle Wirkung des fluoreszierenden Nagellacks bewundern konnte.
»Fabelhaft!«, bestätigte Ariel. »Wie Weintrauben. Kennst du vielleicht meine Freundin Jackie Grady?«
Große neugierige dunkle Augen blickten viel sagend zu irgendeinem Punkt hinter Ariel, und nach einem Moment zeigte eine purpurfarbene Fingerspitze in dieselbe Richtung.
Ariel drehte sich um. »Da wohnt sie? Im Haus neben der Perlenhandlung?«
Die Kleine schüttelte den Kopf.
»Man hat dir verboten, mit Fremden zu sprechen?«, fragte

Ariel. Sie kniete nieder und folgte der Richtung des winzigen Fingers. »Dieses graue Haus da?«
Als Antwort erhielt sie ein feierliches Kopfnicken.
»Vielen Dank«, sagte Ariel genauso ernst. »Hör mal, du brauchst nicht zu sprechen, sondern nur zu nicken, okay? Habt ihr ein Telefon zu …«
»Charlene!«
Die Stimme kam aus dem Inneren des Hauses mit dem Schönheitssalon, und Charlene konnte genau hören, wann es ernst wurde. Wie ein geölter Blitz war sie durch die Tür verschwunden, die hinter ihr geschlossen wurde.
Kniend sah sich Ariel auf der Straße um. Ich könnte von Haus zu Haus gehen, bis jemand mich auffordert, einzutreten. Oder ich könnte auch einfach den Mond anbellen.
Sie überlegte, ob sie eine Telefonzelle suchen sollte; doch Jackie und/oder ihr Bruder wären schon weit weg, wenn sie zurückkäme, und außerdem, wie lange würde es in dieser Gegend dauern, bis Polizei auf der Bildfläche erschien.
Sie stand auf, und bevor sie es sich anders überlegen konnte, ging sie zu dem kleinen grauen Haus, das eine leichte Schlagseite hatte, als hätte der Boden unter der Belastung seines Gewichts nachgegeben.

42

Auf ihr Klingeln hin öffnete niemand. Ariel konnte nichts hören; vielleicht war die Klingel kaputt. Die kleine Glasscheibe in der Tür war mit dünnem Stoff bedeckt, durch den man einen leeren Flur sehen konnte, wenn man das

Gesicht gegen die Scheibe presste. Die Vorderveranda war ebenso kahl – kein einziges Möbelstück, keine Pflanze, nicht mal eine Fußmatte. Ariel hob die Hand, um anzuklopfen, zögerte und versuchte es stattdessen mit dem Türgriff. Mochte auch die Klingel nicht funktionieren, das Schloss war intakt.

Mit einem Gefühl der Erleichterung, wie sie sich eingestehen musste, zog sie sich zurück, um über ihren nächsten Schritt nachzudenken. Sie entschied, ihn nicht allein zu unternehmen, wie immer er aussehen mochte. Und als sie hinter sich das Knarren ungeölter Scharniere hörte, eilte sie die Treppe hinunter.

Eine Vielzahl von Gedanken rasten Ariel durch den Kopf, unter anderem der, dass sie einen Fuß vor den anderen setzen und auf dem Bürgersteig davonrennen sollte. Sie ergriff das Geländer, das jedoch nicht viel an Stütze bot. Nicht anders als ihre Knie drohte auch das Geländer nachzugeben.

Bei dem Mann, der im Türrahmen stand, hätte Ariel vor Gericht nicht beschwören können, ihn je gesehen zu haben, weder persönlich noch mit den unzulänglichen Zeichenstrichen einer Polizeiskizze fest gehalten. Seine Brille hatte einen Metallrahmen, der zerbrechlich aussah, und er starrte sie durch die Gläser an. Sie konnte nicht sagen, ob die Brille neu war, ein Ersatz für eine andere, die zerbrochen war, als ein Mann um sein Leben kämpfte.

Seine Hand machte etwas, was wie eine unwillkürliche Bewegung aussah; er drehte den Türgriff, den er hielt. Er ist nervös, sagte sich ein hoffnungsvoller Teil von Ariels Gehirn. Und dann ließ er die Hand fallen, neigte den Kopf und machte ein finsteres Gesicht.

Jetzt erkannte sie ihn.

Er schien sich in Zeitlupe zu bewegen, als er auf die Veranda trat und auf sie zukam. Ariel wappnete sich. Ihr Blickfeld schrumpfte verwirrenderweise zu einem Stecknadelkopf zusammen, und die Welt verstummte urplötzlich total, als befände sie sich tief unter Wasser. Es war absolut möglich, dass sie dort auf der Stelle in Ohnmacht fiel. Ihr Blick suchte die Straße ab. Die Gesichtszüge des Mannes zuckten, aber nicht vor Zorn, sondern vor Schmerz. Selbst in ihrer Benommenheit konnte Ariel das nicht missverstehen. Weil er den Mund bewegte, wusste sie, dass er sprach. Und dann drehte er sich um und ging mit schweren und langsamen Schritten ins Haus zurück.

Nach einem Herzschlag hörte Ariel auch wieder Laute. Sie entdeckte, dass sie sich gesetzt hatte; sie saß auf der Treppe.

»Charlene!« Ein weibliches Kreischen zerriss die Stille. »Komm her, und zwar auf der Stelle!«

Das kleine Mädchen mit den purpurfarbenen Pailletten-Fingernägeln war wieder ausgerissen und stand jetzt gaffend auf dem Bürgersteig.

»Na los, geh nach Hause«, sagte Ariel. Ihre Stimme wurde durch den trockenen Wattebausch gedämpft, der ihre Zunge war. Die Kleine steckte den Daumen in den Mund und zog dann los, als sie zu einer Entscheidung gekommen war.

Der Mann hatte die Tür angelehnt gelassen. Vielleicht hat er mich mit jemandem verwechselt, dachte Ariel, den er erwartet hatte. Gegen alle Logik sagte sie sich, dass er keine Ahnung hatte, wer sie war oder warum sie aufgekreuzt war. Und wusste es doch besser. Seine Verzweiflung war ihr zu lebhaft im Gedächtnis; er hatte sie angesehen und erkannt, dass sein Schicksal bei ihm anklopfte.

»O mein Gott!«, flüsterte sie, als die Erkenntnis dessen, was er gesagt hatte, sie wie ein Keulenschlag traf. Ariel wusste nicht, ob sie es gehört oder es ihm von den Lippen abgelesen hatte, doch sie wusste, dass er es gesagt hatte. »Es tut mir so Leid!« Sie hatte zu viele Geschichten über Morde und Selbstmorde nach häuslichen Streitereien gelesen. Sie hatte selbst einmal eine solche Geschichte recherchiert. Männer und Frauen, die sich in die Enge getrieben fühlen, die verzweifelt sind und von Dämonen gequält werden, die ihre Familienmitglieder töten, bevor sie sich selbst das Leben nehmen. Jackie war dort drinnen mit ihm, Jackie, die darauf vertraute, dass ihr Bruder sie beschützte.

Ariel zog sich am Geländer hoch, das seine Drohung diesmal wahr machte. Der verrottende Handlauf, der nichts weiter war als ein bemaltes Stück Holz, löste sich und hing nur noch an einem letzten über Gebühr beanspruchten Nagel. Ariel riss ihn ab und prüfte sein Gewicht. Der Knüppel war recht solide und etwa so lang wie ihr Bein. An einem Ende ragten ein paar rostige Nägel bedrohlich in die Luft. Ariel stieg die Stufen hinauf. Auf der Schwelle blieb sie eine Sekunde stehen und betrat dann das Haus.

Vom Flur ging etwas ab, was der Erbauer als Wohnzimmer vorgesehen hatte. Ein Sofa und ein Fernseher hielten an diesem Vorhaben fest. Nur diese beiden Stücke. Den Knüppel umklammert, zwang sich Ariel innezuhalten und zu lauschen. Aus dem Nebenzimmer hörte sie einen dumpfen Aufprall und – sie runzelte die Stirn – fließendes Wasser? Sie bewegte sich auf das Geräusch zu.

Der Mann stand mit dem Rücken zur Tür; seine Schulterblätter zeichneten sich scharf unter einem T-Shirt ab, das nasse Schweißflecken aufwies. Der Wasserhahn in der

Küche quietschte, als er ein Glas füllte. Jackie befand sich nirgends im Raum.

Bedauerlicherweise aber Ariel.

Er hatte sie noch nicht gesehen, wusste nicht, dass sie da war. Sie wollte sich mit einer Willensanstrengung zwingen, auf dem Weg hinauszugehen, auf dem sie gekommen war. Ihre Füße schienen jedoch keine Nervenverbindung zu ihrem Kopf zu haben.

»Sie sind Moe?«, fragte sie.

Das Glas stieß klirrend gegen seine Zähne, und er vergoss etwas Wasser. Wenn er die provisorische Waffe in ihrer Hand sah, ließ er es sich nicht anmerken. »Wo sind sie?«, fragte er.

Ariel hätte fast zurückgefragt, doch das lag auf der Hand. Er glaubte nicht, dass sie dumm genug sein würde, allein herzukommen. Er ging davon aus, dass jeden Moment Cops hereinstürmen würden. Sie konnte von Glück sagen, dass er sie in der Tür nicht an sich gerissen und ihr eine Waffe an den Kopf gesetzt hatte; sie hatte sich ausgeliefert wie ein Mensch, dessen einziger Ehrgeiz im Leben darin besteht, als Geisel genommen zu werden.

Und trotzdem ... er machte keine Bewegung, die sich als feindselig deuten ließ. Er stellte das Glas auf den Tresen, und Ariel kam der Gedanke, dass er nicht darauf vertraute, dass seine Hand, die er an seinen Hosen abwischte, nicht zittern würde. Es waren dieselben weiten Hosen, die er auch getragen hatte, als sie ihn zuletzt gesehen hatte, oder sehr ähnliche. Und er war barfuß. Er sah aus wie ein magerer junger Mann, genauso unauffällig wie sein einfaches weißes T-Shirt. Ariel konnte ihn sich mühelos in einem Hörsaal vorstellen. College-Student. Stipendiat. Killer.

»Wo ist Ihre Schwester?«, fragte sie und stellte dabei

fest, wie ausgeglichen ihre Stimme klang. Sie hatte keine Angst, genauer, sie war nicht handlungsunfähig vor Angst.

Es gab, wie sie sah, eine Hintertür. Er hätte das Haus auf diesem Weg verlassen können, hatte es aber nicht getan. Jackie dagegen war durch sie verschwunden, darauf würde Ariel wetten, war von ihrem Bruder, der ihr befohlen hatte, wegzulaufen, ehe er die Vordertür geöffnet hatte, hinausgeschubst worden. Deshalb hatte er so lange gebraucht. Eine Ahnung, jetzt eine zunehmende Überzeugung, sagte ihr, dass dieser Mann im Augenblick für niemanden mehr eine Gefahr war, was immer er getan hatte – mit der möglichen Ausnahme, dass er sich selbst gefährlich werden konnte. Sie hatte sich schon früher geirrt.

»Moe«, sagte sie, »sie ist schwanger, nicht wahr?« Woher dieses Wissen gekommen war – Ariel hatte keine Ahnung. Hinweise? Es hatte Hinweise gegeben.

Der junge Mann nahm seine Brille ab und kniff sich mit Daumen und Zeigefinger den Nasenrücken. Als er die Brille wieder aufgesetzt hatte, entgegnete er: »Nicht Moe.«

»Wie bitte?«

»Jackie ist die Einzige, die mich so nennt. Mein Name ist Maurice.«

Die Silben wurden deutlich betont. Ein junger Mann auf dem Weg zur Bildung. »Höflich«, hatte Hattie ihn genannt.

»Maurice was?«, fragte Ariel.

»Was spielt das für eine Rolle.« Schweiß tropfte ihm von der Stirn. »Thomas. Maurice Thomas.« Seine Stimme klang belegt. »Was wird mit ihr passieren?«

»Mit Jackie?«

»Sie wird jetzt auf der Straße sein. Sie wird keinen Monat überleben!«

Ariel sah, dass sich Tränen mit dem Schweiß mischten, und dieser Anblick machte sie wütend. Die Wut kam urplötzlich und mit einer Wucht, die sie entsetzte. »Warum haben Sie nicht vorher daran gedacht?«, rief sie so zornig, wie sie kaum je gewesen war. »Warum haben Sie nicht daran gedacht, bevor Sie drauflosgeprügelt ...«

»Er hat sie vergewaltigt!«, brüllte Maurice Thomas zurück und knallte mit der Faust auf den Küchentresen, dass das Wasserglas hochflog. »Dieser Scheißkerl Price hat sie vergewaltigt!«

»Und das soll eine Rechtfertigung dafür sein, was *Sie* getan haben?«

»Er hat auch nicht nach einem Mal aufgehört.« Ein Schluchzen brach sich Bahn. »Sie war zu verängstigt, um es mir zu sagen, schämte sich zu sehr.« Jetzt weinte er und versuchte immer wieder sich zu beherrschen und zu sagen, was er zu sagen hatte. »Als ob es ihre Schuld wäre. Ich habe es nicht gewusst, bis sie blutend nach Hause kam.« Er blutete jetzt auch, denn er hatte sich am zerbrochenen Glas geschnitten. »Sie versuchte es vor mir zu verbergen. Ich konnte nur noch eins denken – dafür soll er bezahlen. Ich wollte ihn so fertig machen, dass er ... von ihr wegbleibt.«

Ariel beobachtete ihn kalt und hielt ihren Zorn im Zaum, so wie er seinen. Die Arme vor der Brust verschränkt, stand er mit gesenktem Kopf da. Nicht im Stande, weiterzusprechen, presste er die Lippen zusammen, um nicht schluchzen zu müssen.

»Zum Teufel mit Ihnen!« Ariel blickte finster auf das verschmierte Blut an der Seite seines T-Shirts. Irgendwann, als sie das Gefühl hatte, dass jedes Empfinden aus ihr entwichen war, mit Ausnahme von Mitleid, mit dem sie nichts zu tun haben wollte, sagte sie: »Warum unternehmen Sie nichts wegen Ihrer Hand?«

Er bewegte sich nicht von der Stelle.
»He …« Sie berührte seinen Rücken, der gekrümmt war wie der Panzer einer Schildkröte. Er machte eine ruckartige Bewegung zur Seite. »Na schön, dann bluten Sie doch.«
»Ich wollte mich umbringen«, murmelte er.
Ariel fuhr zusammen. Also hatte sie mit ihrer Vermutung, dass er sich selbst gefährlich werden konnte, Recht gehabt.
»Als Price starb … als ich das und den Rest hörte, wollte auch ich sterben. Aber ich konnte es nicht. Da war schließlich Jackie.«
Ariel lehnte den Handlauf des Geländers gegen den Küchentresen und hob ein Geschirrtuch auf. Sie packte Maurice an der Schulter und drehte ihn um. Diesmal ließ er es geschehen. Sie sah, dass der Schnitt an seiner Hand nicht tief war, reichte ihm das Geschirrtuch und sagte: »Setzen Sie sich.«
Dass es nicht richtig war, was sie tat, war ihr durchaus bewusst. Sie sollte die Polizei holen. Aber sie würde wahrscheinlich nie wieder eine Gelegenheit erhalten zu verstehen, wie all diese schauerlichen Dinge passiert sind. Als Maurice auf einem Stuhl saß, lehnte sie sich gegen den Tisch und sagte, als könnte allein Willenskraft es bewirken: »Bringen Sie mich dazu, es zu verstehen.«
Sie wartete.
Nach einer Weile wischte er sich mit dem Geschirrtuch das Gesicht ab, wickelte es sich um die Hand und sagte: »Die Yoga-Lehrerin.«
»Was ist mit ihr?«
»Wie geht es ihr?«
»Laya geht es …« Es war eine zu schwierige Frage. »… etwas besser.«
Er nickte mit gesenktem Kopf. »Es ist meine Schuld, was

mit ihr passiert ist.« Er zwang sich, Ariel direkt anzusehen. »Alles, was passiert ist, ist meine Schuld. Ich möchte aber, dass jemand erfährt, wie es war.«

Die Geschichte begann mit einer Tragödie und wurde immer schlimmer.

Maurice Thomas war der Betreuer seiner Schwester. Er bemühte sich gute Noten zu bekommen, seinen Teilzeitjob zufrieden stellend zu machen, den Hauswirt auf Abstand zu halten und sich gleichzeitig um Jackie zu kümmern. Das ging schon seit einiger Zeit so. Ihrer beider Vater hatte sich seit zehn Jahren nicht mehr blicken lassen. Dafür tauchte Jackies Mutter dauernd auf, um zu sehen, ob es etwas zu schnorren gab.

Eines Abends war Jackie mit einem blauen Auge, einem abgebrochenen Zahn und Lippen, die wie rohes Hackfleisch aussahen, nach Hause gekommen. Maurice hatte durchgedreht. Er hatte sich halb betrunken, ein Zustand, den er nicht gewohnt war. Ein alter Kumpel, der in der Gegend herumhing, hatte ihn wüten hören. »Der braucht eine Abreibung«, hatte der alte Kumpel gesagt, und Maurices Blut hatte geantwortet.

James Price in die Gasse zu locken, war kein Problem gewesen. Die ersten Schläge hatten die Ordnung der Welt wieder hergestellt. Und dann war Laya aufgekreuzt. Sie griff nicht ein, aber die Realität tat es. Der Geruch von Furcht und Körperflüssigkeiten sowie das Geräusch zerbrechender Knochen hatte plötzlich eine erschreckende Wirklichkeit angenommen.

»Sie haben etwas gebrüllt.« Ariel fiel wieder ein, was Carrie Murphy berichtet hatte. »Sie haben sich neben Price niedergekniet.«

»Er war *Brei!*« Maurice sah sie an, von neuem erschüttert

über die Zerbrechlichkeit des menschlichen Körpers. »Er versuchte wegzukriechen. Am Leben zu bleiben. Doch er konnte nicht … ich meine, er bewegte sich vielleicht zwei oder drei Zentimeter. Oder ein paar mehr. Dieses Montiereisen sauste immer wieder auf ihn nieder … Es gelang mir nicht, Tiny dazu zu bringen, nicht mehr auf ihn einzuprügeln.«

»Tiny?« Der Mann, der Laya einen Monat lang terrorisiert hat – Mr X? Der Große? –, wurde *Tiny* genannt? »Ist das sein Name?«, fragte Ariel.

»Es ist irgendwie ein Witz, weil er so groß und kräftig ist.«

»Wie ist sein richtiger Name?«

»Ich habe nie was anderes gehört. Tiny Coffey. Er war das Letzte einer ganzen Schar von Kindern …« Maurice kratzte sich aufgeregt am Kopf. Ihm war sichtlich bewusst, dass die Zeit zu knapp war, um an Nebensächlichkeiten verschwendet zu werden. »Es war irgendwie, als könnte sich in seiner Familie niemand daran erinnern, wer er war.«

Schon als Kind sei Coffey gemein gewesen, sagte Maurice. Anscheinend hatte einige Zeit im Knast seine asozialen Neigungen zu voller Blüte gelangen lassen.

»Ich war schon ziemlich lange nicht mehr mit ihm zusammen. Er war wie jemand, den ich nicht kannte, wie irgendein … Mann, es *gefiel* ihm, was er Price antat! Er kam später am Abend noch hier vorbei und meinte, es wäre besser, ich würde die Klappe halten, und wenn ich je einen Anfall von Schuldgefühlen bekommen würde, sollte ich an meine kleine Schwester denken.«

Maurice sah Ariel an. »Tiny hat schon zwei Mal gesessen. Er sagte, er habe nicht den Ehrgeiz, es zum dritten Mal zu schaffen.«

»Was ist mit Laya?«

Maurice fuhr sich mit der Zunge über die Lippen. »Ich hab ihm erzählt, wer sie ist.«
Ariel schloss kurz die Augen.
»Es ist mir einfach so rausgerutscht. Ich habe nicht nachgedacht. Urplötzlich war sie da, Jackies Lehrerin, und mir ist nichts weiter eingefallen, als ... O Gott! Ich habe nicht gewollt, dass all das passiert!«
»Was hat er getan?«
Maurice sah sie entgeistert an. »Sie wissen, was er getan hat!«
»Ich weiß, dass er ihr nicht gefolgt ist. Haben Sie ihm erzählt, wo sie wohnte?«
»Ich weiß nicht mal, wo sie lebt.«
»Wie konnte er dann ...«
»Ich habe keine Ahnung. Noch am selben Abend bin ich mit Jackie nach San Diego gefahren und bin mit ihr einfach ... auf Tauchstation gegangen. In einem Motel. Ich ließ ein paar Tage das College sausen und verlor den Job, den ich hatte. Ich brachte sie zu einem Arzt. Als ich hörte, dass sie schwanger war ...«
Er nahm das Geschirrtuch von seiner Hand ab und wickelte es dann wieder um die Finger, da sie noch immer bluteten. »Damals tat mir Price nicht mal mehr Leid, aber als wir zurückkamen, erfuhr ich, dass er gestorben war. Und dann erzählte mir Jackie ... erzählte mir Jackie von der Lehrerin.«
»Und was hat Tiny Ihnen erzählt?«
»Er war nicht da, und ich habe auch nicht nach ihm gesucht.«
»Er hat also Ihnen gegenüber nie erwähnt, dass er Laya geblendet hat?«
»Ich sagte Ihnen doch, dass er nicht da war.«
»Er hat nie damit geprahlt ...«

»Damit nicht und auch nicht, dass er diese alte Frau getötet hat, aber ich weiß, dass er es getan hat.«
»Soll das heißen, dass Sie ihn seit jenem Abend nicht mehr gesehen haben?«
»Einmal noch. Einen Tag, nachdem Mrs Murphy … Er stand mit Jackie vor dem Brown House. Er *tätschelte* sie! Auf den Hintern.« Maurice reckte das Kinn vor. »Und er lächelte mich dabei an.«
Ariel versuchte sich in die Lage dieses Mannes zu versetzen und zu überlegen, was sie getan hätte; sie konnte es nicht. »Warum waren Sie im Krankenhaus?«, fragte sie. »Warum haben Sie auf der Suche nach Laya bei mir angerufen?«
»Ich habe Sie erkannt. Ich konnte nicht glauben, dass Ihre Nummer im Telefonbuch steht.«
Ariel nickte.
»Sie war sehr nett zu meiner Schwester.«
»Sie ist eine liebenswürdige Frau, aber das erklärt nicht, warum Sie das Risiko eingegangen sind, bei dem Versuch, sie zu besuchen, geschnappt zu werden.«
Maurice blinzelte schnell. »Zunächst wollte ich nicht, dass noch was Schlimmes passiert. Sie sah uns, sah Tiny. Ich wollte sie anflehen, nicht zu reden. Er würde sie umbringen. Ich konnte erst gar nicht glauben, dass er es nicht getan hat.
Als sie nicht redete, als nichts passierte … es war irgendwie, als könnte ich die Sache nicht einfach auf sich beruhen lassen. Ich musste wissen, wie es ihr ging, ob die Ärzte sie wieder hinkriegen, so dass sie sehen kann. Ich war außerdem neugierig, warum sie nichts gesagt hatte. Und ich wollte von ihr hören, dass sie nichts erzählt, da ich Angst hatte, dass Jackie etwas erfährt. Ich wollte mit ihr *reden*.« Er schüttelte den Kopf. »Jackie schwärme so von ihr, als wäre

sie eine Art Heilige oder so was. Als wäre sie irgendwie in einem … Zustand der Gnade. Was ich wirklich wollte …«

»Ja?«

»Was ich wirklich wollte … war Vergebung.«

Ariel lauschte einen Augenblick seinem Schweigen, bevor sie sagte: »Ich bin sicher, dass Martine Brown dafür sorgen wird, dass man sich um Ihre Schwester kümmert.«

Er zuckte mit den Schultern, da er es offenbar nicht glaubte.

»Wo ist Ihr Telefon?«, fragte sie.

»Abgeschaltet.«

»Dann sollten Sie wohl lieber Ihre Schuhe anziehen, denn wir werden jetzt …«

Als Ariel hörte, wie die Hintertür aufging, drehte sie sich um und sah Jackie. Und als sie den Mann sah, der mit Jackie hereinkam, blieb ihr fast das Herz stehen.

43

»Nein.« Maurice sagte es so leise, dass Ariel es nicht gehört hätte, wenn es in der Küche in der Sekunde nicht totenstill gewesen wäre. Sie war zur Salzsäule erstarrt. Jackie wurde von großen Händen, die sie an den Schultern gepackt hatten, fest gehalten. Der kahlköpfige Mann hielt sie direkt vor sich, als menschlichen Schutzschild. Sie war alles andere als klein, doch er überrage sie. Außer seinen Augen, die auf Ariel gerichtet waren, bewegte sich nichts.

Maurice erhob sich halb und griff nach seiner Schwester.

»Du solltest doch zu Martine gehen«, sagte er mit erstaunlicher Ruhe. Sein Gesichtsausdruck aber fragte: Was hast du getan?
Tiny Coffey zog sie an seine Brust. Es sah aus, als wollte er sie beschützen. »Sie hat das Richtige getan«, sagte er.
»Lass sie los.«
Coffey runzelte die Stirn, als wäre er gekränkt. Sein Schnurrbart, den er sich jetzt erst hatte wachsen lassen, denn sonst hätte sich Laya sicher daran erinnert, reichte ihm bis zur Unterlippe. Dann zuckte er mit den Schultern und stieß Jackie mit solcher Wucht zu ihrem Bruder, dass der Stuhl, auf dem dieser gesessen hatte, unter ihm wegrutschte und an die Wand knallte. Sein Kopf prallte gegen die hölzerne Sitzfläche, als er zu Boden stürzte, und Jackie landete auf ihm und streckte alle viere von sich.
»Wer ist dieses Miststück?«, wollte Coffey wissen.
Ariel nahm an – oder hätte es angenommen, wenn ihr Verstand funktioniert hätte –, dass die Frage an Maurice gerichtet war, doch er sah sie an. Maurice war im Moment weniger in der Lage zu antworten als sie. Er tastete unsicher nach seinem Hinterkopf; sein freier Arm hatte sich, wie Ariel jetzt sah, instinktiv um Jackie gelegt.
Coffey wartete auf eine Erklärung. Er besaß die Gabe, sich vollkommen still zu verhalten. Blitzschnelle Bewegungen, und dann, ebenso abrupt, keinerlei Regung mehr. Es war unheimlich. Er stand da, als wäre er eine Maschine, der man den Strom abgeschaltet hat. Eine große und gefährliche Maschine. Er hatte unverhältnismäßig kurze Beine, auf denen sein geblähter Oberkörper völlig deplatziert wirkte. Der Schnurrbart schaffte es nicht ganz, eine Hasenscharte zu verdecken. Seine Reglosigkeit erweckte bei Ariel den Eindruck, als wäre er schwachsinnig. Und als sie ihm in die Augen schaute, die unter halb geschlossenen

Lidern verborgen waren, sah sie, dass er geistig nicht gesund war.

Die Stille zog sich in die Länge. Dann wurde Coffey lebendig.

»Kleine Schwester«, erzählte er Maurice beiläufig, »kommt zu mir. Hat gesagt, dass du Hilfe brauchst. Dass du in Schwierigkeiten bist.«

Jackie wimmerte. Ariel hatte keine Ahnung, was Maurice tat; sie wandte den Blick keine Sekunde von Coffey. Das Einzige, was sie aufrechterhielt und hoffen ließ, war die Tatsache, dass er offenbar keine Waffe bei sich hatte, und soviel sie wusste, zog er es vor, sich nicht die Hände schmutzig zu machen.

»Ich sehe keine Schwierigkeiten«, fuhr er fort. »Ich sehe nur dieses weiße Miststück.«

Er war ein Feigling. Er hatte sich hinter einer hilflosen und schwangeren jungen Frau versteckt. Er blendete, prügelte und vergewaltigte Frauen. Später, falls es ein Später geben sollte, musste sie einmal in Ruhe über das freudlose Dasein nachdenken, in dem Maurice Thomas lebte, dass er auch nur eine Minute in Gesellschaft dieses Irren verbrachte.

»Was schauen Sie mich so an?«, fragte Coffey.

»Mr Thomas braucht Hilfe«, erwiderte Ariel. Ihre Lippen fühlten sich taub an, aber trotzdem konnte sie spüren, wie sie sich bewegten. »Er braucht einen Arzt.«

»Wer sind Sie?«

»Wenn Sie zur Seite treten wol…«

»Ich kenne Sie«, sagte Coffey. »Ich hab Sie schon mal gesehen.«

»Nein. Nein, Sir, daran hätte ich mich erinnert.« Schon beim Sprechen sah Ariel, wie in Coffeys Gesicht das Wiedererkennen aufblitzte und sich ausbreitete.

»Sie sind beim Fernsehen! O Mann!«, johlte er und gackerte dann los. Die Drohung in seinem breiten Lächeln ließ sein früheres kaltes Starren als eine Art Segen erscheinen.

Ariel war überrascht; sie konnte sich nicht vorstellen, dass er sich anspruchsvollere Sendungen ansah als Zeichentrickfilme.

»Wie heißen Sie?«, fragte er.

»Ariel Gold.«

»Wollen Sie meinen Kumpel in der Glotze vorführen? Was hat der Bruder hier wohl zu sagen, das es wert ist, ihn in der Glotze vorzuführen?«

Ariel erlaubte es sich nicht, zu dem Handlauf des Geländers zu sehen, der am Küchentresen lehnte und dessen zwei kostbare Nägel wie verrostete Reißzähne in die Luft ragten. Coffey hatte durch nichts zu erkennen gegeben, dass er ihn bemerkt hatte. Als sie einen winzig kleinen Schritt drauf zuging (noch eine Meile, dann hatte sie es geschafft), konnte sie sogar sehen, wie seine Ohren sich nach oben bewegten, als er das Kinn vorreckte. Sie blieb stehen.

»Ich würde gern hören, was *Sie* zu sagen haben.« Es kam sicherer heraus, als sie vermutet hätte.

»Worüber zu sagen?«

»Über das, worüber Mr Thomas und ich gesprochen haben. Die sozioökonomischen Auswirkungen des Lebens am untersten Ende der Nahrungskette. Ich würde meinen, dass Sie darüber aus erster Hand Bescheid wissen, Sir.«

Coffey schürzte die Lippen. Ariel bezweifelte, dass er ihre Worte verstanden hatte. (*Sie* tat es auch nicht. Sie hatte nur drauflosgeplappert.) Er hatte aber mitbekommen, was sie sagen wollte. »Ach ja?«, fragte er träge. Dann stieß er ihr mit einer seiner blitzschnellen Bewegungen einen starren

Zeigefinger gegen das Brustbein. »Sie haben ein ziemlich freches Mundwerk! Machen Sie es zu!«
Sie tat es.
»So, was hat Maurice Ihnen erzählt, was Sie in Ihrer Fernsehsendung unterbringen wollen?«
»Er hat nicht …«
»Weshalb sind Sie hier? Was wollen Sie?«
Als Ariel nicht antwortete, stieß er wieder zu. Dieser Finger tat weh.
»Es hat nichts mit meiner Sendung zu tun«, brachte Ariel hervor. Sie konnte spüren, wie der blaue Fleck entstand. »Es ist eine persönliche Angelegenheit.«
»Persönliche Angelegenheit«, wiederholte Coffey. »Was will sie?«, fragte er plötzlich in Richtung Maurice.
Ariel blickte zu den beiden auf dem Fußboden hinunter. Jackie saß aufrecht und wiegte den Kopf ihres Bruders auf dem Schoß. Auf ihrem Kleid breitete sich ein Fleck aus, der nur von ihm stammen konnte. Maurice hatte den Mund geöffnet, sagte aber nichts. Seine halb geschlossenen Augen zeigten keine Iris. Coffey sah ebenfalls hin und schüttelte den Kopf, als wäre er dieses Anblicks überdrüssig.
Ariel schaffte es, sich nochmals zwei Zentimeter auf den Handlauf des Geländers zuzubewegen.
»He!« Coffey stieß Maurice unsanft mit dem Fuß an. Ariel zuckte zusammen. Jackie schrie auf. Coffey zog seinen Fuß wieder zurück. »Die Lehrerin!«, rief Jackie. »Sie ist die Freundin meiner Lehrerin. Sie war im Krankenhaus. Ich hab sie gesehen.«
»Was redest du da?«, fuhr Coffey sie an.
Jackie weinte mit weit geöffnetem Mund. »Laya. Die Lehrerin, die im Brown House … unterrichtet … unterrichtete.«

Ariel stockte der Atem. Bis zu diesem Zeitpunkt war nichts gesagt worden, was darauf hindeutete, dass sie wusste, wer Coffey war oder was er getan hatte. Das war vielleicht Wunschdenken, doch es hatte die Chance bestanden, dass er einfach wieder verschwand. Stattdessen stand er jetzt völlig bewegungslos da. Sogar seine Augen regten sich nicht mehr. Ariel fragte sich, was hinter ihnen vorging – falls überhaupt etwas vorging. Das war ohne Zweifel weiteres Wunschdenken, aber sie konnte fast glauben, dass er keine Ahnung hatte, wovon Jackie sprach.

Ariel sah, wie es in seinem Gedächtnis *klick* machte.

»Die Frau in der Gasse«, sagte Coffey. Er überlegte noch ein paar Sekunden. »Hat sie Sie hergeschickt?«

Das nächste *Klick* sah Ariel nicht, sie hörte es. Es war unverkennbar. Von wegen keine Waffe, dachte sie. Damit ist es also auch nichts.

Das Schnappmesser war nicht lang. Wenn man damit Balsaholz geschnitten oder einen Apfel geschält hätte, hätte es nach nichts ausgesehen. Da es auf ihr Auge gerichtet war, schaute es aus wie ein Breitschwert.

Sie wurde am Revers gepackt und gegen den Tresen geschoben. »Hat sie?«, schrie Coffey ihr ins Gesicht. Sein Atem roch nach Minze, als hätte er Atemspray genommen. »Und Sie sind gekommen, ganz allein und höchst persönlich.« Seine Oberlippe, die irgendwie verzerrt wirkte wie ein Korkenzieher, und seine Augen nahmen einen Glanz an, der sich nur als Lust deuten ließ. »Sie sind eine mächtig dämliche Frau«, sagte er jetzt leise.

In der Sekunde wusste Ariel, dass sie Tiny Coffey sträflich unterschätzt hatte. Vielleicht wegen seines Namens. In irgendeinem Teil ihres Gehirns erkannte sie, dass sie sich ein Bild von dem Mann gemacht hatte, wie sie ihn haben wollte. Als Schläger. Als Angeber mit seinem rasierten

Schädel. Als einen Schwachkopf, den sie manipulieren konnte.

Er piekte sie nur ein wenig, bloß um sie bluten zu sehen, steckte dann das Messer weg und rammte ihr mit aller Kraft ein Knie in den Schritt, was sie zu Boden gehen ließ.

Sie würde niemanden manipulieren.

Anschließend versetzte er ihr einen Tritt in die Rippen. Als er mit dem Fuß ausholte, um erneut zuzutreten, rollte sie sich zusammen. Diesmal zielte er auf ihren Kopf, streifte aber nur ihren Schädel, was sie weniger verletzte, als er beabsichtigt hatte. Er fluchte. Sie traf auf ein Hindernis, eine feste Oberfläche. Jetzt hatte sie keine Ausweichmöglichkeit mehr.

Als sie den nächsten Schlag hörte, der so wuchtig war, dass er die Knochen hätte treffen müssen, spürte sie eine Woge überwältigender Dankbarkeit in sich aufsteigen. Sie war über den Schmerz hinaus. Sie hatte den Schlag nicht mal gespürt.

Er brüllte. Es war ein tierisches Brüllen. Ariel versuchte sich kleiner zu machen, unsichtbar zu sein.

»Du dämliches Stück!«, schrie Coffey.

Ariel öffnete die Augen. Sie sah zwei riesige Männer, die direkt über ihr aufragten. Sie waren außer sich vor Wut, verloren das Gleichgewicht und fassten sich an die Schläfen, aus denen Blut strömte. Die beiden Männer verschmolzen. Es war ein Mann, den sie aber nicht klar sehen konnte. Der Handlauf des Geländers traf erneut, und er schrie auf, als die Nägel in seine Wange drangen.

Er hatte ein Ende der Keule zu fassen bekommen, doch sein Griff war nicht fest genug, und er schrie wieder entsetzlich, als ihm die Nägel aus dem Gesicht gerissen wurden. Blut spritzte.

Ariel umfing seine Beine, und er fiel, wild mit den Armen

rudernd, zu Boden. Ein Fuß traf sie in die Niere, doch sie hielt fest. Dann entdeckte sie auf dem Fußboden das Schnappmesser, nur wenige Zentimeter von ihr entfernt, konnte aber nicht danach greifen, ohne die Beine des Mannes loszulassen. Und plötzlich war es verschwunden. Jemand hatte es genommen. Coffey schrie auf. Sie blickte hoch. Das Messer steckte in seinem Bauch.

Eine Waffe ging mit ohrenbetäubendem Lärm los. Ariel nahm kaum wahr, als sie schrie: »Nicht schießen! Nicht schießen!«

44

»Sie sind wohl nicht ganz bei Trost, Verehrteste!«

»Das scheint die Meinungszählung ergeben zu haben«, sagte Ariel zu dem Beifahrer des Lieferwagens der Firma Gustavson's. Meinungszählung? Das hörte sich nicht richtig an. Ihr Gehirn arbeitete nicht allzu gut. *»Meinungsumfrage.«*

Der Lieferwagen war ein Überwachungsfahrzeug gewesen, und der Beifahrer war Eddie Rials, der Detective, der an dem Mordfall Price gearbeitet hatte. Er hatte sich wegen einer Angelegenheit, die mit Price nichts zu tun hatte, mit dem Fahrer des Lieferwagens getroffen, als er am Vormittag Ariel begegnete. Als der Einsatzleiter sich über Funk mit der Adresse von Maurice Thomas meldete, hatten Rials und sein Partner die Sache übernommen.

»Ich hätte Sie mitnehmen sollen, als ich Sie in diesem Durchlass herumlungern sah«, sagte er zu Ariel und stützte sie am Arm, als sie auf die Veranda von Thomas' Haus hinaustraten. »Wenn ich gewusst hätte, wer Sie sind, hätte ich es getan. Ich hätte Sie eingebuchtet.«

»Hätte, würde, könnte«, entgegnete Ariel, deren Blick zu der Stelle wanderte, wo sich vor noch nicht langer Zeit der Handlauf befunden hatte. Sie fragte sich, ob man schon einmal ein Verandageländer als Beweisstück verwendet hatte. Plötzlich verspürte sie das Bedürfnis, sich zu setzen. Die Stufen waren ihr gerade recht. Es tat weh, als sie sich darauf niederließ.

»Ich denke immer noch über eine Anklage wegen Behinderung der Polizei nach«, meinte Rials.

»Ich habe Ihnen doch gesagt, dass ich von keinem der beiden Männer den Namen kannte. Ich habe nicht gewusst, wo Maurice wohnt, bis …« Sie sah auf ihre Armbanduhr. Es war acht Uhr … und noch was. Ariel kniff die Augen zusammen und schlug sie wieder auf. Die Zeiger der Uhr zitterten. »Bis vor etwa einer Stunde.« Konnte das wirklich stimmen? »Er hat kein Telefon.«

»Als ich Sie sah, wusste ich, dass Sie keinen Grund hatten, sich dort aufzuhalten«, entgegnete Rials unbeeindruckt, »und hierher zu kommen, hatten Sie noch weniger Grund.«

Ariel hielt erhobenen Hauptes stand. Sie wusste nicht, welcher Teil von ihr am meisten wehtat. Sie konnte nicht einmal tief atmen, ohne dass ihr Tränen in die Augen traten. Mindestens eine Rippe, vermutete sie, war gebrochen.

»Und mit dem nächsten Krankenwagen fahren *Sie.*«

Zwei waren schon weg. Der Erste nahm Maurice mit und auch Jackie, die zwar nicht verletzt war, sich aber nicht von ihrem Bruder trennen lassen wollte. Der Zweite transportierte Tiny Coffey. Ein Dritter war unterwegs, um Ariel abzuholen. »In Ordnung«, erwiderte sie und blinzelte auf die Straße hinaus. Das Licht tat ihren Augen weh. Jetzt waren dort viele Menschen zu sehen. Alle hielten Distanz und schauten zu, als wäre es eine Sendung zur besten Sendezeit.

»Haben Sie gesagt, wie schlimm er verletzt ist?«, fragte Ariel Rials. »Maurice? Er ist doch nur mit dem Kopf gegen einen Stuhl gestoßen!«

»Ich nehme an, der hat ihn richtig getroffen.«

»Er ist ein guter Junge, Detective. Ein guter Mann.«

»Ja, ja, er ist ein Chorknabe. Das haben wir schon von dieser Frau im Brown House zu hören gekriegt ...«

»Martine?«

»Haben Sie sich nicht gefragt, wie es kommt, dass wir hier aufkreuzen?«

»Hat sie Sie angerufen?«

»Sie habe Thomas auf einem unserer Steckbriefe erkannt, sagte sie. Nun was *Sie* aber noch nicht erzählt haben, ist, warum Sie in diese Sache verwickelt worden sind.«

Ariel hatte sich noch nicht mit der Tatsache auseinander gesetzt, dass es nicht Coffey war, der Laya geblendet hatte. Sie konnte es nicht begreifen, bezweifelte es aber nicht. Er hatte Layas Namen nicht erkannt. Die Frau, die ihn in jener Nacht angestarrt hatte und dann in Todesangst geflüchtet war, war für ihn ohne Bedeutung gewesen. In Coffeys Welt hatten Zeugen schlechte Augen, ein kurzes Gedächtnis und Türen, die Schwierigkeiten aussperrten, was ihm sehr entgegenkam. Carrie Murphy war eine Ausnahme. Sie musste ihm wie eine Selbstmörderin erschienen sein. Bei Laya sah es anders aus. Wenn er Maurice überhaupt ihren Namen hatte nennen hören, wenn er ihretwegen überhaupt Bedenken gehabt hatte, waren sie mit der ereignislos verstreichenden Zeit vergessen worden.

Laya war, was Max von Anfang an geglaubt hatte, zum zufälligen Opfer eines Irren geworden. Ihre einzige Verbindung zu dieser ganzen hässlichen Angelegenheit war die Tatsache, dass sie ein Verbrechen im Augenblick der Tat mit angesehen und dieses nicht gemeldet hatte. Ihre Bestrafung durch das Schicksal (falls man an so etwas glaubte, und Laya glaubte daran) war ein Exzess, der mit dem, was sie getan hatte, in keiner Beziehung stand.

»Ich habe von Carrie Murphy gelesen«, sagte sie zu Rials. »Eine Heldin. Ich habe mir gedacht, dass sie einen fabelhaften Beitrag für meine …«

»Sie haben sich nach Price erkundigt, bevor Sie von ihr auch nur gehört hatten.«

Ariel massierte sich den Kopf. »Stimmt«, gab sie zu. Direkt über dem Ohr hatte sich eine Beule gebildet. »Na schön, ich bin da in etwas hineingestolpert, das mich nichts anging. Meine neue Politik besteht darin, mich rauszuhalten. Zum Glück für Ihre Festnahmerate habe ich diese Politik erst in Kraft gesetzt, nachdem ich die Täter für Sie gefunden hatte.«

»Erwarten Sie etwa ein Dankeschön?«, sagte Rials verkniffen. »Wenn man Sie im Krankenhaus verarztet hat, werden Sie auf die Wache kommen, um eine offizielle Erklärung abzugeben. Wenn das erledigt ist, haben Sie auch eine bessere Story.«

»Detective?«

»Ja?«

Ariel hielt ihm ihren Autoschlüssel hin. »Ich nehme nicht an, dass Sie was mit meinem Wagen unternehmen wollen, bevor ich abgeschleppt werde?«

Maurice hatte eine Gehirnerschütterung und Ariel zwei gebrochene Rippen. Tiny Coffeys Zustand war »stabil«; es war vermutlich das erste Mal überhaupt, dass dieses Wort auf ihn angewendet wurde.

Ariel ging den ganzen Tag Reportern aus dem Weg, einigen wenigen beim Betreten der Notaufnahme, mehreren, als sie diese verließ, und einer ganzen Horde auf der Dritten Revierwache. Die Nachmittagszeitung brachte die Geschichte bereits. Chris Valente von *The Open File* spürte Ariel bei der Polizei auf und bombardierte sie mit Fragen, die mit »Warum haben wir nichts davon gewusst, dass Sie an dieser Story arbeiten?« begannen und mit »Können Sie die Sache bis Montagabend sendebereit im Kasten haben?« endeten. Die Nicht-Story über einen Überfall auf einen Niemand war zu einer heißen Story über einen Überfall auf eine Fernsehkorrespondentin geworden.

Ariels Großvater holte sie auf der Polizeiwache ab. Sein Fahrer brachte sie eilig in den Lincoln, als wäre sie ein belagerter Rockstar. B. F. wollte sie für die Nacht, wenn nicht sogar für die nächste Zeit, zu sich in seine Wohnung bringen. Doch sie bestand darauf, nach Hause zurückzukehren. Also lenkte B. F. ein, aber Hattie sollte Kindermädchen spielen. »Ich brauche keins«, sagte Ariel, »aber Laya. Weißt du, ob Hattie für die nächsten drei Wochen Pläne hat?«

Henry rief an, um sich nach ihrem Befinden zu erkundigen, und erbot sich, ihr etwas zu essen zu bringen, was sie jedoch ablehnte.

Max Neely rief ebenfalls an, um zu hören, wie es ihr ging, und meinte, sie habe eine harte Zeit vor sich, was sich als wahr erwies. Sie litt.

Ariel rief die Fluglinie an und buchte einen Flug am späten Nachmittag nach San Francisco.

Hattie, die sich nicht abweisen ließ, kreuzte mit etwas Suppe auf. Als sie sah, dass Ariel ihre Reisetasche packte, erklärte sie, sie sei verrückt.

»Sie sind nicht die Erste, die mir das heute sagt«, entgegnete Ariel. »Aber ich muss fahren.«

»Ins Bett gehören Sie«, regte sich Hattie auf. »Man hat Sie heute Morgen fast zu Brei geschlagen.« Jessie, die dem nur zu vertrauten Vorgang einer packenden Ariel zugesehen hatte, seufzte von ihrem Korb aus. »Der Hund ist vernünftiger als Sie.«

Ariel widersprach nicht. »Laya muss verständigt werden, dass es vorbei ist«, sagte sie.

»Funktioniert Ihr Telefon nicht?«

In dem Moment läutete es. Seit Ariel wieder zu Hause war, hatte es nicht aufgehört zu läuten. »Lassen Sie es klingeln, der Anrufbeantworter übernimmt das.« Sie würde nicht selbst zum Flughafen fahren, denn ihr Van befand sich immer noch auf der Polizeiwache. Sie hatte schon ein Taxi bestellt. Sie würde eine Stunde in einem Flugzeug sitzen und dann mit einem Taxi zur Schule fahren. »Ich muss mit ihr sprechen«, sagte sie, »und zwar persönlich.«

Sie berichtete Hattie, was sie heute erfahren hatte, erzählte, wer Laya geblendet oder richtiger nicht geblendet hatte. »Es kann also sein, dass sie niemals erfahren wird, wer ihr das angetan hat. Wie wird sie das wohl aufnehmen?«

Darauf hatte Hattie keine Antwort parat.

»Der Tylenol-Mörder«, sagte Ariel, »wurde nie erwischt, und das war vor fast zwanzig Jahren.«

»Der was?«

»Vergessen Sie's.« Ariel ertappte ich dabei, dass sie sehnsüchtig ihr Bett betrachtete, auf dem ihr Koffer lag. Hattie hatte Recht. Sie fühlte sich zerbrechlich wie ein Ei. Das Telefon läutete erneut. Ohne nachzudenken, nahm Ariel ab. Es war Dr. Gayle Baker.

In der Maschine nach Norden ging Ariel die Unterhaltung noch einmal Schritt für Schritt durch. Sie bemühte sich nach Kräften, ihre Kopfschmerzen zu ignorieren und nüchtern zu analysieren.

»Ich habe Sie schon den ganzen Tag zu erreichen versucht!«, hatte die aufgeregte junge Ärztin gesagt. »Hören Sie sich das an! Vielleicht ist es gar nichts, vielleicht nur ein Zufall, aber ich war heute Morgen in der Praxis und machte mir Kaffee, weil ich wach bleiben wollte, verstehen Sie, nachdem ich die ganze letzte Nacht auf gewesen bin. Diese Frau trat ein, und wir kamen ins Gespräch. Mrs Lipton ist ihr Name. Sie ist eine Rentnerin, die gelegentlich im Souvenirladen aushilft. Aber sie hat früher im Pfarrhaus gewohnt, dem neuen Wohnheim, Sie wissen schon ...«

»Ich weiß«, hatte Ariel erwidert.

»... bevor es zur Schule gehörte. Es war eine Privatklinik. Mrs Lipton hat dort als Krankenschwester gearbeitet. Wie auch immer, als sie vom gestrigen Abend erfuhr, habe sie das, wie sie berichtete, an früher erinnert, als von Zeit zu Zeit ein Patient versuchte sich aus dem Staub zu machen.«

»Wollen Sie damit sagen, dass das eine Nervenheilanstalt war?«

»St. Luke Wellness Center wurde es in den letzten Jahren seiner Existenz genannt. Davor hieß es St. Luke Sanitarium. Depressionen, Anorexie, Medikamentenabhängigkeit ... Alle Krankheiten, die Sie sich nur denken können, wurden dort irgendwie behandelt, solange man das Geld dazu hatte – viel Geld. Nach meiner Ansicht wurden die Patienten in dem Laden eher verwahrt als geheilt.«

»Sehr interessant, aber worauf genau wollen Sie hinaus?«

»Ich habe herausgefunden«, hatte Dr. Baker geantwortet, »dass Mrs Liptons Vorname Stella ist. Der Name, den Laya heute Morgen genannt hat, wissen Sie noch? Halten Sie das für einen Zufall?«

Ariel war nicht sicher, wofür sie es halten sollte. Die Worte *total irrsinnig* waren ihr in den Sinn gekommen.
Laya träumte einen Namen, überlegte sie jetzt, einen nicht ungewöhnlichen Namen, aber auch keinen, den man jeden Tag hört. Die Stella des Traums, hatte Laya gesagt, sei eine Krankenschwester gewesen. Diese Stella Lipton war Krankenschwester gewesen. Soviel Ariel wußte, konnte Laya Mrs Lipton kennen gelernt haben, vielleicht in dem Souvenirladen. Sie hätten miteinander ins Gespräch kommen, sich miteinander anfreunden können, so dass die Frau in ihrem Traum auftauchte. Solche Dinge passieren jeden Tag.
Stella Lipton hatte jedoch in einer Institution gearbeitet, in der Fälle für den Psychiater behandelt wurden, Patienten, die an einer Vielzahl mentaler und emotionaler Probleme litten. »Im Traum bin ich nicht in der Schule. Ich bin in einer ganz anderen Art von Einrichtung, weil ich durchgedreht bin.« Als Ariel sich an Layas Worte erinnerte, spürte sie, wie sich ihre Kopfhaut spannte.
Sie rutschte auf ihrem Sitz hin und her und verzog das Gesicht, als sich ihre Rippen bemerkbar machten. Jemand kam mit dem Getränkewagen vorbei, und sie bat um etwas Wasser. Sie überlegte, ob sie die Kodeintabletten nehmen sollte. Später.
»Ich fange an zu glauben, dass dieser Traum prophetisch ist«, hatte Laya gesagt.
Ariel begann zu denken, dass Laya in die falsche Richtung blickte. Sie kämpfte gegen die Vorstellung, die verführerisch war, an. O ja, natürlich, Laya wohnte zufällig in einem Gebäude, das einst Menschen mit mentalen Problemen beherbergt hatte. Außerdem war sie für … Vibrationen empfänglich, Ausstrahlung. Selbst Leute mit der Empfindsamkeit von Beton spüren etwas an Orten, an denen Men-

schen extrem gelitten haben. In Kerkern. Auf Schlachtfeldern. Natürlich nur dann, wenn sie ganz genau wissen, was da passiert ist. Na wenn schon. Nehmen wir an, Laya hat was aufgeschnappt. Schmerz. Verzweiflung. Delirium.
Und einen bestimmten Namen? Dr. Baker wollte es glauben. Die nüchterne Ärztin zog es vor zu glauben, dass eine Schülerin, die ihr gefiel (und, wie Ariel vermutete, vor der sie fast Ehrfurcht empfand), eher genial als neurotisch war. Dennoch habe sie sich, wie sie Ariel am Telefon gesagt hatte, verpflichtet gefühlt, die Leitung der Schule von den Ereignissen der vergangenen Nacht in Kenntnis zu setzen.
»Doch nicht von den Albträumen?«, hatte Ariel bestürzt gefragt. »Doch nicht von der Sache mit Stella?« Wenn Laya das erfahren würde, wäre sie entsetzt.
»Es war für ihr Verständnis der Situation notwendig«, hatte sich Dr. Baker gerechtfertigt, »aber die ... eher überspannten Dinge habe ich heruntergespielt. Ich betonte die Tatsache, dass *die Polizei* Menschen mit medialen Fähigkeiten einsetzt. Man lässt sie Tatorte besichtigen – ich habe davon gelesen –, wo sie dann eine ... nennen Sie es ›Tiefenwahrnehmung‹ dessen gewinnen können, was dort stattgefunden hat.«
»Wir sprechen nicht von einem Tatort, sondern vom Schlafraum in einem Wohnheim.«
»Da gilt der gleiche Grundsatz. Man geht dabei wirklich nur einen Schritt weiter als bei der Erstellung eines Täterprofils. Es gibt dokumentierte Fälle, in denen stichhaltige Informationen, darunter auch Namen, durch Visionen geliefert worden sind.«
Ariel konnte sich die Reaktionen der Vorstandsmitglieder vorstellen.
»Was ich sagte, hat Eindruck gemacht. Der Mann, von dem ich Ihnen erzählte, der eine, der unbedingt erreichen

wollte, dass Laya die Schule verlässt, war anfänglich skeptisch, hörte aber wenigstens zu. Er hat mich ernst genommen.«

»Wirklich?«, hatte Ariel trocken erwidert. Sie fragte sich, wie viel Vertrauen Gayle Baker wohl der Tiefenwahrnehmung schenken würde, wenn sie wüsste, was Ariel wusste, nämlich, dass Laya davon überzeugt gewesen war, dass Tiny Coffey und sein Partner sie geblendet hatten, dass sie »gespürt« hatte, wie sie sich an sie herangepirscht hatten, und zwar in der Absicht, ihr etwas anzutun, obwohl dem einen ihre Existenz egal war und der andere sich nach ihrer Vergebung sehnte. Laya war nicht einmal dann unfehlbar, wenn sie hellwach war.

»Sie haben ihnen mitgeteilt«, hatte Ariel sich noch mal erkundigt, »dass ich heute Abend für Laya verantwortlich bin? Dass ich dafür sorgen werde, dass sie den Kurs als Tagesschülerin beendet?«

Nach der heutigen Unterhaltung mit Laya, dachte sie, könnte sich die ganze Sache als müßig erweisen.

Der Mann auf dem Fensterplatz sagte: »Entschuldigung?«

Ariel stand auf, um ihn vorbeizulassen. Dann stellte sie sich diese Unterhaltung vor. Die gute Nachricht ist, dass die Männer, die James Price und Carrie Murphy getötet haben, hinter Schloss und Riegel sitzen; sie können dir nicht mehr wehtun. Die schlechte Nachricht ist, dass sie dir nie etwas getan haben; der Mann, der den Anschlag auf dich verübt hat, ist immer noch frei wie ein Vogel.

Ariel schloss die Augen. Normalerweise konnte sie in einem Flugzeug hervorragend denken, was eine gute Sache war, da sie sehr viel Zeit in der Luft verbrachte. Heute Abend war sie zu zerschlagen und erschöpft, um auch nur einen klaren Gedanken fassen zu können. Wie viele Reisen nach Norden hatte sie jetzt mit diesem Flug gemacht?

Vier in ebenso vielen Wochen? Sie dachte an die Erste, als sie hingeflogen war, um eine Auszeichnung entgegenzunehmen und sich einer Herausforderung zu stellen, nämlich die Identität der Absenderin eines Briefs zu klären, die nur mit dem Vornamen unterschrieben hatte. Dorothy, die sie vergessen hatte. Dorothy, die aus Furcht um ihr Leben geschrieben und versucht hatte, das hinter leichten Redewendungen zu verbergen, als wäre Angst ein Verstoß gegen den guten Geschmack. Dorothy, die am selben Wochenende beerdigt worden war.

Ariel riss die Augen auf. Der Mann vom Fensterplatz stand neben ihr im Mittelgang. Sie brauchte eine Sekunde, um sich auf das zu konzentrieren, was von ihr erwartet wurde, doch dann erhob sie sich und trat zur Seite, um den Mann reinzulassen. Anschließend blieb sie völlig in ihre Gedanken versunken stehen.

Sie würde Tara danach suchen lassen, wo Dorothy Thibeau vielleicht Samariterdienste geleistet hatte. Sie sollte in jedem Pflegeheim, jeder Reha, in jeder Einrichtung des Gesundheitsdienstes in Marin County nachfragen, ebenso in jedem Krankenhaus, in dem sie eine Patientin namens Sis kennen gelernt und sich vielleicht mit ihr angefreundet hatte.

In jedem Krankenhaus, das zurzeit existierte.

Nicht im St. Luke Wellness Center, das es nicht mehr gab. Und das wann geschlossen worden war? Das Pfarrhaus, wie es allgemein genannt wurde, konnte noch nicht lange zu der Schule gehören, denn sonst würde es nicht »das neue Wohnheim« heißen. Und Ariel erinnerte ich daran, dass die Renovierung noch nicht lange zurückliegen konnte, denn alles hatte das frische Aussehen von Arbeit, die erst vor kurzem abgeschlossen worden war. Sogar das Holz roch neu.

Sie sagte sich, dass sie nur ihre Zeit verschwendete, und wühlte in ihrer Handtasche nach ihrem Adressbuch. Sie sollte sich auf das Nächstliegende konzentrieren. Mehr konnte sie mit der gegenwärtig zur Verfügung stehenden Energie nicht bewältigen. Sie rief Charles Barnes an und wartete ungeduldig, dass er abnahm.

Es war eine schlechte Verbindung, und Ariel musste zweimal ihren Namen nennen. »Kennen Sie ein Krankenhaus namens St. Luke Wellness Center?«, fragte sie ihn.

45

Es wehte ein kühler Wind an diesem Abend in San Francisco. Ariel war nicht dafür angezogen. Sie zitterte, als sie an der Gepäckausgabe auf ihre Taschen wartete. Wann würde sie es je in den Kopf bekommen, dass Süd- und Nordkalifornien ein sehr unterschiedliches Klima haben? Allein Bay Area hat schon mehr Klimazonen als die meisten amerikanischen Bundesstaaten. Und nur weil es Mai war, bedeutete dies noch lange nicht, dass es jetzt warm sein musste.

Als Charles gehört hatte, dass sie unterwegs war, hatte er darauf bestanden, sie abzuholen. Er habe keine Pläne für den Abend, sagte er durch das Rauschen der AirFone-Verbindung hindurch; er hole sie ab und erzähle ihr, was er vom St. Luke wisse. Ihr sei doch bekannt, dass es nicht mehr existiere? Ariel fragte, wann es geschlossen worden sei. Er musste die Antwort wiederholen. »Vor etwa zwei Jahren«, hörte sie, bevor die Verbindung abbrach.

Die Zeit passte. Sis war vor mindestens zweieinhalb Jahren gestorben. Dorothy hatte vor zwei Jahren mit ihrer Samaritertätigkeit im Marin General begonnen. Weil das St. Luke Wellness Center (wo hatte sie dort gearbeitet?) geschlossen worden war?

Das einzige Fahrzeug, das Ariel Charles je hatte fahren sehen, war ein Laster gewesen, so dass sie dem alten Mercedes keinerlei Aufmerksamkeit schenkte, der an die Bordsteinkante rollte, bis er ausstieg, um die Beifahrertür zu öffnen. Er musste sich vor ihrem Anruf rasiert haben, denn danach wäre ihm dazu keine Zeit geblieben. Er hatte es in weniger als einer Stunde hierher geschafft. Er duftete nach Rasierwasser. Sie hatte den Verdacht, dass er doch andere Pläne verschoben hatte.

Sie verzog das Gesicht, als sie den Sicherheitsgurt anlegte. Er bemerkte es. »Was ist los?«, fragte er.

»Ein Stechen.« Gebrochene Rippen waren ein Thema, über das zu sprechen Ariel jetzt nicht die Kraft hatte.

»Es gibt doch kein Problem mit Ihrer Freundin, hoffe ich?«, fragte er, als er den Wagen durch das Gewirr der Baustellen lenkte, die zum Flughafen zu gehören schienen wie die Cable Cars zur Stadt der Touristen. »Sind Sie deswegen hergekommen?«

Layas jüngste Enthüllungen (oder Verirrungen) waren ebenfalls kein Thema, nach dem Ariel im Moment zu Mute war. »Nun ja«, antwortete sie, »sie hat etwas zu Tage gefördert, was mich auf dieses Wellness Center neugierig gemacht hat.«

»Dieser Name ist mir immer schon als Widerspruch in sich erschienen«, sagte Charles. Er zeigte mit einem Kopfnicken auf eine Thermoskanne auf dem Sitz. »Ich hatte mir gerade Kaffee gemacht, als Sie anriefen. Ich habe zwei Becher mitgebracht.« Er ist ein Mann, dachte Ariel, der eine Frau und eine Schar Kinder haben sollte. Immer auf alles vorbereitet. Sie machte die Thermoskanne auf. Der Duft erfüllte den Wagen. Kolumbianischer Kaffee, wie sie sich erinnerte, und stark. Er würde sie vielleicht noch ein paar Stunden länger auf den Beinen halten. »Das hier – und das heute Abend – ist einfach fabelhaft«, sagte sie. »Sie retten mir das Leben.« Sie goss für beide ein und stellte seinen Becher in den Halter. »Warum sind Sie so gut zu mir?«

»Abgesehen von der Tatsache, dass wir Freunde sind – ich schmeichle mir zumindest, dass wir befreundet sind –, wie viele weibliche Fernsehpersönlichkeiten kann ich wohl umsorgen?« Er verzog den Mund zu einem Lächeln. »Doch nun«, fuhr er fort, »zu dem Wellness Center. Ich sagte, glaube ich, es sei vor zwei Jahren geschlossen worden? Nun, es müssen mindestens zwei Jahre her sein, weil die Schule das Gebäude seit einem Jahr benutzt. In meinem Alter läuft einem die Zeit davon. Lassen Sie mich sehen ... Was kann ich Ihnen sonst noch sagen?« Der frühere Eigentümer sei ein Konsortium aus einem anderen Bundesstaat gewesen, wie er sich erinnerte. Das Krankenhaus sei alt und stark renovierungsbedürftig gewesen. Die Gewinnmarge war vermutlich zu schmal, um die Investition zu rechtfertigen, denn schließlich hätten sie verkauft. Der Käufer habe das Haus der Blindenhundschule vermacht.

»Ein großes Geschenk«, bemerkte Ariel, doch es war nicht die Großzügigkeit, die sie interessierte. »Wer hat es gekauft?«, fragte sie. »Und wer hat es der Schule geschenkt?«

»Ich glaube, es war ein anonymes Vermächtnis. Wenn das stimmt, wird man Ihnen keinen Namen nennen. Sie könnten mit jemandem sprechen, der damals im Krankenhaus gearbeitet hat. Allerdings weiß ich nicht, ob noch jemand von dem früheren Personal hier lebt.«

Ariel dagegen wusste es. Sie erzählte Charles von der freiwilligen Mitarbeiterin der Schule, der ehemaligen Krankenschwester, und fragte ihn, ob er sie kenne.

»Lipton?«, sagte er und schüttelte den Kopf. »Die einzigen Freiwilligen, die mir begegnen, sind Leute, die allenfalls Hunde spazieren führen.«

An diesem Abend würde sie natürlich nicht da sein, und am nächsten Morgen würde Ariel früh weg sein, lange bevor Stella Lipton hinter dem Tresen des Souvenirladens stand. Vielleicht war sie im Telefonbuch aufgeführt. Warum, tadelte sich Ariel, habe ich nicht daran gedacht, Gayle Baker nach der Nummer der Frau zu fragen?

»Ariel …«

»Ja?«

»Wäre es allzu neugierig, wenn ich …« Er zuckte mit den Schultern.

»Wenn Sie? Oh! Ich will wirklich keine Geheimniskrämerei daraus machen, es ist nur so, dass es ewig dauern würde …« Doch dann dachte Ariel, dass sie noch eine lange Fahrt vor sich hatten und sie ihn kaum um Informationen bitten konnte und sich selbst dann weigerte, zu erklären, warum sie das tat. »Es geht um diese Freundin, Dorothy … Sie haben doch ihren Mann gekannt, Raymond Thibeau?« Sie drehte sich, um den Schmerz in der Seite zu lindern, und sah ihm jetzt offener ins Gesicht. »Wir haben über ihn gesprochen.«

So kurz wie nur möglich erzählte ihm Ariel die Geschichte. Er unterbrach sie häufig, und ihre gereinigte Version war vermutlich eher verwirrend als erhellend, aber trotzdem waren sie schon in San Rafael, bevor sie sie zu Ende brachte. »So«, sagte sie, »das ist meine Theorie.«

»Dass diese Frau, von der Ihnen Mrs Thibeau schrieb, diese Sis, eine Krankenhauspatientin war, mit der sie sich angefreundet hatte?«
»Ja.«
»Und Sie glauben, sie sei eine Patientin des Wellness Center gewesen?«
»Es ist möglich. Es ist das einzige damals existierende Krankenhaus im Bezirk, das ich nicht unter die Lupe genommen habe.«
»Und sie wurde … ermordet.«
»Dorothy glaubte es jedenfalls.«
»Und Sie haben den Verdacht, dass Mrs Thibeau ebenfalls ermordet wurde?« Sein Ton war höflich neutral, wie Ariel bemerkte.
»Finden Sie, dass sich das schwach anhört?«
»Ich gehe davon aus, dass jemand, der in Ihrer Branche arbeitet, nicht einfach aus der Hüfte schießt.«
Ariel lachte. »Doch, das tue ich. Ein Dutzend Mal am Tag.« Sie nippte an ihrem Kaffee.
»Nun ja«, sagte er aufmunternd, »ich erwarte, dass noch mehr hinter Ihrem Verdacht steckt, als Sie erzählt haben, richtig? Ich meine, wenn Ihre Sendung diese Sache ernst nimmt.«
»*The Open File* hat nichts damit zu tun. Jedenfalls jetzt noch nicht. Im Augenblick bin nur ich an der Sache dran und schnüffle mit meiner gewohnten brutalen Hingabe herum.«
»Nur Sie? Was ist mit Millen? Ich hatte den Eindruck …«
Ariel runzelte die Stirn. »Ich bin froh, dass Sie fragen. Eins müssen Sie mir sagen. Wer *ist* er eigentlich?«
»Was meinen Sie damit?«
»Ich habe etwas in einer Zeitschrift gelesen. Seine Familie ist reich?«

»Die Familie seiner Mutter. Die Woodmans.« Und in merkwürdigem Ton fügte Charles hinzu: »Bei ihrem Tod hat Millen eine ganze Menge geerbt, glaube ich.«
Ariel sah den Ausdruck seines Gesichtes, als sie unter einer Straßenlaterne vorbeifuhren. »Ich bin nicht einfach nur neugierig, Charles, ich habe Grund zu der ... na ja, mich zu wundern. Wenn Sie sich erinnern, haben *Sie* mir Grund gegeben, mir seinetwegen Gedanken zu machen. Wann starb seine Mutter, wissen Sie das?«
»Nicht genau. Vor nicht sehr langer Zeit. Vor ein paar Jahren?«
»Ein paar? Wie fünf oder sechs? Oder wie zwei oder drei?«
»O Ariel, ich weiß wirklich nicht ... wahrscheinlich eher wie zwei oder drei.«
»Vor zwei oder drei Jahren«, wiederholte Ariel. »Woran ist sie gestorben, Charles? Und wo?«
Man hätte seinen Gesichtsausdruck als misstrauisch bezeichnen können, doch er antwortete wie immer höflich. »Darüber weiß ich nichts.«
»Ist Ihnen etwas über ihre Familie bekannt?«
»In welcher Hinsicht?«
»Hatte sie beispielsweise Geschwister?«
»Sie hatte einen Bruder. Sehr prominent.« Charles erzählte etwas über einen Mann, der in der Stadt eine Börsenmaklerfirma besessen habe und beim Absturz seiner Privatmaschine ums Leben gekommen sei. Ariel hörte nur mit halbem Ohr zu. Diese Frau hätte von ihrer Familie und Freunden der Familie ohne weiteres Sis genannt werden können. Und niemand kommt einem näher als die Menschen, die am Ende bei einem sind. »Ich nehme an, es gab kein Gerede über ihren Tod?«, unterbrach sie Charles. »Haben Sie so was gehört?«

»Gerede gibt es immer«, antwortete er, »wenn jemand zu Geld kommt.«
Die Beweise hatten sich, wie Ariel bewusst wurde, fast von Anfang an in aller Stille gesammelt, einer nach dem anderen. Sie waren aufeinander gestapelt worden wie ein Osterfeuer – ein wackliger Stapel, der nur darauf wartete, von einem Funken bemerkt zu werden. Der Zeitschriftenartikel hatte ihn geliefert.
Es gab einen Grund dafür, dass Rob Millen sich erheblich mehr leisten konnte, als das Gehalt eines Kolumnisten einer kleinen Zeitung ihm erlaubt hätte. Er konnte einen teuren Wagen fahren, Maßanzüge tragen und den Samariter spielen (konnte *Philanthrop* sein), weil er zu großem Geld gekommen war. Und er war zu großem Geld gekommen, weil eine Frau gestorben war, seine Mutter Constance Woodman Millen. Sie war vor zwei bis drei Jahren gestorben und hatte einen Alleinerben hinterlassen, der »eine ganze Menge« geerbt hatte.
Ariel schüttelte den Kopf. Sie hatte ausgerechnet den Mann um Hilfe gebeten, nach dem sie suchte. Sie hatte ihm Informationen über die Thibeaus gegeben. Sie hatte ihn über alles auf dem Laufenden gehalten, was sie erfahren hatte, ihre Gedanken und Theorien. Alles, von A bis Z. Sie war eine Idiotin.
Er hatte vorgefühlt, ihr Frage um Frage gestellt, aber nicht um eine Story für ein Buch zu bekommen, sondern um herauszufinden, wie viel sie wusste. Bestimmte Recherchen hatte er unbedingt selbst übernehmen wollen, ihr dann aber Informationen vorenthalten und sie belogen, was seine Erkenntnisse betraf, um sie von der Wahrheit wegzuführen. Er hatte ihr eine durch Beweise nicht zu erhärtende Geschichte geliefert, hatte ihr etwas von Ray Thibeau und einem Telefonat mit einem rätselhaften

Mann erzählt. Er hatte die Unterhaltung mit diesem Mann nicht mitgehört, sondern war selbst dieser Mann gewesen.

Und das alles waren Mutmaßungen. Kein Fünkchen eines Beweises.

»Ariel?«

An wen sollte sie sich mit dieser Geschichte wenden?

»Sind Sie wach?«

Charles hatte den Wagen angehalten. Sie befanden sich an der Schule. Er stellte den Motor ab. »Wie sehen Ihre Pläne aus?«

»Pläne?« Ariel bemühte sich, einen klaren Gedanken zu fassen. »Ich werde eine ganze Weile bei Laya bleiben. Es gibt ein paar Dinge, über die wir sprechen müssen.« Als sie sich bedankte, tat er dies mit einem Achselzucken ab.

»Wohnen Sie bei Ihrem Großvater?«, fragte er. »Ich werde warten und Sie hinfahren. Lassen Sie sich ruhig Zeit.«

»Nein, ich werde hier schlafen.« Alles, was Laya gesagt, alles, was wegen Rob durchdacht und unternommen werden musste, hatte Größe und Gewicht eines Bergs. Eines Gebirgszugs. Eines Kontinents. »Ich gebe es ungern zu, Charles, aber ich fühle mich total ausgelaugt.«

Er lächelte. »Der Speisesaal wird geschlossen sein. Nehmen Sie die Thermoskanne.«

»Ich kann nicht…«

»Nehmen Sie sie. Ich werde sie abholen, wenn ich das nächste Mal Hunde spazieren führe.«

Es wurde schon Abend, als er sie am Eingang zum Wohnheim verließ. Dies ist, dachte Ariel, der längste Tag meines Lebens, und er ist noch nicht vorbei. Sie war seit vier Uhr morgens auf den Beinen. Ihr kam es vor wie ein Jahrhundert.

Das geschmackvolle kleine Messingschild, das neben dem Eingang angebracht war, hatte sie noch nie bemerkt, und sie bemerkte es auch jetzt nicht.

46

Es war schwer festzustellen, wie Laya die Nachricht aufnahm. Ariel hätte nicht mal beschwören können, dass sie sie überhaupt mitbekam. Die Tatsache, dass sie den Kopf neigte, ließ vermuten, dass sie zumindest zuhörte.
Ariel fand sie schon im Bett liegend vor. Sie sah aus, als hätte sie seit Ewigkeiten nicht mehr geschlafen. Sie wirkte verhärmt und hatte schwere Augenlider. Wir beide sind schon ein Paar!, dachte sie. Die eine hält sich nur mit Kaffee auf den Beinen, die andere kriegt vor Schläfrigkeit nicht die Augen auf.
»Es ist schlimm«, sagte sie, »mehr als schlimm, dass der Kerl, der dir dies angetan hat, vielleicht nie erwischt und bestraft werden wird, aber das ist nicht die Hauptsache, oder?« Sie wünschte, sie hätte geprobt, was sie am besten sagen sollte; sie war sich ziemlich sicher, den richtigen Ton noch nicht getroffen zu haben. »Die Hauptsache ist, dass du dich nicht mehr zu fürchten brauchst.«
»Die Hauptsache ist«, entgegnete Laya leise, »dass ich mit Maurice Thomas spreche. Dem armen, irregeleiteten …«
Es verschlug Ariel die Sprache. Ihre Freundin erfährt, dass sie aus Gründen geblendet worden ist, die kein geistig gesunder Mensch verstehen kann, dass der böse feige Abschaum, der es getan hat, vielleicht nie einen Namen

erhalten wird, und ihre Reaktion? Sie macht sich um einen anderen Menschen Sorgen.

»Und Jackie.« Laya legte die Stirn in Falten wie jemand, dem vor einer Reise in letzter Minute Dinge einfallen, die unbedingt noch zu erledigen sind. »Man muss sich um sie kümmern. Wenn ich das nicht kann, Ariel, musst du es tun.«

»Wenn du es nicht …«, ereiferte sich Ariel. »Laya, hör mir zu. Du bist in Sicherheit. Von diesen Männern hat dir nie Gefahr gedroht. Bestimmt nicht von Maurice, und Coffey hast du nicht mehr Kopfzerbrechen bereitet als irgendein streunender Hund, der zufällig in dieser Gasse war. Und …«

»Du hast nicht erzählt, wie es der Polizei gelang, sie zu finden.«

»Sie haben es einfach getan. Was soll's? Lass mich zu Ende reden. Außerdem droht dir keine Gefahr von der Person, die Säure in diese Tropfen getan hat. Der Mann hat dich ebenso wenig gekannt wie du ihn. Es ist ihm gleichgültig, wer du bist. Dass du gerade diese Flasche gekauft hast, war purer Zufall. Als hätte dich ein Blitz getroffen!«

»Der nie zweimal an derselben Stelle einschlägt«, sagte Laya. »Bitte hör auf zu fantasieren. Ich verstehe. Du nicht. Versprich es mir.«

»Was soll ich dir versprechen?«

»Das mit Jackie.«

»In Ordnung«, erwiderte Ariel hilflos. »Versprochen.« War sie auf der falschen Veranstaltung? Sie hatte das Gefühl, eine zum Tode verurteilte Frau am Vorabend der Hinrichtung zu besuchen. Sie sah, wie Laya mit den Händen auf ihrem Nachttisch nach etwas tastete. Ihre Finger fanden dort das Glas Wasser und dann die Tabletten neben dem Glas.

»Was ist das?«, fragte Ariel, als Laya sie hinunterschluckte.
»Vitamine.«
Ariel lächelte. Menschen, die für sich keine Zukunft mehr sehen, machen sich nicht die Mühe, Vitaminpillen zu schlucken. Vielleicht war die Ärmste einfach über jedes Maß hinaus erschöpft. Litt unter Schlafmangel. Ariel war danach zu Mute, sie zu bitten, ein wenig zur Seite zu rücken. Dann fiel ihr die Thermoskanne ein, und sie sagte: »Möchtest du etwas Kaffee? Ich habe welchen bei mir.«
»Du machst wohl Witze?« Laya unterdrückte ein Gähnen.
Ariel goss sich selbst etwas ein. Sie sollte sich eine Liege suchen. Als sie hereingekommen war, hatte sie niemanden gesehen, den sie hätte fragen können. Allerdings war hier im Zimmer kaum noch Platz, selbst wenn es ihr gelingen sollte, ein Notbett zu finden.
Laya hatte das Zimmer einmal als bedrückend bezeichnet. Geräumig war es gewiss nicht. Das Wellness Center war, wie sie sich erinnerte, auf eine Klientel mit Geld zugeschnitten gewesen, aber Ariel nahm an, dass diese Leute nicht in der Lage gewesen waren, sich über mangelnde Geräumigkeit Gedanken zu machen. Eins sprach jedenfalls für das alte Gebäude: es war solide. Die Wände waren dick oder gut isoliert. Ariel konnte von draußen keinerlei Geräusch hören. »Es ist stickig hier drinnen«, sagte sie. »Ist es in Ordnung, wenn ich ein paar Minuten die Tür zum Innenhof aufmache?«
Bei diesen Worten wurde Laya wach. »Tu das nicht! Bitte.« Sie drehte sich zu der Schiebetür um, als könnte sie diese und etwas Unwillkommenes dahinter sehen. »Sind die Vorhänge zugezogen?«, fragte sie.
»Ja.«
Da entspannte sich Laya ein wenig. »Ein Freund hat heute

ein gutes Schloss für mich angebracht. Da wird niemand reinkommen.«
Eher raus, dachte Ariel, etwa beim Schlafwandeln, und fragte sich, was Gayle Baker dazu veranlasst hatte, sich ihren Vorschlag zu überlegen. Sie nahm einen Schluck Kaffee, der, wie sie zu ihrer Freude feststellte, immer noch heiß war. »Kann ich mal dein Telefonbuch benutzen?«
»Ariel!«
»Ja?«
»Was soll ich wohl mit einem Telefonbuch anfangen?«
»Ach ja, richtig.«
»Du kannst dir die Nummer von der Auskunft geben lassen.«
Das ist wohl keine gute Idee, dachte Ariel, nach Stella Lipton zu fragen, wenn Laya zuhörte. »Ich hab mir gedacht, ich könnte heute Nacht bei dir bleiben«, erklärte sie und erwartete Widerstand.
Laya sagte ein paar Sekunden gar nichts. Dann fragte sie unsicher: »Wo willst du denn schlafen?«
»Ich werde irgendwo eine Liege auftreiben oder eine Matratze zum Zusammenrollen oder was auch immer.«
Laya nickte. »Das fände ich schön«, sagte sie.
Obwohl im Zimmer neben Laya ein Radio spielte, schien das Haus verlassen zu sein. Im Gemeinschaftsraum war niemand. Ariel machte sich auf die Suche nach dem Leiter des Wohnheims, doch das Büro war verschlossen. Also kehrte sie zu Laya zurück. »Wo sind denn alle Leute?«, fragte sie und weckte damit ihre Freundin, die gerade eingenickt war.
»Wohl noch in der Stadt. Wie spät ist es denn?«
»Du brauchst eine Uhr.« Ariel warf einen Blick auf ihre. »Noch nicht ganz halb neun. Was tun sie in der Stadt?«

»Jemand hat Eintrittskarten für ein Konzert gestiftet. Eine Busladung ist gefahren.«

»Alle Schüler?«

»Das weiß ich nicht. Ich weiß nur, dass mir nicht danach zu Mute war.«

»Was ist mit dem Leiter des Wohnheims?«

»Der geht um sieben.«

»Aber wer ist dann verantwortlich?«

»Das hier ist kein Kindergarten, Ariel.«

»Ja, aber ...«

Layas Lächeln war, wie Ariel fand, an der Grenze zum Gekränktsein. »In der Welt draußen leben viele Schüler ganz allein. Wenn wir hier mit Hunden ausziehen, werden es noch mehr sein. Ich werde es auch tun.«

»Natürlich. Wie gedankenlos von mir.« Ariel ging zur Tür zum Innenhof und schob den Vorhang zur Seite. In dem anderen Wohnheim konnte sie kein Lebenszeichen sehen, doch das hatte nicht viel zu sagen. Nur Schüler, die noch einen Rest Sehvermögen hatten, würden Lichter anmachen. Wenn sie, Ariel, nicht hier wäre, würde bei Laya auch kein Licht brennen. Das Gelände war hell genug erleuchtet. Sie konnte die anderen Gebäude von hier sehen.

»Wenn ich keine Liege finde«, sagte sie zu Laya, »werde ich mir unten im Gemeinschaftsraum ein paar Sofakissen leihen.«

Sie schaute in jedes unverschlossene Zimmer, entdeckte aber in denen, die nicht bewohnt waren, keine Möbelstücke, nur Besen und Mopps und ähnliche Gegenstände. In der Halle fiel ihr Blick auf ein Telefonbuch. Darin waren acht Liptons aufgeführt, aber keiner mit dem Namen Stella oder einem S davor. Ariel seufzte, zog ihre Hand aus der Tasche und machte sich an die Arbeit.

Bei J. Barton Lipton aus SR, San Rafael, wurde sie fündig. Er war der Ehemann, und er rief seine Frau ans Telefon. Ariel nannte sofort Dr. Bakers Namen, um zu erkennen zu geben, dass ihr Anruf offiziell war. Danach wurde es ein wenig schwieriger.

»Dr. Baker erzählte mir, Sie hätten hier draußen im Pfarrhaus gearbeitet, dem neuen Wohnheim, als es noch St. Luke Wellness Center hieß.«

»Ja?«, sagte Stella Lipton. In ihrer Stimme schwang unverkennbar Argwohn mit gegen irgendeine Masche oder ein anderes Lockmittel. Sie hatte Ariels Namen nicht erkannt. Wahrscheinlicher war noch, dass sie ihn nicht gehört hatte. Wer achtete schon darauf, wenn Unbekannte ihren Namen nannten?

»Hatten Sie damals Kontakt mit Menschen, die ehrenamtlich gearbeitet haben?«, fragte Ariel. »Etwa wie eine Pink Lady?«

Im St. Luke hätten sie nie ein Programm für eine ehrenamtliche Tätigkeit gehabt, klärte Mrs Lipton Ariel auf.

»Oh«, sagte Ariel, deren Segel schlaff wurden wie ein angestochener Luftballon.

»Was genau wollen Sie wissen?«

Ariel lehnte sich gegen eine Wand. Sie hatte das Gefühl, als würde sie daran hinunterrutschen und zu einer Lache auf dem Fußboden werden. »Ich hatte eine Freundin«, antwortete sie, »namens Dorothy Thibeau. Dr. Raymond Thibeaus ...«

»Ja?«

Ariel wurde hellhörig. Dieses »Ja« war nicht ablehnend. »Sie haben sie gekannt?«

»Ja.«

»Woher?«

»Vom St. Luke. Sie kam oft zu Besuch.«
»Ja?« Ariel wollte das »Ja« nicht mit Absicht nachplappern, doch es war alles, was sie herausbringen konnte.
»Sie besuchte eine unserer Patientinnen, eine Lady, die sie aus der Zeit kannte, als sie bei I. Magnin arbeitete. Den Laden gibt es heute nicht mehr, haben Sie das gewusst? Wurde von einer dieser Ketten geschluckt.«
»Ja, ich weiß. Und Mrs Thibeau besuchte …?«
»Sie kam ziemlich regelmäßig.«
Ariel hielt den Atem an. »Um Sis zu besuchen?«
»Sis? Oh, richtig! Das hatte ich ganz vergessen … Sie haben also beide Ladys gekannt?«
Ariel hatte das Gefühl, als wäre sie am Ende des Regenbogens angekommen.
»Sis, ja«, erinnerte sich Mrs Lipton laut, »als das Ende nahte, reagierte die Ärmste nur noch darauf. Ein Kosename aus der Kindheit, nicht wahr?«
»Der Familie Woodman«, murmelte Ariel.
»Woodman?«
»Ihr Familienname. Ihr Mädchenname.«
»Oh. Nun, den habe ich nicht gekannt.«
»Hat ihr Sohn sie oft besucht?« Ariel war sicher, dass er es getan hatte. Es würde schlecht aussehen, wenn man einerseits das Geld der Familie haben wollte, sich andererseits aber keinerlei Mühe gab. Der Onkel, Moms prominenter Bruder und Börsenmakler, war verstorben, bei einem Flugzeugabsturz ums Leben gekommen. Mom war krank. Wie sich herausstellte, unheilbar krank. Der Erbe würde das Richtige tun, und sei es nur, um Gerüchten keine Nahrung zu geben.
»Ich kann mich nicht erinnern, irgendwelche Kinder gesehen zu haben.«
»Es gab nur das eine«, erwiderte Ariel. Sie war wirklich

überrascht. Schlechter Stil, Rob. Die Reichen, vermutete sie, sind wohl anders.

»Schande über ihn … Was ist, Bart? Bleiben Sie dran.«

Ariel hörte Bruchstücke einer Unterhaltung. »Das weiß ich«, sagte Mrs Lipton vermutlich zu ihrem Mann, »aber ich habe jemanden am Apparat. So, wo waren wir stehen geblieben? Ach ja, Kinder. Kinder können herzlos sein, nicht wahr? Der Mann aber, der war treu.«

Ariel hatte nicht bedacht, dass Robs Vater vielleicht noch am Leben war.

»In guten und schlechten Zeiten, ach ja! Die schlechten Zeiten waren eine Prüfung. Schlimmer als der Tatterich vom Saufen, und Delirum tremens habe ich auch genug gesehen!«

»War das ein Problem der Medikamentenabhängigkeit?«

»Du lieber Himmel, nein.« Mrs Lipton zögerte. »Schizophrenie. Chronisch. Ich dachte, Sie hätten gesagt, Sie hätten …«

»Oh, hab ich auch! Als Sie von Delirium tremens sprachen, hat mich das etwas verwirrt.«

»Ach so. Es war Mitleid erregend. Halluzinationen. Man wusste schon, dass ein schlechter Tag bevorstand, wenn man reinkam und dieses Summen hörte.«

»Haben Sie *Summen* gesagt?« Ariel ließ sich auf den nächsten Stuhl fallen und versuchte zu verdauen, was sie da eben gehört hatte. Ihre Nerven waren zum Zerreißen gespannt.

»Ich zittere schon bei der bloßen Erinnerung«, sagte Mrs Lipton, »besonders wenn sie mit den Schlangen anfing! Ich persönlich habe eine Schwäche für Schlangen, und so …«

»Wie steht's mit Ratten?«, unterbrach Ariel sie.

»Sie wissen Bescheid, wie ich sehe. O ja, Ma'am. Ratten hatten wir auch. Alle möglichen Arten von Ungeziefer, zum Teil sogar menschliches.«

Mrs Lipton war eine redselige Frau. Sie plapperte weiter und sagte etwas von Gurten und »der großen Flucht«, die bei einem alten Gartenhäuschen ihren Höhepunkt erlebt habe. Von der letzten Nacht sprach sie nicht, und sie sprach auch nicht von Laya.

Ariel ließ den Blick über die menschenleere Halle schweifen. Hier, an diesem Ort, hatte eine Frau einmal an einer Geisteskrankheit gelitten. Und hier hatte Laya auf unerklärliche Weise durch irgendeine Öffnung in der Zeit einen Blick darauf erhascht. Hatte die Fährte aufgenommen. Die Krankheit selbst erlitten. Ariels ganze Besorgnis hatte sich darauf konzentriert, was diese albtraumhaften Visionen über Layas Geisteszustand aussagten. Es war ein völlig neuer Gedanke, dass die Frau in ihnen tatsächlich existierte …

Constance Woodman Millen. In ihrer Kindheit Sis genannt und auch am Ende ihres Lebens wieder Sis.

Es musste eine vernünftige, eine *annehmbare* Erklärung dafür geben. Ariel drehte sich der Kopf. Hatte ihre ständige Beschäftigung mit Sis sich irgendwie auf Layas Rezeptoren übertragen? Oder …

»Hallo?«, sagte Stella Lipton.

»Ich möchte Sie etwas fragen. Welches Zimmer war das, in dem sie lag?«

»Welches Zimmer? Hören Sie, ich habe vierzehn Jahre lang mit ich weiß nicht wie vielen Patientinnen gearbeitet! Und die hier ist schon seit drei Jahren tot. Ich weiß nicht … Wir nannten das den C-Flügel.«

»Und wo liegt der?«

»Wenn man durch die Vordertür reinkommt und dann …

Hat man dort alles sehr verändert? Ich bin nicht mehr da gewesen, seit sie umgebaut haben.«
»Das weiß ich nicht, aber sprechen Sie weiter.«
»Man wendet sich nach rechts und geht einen langen Flur entlang. Das Zimmer war da irgendwo in der Mitte.«
Layas Raum lag nicht in der Mitte, war aber der Mitte näher als den beiden Enden. »Mrs Lipton«, fragte Ariel, »wie ist sie gestorben?«
»Atemnotsyndrom.«
»Was ist das?«
»Akute Atemnot infolge des Versagens der Atemwege. Meine einzige Erfahrung damit. Ich hatte irgendeine Störung des Verdauungsapparats erwartet. Sie klagte über Magenprobleme, aber ich vermute, dass es eher Kopf-Probleme waren, falls Sie verstehen, was ich meine.«
»Hat es eine Autopsie gegeben?«
»Die gibt es immer. Alle Todesfälle erfordern eine Untersuchung durch den Coroner. In einer Klinik mit depressiven Patienten – von denen einige zum Selbstmord neigen –, mit Patientinnen, die an nervöser Magersucht leiden oder Medikamentenmissbrauch treiben und … na ja, Sie können sich vorstellen, wie streng das Protokoll war. Ist es Ihr Telefon, das da piept?«
»Nein.«
»Oh, ich bin das! Das könnte … Meine Enkelin erwartet ein Baby, und … Tut mir Leid! Rufen Sie mich morgen noch mal an.«
Ariel schaltete ihr Handy ab. Dann schlug sie eilig Rob Millens Nummer nach und tippte sie ein. Sie rief nicht an, um an seiner Stimme so etwas wie Schuldgefühle zu erkennen, sondern sie wollte sie nur hören. Sie verspürte den dringenden Wunsch, sich zu vergewissern, dass das Objekt ihrer abstrakten Überlegungen wirklich war, dass

es sich an einem Ort befand, an dem man es dingfest machen konnte.

Sie wollte gerade aufgeben, als er abnahm. Seine Stimme war belegt. Es schwang noch ein Lachen darin mit, das letzte Verebben eines intimen Glucksens. Sie war so sicher, was sie da unterbrochen hatte, als wäre sie da gewesen.

»Hallo«, sagte er erneut und dann: »Verschwinden Sie, wer immer Sie sind.«

Nach dem Klicken ließ Ariel den Kopf in die Hände sinken. Sie musste etwas tun. Sie musste die Dinge durchdenken und entscheiden, was zu tun war. Mit wem sie sprechen sollte. Sie würde sich wie eine Spinnerin anhören. Wie jemand, der an einem Räucherstäbchen zu viel geschnuppert hat. Aus dem Chaos ihrer Gedanken entsprang eine reine, gute Idee. Das Spiel war vielleicht voller Joker, doch sie hielt die Karten.

47

Der Schlaf wollte und wollte sich nicht einstellen. Es gibt eine neutrale Zone zwischen Erschöpfung und Einschlafen, in der das Denken aufhört. Man grübelt nicht mit dem Kopf, sondern mit dem Bauch. Ariel ließ sich in dieses Zwischenstadium treiben, kauerte auf dem einzigen Stuhl des Zimmers und legte ihre Füße aufs Bett. Den reglosen Hügel, Laya, die wie eine Tote schlief, konnte sie kaum erkennen.

Da die Vorhänge zugezogen waren, herrschte fast völlige Dunkelheit. Ariel nippte an lauwarmem Kaffee und träumte

im Grunde vor sich hin. Lauschte der Stille. Sie versuchte sich vorzustellen, dass es auch beim Sehen so etwas wie Stille gab. Keine Form, keine Farbe, kein Licht. Wo ist man, wenn man nicht sehen kann, wo man ist? Nirgends. Wenn man nirgends ist, existiert man nicht. Sie aber konnte sehen, und sie war hier. Ihre Rippen waren ein Beweis dafür. Sie spürte den dumpfen Schmerz, der mit ihrem Puls pochte und trommelte. Das Kodein, das sie schließlich genommen hatte, begann jetzt zu wirken. Ihr Rücken juckte. Sie bewegte sich nicht. Während des *shavasana*, der Leichenpose, sagte Laya ihren Schülerinnen immer, sie sollten still sein. Sich die juckende Stelle von der Seele kratzen lassen. Ariel war damals nicht in der Lage gewesen, die Idee zu begreifen; jetzt hatte sie sie erfasst.
Das Geräusch ihres Ausatmens war laut in der Stille. Sie stellte den Becher auf den Fußboden, faltete die Hände auf dem Bauch und lauschte ihrem Atem. Sie hatte das Gefühl zu schweben, was sehr eigenartig war, da sie ziemlich schwer war. Sie sollte aufstehen. Ihr Kleid anziehen. Sich am Fußende von Layas Bett zusammenrollen. In einer Minute würde sie es tun.

Als die Tür einige Zeit später geöffnet wurde, rührte sich keine der beiden Frauen. Aus dem Flur schien kein Licht herein, das sie hätte stören können, da alle Lichter ausgeschaltet worden waren. Das Drehen des Türschlosses machte nur ein kaum wahrnehmbares Klick. Das Schließen der Tür war geräuschlos.

Jessie sah unbeschreiblich elend aus. Sie tat Ariel Leid. »Ich dachte«, sagte sie zu ihr, »du hättest deine Lektion gelernt, was Skunks angeht.« Der Gestank war schlimmer als beim letzten Mal, als dies passiert war. Er war beißend. Es war nicht der moschusartige Geruch von einem überfahrenen Tier in der Ferne. Aus der Nähe, wenn er einen mit voller Wucht traf, war er ätzend, verbrannte einem die Kehle und ließ einem die Tränen in die Augen treten. Ein Gestank wie von versengten Kabeln. »Hör auf zu jaulen!« Sogar das Atmen war schwer.

Jessie wimmerte. Ariel verlor die Geduld. »Hör auf, sagte ich!« Wie sollte sie dabei schlafen? Bitte lass mich schlafen. Jessie weinte. Ariel hatte nicht gewusst, dass Hunde weinen können. Sie hustete, und ein Fuß rutschte vom Bett auf den Fußboden. Bei dem Ruck bekam sie einen Hustenanfall.

Aus ihren Augen liefen die Tränen. Sie waren offen, aber sie konnte nichts sehen. Dieser Ort war zu dunkel, zu nah. Sie rang nach Luft. Wo war sie? Sie stieß sich vom Stuhl ab. Sofort fiel sie auf etwas. Ein Bett. Auf jemanden. Einen Körper. Er bewegte sich unter ihr. Ariel keuchte und rollte sich mit einem Ruck zur Seite. Als sie auf dem Fußboden landete, verspürte sie einen entsetzlichen Schmerz, wo ihre Rippen waren. Sie lag da und kämpfte gegen Panik an. Hier unten war mehr Luft. Hier würde sie bleiben.

Jessie stöhnte.

Jessie? Nicht Jessie? Das war ein Traum. Sie war jetzt wach. Aber warum konnte sie nicht atmen? Warum konnte sie nicht sehen? War sie erblindet?

»Oh!«, rief Ariel aus, als sie die Wirklichkeit traf. »Oh!« Sie zog sich an der Bettdecke hoch und ergriff nach längerem Tasten einen Arm. »Laya«, sagte sie. Sie konnte nicht »Feuer« rufen, sonst würde Laya in Panik geraten. »Wach auf!« Laya rührte sich kaum. »Bitte!«

Wo war Wasser? Sie musste Handtücher nass machen. Sie krabbelte auf allen vieren und stieß mit etwas zusammen. Der Schreibtisch. Wo war das Badezimmer? Sie kroch um das Hindernis herum, und als sie an eine Wand kam, stand sie auf, tastete sich bis zu einem Türrahmen vor und dann zu einem Lichtschalter.

Das Licht ging an, ein schwaches, in Rauch gehülltes Flackern, das gleich mit einem Knall erlosch.

Heftig hustend entdeckte Ariel Handtuchhalter und Waschbecken. Während sie durch ein nasses Handtuch atmete, tastete sie nach einem zweiten, fand eins, das auf dem Badewannenrand lag, und machte es unter dem Wasserhahn der Wanne nass.

Obwohl sie sich noch immer nicht genau orientieren konnte, fand sie schneller zum Bett zurück, als sie erwartet hatte. Sie legte Laya das Handtuch unbeholfen um Kopf und Gesicht und zerrte an ihren Schultern. Sie war entsetzlich schwer. »Wach auf!«, schrie Ariel. Ihre Stimme wurde durch den Handtuchstoff gedämpft, und ihre Kehle fühlte sich zerrissen an. Sie schüttelte Laya, die weder Widerstand leistete noch eine Hilfe war.

»Raus hier«, murmelt Ariel. Es waren nur Schritte dorthin. Sie stellte sich vor, wo die Tür zum Innenhof sein musste, stolperte hin und riss die Vorhänge zur Seite. Jetzt konnte sie sehen. Laya hatte sich geirrt, dort befand sich kein zusätzliches Schloss. (Mit was für einer Art Schloss konnte man eine Schiebetür aus Glas mit einem Metallrahmen sichern?) Die Tür gab jedoch nicht nach. Ariel langte mit der Hand an den oberen Rand des Rahmens und fand die Verriegelung. Sie ließ sich leicht öffnen, doch die Tür blieb weiterhin fest verschlossen. Ariel ergriff sie und schüttelte sie in ihrem Rahmen. Warum gehst du nicht auf?, schrie es in ihr. Das Handtuch war inzwischen um Nase und Mund herum schon fast trocken, und zum ersten Mal wurde sie sich der Hitze bewusst. Jetzt konnte sie das Feuer hören. Sie kniete nieder. Am unteren Ende der Tür war kein Riegel.

Sie keuchte. Das war unglaublich! Wie konnten sie es in einem Haus, in dem Blinde lebten, so schwer machen, ins Freie zu gelangen? Und die Sprinkleranlagen, mein Gott! Es musste doch Sprinkler geben. Warum hatten sich die nicht eingeschaltet? Und die Rauchmelder? Und wo waren alle Leute? Sie presste die Hand gegen das Glas. Es war kühl. Das Feuer war am anderen Ende.

Was konnte der Grund sein, dass die Tür sich nicht öffnen ließ?

Eine Stange. Irgendeine Metallstange in der Schiene. Ariel legte die Finger darum und riss sie heraus. Es fühlte sich wie ein Metallrohr an. Die Tür ging auf.

Laya war schwer wie nasser Zement. Sie schien eine Unzahl von Gliedmaßen zu haben, die alle schlaff herunterhingen und im Weg waren. Laya landete auf den Knien, als Ariel sie aus dem Bett zerrte. Ariel, die einen besseren Griff zu bekommen versuchte, war dankbar dafür, dass das Zimmer so klein war. Einen Meter zur Tür, dann noch einen knappen Meter, und sie waren auf dem Innenhof. Dort blieb sie kurz schnaufend und keuchend stehen und schleifte Laya dann mit einer letzten übermenschlichen Anstrengung aufs Gras.

Sie sog Luft in die Lungen. Sie konnte atmen. Sie konnte sehen. Sie hörte das Heulen von Sirenen.

Ariel legte Laya zwei Finger an den Hals. Ihre Hände waren schweißnass und zitterten zu sehr, um den Puls fühlen zu können. »Laya!«, sagte sie und tätschelte ihr das Gesicht. Sie war fast sicher, das Flackern eines Augenlids gesehen zu haben. Dann schlug Ariel Laya ins Gesicht. »Laya!«, schrie sie. »O mein Gott!«

Sie stieß sich vom Boden ab, richtete sich auf und versuchte die Entfernung der Sirenen zu schätzen. Man würde sie beide hier nicht sehen, nicht gleich. Sie musste die

Männer auf sich aufmerksam machen. Doch da kam schon jemand zu Fuß aus der anderen Richtung, von hinten. Gott sei Dank!, dachte sie. Aber bevor sie sich noch umdrehen konnte, wurde ihr etwas über den Kopf geworfen. Stoff. Das Handtuch. Sie war wieder blind. Und dann hatte sie erneut das Gefühl zu ersticken, als sich ein Unterarm wie ein Schraubstock um ihre Kehle legte und sich ein Körper an ihren Rücken presste. Sie hatte noch gar nicht erfasst, was da geschah, schlug und trat aber schon wild um sich. Der Arm war hart wie Stein und presste ihr die Luftröhre zusammen. Sie musste das Gesicht erreichen. Ihre Fingernägel suchten nach einem Auge, nach irgendetwas, dem sie wehtun konnte. Ihr Fuß fand ein Schienbein, schoss hinauf und traf ein Knie. Hätte sie Schuhe getragen, hätte sie dem Angreifer die Kniescheibe zertrümmert. Doch selbst barfuß hatte sie ihn verletzt.
Der Griff lockerte sich ein wenig, und sie bekam wieder Luft! Wenn er aufgeschrien hatte, hatte sie es nicht gehört, weil das Blut, das wieder in ihr Gehirn strömte, so dröhnte und weil ihr pfeifender, hektischer Atem so laut war. Sie ballte eine Hand zur Faust, umklammerte sie mit der anderen Hand und stieß den Ellbogen zurück, wobei sie die vereinte Kraft beider Arme einsetzte. Sie traf weiches Fleisch. Das hatte ein Keuchen zur Folge, das sie nun deutlich hören konnte.
Sie hörte auch ein Rufen, aber nicht von dem Angreifer, sondern von woanders.
»Hilfe!«, schrie sie und war entsetzt, als nur ein raues Keuchen aus ihrer Kehle kam.
Und dann war der Arm um ihren Hals verschwunden, und sie wurde nach vorn gestoßen und landete auf Laya. Sie streckte alle viere von sich und riss das Handtuch weg. Zwei Männer in Feuerwehrkleidung rannten auf sie zu.

Ein einzelner Mann flüchtete in die entgegengesetzte Richtung. Er wurde schon von Büschen verdeckt. Ariel zeigte auf ihn. »Schnappen Sie ihn!«, versuchte sie zu rufen. Es war nur ein Flüstern. Und dann fiel sie in Ohnmacht.

48

»Wie geht es meiner Freundin?«, fragte Ariel den Notarzt.
»Sie ist in dem Krankenwagen vor uns«, antwortete er. »Ihre lebenswichtigen Körperfunktionen sind in Ordnung. Machen Sie sich keine Sorgen.«
»Wurde sonst jemand verletzt?«
»Glaube nicht, Ma'am. Es wurden nur zwei Wagen gerufen.«
»Sehr komisch«, sagte Ariel.
»Ma'am?«
»Ewig läuft man herum, ohne die Innenseite eines Krankenwagens zu sehen, und dann – wumm! Zweimal an einem Tag.«
»Ja, Ma'am. Legen Sie sich bitte wieder hin.«
Während der Beobachtungszeit, während der das Krankenhaus sie unbedingt behalten wollte, schlief sie ständig wieder ein, wurde ohnmächtig oder träumte einfach vor sich hin. Sie war nicht sicher, in welchem Zustand sie sich gerade befand. Sie wusste nur, dass sie viel Zeit verlor. Ihr Kopf schmerzte. Als jemand sie weckte, um ihr Blut abzunehmen oder den Puls zu fühlen, entdeckte sie eine neue Stelle, die ihr wehtat.
Dann kam die Polizei mit ihren Fragen, auf die sie nur

antworten konnte: »Ich weiß nicht«, »Das kann ich nicht beschwören« und »Ich konnte ihn nicht sehen.« Ihre Kehle versagte schnell ihren Dienst, und so war sie gezwungen zu nicken, den Kopf zu schütteln oder ihre Antworten aufzuschreiben, ebenso ihre Fragen, denen meist ausgewichen wurde.

Sie erfuhr aber, dass sonst niemand verletzt worden war. Das Feuer war in einem Besenschrank direkt gegenüber von Layas Zimmer ausgebrochen (Ariel wusste genau, wo er war; die Tür war verschlossen gewesen, als sie sie auf der Suche nach einer Liege hatte aufmachen wollen) und war auf diesen einen Flügel begrenzt geblieben. Es hatten sich nur zwei weitere Menschen in dem Gebäude aufgehalten. Eine Schülerin in einem separaten Flügel war durch die Sirenen der Feuerwehr geweckt worden, und die zweite hatte die Feuerwehr angerufen. Beide hatten das Gebäude ruhig und gefasst verlassen.

Die Polizei sträubte sich, mitzuteilen, was sie über die Entstehung des Feuers wusste, falls sie überhaupt etwas wusste. Ariel brauchte man nicht erst zu erzählen, dass es mit Absicht gelegt worden war. Sie musste annehmen, dass sie das Ziel gewesen war. Als das Feuer den gewünschten Zweck nicht erfüllt hatte, hatte sich der Mann, der es gelegt hatte, auf sie gestürzt. Das war ein ungeplanter Zug. Ein Akt der Verzweiflung. Das Legen des Feuers war jedoch geplant. Das Wasser musste an einer Hauptleitung abgestellt worden sein, denn sonst hätte sich die Sprinkleranlage eingeschaltet. Und genauso hatte man die Rauchmelder funktionsuntüchtig gemacht. Beides, davon war Ariel überzeugt, hatte derjenige getan, der auch das Metallrohr in die Türschiene gesteckt hatte. Keins der drei Dinge war schwer zu bewerkstelligen, wenn man Zugang zum Haus hatte und bereit war zu töten.

Die Vorstellung, dass sie vielleicht die Ursache des Todes von drei anderen Menschen gewesen war, war für Ariel entsetzlich. Es erschütterte sie, dass jemand so unmenschlich sein konnte, dieses Risiko einzugehen.

Was Layas Zustand betraf, wurde sie beruhigt. »Kein Grund zur Sorge«, sagte man ihr, »wir kümmern uns gut um sie.« Was sollte das heißen? Es geht ihr gut. »Gut?«, krächzte Ariel. Warum war sie dann bewusstlos?

Und wenn sie vielleicht wieder verschwunden war? Zurück in die Exosphäre oder wohin sie sich nach ihrer Erblindung sonst zurückgezogen hatte?

Einmal wachte Ariel auf und fand sich allein im Zimmer und so ausgedörrt, dass sie zu sterben meinte. Sie lutschte an Eis, das man ihr hingestellt hatte. Es musste schon fast Tag sein, doch ihre Armbanduhr sagte, dass es erst wenige Minuten vor zwei war. Sie wollte losgehen und sich nach Laya erkundigen, wusste aber nicht, wo sich diese befand. Sie würde eine Minute ausruhen und sie dann suchen. Als sie wieder wach wurde, war es nach sieben.

Ariel musste Tara anrufen und Hattie, die heute herfliegen sollte. Ariel sehnte sich nach Aspirin, einer Halspastille, seligem Vergessen. Sie klingelte nach einer Schwester und lag dann still da und versuchte sich darüber Klarheit zu verschaffen, was am Abend zuvor passiert war.

Rob Millen hatte sie der Polizei gegenüber nicht erwähnt. Ihr war nicht danach zu Mute gewesen, ihre Theorien zu erklären, die an dünnen Fäden von unsicheren Voraussetzungen hingen.

Wie hatte er erfahren können, wo sie sich befand? War es der Anruf, den sie gemacht hatte? Sie hatte ihr Handy benutzt. Mit einer Anruferkennung hätte er wissen können, wer sie war, aber nicht, wo sie sich aufhielt. Außerdem war er zu Hause beschäftigt gewesen. »Verschwinden Sie, wer immer Sie sind«, hatte er gesagt. Wie viel Zeit war zwischen diesem Augenblick und dem Legen des Brandes vergangen? Eine Stunde oder eher zwei? Zeit genug, um dafür zu sorgen, dass sie für immer verschwand?

»Bei einem Mann, der schon einmal gemordet hat, darf man nicht darauf bauen, dass er es nicht wieder tut, oder?«, hatte Dorothy geschrieben. Und dann noch einmal? So oft wie nötig?

Aber warum hielt er es für nötig? Woher konnte er wissen, dass sie erfahren hatte, wer Sis war? Erfahren, wer und was *er* war? Wie konnte er wissen, dass sie ihn überhaupt verdächtigte? Dann fiel ihr ein anderer Anruf ein, den sie gemacht hatte, die Nachricht, die sie auf den Anrufbeantworter gesprochen hatte, nämlich dass sie mit Dorothys Ärztin geredet habe. Sie hatte ihm ihr Misstrauen ins Gesicht geschleudert.

Noch immer nicht zu beantworten aber war die Frage: Warum Laya? War sie ebenso wie die beiden anderen Schülerinnen in dem Wohnheim einfach entbehrlich? Zu schade, dass sie vielleicht dran glauben müssen, aber da haben sie eben Pech gehabt? Es sei denn ... Ariel richtete sich im Bett auf.

Einer Sache, die sie mehrmals gehört hatte, hatte sie keine Beachtung geschenkt. Sie hatte es von Dr. Baker erfahren. Ein Mitglied des Kuratoriums der Schule hatte Laya entfernen wollen, hatte hartnäckig darauf bestanden, wahrscheinlich, weil sie ein Haftungsproblem darstellte. »Besonders ein Vorstandsmitglied vertritt vehement die Meinung, dass es ein zu großes Risiko ist«, hatte Dr. Baker gesagt. Und später, als sie dem Vorstand alles über die Visionen und über Stella berichtete: »Der Mann, von dem ich Ihnen erzählte, der eine, der unbedingt erreichen wollte, dass Laya die Schule verlässt, war anfänglich skeptisch, hörte aber wenigstens zu. Er hat mich ernst genommen.«

Gayle Baker war diskret gewesen. Sie hatte nie einen Namen genannt, dessen war sich Ariel sicher. Rob? »Tun Sie Gutes?«, hatte sie ihn einmal gefragt. »Nennen Sie mich einen Hansdampf in allen Gassen«, hatte er gesagt. Der sich nicht nur an der Nachlese von Gemüse für Arme beteiligte und sich als Mäzen betätigte, sondern auch im Kuratorium der Blindenhundschule etwas bewegte? Das Feuer war von jemandem gelegt worden, der mit der Schule und ihrer Anlage vertraut war. Wer hätte besser als ein Mitglied des Kuratoriums dieses Wissen haben können und zugleich einen so leichten und unverdächtigen Zugang zu allen Räumlichkeiten? Wenn Rob dem Kuratorium angehörte, würde das jedes Wie und Warum beantworten.

Er wusste, wo Laya war und was mit ihr geschah.

Er wusste, dass Ariel am vergangenen Abend bei ihr sein wollte.

Er wusste etwas von den enthüllenden Visionen, weil Dr. Baker sie dem Vorstand geschildert hatte, und er musste auch wissen, dass zumindest die Ärztin sie ernst nahm. Er auch? Wenn er erfuhr, dass diese blinde Schülerin, die in dem alten Zimmer seiner Mutter lebte oder in dessen Nähe, sich ihre Symptome und Halluzinationen vorgestellt hatte – und einen Namen dazu. Stella. Eine reale Person, die Laya unbekannt war, aber in ihren Visionen auftauchte. Wenn sie einen Namen erraten konnte, würde er sich fragen, warum nicht auch einen anderen? Warum nicht den von seiner Mutter? Constance Millen. Sis.

Außerdem fand Laya bei der einzigen Person, welche die Identität von Sis zu ergründen versuchte, bei Ariel, ein offenes Ohr. Und da Laya Ariel erwartete, würde sie nicht mit den anderen Schülern das Konzert in San Francisco besuchen.

War das Feuer für die vergangene Nacht geplant worden, weil die anderen Schüler sicher außer Reichweite sein würden? Ariel erinnerte sich, dass Laya gesagt hatte, die Konzertkarten seien gestiftet worden. Von wem? Rob konnte sich eine solche Geste sehr wohl leisten.

Die Tür ging auf, und ein kahl werdender Mann in einem weißen Kittel trat mit schnellen Schritten ein. Dr. Gross stand auf seinem Namensschild. Ariel hatte ihn noch nie zuvor gesehen. Bei einem Mann, der sich um Kranke kümmert, hätte sie sich diesen Namen gemerkt. Er drückte auf den Rufknopf, um ihn abzustellen. »Fühlen Sie sich heute Morgen besser?«, fragte er, umwickelte Ariels Arm mit einer Blutdruckmanschette und steckte ihr fast gleichzeitig ein Thermometer in den Mund. »Die gebrochenen Rippen«, sagte er, »hatten Sie schon vor gestern Abend, wie man mir berichtete.«

Ariel nickte. »Laya?«, fragte sie um das Thermometer herum.

»Ihre Freundin?« Er pumpte die Manschette auf, blickte blinzelnd auf die Zahlen und riss sie dann mit einem lauten *Ritsch* des Klettverschlusses ab. »Musste ihr eine Halskrause anlegen«, sagte er. »Die Prognose sieht aber positiv aus.«

»Ist sie bei Bewusstsein?«, krächzte Ariel, als er das Thermometer entfernt hatte. »Ist sie wach?«

»Ja, aber noch ziemlich groggy und total verwirrt.« Dr. Gross verschränkte die Arme und musterte Ariel, als er sagte: »Kein Wunder bei den Barbituraten und Beruhigungsmitteln, die sie in sich hat.«

»Barbiturate?«

»Seconal und Valium.«

Valium? Ariel starrte ihn an. Hatte Dr. Baker Laya doch überredet, die Medikamente zu nehmen? Hatte sie irgendwie zu viel geschluckt?

Dr. Gross wartete, als hätte er eine Frage gestellt.

Ariel räusperte sich. Es fühlte sich an, als hätte sie mit Stahlwolle gegurgelt. »Sagten Sie Valium *und* Seconal?«, fragte sie.

Dr. Gross nickte. »Interessante pharmakologische Suppe, das Blut, das wir von euch Ladys haben. Eine Party?«

Ariel fiel die Pille ein, die sie eingenommen hatte. Dies war die Art unschuldiger Situation, aus der schnell Schlagzeilen werden, an die sich die Menschen noch erinnern, nachdem die kleinlichen Richtigstellungen längst vergessen sind. »Kodein«, erklärte sie. »Die Rippen. Die rezeptpflichtige Flasche ist in meiner …« Sie sah sich nach ihrer Handtasche um, doch dann erinnerte sie sich, dass die ja in Layas Zimmer in der Schule war, vermutlich zur Unkenntlichkeit verbrannt.

»Ihre Werte«, sagte der Arzt, »waren zwar nicht annähernd so hoch wie die Ihrer Freundin, aber …«

»Moment mal!« Ariel hob die Hand. Weder sie noch Laya hatten etwas Illegales eingenommen. Sie hatten auch kein Fahrzeug gelenkt oder »eine gefährliche Maschine« in Betrieb genommen. (Diese Warnung auf Pillenflaschen war Ariel immer als überflüssig erschienen. Würde jemand tatsächlich ein paar Beruhigungsmittel oder sonst etwas schlucken und dann losrennen, um etwas Weizen zu dreschen?) »Ich habe eine Frage an Sie.« Sie mussten jetzt über etwas ganz anderes sprechen, nämlich darüber, weshalb jemand zwei verschiedene Sedativa verschrieben hatte.

Irgendwo an Dr. Gross piepte es. »Entschuldigen Sie mich«, sagte er und zog seinen Piepser hervor. »Ich bin gleich wieder da.« Und schon war er aus der Tür.

Ariel stand auf und fand ihre Kleider. Sie waren schmutzig und übel riechend, doch das hinten offene Krankenhausnachthemd wäre ganz sicher keine gute Reisekleidung.
Sie wählte Charles Barnes' Nummer, während sie sich anzog. Niemand nahm ab. In der Nachttischschublade fand sie ein Telefonbuch. Nachdem sie ein Taxi bestellt hatte, rief sie Tara zu Hause an.
»Ich werde heute erst spät reinkommen«, erklärte sie und sah sich vergeblich nach ihren Schuhen um. »Sagen Sie Chris ...«
»Ariel? Sind Sie das? Du lieber Himmel, Sie hören sich aber sexy an.«
»Zünden Sie ein Freudenfeuer an und riechen Sie daran, dann ergeht es Ihnen genauso.«
»Was soll ich tun?«
»Sagen Sie Chris, dass ich aufgehalten worden bin.« Die Schuhe befanden sich zusammen mit Handtasche und Koffer noch in Layas Zimmer. »Sagen Sie ihm, *auf interessante Weise* aufgehalten.«
Tara schien zum ersten Mal, seit Ariel sie kannte, um Worte verlegen zu sein.
Hattie hingegen redete wie ein Wasserfall, als Ariel sie anrief.
»Was machen Sie gerade? Was ist mit Ihrer Stimme los? Sie hören sich an, als hätten Sie Krupp.«
»Mir geht's gut. Laya geht's gut ...«
»Sind Sie unterwegs ...? Was meinen Sie damit, dass es Ihnen beiden gut geht? Warum sollte es Ihnen nicht gut gehen? Was ist passiert?«
Hattie hörte das Wort »Feuer« und vermutlich auch Ariels hastige Versicherung: »Ich bin unverletzt.« Falls sie den Vorschlag gehört hatte, bis auf weiteres da zu bleiben,

ignorierte sie ihn. »Ich werde einen früheren Flug nehmen«, sagte sie und legte auf.
Wie sich herausstellte, lag Layas Zimmer zwei Türen weiter neben Ariels. Sie schnarchte leicht, als Ariel den Kopf hineinsteckte. Dank Dr. Bakers Medikamentencocktail, dachte Ariel grimmig. Das Wort Overkill kam ihr in den Sinn. Mit einem besorgten Blick auf den Schlauch in Layas Hals ließ sie die Freundin in Ruhe, ging ohne Aufmerksamkeit zu erregen aus dem Krankenhaus und stand Sekunden vor dem Taxi auf dem Bürgersteig.
Die Theorie, die noch vor einer Viertelstunde in sich stimmig gewesen war, war es nicht mehr. Die Pillen vermasselten sie. Warum, fragte sich Ariel, verschreibt eine Ärztin zwei verschiedene Beruhigungsmittel? Besonders jemandem, von dem sie weiß, dass er überhaupt nicht gewohnt ist, Medikamente zu nehmen? Dr. Baker hatte wahrscheinlich eine gute Erklärung dafür, doch die Fahrt zur Schule war nicht lang genug, sie zu finden. Und es ging Ariel durch den Kopf, dass Laya in Dr. Bakers Obhut war, seit sie Symptome zeigte und Albträume hatte. Dr. Baker hatte alle Tests durchgeführt, denen sich Laya unterzogen hatte, kannte sämtliche Ergebnisse und hatte auch gesagt, es gebe keinen körperlichen Grund für die Magenschmerzen.
Werd bloß nicht hysterisch, ermahnte sich Ariel.
Sie konnte nicht umhin zu bemerken, dass der Taxifahrer sie im Rückspiegel musterte. Kein Wunder, sah sie doch aus wie eine Landstreicherin. Sie straffte ihre Schultern. Warte nur, bis er herausfindet, dass du kein Geld hast.
Wilde Gedanken, die so nichts sagend waren wie Luftblasen, schossen ihr immer wieder durch den Kopf. Sie hatte nur Dr. Bakers Wort, dass die Ärztin Laya gegenüber dem Kuratorium verteidigt hatte, dass es überhaupt nötig gewe-

sen war, sie zu verteidigen. Es war Gayle Baker, die entdeckt hatte, dass Laya nicht mehr in ihrem Zimmer war, oder dies zumindest behauptet hatte, und sie hatte sie gefunden. Und es war ebenfalls Gayle Baker, die erzählt hatte, sie habe Laya früher am selben Abend auf einen unbekannten Freund warten sehen, und … Ariels Augen wurden schmal. Der einzige »Freund«, den Laya je erwähnt hatte, war vermutlich derjenige, wer immer er war, der ihre Tür mit einem Schloss versehen und sogar die Tür verbarrikadiert hatte, um ein Entkommen aus dem Feuer zu verhindern. Dr. Gayle Baker? Die Ärztin hatte völlig freien Zugang zu jeder Ecke und jedem Winkel des Geländes. Sie konnte jederzeit kommen und gehen, konnte alles tun, ohne sich deswegen rechtfertigen zu müssen. Aber warum sollte sie Laya etwas antun? Sie hatte kein Motiv.

Ariel versuchte das Fenster zu öffnen. Sie brauchte frische Luft, um wieder klar denken zu können. Der Knopf funktionierte nicht.

Außerdem hatte Gayle Baker das falsche Geschlecht. Sie hatte nichts mit Sis zu tun, mit Constance Millen. Sie hatte auch nichts zu tun mit … Rob?

Dem gut aussehenden, charmanten, reichen und ledigen Rob.

Vielleicht hatte sie am Ende doch nicht das falsche Geschlecht. Und als Ärztin war sie in einer idealen Position, das zu tun … was immer Sis angetan worden war. Das falsche Medikament. Eine Überdosis.

»Wohin wollten Sie?«, fragte der Taxifahrer.

Sie waren an der Schule angekommen. »Fahren Sie bitte weiter«, sagte Ariel. Sie dirigierte ihn zum Pfarrhaus und bat ihn zu warten.

Von vorn sah das alte Gebäude völlig normal aus, un-

berührt von der Beinahe-Tragödie des vorigen Abends. Ein strahlender sonniger Morgen verlieh seiner pfefferkuchenbraunen Fassade ein fröhliches Aussehen.
Der Flur vor Layas Zimmer wies die Narben einer Schlacht auf. Das Zimmer selbst war ein Trümmerhaufen aus Rauch und Wasserschäden.
»Ma'am?«
Ariel fuhr zusammen, als sie die Stimme hörte. Ein Mann in der Uniform eines Wächters trat durch die Tür des Innenhofs ein.
»Kann ich Ihnen helfen?«, fragte er.
Nachdem Ariel ihm gesagt hatte, wer sie sei und wonach sie suche, klärte er sie darüber auf, dass ihre Habseligkeiten vermutlich sicherheitshalber in die Verwaltung gebracht worden seien. Ariel nickte, weil sie den Raum schnell wieder verlassen wollte. Da entdeckte sie ihre Schuhe. Sie waren zwar voller Ruß, aber ansonsten unbeschädigt. Sie nahm sie an sich und ging.
Der Taxifahrer musterte sie, als sie aus dem Wohnheim auftauchte. Vielleicht war er erleichtert zu sehen, dass sie nicht länger ohne Schuhe war. Sie schlug sie gegeneinander, was Rußwolken aufsteigen ließ und einen Hustenanfall auslöste. Er wäre wohl noch erleichterter, dachte sie, wenn er etwas zu sehen bekommen würde, was wie Geld ausschaute.
»Ma'am? Ich habe das hier gefunden.« Ariel drehte sich um und blinzelte in dem gleißenden Sonnenlicht. Der Wächter stand in der Tür und hielt ihr ihre Reisetasche hin. »Aber keine Handtasche«, sagte er.
Ariel wünschte, es wäre ihre Handtasche mit dem Aspirin darin. Sie hatte Kopfschmerzen. Sonnenlicht reflektierte von seiner Brille und dem glänzenden Messingschild, das neben ihm an der Wand befestigt war. Ariel nahm ihre

Tasche und drehte sich um, um zu gehen … und blieb wie angewurzelt stehen.

49

Der Taxifahrer machte ein grimmiges Gesicht und bestand darauf, Ariel in das Verwaltungsgebäude zu begleiten. Jetzt war sie nicht nur gekleidet wie eine Landstreicherin, die durch nichts zu erkennen gab, dass sie die Fahrt würde bezahlen können, sondern handelte auch noch so, als wäre sie nicht ganz richtig im Kopf. Sie hatte ewig vor dem Wohnheim gestanden und eine Stelle an der Hauswand angestarrt, als wäre sie hypnotisiert. Als sie schließlich ins Taxi eingestiegen war, hatte er dreimal »Wohin?« fragen müssen, bevor sie aus ihrer Trance erwachte.

Die Frau am Empfang hatte Ariels Handtasche in Gewahrsam genommen und auch Layas. Ariel bezahlte die Fahrt und legte ein Trinkgeld drauf, das dem Fahrer ein breites Grinsen entlockte, und sagte: »Warten Sie bitte.«

Bei Ariels Anblick sprang Dr. Gayle Baker hinter ihrem Schreibtisch auf, die Dienstfertigkeit in Person. »Ich habe sofort das Krankenhaus angerufen«, sagte sie. »Dort teilte man mir mit, dass Sie verschwunden seien. Was um alles in der Welt haben Sie …«

»Ich habe zwei Fragen«, schnitt ihr Ariel das Wort ab. »Erstens: Haben Sie Laya Beruhigungsmittel gegeben?«

»Wie bitte?« Dr. Baker setzte sich erschrocken hin. »Nein.«

»Verstehe«, sagte Ariel. Dann waren es also die »Vitamine« gewesen. Was für ein hinterhältiger Trick gegenüber einer blinden Frau.

»Was tun Sie hier überhaupt? Sollten Sie nicht ins Krankenhaus ...«
»Entschuldigen Sie, aber ich habe noch eine Frage. Wer war Narcissus Barnes?«
»Wer war ...«
»Narcissus M. Barnes. Das neue Wohnheim wurde zu ihrem Andenken gestiftet, heißt es auf diesem Messingschild. ›Zu Ehren des Andenkens von Narcissus M. Barnes der Blindenhundschule von Marin County gestiftet.‹ Wer war sie?«
»Die Frau von ... Ich muss Ihnen sagen, dass es mir nicht erlaubt ist ...«
»Die Frau des Mannes, der das Haus der Schule gestiftet hat«, unterbrach sie Ariel.
»Charles Barnes.«
Sie hatte es gewusst, seit sie das Schild gelesen hatte, aber nachdem sie sich immer wieder auf so absurde Weise geirrt hatte, traute sie sich selbst nicht mehr zu, zu einer vernünftigen Schlussfolgerung zu kommen. »Sis«, murmelte sie und stöhnte. »Narcissus.«
»Sollten Sie nicht ins Krankenhaus zurückfahren?«
Ariel lächelte vage, sagte »Vielen Dank« und machte Anstalten zu gehen. »Oh, da ist noch was. Ist Charles Barnes Mitglied Ihres Kuratoriums?«
»Nein. Warum?«
Kein Problem, dachte Ariel. Aus mir hat er verdammt sehr viel mehr herausgequetscht, als er je in einer Kuratoriumssitzung hätte erfahren können.
»Laya hat so eine Art, Dinge zu wissen«, hatte sie erzählt. »Dinge, die sie auf erklärbare Weise nicht wissen kann.« Bei einem Gespräch nach dem anderen hatte Charles sie ausgefragt, und sie hatte mit jeder Antwort mehr Layas Grab geschaufelt.

»Kann sie etwa in die Zukunft blicken?« Darauf kannst du wetten, Kumpel! »Ja, und die Vergangenheit sehen.«
»Sie glauben daran?« – »Ich habe es miterlebt.«
»Sie glauben doch nicht, dass dieser Traum irgendeine reale Bedeutung hat, oder?« – »Ich habe mich auch gefragt, ob er möglicherweise etwas mit der Vergangenheit zu tun hat.«
»Sie hätten diesen Traum nicht zur Sprache gebracht«, hatte er zutreffend bemerkt, »wenn Sie ihn nicht ernst nehmen würden.«
Sie hatte ihn bis ins kleinste Detail auf dem Laufenden gehalten.
»Ich weiß, dass sich das eigenartig anhört, aber ich sprach mit ihr, und sie fing an zu summen.« Und ... »Sie scheint in diesem Albtraum in einem Krankenhaus zu liegen ... sie ist verrückt.« Und ... »Es hat sogar ein paar neue Entwicklungen gegeben, positive Entwicklungen, die wir erforschen müssen, und das so schnell wie möglich.« Und ... »Sie hat etwas zu Tage gefördert, was mich auf dieses Wellness Center neugierig gemacht hat.«
Und so weiter, und so weiter. Sie hatte noch nicht mal einen ganzen Tag über Stella Lipton Bescheid gewusst, als auch Charles wusste, dass Laya in die Vergangenheit geblickt und einen Namen ans Licht gebracht hatte. Vielleicht nur den ersten; vielleicht würden da noch mehr kommen. Das war ein Risiko, das er nicht eingehen konnte.
»Nun, ich vermute, damit wäre das geklärt«, sagte Dr. Baker.
Ariel blinzelte. Hatte sie laut vor sich hin gesprochen? »Bitte?«
»Ich nehme an, Sie kennen Mr Barnes. Wenn Sie und er Freunde sind, hat er so von Laya erfahren. Und das ist

auch der Grund, warum er ihre Aufnahme in die Schule wollte.«
»Wovon reden Sie?«
»Als er erfuhr, dass jemand in letzter Minute abgesagt hatte, hat er sie als Ersatz *vorgeschlagen*.« Gayle Baker verzog das Gesicht. »Was bedeutete, dass sie plötzlich aufgenommen war wie Flynn.«
»Weil er ein wichtiger Wohltäter ist?«
Gayle Baker wählte ihre Worte mit Bedacht. »Er ist ein Freund vieler würdiger Ziele. Geld, Zeit ...«
» ... Konzertkarten.«
»Wie ich schon sagte, er ist ein großzügiger Mann.«

Die Frau am Empfang unterhielt sich gerade mit einer anderen, als Ariel auf dem Weg nach draußen an ihr vorbeikam. Ariel hätte nicht mal bemerkt, wenn sie sich mit einem Zebra unterhalten hätte, doch diese andere Frau rief ihren Namen.
»Mrs Gold? Entschuldigen Sie, würde es Ihnen sehr viel ausmachen, das hier für mich zu signieren?«
Sie war weißhaarig, korpulent, trug Hose und ein Hemd. Sie hielt Ariel ein Blatt Papier und einen Kugelschreiber hin, und reflexartig griff Ariel danach. Das Papier war unbeschrieben. Sie brauchte mehrere Sekunden, um zu begreifen, warum diese Fremde sie bat, ein unbeschriebenes Blatt Papier zu signieren.
Die Frau trat unruhig von einem Bein aufs andere und sagte: »Schreiben Sie einfach ›Für meine Freundin Stella‹, okay?«
Ariel begann sogar zu schreiben, bevor sie sich des Namens bewusst wurde.
Die pensionierte Krankenschwester lächelte glücklich. »Wissen Sie, ich habe gestern Abend nicht gleich erkannt,

wer Sie sind. Hab den Namen nicht richtig verstanden. Aber Polly erzählte mir gerade von dem Feuer und dass Ariel Gold eine der verletzten Frauen sei, und da ging mir plötzlich auf ...«

»Ich habe Sie schon mal gesehen«, unterbrach sie Ariel.

»Wahrscheinlich in dem Souvenirladen. Dort arbeite ich manchmal.«

»Nein, hier auf dem Gelände. Ich war mit Charles Barnes da. Sie haben mit ihm gesprochen.«

»Oh, vor ein paar Wochen, richtig! Sie sind mir gar nicht aufgefallen. Ist er nicht unheimlich nett? Und dieser armen Frau so ergeben? Wie ich gestern Abend schon sagte, in guten und in schlechten Zeiten ... Mrs Gold? Warten Sie! Mein Autogramm!«

Die Taxifahrt zu B. F.s Haus verging wie in einem Nebel. Ariel fühlte sich zu töricht, um zu denken. Als sie ankamen, hatte sie die Benommenheit abgelegt und fühlte sich nur noch niedergeschlagen. Sie ging ins Haus, begab sich ins nächstgelegene Badezimmer, zog sich aus und drehte die Dusche auf, so heiß, wie sie es gerade noch ertragen konnte.

Er ist ein Killer.

Die kalte Tatsache war zu erschütternd, um sie gleich zu begreifen. Das Wie und Warum war nicht von Bedeutung. Die Erkenntnis kam in kleinen, schmerzlichen Gefühlsaufwallungen.

Er bringt Menschen um.

Sie stand unter der Dusche und ließ die Strahlen auf sich eintrommeln. Sie wollte Zorn, Wut, alles andere fühlen, nur nicht diese Übelkeit.

Er hat seine Frau getötet. Ariel konnte sich das nicht vorstellen. *Und Dorothy.* Und das konnte sie sich schon gar nicht vorstellen. Alles war so irreal. *Und um ein Haar auch Laya. Und um ein Haar auch mich.*

Der Verrat jedoch war real genug.

»Warum sind Sie so gut zu mir?« Ariel konnte sich noch lächeln sehen, als sie diese Frage stellte. Wann war das gewesen? Vor Tagen? Letzte Woche? Gestern Abend? Sie hatten in so kurzer Zeit so oft miteinander gesprochen.

»Bitte erzählen Sie mir von dem, was Sie tun, Ariel.«

Der liebenswürdige, mitfühlende, hilfsbereite Charles. Ernährer. Mörder. Die Worte jagten einander. Wurden sinnlos. Leer wie alles, was er je geäußert hat.

» ... ich schmeichle mir zumindest, dass wir befreundet sind.«

Als wäre Duschen eine Operation, konzentrierte sich Ariel auf jeden einzelnen Schritt, seifte sorgfältig jeden Zentimeter ein. Ein Rußfleck an ihrem Arm wollte nicht verschwinden. Ihr Ellbogen tat weh. Sie musste ihn am vorigen Abend angeschlagen haben, als Charles sie auf Laya hinuntergestoßen hatte. Sie wusch sich ihre Haare, und Shampoo tropfte ihr in die Augen.

Die Falten in seinen Augenwinkeln, wenn er lächelte, das hatte ihr besonders an ihm gefallen.

Hatte er vom ersten Tag an alles manipuliert? Sie manipuliert und hinter den Kulissen Strippen gezogen? Als er Laya die Aufnahme in die Schule ermöglichte. »Wenn sie nicht hier wäre, hätte ich nicht die Chance gehabt, Sie kennen zu lernen.« Als er den Termin beim Psychiater arrangiert hatte. »Überlassen Sie das nur mit.«

Sie spülte sich das Haar und ließ sich Zeit damit, bis jede Spur von Shampoo verschwunden war.

Er war natürlich Layas »Freund«. Der rätselhafte Freund, mit dem sie an dem Abend gegessen hatte, an dem Gayle Baker sie am Tor hatte warten sehen. Der hilfsbereite

Freund, der aus den Rauchmeldern die Batterien entfernt und die Hauptwasserleitung abgestellt, der die Tür verbarrikadiert und den Brand gelegt hatte. O ja, und der Vitamine mit Beruhigungsmittel vertauscht hatte. Ariel kam der Gedanke, dass sie das Fläschchen mit den Vitaminen an sich nehmen sollte, um das Beweisstück zu sichern. Es erschien ihr jedoch nicht dringend.

Sie stellte das Wasser ab.

Solange sie sich zurückerinnern konnte, wünschte sie jetzt zum allerersten Mal, sie wüsste weiterhin nicht die entscheidende Antwort. Wo stand geschrieben, dass jedes Verbrechen aufgeklärt werden muss? Wenn sie Laya in Ruhe gelassen hätte, wäre es nie zu den albtraumhaften Visionen gekommen. Die Ereignisse des Vorabends wären nie passiert. Die arme Narcissus Barnes würde weiterhin in Frieden ruhen, wie sie es sich gewünscht hatte. So wie Dorothy es gespürt hatte. Und wie Laya es bestätigt hatte.

Dorothy aber hatte leben wollen.

»Arbeiten Sie an einer Story über unseren verstorbenen Coroner, Ariel?«

Eine Gänsehaut lief Ariel über den nassen Rücken. Sie griff nach einem Handtuch.

Wie ihr jetzt einfiel, hatte sie Charles' Fragen nach den Thibeaus nicht beantwortet, nicht vor gestern Abend. Ebenso wenig hatte sie Stella Lipton erwähnt, die Krankenschwester, die sich um seine Frau gekümmert hatte, die Frau, von der er gesagt hatte, er kenne sie nicht – bis gestern Abend. Natürlich nachdem er die tödlichen Vorbereitungen getroffen hatte. Merkwürdig.

Ariel setzte sich auf den Badewannenrand und begann sich ihre Haare zu trocknen.

Vage stellte sie sich vor, wie er sich Schritt für Schritt mit

Laya angefreundet hatte. Hier ein freundliches Wort. Da eine hilfsbereite Hand bei einem unebenen Stück Gelände, wenn sie allein war. Es musste die leichteste Sache der Welt gewesen sein. Weiß Gott, er war bequem wie ein alter Schuh. Ariel hatte das Gefühl, ihn schon seit Jahren zu kennen. »Erzählen Sie mir von dem, was Sie tun«, konnte sie ihn zu Laya sagen hören, so wie er es auch zu ihr gesagt hatte.

Vielleicht hatte er Laya nicht seinen richtigen Namen genannt. Es sollte niemand wissen, dass sie einander je begegnet waren. Er konnte sagen, er sei ein Gärtner, ein Ausbilder, sonst etwas. Warum sollte eine blinde Frau daran zweifeln? Er wäre für sie nichts weiter als eine mitfühlende Stimme und ein starker Arm. »Sie sehen müde aus, meine Liebe«, hatte er vielleicht gesagt. »Geht's Ihnen gut?« Oder: »Letzte Nacht hatte ich einen merkwürdigen Traum. Hören Sie, ich werde Ihnen meinen erzählen, wenn Sie mir Ihren erzählen.« Außerdem war er ein Mensch, der zuhören konnte.

Es war durchaus möglich, dass Laya ihm von Stella erzählt hatte und davon, dass sie zu dem Gartenhäuschen geschlafwandelt war sowie weitere Besorgnis erregende genaue Details aller möglichen Variationen der Träume, von denen Ariel erst noch erfahren musste. Vielleicht hatte sie noch einen Namen erraten, womöglich sogar seinen eigenen! Vielleicht weiß er inzwischen über Layas gefährliche Träume mehr als ich, dachte Ariel, und ... die Bewegungen ihrer Hände auf dem Handtuch wurden langsamer. Sie hatte mit Laya über die Thibeau-Angelegenheit gesprochen, und das mehr als einmal. Wie schwer würde es für Charles sein, dieses Thema zur Sprache zu bringen? »War das Ariel Gold, mit der ich Sie neulich gesehen habe?«, würde er vielleicht sagen. »Das nenne ich aufregend, einen

Fernsehstar zur Freundin zu haben. Ist sie hier, um an einer Story zu arbeiten?«

Als sie zu hören meinte, dass jemand ihren Namen rief, hielt sie inne. Sie lauschte, doch da war nur die Stille des riesigen alten Hauses, und sie kam zu dem Schluss, dass sie es sich eingebildet hatte. Die Dusche ließ ein letztes Gurgeln hören. Ariel entspannte sich und seufzte. Wegen Charles musste sie etwas unternehmen. Was als Erstes?

Irgendwo knarrte eine Fußbodendiele.

Ariel stand auf. Hattie? Schon hier? Ariel hüllte sich in das Handtuch. Hattie konnte es nicht sein, jetzt noch nicht. War es überhaupt jemand? Dann hörte sie das unverkennbare Geräusch von Schritten, die den Holzboden der Halle überquerten.

Ariel flog die kurze Entfernung zur Badezimmertür, schloss sie leise und schob den altmodischen Riegel vor. Dann legte sie ein Ohr an die massive dicke Holztür. Sie konnte nichts hören. War der Betreffende stehen geblieben oder auf einen Teppich getreten? Wer außer Hattie und B. F. hatte einen Schlüssel? Die Leute, die sich um Haus und Grundstück kümmerten? Natürlich! Ariel hatte hier keinen Wagen; sie konnten also nicht wissen, dass sich jemand im Haus aufhielt.

»Ariel?«

Der Hausmeister würde sie nicht beim Vornamen rufen. Ariel fuhr von der Tür zurück. Die Stimme, eine gedämpfte Männerstimme – nicht die von B. F. – kam direkt von der anderen Seite der Tür. Ariel zog sich zum Fenster zurück. Es war so groß, dass sie mühelos hindurchkriechen konnte. Sie befand sich im Erdgeschoss, brauchte also nur ein kleines Stück hinunterzuspringen. Nichts Gefährliches.

»Sind Sie da drinnen?«

Das Fenster war frisch gestrichen und ließ sich nicht öffnen. Ariel kämpfte damit und sah sich verzweifelt um. Was für eine Art Waffe konnte sie in einem Badezimmer finden?

»Ist alles in Ordnung mit Ihnen? Hier ist Rob.«

Rob? Eine Sekunde lang konnte Ariel den Namen nicht mit jemandem in Verbindung bringen, den sie kannte.

»Bitte antworten Sie mir!«

Ariel presste das Handtuch an den Körper.

»Sagen Sie etwas, oder ich rufe die Polizei!«

»Wie zum Teufel sind Sie reingekommen?«, schrie Ariel ebenso wütend wie erschrocken.

»Ich bin einfach reingegangen. Die Haustür war offen. Hören Sie, es tut mir Leid, wenn ich Ihnen Angst eingejagt habe, aber als ich die Tür offen sah, fürchtete ich …«

»Raus aus diesem Haus!« Ariel öffnete einen Wandschrank. Papiertaschentücher. Rasierapparate. Sie ergriff eine Flasche mit Franzbranntwein.

Als die Tür plötzlich aufgerissen wurde, machte Rob einen Satz nach hinten und sah Ariel entsetzt an, deren drohende Haltung ahnen ließ, dass sie ihm den Alkohol in die Augen schütten wollte.

»He!« Er hob die Hände zum Zeichen, dass er sich ergab. In einer hielt er einen Regenschirm. Ariel zögerte. Der Regenschirm war rot, in einem knalligen roten Muster bedruckt. Sie erkannte ihn, er stammte aus dem Ständer im Flur. Sie schnappte ihn und überlegte, ob sie Rob damit zu Tode prügeln sollte. Das Handtuch rutschte. Rob starrte sie kurz an, drehte ihr dann aber den Rücken zu.

»Wollen Sie was anziehen?«, fragte er. Der amüsierte Unterton in seiner Stimme war mehr, als Ariel ertragen konnte.

»Raus!«, rief sie und rückte das Handtuch zurecht. Sie erstickte fast vor Wut.
»Ich geh ja schon.«
»Dann bewegen Sie sich!«
»Sie hören sich schrecklich an. Alles in Ordnung mit Ihnen?«
»Mir wird's gut gehen, wenn Sie verschwunden sind. Wie sind Sie überhaupt hier reingekommen?«
»Ich sagte Ihnen doch, dass die Tür offen war.«
»Ich habe die Tür nicht offen gelassen.«
»Sie war angelehnt.«
War es möglich, dass sie die Tür nicht richtig zugemacht hatte? Sie hatte keine genaue Erinnerung daran, wie sie das Haus betreten hatte, ja, nicht einmal, überhaupt zum Haus gekommen zu sein.
»Nach dem, was gestern Abend passiert ist …«, sagte Rob. »Ich hörte von dem Feuer, als ich heute Morgen in die Redaktion kam. Man erzählte mir, es sei Brandstiftung gewesen, man habe Sie überfallen …«
»Oh, drehen Sie sich um. Sie sehen albern aus, als würde ich Sie mit gezogener Waffe bedrohen.«
Er drehte sich um und hielt die Augen bewusst auf ihre gerichtet. Jetzt klang er nicht mehr amüsiert.
»Ich hörte, dass man den Täter nicht gefasst hat, wer immer es auch gewesen sein mag. Als ich die Tür offen sah und Sie nicht antworteten …« Er nickte zu dem Regenschirm in ihrer Hand. »Es war die einzige Waffe, die in Griffnähe war.«
»Sie wollten mich retten?«
»Wir sollen ewig dankbar sein, dass ich nicht auf die Probe gestellt worden bin.«
»Weshalb sind Sie hier?«
»Im Krankenhaus sagte man mir, Sie seien weggegangen,

ohne entlassen worden zu sein. Ich dachte, dass Sie vielleicht hergekommen seien.«

»Ich meine, was wollen Sie? Wenn Sie glauben, ich würde Ihnen eine Story liefern, können Sie ...«

»Sie haben blaue Flecken am Hals.«

»Ach ja?«

»Sollten Sie nicht im Krankenhaus sein?«

»Oh, halten Sie den Mund.« Ariel legte ihre Waffen beiseite. »Setzen Sie sich irgendwo hin«, sagte sie und ging weg, um sich was anzuziehen. Von den Kleidungsstücken im Wandschrank des großen Schlafzimmers, dem früheren Schlafzimmer ihrer Schwester, war keins dem Anlass angemessen. Dass diese Dinge seit achtzehn Monaten nicht aussortiert oder, wie es schien, auch nur angerührt worden waren, kam Ariel morbid vor. Dagegen musste etwas unternommen werden. Sie fand eine Hose und einen leichten Pullover. Die Hose war nur ein wenig zu eng. Obwohl sie andere Dinge im Kopf hatte, bemerkte sie es trotzdem.

Rob saß im Wohnzimmer. Er hatte die Hände zwischen die Knie gesteckt und betrachtete ein Gemälde, das allein von der Farbe Rot lebte. Es war das einzige störende Element im Raum. Sie wusste mit Sicherheit, dass Jane dieses Bild nicht ausgesucht hatte; es war ein Kompromiss gewesen, um ihrem Mann einen Gefallen zu tun. »Ich muss wieder ins Krankenhaus«, sagte sie.

»Um Ihre Freundin Laya zu besuchen?«

»Was wollen Sie?«

»Beichten.«

Ariels Herz machte einen Satz, ein einziger Anflug von Unsicherheit. Das war nicht möglich; sie konnte nicht schon wieder alles in den falschen Hals bekommen haben.

»Ich wollte Sie abzocken«, sagte er. »Die Thibeau-Story. Ich habe Sie in einigen wenigen Punkten in die Irre geführt. Mir schwebte ein Buch vor.«

»Oh.« Ariel atmete leise aus. »Das war's also.«

»Mir wurde aber zunehmend klar, dass diese Geschichte kein Buch hergibt.«

»Ach, wirklich nicht?«

»Eine einmalige Sache vielleicht, etwa für Ihre Sendung. Offen gestanden bezweifle ich sogar das. Aber ganz entschieden kein wirkliches Werk über ein Verbrechen.«

Ariel verschränkte die Arme und ließ ihn reden.

»Außerdem verlor ich jedes Interesse an der Sache, als meine Frau zu mir zurückkehrte.«

»Ihre ... was?«

»Sie hat mich vor fast einem Jahr verlassen. Vor zehn Monaten und zwei Wochen. Um sich selbst zu verwirklichen. Sie ist diese Woche zurückgekommen, ganz mit sich im Reinen. Ich bin letzten Endes doch die grünere Weide.« Er lächelte, ein breites, beseligtes Lächeln. Es war der echteste Gesichtsausdruck, den Ariel je auf diesem fein geschnittenen Gesicht gesehen hatte. »Ich hätte Sie angerufen, aber es kam dauernd was dazwischen.«

»Ist schon in Ordnung«, sagte Ariel. »Ich habe ohne Sie weitergemacht.«

»Sie müssen sie kennen lernen ...« Rob tauchte aus seinem glücklichen Nebel auf. »Und sind wo angekommen?«

»Bei einem Feuer. Jetzt fahre ich ins Krankenhaus. Entschuldigen Sie mich, ich muss ein Taxi rufen.«

»Sie haben keinen Wagen? Ich fahre Sie hin.«

»Wie Sie wollen.« Ariel war schon im Flur. Auf dem Fußboden lag ein Umschlag. »Was ist das?«, fragte sie und bückte sich, um ihn aufzuheben.

»Ihre Post, nehme ich an. Sie lag schon da, als ich reinkam. Was war mit dem Feuer?«

Es war ein dicker mittelgroßer gelbbrauner Umschlag. Die Farbe verschmolz mit der des Fußbodens. Ariel hatte ihn vorhin nicht gesehen, doch er hätte schon daliegen können. Der Umschlag hatte weder eine Briefmarke noch eine Anschrift, sondern trug nur ihren Namen in Maschinenschrift sowie das Wort PERSÖNLICH.

50

Rob erreichte in kurzer Zeit eine Adresse in Kentfield, die Ariel aus dem Telefonbuch hatte. Unterwegs sagte sie kein Wort. Nachdem er eine Unmenge Fragen an sie gerichtet hatte, auf die er keine Antworten bekam, hielt er den Mund und fuhr.

»Das Haus von Barnes?«, sagte er, als sie ihn anzuhalten bat. »Das ist das Haus von Charles Barnes.«

Das dreistöckige Gebäude hätte man kaum übersehen können. Neben einem Krankenwagen parkte ein Streifenwagen auf der kreisförmigen Auffahrt. »Was ist hier los?«, fragte Rob. Ariel traten Tränen in die Augen. Trotz allem hatte sie gewünscht, sich zu irren.

Ein junger uniformierter Polizist musterte den Wagen, als dieser langsamer wurde und hielt. Er näherte sich der Beifahrerseite und sagte: »Sie müssen weiterfahren, wenn Sie hier nichts zu erledigen haben.«

»Was ist passiert?«, wollte Ariel wissen.

Ein erfahrener Beamter hätte wahrscheinlich Unwissenheit vorgeschützt und die beiden weggeschickt. Dieser drehte sich düster um und betrachtete das Haus. »Sieht aus wie ein Unfall«, sagte er.

»Tödlich?«

»Äh ... haben Sie den Mann gekannt, der hier gelebt hat?«

Ariel überlegte sich die Antwort. »Nein«, erwiderte sie, »habe ich nicht.« Sie schloss das Fenster. Rob setzte den Wagen zurück und fuhr los.

Er parkte einen Block weiter. »Was geht hier vor?«

Leise sagte Ariel: »Rob, ich kann mir keinen einzigen Grund denken, weshalb ich Ihnen auch nur die Tageszeit nennen sollte, Sie etwa?«

»Nein«, bestätigte er und fügte nach einer Weile hinzu: »Nun ja, falls Barnes ein Freund von Ihnen gewesen ist, tut es mir Leid.«

»Er war es nicht.«

»Richtig. Wie ich sehe, sind Sie nicht im Mindesten betroffen.« Als darauf keine Entgegnung erfolgte, fuhr er fort: »Viele Menschen werden es aber sein. War irgendwo ein rätselhafter Mann, dieser Barnes. Kam aus dem Nichts, heiratete altes Geld ... diese Heirat hat einiges Aufsehen erregt. Was Kummer angeht, hat er mehr bekommen, als er haben wollte, aber er hat es auf sich genommen. Was er seit ihrem Tod geleistet hat ...« Er runzelte die Stirn. »Ich habe ihren Namen vergessen, den seiner Frau.«

»Narcissus«, sagte Ariel.

»O ja, ich wusste, dass es irgendwas mit Blumen zu tun hat ...« Er überlegte. »Narcissus! Nicht ... Sis?«

Ariel reichte ihm den Umschlag.

»Der ist von ...«

Sie nickte.

Er zögerte. »Sind Sie sicher, dass Sie möchten, dass ich das lese?«

»Er gehört Ihnen. Machen Sie damit, was Sie wollen.« Rob zog die maschinengeschriebenen Seiten heraus, strich sie glatt und begann zu lesen.

Liebe Ariel,
ich nehme an, dass Ihnen inzwischen schon manches klar geworden ist. Ich kenne Sie; nun ja, für diese kurze Bekanntschaft jedenfalls recht gut. Sie werden graben, bis Sie finden, was als Wahrheit durchgehen kann. Mir ist es lieber, dass Sie die wirklich wahre Geschichte erfahren.

Meine Frau, Narcissus Madeline Barnes, war eine reiche Frau. Sie war auch der gequälteste Mensch, den ich je gekannt habe. Nur sporadisch führten wir etwas, was einem normalen Leben einigermaßen nahe kam. Medikamente halfen, aber bloß, wenn sie sie nahm, und darin war sie nicht sehr zuverlässig. Ich liebte sie. Und weil ich sie liebte, habe ich ihre Wünsche erfüllt.

Ihr Leben war ohne eigene Schuld sinnlos, ihr Tod tragisch. Die Verwendung ihres Geldes hat beiden Würde verliehen. Nachdem ich jahrelang hilflos dagesessen habe, während ein von mir geliebter Mensch litt, hatte ich plötzlich ein Ziel vor Augen. In meiner Kirche sieht man das vielleicht als Buße. Ich habe damit keine Schuldgefühle gelindert, sondern ein Vermächtnis erfüllt. Ich habe gegeben und dabei große Freude gefunden.

Lassen Sie mich davon erzählen. Junge Leute, die sonst auf der Straße wären, studieren jetzt und werden Lehrer und Ärzte. Ein junger Mann, den ich kenne, wird Priester werden. Menschen, die sonst wahrscheinlich tot wären, führen ein gesundes

Leben. Und das verdanken sie mir. Ich brauche Ihnen nicht von den Blinden zu erzählen, was die Schule für sie bedeutet. Laya den Eintritt zu ermöglichen, ist ebenso wie vieles von dem, was ich getan habe, eine Sache gewesen, die sich hinter den Kulissen abgespielt hat. Das ist aufregend. Wenn man Menschenleben verändert, Ariel, versetzt einen das in Hochstimmung. Das Machtgefühl ist berauschend. Sie können sich das nicht einmal vorstellen. Diese Woche wurde klar, dass Sie alles zerstören würden.

Vor einem Gerichtssaal fürchte ich mich nicht. Visionen sind kein Beweis. Die Macht, die sie ausüben, ist heimtückischer. Sie würden dafür sorgen, dass man mich vor dem Gericht der öffentlichen Meinung verurteilt. Zur besten Sendezeit. Sie waren zufällig auf eine Story gestoßen, haben das Gottesgeschenk Ihrer Freundin ausgenutzt und würden aus keinem anderen Grund als zur Befriedigung Ihrer Neugier ein Chaos anrichten – und das für eine Fernsehshow! »Übersinnliche Wahrnehmung enthüllt ein Geheimnis« oder etwas ähnlich Geschmackloses. Ein Zirkus! Es kam mir so eindeutig unfair vor. Gott würde so etwas nicht zulassen. Mein Versagen beweist, dass ich Unrecht hatte.

Ich bedauere nur eins – was Ihrer Freundin und meiner verstorbenen Frau widerfahren ist. Ihr Mann, Mr Thibeau, war ein vernünftiger Mensch. Sie nicht. Wenn ich gewusst hätte, dass Sie sie ins Bild setzt, hätte ich sie ernster genommen.

Ich habe Ihnen einmal gesagt, dass ich nicht an Zufälle glaube. Alles geschieht nach einem Plan. Sie müssen aus Gründen, die ich nicht verstehe, ein Werkzeug des Herrn sein. Gebrauchen Sie Ihre Macht mit Umsicht. Er wird Sie leiten.

Rob ließ einen Pfiff hören, las einige Passagen des Briefs noch einmal und sagte: »Der ist ja verrückter – war verrückter –, als seine arme Frau es je zu sein glaubte. Gestern Abend … er war das?« Als Ariel nickte, schüttelte er den Kopf. »Es stimmt, was die Leute sagen. Macht korrumpiert.«
»›Macht korrumpiert nicht. Furcht korrumpiert … Die Furcht vor dem Verlust von Macht.‹«
»Was auch immer. Und was werden Sie jetzt unternehmen?«
»Nichts. Ich sagte Ihnen doch, die Geschichte gehört Ihnen.«
»Nein, diesmal nicht.« Er betrachtete sie prüfend. »Es hat keinen Sinn, verbittert zu sein, Ariel, oder verletzt. Er war nicht zurechnungsfähig.«
»Er war ein Verrückter wie aus dem Lehrbuch. Sehen Sie doch, wie sorgfältig der Brief formuliert worden ist. Entdecken Sie da irgendwelche Geständnisse? Beachten Sie auch, dass er maschinegeschrieben ist. Außerdem ist er nicht unterzeichnet.«
»Vielleicht hat er geglaubt, der Allmächtige könnte ein bisschen Hilfe dabei gebrauchen, Sie in die richtige Richtung zu lenken.«
»Rufen Sie mal Ihre Zeitung an, ja? Fragen Sie, ob sie etwas darüber haben, was passiert ist.«
Das Blatt hatte die Geschichte, aber bisher nur wenige Details. »Ein Sturz«, sagte Rob, nachdem er aufgelegt hatte, »von einem Fensterbrett im dritten Stock. ›Tragischer Unfall‹.«
»Du lieber Himmel!«

»Sieht aus, als hätte er ein Geländer repariert. Da oben lagen noch Werkzeuge.«
Ariel reckte das Kinn vor. »Beachten Sie ferner, dass man diesen Brief auch nicht als Selbstmordmitteilung deuten kann.« Sie ließ ein leises Lachen hören. »Geheiligter Boden, tränenreiche Nachrufe … Vielleicht benennt man sogar was nach ihm! Mein Gott! Zwei Morde und zwei versuchte Morde und …«
»Wieso *zwei* Morde? Glauben Sie etwa immer noch, dass er Mrs Thibeau umgebracht hat? Haben Sie diesen Brief überhaupt gelesen?«
»Ich habe ihn gelesen.« Ariel machte die Autotür auf, um etwas Luft zu bekommen. Etwas Distanz. »Es ist kaum ein Geständnis auf dem Totenbett.«
»Ich habe mit dem Pathologen gesprochen, der bei Mrs Thibeau die Autopsie vorgenommen hat, Ariel. Natürliche Todesursache. Dieser Brief, den sie Ihnen geschrieben hat? Könnte es sein …«
»Das geht Sie nichts an.«
» … dass sie alles vorbereitete, um Ihnen eine Story zu verkaufen?«
»Was!«
»Sie können mir doch nicht erzählen, dass Sie nie für Storys zahlen.«
»Sie hätte niemals …«
»Geld genommen? Sie hat es einmal getan. Ist das nicht Ihre Theorie? Oder Dr. Thibeau hat es mit ihrem Wissen getan.«
»Das war etwas anderes.«
»Jemand, der Schweigegeld genommen hat, soll kein Geld genommen haben, um zu reden?« Rob tippte mit dem Finger auf den entsprechenden Absatz in Charles' Brief. »›Ihr Mann, Mr Thibeau, war ein vernünftiger Mensch.

Sie nicht. Wenn ich gewusst hätte, dass sie Sie ins Bild setzte, hätte ich sie ernster genommen.‹ Sie hat ihn abgezockt, Ariel. Bei Barnes hat sie es noch einmal versucht. Er war zwar abgeneigt, aber ...«

»Sie hatte schreckliche Angst vor ihm!«

» ... *aber*, denkt sie sich, die Information ist verkäuflich, und wenn ich sie ein bisschen ausschmücke – das heißt, ich wünsche mir nichts sehnlicher, als das Richtige zu tun, alles zu sagen, aber er trachtet mir nach dem Leben, na schön ... dann ist sie nicht länger eine schäbige Erpresserin, sondern die Heldin des Stücks.«

»Nein«, widersprach Ariel, dachte jedoch an den Satz in Dorothys Brief: »Bei einem Mann, der schon einmal gemordet hat, darf man nicht darauf bauen, dass er es nicht wieder tut, oder?« Die Unredlichkeit der Frage war ihr noch nie aufgegangen. Dorothy hatte in Wirklichkeit gar nicht gesagt, dass er sie bedroht hatte, oder?

»Noch wichtiger jedoch ist«, fuhr Rob fort, »dass es so eine bessere Story ergibt. Das treibt den Preis in die Höhe.«

Aber Dorothy war auf ihrem Totenbett davon überzeugt, dass es Charles war, der sie dorthin gebracht hatte! Ein Delirium infolge von Drogengenuss? Hatte sie am Ende ihr eigenes Märchen geglaubt? Bruchstücke des vertrauten Briefs kamen Ariel wieder in den Sinn. Der scherzhafte Ton ... Ariel hatte ihn als zur Schau getragenen Mut gedeutet, der Furcht verbergen sollte. War es eine Masche? So sorgfältig formuliert wie der Brief, den Rob jetzt in Händen hielt? »Nein«, wiederholte sie, musste aber unwillkürlich an die allererste Zeile denken, die Dorothy geschrieben hatte: »Ich habe gestern Abend Ihre Sendung gesehen. Inspiration zu einem raffinierten Plan? Mein Mann ist inzwischen weg. Jetzt sind mir die Ausreden ausgegangen.« Und das Geld?

Ariel hatte sich viele Male gefragt, was ihre längst vergessene damalige Begegnung ausgelöst hatte. Dorothys ursprüngliches Vorhaben. Sie hatte damals ihre Habseligkeiten versetzt, da sie verzweifelt Geld brauchte. »Wie oft habe ich an unsere Gespräche gedacht und dem Impuls widerstanden, mit Ihnen Kontakt aufzunehmen. Es wird Sie wohl nicht überraschen, das zu hören.« Sie hatte mir nur gerade genug erzählt, um mein Interesse zu wecken, dachte Ariel, um in mir den Wunsch zu wecken, auch den Rest zu hören, mich dazu zu bringen, sie zu überreden. »Sie haben mich gewarnt, wissen Sie noch? ›Es gibt nur eine Möglichkeit, auf dieser Erdkugel glücklich zu werden, und sie besteht darin, ein reines Gewissen oder gar keins zu haben.‹« Genug, um ein Angebot zu erhalten. Doch *The Open File* hatte kein unbegrenztes Budget; Charles hatte das Höchstgebot abgegeben.
Das Weglassen seines Namens ... »Sie hat ihn absichtlich ausgelassen«, sagte Ariel. »Ich sollte ihn da nicht schon kennen.«
»Was?«, fragte Rob verblüfft.
»Sie hielt mich immer noch hin. Keine Werbegeschenke.«
»Wie Sie sehen können, habe ich mich nicht gebessert.«
»Rob«, sagte Ariel, »ist überhaupt zweifelhaft ... ich meine, gibt es überhaupt einen Zweifel an der Ursache ihres Todes?«
»Was ihren Arzt oder den Pathologen oder mich angeht, existieren keine Zweifel. Sie war nicht mehr jung, und besonders stark war sie auch nicht. Sie wurde krank. Das passiert in jeder Minute jedes Tages.«
Nach einiger Zeit atmete Ariel erschöpft aus. »Tun Sie mir einen Gefallen, Rob«, sagte sie. »Schreiben Sie mir niemals einen Brief.«
»In Ordnung.«

»An einem Tag habe ich zwei Freunde verloren, zwei Menschen, die ich für Freunde hielt.«

»Mit solchen Freunden brauchen Sie keine …«

»Ich wette ein paar Dollar darauf«, stieß Ariel hervor, »dass dieses Vitaminfläschchen nicht mehr in Layas Zimmer ist. Keine Beruhigungsmittel, die als Beweise zurückbleiben. Und seine Thermoskanne. Das war nicht nur starker Kaffee in dieser Thermoskanne. Gestern Abend war ich für nur eine Kodeintablette zu benebelt. Es war eine ›interessante pharmakologische Suppe‹. Ich wette mit Ihnen, dass auch die Thermoskanne verschwunden ist, und … Sie wissen nicht, wovon ich spreche, oder?«

»Nein.«

»Auf was auch immer er diesen verdammten Brief geschrieben hat, wird ebenfalls verschwunden sein, darauf können Sie sich verlassen. Verdammt! Eins würde ich allerdings nur zu gern wissen …« Ariel hörte sich sprechen und verzog das Gesicht. »Ich nehme an, dass ich mich auch nicht gebessert habe.«

»Wie bitte?«, fragte Rob.

»›Es sind vier Dinge, die mir lieber erspart bleiben sollten: Liebe, Neugier, Sommersprossen und Zweifel.‹«

»Dorothy Parker«, sagte Rob. »Und was würden Sie nur zu gern wissen?«

»Womit er seine Frau getötet hat.«

»Und ich würde nur zu gern wissen«, entgegnete Rob, »was er mit Gottesgeschenk und Visionen und so weiter gemeint hat?«

Ariel sah ihm offen in die Augen. »Das ist mir aber schon ein Rätsel.«

Sie saßen schweigend da und gaben sich ihren jeweiligen Gedanken hin. Nach ein paar Minuten sagte Ariel: »Er kommt also einfach damit durch.«

»Aus dem dritten Stock runter ... Hört sich das für Sie nach einem Sieg an?«
Ariel zitterte. »Wahrscheinlich hat er mit dem Geld eine Stiftung gegründet, um sich unsterblich zu machen.«
»Das Geld wird immer das gleiche Gute bewirken, wessen Name auch damit in Verbindung steht.«
»Wenn die Polizei etwas herausfindet, entweder bei der Brandstiftung oder dem vorgetäuschten Selbstmord, werde ich nicht lügen. Ich werde mit ihr zusammenarbeiten.«
»Aber sicher.«
»Doch sie wird nichts herausfinden. Er war ein vorsichtiger Mann.« Ariel machte die Autotür zu. »Fahren Sie mich bitte zum Krankenhaus, ja?«

51

»So, kannst du jetzt wieder sehen?«, fragte Ariel Laya.
Inzwischen hatte man die Halskrause entfernt, aber Laya sprach behutsam und hielt die Hand an die Kehle.
»Was ist denn das für eine Frage?«
»Na ja, so was passiert im Kino. Man springt dem Tod von der Schippe, und dann ist's passiert! ›Dem Himmel sei Dank! Es ist ein Wunder! Ich kann wieder sehen!‹«
Laya grinste. »Dann ist wohl auch dein Gedächtnis wieder da.«
»Oh, alles! Bis zurück in den Mutterleib.«
Laya wurde wieder ernst und fragte: »Was ist passiert, Ariel? Hier habe ich von keinem Menschen eine offene Antwort bekommen.«

»Woran erinnerst du dich?«
»Ich lag im Wohnheim im Bett. Dann bin ich hier aufgewacht.«
»Laya ...« Ariel überlegte, wo sie anfangen sollte, wie viel sie sagen durfte. Sie betrachtete ihre Freundin, eine sehr starke Frau, die unmissverständlich kundgetan hatte, dass man sie nicht zu schonen brauche. »Du erzähltest, jemand habe für dich ein Schloss an deiner Tür angebracht? Ich rate jetzt, dieselbe Person, die dich vorgestern zum Essen eingeladen hat?«
»Ja. Gabe. Was ist mit ihm?«
»Gabe?«
»Gabriel. Er ist Hausmeister hier in der Schule. Kennst du ihn?«
Ariel war inzwischen der Meinung, dass Charles sie mit nichts mehr überraschen konnte, aber Gabriel? Der Bote des Herrn? Sie ließ sich auf einen Stuhl neben dem Bett fallen. »Es sind in der Zeit, in der du schliefst«, begann sie, »ein paar interessante Dinge passiert.«
Während Ariel sprach, wurde Layas Essen hereingebracht. Als es unangerührt wieder hinausgetragen wurde, redete sie immer noch. Sie glaubte, dass ihre Kehle nie wieder so sein würde wie vorher. Sie fürchtete sich davor, auf den Tod von Charles – Gabriel – zu sprechen zu kommen, und erwartete tatsächlich, dass Laya so reagieren würde wie bei der Nachricht von Maurice Thomas – arme, irregeleitete Seele oder mit irgendeiner ähnlichen mitleidsvollen Bemerkung.
»Der Mann war ein kompletter Irrer!«, erklärte Laya.
»Ja, das kann man wohl sagen«, stimmte Ariel zu.
»Und ich«, fuhr Laya entsetzt fort, »habe ihm alles erzählt. Er hat mir Informationen abgeluchst wie ein Priester in einem Beichtstuhl!«

»Ich glaube nicht, dass Priester sie den Leuten abluchsen …«
»Um ein Haar hätte ich dafür gesorgt, dass er uns beide umbringt!«
»Hör mal, was du nicht ausgeplaudert hast, hat er von mir erfahren.«
»Das große Medium. Die brillante Visionärin.« Laya bedeckte ihr Gesicht mit der Hand. »Mir fehlte der erste Anhaltspunkt.«
»Dir? Ich sah schon so gut wie jeden hier im Verwaltungsbezirk vor Gericht verurteilt, nur ihn nicht. Rob Millen, deine Ärztin …«
»Dr. Baker? Warum hast du denn die verdächtigt?«
»Weil ich eine Idiotin bin.«
»Du lieber Himmel, Ariel!«
Laya schüttelte den Kopf, da sie immer noch versuchte, das alles zu verdauen. »Ich habe wirklich und wahrhaftig von der Frau dieses Mannes geträumt? Dieser armen, unglücklichen Frau!« Ihre Stimme stockte. »Ich verstehe nicht … Ich fing schon an zu glauben, dass ich es selbst sei, von der ich träumte. Das es eine Prophezeiung sei.«
Ariel grinste. »Und ich glaubte, es sei Robs Mutter.«
»Worauf kommt es hier an? Immer die Nase vorn zu haben? Wenigstens hast du nicht vor Angst gezittert, irgendein Irrer könnte dich blenden und dich umbringen wollen, obwohl du ihn gar nicht interessiertest.«
»Und du hast den letzten Monat nicht damit zugebracht, den Mord an einer Freundin aufklären zu wollen, die keine Freundin war und auch nicht ermordet wurde. Versuch mal, noch eins draufzusetzen!«
Laya überlegte eine Weile. »Das kann ich nicht. Eins zu null für dich.«
»Besten Dank. Hör mal, Laya … ich möchte dir eine ernst-

hafte Frage stellen. Ehrliche Antwort, okay? Belastet es dich sehr, dass der Mensch, der dich geblendet hat, vielleicht nicht gefasst wird? Ich meine, vielleicht nie gefasst wird?«

»Wenn ich denke, er könnte anderen Menschen wehtun, dann ja, natürlich. Aber in einer Sache bin ich mit Barnes einer Meinung: Alles geschieht nach einem großen Plan. Wer immer dieser Mensch ist, und wo immer er sich aufhält, er kann seinem Karma nicht entfliehen.«

»Das soll doch wohl ein Scherz sein, oder?«

»Ganz und gar nicht«, antwortete Laya ernst. »Als ›Werkzeug des Herrn‹ solltest du das wissen. So, und jetzt muss ich dir etwas erzählen.«

»Wenn es noch mehr Philosophie ist, möchte ich es nicht hören.«

»Ich werde nicht in die Schule zurückkehren.«

»O Laya, nein! Man wird dir ein anderes Zimmer geben, wenn es das ist, was dir Sorgen macht. Der Raum, in dem du warst, ist zu beschädigt «

»Ich habe mich entschlossen, mich um ein neues Transplantat zu bemühen.«

Ariel lächelte.

»Wenn es diesmal nicht funktioniert, dann sei's drum. Dann habe ich es wenigstens versucht.«

»Mit wem spreche ich?« Ariel lachte, weil ihr zum Weinen zu Mute war. »Was ist nur mit dem ›Das kann ich mir nicht leisten‹ passiert? ›Ich kann das nicht noch einmal durchmachen‹? Was ist bloß mit der Laya passiert, die genau weiß, dass ›es mit einem zweiten Transplantat ebenso danebengehen würde‹?«

»Ariel, komm mal ganz nah zu mir her.« Laya machte ein sehr ernstes Gesicht. »Ich möchte dich sehen können, wenn ich dir das sage.«

»Mich sehen?« Eine Sekunde lang glaubte Ariel, der Scherz über das Wunder einer Rettung in letzter Sekunde sei am Ende gar kein Scherz gewesen. Layas Fingerspitzen berührten ihr Gesicht, um Ariels Gesichtsausdruck zu ertasten. »Was?«, hauchte Ariel ein wenig verängstigt.

»Du, meine überschlaue Freundin«, sagte Laya, »stellst zu viele Fragen.«

Epilog

Liebe Ariel,

Grüße aus Korfu. Wir sind seit einem Monat hier, sozusagen zweite Hochzeitsreise. Ich weiß, dass Sie mich gebeten haben, Ihnen nie einen Brief zu schreiben, aber ich nahm an, dass Sie einfach auflegen würden, wenn ich Ihnen das am Telefon erzählen würde. Ich mache jetzt doch das Buch über Thibeau und Barnes.

Regen Sie sich nicht auf! Es geht nicht um ein wirkliches Verbrechen. Es ist ein Roman. Es dreht sich um ein Geheimnis. Und da ich mich in letzter Zeit eher wie die Cartland fühle als wie Truman Capote oder Agatha Christie, ist es ein romantisches Geheimnis. (Erinnern Sie sich an Libby Vail? Sie verglich die Thibeaus mit Ronnie und Nancy. Ich bringe sie mehr als eine Art Edward und Wallis, und bei mir haben Charles und Sis etwas von Scott und Zelda an sich.) Seien Sie unbesorgt, die Namen sind verändert worden, um die Schuldigen zu schützen. (Ich meine die Thibeaus und Barnes und nicht etwa Ronnie und Nancy und die anderen.) Ich habe einen fabelhaften Vertrag bekommen. Werden Sie mir nicht mehr böse sein, wenn ich Ihnen das Buch widme?

Roman oder nicht, ich habe meine Hausarbeiten

gemacht, und deshalb schreibe ich. Ich habe möglicherweise die Antwort, nach der Sie sich so sehr gesehnt haben. Wie Sie vielleicht wissen, hat man bei Mrs Barnes eine Autopsie vorgenommen. In der Sterbeurkunde ist von akuter Atemnot die Rede. Routinemäßige toxikologische Untersuchungen sind bei der Diagnose »nicht verwendet worden«. Man hat jedoch Schnitte aus der Lunge zu einem Lungen-Pathologen geschickt. Ich habe mit ihm korrespondiert. »Vergleichbare Erkenntnisse, wie sie mir vertraut sind und die angedeuteten Gewebeveränderungen bewirken könnten«, schrieb er, »lassen sich mit der durch bestimmte Herbizide verursachten Pathologie in Verbindung bringen.« Schon mal davon gehört? Sein Bericht ging nicht an das ursprüngliche Labor, sondern an Thibeau.
Ich habe nicht vor, allzu sehr ins Detail zu gehen (Sie können gern eigene Nachforschungen anstellen, wenn Ihnen danach ist), aber ein Opfer wird wahrscheinlich nicht merken, dass es vergiftet wird; heiße Flüssigkeiten oder würzige Speisen können den Geschmack tarnen. Und »Die Konstellation der Symptome legt es oft nahe, dass man sie auf eine Grippe zurückführt«. Und (bitte beachten) »In den Vereinigten Staaten ist noch kein Fall bekannt, in dem es wegen einer Vergiftung mit einem solchen Herbizid zu einer Verurteilung gekommen wäre«. Wie Sie schon sagten, Charles Barnes war ein vorsichtiger Mann.
Übrigens habe ich auch meine Antwort bekommen. Bevor ich abreiste, habe ich die Blindenhundschule besucht. Ich weiß über die Visionen Bescheid. Ich habe alles über Ihre erstaunliche Freundin Laya

gehört, das »Medium«. Und ich weiß etwas, was Sie nicht wissen.

Nachdem ich mit Gayle Baker gesprochen hatte, habe ich mich auch mit einer ihrer Krankenschwestern unterhalten. Wie es scheint, hat diese Schwester Janet eine Freundin namens Stella. Vor ein paar Monaten haben sie in der Krankenabteilung der Schule miteinander geplaudert. Stella, die sich offenbar gern reden hört, ließ sich über die gute alte Zeit aus, in der sie im St. Luke arbeitete. Janet erinnerte sich vor allem an eine Geschichte: »Diese arme Irre, die an Furcht erregenden Halluzinationen litt.« (Ja, auch ich habe von ihnen gehört, den scheußlichen Geschöpfen, dem Summen und »der großen Flucht« und so weiter.) So, Ariel, und jetzt wird es wirklich spannend.

Wie aus den Akten der Krankenabteilung hervorgeht, war Ihre Freundin an jenem Tag eine Patientin. Es war das erste Mal, dass sie sich krankgemeldet hatte. Man hat mit ihr gemacht, was zu tun war, und sie dann ins Bett gesteckt. Sie lag total erschöpft in einem dieser Kabuffs, die mit einem Vorhang abgetrennt sind. Selbst im Schlaf muss sie die Unterhaltung der beiden Frauen gehört haben, meinen Sie nicht auch? Ich könnte mir denken, dass ihre Albträume gleich danach begannen. Ich will ihr bei Gott nichts nehmen; es gibt wirklich Menschen, denen sich Dinge mitteilen, was bei ihr offenbar schon begonnen hatte. (Haben Sie gewusst, dass man ihr das alte Zimmer von Mrs Barnes gegeben hatte? Ich habe es mir angesehen. Vielleicht lag es an dem, was sie schon wusste, aber ich kann beschwören, dass es mich unheimlich deprimierte!)

Die erhellende Szene in der Krankenabteilung wird sich in meinem Buch nicht finden. Meine Leser und Leserinnen werden Romantiker sein wie ich. Wir glauben an Magie.

Mit den besten Grüßen

Rob

Judy Mercer bei Knaur

Erinnerung kann tödlich sein

Roman

Fernsehjournalistin Ariel wittert einen Fall für ihre Sendung »Die offene Akte«. Als sie ihren Großvater in Charleston besucht, begeht sein Nachbar in jener Garage Selbstmord, in der sich bereits sein Vater das Leben genommen hatte. Ariel macht sich auf die Reise in die Vergangenheit und kommt einem Verbrechen auf die Spur …

Die Fremde im Spiegel

Roman

Stellen Sie sich vor: Sie wachen in einem fremden Bett auf, in einem Zimmer, das Sie nicht kennen und das offensichtlich irgend jemand systematisch durchwühlt hat. Auf dem Bett liegen ein Revolver und ein blutverschmiertes Sweatshirt. Sie können sich an nichts erinnern, und als Sie in Panik zum Spiegel taumeln, sehen Sie das Gesicht einer Fremden.

Knaur

Frau ohne Vergangenheit

Roman

»Die amerikanische Bestsellerautorin
braucht den Vergleich mit ihren berühmten
englischen Kolleginnen nicht zu scheuen.
Ihr neuer Spannungsroman, *Frau ohne Vergangenheit,*
hält den Leser gefesselt bis zur letzten Seite.«

Frau mit Herz

Knaur